警路八千云和月

陈维超　著

中国言实出版社

图书在版编目(CIP)数据

警路八千云和月 / 陈维超著 . —— 北京 : 中国言实
出版社, 2024.4

ISBN 978-7-5171-4807-4

Ⅰ . ①警… Ⅱ . ①陈… Ⅲ . ①纪实小说—中国—当代
Ⅳ . ① I247.5

中国国家版本馆 CIP 数据核字 (2024) 第 080443 号

警路八千云和月

责任编辑：郭江妮
责任校对：邱　耿

出版发行：中国言实出版社

　　　　地　　址：北京市朝阳区北苑路180号加利大厦5号楼105室

　　　　邮　　编：100101
　　　　编辑部：北京市海淀区花园北路35号院 9 号楼302室
　　　　邮　　编：100088
　　　　电　　话：010-64924853（总编室）　010-64924716（发行部）
　　　　网　　址：www.zgyscbs.cn　电子邮箱：zgyscbs@263.net

经　　销：新华书店
印　　刷：济南精致印务有限公司
版　　次：2024年8月第1版　　2024年8月第1次印刷
规　　格：710毫米×1000毫米　1/16　25.5印张
字　　数：373千字

定　　价：88.00元
书　　号：ISBN 978-7-5171-4807-4

内容提要

为有牺牲多壮志，敢教日月换新天。

一起起错综复杂的刑事案件，透视出泥沙俱下的时代洪流；一幕幕触目惊心的惨烈场景，折射出鱼龙混杂的善恶人性；一个个鲜为人知的探案故事，诉说着生离死别的悲喜人生；一段段魂牵梦绕的情感经历，见证着迥然不同的生命轨迹。纵横于时与势、正与邪、血与火之间写意，寄情于利与欲、真与假、灵与肉之中歌哭，行走于美与丑、魔与道、智与术之间反思。以时代为门，公安为窗，塑造了齐文滔、柳羽荷、区有利、耿世坤、高施恩、任宪勋等公安干警群英形象。故事根植改革开放初始、法律制度初创这一特定历史阶段，通过人物的感情碰撞、爱恨交汇，通过案件的复杂曲折、延伸跌宕，通过罪犯的贪婪凶残、阴险狡猾，通过时代的背景影象、观念伦理，客观真实地反映折射了沂蒙山区公安机关刑事侦查的历史画卷。描绘了一批公安院校毕业生在与刑事犯罪分子的殊死博弈中，忍辱负重，经风沐雨，视死如归的热血豪情和成长进步的警路历程。

序

　　我和陈维超同志认识，是在一九七八年。当时，山东省公安学校（现山东警察学院）恢复办学，我从公安厅预审处调入学校任教员，陈维超同志作为第一期学员考入学校学习，这样，我们便成了师生。以后，我一直在学校工作，直到退休。陈维超同志在一九八零年毕业后则分配到山东省莒南县公安局工作，先后在几个地方担任县公安局刑警大队长、县公安局副局长、局长，县法院院长，县委常委、政法委书记，县委副书记，中级人民法院正县级审判员等职务。

　　维超同志勤于学习，善于思考，工作扎实，为人正派，在校期间便给我留下了很好的印象，在同学们中也有很高的威信。毕业后的几十年里，因工作关系我们多有接触。前一段时间，他的一位同学，曾任山东警察学院副院长的王在山同志告诉我，维超同志以自己的亲身经历为原型创作了一部反映上世纪八、九十年代沂蒙地区公安工作的长篇小说并请我写几句话，我很高兴。一是，维超同志他们这批学生毕业时是中专学历，又长期在公安基层机关工作，很辛苦，风险也很大。在这种情况下，维超同志还能够勤于动笔，注重积累，最终写出几十万字的长篇小说，很令人钦佩，这样的小说也一定很感人。二是，维超同志让我提前拜读作品并写几句话，这是对我的信任，是一种荣幸。

　　收到书后，我认真拜读，细心体味，形成了下面的一些想法。

文学作品的核心是写人。要写人的工作、生活，写人的人性、情感，要写人的工作、生活的顺利和曲折，写人的人性、情感的坚强和脆弱。还要写人的工作、生活和人性情感之间复杂和微妙的关系。在这本书中，维超同志对人物形象的塑造上写的很生动，很鲜明。围绕齐文滔这一主要人物创作了一群活生生的不同形象。如：公安处的耿处长、县公安局的高局长、普通民警老甄，女民警柳羽荷，还有小樱、卫良卉等，这些人物在不同的工作岗位上，通过不同的方式，既展现了鲜明的个性，又衬托了齐文滔的成长发展。在对人物的人性、情感描写上写的很真实，很感人。对耿处长、高局长写了对他们的敬重和感恩。对老甄的牺牲写出了一个领导干部对一个普通民警的怀念、悲痛和对其受到不公待遇的呐喊。对小樱写出了一种纯洁而真诚的爱，展示了最真心的爱并不一定是彼此的占有，而是让对方活得更好。对柳羽荷则诠释了一种崇高而伟大的爱，这种爱源自于理性的、深沉的崇拜信任和心甘情愿的自我牺牲。在文学作品中，故事是人物的躯体，情感才是人物的灵魂。

文学作品要写社会。要反映社会、反映时代，要写出作品所处时代的历史风貌，要揭示所处时代的发展轨迹，要表达作者对所处时代的认知和思考。维超同志在书中，通过对具体事件的描述和人物的活动很好地展示了上世纪八九十年代沂蒙地区的社会变革、风土人情、生活习惯，以及不同的人们在这个时代所具有的工作、生活状态和心理特征。例如：通过耿处长下乡用两毛钱一份的菜和一农民五分钱一份的菜的交换用餐一事的生动描写，反映了当时良好的干群关系和警民关系。通过县公安局一台上级配发的显微镜多年未用一事，反映了当时公安机关装备的落后和人才的缺乏。通过刑侦股集中警力侦破一起偷鸡案，反映了当时农民的经济收入状况。通过一副计生标语的记述，反映了当时基层对计划生育政策的宣传、执行实况等等，给读者呈现了一幅真实的社会画卷。维超同志对这些社会状态的描写是客观的，并怀有一颗对历史的尊重和敬畏之心。

文学作品要写自己。在文学作品中，作者写的是一个虚构的人和事，但反映的都是作者自己的社会经历以及对社会的认识和理解，反映的是作者自己的情感以及对情感的品味和反思。任何事情，作者只有亲身经历过，才会写得客观真实。任何故事只有先感动作者，才会感动读者。因此，人们评价一部文学作品，实际上是在评价作者。维超同志曾经给我讲过，这本书中提到的案件都是他亲自参加侦破的，书中的人物都是工作中的同事、朋友、亲人为原型。书中人物之间的矛盾冲突，情感碰撞，爱恨情仇也都有现实的基础。当然，最主要的是写了维超同志自己，写了他自己的工作、生活，写了他自己的情感。所以，读了这本书，让我们感到真实，受到感动。这正是这本书的难得之处，可贵之处。

　　一个人的经历，对于一个时代，一项事业来说是微不足道的。但是，任何伟大的时代，伟大的事业都是一个个平凡的小人物，一件件平凡的小事情组成的。任何人的平凡的经历都是这伟大时代、伟大事业不可替代、不可缺乏的一部分，这就叫平凡而伟大。如果我们每一个平凡的人不但能够认真地做好自己的工作，而且还能够用不同的方式将这些经历以及对这些经历的感悟再记载下来，这是一种对历史负责的态度。也许将来的某一天，我们的后人们正是通过阅读这些作品，从而了解了那段历史，了解了创造了那段历史的人们并从中受到教育和启发，这是多么有意义的事情啊！当然，由于每个人看事物的立场观点和角度不同，对同样一段历史的理解和叙述也会不一样，但这无损其价值，因为历史本来就是丰富的、多彩的。我们读司马迁的《史记》，了解了一个文学家笔下的历史，我们读司马光的《资治通鉴》，了解了一个政治家笔下的历史，同样，我们读维超同志的书，了解了一个公安机关的领导同志笔下的上世纪八九十年代的历史。所以，维超同志写书这件事，很值得赞扬，很值得学习。

　　人生是一场旅行，在意的不是目的地，而是沿途的经历和对待经历的心情。这种经历和心情每个人是不同的，但是，同样的精彩，同样的独一无二。这应该就是人生的意义，人生的价值。维超同志有着丰富的人生经历，有着对工作对同事的深厚感情，又有着进行文学创作的激情和能力，所以写出了这样一部思想性艺术性都很强的文学作品，并通过这样一种方式，使他的人生更有意义，更有价值。

我期待着，维超同志有更多的好作品问世。

杨和德

二〇二四年五月于济南

（杨和德同志系山东省公安厅原党委委员、山东警察学院原党委书记；第十一届山东省政协常委、社会法制委员会副主任。）

目　录

引　子

公元2020年4月3日，滨海市浔水区瞭海楼，烟雨苍凉，暮霭沉沉，雨幕笼罩着山野中一条弯弯曲曲的小路。黄昏时分，小路尽头走来一个年约六十岁的高大男人，瘦削刚毅，面色凝重。脸颊沧桑布满皱纹，双目炯炯深含悲凄，身体前倾，踉踉跄跄，全然不顾风吹雨打，水丝顺着头发滴滴往下流淌。左胳膊挎一个柳编旧筬子，覆盖一个洁白小包袱，鼓鼓囊囊不知盛的啥。路人见之，顿生疑窦：当地风俗寒食奠亲祭祖，但冒雨上坟者却寥寥无几，况且这天马上要黑了。

小路蜿蜒转过一道小山岗，拐进一片黑松林。遥看山岗草色一片，路边的几棵老杏树，残红褪尽，青杏嫩小；一棵小桃树孤零独立，傲世轻物，娇艳吐芳。山坡上稀稀落落地点缀着一些无名的野花，在风雨之中垂头肃立。

虽然荆棘杂草遮掩了小路，但这人对目标似乎很明确，以致越走越急，越走越快。上到坡顶，一眼望见林中的那棵大柳树，顿时攥拳奔跑，老泪纵横："小柳啊，明天又是清明节了！"顺着他奔跑的方向看过去，柳树旁有个圆锥型的小坟茔，刚刚添过新洁土。坟前竖着一块大字小墓碑，刚刚描过新红漆。碑前有个石供桌，上有一个松柏翠柳的新花圈，小巧玲珑，典雅肃穆。

只见此人趋步急促地奔到了坟前，不管三七二十一，双膝扑通跪倒，匍匐在地，额头沾满雨水泥土。手扒坟堆，号啕大哭："小柳啊，逝水流年，光阴如梭，转眼已经二十五年，你在天国过得可好啊？"哭声穿过夜色雨幕，回荡山谷，更显悲戚。他双手小心翼翼地抱起那个小花圈，轻轻放上坟头，生怕惊扰了墓中人似的。又掀开洁白的小包袱，从箢子里轻轻地捧出五个碗：鸡、鱼、肉、蛋和豆腐，一字儿摆开；拿出十五个洁白的圆馒头，一摞五个堆成三座小宝塔，哽咽说："小荷尖啊，这些年你长眠青山，星月为伴，可曾想念我们啊？我和大家伙儿可是无时无刻地不在思念你。你兰心蕙质，至善至美，为何明知身体虚弱却偏要独自逞强呢？我知道，事发紧急突然，若晚一秒，人质就会死于绑匪的刀下，可你这年轻的生命呢？你以性命换下这一家老少三口子，到底值不值？我仰天长问无数次，苍天总是沉默不语。我知道，危险来临，咱别无选择，只能牺牲自己，这是警察的使命所在。可你太年轻，走得太着急，我为何就晚到那么一步呢？我痛断肝肠，悔恨终生啊！"这通倾诉，重言倒语，前后不搭，肝胆俱裂，如泣如诉如悲啼。苍天为之悲，山川为之痛。哭过一阵，他来到柳树下，一屁股坐在泥水里，背倚树干，凝视坟丘。风吹雨飘，夜色更凉。柳树上滴落下大点的水珠，就像苍天淌眼泪。他的思绪飞越茫茫天际，飞过日月时空，飞回到二十五年前的那一天。

那一天，正是春分时节，阳光明媚，杏蕾新吐。她，一代英雄女刑警，为解救三名无辜的群众，以娇小之身躯，勇战绑架人质之歹徒，流尽最后一滴血，献出了年仅二十七岁的鲜活生命。一个冷艳美丽的少女，就像风吹花落，瞬间化作了满天的彩霞。她走了，带着普世大爱，带着甜美的微笑，给世人留下了无限的美好和芬芳，还有那无穷无尽的悲痛、伤感和眷念。

第一回　春风化雨沐沭浔　山村学子题金榜

　　1978年夏天的一个下午。鲁东南沭浔地区浔水县浔阳中学的大门前围了一堆人，原来是高考成绩放大榜。这几届的中学生，批林批孔、种地养兔，学黄帅、学白卷英雄，背筐拾粪、整修大寨田，学工、学农又学军，唯独撂荒了学习主业。今天大红榜上竟然密密麻麻地写着四五十个人的名字，顿时轰动不小。

　　浔阳街有个读过私塾的老王头，人皆呼之王秀才，真名叫啥却无人知晓。他挑着两筐牛草，边走边嚷嚷："挤什么挤，看什么看，谁相信穷山窝飞出金凤凰，小阴沟里开大船！"刘老侃照他的脑门点个丑："好你个老王八，只许你老社会考秀才，就不兴当代青年中进士？"一把拽他到路边，抢过担子放地上，拉他来到墙跟前，指着榜文说："睁开你那老昏眼，皇榜难道是假的？咱浔阳本是风水地，怎能少了好后生？就你这熊样都能中秀才，他们金榜题名还在话下吗？"王秀才一时面带窘色、张口结舌。众皆打趣说："老秀才这回看差秤了。"随即爆发出一阵愉快的笑声。

　　王秀才这才认真了，脸贴墙面，手扶老花镜看起来。霎时回身惊叹说："我的个天老爷，真真地没想到。区区一个小公社，竟然考上四十多。了不起，不简单！"有人问："上榜的，是不是也和你一样，都是秀才了？"他摇头摆手说："非也，秀才才是省考生，中举方能做官的；这些都是国考生，毕业就是国家干部，我哪比得了？"众皆大笑："你个酸腐老秀才，尽管胡说八道吧。"王秀才弯腰顿足说："非也，非也。"愈发逗得众人大笑不止，校门前一下子成了欢乐的海洋。

拥挤的人群中，有个三十八九岁、身材短小精瘦的人。时而踮脚，时而前挤，显得十分焦急。他随手抓住人就问："榜上有我大侄吗？"此时谁还顾得理睬他？他全身是汗，越发着急。突然灵机一动，又把王秀才推到榜前，咬着耳朵对他说："烦请您老好好看看，上边有我大侄没，我买盒好烟给你抽。"王秀才侧身相问："你侄的大号叫个啥？""齐文滔，你给我好实看准点。"王秀才嘟嘟囔囔说："好像看见这个名字了。"他重新扒着上榜文，念念叨叨地看起来。突然，眼睛一亮，手指一戳说："这不是他是谁？全公社第一名，状元郎。"那人追问："你可看准点，有重名的没？假了我可捶你。"王秀才回过头去，默念数遍，点头肯定："真真确确，绝对假不了，错了你揪下我的脑袋喂狗去。"这人一听，眉开眼笑，情不自禁大声喊："我大侄子中了！"撒开脚丫子飞奔到路边，跨上一辆破旧脚踏车，狂奔而去。王秀才喊问："我的烟呢？"他头也没回地撂下话："等着吧，下回再给你。"路人听见他蹬着脚踏车发出要散架的吱呀声，皆指而笑说道："这瘦猴子又让野火烧着紫红腔了，东方红总是这么急急火火的。"

瘦猴子和东方红，都是齐家埠大队第二生产队队长齐长习的外号。虽然斗大的字认不上一石，人却很鬼精，干啥务啥，一心扑在集体上。浔阳人都知道齐家埠二队的日子比较好过，每天鸡叫刚两遍，齐长习那尖细的亮嗓门就打破晨雾响起来："二队的，下地了！"活干大半天，大喇叭才开始播放《东方红》。久而久之，东方红的名字叫响了。人虽长得短瘦，却精得像只小灵猴，又送他外号瘦猴子。有次县电影队来放《南征北战》，他困得实在不行，没看一半就想回家睡大觉。别人问他干啥去，他竟神秘一笑说："哎哟喂，你没长眼啊？来了这么多的队伍，我不得赶快烧水去！"此事一传开，又都戏称他为齐模范。

齐长习一路狂奔十六七里路，风驰电掣般窜回村，到达一家院门前，人未进来声先闻："三叔、三婶子，大哥、大嫂子，大喜大喜啦！发皇榜了，大侄子中了，考上了。"这个院落坐北朝南，是处古老的宅院。门前一条清流小溪，碎石铺垒的七级门台，门东有棵老榆树。青砖门楼，土墙草屋，二进四合院。外院西屋两间，南屋两间，东北侧煎饼棚一间，西北角有盘黄豆小石磨，西南角和东南角各有一个石垒的破猪栏，肥猪咻咻地睡着懒觉。里院正房五小间，西屋两间，东南侧一棵老柿子树，树下靠东墙是鸡窝鹅棚，鸡刨鹅叫的；西侧一盘煎饼大石磨，磨台底洞是狗窝，一条大黄狗伸着长舌呼呼地喘气。虽然屋旧墙破，一看就是祖传的宅院。爷爷齐丕球、奶奶孙佑兰六十五六岁；父亲齐长胜、母亲魏玉生不惑之年；小姑齐长莲二十三四岁，长女齐文兰二十岁；长子齐文滔十八岁；全家十一口人，三世同堂，温馨和睦。

齐长习抱着脚踏车，一边进院一边说："三叔，脚踏车给您还回来了。"他的话语没人听见，倒是迎来大黄狗的一阵吠叫欢迎声。紧随他身后，拥进来十几号子人，小院顿时拥挤不堪。这家主人的从容淡定与村邻的热血沸腾形成了鲜明的对照。

齐文滔是村联办中学1977年的高中毕业生，高中老师大多也是和他一起升转来到高中的。这些年没人崇尚学文化，大人让孩子上学无非就是随大流，认些字不当睁眼瞎。1977年年底首次恢复高考，全公社竟没一人敢报名。今年夏季再次高考，初时也没人敢去想。但齐家的二姑爷郑石捷是个明白人，他软磨硬泡反复劝说，动员妻侄放手一搏。齐家老人哪会同意？道理很简单，原因很朴实：自古龙生龙、凤生凤，老鼠生来打地洞，文曲星怎会下凡来当庄稼人？郑石捷是浔阳公社党委常委，当过联中校长，教过侄子，认的也是活道理：全国学生其实相差没多少，总会有人考上吧？不敢说侄子全县数一数二，在浔阳却是绝对的优等生。不论怎么劝，齐老太爷就是不点头。他只得使出了最后的撒手锏："他姥爷，尽管放宽心，考不上我让他当老师，这回总行吧？"齐丕球等的就是这句话，总算放下脸子勉强答应了。

高考如期而至，过后就没人再记得，因为没人相信谁会真考上。今天齐长习的这通话，无异于晴天响个大惊雷，平地刮阵强旋风。丕球一把抓过他，满脸狐疑责备说："好你个瘦猴子，发的哪门子羊癫疯，你瞎嚷嚷啥？

咱家的土多厚，能长几寸的苗，三叔我还不知道？"他顺手指指西山说："看看这穷山僻壤、山岭薄地吧，哪块是出秀才进士的？还大学生！你他娘的捕风捉影，平白无故瞎嚷一通，让咱家三辈子老脸往哪搁，岂不让人看笑话？"老丕球生气地拂袖而入，不忘回头说："别听长习胡咧咧，多大的秤砣压多大的秤，我孙子几斤几两我能没有数？说别的或许踩点边，说他考上大学，说破大天我能信？谁见日头从西山顶上升起过？长习他指定到公社饭店喝了几盅腺猫尿，大发癔症呢。"

人走了，小院却没有立即平静。爷爷气哼哼地叫小孙子说："国营，去，到地里把你哥给我叫回来，一天锄不了二分地，装的什么大头蒜。"文飞听命而去，文滔很快来到。垂手轻声相问说："爷爷有啥吩咐啊？""看你这个学考的，还真的惊天动地了。说，你到底能不能考上啊？""成绩还没来，我哪儿知道哇？"爷爷天生一个顽童脸，转过身来就笑了："嘻！谁指望你能考上了？咱家八辈祖宗没个秀才，你大读过高小，你好歹读个高中，你爷俩就算大学问。你瘦猴三叔刚刚说你考上了，浔阳街正放着大红榜，有鼻子有眼，像个真事似的。谁信！踏踏实实地干活去吧。"

文滔暗自思忖，爷爷不相信是很自然的，但三叔却不是捕风捉影的人。这次高考，他原本就很自信的。为何？因为联中里有一批好老师。孙亲民、魏玉富、吴世胜、吴优启等皆可与大中学的名教师相比肩。孙亲民教数学，学生见了就像老鼠看见猫，没一个敢调皮捣蛋的。学黄帅反潮流时，师不教、生不学是常态，但这些老师却很例外。魏老师反复强调，不论反什么，不能荒废学业；孙老师则敲着讲台训斥说："上边说啥我不管，你来上学我就是要坚决管到底。修正主义教育路线你们可以尽管批，但知识不会变修吧？我从不奢望一日为师终身为父，你们也不必个个程门立雪学杨时。但如果想造老师我的反，谁敢谁就立马滚蛋。我就不相信，含辛茹苦教你们还教出罪来了。"他不仅逢课必留作业，而且还提溜同学爬黑板，学不会就别想顺溜溜地走下来。

有次下午临放学，孙老师胳肢窝里夹着圆规、三角板等来到教室，脸色铁青、一声不吭地在黑板上量画了一番。走到门外头也没回地撂下一句话：

"明天提问圆周角。"见孙老师走远，学生们自然也没当回事，收拾好书包一溜烟地回家了。文滔独坐一会，觉得明天要坏事，就到黑板前丈量好画到作业本子上。第二天，孙老师来到教室慢慢踱了两三圈，同学们全吓得装着看书本，不敢抬头了。"齐文锋，上黑板。"文锋似乎被炸雷惊到，两眼怔怔，两腿也不听使唤了。好歹歪歪扭扭地走到讲台前，一动不动地站住了。孙老师拿支粉笔递到他手上："让你上来答题的，不是示范竖枪的。来来来，答题。"不一会儿，点上六七个人，并列站成了一小排。

1976年搞计划生育，老师大都结扎休息，校长很无奈，只得矬子里边拔将军，让读着高二的齐文滔给高一来代课。学生教学生本属千古奇闻，更别提教得好和坏。但为不出丑，他只能拼了命地学。加之努力备考，感觉应该有希望。本想问问三叔去，见他家铁将军把门，便也作罢了。

他正要走往田坡去，忽见本村的小憨子臭蛋拿根棍子胡乱跑，一不小心栽到地上，疼得打滚哇哇叫。他跑过去扶他站起来，刚刚哄笑，迎面遇见自小一起长大的大姐齐文花。大姐个头不高，端庄朴素，性情温和，品德优秀。学思虽不很敏捷，但却非常地刻苦用功。两人一起长大，同天上学，一起参加的高考。不是亲姐弟，却胜似亲姐弟。她挑着两筲水摇摇摆摆地往家走，筲底不时地拉划着地面，漓漓了一条长长的水线。文滔快步趋前，伸手去她肩上接勾担："大姐，给我吧。"文花就势一顺，勾担就换到了文滔的肩上。文花扬头侧脸问："大兄弟，没骑车子去公社看看呀，三叔说得差不大离吧？""何须专门跑一趟，姑父晚上肯定来。"文花说："我是一介女流，考不上也无所谓，你可不一样，家里还指望你当顶梁大柱呢。但愿三叔说的真，可就阿弥陀佛了。"文滔扑哧就笑了："大姐也学吃斋念佛了？佛祖最念诚心人，一定会保佑大姐的。"文花说："顺其自然，听天由命吧。谁让我脑子天生就笨呢。"说话的工夫已到家，文滔放下水筲和勾担。大姐说："我自己往缸里倒，你快忙去吧，已是大男人，凡事留心点。"文滔心中酸楚，默默离去了。

天色转暗，繁星渐现，齐家埠的黄昏幽静而美丽。狗吠鹅歌、蝉鸣蛙叫声此起彼伏，天空中时不时地传来"割麦布谷"的杜鹃鸟叫声。爷爷抬头望天说："这个布谷鸟怎么这么讨厌？老是围着咱家飞，'齐埠倒号、齐埠倒号'一个劲地叫。"父亲笑了笑："大，你这是什么心情呀？我怎么听它一直都在叫着'齐家吹号、齐家吹号'呢！"

晚饭时，齐家的里院正当中，安放着一张破饭桌，或坐或站或蹲围满了一家人。刚要开饭，传来一阵叮铃铃的脚踏车铃声。小妹文香闻声说："姑父来了。"话音未落，姑父郑石捷已扛着自行车进了外院。长胜晃着半瓶酒说："好长腿子，正好喝一气。"爷爷说："天天不务正业，还有脸来蹭酒蹭饭，快滚吧。"话虽这样说，却早给女婿安放好一个小杌子，顺手一指，示意到他的身边来坐下。

齐丕球性格开朗，心胸豁达，玩笑打趣不分年纪。中华人民共和国成立后，他参加抗美援朝出国作战，竟然毫发无损。他很看重这个姑爷，让他滚蛋指定是句大假话。姑父人在外院，问安声却先飘进来："大、妈、哥、嫂，你们好！"文兰兄妹齐声笑说："姑父好，热烈欢迎！"小院里顿时溢满了欢乐的空气。"这么大喜的日子，家里怎么还黑黢黢的？"伴着话语声，姑父进了里院。几乎在同时，妈妈魏玉生也点亮马灯放上了磨顶，院里立时一片光明。爷爷甩手说："单凭瘦猴子乱刮一阵妖风就是大喜了？你是不是也来弄些放屁倒灶事情的？"姑父从裤兜里掏出一张大红纸，啪地按在磨顶说："这阵风可算刮对了，齐家的祖坟真的要冒青烟了。俺侄子全公社第一名，这不喜报都来了？咱家真能沉住气，人家浔阳街早锣鼓喧天地庆祝半天了。"郑石捷这几句话，那就是板上钉钉的铁事实。爷爷愣怔一下说："天降祥瑞真就砸到咱了？这是哪世烧高香修来的？"小姑长莲也比比划划，满院子乱转。爷爷太满意这个消息了，一时百感交集，涌上心头。父亲做着村书记，天天不着家。爷爷既是公社农信社的副主任，也是庄稼地里的唯一主力。小姑和大姐每天只挣六分工，文滔上学，其他还小，每年都得倒欠着队上的工分。不但从没分过钱，反倒拉着一腔的饥荒。小姑长莲本来活泼可爱，偏偏两三岁上得了脑膜炎，同时又出痧子，爷爷好不容易攒下几十块钱投医问药，谁知又遭歹人抢劫。爷爷拼死保护钱，不但没保住，反而差点丢了命。没钱医治，小姑落下了聋哑残疾。

1971年，遭遇百年大旱，小麦几乎绝产，全家分到六十七斤麦子。眼见孩子吃槐叶全身浮肿，齐长胜偷偷地跑到浔河边大哭了一场。生逢此时，受穷又有啥法子？这几年日子稍有好转，文滔又乘势考上大学，怎不令全家惊喜万分？姑父想起一事说："对了，国营快去叫二爷，你文花大姐也考上了。"小弟文飞闻声而去。很快，齐长现一家说说笑笑地拥过来。两家本就没抱多大的指望，特大喜讯突从天降，愉悦之情无以言表。

　　这两家世代相邻，很有历史渊源。论血脉，两家爷爷尚在五服内；论政治，都是村里的主事人，算是当权派。二爷齐长现是个老军人，解放济南时，任攻坚连长，不幸负伤复员回家。二娘江之菲，原是村书记，所有运动中两家都是患难与共。老一辈的处事风范，自然影响到下一代。与同龄人相比，这两家的孩子成熟懂事当家早。大家狂欢似的说了一通话。二娘江之菲说："我们早已吃过饭，他姑父是贵客，应该好吃晚饭了。"于是这家人开始吃饭了。文香、文飞搬两个坐机给二爷和二娘，其他人也就实落落地站着了。

　　齐家的晚饭简单而丰盛。一大黑瓦盆子玉米萝卜丝咸糊豆，一摞地瓜干煎饼，一筐箩大葱，一盆凉拌韭菜，几块腌疙瘩大咸菜。大人们坐着，孩子大都站着的。文兰先递给姑父一个煎饼一棵葱，他刚卷好咬一口，忽然一放筷子说："看我这记性，难不成是独食吃惯了？车子上还有一纸包子猪头肉呢。"二弟文祥跑去拿过来。爷爷打开草纸包，猪肉香味顷刻弥漫小院，瞬间挑动起全家的味蕾。爷爷用手抓着，给每人的煎饼放上一点，轮到文滔时特意抓了一块大点的。文滔心里很清楚，这点肉是到不了爷爷、奶奶和父母嘴里的，老人绝不舍得吃。爷爷边分边说："来，他姐夫，肉是你带的，给你多一点。"姑父赶紧说："我中午吃撑了，都让孩子吃了吧。"爷爷明知是假话，便也作罢了。

　　文滔没吃卷肉的煎饼，虽然喉咙作痒，馋瘾大发，还是强咽唾沫忍住了。家里这四位老人，但凡有点好吃的，从来不舍得动一下筷子，更别说是吃肉了。想到此，文滔的泪水爬满了眼角。他假装到磨台跟前卷煎饼，把卷肉的悄悄地换给了奶奶。

第二天是个晴朗的日子。早上八九点钟，文滔骑上爷爷的那辆破旧大国防，文花姐坐上后座，沿着浔河岸边的林荫小路，去浔阳中学填报志愿。夏日的路边一派生机，浔河水清粼粼的，欢快地流淌着；河中的小鱼成群结队，一会儿浮到水面，一会儿沉到河底；水鸟拍动着翅膀，自由自在地飞翔着，一会儿轻轻划过水面，一会儿游走在小汀洲上，一会儿又落到高高的树枝上鸣叫歌唱。水面宽阔的地方，一个渔人轻快地撒着渔网，像天女散花般抛出一道优美的弧线。渔网收起时，条条鲜鱼活蹦乱跳，引得水鸟歪头观看。沿河边、顺堤岸，蜿蜒蔓延着一片杨树林，绿油油、郁葱葱。林中一条光洁的小路，骑车穿行，惬意无限。

一进浔阳街，正遇见几个顽童在嬉闹。三四人在前边跑，六七人在后边追。其中一人一头撞倒一个老太太，全然不顾地飞跑而去。此时恰好有个年约十八九岁、面若桃花的漂亮姑娘骑车路过，见有人被撞，急忙下车来扶救。文滔也飞快地驶近停车，和文花一起来帮忙。近前一看，才发现被撞之人竟然是文花的表婶子。姑娘见有亲戚来，瞄了一眼齐文滔，发现文滔也在盯视她，不觉脸上微微发红，骑上车子离去了。

两人带表婶去医院做了详细的检查，安顿停当后方才急忙地来到学校。教室里已经坐了很多的人，魏玉富老师正在讲解志愿填报。文花和文滔来到最后一排坐下来。魏老师不是别人，正是文滔的大舅，也是他高中的班主任。去年暑假，齐家埠的高中班撤销，他被调到了公社中学。讲解完，魏老师望着后排说："给大家介绍两位新同学。"随即点到文花和文滔。他俩怯生生地站起来，算是与同学打招呼。众皆惊讶地回头看过来。借着众人的目光，只见齐文滔身高大约一米八，略显清瘦；长方形的国字脸，浓眉大眼，面色润白，怯生生地布满红晕；一身粗布补丁灰衣服，旧帆布黄胶鞋，活脱脱的一个浔水大男孩。大家惊讶的不是不认识，而是一个村办联中生竟然夺了公社的头魁。文滔垂手站立，感觉到教室里鸦雀无声。他无意抬头，见前边侧转身子坐着的，正是刚才救人的那个俏姑娘。此时她正右手托腮，大眼闪烁地盯着他。他心中一阵震颤，面红耳赤，赶紧把头低下来。

按照老师的指导，考生开始填写志愿。文滔去讲台领了两张表，递给文花一张说："文武大哥啥意见？"文花说："大哥上午没事情，肯定会过来，先看你的吧。"此时文武恰好路过，见妹妹招手，顺脚拐进来说："昨晚捋了一遍，挑选余地不算小。你是女孩分数中档，选个中等学校就可以，我看枣城银行学校就不错。"文花说："那就选它了。"文武回头问文滔："大弟如何考虑的？你分数全县前几名，起点可以高一些。"文滔不假思索说："当年，爷爷为小姑治病钱被抢，时刻印在我的脑海里。正好有个学校，第一眼我就看中了。"魏老师走过来，两人赶紧起身说："老师好！""大舅好！"魏玉富首先看了看文花填写的志愿，然后拍了拍文滔的肩膀："大舅很为你骄傲！"说罢眼圈发红，转身擦拭泪水说："选好志愿了？""想听听大舅啥意见。"

魏老师连连摆手说："文滔啊，上了大学你就是大人，人生的路只能自己一步一步地往前走。能教得我都教你了，大舅也就这些本事。走出山村上大学，只是人生第一步。人生一世，草木一秋。一定要珍惜大好年华，为国家建功，为父老争气。大舅别无所求，只愿你能对得起祖国，对得起乡亲，永远是咱浔阳的骄傲！"

大舅这席话，情真意切，字字千钧，文滔深深为之动容，泪水再次爬上了眼角。他要过大舅的钢笔，拿过表格一挥而就，双手捧送到他面前。走出中学校门时，文滔感觉那双美丽的大眼睛又在盯看着自己了。

齐文滔填报了山东省公安学校。经过严格的政审和面试，终于被录取。于1978年10月25日报到入学，开始了求学从警的新征途。

第二回　出茅庐初试牛刀　识断木智破爆案

　　1980年7月，清晨，一辆长途客车正从济南一路驶往沂蒙山区。车上坐着十二个山东省公安学校毕业分配到沭浔地区的青年学生。走出校门，就要踏入公安实战岗位，个个摩拳擦掌，跃跃欲试。开学典礼如在眼前，王亚东校长的话言犹在耳："进了公安门，埋进公安坟。"毕业典礼上，王校长更是慷慨激昂、激情澎湃："同学们，公安基层需要你们！希望你们都要到最艰苦的地方去，去开创公安工作的新局面。我相信，不出十年，你们当中一定会走出一大批优秀的公安局局长。"同学们哄堂大笑，权当校长的讲话是番鼓励。现在真的走出校门，就要到工作中一显身手，自然无比兴奋和激动。大家你一言我一语，说说笑笑，好不热闹。

　　齐文滔独自坐在车窗前，目不转睛地看着车外一望无垠的群山默不作声。汽车沿着盘山公路往上爬坡，怂怂顿顿、缓慢前行，像一条老牛嗡嗡喘粗气。同学们全都跟着使力气，还是越爬越慢。好不容易盘到山顶，司机轻轻换空挡，汽车顺着弯道一溜下滑，颠簸着像只小鸟唱歌。恰此时，一轮红日喷薄而出，映红了满天彩霞，照亮了千里沃野。群山巍巍，郁郁葱葱；山峦叠翠，百鸟争鸣。缭绕山腰的雾气，时而如丝丝白练轻歌曼舞，时而如浩瀚波涛浮光跃金。简直美如画卷，胜似仙境。

　　望着窗外的奇观美景，同学们情绪更加高涨。陈小震身子前倾询问任宪勋："任兄回去想干啥？"宪勋不假思索说："打回老家干刑侦。文滔我可警告你，不许偷偷凭窗闷打歪心思，不得和我争抢浔水。你嫂子是个亦工亦农的小工人，天可怜见，你可不能怂恿我当陈世美。"文滔从车外移回目光说："请问宪勋兄，是谁在毕业典礼上表态发言，信誓旦旦服从组织分配的？前脚出校门，后脚就变卦，如此言而无信，日后如何领导大家啊？"同学群起而攻之："就是，心口不一，自食其言，罚他今天管午饭。"宪勋马上正色说："同学们批评得极是，咱老任是闻过则喜。绝对服从分配，坚决打回浔水。老任就是一块砖，哪儿需要哪儿搬；垒了鸡窝很快乐，盖了高楼不情愿。"全车顿时哄堂大笑。景小芍笑问牛执权："牛兄交个底呗，怎么打算的？"执权双手扶膝，正襟危坐，字正腔圆道："党叫干啥就干啥，坚决服从分配，绝对不学任宪勋。"宪勋马上接话说："你看看，你看看，牛兄这架势，豪迈大气，奔逸绝尘。不说别的，单看名字就是天生的领导范儿。我敢断言，过不了三年五载，他一准就是咱们的公安处处长，得罪谁也不能得罪他牛老大，否则肯定给穿小鞋。"执权敲他一下："处长你个头。"转而又连忙作揖说："行，宪勋老小子若敢提我当处长，我立马册封你为沂山派出所所长。"逗得车内又是一片欢笑声。

宪勋没占到便宜，眼光随即挪到景小芍脸上："景大美女别得意，我要当了派出所所长，第一个就要先治你。要嫁陈小震，得登记结婚吧？我是不给开户口证明的。你说你，人长这么漂亮，还能有点出息不？凭这些俊男帅哥你不看，偏偏去喜欢这毛头小弟弟，什么破眼光！"随即手指陈小震："数你人小鬼大，多大点的小屁孩，就知和姐姐谈情说爱了？跟谁学的！如此超级大美人，竟然上了你这小贼手！看你面子吧，我这派出所长恩准了。"同学们又是一阵大笑。陈之超和柏兆先笑得前合后仰，付玉碧则一下子笑歪到马彩云身上。这群年轻人，就像这轮初升的太阳，朝气蓬勃，振奋激昂。

牛执权、任宪勋、柏兆先、陈小震被分配到沭浔地区公安处，桑世源、宋近强、崔大超、丁本阳、孔庆玉等各回本县公安局。大家握手道别后，文滔坐上了前往浔水的班车，两个小时后步出车站，朝县公安局走来了。浔水是个典型的山水小古城，西边飞来峰，北边九仙荷花顶，东边宽阔的小茅河。中间青龙渠纵穿西东。山清水秀，风光旖旎。城区方方正正，主路很是宽敞，两边的法桐树整整齐齐。中心是段柏油路，偶尔露出几栋两三层的楼房商店，就显得特别壮观突兀。街上行人稀疏，时不时地穿过一辆自行车。

文滔往南走过柏油路，穿越古城北门，又走过一截黄土路，方看见路西有个石墙大院，黑铁大门锈迹斑斑。门北侧墙上并排悬挂两块扁长的白漆大木牌，一块上印有十四个红色大字：中国共产党浔水县公安局委员会；一块上写着六个黑色大字：浔水县公安局。进入院内，迎面碰见一个十七八岁的骑车小伙子，左手扶车把，右手提着四把竹皮暖水壶。突逢不速之客，他立即停车，左腿着地，右腿跨在车梁上。两人几乎同时发问，齐文滔："请问协理室在哪？"小伙子："你找谁，干吗的？"听问协理室，小伙子立即骗下右腿，瞪眼问道："新来报到的齐文滔？"文滔点头说是。小伙随即自我介绍："谢光辉，县局公务员。早就听说你要来，欢迎欢迎。张协理员今天不在，先到秘书股去吧。"他手指北边的一排石墙灰瓦平房喊："邢股长，齐文滔来报到了。"话音刚落，邢股长已经站在办公室的门口说："分配到刑侦股了。"小谢回指一下西边："就是这个防震棚，我先去县委大茶炉子提开水，回头再来找你玩。"说完骑上车子一溜烟走了。

齐文滔来到这个低矮的草棚，里边倒是挺宽敞。东侧棚笆上挂着三件黑不溜秋的警服白上衣和六七顶子大盖帽，几个人正围坐着一张地八仙喝茶说话下象棋。文滔自报姓名后，几人立即起身说："盼星星，盼月亮，可把你给盼来了，热烈欢迎。"一人介绍说："这是仇股长。"仇股长立即握住文滔的双手边摇边说："仇和展，副股长。文国书股长蹲案去了，我代表刑侦股真诚地欢迎你。来，先认识一下这几位：甄成事，尊号老甄头，雅称老枕头，刑侦股第一智囊；许士亮，顶尖摩托车手；刘井然，反扒能手；曾金台，残局高手，一代杠眼，超级雄头。其他人不用两天全就熟悉了。防震棚里最敞亮，都习惯在这将就着。你一来，办公室用得肯定要多了。回头你去收拾一下吧，就在秘书股后头。"大家笑着一一握手。

文滔说："我刚走出校门，什么也不懂，还请各位多指教。"仇副股长摇手说："小齐呀，来了就是一家人，切莫再说两家话。别看他们个个膀大腰圆，其实都是二把刀。真要舞文弄墨、使拳动枪，破案推理登大雅之堂，没有一个真行的。"大家相视一笑，算是回应了。老甄说："仉股长说得真不假，这几年，刑事案件千变万化，眼花缭乱。靠蛮力敲山震虎，熬大鹰拼口供的时代很快就要成为过去式。小齐是第一个正规公安院校毕业生，接受的是系统综合教育，你的到来，对刑侦股乃至侦查全局，绝对意义深远。"

　　齐文滔来到刑侦股办公室，一开门，差点让刺鼻的霉味给呛倒。满屋子灰尘蛛网，桌面窗台上长有一层毛茸茸的绿色霉苔。他开窗通风，买来水桶、抹布和笤帚，打来井水，挽起袖子，连扫带抹，不到一个小时，办公室就干干净净、亮亮堂堂了。干完这些，他来到防震棚拿警服和警帽，见他四处张寻，仉副股长笑笑说："全股总共三套警服，执行特殊任务才能穿。警裤磨破早扔了，只剩三件警褂子。好在裤子的颜色差不多，足可以假乱真。社会上只认警帽和警褂，实在情急时，戴个警帽也管用。"经过小齐的一番洗刷，警褂警帽立时变回雪白色。不出三五天，报案记录、立案报表、请假制度、用车规范全部建立，各项工作也都有了些章法。文股长高兴地见人就说："公安院校出来的，就是不一样。"

　　这天，刘井然和金大兵调查一起扒窃案，叫文滔开上一辆三轮摩托同去。因路狭过不去，离龙山大队五里路时只得改步行。来到路贾贤家，了解儿子路小怀近期的活动去向。老路一听查问儿子，自然就来气："你公安局这不是败坏我家声誉吗？儿子才二十刚出头，还没说上媳妇呢。你们这样一上门，人家还不说我家出了个盗窃犯？谁还敢上门来提亲！"

　　老刘说："事关案件侦破，需要了解路小怀的活动情况。找你们当家长的来座谈，说明公安信任你们。二十大几的人，长年游荡在外，总得有钱吃饭吧，你知道他都接触些什么人？""你这不是血口喷人，咒我儿子骂我全家吗？我儿子又不是色孩子，用得着你们咸吃萝卜淡操心？"妻子路王氏见当家的暴跳如雷不讲理，近前劝他："人家公安了解儿子，说过半句难听的话吗？何苦唻！儿子就像一只没脚蟹，你知他天天是在钻湖底还是溜河汊？长年在外没个管头，谁能保证不出事？人家公安没冒烟，你倒先起火了，这是要干吗？"刘井然说："就是，有冲我们发火的劲，管管儿子不好吗？小怀一旦回来，要主动到公安局刑侦股去说一声。"

　　三人往外走时，路王氏送到大门外。走出不到一百米，路贾贤突然冲到门外喊："强盗打劫了，用枪指着我，快来人啊！把这些狗玩意的枪给全下了。"附近族人听到叫喊，瞬时拥出十几人，举着木棍铁叉，边冲边叫："砸死这些狗日的，下了他们的枪。""砸死这些土匪强盗！""打翻这些祸害百姓的熊玩意。"

金大兵有点心慌，说声："咱们快跑吧。"撒腿就要跑。突遇汹汹危情，齐文滔亦是骤然紧张，但他马上镇定下来，一把扯住小金说："不能跑，离车五六里，跑不到半路就会给追上，逃跑途中如何辩白？人多势众情绪失控，还不一顿砸死咱们啊？转回身来，正面应对，以静制动，转守为攻。"刘井然说："小齐说得对，只能正面应战，不能把后背留给他们。"

三人转过身来，双手叉腰，分腿站定，直面冲过来的人群。齐文滔雷鸣大喊："我们是公安局的，你们要干吗？知道袭击公安干警会是什么后果吗？"猛见三尊铁塔岿然矗立，这伙人个个就像踩了急刹的汽车，摇了几摇、晃了几晃才站稳了脚跟。大眼瞪小眼地相互问："公安局的？""打公安下公安的枪，那不是找死吗？""不论是哪的，先拍倒再说话。"说着，就有几人蠢蠢欲动，棍棒也重新摇起来。小齐瞅准时机又开口了："要下公安的枪，谁敢？枪是保护人民、打击敌人的，只有反革命阶级敌人才憎恨惧怕，难不成你们都是反革命犯罪分子吗？"扔出这几句，几个摇动棍棒的家伙开始往回缩手了。小齐趁热打铁："枪是什么？是专门镇压敌人犯罪分子的，必须掌握在党和人民的手里。要下无产阶级革命枪支，全中国没见一个敢的，这不是敌人是什么？世上有这样的人民群众吗？是革命群众我们坚决保护，是反革命坏蛋坚决打击。有狗胆的上来吧，就让这反革命的脑袋试一试！"趁他们尚在踟蹰犹豫，文滔大喊一声："出枪，上膛！"三人同时拔枪在手，咔嚓一声子弹上膛，齐声喊道："是革命群众，扔掉凶器，既往不咎，我们依法予以保护；敢公然与人民为敌，坚决镇压，绝不留情，来吧。"此时情势已根本逆转，三人完全占据了主动。

这伙人一看，三人蹲着马步，豹头环眼，枪口前指，杀气腾腾，一下子全都蔫巴了。现在面对的可是真真的公安局，指向脑袋的可是子弹上膛真真的铁家伙。枪声一响，谁敢说脑袋是铜做钢铸的？何况袭击公安干警，抢夺革命枪支，死活都是反革命罪。自己玩完不说，全家都得遭殃倒霉，永世不得翻身。有几人就马上说："我们是革命群众，是好人。"

小齐厉声追问："有这样持凶器围攻公安干警的好人吗？是好人立即放下凶器，否则采取断然措施。注意，首先击毙最前边举着铁叉不听劝阻的顽固匪徒，预备，三、二……"此时，这伙人一齐喊着"我们是好人不是坏人"，一边将棍棒铁叉像烫手山芋似的扔到了地上。

三人喝令他们抱头蹲到一边，文滔叫过一个年纪稍长者厉声斥问："是谁造谣煽动公安打劫的？打了谁，劫了谁？你给我马上指出来。""路贾贤说的，俺没多想就冲出来了。""没多想能像山洪暴发冲出来十几口子人？他放狗屁你也信？"随即回头喊道："路贾贤，马上给我滚出来，当着众人说清楚，到底是怎么一回事？"

路王氏赶紧跑出说："大家别听老路信口雌黄，胡说八道。人家公安了解事情，和颜悦色，是他自个儿发疯造谣生事的。"文滔说："大家上当受骗，好在没有酿成严重的血案，现又主动放下凶器，可以暂且记下这笔账。路贾贤无中生有，造谣污蔑，煽动袭击干警，抢夺革命枪支，差点造成重大伤亡，真是狗胆包天。不但犯下了弥天大罪，而且情节还特别严重。不坚决打击镇压，如何能平民愤？你们说，这样的反革命大坏蛋，咱能放过他吗？"

事到如今，谁还敢说半个不字。大家一齐说："这王八犊子是地地道道的反革命，应该严厉打击。"文滔随即高声说："路贾贤你这个王八蛋，还想连累他人吗？若敢持械顽抗，坚决就地正法。"路贾贤一看，没人再敢替他说话，反抗只有死路一条，只得乖乖地举着双手走出来。老刘枪口指头，齐文滔和金大兵飞身而上，一脚踹倒，反剪双手捆了个结结实实。老刘回头命令："路王氏和所有人员马上到公安局接受讯问，凡不到者，以共同犯罪从重论处。"这场突发大危机被迅速化解了。

文股长听取汇报时，惊出来一身的冷汗。他问小齐："当时害怕吗？"文滔如实回答："初时特别紧张，随之就很镇定，事后非常害怕。来到车跟时，两腿发软站不稳。关键是佩给我的手枪'张口等'根本打不响。太突然了，跑，肯定全军覆没。只能出险招、走险棋、险中求胜了。"文股长又问金大兵："如若逃跑被追上，想过后果吗？"大兵如实说："第一反应就想跑，哪想啥后果。"文股长说："幸亏叫上小齐，保住了你们两条命。如若选择逃跑，你们的命也许早没了。这个小齐呀，虽是初生牛犊，却有大将之风，泰然自若，处变不惊，于无声处响了个惊雷，不愧是公安学校毕业的。"

一日，文滔在暗室冲洗胶卷，刚刚搞定，金大兵在外敲门喊道："岚坪公社刘小岭发生爆炸案，文股长叫你出现场。"小齐火速跑出来，见许士亮和曾金台各自发动着一辆三轮摩托，文股长坐在第一辆的偏斗里，老甄头坐在第二辆。小齐坐上后座，摩托鸣着长笛，扬起黄尘，疾驶而去。

进村拐进现场，见一人袖口高卷、叉腰跺脚，一手指着派出所的项所长，怒冲冲地吼叫着："什么狗屁派出所，吃屎也赶不上热乎的。我屡次被人报复，你们就从没好好管过一次。现在家被炸，人也差点被炸死，你们称心如意了？要是揪不出凶手来，老子跟你们没有完。"车未停稳，文股长早已敏捷地跳下来，老甄头厉声喝问："是谁大呼小叫的？公安局是来听你骂大街的吗？"项所长急忙上前说："是支部书记刘本相，挨炸的就是他的家。"曾金台应声呵斥："狗屁，不知天高地厚的东西，竟敢在文股长跟前蹬鼻子上脸。不好好分析为何挨炸，却冲着所长大呼小叫，一看就不是个好玩意。今天没工夫和你闲扯淡，还不给我滚得远远的。"刘本相是个土皇帝，打谁骂谁全凭兴致，项所长是个老实人，压根就没有放在他眼里，今天遇见刑侦股这个硬茬子，哪儿还敢再出声，麻溜地蹲到一边去了。

文股长简短听取介绍后，指挥展开勘查和调查。他强调："现场勘查不能光凭眼睛看，还要学会动脑子。不能只就现场看现场，还要学会举一反三。"刘本相家是青砖大瓦房，在农村实属难得一见，与周边低矮的草屋反差强烈。屋山墙被炸塌一角，室内床被炸碎，院内院外到处都是碎砖块。文滔仔细勘查、拍照、提取，有时又趴在地上用放大镜仔细观察。他提取到一些碎木屑，显得特别兴奋。随即叫上派出所的李兴军，来敲东边一户的门。里边问是谁？文滔温和地回应说："公安局的，请开门吧。"里边说："这事与我无干啊。"他回道："谁说与你有关了？你家的房顶损坏较重，看看能不能让公社给帮着修一修。"

门开了，出来一位七十多岁的老者。文滔见院子早已打扫干净，就想到屋里一探究竟。或许久站、或许头晕，老人突然打了个趔趄。文滔问他哪儿不舒服，扶着就往锅屋走。老人说："脏得没法待，就坐院里吧。"文滔说："这天起风扬沙的，你还头晕，伤风脑热哪儿是玩的？进屋吧。"扶着老人进来了。

说是锅屋，不过是间低矮的草棚。文滔拿过黑碗给老人倒上一碗水，迅速观察着这间小棚子：棚顶四壁全是提溜搭挂的灰绺子和蜘蛛网，只有锅屋门口放着一个鼓鼓囊囊的稻草绳网包。他探手去摸，全是树叶类的软草，里边有根短硬物，伸手取出来，竟是一截长约二十厘米的杨木棒。他心中大喜，立夸老人说："人勤日不艰，一看你家就不缺柴草烧，只是这块木头烧了有点可惜呢。"老人说："不知谁扔的，拾到家来还没烧。"文滔说："老人家，这有啥可说谎的？上面全是灰砖屑呢。"文滔一语点破，老人有点不好意思了："实说吧，这是刘书记家爆炸时飞过来的。我嫌不吉利，想烧还没来得及。"

文滔说："东西无关紧要，既然炸飞过来，就是案件的物证。我要拍照做记录，还得请你摁上个手印，可以吗？"老人说："这是为我好，我乐意。""请问怎么称呼您？""街坊都叫我刘老三，也算是个大号吧。"文滔立即做好笔录，和老人道了再见。

初查情况很快反馈给文股长。案件发生在凌晨三点，正是夜深人静时。刘本相花天酒地，荒淫无度，蛮横霸道，民怨沸腾。他凭借权势，强行与多名妇女保持着不正当的性关系。社员遇见就像小鸡见到黄鼠狼，避之不迭。恨他的人面广量大，矛盾最深最直接的，只有副书记于记水。刘本相多次遇险，都曾怀疑他；于多次遭暗算，也都怀疑刘本相。他最了解刘本相睡觉起居等情况：平时都睡堂屋东北角，昨晚突然肚子疼，就挪了个地方，竟然侥幸逃过了一劫。文股长说："这是一起恶性爆炸杀人未遂案，影响特别巨大。刘本相品质不好，行为不端，矛盾众多，要抽丝剥茧，理出头绪，尽快确定嫌疑人。当前要抓住爆炸案这个主要矛盾，刘本相的问题另案处理。"

安排好工作，文滔来到了爆炸的现场。文滔边勘查边分析汇报："爆炸是手段，目的是要命，性质是杀人；熟人作案，一人可以完成；自制硝铵麻布炸药包，重约一公斤；炸点距地面一百一十厘米，正对床头，选点准确；支撑炸药包的，是一根无皮杨木棒，长约一百二十五厘米。"见文滔的汇报言简意赅，条理清晰，文股长非常满意。

晚上，派出所里灯火通明，案情分析如火如荼，所有疑点全部指向于记水。文股长见夜色深沉，怕再熬下去影响明天的工作，遂简明扼要说："明天兵分三路，曾金台、许士亮访谈于记水，摸摸道行深浅，再行研判；老甄头座谈刘本相，全力获取深层次东西；小齐继续深入搜寻痕迹物证。"

众人分别就寝，甄成事、曾金台、许士亮、齐文滔却毫无睡意，又凑在一起继续探讨。凭直觉，老甄、老曾早已心定于记水，但如何破局拿下他，却伤透脑筋无好法。此人深谋世故，奸诈无比，有理自不待言，无理强争三分。若没钢证铁据，想仅凭怀疑攻下他，几乎没有可能性。老甄头精于迂回，曾雄头擅长攻心，此时却没有丝毫的底气。

老曾笑着说文滔："齐科班，别藏着掖着留后手。什么心理学、逻辑学的肯定都有涉猎吧，有啥妙招赶紧放出来。""残局高手都黔驴技穷，我能有啥好招数？我只问你一句话，若你率兵攻城，是愿迫敌投降，还是拼死一战？""废话，若能迫敌就范，谁愿损兵折将！"

文滔说："完全正确。因人而异，因案而治，是实招也是最高招。兵法云：'兵者，诡道也。''不战而屈人之兵，善之善者也。'说的就是这道理。于记水他再狡猾，不过是只老狐狸，量他如何斗得过好猎手？"老甄头点上一支烟，沉思良久说："迫敌投降固然好，大军压境是前提。好猎手为啥能够降伏老狐狸？关键就在技高一筹。若没点压箱底的真宝贝，想轻易拿下他，只能是痴心妄想啊。"文滔说："老甄头果然老到。我有一法，可避免和他正面硬磕，直接用痕迹物证定死他。"

几人一听，两眼顿时像铜铃。说实话，这些年办案子，皆是土法上马，全凭与嫌疑人拼口水。交代与现场吻合了，就是证据；拿不下口供，纵有万般不舍，终化两行飞絮，只好一放了之。很多时是不供没法子，翻供更没法。如果能直接认定他，这得省去多少心力。见文滔拿出一截短木棒，曾、许两人嗨的一声，垂头丧气拉下脸儿来。金台说："齐大学也兴如此闪人的？心都让你吊到嗓子眼上了，却是白白地兴奋了这一场。一截破木头能起啥作用？你以为这是孙猴子的金箍棒，会千变万化啊？"老甄头此时却兴趣特饱满："文滔既敢拿出来，绝非为了开玩笑，快说说。"文滔说："秤砣不大坠千斤，胡椒不大辣人心。此物虽不起眼，认定作案人却斤两足够呢。"金台不屑一顾："真敢拉！吹牛皮也得看看时候看看是谁吧。你说，这是从哪儿淘澄出来的？"文滔说："一户社员家。"士亮直接摇起头："一听就是赶海市，八长竿子打不着边际，也敢奢谈凭它足够？年轻人还是稳当一点吧。"文滔说："切莫小看此木，作用非同一般，它是爆炸支撑物最关键的部位。你们看，撑药端碴口炸得参差不齐，触地端较粗锯痕明显，说明这正是取自树身的这一截，利用价值无可估量。断木自然取之有处，只要找到树身碴口，何愁揪不出这个作案的家伙来？"

金台更不乐意了，气呼呼地说："你去哪儿找树身？即便能找到，这种鉴定谁又搞得了，你能搞？"文滔说："鉴定其实并不难，咱有高倍显微镜。""拉倒吧，公安部配发三年多，一直堆在地库里，估计灰尘也得半寸厚，霉毛也有三寸长，还不早已坏透了！即使没有坏，谁又会用啊，你会吗？"文滔说："这是一种精密仪器，包装密封都很好，轻易坏不了。我已开封试验，不仅没损坏，而且还特别好用呢。"两人一听，这才眉头舒展来了劲。老甄高兴说："难怪都称美玉为玉石，却原来，有人鉴识是为宝，无人赏即荒山石。"金台说："还真是，世上纵有千里马，不遇伯乐难驰骋。科学技术就是生产力，真乃绝对之真理。"于是重新商议方案。感觉比较完备时，老曾挥手拍案说："睡觉，明天誓与嫌犯一决雌雄。"他平时说话就好左指右点的，今晚这一挥，竟然弄出了大动静。一个茶碗碰地上，嘭地摔了个稀巴碎。几人不但没懊恼，反而愈发兴奋了。你道因为何？原来侦查破案有说法。意外破个东西，破破同音，预示案子将要破，是大吉大利之兆。有时确也有巧合，山重水复疑无路，突然破个东西来点响动，还真就柳暗花明又一村了。文股长其实也没睡，听到响声急忙问："咋了？"金台摇头吐舌说：

"破了。"急忙拉灯就寝。

翌日清晨，破案组带着铺盖卷重新进驻刘小岭，在大队部里支锅灶、打地铺，摆开了一副决战的架势。别看村里闭门锁户、街清巷静，重磅消息却似百鸟飞歌，马上家喻户晓。社员们霎时说开了："这阵势，公安局心中一准有数了。""刘本相固然可恶，可要炸死他全家，心也忒狠了。""秃头上虱子明摆着，就看今天找谁吧。"

有两人最关注公安局的一举一动。一是刘本相，他最怕公安偃旗息鼓，那样，他就会重新过上提心吊胆的惶恐日子。案子一天不破，他就一天睡不着，害怕哪天突然呜呼哀哉了。一见公安人员叫他来，全没了昨日的威风，点头哈腰说："你们进驻刘小岭，又不是为我一个人，难不成我们没张床，连顿饭也管不起？你们日夜操劳奔波，生活小事交给我还不行吗？"文股长摆手说："本来破案吃住在村，上级有规定，每天半斤粮票两毛钱。但考虑你是一把手，又是本案受害人，生活孬了不自在，好了无私有弊，所以不劳你多费这心了。你只管动脑子梳理梳理，尽量多提供一些线索吧。"

二是于记水，他孤注一掷炸响一炮，兴奋过后又坐卧不宁，一眯眼就会做噩梦。昨天公安一来，吓得他冷汗直冒；今天大军一进村，心里又腾腾地划魂了：公安这个闷葫芦到底要卖啥药呢？一听公安叫他去，差点就要尿裤子。刚进大队部，就传过刘本相的声音来："我就反复说过，除了于记水，别人绝无可能。前年春节，他半夜在我家大门贴烧纸，害得老母亲没出正月就抑郁死了；去年，他在路上拦根绳，天黑路暗，把我连人带车子绊进路沟底，差点就要给摔死，一躺就是仨月余。不论公事和私事，下绊子使坏全是他。这要不是他炸的，我把脑袋输给你……"

老甄头打断他话说："你是受害者，又是村书记，不能老钻牛角尖。你是个什么东西，自己心里也该有数吧。想弄死你的人，若说二三十，或许有点多；三五七八个，绝对不多吧。也不撒泡尿自个儿照照，你还配当支部书记吗？老于他是你副手，何等深仇大恨，让他下得如此狠毒手？翻进沟里那一回，不是遇到他，才把你送去医院的？怎么在你眼里，洪洞全县竟没一个好人呐！"于记水听见刘本相认死是他作的案，心中不免像十五个吊桶打水——七上八下的。他做梦也没想到，这是侦查员故意让他听见的。

于记水一进屋，曾金台给他端上一杯热水，和颜悦色道："于副书记，今天请你来，是要你认真分析此案，全面如实提供情况的。你是刘书记的主要助手，一定得好好动动脑子了。"他本来极度紧张，一见各位轻松随意，方觉心安些，随即小心翼翼地说："刘书记这人吧，得从两个方面看。能力强、有办法，就是性格粗暴点。我和他平时有点不对付，但纯是为工作，绝没有丁点的个人恩怨。"

金台说："初步了解，社员对刘书记反映是不小，我们两眼一抹黑，你最熟悉情况，你说，啥人能办这事呢？""若说不了解，指定是我要佯腔。我说得不一定对，但一定是到家的大实话。他挨炸，不是工作矛盾，纯是个人仇怨。他这人有个大毛病，喜欢搞女人，庄里村邻不沾亲就带故，他却全然不管不顾，只要人漂亮，就像个大公鸡扑棱着翅子生逮硬上，不是有的男人就闹到他家去了嘛。我寻思，水上哪有无风的浪，肯定是哪家男人明里不敢，暗里气不过，报仇雪恨来了吧！"

金台笑了笑，不阴不阳说："于副书记真是用心了，我相信，想弄死他的人可能不止一两个，但了解底细的，或许只有一个吧，你说是不是？"于记水听了，浑身哆嗦了好几下。

于记水刚刚离开家，齐文滔和李兴军就来到他的家门口。小李高声喊问："于副书记在家吗？"女人隔墙撂出话儿来："刚让叫去办公室了。"小李说："是嫂子啊，我们也要找他的，正好喝水等会儿吧。"

一进院，小齐一眼瞄见，东南角挨厕所靠东墙，斜竖着三棵剥了皮的大杨树，其中一棵树杈截面与提取的木棒很相近。进屋后，与女主人若无其事拉闲呱，文滔特意提醒说："农村干部不易当，刘书记就挨了炸。于书记虽然是副的，但能干也易得罪人，也得时时小心点。"说着话，他突然皱眉捂肚，站起急问："茅房在哪儿？"女人手指外边说："东南角。"

文滔闪身出屋，跨步来到杨树前，一看是个新锯茬，立即丈量尺寸，拍照固定，迅速妥帖办完后，顺手把相机和树边一个小手锯藏到院门外。然后重回室内，继续闲话："你家房子有年头了，为啥还不翻新呢？""正在备料的，明年开春翻掀新盖。""院里有几根大杨木，准备盖房用的吧？""当梁用，今年开春才杀的。"

一番交谈，摸清树是自家院里的，枝干留做烧火柴。小齐不太经意说："于书记这人当官行，干活也是行家里手，树皮扒得光滑锃亮，一看就是个大能人。树杈有个新茬口，粗细正好做杠子。我们摩托车的轮子坏了，嫂子拿来我们撬撬吧。"王氏说："可不就做杠子嘛，前天早上刚锯的。今早我还问他杠子呢，他说拿出去忘了拿回来，回头让他给你们捎过去。"文滔见一切证据皆到手，随即起身告辞："于副书记肯定让事绊住了，我们先去走访着，回头再来找他吧。"

文滔告诉金台，可以让于记水回家了。金台回屋振振有词说："刚才你说的，我们权且先听着，刘本相毛病是不少，你的事情也挺多。案没破，你就是重点怀疑对象。法网恢恢，疏而不漏，奉劝有些人切莫自鸣得意，机关算尽太聪明，反送了卿卿的性命。别看今日闹得欢，秋后肯定拉清单。不是你，自然赖不到你头上；若是你，逃脱不了应有的惩罚。问题早说早主动，从宽余地也更大。下次再找你，还会这么客气吗？仔细掂量掂量利害轻重吧！"老曾这番话，有轻有重、有痛有痒，直听得于记水寒毛倒竖，心中发凉。

文滔跨上许士亮的摩托车，似一阵风刮回公安局。立即打开显微镜，认真细致地比对起来。因提前联系过，公安处邓永军技术员也很快赶到。两人轮番寻找比对着检材和嫌疑样本的细微特征，两小时后得出结论：检材木质断面与嫌疑样本木质断面为同一整体。齐文滔签字鉴定人，邓永军担当复核人，并加盖上沐浔地区公安处的刑事技术鉴定专用章。

于记水一回家，爱人说："你前脚刚走，后脚公安就来了，问你锯过的杠子呢！"这话犹如一记闷棍，差点把他打晕了。转念一想，木头谁家没有，又能说明啥。正自暗打算盘，公安干警又来了。他刚站起身，曾金台亮出手铐说："带走。"干警未及动手，他早已瘫坐地上了。

文股长召集刑侦股全体会议总结此案："8·27爆炸案，是个重大转折点。多少年来，我们传唤嫌疑人，穷尽手段搞审讯，疲惫不堪、效果不佳。

好不容易获取到口供，很多又经不起事实的检验，还容易诱使干警犯错误。这起案件，给我们上了一堂生动的新课，那就是办案要重证据、重调查研究，用事实和科学技术来说话。"

讨论时，曾金台首先放炮："这起案件，简直开辟了侦破新天地。我本想传唤嫌疑人，熬他个三天五夜的。哪承想，文滔一纸文书定乾坤，不费吹灰之力拿下来了。这精彩的一笔，算是深深地印在我的脑海里了。老办法老一套，是到了非得必须改变不可的时候了。上级老说年轻化、知识化、专业化，我曾深不以为然，这回算是真正地领教了。"文滔说："老曾言重了，改变侦查思路，不是一律抛弃审讯技巧，更不是不要口供。去年7月1日，我国颁布了《中华人民共和国刑法》和《中华人民共和国刑事诉讼法》，刑诉法明文规定，被告人应当如实陈述犯罪事实或者无罪的辩解，这就从法律上确定了获取口供的必要性。吃透案情，因案施策，抓住有利因素，注重技术手段，自然就会事半功倍。"

"总结这起爆炸案，我认为主要胜在三点上：首先决策正确，文股长要求不能就现场而看现场，恰恰是这个要求促使我们走出中心现场，找到了重要痕迹物证。二是配合默契，调查环环相扣。三是尊重客观事实，充分发挥了主观能动性，同时，又充分利用了难得的一点小运气。"

"我认为，正确决策是前提，还有九分实干和一分的运气。正所谓'东风不与周郎便，铜雀春深锁二乔。'此案爆炸支撑物就是一例最好的明证。如果锯断面连接炸药包，岂不全成碎末了？木头炸飞到老刘家，他若当柴烧掉，咱是神仙又奈何？截断面就在嫌疑人家，他若先予销毁，咱有啥法子？当然，机会来临，抓得住才是运气，抓住就赢，错失就输，这就是破案铁法则。"

老甄头清清嗓子说："此案确该好好总结，凡事难的不会，会的不难。小齐刚从院校毕业，利用技术手段认定作案人已属不易，通过现场痕迹物证准确分析爆炸残留物，并且当机立断、不失时机地迅速找到，更是难能可贵。以此案为标志，浔水公安的侦破新时代已经到来了。"

第三回　高施恩大刀阔斧　耿世坤高瞻远瞩

　　时光荏苒，日月如梭，不知不觉夏天远遁，秋风渐凉。短短的时光里，浔水县政法部门发生了许多新变化。新设立政法委，公安局局长贺明仁调任政法委书记。

　　说起贺局长，阅历非同凡响。抗战时，共产党成立浔水抗日民主政权，设立公安科，他任公安科科长。解放战争时期公安科改局，他任公安局局长，一干将近四十年。副局长高施恩提任公安局局长，他也是久经沙场的老革命，作风刚毅，雷厉风行。文国书升任副局长，分管两项侦查。仇和展提任刑侦股股长，刘志豪提任副股长。恰巧一批部队干部转业，分到公安十多人，高局长又跑要争取，从干部子弟中招录了七名公安人员，全部分给了刑侦股。

　　本来，招录几名公安人员算不上什么大动作，可公安局是啥牌子，公开招人又是破天荒之第一次，影响堪比一场大地震，震出了高局长的名声和权威。局长们纷纷议论："咱是局长，人家老毛孤也是局长，比比他咱就是个屁。""高局长呼风来风，唤雨即雨，他手握枪杆和监狱，谁敢轻视！""看看吧，东西南北分不清，县里那是监狱吗？劳改队里才是呢。""公安局局长这么好当啊？他领导公安局就像摇鹅毛扇子一样轻松。换作你，半分钟都玩不转。""这是大实话，还是县委有眼光，老毛孤这身本事，谁敢不服气？"

这次招人，除了县里领导，各方面的头头脑脑也都想趁机把子女弄进来。高局长亲自把关政审，凡有问题者一概不要，坚决彻底地堵住了口子。其说一不二的强悍作风，体现得淋漓尽致。不论谁，皆毕恭毕敬不敢轻视。是时，公安人员主要来自三方面：新中国成立前的老革命，军队转业干部和复退人员，接班或招工。刑侦股则几乎是清一色的军转干部。他们热情高、干劲大，吃苦耐劳，敢于拼杀。但侦查业务和法律知识比较匮乏，执法程序和实体，容易出现小偏差。接班、招工的一般都是年轻人，其中不乏优秀者，极个别也确实难以扶上墙。股里缺乏一批有思想、敢作为、懂法律、熟业务、会破案的综合人才。

高局长雄才大略，一上任就抓住了问题的关键：进人、提干、解决干警的实际困难。因改革开放刚起步，各行各业都是摸着石头在过河，一些投机分子想方设法地利用权力为单位和个人谋取些好处。高局长不屑个人私利，考虑的是社会稳定大棋局。军转干部是公安的绝对主力军，但家属孩子多在农村，一边疲于奔命干工作，一边还得蹬着车子回家照顾老人和家庭。好多人的儿子三十好几找不着媳妇，生生一夜愁白了头。农村户口没有资格参加招工或招干，干警只能干瞪眼。公安局虽然掌管着户口，但农转非的决定权却牢牢地攥在县委领导的手里。每年那么丁点的名额，领导尚不够分的，何能轮到干警们？

高局长越想越气恼：凭啥干警拼死拼活，好处全得让他人？他跑到地区公安处，冲着耿处长发了一通雷霆震怒："把我调来伺候你吧，老子不干了。他娘的，咱是管户口的，干警天天像儿子盼老爹施舍似的盼着，结果呢，年年有名额，年年不沾边。他们的儿子是儿子，咱公安的儿子天生就是孙子啊？没黑没白地提着脑袋冲锋陷阵，死在哪节哪块都不知道，可家属、子女们连个户口都转不出来，你说谁能没怨气？这活谁还有法干！"

耿处长本就心系干警，非常关注基层疾苦，这个问题他岂能看不到？只因涉及领导的切身利益，实实在在太敏感、太难办。高局长是他的老首长，火气虽然盛了点，但反映的事却带有普遍性。耿处长也在寻思：此事是基层干警的一块大心病，是到了该下决心解决的时候了。每年戴帽给各县一些内部名额，各局再想法截留点，问题或可迎刃而解。孩子一旦农转非，即可跨入招工招干的大门槛，后顾之忧自然解除嘛。他决心下定后，笑了一笑说："也就老首长您，敢在我这儿跳着脚骂娘。累了吧？我还有瓶压箱底的老陈烧，陪你喝一气灭灭火。今年就给特殊政策，行了吧？"高局长拿到尚方宝剑，趁县领导未及回神，每户农转非一人。霎时，全局欢声雷动，热情空前高涨。

此环才系扣，高局长又扣紧第二环：改善办公居住条件。公安局这个小破院，建于1943年，局机关、看守所、武警中队、拘留所，还有七零八落的几间破宿舍，混挤在一块巴掌不到的小地方，杂乱无章尚在其次，安全隐患实在太大。他使出浑身解数，跑上级软磨硬泡，终于争取到一笔资金新建看守所。他的心里早有打算，搬迁腾挪的地方建一排平房，优先改善刑侦股和治安股的办公条件，同时捎带着建点宿舍。干警老婆孩子挤在一间小破屋，实在让人太心酸。可县委、县革委也有想法，给你另批了新地，腾出的地方必须收回另行安排，正好组建司法局，就拨给他们使用吧。高局长天天忙工作，县领导酝酿操作已很久，他却全然不得知。

这天，县革委王副主任召集小型会议，通知高局长参加，他到会一听，竟是让公安局发扬共产主义风格，理解县委的现实困难，把腾出的地方划给司法局。高局长火气升腾，七窍生烟：好好一个办公院，当中抠走一块，成何体统！再说，搬迁看守所用的是上级资金，也算为县委分忧解难。我操心费力地跑断腿，还不是看守所人满为患？没这三分利，谁愿披星戴月起这早五更？这下倒好了，眉目折腾出来，却蛋打了鸟飞了，没了公安什么事，怎不令人万分气恼？王副主任在讲话，高局长早已眉横目冷，十二分的不好看了。与会者面面相觑，不敢出声。王副主任低着头说："高局长，你也现场表明态度吧。"

高局长一把抓过文件包，慢慢起身说："唉呀！我都被打成劳改犯了，还有资格说话吗？态是不敢表了，话得说在明处吧，我老高可从来不干那些鬼鬼祟祟不见阳光的事。看守所不盖了，钱款如数退回去，都满意了吧？"说完，眼皮抬也没抬，扬长而去。王副主任张着嘴巴做声不得。

回到公安局，高局长立即找来施工人员，亲自指挥划线打地基，几天时间，一排红砖灰瓦办公室拔地而起。然后又盖几排平房，双脱产家庭每户一个小院，居住条件一下拔高两个档次。干警扬眉吐气，腰板更硬三分，走路都呼呼生风了。

恰在这当口，石拉公社党委书记朱相杰来找高局长反映，他那一带许多大队村庄，推车脚子、豆饼、花生饼和鸡鹅鸭等大量被盗，社员人心惶惶。高局长一听，这还得了！当前全局士气高昂，岂容盗贼横行猖狂？他指示仉股长："局长我是新官上任，分管副局长新官上任，股长你也新官上任。俗话说，新官上任三把火，咱这都已九把火，还烧不出这个小蟊贼？上马，攻坚。坚决拿下这个十恶不赦的狂妄盗徒。别忘带上少壮派，丈夫未可轻年少。"高局长嘴里的少壮派，是他对齐文滔的专称。

高局长的话音刚落，仉股长马上说道："今天他去公安处了，前几天搞了个偷盗小团伙，拘留马上到期，报捕证据不足。昨天小高去汇报，让耿处长一顿呲回来了，今天只好又让小齐去汇报。"高局说："那没关系，回来让他直接上案子。"

此时，文滔刚刚来到地区公安处，问清耿处长的办公室，小心翼翼来敲门，听到"进来"这声低沉话语时，心中不由一激灵。仉股长昨天一遍又一遍地反复交代说："耿处长甩着一张老黑脸，可瘆人了。如果抓不住要点，说不清道不明，你连他办公室的门都走不出，更别说批准收审了。"小齐快速将遍要点，才敢蹑手蹑脚地来推门。耿处长放下手头文件问："什么事，哪局的？"

文滔迈步上前，喘着粗气紧张说："报告处长，浔水县公安局齐文滔，汇报请示收审案件。""昨天刚来汇报过，今天又有新案了？""报告处长，就是昨天那起，我们连夜补充侦查了新材料，报捕来不及，放了前功尽弃，只得再来请示汇报。""说。""目前认定此团伙盗窃作案三起，价值一百七十余元。另涉嫌作案七起，存在供证差异，需延长时间才能查证清楚，特请示收审一个月，案卷在此，请处长审阅。""拿过来。"文滔双手递上，耿处长接过翻看几眼问："这几份新材料是谁提出调查的？""报告处长，是我。"

耿世坤哦了一声，提笔写下一行字："同意收容审查一个月。耿世坤。"然后一挥手说："走吧。"

文滔如释重负，轻轻擦一下额头的汗珠，接过案卷说："处长再见。"转身往外就走，刚到门口，突听一声"回来"，他心头又是一咯噔，生怕哪儿出纰漏，回身急问："处长还有啥指示？""是省公安学校今年毕业的？""报告处长，是。""哦，走吧，走吧。"文滔边走边暗自偷笑：都说耿处长脸似黑铁不苟言笑，其实温文尔雅令人尊敬，哪有传说的这么可怕啊？

出了公安处，文滔乘坐上2路公交车，车刚开动，见路对面的公交车上走下一个人，文滔的眼睛骤然发亮，这姑娘的身形为何这般熟悉呢！他赶紧扒开车窗朝外看，发现竟是一直藏在心中的那个她。由不得万分激动大声喊："喂，老同学，老同学——"姑娘闻声转身，特别惊喜地喊说道："齐文滔！这几年你躲到哪去了？"刚要往这跑，恰巧有十几辆车鱼贯而过，把人就给严严实实地挡住了。文滔喊道："原地等着我。""什么呀？听不清。"文滔旋即来到车门口，待公交车到站一停，立即飞跃而下，拔腿飞也似的往回跑。来到一看，人群倒是川流不息，却唯独寻不见这个深藏心中的恋人儿。徘徊寻找两个多小时，只得万分惆怅地离开了。

第二天，文滔擦亮自行车，抱出铺盖卷牢牢地拴在后包袱架上，跟随专案组兴致勃勃要起程。哪承想秘书股的邢股长一头大汗跑来说："小齐不能走，快陪耿处长调研去。"文滔边蹬车支脚边回头拒绝："胡闹台，你秘书股是干啥吃的呀？"邢股长着急说："文局啊，耿处长突然杀过来，一不许高局长陪，二不准秘书股跟，开口点名要小齐，人就等在吉普上，我都急疯了，你快点下个命令吧。"文局只好说："小齐你去吧，活，肯定会有你干的。"小齐极不情愿地来到吉普前。高局长特地嘱咐："耿处长前来检查调研，不许老子陪，却要你这毛头小伙少壮派。当心点，别丢三落四给我丢脸。"耿处长说："行了老首长，熊我也就罢，人家小齐年轻人，受得了你这唠唠叨叨？你陪我，哪个不得看着你的脸子行事啊？"小齐坐上去，吉普车飞驰而出。

耿处长笑问小齐："工作这段时间，有何体会感受呢？高局长能力强、作风硬，就是脾气大得很。他若喝多了，你可千万别招惹，我都拿他没办法。"小齐说："感觉就是忙，东一榔头西一棒槌，疲于奔命却很充实。我很热爱刑事侦查，适应自然也很快。遗憾的是，不少人只能干随活，法谙业精、独当一面的人才太缺乏，很多时候分身无术。处长，别看高局长在你面前大模大样的，其实心里最服你。他不论喝下多少酒，看着似乎大醉，其实很不然。何人何事发火，何时何处发威，他拿捏得绝对百分准。若不然，权威哪会这么高？他和你一样，表面冷峻威严，内心柔软可亲。"

耿处长哈哈一笑说："我和他一个样？我有那么吓人吗！小崽子观察能力蛮行嘞。对高局长之评价，对刑侦现状之感知，蛮中肯蛮有见解嘛。"小齐回头问："处长，先去哪？"耿处长手往东一指："岚坪。"

派出所里，耿处长说："岚坪是沭浔地区的东大门，出海咽喉之重镇，社会安宁与否，对浔水乃至全区影响重大，所以我调研的第一站就奔这来了。重点人口有多少，都叫啥名字？几人在家、几人外出、如何管控的？"

项所长是个老公安，属于有事就办、无事则闲的角子。平时对调查研究和社情分析不大很在意，加之日常事务烦琐，也没顾上亲自过问，张口"这个，这个"了半天，也没能答上来。文滔站在一旁急得直搓手，但也只能干瞪眼。

耿处长转头询问杏副所长，老杏的脸面瞬时涨成猪肝色。结结巴巴说："公社村多警少，大事小事如牛毛。平日里只顾急事处理，调查积累就疏忽了。项所长也都安排过，是我们这些人没做好。"耿处长紧蹙眉头，黑脸霎时变成了煤炭块。他怂怂披着的黄大衣，点上一支烟，踱来踱去，空气仿佛瞬间凝固，吓得众人大气不敢出。抽完烟，耿处长重新入座，心平气静说："不能全怨你们，基层人少事多，疲于应付是事实，是我对全区形势研判不够，没能超前作出部署。项所长，你是老公安，听党指挥，吃苦耐劳，年轻人肯定比不了；但适应新形势，运筹帷幄，你肯定比不上年轻人。公安工作应当与时俱进，是到了非改非变不可的时候了。"

趁耿处长端杯喝水的空当，小齐插话说："处长所言极是，前些日子调查案件，我和项所长一起骑车跑村队，他一路如飞，追得我汗流浃背没撵上，他是地地道道的实干家。"杏副所长说："我们几乎天天骑车走村串户处理事，就像熊瞎子掰棒子，随掰随扔，不知积累，的确是个大教训。"

耿处长转过话题说："基层确实辛苦，批评你们，我也于心不忍。但话是必须要讲的，工作不能眉毛胡子一把抓，得分清轻重缓急。派出所是公安机关的最基层，人员底子不清，社情民意不明，没有第一手资料，遇到事情来，方才去摸排，费时费力，效果还不好。这个事情不复杂，日常处理问题时，重点人员登个记、造个册，立个卡、建个档，用时随手拿过来，多简单多方便？现在改革开放力度越来越大，社会形态已经发生了很大变化，而且还会继续发生深刻的变化。案件会大量增加，治安形势会越发严峻，群众安全感会大幅降低。我们是什么？是人民群众生命财产安全的保护神，必须未雨绸缪，超前准备，应变有策，才能立于不败之地。"

耿处长对治安形势的超前研判，着实让文滔大吃一惊。

临走时，耿处长去厕所小解，项所长站在吉普前。文滔见他情绪不高，低声说："项所长，今天的这顿批评挨得不冤吧？岚坪三村的费良善，外号大木夯，曾因扒窃多次被处理；六村女流氓阚芳芹，外号小白鞋，判刑出狱快半年。这些重点人口的行踪去向，总该有所掌握吧！现在，我也正在刑侦股建立刑事犯罪信息库，已经建档上百份。凡是涉案人，皆留手印留照片，以备破案之需。这项工作没多难。别气馁，认真做，咱争取后进变先进。"此话却恰恰被耿处长给听见了。

出岚坪，耿处长折返向西，来到清泉派出所。主持工作的齐守贞指导员，对所有询问对答如流，耿处长非常满意。他要求说："你们派出所思路比较清晰，工作也很扎实，值得肯定。基层工作，要立足于防，防范做扎实，后边就省心。清泉是浔水西部重镇，也是沭浔地区最有名的大集之一，人员往来多，社情特别复杂，预防工作尤为重要。你这儿已经出现卖淫嫖娼和赌博苗头，就是极其重要的警报。不能满足于现在已经做了，要抓早抓小、抓准抓全，始终吃准摸透，建档立卡，建立长效机制，一旦需要时，才能用得上。"因下午地委有会议，他起身要返回。齐指导员留吃午饭，耿处长摆着手说："不了，我们路上随便对付一点吧。"

出了派出所，耿处长说："小齐，走，带你吃刘庄大饼去，这可是沭浔第一绝。"司机熟练地拐进供销饭店。停下车，文滔要找服务员要个小单间。耿处长马上制止说："小崽子啊，千万别学摆谱拿架子，今天逢大集，大厅人多更热闹。边吃边和群众聊天说话多好啊，平时找都很难遇到嘞！小崽子不许和我争抢，我工资高掏钱等吃，你工资低跑腿去买，来上二斤热大饼，每人一碗拆骨肉白菜烩粉条，再来块腌疙瘩大咸菜，外带几个辣椒几棵葱。来，拿着。"随手掏出二斤粮票两块钱，放在小齐的手掌心。

文滔见过一些地方官，也就是局长、公社书记这一类，架子却比耿处长大很多。他们到饭店，都得要个单间，炒上几个菜，喝得小脸就像猴子腚，很阔气。耿处长这么大的官，却如此简单朴实，实实难能可贵。怪不得社会传言说："阎王爷好伺候，小鬼最难缠。"

他和司机小刘来到柜台，交上二斤粮票，花八毛二分钱买好饭菜端过来。耿处长抽抽鼻子闻闻大饼的香味，猛咬一口，然后又交替着咬口辣椒咬口葱，再咬口腌疙瘩大咸菜，脸上流露出特别享受的表情。很平民很可爱，直把文滔看呆了。见小齐只顾盯着他，遂用筷子敲敲碗沿说："小崽子只管傻看啥？这么好的饭菜还不趁热赶快吃？我是好久没吃这么可口的饭菜了，真香真过瘾，快吃快吃。"

邻桌的一位老大爷，买一碗五分钱的清水炖白菜，正用菜汤泡煎饼。闻听此言转过头来说："老哥，我看你是真馋了，是不是很久没尝荤菜了？"小齐偷眼看去，老人七十多岁，头戴一顶黑色破毡帽，上身穿件黑粗布对襟大棉袄，卷在身上，稻草绳束着；下穿一件粗布大腰黑棉裤，白裤腰折叠，麻绳束着，像个酒坛口，往外张撒着；脚穿一双破布鞋，张着蛤蟆大口，破破烂烂，脏里脏气。

听见老人说话，耿处长马上站起回答："老人家，是好久没吃这么好吃解馋的饭菜了。刘庄大饼就是香，还没到口就想往下咽，吃一口还想再吃第二口。"

老人说："刘庄大饼远近闻名，可山里的地瓜煎饼才更是人间美食呐！"耿处长一手端碗，一手拿饼来到老人的桌边："老哥，能不能给个煎饼我尝尝，我很久没吃瓜干煎饼了。"老人笑了："老伴自己烙的，一个又能值个啥？只是我看老哥身份高贵，虽然好吃，就怕你嫌不干净。"耿处长嘿嘿一笑，拿起一个，卷上一棵葱，就着辣椒和腌疙瘩咸菜，大口大口吃起来，边吃边说："筋道，香，好手艺。"老人一下子乐开了："一看你这拿、卷、吃的架势，就知是地地道道的庄户人出身。"耿处长就老人的碗里夹筷子菜，嚼口咽下说："清淡可口，好吃。"老人这下真慌了，急忙双手捂住碗："使不得，使不得。我吃过，胡子拉碴、鼻涕黏涎，脏。"耿处长把自个的菜碗往老人面前一推说："咱中国人几个根子不在农村，哪个又不是吃着农家饭菜长大的？嫌弃庄户人，那样的人才真脏呢。你家煎饼特别好吃，要是就着豆沫菜，那才过瘾呢。老哥要是不外道，你也吃块大饼，咱哥俩的菜合伙吃，好不好？"老人一连声地说："好，好，我是很久没尝荤腥味了。只是可惜了你这碗好菜，这可是两毛一碗的猪肉粉条子，我还真是吃不起。既然老哥看得起我这脏老汉，我吃，我吃。"老人的眼里霎时盈满晶莹的泪花。

耿处长问："老哥贵姓，哪个村队，日子过得怎么样？"老人说："不敢劳烦老哥动问，老汉我叫林争先，当年也是个支前模范。要说我们村那可老少尽知、远近闻名，就是抗敌模范村泉子崖。战争年代谷牧住过我们家，他最爱吃瓜干煎饼和刘庄大饼了。谁承想日出日落几十年，竟然没人吃得起了，想想真是伤心呐！"四人帮"早已被粉碎，日子也比以前好些了。原来家家挨饿，现在大都吃饱饭。只是过得紧巴点，总会一天好起一天吧。"耿处长又问："村里安宁吗？"老人说："前些年，街面很安宁，这几年上差些了，偷鸡摸狗的太多了，有些小青年，是该好好治治了。""公安机关就没采取措施管一管？""凡报案的，派出所也去做调查，可惜破案并不多。我听说，人家江苏那边村里就有站岗巡逻的，小偷小摸明显少多了。""是啊，公安工作就是要坚持群众路线，看来还是社员有办法。大家的事，应当大家共同管，这才是长久之道嘛。"两人边吃边交谈，直到一起吃完。

临走时，耿处长向林老人道别："林老哥，今天咱哥儿俩相见，我很开心很高兴。以后若到沭浔城，可来找我唠唠嗑。你到地区公安处，就说要找耿黑脸，一准就能找到我。"林争先握紧耿处长的大手说："耿老哥哪天巧了来我村，我让内人做石磨豆沫烙新煎饼给你尝尝，那才清香脆口呢。""一定一定，老哥保重，回见了。"

走出饭店，耿处长叮嘱小齐说："听见林争先老人的话了吧？群众对治安有意见。你是年轻人，一定要脚踏实地，不能有丝毫的懈怠。要当好一名真刑警，首先得学会当猎人。猎人那是啥条件？必须耐住酷暑，经住严寒；忍住饥渴，挺住寂寞。耳听知风，鼻嗅知浊；眼察秋毫，尝味知劣；触碰知恶，六感辨邪。侦查破案不好搞，学问大着呢。比如种地，有人非常轻松，打粮却不少；有人起早贪黑，收成并不好。破案是一项与作案分子斗智斗勇、拼体力又玩命的高风险技术活。必须开动脑筋，立体思维，练就乱麻理丝、万缕归一的真本事。就像你县上次汇报的收审案，为何头天我没批，隔天你三言两语我就同意了？这可不是看人下菜碟，而是看收审的材料是否完备。你能看到问题的症结，而且连夜快速查实，说明你具备侦查员的敏锐性和职业天赋。通过办案建立刑事犯罪信息库，这很好！我对你们这帮公安院校生充满了期待，对你更是抱有极大的期望。"

望着吉普车远去，小齐发现林老人也在目送耿处长。文滔走来说："谢谢林老伯，你让耿处长听到了农民最真实的声音。我是县公安局刑侦股的小齐，希望老伯多到公安局走一走，多反馈些社情和民意。"林老伯异常感慨说："原来他是耿处长啊，没官架子，是好人。"目送老人远去，文滔陷入了沉思。

第四回　蠹贼猖獗害四乡　局长横眉立专案

　　齐文滔到公安处汇报收审时，高局长正在主持研究石拉公社的盗窃案。公社党委钱副书记和公社党委常委兼派出所政治指导员王兴国、所长俞永强参加的汇报。案件从前年开始，陆陆续续不断发生，涉及十多个村庄大队，价值数千元。不少生产队因车脚子被盗，小推车几乎全趴窝，严重影响秋收秋种，冬整春耕等农活。村队干部找到公社党委，强烈要求尽快破案。

　　听完汇报，高局长眉头紧锁说："好家伙，时间长，案件多，岂是小事情？虽然个案小到一只鸡，价值几元、几十元不等，但累计起来就是大数额。何况严重影响农村大队生产生活，扰乱社会秩序，搅乱八方人心。这种时候，咱若坐视不管，要公安机关还有何用呀？没啥可说的，上马攻坚，蹲死钉牢，坚决给我啃下来。文副局长挂帅，明天开赴战场。"翌日，专案组一行七人，每人一挂自行车，带着铺盖卷，浩浩荡荡地开赴石拉公社来。

　　依据初步分析，仉股长决定把大本营安在枣山村。公安局要来，这可忙坏支部书记秦建结。贫穷落后的山里人，有几人真正见过国家干部？更别说神秘威严的公安干警了。今天，秦书记既高兴又发愁，选驻他们村，说明党支部坚强可靠，人前长脸有面子。愁的是村里一穷二白，既没好房住，又没好吃好喝好招待。正急得抓耳挠腮，像只无头苍蝇团团乱转时，一群孩子跑来说："公安已经进村了。"他的冷汗也唰唰唰地冒出来：准备工作八字都还没一撇，这可怎么好？没奈何，只得硬着头皮拍腔踩脚地跑出来迎接。文副局长见面就问："安排我们住哪儿？"秦建结急忙解释："正发大愁呢，大队部只有一间小破屋，住不开这么多大领导。若住社员家，又怕影响机密大事。倒是有个闲院子，你们去住又恐不合适。"文局问为何？他说："屋有四间，院子也大，只是有个老人刚刚过世。破案图的大吉大利，这儿阴气太重有点忌讳。"文局一听就笑了："公安哪儿在乎这，撒点石灰消一消毒吧。"他一听，如释重负，马上安排人手里里外外撒石灰，挨家挨户去借床。

文局见他瞎忙活，赶紧制止说："不许给社员添负担，谁不是一家老少挤土炕，哪家会有现成床？抱点麦穰稻草打地铺。"秦书记一听，立时眉开眼笑了。说实话，全村没有几户有床的，床找来，他全家和几个老党员都得睡地上。他马上找来人手，抱稻草的抱稻草，铺麦穰的铺麦穰，捋席的捋席，一会儿工夫打好了。

恰在此时，派出所俞永强所长骑着自行车风风火火赶过来，一眼看见地铺，立即脸生阴云，扯住秦建结的衣襟拉到墙角，揪住头发厉声申斥："你村还有党支部？你他娘的算作哪门子破书记！真真气死我了。""我正忙乎着，俞所长何故生大气？""你就装憨吧，还何故生大气！是谁让打地铺的，快说。"秦书记急忙擦擦汗："我已安排去找床，文局长坚决不让，找好的又给抬回去了。"

"文局长为何不让找，那是体谅咱穷不容易，你还知道个好歹轻重吧。这地面、这墙上湿漉漉潮得要命，一把就能攥出水儿来，一股霉臭直冲鼻子，噎死个人。用不了两天，铺盖就要潮得没法睡，公安局领导还不全让你给整病趴窝了？还破案，破你娘个腿儿！平时在家你睡啥？公安局为谁来、为啥来，你到底搞没搞明白？若不是为咱一方百姓，谁稀罕来遭这份穷洋罪？你可让我见天了，亏你还是支部书记，你安安稳稳地睡床做美梦，却让文局长这么大的领导睡地铺，你睡得着吗你？这就是你的待客之道？"俞所长这通训斥，义正词严，直听得秦书记热汗涟涟，头也低得恨不能插到裤裆里。他觉得自己真是办岔了，赶紧说："我是睡不着，就是家里来亲戚，还得把最好的地方腾给客人呢，何况文局长是为咱们的安危而来呢！俞所长，什么也别说，我错了，这就马上抬床去。"这就对了嘛。"俞所长阴霾转晴，高兴地拍拍他肩膀。见俞所长把秦书记扯到一边，嘀嘀咕咕一通后，秦书记抬脚就要往外跑，文副局长喊问："站住，干吗去？要是去找床，趁早一边歇着去。让社员睡地我们睡床，还不得夜夜做噩梦？俞所长你千万别胡来，信不信我立时先把你撸了？"俞所长伸伸舌头，不敢再吭气。

文副局长和仇股长率领专案组安营扎寨，就案件侦破进行专题分析和研究，一致认为这些盗窃案件有其特殊性。所谓报案，就是村队干部捎个口信给派出所，声称哪个小队丢了几个车脚子、少了多少饼，哪家丢了几只鸡，其实都没现场可勘查。发案多少、数量几何、有无隐案、一概不知。哪些是个案、哪些可并案、一人作案还是多人作案，更是无从知晓。当务之急是迅速发动群众，全面摸清底子，才能综合分析，准确研判。

侦破组吃住在村，逐村逐队座谈了解，连续工作四五天，案件数量、范围才基本搞清楚。从前年农历三月开始，石拉公社十九个村庄大队三十二个生产队，被盗车脚子一百多个，豆饼三百余张，花生饼二百余张，花生米三千多斤，七十一户农家被盗鸡二百三十多只，鹅二十多只，鸭四十多只，还有其他众多物品，初估价值七千余元。石拉公社邻边沭水县石井公社发案三起，沂山县圈里公社发案四起，除了五户鸡被盗不能并案外，其余均可并案侦查。经过艰苦调查，认为这起系列案件侦破难度相当大。为何？各小队打谷场都处山脚岭头上，花生米放在场屋里，小推车放在打谷场，晚上没人看管；牛屋都在村外，豆饼、花生饼放在牛屋里，喂着喂着不够数，才知被偷了。喂牛的都是七十岁左右的老人家，晚上睡在梁头吊铺上，一问三不知。三处生产队仓库被盗报过案，库门破旧，一踹就开，派出所简单看看也就放下了。

确定并案侦查后，认定是一人或一伙人所为，侦查范围暂定在三县交界的三个公社。通过拉网摸排，发现了几条偷鸡摸狗的线索，也抓到过一两个小蟊贼，但与此案根本不搭界。天天走村串户访来问去，却没搞出一点名堂，社员开始不理解，侦查员的情绪也一落千丈。

曾金台走访一队时，队长刘庆贵有点不耐烦："天天找我们，这是破案啊？作案分子多明显，多少日子还没揪出来。看你们费的这劲吧，三秋大忙，人人心急火燎，屁呲尿急，谁有闲工夫陪你们瞎扯淡。都见你们拿着捕影机到处捕，拿出来看看不得了？你们不认识，难道我们也不认识吗？"坐在地头歇歇的社员也说开了风凉话："庆贵队长又在借机偷懒了，公安局就是一群大饭桶，玩嘴皮子吃白饭，正事不干。他们要能破了案，我倒着走给你们瞧。似这样瞎耽误工夫，还不如帮咱刨地瓜。"

"想好事。咱是自刨食，看天吃饭还挨饿；人家国库粮，风雨无阻双保险，能和咱们一样啊？"曾金台摇头苦笑："都说事后诸葛亮，你们却是事前的曹操。案子发在眼皮底，人却一问三不知。问题成山才想起公安局，让我们怎么来破案！还真以为我们个个是神仙？哪起现场你们没来来往往几十人，进进出出几百回？还捕影，有影还不早给冲得一塌糊涂了？你以为破案这活儿，比刨地瓜、推小车子更轻松、更容易是不是？放心吧，就是头拱地，我们也要把作案分子拱出来。"

队长说："老曾你可别上火，我们也就发发牢骚吧。你们日夜辛苦操劳，谁不看在眼里啊？我们虽说不懂破案子，但也认个死道理。这个婊子儿既不是神仙又不是铁人，就这作死法，天天跟在生产队，能没异常表现吗？"金台点头说："队长这话算是说到点上了，那你说，社员谁正常谁不正常，谁最清楚啊？我们又该问谁去？"队长憨憨一笑说："当然问我们，我们自己说不清道不明，何能抱怨你们呢。"

中午吃饭时，老卞端起碗来看了看，又是清水白菜干大饼。调侃说："天天见不着一点荤腥气，肠子都要瘦干了。佛祖啊，看在我们至诚至真这分上，您就拨云见日开眼显灵吧。"话音未落，石拉公社党委朱书记来到，抄起勺子在锅里搅动几圈说："仇股长，这也太会过了，大家拼死挣命，顿顿吃这个谁能受得了？我带来几只烧鸡，快让大家开一开荤吧。"

闻到烧鸡香味，众人一下来了精神，七手八脚地拆好倒进白菜锅，加把大火炖了炖，个个食欲大开，美美地饱餐了一顿。趁大家狼吞虎咽时，仇股长招手让刘志豪和文滔过来说："群众反感，干警厌战，进展缓慢，困难重重。得想办法提高士气，尽快有所突破才行。"志豪说："是呢，破案就怕持久战，山重水复已无路，柳暗花谢难见村。"文滔说："困难是有，却远远没到如此悲观之地步。破案就这样，三天时机最佳，之后就得长久打算。若是一月没动静，基本就要成积案。这个系列案件本就没有报案人，开始就是隐积案，难度自然会更大。时日一久，侦查员难免疲劳厌战。"志豪说："此案侦破时机很不好，三秋大忙，社员拼命地往家划拉全年的吃食，很不情愿配合调查。"仇股长说："咱得理解，全年的温饱主要指望这一季。万一遇上连阴雨，地瓜烂了，家家户户都得饿肚子。"文滔说："社员反感不是重点，干警动摇才是根本。咱这支队伍，几乎全是单脱产，户口虽然转出来，人却仍住农村里，侦查员又一个不落地拴在案子上，老婆孩子还不早累得哭爹叫娘了？要是收成烂地里，一家老小也得去喝西北风。再怎么讲政治、讲党性，舍小家、顾大家，解决不了现实问题，情绪怎么会好、干劲又从何来？高局长'不破此案，决不收兵'这句话，就没给咱们留后路。只能尽快地找到突破口，破釜沉舟，扭转被动拿下来。"仇股长点头说："小齐说得对，必须尽快找到解决办法。可捷径在哪儿，你俩好好动动脑子吧。"

王记顺和俞永强骑车连着跑了仨村队，连口水也没喝上。跑路多、出汗多，感觉有点疲劳。正好又遇陡上坡，王记顺蹬着车子左摇右晃乱歪歪。俞永强借机笑话他："老侃啊，看你上气不接下气的熊样吧，这点小坡就像醉汉似地倒不迭，是不是身上缺酒了？"王记顺原本就一路乱抱怨，嫌他不会管生活。这时一抬腿下来，一手推着车把，一手就去抹汗说："我还没稀找你算账，你倒先逮能找事了。有你这样管生活的？顿顿清水大白菜，还不真要血命了？今天就咱两个人，你得放放血，偷偷地给我补一补。"

行走没多远，正好路经石良供销中心店，店里有个十五岁接班的小刘和一个女职工小季在营业。两人将车子搬进后院，俞所长喝叫说："刘咪，赶紧冲壶热茶，老子渴坏了。"小刘特别机灵，见是俞所长，动作更快三分。立即烧开了水，从柜上抓把茶叶冲上，刷好茶碗问："在这打尖不？"俞所长玩笑似的说："你这位王大爷，好几天没闻荤腥味，手脚僵硬路也走不动。本想在这开荤解解馋，可老秃驴本就小气，炒个鸡蛋还得蛋壳里层呵三呵，一分钱也得掰成两半子花，今天恰好又不在，你个小东西能拿出啥好吃的来？"老秃驴是俞所长对中心店主任蒋敬之的称呼。小刘说："想吃啥？看我种的白菜、萝卜和芫荽，多水嫩多新鲜，吃这还不行？""去去去，快给老子滚远点。天天吃得尽拉稀，看着就反胃，谁还稀罕这个呀！""话没说完呢，你看院里这二三十只大公鸡，杀上一只，大火一炖，撕上点白菜叶，撒上点香芫荽，还不舌头也咽了？"俞所长听了，拍拍小刘的额头说："好，这还差不多，算你小子孝顺。趁老秃驴不在，赶紧逮鸡去，专抓大点的，老子正又累又饿呢。"散养的公鸡哪有这么好逮，小刘满院子来回奔跑十几圈，追得乱飞乱叫，也没抓到一只。俞所长见他全身是汗，窘态百出，乐得开怀大笑，难得放松了一把心情。这个老俞有时不太讲规矩，他喝叫小刘说："快给我闪到一边去，不中用的小东西，看看老子的。"他拔出手枪，蹲在地上，以膝为托，照着最大的公鸡砰的一枪，公鸡扑棱扑棱翅子倒下了。小刘刚说一只够吃了，话音未落，他又打倒了第二只，然后开心一笑说："这有多省事。"小刘缠着要看枪，俞所长轰他："去！枪，也是你随便能看的？小嘴给我严实点，别人问起来，就说你调皮放了俩炮仗。过天找个僻静地方，我偷偷地教你打枪去。如若说漏嘴，老子一准揍扁你。"小刘高兴地跳着跑到院角井台收拾去了。

不一会，听到自行车咯噔咯噔的颠簸声，料是蒋主任回来了，俞所长特意大声说："老俞接管中心店，谁后来的谁滚蛋，老秃驴只能啃草不准吃饭。"蒋主任进门笑着说："怪不得眼皮老是跳，算着强盗来打劫，这不，刚出锅的热大饼，顺手捎了一张来。"俞所长随即介绍说："这是公安局预审股的王副股长。"蒋主任与老王热情握手，落座喝茶说闲话。不一会儿，鸡炖好，大家围坐一块方石桌，痛痛快快地喝了几大杯。俞所长问蒋主任："生产队的车脚子不是中心店免费给修吗，怎么现在没你的动静了？"老蒋说："我们只能帮着打个气、补个胎、修个气门塞，没钱进件动不了真格的。有的县城街面上早已有了专门的修车铺，沐水县城有一家，还捎带着卖些旧车脚子，只是离咱稍远点。"俞永强应声说："怎么忘了这个茬，再远也得跑一趟。"

文滔自从来到专案组，或骑车或步行跑遍了公社所有村队，认真勘查了所有现场。他脑海里总在转圈圈：前年三月开始发案，从此再没间断过，为什么？青壮劳力屈指可数，谁旷工、谁迟到、谁好偷懒磨洋工，人皆尽知，大撒密网却网网无鱼，没排出一个像样的嫌疑人。为什么？时令已是霜降，很快就到立冬，干警上火，社员着急，案情逼人。这天他和小高骑车跑村队，坐在场边碌碡上小憩，瞄见一群麻雀扑棱着翅子啄食嬉闹。一只狸猫跑来想抓吃，可雀群不停地飞跳躲闪，狸猫一跃一米多，也没抓到一个。麻雀叽喳乱叫，嘲笑似的落地乱啄。狸猫无精打采，走到场边一堆草丛趴下来，任凭群雀尽情乱叫。文滔觉得有点意思，专注看它意欲何为。麻雀见它一动不动，胆子愈来愈大，竟移至它的身边乱蹦乱跳。狸猫突然闪电般蹿起，张口轻易地咬住一只，摇着尾巴走远了。文滔不禁连声喝采："好一个制造假象、迷惑对手，出其不意、攻其不备的猎敌高手。"

晚上睡不着，小齐拉着刘志豪来到田间小路上。山村的夜晚本就幽静，空旷的田野更是静得出奇。天地朦胧，月光惨白，星星一闪一闪地眨着隐秘的小眼睛，在偷窥着苍茫的大千世界。两人信步走出三四里，文滔终于打破沉默说："刘股长，是时候撤出枣山，转入外线作战了。"志豪平静问："何时得出结论的？""今下午，此案一人所为，肯定不是石拉公社的。""那他是哪儿？""已有意向，尚需跑趟石井的发案村，实地勘查再确认。"

第二天，曾金台和齐文滔骑车来到沭水县石井派出所。石所长见浔水县局的又来了，显得特别不耐烦。立时拉下长脸说："没吃过猪肉，也见过猪跑吧。此案还用到处烧火？一看就是石拉人干的。石井不过是他搂草打兔子的捎带罢了。放着满碗的肥肉不动筷，却去碗外找青菜，岂不白费工夫？咱老石对石井，那是绝对的小葱拌豆腐。作案人如果是这儿的，我朝自个的脑袋开一枪。"

老曾本是雄头性格，石所长这态度怎能让他按捺住？刚要起火发作，见小齐眼神强力制止，只得强忍怒火说："能放心地排除石井，当然求之不得。石所长能一眼定乾坤，着实令人钦佩。请问你是凭啥做到的？"石所长斜靠座椅，双脚却伸放在桌面上。耷拉着眼皮，头不抬、眼不睁说："凭什么？凭咱几十年拼出来的老经验，凭咱天生一副火眼金睛。满天底下打听打听，哪个大队哪个人我是没数的？别说盗窃犯是个大活人，他就是一只小蚂蚁，能逃过我的眼睛吗？我的地盘啥都有，就是没有犯罪的。我倒想立功，还就他娘的没处可立呢。"

文滔一听，又气又急。这若在浔水，他早拍案而起了。这可是友邻，再怎么也不能动嘴吵架吧。想到此，只好心平气和地说："石所长，我们的立足点就是石拉公社，从没碗外找饭吃。系列案件分工负责，协作配合，理所当然。确定嫌犯人在哪，发案数不是唯一的依据。石井有起案子，离石拉边界四十余华里。若是石拉人，一晚须来回八九十里路，石所长明察秋毫，肯定会有精确见解吧？"石所长被噎得脸色发紫，沉默半晌方强词夺理说："案件如此之多，肯定是个大团伙。他们既然敢作案，岂惧山高路远啊？"文滔话锋一转说："不论案犯人在哪儿，把他挖出来，都是咱公安机关的共同职责。耿处长亲掌此案帅旗，明确要求不准推诿扯皮，不得贻误战机。没案子的公社尚且认真排查不走过场，石所长却喝着大茶狂拍胸脯子。或许再拍两三下，就把案犯拍出来了吧？推荐你到全区介绍独创经验，可以吗？"石所长顿时瞠目结舌。文滔本想和他一起转转发案现场的，见他这副德行，只好打消了这个念头。

两人从石井赶赴沂山县圈里，找到公安特派员李向上。他说："上次联席会议后，我又进行了全面的排查。全公社就四起，均是去年发生的，目前没有排出明显的嫌疑人。我会注意新发案件，及时通报有关情况。"金台说："小齐想看看所有的现场，不知今天方便不？"老李说："没啥不方便，破案是当前的头等大事，一切皆可让路的。"三人骑车转完发案现场后，文滔说："李特派员，案犯不像圈里的。"老李说："咱可不敢这么说。案犯长着两条腿，哪儿不能去？我就立足他在我这儿。有，坚决把他挖出来；若没有，也让社员放宽心。"

通过这次试水，文滔的意念更加坚定：石井绝对让人不放心。他摊开自画的地图，核对着现场和距离，越发睡不着了。前年三月枣山第一起，圈里全在去年，石井全是今年。石井的哪个地方肯定不对劲。他对志豪说："'纸上得来终觉浅，绝知此事要躬行。'石所长根本靠不住，明天咱得跑一趟石井的发案村。"

天刚亮，刘志豪、曾金台和齐文滔骑着车子上路了。从枣山西行八华里，进入沭水县的石井地界；西行三华里，是双堆峪；再西行约七华里是发案村刘家洼；继续西行约十华里是发案村东哨沟；再西行约二十三华里是发案村西哨沟。三人实地观察村庄道路，掐表丈量里程，逐一察看现场，核准着被盗物品和数量。看完后，文滔的底气更足了。回程到达双堆峪村西，遥望高高的双堆顶，文滔调侃说："不识双堆真面目，只缘未到此山行。刘股长、曾雄头，登高一望如何？"金台说："上，登高望远，必有收获。"

站在山顶，放眼四望，逶迤起伏，数十里尽收眼底，三县交界处的村庄道路、山川河流一览无余。文滔掏出地图摆上草皮，捡拾几块小石头压住四角，轻扶志豪一把说："刘兄、曾兄请安坐，容在下详细禀报。"志豪一听就乐了："遥坐山顶，耳听奇思妙想，欣赏大美风光，只想做回真神仙，给个部长也不干。"三人席地盘腿而坐，头磕头对照着实景作分析。

文滔说："这起系列案件，看似漫无边际，实则很有特点。昨天今天这一跑，补齐了所有的短板：一人作案，肩挑运输，有前科，前年三月前外地返家。"志豪兴致勃勃说："具体点。""两位是否注意过，村庄大队虽有重复发案的，但具体到小队牛屋和场屋，却没有一处重复的，而且每案的现场物品必定有剩余。车脚子被盗何其多，小推车却一个也没动。豆饼、花生饼何时被盗虽不清，但买多少、喂几张，每天都有流水账，被盗个数非常准。我各选十个认真过秤，车脚子重量几乎相等，饼重相差不过二三两。若按每次被盗重量计，饼最多是二百五十来斤，最少七十多斤；车脚子最多一百九十来斤，最少五十多斤。是作案人宅心仁厚，看着大宗物品故意少偷，还是意外导致不能多偷的？原因只有一个，力所不及或时间不允许。用小推车多省力，他却全部单摘车脚子。说明啥？此人擅长肩挑搬运。咱在老家都是干过农活的，壮劳力的一副挑担，若只里把路，挑上个一百五六十斤绝对没问题；如若八九里，则只能挑个一百二三十斤了；若是三四十里外，能挑七八十斤已经不错了。如若两人以上，又没受过任何冲撞。放着大宗物品不动，有时只偷五六十斤，够其腥手的？说明作案分子只一人，路近可以挑两趟，路远只能挑一趟，否则天亮就出问题了。"

志豪和金台分别点头："有道理。""很正确。"文滔继续说："我将被盗物品数量和重量作了标注，凡一百三十至二百五十斤的，全在半径十二华里内。十二华里外没有超过一百斤的，而且越远越少，最远的只有五十多斤。这个圆心在哪儿，恰恰就是双堆峪。你说有点意思吧？"金台额首说："所以，你认定案犯就在双堆峪。"文滔站起来，手指山下说："咱先看看双堆峪，沭水县石井公社的一个向东突出部。三县交界。南、东与石拉、北与圈里接壤。以此为中心，南约二十华里，东约二十三华里，北约十华里，西约四十华里都有案子，唯独这个小山村却一起也没有。按说作案分子的生活明显优于常人，前年三月之前外地返家，应当一排即可被发现。在石拉，我们是拿捕虾的密网去捕鱼，网眼岂会漏大鱼？数遍撒网鱼不见，说明此处定无鱼。被盗物品必须运输两趟的，都离双堆峪不足十二华里路，还有第二个这样的村队吗？此村高悬半山腰，交通闭塞，位置优越，外界不起眼，标准的灯下黑。本村无案件，正是应了兔子不吃窝边草的这句古训。"

志豪兴奋说："好你个齐文滔，如何想到'斤斤'计较的？那天老卞说你找秤称重量，我还不以为然呢！哪知你胸怀韬略、精于算计啊？"文滔说："都是案件给逼的。双堆峪不是咱浔水，还有个难缠的石所长，如何做工作，还真得动一番脑子。若有风吹草动，嫌犯暂停作案，侦破越发困难。咱得另辟蹊径，神不知、鬼不觉地把它拿下来。"金台说："说说具体想法吧。"文滔说："简单。潜入深潭，摸准鳖路；略抛诱饵，瓮中捉之。""好，如何抛、怎么捉？""我分析过发案的时间点，具体日期虽不准，却全在农历月底或月初。为何会如此，就是利用月黑头来打掩护。专案组正好赶上九月中旬，所以没有遇上新案子。今天是农历九月二十一，明天月相即下弦，马上就是发案的新周期。案件没破已经怨声载道，若再连发几起新案子，唾沫星子还不把咱全淹死？九月三十就立冬，时令实在不等人。过了这个村，没了这个店。我想利用立冬前后的这几天，一举拿下此案件。"案件分析透了，精神头自然也来了，三人的自行车一路风驰电掣地窜回枣山大队来。

趁着夜色，文滔找来秦建结，悄悄问道："双堆峪和咱村共有几门子亲戚？"秦书记说："有个秦子凤嫁过去，原来和治保主任刘子祥是邻居，两家特别要好。"文滔马上找来刘子祥，他说："子凤小时很可怜，父母走的时候，她才刚三岁，大哥秦子成也才刚刚十二岁。兄妹仨相依为命，在左邻右舍帮扶下，总算长大成了人。我们两家是邻居，子成哥是我儿时的最好玩伴，我父母人很善良，对他兄妹格外地照顾，子凤十岁前全都跟着我妈睡。家里偶有好吃的，我们谁也捞不着，必定尽她先吃足。大妹秦子花跟人闯了关东，子凤嫁给双堆峪的邱来金，谁料子成哥得个时病就殁了。子凤长年慢性哮喘，有年邱来金进山炸石头砸伤了腿，落下了终身残疾。虽然贫病交加，人却很正气。儿子十八岁，在县城读高中；女儿十七岁，在家干农活。我们就像亲兄妹，时常有走动。"

　　详询子凤儿子、女儿状况后，文滔又询问关东子花的情况。老刘说："子花家大小子叫狗蛋，二十多岁，做点小买卖，下边挨肩三个妹妹。"文滔对他交代一番，又与刘志豪、曾金台密商谋划了一通。不一会儿，一辆摩托驶出村子，半夜时分返回来。第二天，专案组撤出了枣山村。

第五回　狗蛋探亲双堆峪　香饵引诱洞中蛇

　　通往双堆峪的一条羊肠小道上，走来一个衣着普通、肩背包裹的年轻人，边走边观察着山水地形。花生早已刨完，地瓜却只刨了一部分，地瓜秧叶早被寒霜打成干黑色，地边岭头的沙砾上晒着大片白花花的地瓜干。倒茬播种早的麦田，已经长出绿油油的小苗，随风摇摆，给这片荒凉的田野增添了些许的生机。农谚说："白露早，寒露迟，秋分种麦正适时。"这都快要立冬了，地瓜却仍在大洋里，小麦种了没一半。年轻人一路爬坡来到村头沟西的一处破旧独院前，稍事观察，随即叫喊："二姨、姨夫在家吗？"

　　先是从屋里传出一阵咳嗽，紧接着传来一个沙哑的声音："是谁呀？"年轻人见她年约四十，发如霜染、黄皮刮瘦，赶紧回应："是二姨吧？我是狗蛋啊，妈妈让我看您来了。"女人听见这东北口音，先是一怔，继而异常激动说："哦！是大外甥来了呀？外边冷，快进来，快进来！让姨好好看一看，都长这么高的大小伙子了。前天你子祥舅刚说你要来，哪想来得这么快。"一边端详说："真是个好孩子。"一边又擦眼抹泪问："你妈可好、你大可好、家里可都好？"狗蛋赶紧上前扶住说："全都好着呢，二姨。"搀着她进到屋里来。见一个四十来岁的男人坐在炕沿上，赶紧叫姨夫。乐得邱来金只管说："快坐下，快坐下。"

　　狗蛋环顾一眼，一张黑乎乎的破饭桌，两个树墩当坐杌，家徒四壁，空空如也。除了一缸地瓜干，几乎没有其他物品。二姨说："狗蛋啊，你大老远地走姨家，按说得给你做顿好吃的。可二姨家里穷，实在没有拿出手来的，二姨给你做棒子面的贴饼子吧。"狗蛋说："二姨咋还拿着亲外甥当起外人来！平时家里有什么，咱就吃什么。不着急，天晌还早呢。大兄弟和小妹妹都还没回来，等等他们吧。"子凤说："你大兄弟邱前程在县学里读书，一月回来一趟拿吃的，没个地方住，都是当天就回去；你妹妹小樱去割地瓜秧子，一会儿就该回来了。这丫头老大不小的，有点淘气不懂事。一个锅里摸勺子，你当哥的可得担待点。"趁这空，狗蛋打开包裹说："妈妈老是惦记二姨的哮喘病，专门捎了点药，也不知中用不中用。给兄弟、妹妹捎了两身旧衣服，还有一点咸焅鱼和饼干点心什么的，我妈说也没啥好营生，让二姨和姨夫千万别嫌弃。"子凤霎时眼睛湿润说："就是俺姐想得周到，都是庄户日子，谁还不知谁家的艰难呢！"子凤一听哮喘药，马上问明白，赶紧吃下一点点。刚过晌，小樱背着一大捆地瓜秧子回来了，进院一摞下，直奔堂屋水缸前，拿起葫芦瓢，舀上凉水，咕咚咕咚地喝起来。子凤说："多大个姑娘家，还这么大大咧咧、管头不顾腚。也不看看谁来了，还不赶快叫表哥。"

小樱回头一瞥，见炕沿上坐着个高个子大青年，面皮白净、斯文腼腆。心想一定就是表哥狗蛋了，于是怯生生叫了一声哥，满脸绯红跑到院里去。狗蛋略加端详，表妹鸭蛋脸，红面皮，皮肤皱皱，一根粗黑辫子拖在身后。身高一米六七，体态不胖不瘦，穿一件白不呲咧、肥大宽松、补丁摞补丁的粗布夹袄和一件粗布肥裤子；风吹日晒，破布旧衣，难掩天生丽质，非常青春阳光。她先和好棒子面，又去菜园薅了几棵葱，摘了一把鲜辣椒，回来拾好面团，灶中烧上火，用手揪下面剂子，站在锅台边拍拍抻抻，往热铁锅上烀贴起玉米饼子来。不一会，热气蒸腾，清香飘溢。停火焖锅时，小樱拿过一条狗蛋捎来的咸焅鱼，埋进锅底灰烬里。然后揭开秫秸锅盖顶，将馏水洒在地面上，拿把铁铲铲出锅，黄澄澄、金灿灿。又拿过一个粗盐粒，放在饭桌上用刀把拍碎，好用葱、椒蘸着当咸菜。最后从锅底掏出焅鱼子，掰下鱼头给自己，掰块鱼尾给父亲，中间大块放在狗蛋哥面前。狗蛋赶紧掰块给二姨，谁知二姨重新递给狗蛋说："外甥你吃吧，二姨有齁痨（哮喘），哪敢吃咸的？"吃饭时，狗蛋边吃边夸赞："外焦内酥，筋道香脆，真好吃。"小樱看也没敢看狗蛋，只管埋头在吃饭，偶尔抿舔一口焅鱼头。饭吃完，鱼头几乎没见少。她麻利地收拾好碗筷，把饭桌上的碎屑一把抹到地面上。子凤说："带你哥去他屋子，帮着安顿安顿。"她起身来到院里，伸手一指说："狗蛋哥，你就住这儿。"狗蛋观望，是间没门的小西屋，里边堆满柴草，北邻那间有个小破门，像是小樱的闺房。他转头问小樱："茅房在哪儿？"小樱捂嘴笑着说："哥，你是城里人啊？这不猪栏就是嘛，到时别忘拿根磨棍打猪就完了，我帮着往外抱草吧。"狗蛋赶忙摆手说："用不着，自己来。"随手递个包袱给她："给你的，妹妹拿着吧。"小樱进屋逐件翻看，越看越喜欢。特别这个带把的椭圆大镜子，比起她那裂纹的小鸭蛋大许多，能照出大半个人儿来。她拿起几件小裤头比量比量，又拿过几件背心似的东西看了看，怎么也没看明白。她从门里探头说："哥，也不好实看准就乱花冤枉钱。这小背心的挂扣钉反了，没法穿。"狗蛋说："什么小背心？这是女孩专属品，城里女孩十三四岁就戴了。"小樱有点迷惑："这可怎么穿？哥，那你教一教我呗。"狗蛋头也没抬说："教不了，去问二姨吧。"小樱挺纳闷，过来问妈妈，子凤来回反复看几遍，摇头说："没见过，听说城里女孩发身长大时，要戴奶罩的，或许这个就是吧。自己琢磨去，哪兴瞎问你哥的！"她跑回屋子，一会儿就悟明白了。穿上这个让胸脯很舒服的小背心，又换上大姨给的旧衣裳，大小得当，肥瘦合体，简直量身定做的一般，身材一下子显出来了。她对着大镜子一照，风姿绰约、袅袅娜娜，高兴地跑到院子里让妈看。子凤见闺女原来这么漂亮抢眼，乐得合不拢嘴说："穷窝里一只小凤凰，天生一个小仙女。"小樱开心地跳几跳，一脸纯真说："哥，我帮你拾掇屋子吧。"狗蛋看她一眼说："去，别来碍手碍脚的。"

　　小樱见表哥不稀用，只好闪在一边看闲点。狗蛋脱掉上衣外套，一趟一趟往外抱草，整齐码垛在墙根里；拿过铁锨铲平坑坑洼洼的地面，拿过麦秸快速扎成一个草把，把棚顶四壁、蛛网灰尘打扫干净。从院外抱来几块大石头，支起底座，从南墙根抱过那块旧门板，用力压实落，一张小床即时搭好。他问小樱水井在哪儿？拿起勾担挂上水桶挑来一担水，利用东墙根的黄土和上一堆泥，又去院外坡上捡来碎石块，在院内东南角动手垒起来，一会儿工夫，墙已完工。他攀上墙边大杨树，砍下树枝，快速编成一个小门，挡在门口，一个简易厕所宣告建成。最后把乱七八糟的东西收拢一遍，使之归放有处；用铁锨除掉鸡屎，洒水润润院子，拿起草把将地面打扫干净，立时感觉院子特别顺眼，宽敞了许多。小樱怔怔地发呆，竟怀疑不像是自个的家了。表哥初来乍到，一小会儿竟令庭院焕然一新，不但人能干，而且挺细心，还知给自己带些女孩专用品。她去过最远的地方，就是十二里外的石拉集。今天这表哥，简直令她耳目全一新。她偷偷瞟一眼，一股柔情蜜意袭上心头，小心房不由自主地一阵狂跳，霎时脸飞红霞，全身火烫。

狗蛋住下来，所有的农活全包圆。二姨吃下哮喘药，喘气立马见顺溜，心中更是乐开花。晚上，狗蛋看一眼当门里泡的一盆地瓜踏子，早早就去睡觉了。小樱的房间和他隔着一道秫秸笆，通音透亮，听得见呼吸看得见对方，脸稍靠近笆缝，更是一览无余。她很好奇，表哥这么高的大身板，如何睡在这么短小的门板上？翻来覆去睡不着，就想偷偷看一眼，谁知表哥没点灯，除了温热气息和细微的打鼾声，一概黑咕隆咚看不见。她心中颇为失落，以为表哥路途劳顿，来到又干活，肯定累乏了，也就没有太在意。

小樱模模糊糊地做着梦，隐约传来呼隆呼隆的推磨声。心里也想要起床，奈何慵懒不愿动。偶尔睁睁涩眼皮，感觉一片漆黑，又迷迷瞪瞪回到了梦乡。直到喜鹊喳喳鸣唱，这才彻底睡醒了。伸伸懒腰蹬蹬腿，透过笆缝看见表哥屋里阳光洒满，一惊猛然坐起想：坏大事了，忘记推磨了，今早没有煎饼吃了。赶紧穿衣起来，却见妈妈已坐在蒲团上伏鏊开烙，糊子也早已去了小半盆。

她揉揉惺忪的眼睛说："妈，我怎么一下睡沉了，你也不来叫一声。你这身子骨，咋能推得动这盘大石磨，快让我来烙会儿吧。"子凤爬起来，掸掸身上的草灰说："等你起来推，日头还不早把腚给晒煳了？你狗蛋哥鸡叫两遍就起床，你大梦没做完，人家早已推完了。"小樱憨憨一笑，小手方系上头顶挡落灰，接替妈妈烙起煎饼来。狗蛋利用挑水之机，仔细察看一遍村内地形：村子南高北低，沿山沟而建，沟底有条小路通往村外。户户石墙草屋，石垒小院，邱来金家在村北沟西最高点，站在门前村里村外一览无余。小樱烙完煎饼已是东南大晌，全家开始吃早饭。新煎饼散发着淡淡的清香，狗蛋边吃边说："妹妹心灵手巧，煎饼烙得厚薄均匀，火候恰到，清脆爽口，好极了。"小樱神情黯淡说："生就的骨头贫贱的命，庄稼女儿除了做针线、烙煎饼，还能做什么？若连这个也不会，只能在家当一辈子老闺女，永远没人稀罕要。"狗蛋听了，心情好不沉重。

饭后，狗蛋扛上木铡，提着棉槐圆筐，小樱袖着双手抱紧木墩，相跟着往后北坡来铡地瓜。狗蛋安好木铡，槐筐放在铡下，首先把地瓜堆顶的防冻地瓜秧子全撇走，然后把地瓜往铡跟拣拾些。坐上木墩，脚蹬木铡腿，左手拿个地瓜按在铡刃上，右手摆动木铡把，随着"咔嚓、咔嚓"脆声响起，雪白的地瓜片掉落圆筐里。筐满后，狗蛋站起来，双手端筐，前倾耸动着身子，将瓜片均匀地撒泼到地上。小樱蹲在地上倒退着，双手灵巧地摆弄着。这些活本就手熟，狗蛋又撒得十分均匀，手指稍微一动，瓜片就全部放单摆开了。摆好这一拨，小樱到大堆前帮着往铡跟挪地瓜，侧脸盯着狗蛋娴熟的推铡、泼撒动作，异常纳闷说："哥，活路这么熟练顺手，东北也秧地瓜吗？"狗蛋差点笑喷说："东北天寒地冻，如何秧地瓜？怎么？觉得表哥是假的？"小樱笑靥如花说："假的倒好了，谁让你偏偏真是呢。"说话间，突然来个一百八十度大反转，泪滴霎时挂满脸，转身摆弄地瓜干去了。狗蛋感伤无语，只得装作没看见。

过一会儿，狗蛋说："你大姨闯东北时，从老家带去一个地瓜铡，是我小时唯一的玩具。上年秋，我因生意跟同学去他老家蒙阳县，练了一秋铡地瓜。怎么样，哥这手段还行吧？""哥，你天生悟性高，干啥都在样，比前程哥可强多了。""是吗？妹妹这是爱屋及乌了。别把哥想这么好，否则肯定吃苦头。""什么爱屋即屋，哥你这是说啥呢？怎么还文文绉绉的！""小樱妹妹咪，哥说的前屋是房屋的屋，后乌却是乌鸦的乌。表面意思是，你若喜爱这所房屋，就会连屋上的乌鸦也都喜欢了。其实是说如果喜欢一个人，就连和他有关的东西都喜欢。这样能听明白吧？暂时不懂不打紧，因为你还没文化。打从今儿起，你得识字学文化，好不好？"小樱瞪圆大眼，十分惊奇表哥为何懂得这么多。

　　狗蛋锄，小樱摆，三千多斤地瓜，过晌不久全锄完。干完这些活，两人坐上高坡，观看村野的景致。狗蛋问："看样咱村都很穷，有没有稍微宽裕的？"小樱玩着石子，边撒远边说："差不多呗，都是吃了上顿愁下顿。""全村就没个自行车、缝纫机，也没个手表什么的？""哥，你真站着说话不腰疼。哪家不是破麻乱苘，一堆毛包，拉着一腔饥荒的？别看旮旮旯旯是鸡屎，只有老母鸡才是用不尽的钱罐子。拿个鸡蛋上趟门市部，能置办油、盐、火三大件呢。一个工分才毛来钱，一百好几十的大物件，就是抻着脖子不吃不喝，也得攒上两三辈子吧，你说谁能买得起？吴士人家日子好，就他有块手表，还经常吃猪肉和稻白米。"狗蛋说："都在队上挣工分，为啥就他富，难道他家劳力多？"小樱说："就他一个整劳力，人家闯外了，前年正月才来家，还领来一个漂亮小媳妇，指定发大财了呗。也有人说他三只手，若不然，漂亮女人谁稀跟。""哦，那一定是个华俊青年了。""他要年轻长得好，也不奇怪了。他都四十多，媳妇才跟我同岁。外看他家不咋的，里头可好了。常年生着蜂窝煤炉子，做饭烧水真省事。冬天还可烤火，屋里暖和和的。这不，上个月又石灰泥墙，新吊天棚。我觉得他不光三只手，四只眼睛都有了。"狗蛋好像不太在意，说："你看咱们村，南有双堆顶，流水穿南北，上窄下宽，像个宝葫芦，山清水秀，风光旖旎，是个出富人贵人的风水宝地，怎么就才一个闯外发财的？"小樱扑哧笑出声："哥，在你这眼里，穷山恶水也是好风水？挨饿受罪的穷风水。这个吴士人，还不知烧的哪一根香呢。"听着小樱无心的陈述，狗蛋心如刀绞，但他不能撇开吴士人，只得继续说："那他回来还做生意吗？""来家了，跟谁做？就是跟着生产队上干活儿。大白天的经常躺在地头睡大觉。有次队长叫不醒，就用锹把敲他说：'吴士人啊吴士人，你还真就不是人。讨了个鲜嫩的小媳妇，是不是整天晚上不让睡？以后若还混天撩日，坑害大家伙儿，我就只给你记上半个工。'有人调皮捣蛋地说：'漂亮女人是狐妖，就是要吸干精血要你的小狗命。'他说患有失眠症，晚上睡不着，白天才会打盹的。"小樱说着话，身子往狗蛋跟前靠了靠。狗蛋随手指指村子说："他家风水指定好，古人说，居水上游，物阜人安，最上头一准是他家。"小樱听后抬起狗蛋的手，指着沟东的一处房屋说："哥，你怎么油腔滑调的？他和咱家只隔这条沟，那不就是他家嘛。"

狗蛋装模作样地看了一会儿："东为上，他家所以富，纯是因为风水好。晚上我给他家大门贴个咒符去，保准立马穷下来。"小樱听后，突然泪眼汪汪说："哥，你要真有那本事，就让咱家富起来。你看我大、我妈这身子，一个比一个愁煞人，要想富，这辈子还有指望吗？"狗蛋掏个手帕递给她，她不但不擦，反而任凭泪水尽情地流淌。狗蛋劝说时，她双手捂脸，一耸一耸地抽抽噎噎："哥，你哪知我都受过什么罪。我最怕过冬天，衣裳破破烂烂，不挡风雪不挡寒，这罪倒也受得了；最愁身子大块袒露，羞都遮不住，不敢出门怕见人。晚上和大、妈挤在土炕上，碰头打脸的，我从来不敢睁眼睛。妈妈听说你要来，愁得一天没吃饭。嫌我本是小女孩，饭又吃不饱，怎么就早早地长成个女人身，比那二十大几的姑娘还显形。家里来个大小伙子，透皮露肤的藏又藏不住。白天黑夜住一起，让你看去可咋办！好歹借件破夹袄，缝缝补补一晚上，你看给我连巴的。哥你说，我的命为啥这么苦？"话语悲悲切切，直像一只哀鸣的孤雁。

狗蛋曾经想象过这家人生活的艰难，却从没想到如此窘迫。情有所感，难免眼眶热酸。他找不出合适的话语作安慰，只得任她痛痛快快地哭了个自然够。小樱万分悲伤，忘情自哭，不知不觉地趴到狗蛋肩膀上。好久，感觉狗蛋没动静。一抬头，发现竟也泪人一个。随即马上擦泪止哭："都是小樱不好，拐带得哥哥也丢掉了男人的本色。我妈说，大男人泰山压顶不弯腰，眼泪只属女孩子。哥没来，我是一只丑小鸭；哥一来，才发现自己原也很漂亮；穷家破院，也可立马亮亮堂堂。哥，你让我明白了一个理，干，一切都会有改变。"

见小樱恢复过来，狗蛋说："妹妹为何不上学？""冬天一来，家门我都出不去，怎么能上学？再说，家里这堆事，总得有人撑着吧。""你才十七岁，如何挑得起全家这副重担子？不识字没文化，就得窝在山沟里一辈子，永世难翻身。""生在哪儿，就认哪儿的命吧。哥，你以为我还真小呀？那些更穷的，哥哥大了没人跟，比我还小的都拿去给哥换了媳妇了。我大爷家彩云姐，那年才刚十六岁，为给臭牛哥换媳妇传宗接代，跟了个三十好几的富农儿子，光寻死上吊就五六七八回。只要回娘家，抱着我撕都撕不开，天崩地裂一哭一个死。和她比，我算好命了，我现在更相信命好了。""小樱啊，你心灵手巧，人又漂亮，要想过上好日子，必须识字学文化，改变命运靠知识，努力先从识字起。你知道吗？""听哥的，只要哥哥有心教，我一准学个样儿出来。"

说着话，小樱看看太阳说："光顾哭，不觉天已大晌歪，咱得赶快回家，不然我妈该急疯了。"于是两人下坡回家。此时沟东吴士人家走出两个人，女的挎个提篮，男的挑着担子，扁担颤动，似乎很沉重。狗蛋凝神观看时，只听小樱说："哥你快点看，吴士人和他媳妇迟小巧。你看吴士人一般吧，他这小媳妇却漂白细嫩，就像一根小水葱，一掐就能滋水儿，正反横竖都好看。"狗蛋随口应付说："她算好看了？回家自个照镜子，给你提鞋差不多。"小樱歪头侧目，两眼定定说："哥，我是让人哄大的？若真这么好，你为啥从不上心看一眼？知道你丁点儿也不稀罕俺。"狗蛋没回应，眼盯吴士人说："担子这么沉重，上沟爬崖的多费劲。人家都用小推车，他为何却要挑挑子？"小樱说："哥，你眼怎会这么尖？有年他推着车子下崖头，黏轴板子刹不住，连人带车翻进沟底里，车子磕碎，胳膊跌断，受了老罪才治好，从此不敢推车子。"狗蛋讥讽说："这么大个人，竟然如此不中用。""谁说不中用的？别看他经常地头打盹睡懒觉，挑挑子却全村数第一，不敢推车倒把肩膀练绝了。"眼看他俩进了山，狗蛋说："妹妹你先家走吧，我到沟底洗洗手上地瓜油子去。"小樱嘱咐说："哥，你得快一点，饭可一会儿就做好。"

狗蛋离吴士人家约有十几米，门口大黑狗开始狂吠乱叫，他掏块东西扔过去，黑狗闻闻即刻吃起来。狗蛋走近轻轻抚摸，它摇尾垂耳，舌舔手指，哼哼唧唧，俨然像个老朋友。狗蛋说："哥们儿，好好看门，晚上再会。"

吃过午饭，狗蛋拿出一套课本，一摞写字本和一捆铅笔，开始教小樱学识字。

晚上，狗蛋教小樱学着习，眼皮老是在打架。随即放下书本说："哥哥今天有点累，你自己温习一会儿吧，不许偷懒磨滑。"狗蛋不在跟前，小樱也没了学习的心情。狗蛋自来后，早睡早起，从不点灯，他睡觉时是啥样子，小樱从没看见过。今晚见哥的小屋里难得的亮着一回灯，遂轻手轻脚摸上了床。透过笆缝，见哥双手紧扣叠放胸前，双脚却耷拉在地面上，瞪着大眼瞅屋顶。她兴奋异常，不免心跳加快，喘气粗重。突听狗蛋说："学也不学，睡又不睡，偷看啥？"小樱差点跌倒："哥，打这么大的雷干吗呀？魂都让你给吓飞了。"回身躺到床上，不敢翻身乱动弹。狗蛋熄了灯，确认小樱已睡着，轻轻出屋翻墙，来到吴士人的家门前。黑狗听见老朋友，早已摇尾相待。狗蛋照样给块吃食，拍拍它的脑袋，去了吴士人家西墙根。临近天明，神不知鬼不觉地逾墙而回。早晨小樱醒来，难得地见狗蛋哥躺在门板上鼾声正浓，被子只盖半边子，就从笆缝伸手过来，轻轻地给他拉盖好，小心翼翼地起床做早饭去了。

又一天晚饭后，小樱在一旁练写字，狗蛋和二姨盘着腿坐在炕上扒花生。小樱说："哥，一个大冬天的，闲着就是扒果子。你这手细皮嫩肉，哪能撑得了？一会儿准得磨起肉刺来，很疼很疼。"见狗蛋没搭腔，抬头看看，发现各人手拿一个木条钳夹子，扒得还挺快。她很好奇说："这是啥？我也要试试。"子凤说："学个习能不能专心点？你哥折枫杨枝做的，省力不磨手，真好使。"

睡觉时，小樱见狗蛋进了小屋没声响，自个儿也摸黑上了床。辗转反侧，心情怪怪；神思恍惚，难以入睡。竖耳静听没声音，脸贴笆缝没气息。遂壮了壮胆子小声问："哥，睡着了？"连问几声没回应。心里想：好你个狗蛋哥，故意装睡不理我，让你装！她点上灯，故意翻身弄响，然后站起来，只穿内衣，双手卡腰，面朝笆墙跺脚说："狗蛋老师请醒醒，学生有事要请教，'缱绻'二字啥意思？"见狗蛋仍没骂她，这才感觉不对头。贴近笆缝细观看，被子似乎是空的。她异常纳闷，干脆走到门口探听，竟然没有丝毫的动静。迈脚进屋，伸手就去摸门板。不摸则已，一摸惊出了一身的冷汗，被子里果然没有人。娘乎神，深更半夜能上哪儿，莫非真是三只手！一时心惊肉跳，茫然无措。狗蛋此时刚好潜回，听见床前有人，吃了一大惊。

他快如闪电，疾步上前，一手捂嘴，一手反转着将她摁倒在门板上。厉声低问："是谁？"一挪手，正好触到柔软的胸脯，立刻意识是小樱。

小樱突然被按倒，人也差点吓傻了。听是狗蛋方才缓过气儿来："哥，你也真敢下死手，是不是要成心捂煞我？深更半夜的谁能跑到咱家来！"狗蛋赶紧放手说："放着好觉不睡，跑来我屋做什么，没有掐伤掐疼吧？"小樱说："哥，这话不得我来问你啊。说，大半夜的你去哪儿？是不是见吴士人媳妇长得好，去扒人家墙头了？你可小心被揍死。天明告诉我大去，就说狗蛋哥真真地不老实。"狗蛋啐一口："呸呸呸，正想天明找你算账。说，晚饭你是咋做的？害得我跑肚拉稀一晚上，差点儿没疼死。没听见我前后跑了五七六趟吗？肯定你偷懒，菜没洗干净，食物中毒了。"小樱一下急坏了，万分心疼说："还痛吗？好些吧？怎么会啊！"伸手要摸他肚子。狗蛋逮住她手说："瞎摸啥？这会不痛了，只是全身发酸没力气。我困了，要睡觉，快回你自个儿的小屋吧。"小樱见狗蛋强撵她，噘着小嘴，很不情愿。回屋一想：不对。今晚我几乎没合眼，心思全在他身上。来回几趟子茅房，能没丁点儿响动吗？她跑到茅房划根火柴照了照，顿时两眼愣直了：好你个小狗蛋，竟然又撒弥天大谎。

早饭后，两人去验看晒的地瓜干，小樱跟在身后不言语。狗蛋说："问问队长哪天回收，咱好提前拾起来。"小樱闷声不响就去了。回来冷冰冰地吐出两个字："后天。"狗蛋说："上午专心学会儿习，我刨上炕地瓜去，捎带着把口粮拾回家，明天再拾队里的。"小樱急忙说："上炕地瓜不能蹭去皮，还得小心地挑出虫口来，要不就结小苦疤。一人干活太累了，还是你刨我拾吧。"狗蛋很生气："听我的还是听你的？"小樱见哥催得紧，只得回家来学习。

双堆峪共有两个生产小队，邱来金家是二队，打谷场就在村北的路边上。回收瓜干这天，各家车推肩挑，将地瓜干送往打谷场。狗蛋和小樱很快全都挑过来。一时间，过秤的过秤，记账的记账，好不热闹。这时，一人推着一车豆饼打此经过。见人声鼎沸，瓜干成山，停下车子搭讪说："你们今年好收成，公粮肯定超额完成，哪里用得了这么多？"吴士人正在掌秤，看见一车豆饼，两眼放光接话说："寥寥的事，分不了多少口粮，你是哪儿的？"那人不慌不忙说："石拉公社刘小河，队里没饲料了，石井集上最便宜。"狗蛋与推车人对视一下，呵斥说："你一个过路人瞎捣什么乱，掌秤的你可专心点，别把我家的斤两看少了。"推车人马上答话："家里牲口急等料，走咧。"推着小车颠儿颠儿而去。

今天是立冬节气，交完公粮，狗蛋去公社食品站割上一块猪肉，顺手捎来一袋白面，下午和小樱动手包饺子。小樱问："哥，你会擀皮子还是会包呀？"狗蛋说："尽你挑，剩下算我的。"小樱说："擀皮太累人，你和妈妈一起包吧。"小樱擀皮三四张，狗蛋方始动手，一摞皮子全包完，小樱手中的皮子还没擀出来。她大眼一下瞪起说："哥，这是女孩家的活，你咋也会呀？而且还包得这么快！"饭后，狗蛋教小樱学会儿习，早早就去休息了。小樱这回没捣乱，进屋点上灯，用针尖挑亮灯头，上床后故意颤动儿下床板，然后噗地吹灭灯，倒头睡觉了。

听她呼吸均匀、似已睡熟，狗蛋起身越墙而出。来到沟西沿，扒开一堆地瓜秧，露出一个小洞口。刚要往里钻，听见身后窸窸窣窣有响声，他头也没回，一把抓过来低声申斥说："干吗？还真学会跟踪了。"小樱低声说："可让我给逮着了，狗蛋你这个大花贼，今晚到底要偷谁？"狗蛋说："这儿太冷，冻出病来不是玩的，赶紧给我滚回去，听话。"小樱头一梗说："我不。"狗蛋想想明天还得用到她，无奈笑笑说："顽皮丫头，不许出声。"拉着她钻进小洞里。小樱特别惊奇，环顾触摸说："哥，啥时候挖的？我咋一点儿不知道。""这点小活，手拿把掐一小会儿，还能难倒我？"伏在洞口朝外望，前方四五米就是通往村外的小路，东边就是吴士人的家。不到半小时，小樱冷得上牙打下牙，狗蛋只好脱下上衣给她披上。她趁机依偎在狗蛋身上，感觉暖和多了。

听见吱呀的开门声，吴士人家闪出一个人影儿，里边迅即又关上。这人顺着沟底小路走到洞口前，小樱附在狗蛋耳上说："吴士人，还扛着长扁担。"狗蛋捂住她的嘴，眼看他从洞前走往村外去。狗蛋拉着小樱手，钻出洞来，轻轻跟在后边走一段。见他右拐往东没了身影，才微露笑意，拉着小樱重新回洞里。

小樱说："哥，咱还不回家？"狗蛋说："再等一会儿。"小樱倚着狗蛋笑吟吟地说："哥，吴士人走了，你咋还不找他媳妇去？看这心思费得，还专门打了个小地洞，真有你的，不愧是只小老鼠。"狗蛋瞪她一眼说："再敢胡说八道，马上给我滚回去。"小樱往狗蛋身上靠靠，扬头说："就不。"两人一起静看洞外，见一簇鬼火闪闪烁烁由远而近，飘移到洞口滴溜滴溜打起旋子来。小樱吓得脸色煞白，失声变腔尖叫说："有鬼。"一头扎进狗蛋怀里，颤抖不止。狗蛋语言安抚，却没任何效果，忽然灵机一动说："哎哟妈呀，痛死了，鬼把我的一只脚给咬掉了。"小樱翻身爬起，急忙伸手去摸，见双脚都还在，遂紧紧地握住，破涕为笑说："你个小狗蛋，就知道骗人吓人欺负人，坏死了。"等了一个多小时，没见吴士人回来，却见东方生起一堆红红的篝火。小樱纳闷说："深更半夜，是谁犯了精神病，跑到野坡去点火？"

狗蛋出洞拍拍小樱身上的尘土说："一准哪个看场人，或为取暖或为驱鬼生的吧？吴士人回不来了，咱也回家吧。不准跟姨说这事，大人若知你这么疯野，不打死你才怪。"小樱很不理解："哥，咱就这样回家了？你怎知吴士人今晚要出门，又怎知他就回不来了呢？哥，你到底做啥的？天天晚上往外跑，就是专门为盯他？我是越想越不明白了。"狗蛋说："他不过长着三只手，哥我才是四只眼。刚才看见他偷个大饼只顾啃，失脚掉进坑里了。不许多问，回家睡觉。明天带你出趟门，敢去吗？""敢，只要跟着哥，什么都不怕。"狗蛋说："不怕哥顺手把你卖了换大饼？"她头一拧说："卖就卖了，我愿意。"

第二天早饭时，狗蛋和二姨说想出去了解一下买卖行情，顺便带小樱长长见识。二姨自然很放心，饭后兄妹俩就上路了。第一次走到视野之外的世界，小樱就像一只出笼小鸟儿，蹦蹦跳跳，显露出烂漫天真的自然品性。来到镇上温泉，狗蛋说要去买毛巾和肥皂，让她等在门口，回来递个包袱给她说："好好泡个澡，里面有胭脂、香粉、雪花膏，尽量打扮的鲜亮点。"

小樱一进来，感觉到了电影上的天堂。宽敞的房间，偌大的池子，水雾蒸腾，温润舒适。她下到汤池，放肆地搅动着热水，不时把头埋进去，洗了个彻底痛快。温水一泡，手在身上一搓，灰泥绺子就像揭老皮般往下掉，感觉一下子轻了好几斤。偶然抬头，见有一面大墙镜，双手拭去水气，润白剔透的身体就呈现在镜子里。她第一次以这种形态全景看自己，不禁身体火热、脸飞红霞。赶紧毛巾擦干身子，换上新衣，镜前扭扭转转，顿感典雅优美。对着镜子，把脸抹得乳白晶莹，真个似贵妃出浴、飞燕新妆、肌肤凝脂、吹弹可破。

出得门来，放眼四瞭，却寻不见表哥了。但见一人领带鲜亮，西装革履，戴着蛤蟆大墨镜，倚着一辆崭新的自行车瞅着她在笑。她心下一惊：遇到小流氓了。正慌乱无计时，只见那人摘下墨镜说："小樱找谁啊？"她这才认出是狗蛋，跑过来在他的肩上狠捶几下说："哥，你可吓死我了。这是从哪儿变出来的？衣裳这么好看，飘带这么漂亮，自行车全新锃亮，会骑吗你？"狗蛋掏出一块坤表给她戴上，弯腰相请说："邱小姐，请上车。"小樱坐上后座，见行人目带惊羡，心中越发得意。她在想：人家肯定认为我俩是对恋人呢。此时突听狗蛋说："坐稳当，再胡思乱想哥不带你了。""哪有啊？"小樱吓得一哆嗦，嘴上虽强硬，心里可佩服哥哥脑后长眼的本事了。狗蛋说："听说过周围村庄发生的花生饼、豆饼、车脚子被盗案件吗？"小樱说："你不就是为这来的吗？"狗蛋嘿嘿一笑："小妹果然聪慧。今天跟我去对付一个大坏蛋，害怕吗？"小樱说："你别总是小瞧人，凭啥我要害怕他？狗蛋我尚不惧，还怕一个坏蛋小杂碎？"狗蛋夸奖说："好样的，有胆气。今天咱就是摸摸门子探探底。有我在，别紧张，别害怕，看我的眉眼行事就行了。知道吗？"小樱自信满满说："哥，你的眼到哪儿，我就人到哪儿。可以吧？"

一路骑行来到沭水县城，看到一家修车行，狗蛋挽着小樱的胳膊走过来。老板一看来人这派头，还有女人这容貌姿态，急忙上前搭讪。狗蛋掏出半盒大前门，弹出一支递给他："兄弟刚从哈尔滨回来，想了解当下车脚子行情。老板经多见广，咱俩交个朋友吧。"这人说着幸会，眼睛却色眯眯地盯着小樱："好说好说，兄弟也喜欢交朋友。"狗蛋拍拍他肩膀："这妞长得虽然好，比她漂亮的还有好多呢。下次带两个给兄弟开开眼，怎么样？"此人随口答应着："好好好。"小樱趁机飞个媚眼，嗲声嗲气说："这大日头太毒辣，就没个晒不着姐的地儿吗？光拿眼睛使啥劲，能不能用心疼疼姐？"趁他心猿意马，挽着狗蛋一步跨入门厅里。狗蛋泰然自若："生意好做吗？"那人回道："马马虎虎，混口饭吃吧。"狗蛋随手递张名片给他："敝人姓刘名志飞，有些新货想出手，过天送来怎么样？"那人说："咱是正经生意人，只要路子正，当然没问题。只是现在人太穷，价格高不起来呢。"狗蛋随口说："生意嘛，一回生、两回熟，贵在交个朋友送个见面礼。价钱随你给，我不讨价还价。"那人满口应允："好，刘老板来时只说找有才，没人敢于怠慢你。"两人说话时，小樱就轻飘飘地转着看。见狗蛋哥几次眼盯里间小门，推门就要往里闯。有才急忙阻拦："是我睡觉的乱猪窝，不怕给熏倒？"小樱说："巴不得姐姐倒在屋里吧？兄弟怎么这么小气，屋里藏着宝贝疙瘩还是千金小姐呀？没见姐的头发让风吹乱了，借你梳子梳梳不行啊？放心哈，姐把香气留给你，让你做个大美梦。"一推门就进去了。

有才略显惊慌，心想不过是个漂亮妞，量她能有啥？刚想往里跟，却被狗蛋一把拉住了："小姐天生就任性，管她岂不找气生？"不一会儿，小樱轻盈地走出来，莞尔一笑说："姐这一梳，是不是更好看了？只可恨你这梳子上全是油臭味。"见两人还在说话，急忙撒娇说："哥，他这儿太臭了，我恶心想吐受不了，咱们快走吧。"狗蛋见机起身："兄弟，天下唯女人难养也，实在让我惯坏了。先告辞，后会有期。"随着一声"拜拜"，挎着小樱来到门外，骑上自行车，一眨眼消失在大街上。

小樱搂着狗蛋腰，脸贴其后背咯咯笑。狗蛋语带责备："看把你乐的，还能有点抻头吧？"小樱说："哥，也不好实夸夸我！屋子里头满满的，都是你要寻找的。"狗蛋故作吃惊："我要找啥了？"小樱说："还真把我当成了小丫头，哼！"此时对面飞来一辆自行车，差点撞到他们俩。狗蛋怒骂："眼睛长到腔巴骨了，乱撞啥？"下车就是一拳，那人挥拳相迎，顺手接过小纸条，回骂道："你自己眼瞎啊？"扭头飞逃而去。

此时天已过晌，狗蛋带小樱来到供销一零饭店，点上一盘辣椒炒肉，一盘炸带鱼，两碗猪肉白菜炖粉条，一块大饼。小樱平生第一次下馆子，觉得什么都新鲜，又见饭菜这么好，自是食欲大开，兴致盎然。饭后，去食品站割上三斤猪肉，粮管所买上二十斤大米，供销社门市部买上两床毯子。途经一个空屋框，让小樱进去换衣服。一会儿换好出来，狗蛋打趣说："妹妹穿啥都好看，日后也不知哪个小生有福呢？"小樱低头说："有福也白搭，坚决跟定狗蛋哥。"狗蛋让她原地等待，回来已是原装束。小樱说："哥，刚才的衣服多帅啊，飘带也漂亮，穿回家去该多好。"狗蛋说："若穿那样回家，二姨不得揍死我？"

回家的路上，小樱完全没了外出时的那份心情，一会儿说累，一会儿说脚疼。三步一挪，五步一停，磨磨蹭蹭。狗蛋伸手去拉，顺势就往身上歪。太阳要落山时，才好歹走到了村头上。拐上坡，见村内喧嚣一片，吴士人的家门前摆满车脚子、豆饼、花生饼。迟小巧坐在泥地上，鼻涕一把泪一把，大哭小叫，寻死觅活。狗蛋说："小樱你去看看，她家这是怎么了？"小樱眼盯狗蛋说："哥，有你在，还用再去问别人？咱快家走吧。"

回到家，狗蛋亲自掌勺炒了两个菜。吃饭时，小樱手托小腮没动筷。饭后，狗蛋拿出二十块钱递给二姨："天气越来越冷，好回去帮着爸妈收拾过冬了，我想明天就得走。"二姨心虽不舍，语气却很坚定："该好回去了，千里搭长棚，没有不散的筵席。我这个穷家，实在委屈了大外甥。以后天各一方，也不知啥时能见着，咱都各自保重吧。"狗蛋说："二姨切莫伤感，一切都会好起来。这么多日子，让二姨操心受累了，外甥特别感激。您二老如此信任，我会终生铭记。不论日后多艰难，都要让小樱学文化，二姨您必须答应我。"二姨含泪郑重应允。回头不见了小樱，原来她蹲躲在院旮旯里，蜷缩着身子擦眼抹泪。狗蛋走来说："本想再教你几天的，可时间实在不允许。我走后，读书识字绝对不能放。三年内，要学会读写一千字，能够独立读书看报纸。只要你能做得到，我一准让你走到外面的世界去。你这小鬼精儿，简直让我刮目相看。不显山不露水，事却办得妥帖帖。给你二十块钱，拿出十块给前程，让他好好考大学。谢谢你一直暗中帮助我，今天又立一大功。"小樱满眼含泪说："吴士人昨晚没回来，就知哥是要走的。哥，你就是个大骗子。"

　　狗蛋进了自个的小屋，小樱更加落寞无聊，泪眼盈盈，扔块鱼头逗家猫。鱼腥招来两只大野猫，一只上来与家猫争抢，呜呜呜叫互不相让；另一只则蹲坐在小樱面前，歪头眯眼，不为鱼腥所动。小樱大惑不解，小声嘟哝："自古是猫爱吃腥，你却徒有威仪，肯定是只大病猫。"不由心生怜悯，从剩菜里挑块肥肉撒给它。争鱼的俩猫跑来抢肉，此猫却突然龇牙裂嘴，一跃跳出两三米，就像大人打小孩，只两爪子，打得那俩夹着尾巴逃窜了。张开大口三两下，肉块早已精光尽。小樱心中一激灵，生气地抬脚去踢它，见其逃上屋顶，心情愈发烦闷，黑灯瞎火地上了床。

　　夜色越来越浓，寒意不断上升，整个大地似乎都已沉睡了，唯有小樱哽哽咽咽，在为离别而伤心。狗蛋知她有话说，果然就传来了哭泣声："哥，明天一定得走吗？多住一天行不行？"狗蛋隔笆回应说："必须走，不能再拖了。听话，快点睡一会儿吧。""哥，我不让你走，今天晚上睡不着，你得过来陪陪我，要不就掀被子冻死你。"狗蛋也觉得是该把话说清楚，让她真正明白做人处事的道理了，于是穿好衣服走过来。她不由分说地一把抱住他。见狗蛋哥强行撕推挣脱，越发身体酥软，气若幽兰："哥，我害冷，拥一小会儿也不行？"狗蛋感觉她心跳加剧、脸热如火。随即轻轻拍一下她的后背说："坐下来，听哥说。小樱啊，别看你出落得像个大姑娘，其实还真是个小女孩。你觉得自己长大了，其实真还没长大；我知道你在想什么，你却不知要什么；你觉得什么都明白，其实什么也没懂。你没经历这大千世界，还应付不了复杂的人生。你就像一苞花骨朵，正从女孩变女人。有渴望有冲动，不能说是不正常。但有一条要铭记，必须坚守女孩的底线，你懂我的意思吗？"

　　小樱满脸泪水，浑浑噩噩说："我懂，可我很难受。我都十七岁了，早已是大人，人家迟小巧比我还小呢！就想让哥抱紧我，再也不放开。""看看吧，根本就没懂。不过不怪你，再过几年后，你就真正懂得了。小樱啊，你秀外慧中，光灿弥香，哥哥也是肉身凡胎，也曾心动心跳过。但是，做人必须自我把握。哥今有言在先，只要你不游思妄想，哥就陪你说会儿话，好不好？""听哥的。"小樱嘴上这么说，人却抱得更紧了。她希望今夜漫长再漫长，漫长到永远不要天亮。

今夜不敢入睡的，当然还有二姨。她见小樱悲伤哭泣，心中十分酸楚。既高兴女儿出落成女人，又担心她青春期的盲目躁动。听见小樱呜呜咽咽倾情诉说，她忐忑不安哪儿敢离开？直到听见狗蛋坦坦荡荡一番言语后，方才放心地去睡了。

鸡叫刚两遍，小樱就起来梳妆打扮，比平时更添了几分风姿。听见狗蛋起床，急忙过来帮忙收拾。狗蛋没料她起这么早，枪就撂在铺板上。她装作没看见，顺手拿件衣服给盖上。做好早饭，眼巴巴地瞅着狗蛋哥吃完，站在门前的高坡上，默默泪送他消失在遥远的山路上。

第六回　严打整治显神威　流氓街霸悉入瓮

攻破石拉专案后，县公安局利用石拉逢大集之机召开退赃大会，赃物摆了半河滩。社员见到五花大绑的盗窃犯，恨得咬牙切齿，唾沫星子喷了他满脸，烂菜叶扔了他一身。会后，民警带领十名民兵，端着三八大盖枪，徒步押解到县城，沿路群众潮水一般涌来观看。

却说封闭落后的沭浔地区，在改革大潮的撞击下，终于突破思想束缚，于1982年全面施行土地联产承包责任制。第一年，农民积极性空前高涨，起早贪黑，拼命疯干，加之老天帮忙，风调雨顺，小麦喜获大丰收。家家囤满仓溢，人人笑逐颜开。有饭吃，随之有衣穿了；有衣穿，就开始追求多彩生活了。谁去哪儿、做什么，没人知道没人问，治安混乱逐渐显现。集市贸易复苏，人员流动加大，小商贩、个体户又都冒了出来。知青大举回城，待业青年、无业游民数量激增。投机倒把、坑蒙拐骗、溜门撬锁、流窜扒窃、流氓斗殴、强奸、抢劫等各类案件大量发生。人群不再是清一色的黑粗布、黄军装，花红柳绿全有了。大背头、喇叭裤、奇装异服满街跑。人的思想不再单纯，想歪门邪道一夜发财的，行为不端玩弄女性的，道德失范卖淫嫖娼的，也都死灰复燃了。有人追求刺激，有人疯狂犯罪，杀人、抢劫等重特大案件时有发生。

到1983年，形势愈发严峻，治安混乱成为全国的突出大事。中央审时度势，断然启动严打，一场声势浩大的严厉打击刑事犯罪斗争拉开帷幕。中华大地层层部署，沭浔地区紧急动员，开始大举摸底排查。

沭浔地委决定，9月10日为全区集中统一行动日，打响第一战役。浔水县公安局和各部门、各公社全体动员，层级上报抓捕对象。有的报来一两名，有的报来三四名，确定首批抓捕二十一人。9月10日下午，一辆吉普车急速驶进清泉公社党委大院，车上跳下一个人，急匆匆地走向派出所。齐守贞隔窗见是耿处长，赶紧跑出迎接说："耿处长，您咋这会儿跑来了？""怎么，这儿不许我来呀？"

"报告处长，不是这意思。我是否汇报高局长，让他马上赶过来？"

"不用，你镇准备抓多少？""早已确定好，今晚抓捕仨。"耿处长人还没落座，就要齐所长仔细汇报。听着听着，不由得怒火升腾，拍案质问："这也叫严打？就你老探汇报的，哪个是不够杠杠的？告诉老毛犼，严打严打，就是要突出一个字：'严'。可抓可不抓的，一定要抓。中央大政方针早已明确，这么大好的时机，不充分利用还等啥？还像老牛拉破车，糊弄自己是不是？"他抓过名单来，挥笔圈下十七人。斩钉截铁说："抓，全都抓。严打严打，打的就是认识和决心。要打出气势，打出声威，打得犯罪分子魂飞魄散不敢再犯。"说完笔一撂，一阵风似刮走了。

今天，高施恩局长特别地忙。上午逐个听取汇报，决定首批抓捕的人犯。这会又忙着在调度，协调晚上的统一行动。电话铃声此起彼伏，连口水都喝不成。刚想倒杯水润一润嗓子，电话又一个劲地响起来。他摇头叹息说："唉，啥叫忙晕，或许这就是吧。"抓起电话，就听齐守贞十分急促说："不得了，高局长。"高局长立时来气，大声申斥："他娘的，天塌了还是火烧眉毛了？慢慢说，看把你老探给急的。""耿处长刚刚一枪扎过来，确定今晚清泉抓捕十七人。"

高局长骤然一惊，连呼公务员小谢，赶快通知召开党委会。因事出紧急，他直接安排说："耿处长突来一个下马威，这军将得够咱喝一小壶了。我是不是人太老、胆太小、动作也太迟缓了？时间紧、任务重，咱得马上改变思路，立即调整部署。文副局长重新拟个抓捕名单，确保应抓尽抓；丁副局长负责后勤，老栗子负责人员调配。"散会后，公安局里这群人，又乱戚戚地忙了半下午。

十七点，全县大卡车集结待命，政法干警、党政干部，统统集合到公安局。二十三点整，县委书记一声令下，三百名抓捕人员雷霆出动。顿时，车声隆隆，警报长鸣；人影乱窜，鸡飞狗跳。至清晨六点，成功抓获一百一十人。政法委和公、检、法、司的办公场所，皆变成了临时审讯室。一时审骂盈耳，哭喊不绝。到下午，开始收押人犯，顷刻，看守所室室爆满。

检察院郇科长和齐文滔等人抓捕的是著名街霸刘金狼。他纠集团伙扒车越货，靠横财开家饭店当据点。去年，因抢劫被收审，咬牙拒不供认，终因证据不足，一放了之。他召集手下说："刑侦股的区有利最不是玩意，敢跟老子过不去，他娘的，咱得先把他弄死。"获取信息后，曾金台决定带文滔、有利去会他。

三人骑车来到他饭店，见六人把门，身高马大，凶神恶煞。三人门前插下自行车，曾金台一声断喝："把狼仔给我拎出来，马上。"把门人看似杀气腾腾，实则怂包麻袋，见三人来头不小，竟没一人敢吱声。进屋后，老曾手指服务员："去，把狼仔给我找出来，快点儿。"刘金狼躲在偏房，早已听见有人找，但他懂得来者不善这道理，遂穿戴整齐，稳好情绪方敢走出来。一见是这三个人，立时强装镇静，大骂服务员："都他娘的瞎了狗眼了？没看见这是刑侦股的三位领导吗？还不赶快上好茶！"他亲自端杯，陪着小心。三人肃然危坐，一声儿也不言语。曾金台抬起左手，反掌一压，示意他坐下。这小子反应倒挺快，马上立正说："我不敢。"金台勃然大怒，大吼："坐下。"刘金狼扑通坐地上，保镖全都伸长脖子直眼了。

曾金台摸出手枪，弹出弹夹，将子弹一发一发退出来，排列在茶几上。命令："数。"刘金狼两眼直勾勾："我不敢。"曾金台再次大吼："数。"刘金狼只得歪头看着三人的脸，慢慢数道："一、二、三、四、五、六。""再数。""一、二、三、四、五、六。""站起来。"刘金狼立即起身挺胸站直立。曾金台收好枪弹，抑扬顿挫，字字千钧地说："我，今天奉命通知你。你，将于明天十二点前，因抢夺枪支被击毙，请提前准备后事！"说罢，起身往外就走。刘金狼扑通又跪倒，连抽嘴巴自骂道："那是我自放狗臭屁，酒醉说胡话。我是个什么东西，您还不知道？借我一万胆，我也不敢啊，请您饶我这回吧。"

曾金台厉声断喝："敢公然叫板正义，和无产阶级专政机关玩命儿，坚决奉陪到底。这命老子玩得起，你不玩完才怪呢。"说完，转身骑车离去。刘金狼瘫倒地上，半天爬不起来。此时仍身软嘴不软，大骂手下说："见了公安局，个个全他娘的吓半死，简直一群废物，还不扶我站起来？"众人赶紧手忙脚乱地扶他爬起来。

严打第一仗，首要目标就是刘金狼。正所谓不是冤家不聚头，抓捕人员翻墙而进时，他见大事不妙，抓起一根木棒抡过来。有利抬手一枪，正好打在他抓棒的手边上，虎口一震，木棒飞出三四米。有利异常冷静地说："托严打的福，你小子暂时保条小命吧。否则，刚才这一枪直接送你上西天。今天检察院郇科长带队，正好做个见证，你暴力拒捕，我正当防卫，新仇旧恨一笔勾销。"有利拾过棍子重新撂给他："找死还不简单？来，再朝我抡一次，快点。"这小子一看，这命哪儿玩得起，立即双膝跪地，举手求饶："我该死，我该死，我投降。"

回到公安局，曾金台单手提着他，一把扔到地板上。可别以为是虐待，公安局达不到人手一把坐椅，今天案犯若坐着，公安人员就得站着了。秘书股准备了夜餐，无非几摞煎饼、几筐大葱和些大咸菜。各人抓个煎饼吃几口，曾金台命刘金狼伸腿坐直。他伸头翻眼地瞅着侦查员的脸，巴巴地等候着。齐文滔问过姓名、住址后，一反常态不再开言了，抱着本旧书看起来。

刘金狼不时斜眼瞅瞅，迫不及待想听审，这样伸腿坐着，实在太难受。左等右等没动静，从神气十足到萎靡不振，直至像磕头虫般打起盹儿来。他刚发一个小迷糊，曾金台一声呵斥："不许睡觉，你他妈的搅得老子睡不成，此时却要做美梦？"刘金狼打了个愣怔，一双贼眼滴溜溜地打起转儿来。心想：就凭这点小把戏，还能唬住我？坦白从宽，牢底坐穿。老子决不上这当。只要撑过今晚，天明就得乖乖地放我走，老子又过那花天酒地的小日子。越想越美，竟又振作起来。见刘金狼又来劲头，干警又聚精会神地看书去了。

　　刘金狼毕竟过惯了舒坦日子，时间一长，又前合后仰地发起迷糊。看看时机差不多，有利一把将其提溜起，往外踢开双腿，呈八十厘米八字状。金台说："郇科长，你和小齐去休息，我和有利盯着他。这小子作孽太多，冰冻三尺，绝非一日之寒。对付他，无须费工耗时，愿讲就交代，不想讲八年不用审，直接拘留拉倒了事。这回他是看差了秤，还以为像原来，讲了就进，不讲就放。熊玩意也不想一想，昨晚才抓一百多，铁证如山有几个？由他做会儿美梦吧，反正自己愿找死，上了断头台也不能抱怨咱们吧。"过一会儿，这家伙大汗淋漓，双腿乱抖，人虽站不住，还想耍花招："我交代，让我先坐下。"曾、区两人没理他。他两脚刚一收，有利又马上给他分成一米多的大八字。他龇牙咧嘴、乱摇乱晃说："我交代，全都交代，我受不了啦。"有利说："省省心吧，按照新政策，你若坦白了，还真得受到从宽优待，让你白占这便宜，凭啥？就凭你恶贯满盈、死不悔改吗？上级规定从宽的界限是中午十二点，现在讲，岂不白白便宜你？无论如何不能讲。"

　　刘金狼动了一晚歪脑筋，想来看去，方明白这次确实不同以往，再想蒙混过关，是绝对没门了。临近天明，思想防线彻底崩溃，竹筒倒豆一般，全部交代清楚。一年多，共扒车抢劫、抢夺、盗窃作案二十多起，价值两万六千六百余元，盗窃所得超过一个普通机关工作者三十多年的工资收入。

　　他一边供述犯罪事实，一边还在找歪理自我辩解："生活若有一点来路，谁愿玩这血命去？去年冬天在结庄，才扒了两千多斤大米，差点搭上一条命。司机真他娘的不怕死，下坡拼命冲，凭借惯性飞也似的往上爬，我两手抓紧车帮子，两腿完全悬空着，用尽吃奶的劲才好不容易爬上车，差点儿就给摔死了。刚到平路上，他又加足马力往前窜，一连四五个急、点刹，差点把我栽下来。幸亏我功夫了得，才幸免一死，是你能不生气吗？要不是马上到县城，我就把一车米全给弄光了。是他不地道，我不玩命又如何？命都差点搭上，抢点东西怎么了？"此案受害人是徐州运输车队的，因损失巨大丢了工作，还大病一场差点儿丧命。

　　刑侦股与检察院联合抓捕的，还有流氓、强奸犯裴小奇。抓捕人员破门而入时，他床上尚有三个妖冶的女孩。这家伙倒还沉稳大气，为不丧失风度，头发梳了又梳，一副慷慨赴难的气概。此人是个老惯犯，七十年代初，在地区机关工作时，有位女同事很漂亮，老公是军人，他要尽百般手腕，终于诱骗到手，过起夫妻般的同居生活，被以破坏军婚罪逮捕判刑，刑满后居住于浔水。他立下豪言壮语，誓要搞遍浔水的所有风流女性。宿舍装饰豪华，落地机播放着靡俗音乐，想的和做的，就是如何诱惑女人们。这家伙人很帅气，打扮得油头粉面，拿着老爹的一点钱财，巧言令色，出手大方，很讨女孩的欢心。有些女孩涉世不深，爱好虚荣，轻易落入了他贼手。有的竟争风吃醋、打架斗殴。受他影响，一些不三不四之徒以他为师，一时乌烟瘴气，民怨沸腾。更可恨者，他玩弄一名女孩后，还约来几个歪三邪四的铁哥们，费尽心机将其灌醉予以轮奸。女孩恼愤至极上吊自杀，幸被父母及时救下，从此精神失常，生不如死。今晚被抓时，他还理直气壮质问道："我犯什么王法了？她们喜欢我，你情我愿，碍你公安什么事？"金大兵向他宣读法条：以玩弄女性为目的，与多人发生性关系，构成流氓罪。他却摇头冷笑："这算什么法？男女欢爱，这法律不是没事生事乱管闲事吗？"当此时，有些人不学无术，理想信念丧失，自甘堕落沉沦。裴小奇当属此类。金大兵怒斥说："你小子还知天高地厚吗？你他妈就是小老鼠钻竹筒，只知胡作非为，不管死在哪节哪块。三三见九，终究九九归一，难逃法律的制裁。"

这次严打，声势浩大，成效显著。按照上级"可抓可不抓的，一定要抓；可捕可不捕的，一定要捕；可判可不判的，一定要判；可杀可不杀的，坚决杀掉"这一要求，政法委统一领导，公检法联合办案，提高了办案效率。为弘扬正气，打击邪气，各县根据上级部署，依法对嫌疑人和犯罪分子公捕公判。

浔水县第一场公捕公判大会在第一中学大操场隆重举行。全县干部、职工、农民、学生代表参加，会场人山人海。有些孩子平时不着调，家长也自行拉来接受教育。宣判台由驻军荷枪实弹负责警戒，警察两人押着一名作案人，分批上台接受拘留、逮捕和宣判。押上来、押下去，拘留、逮捕、宣判声震耳欲聋。有的家长指着人犯教育孩子："如果不学好，将来就是这下场。"最后宣判死刑犯，五花大绑，脚镣沉重，身插长木牌，上写着："抢劫杀人犯张某某，判处死刑；强奸杀人犯刘某，判处死刑。"名字上打着大红叉。宣判后，警车鸣笛开道，军车机枪压阵，前边几十辆拉着一众人犯，后边几辆拉着死刑犯，缓慢前行，游街示众。游行临近结束，后边执行死刑的车辆拐道加速奔赴刑场，执行枪决任务。前边的车辆继续游行，教育群众。

第七回　机构改革立潮头　步法追踪辨疑嫌

20世纪80年代，中国大地的改革开放风起云涌，日新月异。严打持续深入，越来越多的犯罪分子被绳之以法。严打高压没有根治刑事案件高发的态势，抢劫、杀人、强奸等重特大案件仍然居高不下。

1984年，沭浔地区公安处率先打响公安改革第一枪，拉开了齐鲁公安改革的大幕布。刑事侦查科改建刑事侦查大队，刑侦科科长于贵明升任副处长。柏兆先提任副大队长主持工作，陈小震提任刑侦大队副教导员。任宪勋提任机动队长，牛执权提任政保科副科长主持工作。一大批有学历、勇开拓、敢担当的年轻人走上了领导前台。随后，县级改革紧锣密鼓跟上来。沭水县，四十岁的于化成提任公安局局长，省公安学校八三届毕业生王金利，刚刚二十一岁，从民警直提副局长。王金利的叔父王百成，时任沭浔地委常委、行政公署副专员，沭水县委找他汇报："这次公安机构改革，本想提拔王金利出任治安科副科长，但推荐一般，又是您侄子，怕影响您的形象，所以很犹豫。"王副专员语重心长说："这次机构改革，就是要破格提拔年轻人，只看德才兼备，不看任何关系。他若不优秀，如何考上大学的？你若不使用，怎知他本事多大呐？为何说是我侄子，他是吗？他就是一个有学历、有素质、有能力的年轻人嘛。若任一把手或许嫩了点，当个副局长锻炼锻炼还不正常不过吗？"诸多因素叠加，其子侄皆被提拔重用。面对社会一时质疑，他慷慨陈词说："大家不要攀比，孩子年青优秀，提拔理所当然。若没我，他们或许提拔得更高更快些。"

沂山县委郝副书记的儿子郝玉刚，二十岁，招进公安局不满两年，直提公安局副局长兼办公室主任。浔南县七八级公安学校毕业生陈之超提任公安局刑警队副队长，其他各县也都大胆起用了一批青年才俊。浔水县当然没闲着，从县委到部委办局都在酝酿机构改革，公安改革自是重中之重。高局长到底大手笔、有魄力，全局机构来了个全面彻底大规范。刑侦股改建刑警队，秘书股改建办公室，其他均由股改科，新设立行政科、户籍科、政工科。机构设置完毕，开始逐级提拔任用干部。

改革潮涌，千载难逢，竞争是很自然的。大河奔腾，东流入海。有学历有本事的年轻人，终究是改革弄潮的主角。他们占尽天时，不论怎么改，都能稳坐钓鱼船，视大风大浪如闲庭。但干部任用，没有绝对的公平。干部子弟自然占据背靠大树之地利，能力平平又没靠山者，只好临时抱抱佛脚，周旋于领导、同事间，泡磨要说，摆功诉苦，尽力争一点人和。一时，八仙过海，各显神通，高招尽现。

根据工作需要，浔水县公安局有几位老干部退出领导岗位，部分中层干部脱颖而出，仉和展和县委书记秘书王超群，被提任为公安局副局长。班子调整尘埃落定，中层改革紧随其后。

中层干部面广量大，德才兼备、年富力强者自然占先，但关系资历也难一概否定。一时间，有些人仍在拼命工作，个别的也在请客游说。人人都清楚，全县改革的重头戏当归公安局，公安改革的重中之重又属刑事侦查。就全局而言，只有刑侦人最多、事最忙，算是家大业大。论工作，别的股室可以喝茶聊天侃大山，刑侦股则天天奔波于刑案战场；论人员，一般股室两三人或三四人，刑侦股则多达二十余人。目前情形是，刑侦问题多，思想不稳定。忙累不着家尚在其次，最主要的是天天和死神打交道，这么多人也只能和其他股室一样，配备的领导职数也就这么多。一般股室，总是近水楼台，混个股长很容易。道理很简单，股室有大小，人数有多少，三四人出两三位领导，当然要比二三十人也出两三位领导更容易。刑警们认为，天天吃苦受累，脑袋别在裤腰上，好处得不到，危险伴终生，当这个刑警不值得。人心一旦不稳，麻烦随之而来，队伍真是到了非抓非改不可的时候。乐于抓权的，看中的是权力，托关系走后门，想借改革之机当队长的人比比皆是。

　　齐文滔不想蹚浑水，但身为刑警又无法回避，便一头扎到案件上，不闻窗外的是非闲事。恰在此时，省公安厅决定举办刑事技术培训班，因改革在即，都怕错失提拔良机，谁也不想去。他立即报名，是全局唯一的自报人选。

　　面对当前的混乱棋局，甄成事、刘志豪、曾金台、区有利等很着急。老甄说："刑警队长职位成了香饽饽，此事关乎破案大局。各路大神蠢蠢欲动，咱这些老侦查不能袖手旁观吧？志豪你是副股长，没点想法什么的？"志豪说："我深思熟虑已久，今天没外人，老甄头你也坦白坦白心迹吧。""说实话，我千万遍地想过你，总觉得你的身上缺了一点啥。"金台说："老甄你个老滑头，竟敢跟志豪兜圈子。志豪千般万般好，就是思路魄力有欠缺。"志豪说："是啊，干部终身制很难打破，没听说谁上位后干不了的，但肯定不乏虚占茅坑之辈。我这人，沉稳有余，魄力不足，很难胜任队长之职。得选个大刀阔斧，能力超强，敢于担当的人。"老甄、金台哑然一笑："想法一致，不谋而合。"

　　一听文滔报名参训，曾雄头的鼻子都气歪了。他找到齐文滔，吹胡子瞪眼、暴跳如雷："哟，我老曾真是搞不明白，公安学校竟也培养精神病。你一个科班需培训，大字不识的需要培训吧？在此紧要节骨眼上要逃离，你还是个刑警吗？你是不是以为是人就能当队长？那也得看看魄力本事吧。"文滔笑了："曾兄，你这着的哪门子急！偌大一个公安局，就我一人合适了？且不说能人车载斗量，单数刑侦股，文能安邦、武可定国者也不乏其人吧，你可别给我睁着眼睛说瞎话。""指鹿为马，张冠李戴，什么'黄埔'高才生。我否认全局刑侦人才了？能人当然有，我也算一个。这是两码事，我的同志哥。一般科所长，我都懒得干，谁还干不了？我说的是咱们刑警队队长。""是，刑警或许其貌不扬，但却个个绵里藏针，谁不握有一技之长！有谁知这平凡之背后，隐藏着多少惊天地、泣鬼神的悲壮故事，又埋没了多少好人才。你老曾、老甄这些人，哪一个不是独当一面的大将军。换作任何地方，早已股长好几年，想想我就鸣不平。好在公道自在人心，你们的能力和贡献，哪个又敢不服气？""转移话题，我说我们不行了？要说当队长，还就真不行。""奇了怪了，怎么不行了？"

金台说："作为刑警队队长，要刚柔相济，收放自如；一身正气，能力超强。安则稳于泰山，动则电闪雷鸣。率得起、镇得住、打得赢。你扳着手指数一数，全局舍你还有谁？别看上蹿下跳跑门子，争的争、抢的抢，说穿了，争的是官位，抢的是权力，即使当上了，也根本玩不转。侦查破案辑凶犯，得脚踏实地吃苦耐劳，真刀真枪玩命流血，靠玩权术耍嘴上功夫，不干瞪眼那才叫怪呢。众人所以佩服你，倒不全因你警校毕业，而是看中你的果敢、能力和魄力。刑侦工作千万条，破案打赢第一条。咱刑侦股随便拿出一个来，不算蛟龙也是强凤吧，他们心里服过谁？为何单单就服你？因为在潜移默化中，你早已成为刑事侦查的中流砥柱。我是真心为刑侦大业担忧上火，代表了全局干警的共同心声。"

刘志豪见暗流涌动，唯独文滔无动于衷，一听他报名参训，也心急火燎地找来了："报名参训，咋想的？"文滔说："想得不复杂，院校学两年，觉得也还行。可拉到现实一试，才知什么叫一瓶子不响半瓶子晃荡，很多东西根本就不会。就说咱俩上次出的窃案现场吧，作案人明明动过茶杯，愣是没有见指纹。不是没留下，是咱水平太低洼。学习机会千载难逢，我想带着问题深入地学一学。"志豪委婉说："现在有些问题，水平所限处理不了是事实。你想学得更深更精更全面，当然是好事。但你不能否认，目前你的技术水准在全局已是最高的，需学习者大有人在，机会不能让你独占吧？关键是，此时案件侦破离不开，参训时机很不合适嘛。"小齐说："哪有这么严重啊？有你、金台、有利'三驾马车'合撑着，加上老甄头把脉辅佐，破案影响不太大。全局没人报名，浪费了名额多可惜！"志豪摇摇头："临阵脱逃躲清静，躲得一时难躲一世。小齐呀，既然选择当刑警，就要学会敢担当。这不是你自身进和退，而是侦查事业的光大和发展。刑侦自立门户，已历两任股长，改建刑警队，更是划时代的大事件。要巩固提高，创新发展，必须有个好队长带领大家往前冲。时代和机遇都有意选择你，为何不迎难而上勇敢面对，却退避三舍自动放弃？是大家全都看走眼了，还是你确实不值信任呢？"文滔沉默。"培训通知一下，为何没人报名，道理显而易见。你自认为技不如人，可有人却自认天下第一。所以公开要官当，是坚信能哭的孩子有奶吃。只要能找能要，领导就会考虑；连个想法都没有，领导绝不搭理他。关键时候，你屁都不放一个，只想一避了之，刑侦干警怎能不生气？这是极端不负责任嘛。""有人完全胜任，你可否动员他一下？""既能入你眼的，肯定出类拔萃。你说是谁吧。"

"远在天边，近在眼前，为何只来劝说我，却不自挑重担呢？""小齐啊，这个问题我还真想过，想来想去自我否定。大家确实信服我，若去领导个一般的科室，肯定轻轻松松，绝对胜任。但这刑警队长，我是真的当不了。我的身上缺乏啥，就是胆力、率力和魄力。人的性格天生的，想改改不了。不是大家紧相逼，只因你没有亮态度，才导致了有些人的想入非非。人嘛，论论资历摆摆功，报报辛苦争个官，本也无可厚非。不想当将军的士兵尚且不是好士兵，他们为何不能争、为何不能抢？一般科室这些活，也没多少急难险重，差不多也都干得了。刑警队长可不行，这是破案子、抓凶犯，必须有计谋、懂韬略，上刀山、下火海，要流血、要牺牲。没有金刚钻，揽不了这瓷器活。众人看中的，是你智勇双全、文武兼备。只有你，才能带领刑侦走出艰困，开创辉煌。这个队长，你干也得干，不干也得干。只要你愿意，我自告奋勇当好指导员，协助你把队伍带起来。"

刘志豪副股长正直厚道，威信很高，文滔对他非常尊重。面对肺腑之言，文滔的眼睛有些湿润。他很诚恳说："刑侦工作成绩很大，但也面临许多挑战。最突出的是干警没理想、没信念、没斗志；素质不高、能力不强，作风涣散、士气不振；危难时冲不上，攻坚时没血性。破案效率，群体形象，社会地位亟待提高。刑侦是什么？是尖刀是拳头，必须锋利无比、敢于碰硬。现实情形呢，是拳不硬、锋不利，打不准、打不狠，这个局面必须要改变。刑警队要成为全局的排头兵，成为一支敢打必胜的钢铁警队。群众看公安，关键看破案。刑侦活则全局活，刑侦垮则全局输。没见哪个局长敢不重视刑侦，关键是自身能拼、众志成城。队长这副担子太沉重，谁挑都得准备脱掉九层皮。我觉得自己阅历浅、经验少，难孚众望，所以不敢毛遂自荐。人怕出名猪怕壮，怕就怕在盛名难副。别人是争官，咱却要干事，说出去的话，泼出去的水，是收不回来的。向组织乱伸手，咱绝对不能干。我相信，高局长的眼里绝对揉不得半粒沙子，一定会给咱配个好队长。只要能带领刑警开创辉煌，不论是谁我都拥护。""不是挑不了，就是不想挑。人生能有几回搏！遇上了千载难逢的好时候，不是乘风破浪挂云帆，而是随波逐流无所为，这还是你齐文滔？""刘兄一叶障目了，要放眼全局看人才。山外有山，人外有人，咱就安心地等待新队长走马上任吧。我希望最好还是你，那样更是一顺百顺。""行，等着吧。临阵脱逃，门儿都没有。"

两人正说着，仇和展气呼呼地迈进来，直截了当说："还培训，真敢想！谁都可以去，就你小齐不能去。"

党委会上，仇和展感情浓重说："高局长你也不想想，全局就他院校毕业，还用再去深造了？纯因改革在即，许多人争来抢去，他不想蹚这浑水，才借机要逃避。现在这些案件，离了他一天都不行，脱产一年多，损失得多大？不是我有意偏爱他，小齐有能力、会破案，勇作为、敢担当，是个难得的帅才。这次就该让他挑起刑警队长这副重担，不能任他躲进学习班去图清静。"

高局长嘿嘿地就乐了："好你个老栗子，小齐去学习，刑侦就得停摆、地球就要停转？才华横溢可以倚重，单靠他一人，就能独自撑起刑侦这么一片天？未来的领导干部，一定要年轻化、知识化、专业化，要业务精、作风硬，能力强、魄力大。岂能忘'不谋全局者，不足谋一域'的道理呐！突然离职，眼面前的案子是要受影响，但绝对不会动摇根本吧？磨刀不误砍柴工，小齐有了切身经历，知道需要补什么，再次深造，对他本人是好事，对全局将来的正规化建设，更是一件大好事。学成归来之日，就是咱刑侦的飞跃之时。至于机构改革，需要他挑的，就得让他来挑着，是他的早晚都得是他的。刑侦建股后，文副局长和你打下一个好基础，毋庸置疑，你俩都不是开创新局的人。要创造刑侦事业的新辉煌，就得靠有专业知识的年轻人。有想法的是不少，可侦查破案事关全局，谁敢拿队长人选开玩笑？无非你老栗子扶上马、送一程，出点力、担些责，等他回来再交班呗。"

浔水公安的中层改革，一波三折后终于尘埃落定，有两个年轻人脱颖而出。一是年方二十的巩有俊，前年招工进入县革委，去年调入公安局，这次提任机动队队长。其父巩示大名鼎鼎，现任国营家具厂厂长，号称县里第二书记，也是高局长的至交酒友；二是齐文滔提任刑警队副队长主持工作，因在省培训，由仇和展临时全面主持。刘志豪提任刑警队政治指导员，区有利、许士亮、王大强提任副队长，曾金台提任浔中镇派出所所长。

沭浔全市改革完毕后，干部的知识层次大幅提升，班子更年轻，机构更合理，职责更明确，活力充分显现。初建新体制，毕竟有个摸索过程，好的发扬光大，不合适的则淘汰改变。沭水县公安局为转变服务态度，大胆提出"视人民群众为父母，有困难请找人民警察"的响亮口号，一时吸引社会公众眼球。既然公开提出，就得说到做到，迫于社会压力，工作态度确实有了根本性的转变，社会好评如潮。或许因宣传不到位，有些群众产生了误解，错把公安局当成万能局，一时，要求解决就业、救济困难、帮助搬家、上门破锁者络绎不绝。

一天，沭梅派出所来了一位老人，开口要钱二百元。所长问其何意，他说回东北没钱买车票，只好来找儿子要。所长认真问他："谁是你的儿子？"老人手指一剜说："你就是。"所长说："老人家，认错人了，这里没有你儿子，快走吧。"老人头一梗："谁错了？群众是你亲生父母，老子今儿找上门，儿子却又不管了？说话不算数，还有什么公信力？"老人很邪乎，怎么劝都劝不走。打也打不得、骂也骂不得，弄得全所啼笑皆非。

文滔这次回校培训，是人生历程中弥足珍贵的一段黄金岁月。这些年，天天沉迷于案件侦破，没有静下心来细思考，许多疑惑悬之心头。脱离繁忙工作，反思过去，展望未来，对本身的思想视野和业务技能，都是一次大提升。加之带着问题学，目标明确、针对性强，效果特别明显。

星期天，文滔在学校暗室练习光滑物表面的指纹拍摄，按照老师所教，聚精会神、反复观摩，终于找准了用光规律，顺利攻克这一大难关。刚弄完，听见有人敲门问："齐队长在吗？"他随口答应："在，请稍等。"

开门发现是个警校的学生，警服得体，潇洒帅气。青年上下打量一番，笑吟吟地说："终于得见传奇英雄齐队长，果然儒雅威武、意气风发。"文滔脱口称赞说："好一个帅小伙，家是浔水的？"青年轻轻一笑："我是沭水的，表哥叫狗蛋。"文滔一听高兴了："前程啊，好小子，果然报考警校了。二姨和姨夫都好吧？小樱学习进步咋样了？""谢谢齐队长牵挂，母亲身体很健康，父亲还是老样子。小樱嘛，则是按照狗蛋表哥的要求，认真刻苦学文化，早已熟练读书看报。只是常常念叨狗蛋哥，盼着哥哥再回来。""今天真是个好日子，得到的全是好消息。小樱天资聪慧，是破案大功臣，局里已决定招聘她为三车管理员。你抓紧写信问一问，如果愿意去，就去浔水县浔中派出所找曾所长报到。对了，她知道我的真实身份吗？""她那么聪明，肯定早已猜到了。若知狗蛋竟是大名鼎鼎的齐队长，那还不得更加地崇拜吗？她一直记着你的话，天天盼着去城里。说实话，包括我，都没敢拿这多当真，难得你如此言而有信。""人无信不立，她的贡献不但我记得，公安局永远都记得。你咋知道我在暗室的？""预审系范文岳副主任告诉的。他常拿你的'学历高不等于水平高，官职大不等于能力强，立大志不等于做大官，有作为才会有地位'来教育我们呢。""别听文岳瞎咧咧，我嘴上说过的，未必做得就会好。文岳倒是个旷世奇才，有他教你们，肯定错不了。"

前程说："我最欣赏'有作为才会有地位。'学历和水平、职务和能力、大志和大官都不可能永远成正比，但作为和地位却是永远的正比关系。有作为群众就认可，肯定就会有地位，我真心地为这句经典语录而鼓掌。"

晚上，同学们齐聚文岳家。除了文滔、彩云和其他地市的六七人，其他则分属于省公安厅、省警校和济南市公安局。分别经年，重聚母校，心境自然大不相同。话题谈到爱人、孩子，然后回归到工作得失。治安系副主任郝贵演说："到基层工作的这些同学，沭浔最是顺风顺水。耿世坤慧眼识英，敢于使用。宪勋、执权、兆先、小震都是公安处的科队长，文滔在县局里也算独当一面了，没给老师、同学丢脸。蹲在上级机关，算是当官做老爷。文滔却不同，你是小老鼠拖着大木锨，小警官带个大警队，给足你施展才华的广阔天地和舞台，这才叫天高任鸟飞、海阔凭鱼跃。希望你能干出个样子，打出咱'黄埔一期'的威风来。"彩云打诨说："文滔屡破大案，沭浔哪个不知神探威名啊！"省厅大要案科科长宋式武说："文滔老小子看似文质彬彬，发起飙来却很邪乎。有回练习摩托车，硬是从高台上直飞十多米，你说牛不牛吧？刑警队长官虽小，谋略智勇须胜人。来，为文滔小队长干一杯。"学生处处长任青杰说："毕业不久，就能在破案上游刃有余，真真算是有两下子。只一件，事业得干，家庭也得要。若不然，万一哪天光荣了，连个接班的人都没有，岂不亏大了？"同学们自是一阵大笑。式武说："任处有点出息吧，娶媳妇真就这么重要吗？看文岳，在外呼风唤雨，在家惨受管治。嫂子你得宽容点，在学生面前，总得给他留点尊严吧。"文岳说："是不重要吗？那为何大家都说你家弟妹全省第一美？看你走路飘然的。文滔你到底有没有目标啊？"文滔说："有是早有了，就是不知叫啥呢。"同学群起而哄："什么话？不知叫啥那是有了吗？"

不知不觉，时光飞速地溜走了。后半年，文滔和马彩云、王玉平、刘发强被安排到沭浔地区沭中县公安局做实习。报到时，恰逢沭中县改建沭中市，首任刑警队长罗光军走马上任。也真巧，任职命令没读完，就接报河口镇双桥村发生了杀人案，罗队长拉上人马，火速赶赴现场。

罗光军出身公安世家，屡破大案要案，名声响震全省。父亲罗亦举是沭浔地区公安处的顶尖老法医。光军原任滨海县公安局刑侦股副股长，去年调任沭中县北城派出所副所长，借调刑警队代理副队长。在赶赴现场的车上，他与文滔热情握手说："欢迎齐队和各位。"随即介绍说："都来认识认识，省干训学员齐文滔，浔水县刑警队主持工作的副队长。话我先撂下，不许见外，日常工作，侦查破案，你都得当成自家的事。否则，实习鉴定我不签字，让你小子一辈子跟着我。"说话间已经到现场。

现场位于村西一片玉米地，被害人邓沫是位年轻的女性。询问得知，她早饭后去玉米地薅草，过午没回家，父亲邓大军前来查看，发现她裸死在地里。罗队长随即指挥展开侦查，责成文滔负责现场。现场保护得很好，除了父亲，没有外人进入。昨天下过一场雨，条件很优越。为防止漏落痕迹物证，文滔把勘查范围划得稍大些。夏日天气复杂易变，勘查突击进行，不到两小时勘查完毕，器材刚收完，大雨滂沱而至。

罗老法医一般不出现场，今天也亲临主持尸检，用实际行动支持儿子履新队长。尸检未过半，大雨要来临，罗老指挥就近抬入草棚继续检验。天黑了，挑灯夜战。综合尸检和现场勘查，认定是起强奸杀人案，案发九点左右；先奸后杀，熟人作案。现场西、北两面临沭河，夏季水涨河平，外边根本过不来，推断是本村或者邻近村的人，偶遇女孩而起意的即发性犯罪。现场留有赤脚印和完整的步法形态，推断身高约一米七三，年约四十，走路具有外八字特征，鉴定条件特别好。尸检提取到强奸犯罪的痕迹物证，确认了致死手段。

罗队长趁夜布置说："很明显，这是一起突发性强奸杀人案，作案人就是附近的。被害人在玉米地薅草，四周全是玉米棵，秸秆遮挡，视野有限，要特别注意沿途和邻地的干活人。刚刚发案，记忆犹新，要抓时间、抢速度，尽快排出嫌疑人。案犯特征明显，只要打进网，绝对跑不了。要抖起精神，排细排严，决不漏掉一个人。我负责双桥村，齐队长负责张桥村，天亮马上开始干活。"

天刚亮，文滔即带人来到张桥。刚入村，迎头遇见一人满脸横肉，拖拽着一只羊，嘴里骂骂咧咧的："敢拖欠村里的集资提留，反了。"一个妇女紧跟他身后，哭哭泣泣地哀求着："我这一堆的孩子，咸盐都已吃不上，全家指望这个羊。夏主任，你发发善心行行好，俺全家感你八辈子大恩大德了。"

往前走，见墙上贴满大字标语："计划生育是我国的基本国策。""一刀裁，一个杠，一碗水端平。"彩云有点疑惑："这都啥意思？没头没尾，杀气腾腾的。"文滔应声说："还能啥意思？这不写着计划生育吗！"

前行几百米，见七八个人扯着绳子爬墙上屋地丈量着，嘴里不时喊骂："超生违法，墙倒屋塌。"来到村部，让值班人员马上去找村干部。文滔趁机说："感觉这村基础不咋样，咱得谨慎小心点。"

彩云说："就是呢，计划生育虽是国策，也得教育为主吧。怎么个个全武行，一律都是雄赳赳的。"文滔说："中央实行计划生育一票否决，本意是让各级搞好教育引导，自觉形成优生优育的良好习惯，控制人口的过快增长，提高国民基本素质。但地方执行时，往往简单粗暴，强抓活拿。对咱公安机关，则几乎是个法外的禁区。县里的红头文件写得明明白白：'只生一个好，政府来养老。'可群众观念难改，重男轻女根深蒂固，只信生儿防老，导致没户口的黑孩子一堆一晃的，名叫'罚''又罚''还罚'的太多太多了。个别领导欺上罔下，动武造假两相叠加。强行绝育、办班逼款、株连亲邻、拆屋搬物等极端现象屡见不鲜。刚才那些拉绳的，一准是威胁强拆房屋，逼催超生罚款的。"

村干部找来了，就是刚才的牵羊人。谢大兴介绍："这是刑警队的齐队长。"此人瓮声瓮气说："我是村委主任夏胡来，齐队长到此何干啊？"文滔简要说明来意，要他召集党员和群众骨干摸底排查。夏胡来真是不着调，开言就说道："以为帮忙拆屋的，竟然是来抹黑的。如此杀人大案，指定是他们双桥人自己干的，怎么还污蔑到我们村来了？我村从没出过小偷小摸，更别说杀人了。你们从哪儿来的赶快回哪儿吧，我可没这闲工夫。"

面对如此地痞，文滔的手指立即戳上他鼻子："有胆再给我说一遍。"夏胡来见齐队长怒目圆睁，不敢再说了。见他仍不动身，文滔又说："现场充分说明，你村嫌疑最大，闭着眼睛拍胸脯，这个保证你也敢？别说你一个小小的村主任，就是天王老子，敢公然否定公安专业分析，阻挠侦破杀人大案，与藏匿包庇有何异？这是天大的责任，你负得了负得起吗？简直胆大包天。若贻误战机，漏掉杀人犯，公安立马收拾你，耽误丁点儿都得吃不了兜着走，还不麻溜地给我找人去！"

夏胡来碰上硬钉子，一下子傻眼了，见蛮横耍赖行不通，这才答应去找人。临走时，文滔追加一句话："破案如救火，今天在这儿吃午饭，简单随意，吃饱就行。"

夏胡来挨了一顿剋，满肚子怨气，却是敢怒不敢言。一听齐队长安排吃午饭，觉得报仇机会终于来了，他满村吆喝："齐队长带人来破案，指定在这儿吃午饭，谁家公鸡大，赶快拿来做贡献。"他派人上墙爬屋，满村逮鸡，一时鸡飞狗跳，喧嚣无比。有人开口就骂："公安就是一群土匪强盗。"午饭时，夏胡来亲自端着一小盘炒鸡，表功似的说："齐队长辛苦，我亲自上树逮的，请大家伙儿补一补。"文滔笑了笑："大兴啊，夏主任满村逮鸡，好歹炒来这一盘，咱这十五六口子人，一人叨不着半筷子，何如煎饼卷大葱压饱充饥啊？土匪骂名也赚了，浪费夏主任这一片苦心多可惜。你最年轻跑跑腿，送给院里的大爷吧。"筷子轻轻一拨，小盘嗖地滑到小谢跟前。小谢很机灵，心领神会，抄起盘子，小腿轻快地来到院子里，对着树下乘凉玩耍的老人说："大爷们，夏主任满村逮鸡，一下炒来这一盘，我们如何舍得吃？请几位大爷尝尝鲜，谅也没人有意见。"几位老人来到室门往里看，见刑警全是煎饼大葱白开水，随即一窝蜂地大骂夏胡来："什么狗熊玩意，逮鸡六七只，却只炒来这么丁点点，你他娘的留着喂狗吗？"一个老大爷端着盘子，撵得夏胡来满院乱窜，恨不能扣到他头上。夏胡来偷鸡不成蚀把米，想倒打一耙却打肿了自个脸，灰溜溜地蹲到墙跟边去了。

到下午，嫌疑线索全部指向张桥村的姜来宝，此人四十一岁，身高一米七三，年龄身高都符合，也有作案动机。但现在各家经营自个的，印证作案时间特别困难，如若讲快捷，就是直接观察走路姿势，作出定否结论。传唤显然依据不足，放下又恐夜长梦多。河口镇党委董书记很有主见：发生如此大案，压力已比山大，若再错失良机，上下如何交代？见罗队长正在为获取证据伤脑筋，就说道："人命关天，不能再拖延。"罗队长说："董书记有何高招呀？"他抬头反问："人需走多远，你才能最终确认准？"罗队长说："五十米。"他大手一挥说："地方工作粗线条，不像你们事事细较。党委正好找些人，你看中谁就提溜谁。"随即安排夏胡来："去，把这七个人逐一给我提溜来，如若少一个，敲碎你狗头。"党委书记发的话，他岂敢有怠慢，立马带人找去了。

十多分钟后，人员陆续地来到了村委，皆是两个彪形大汉摽紧一人。从院门到办公室大约七十米，罗队长等透过玻璃窗聚精会神地观察着。第四个刚刚走出五十步，罗队长与齐文滔击掌相庆说："大事成也。"

此人正是姜来宝，步法特征与现场遗留完全相吻合。董书记令他脱掉鞋子，赤脚在细沙上走一趟。罗队长、齐文滔、马彩云趴在地上仔细测量比对，确认与现场脚印完全相符。面对如山铁证，他很快供述了作案过程。

原来，他的妹妹嫁到双桥村，怀二胎时藏在他家里，遭邓大军举报，被强行逮去做了人流，从此结下仇怨。昨天路过玉米地，见邓沫一人在，立起歹意按倒强奸，又活活地掐死予以灭口。

第八回　勇士巧遇心上人　平息案闹成首战

　　实习生活紧张忙碌，两个多月转眼过去。这次实习，对齐文滔来说，不仅演练了侦技水准，更是对当好队长的提前热身。县区刑警队长，联系比较频繁，一旦发生流窜犯罪，协作配合相当默契。罗光军与齐文滔则更为特殊，曾有过一段深厚的师生之情缘。省公安学校前身是警官学校，1946年5月创建于沂蒙山区梨行村，是培训在职公安干部的重要基地。1968年4月因"文化大革命"而停办，1976年4月恢复，1978年7月首次社会招生。10月25日开学时，教学楼仍在突击施工，校园一片荒草场。业务教学则多由公安厅承担，各地业务能手被挑选来担任辅导员，罗光军就是其中的一员。罗队长属于刑侦名将，齐文滔则是后起之秀，两人密切配合，取长补短，大案小案屡屡告破。

　　一天，几位同学来到沭中公安局，任宪勋笑说景小芍："文滔、彩云二进宫学习深造，同学难得借此一聚，来到你这一亩三分地，你这办公室主任不得尽尽地主之谊啊？你来搞搞招待，我们也跟着打打秋风吧。"小芍说："任大队长，这儿到底是谁的一亩三分地？你们几位大科长春风得意，位高权重的，好意思让我一介女流做东啊？亏你有嘴说出口。"大家笑着说："宪勋老小子诡计多端，见小震办案不在家，趁机揩你的油来了。他垂涎你可不是一天两天了，你得小心提防点。"

"老同学们请放心，他若敢起意，我先一拳放倒他。"同学们又是一阵欢笑。执权突然转移话题说："文滔和彩云，你俩到底咋回事？"彩云惊讶回头说："咋了？"兆先立即摇头晃脑地："完了，完了，彻底完了。听话听声、锣鼓听音，一听就没戏。你说咋？当年在学校，不是你俩一桌吃了两年的饭？这次又是你们俩，偏偏至今都单着，这还不算缘分啊？文滔也真是，当年说你人小不懂倒也有情可原，现如今还没长大呀？一个大美女眼面跟里天天晃，你就丁点儿不动心？彩云天天守着个帅小伙，也没点想法什么的？真真奇了怪了。"

宪勋说："文滔天生傻，毕业拍合照，才知彩云是沐浔，你怎么就不学学陈小震？小芍啊，把对付陈小弟的本事传授给彩云，浪费了资源多可惜！"彩云说："那时男女同学从来不说话，谁知谁是哪儿的呀？你们吧，也就现在玩起嘴皮子功夫，其实心都够狠的。俺就站在这儿，有谁真正地理过俺？除了宪勋嫂子，你们哪个不是毕业以后恋爱结婚的？亏还个个有脸说。"宪勋随即说："彩云说得太对了，我是有约在先，不能做那负心的汉。你们吧，都跟文滔一样傻，就白白看着肥水流入外人田地吧。"

玩笑一回，话题转到机构改革。宪勋说："咱们同学算是命好吧，遇上明主耿处长。也只有他才敢打破常规，起用咱这些警校的年轻人，他担得干系可大呢。"兆先说："浔水的改革最曲折。县委想空降一个刑警队长，高局长坚决反对。都担心得罪了县委主要领导，还不得处处挨卡穿小鞋？高局长真是敢碰硬、不怕邪，据理力争说：'县委的主要职责，是配齐配强领导班子。中层干部的任命，公安局党委应有自主权。一个生茬子，业务不熟悉，破案是外行，也想领导刑警队，这个玩笑开大了。刑侦是公安全局命脉所在，谁敢随意乱将就，必须百里挑一。'改革被迫推迟，一度陷于僵局。"

宪勋深叹一口气："我俩的老家就是好出幺蛾子，要不怎么说耿处长伟大英明呢！他找地委汇报浔水遇到的现实问题，地委指示八个字：熟悉业务，任人唯贤。高局长怕引发各方不愉快，这才有了文滔的副队长主持工作计。文滔你就不一样，我们干啥没人关注，你破一案惊天动地。咱真得大干苦干拼命干，报答耿处长的知遇之大恩。"

文滔自然特感慨："同学一番话，震撼我心灵。浔水有浔水的实际状况。单说刑警队，就有一大批身经百战、独当一面的优秀战将。可谓人才济济，数不胜数。可惜年龄偏大，又没学历，提拔从来不沾边。世事没有绝对的公平，只有相对的机遇。让我当队长，既不是能力强，也不是本事大，唯独年龄偏小、学历稍高而已吧。"

人生有两个群体的感情纽带最牢固：同学和战友。平时很少交往，却有根无形线，把情感紧紧穿一起。没有客套虚伪，心灵息息相通。有次文滔出差烟台，见一辆摩托疾驶而过，感觉是位同学。经年不见，又不同班，一时想不起是谁。那人几次回头，驶过两个路口，突然急转拐回。文滔猛然想起，这不是一班的王福江吗？车未近前，喊声早已传过来："是不是七班的齐文滔？"两人握手的一刹那，竟都眼角湿润，鼻重语塞。

技术室里灯火通明，文滔和彩云等又加班忙活了大半夜。第二天是周日，起得都比较晚。师弟发强约会谈恋爱去了，他们三个又到技术室干起活儿来。不知过多久，师弟玉平伸个懒腰说："饿了，早饭没吃，咱打尖去吧。"彩云看下手表，满脸惊讶说："天呐，已是过午一点多，怎么丝毫没觉得，齐队长你请客呗。"

"为金童玉女效劳，非常乐意。"三人来到东方红饭馆，点上四个菜和一斤半的锅贴吃起来。彩云见邻桌男人都喝酒，笑着说："两个警校出来的大老爷们儿，不弄点小酒比划比划？"两人异口同声说："对酒不感冒，算了吧。"正吃着，街上传来喧闹声，三人本能地下楼来察看。不远处，三人穿着喇叭裤，戴着大墨镜，一人持钢鞭，一人握尖刀，另一人抓着一个漂亮女孩拉扯着，想把人劫走。女孩拼命挣扎，哭喊救命，几个年轻人也想施以援手，无奈凶徒刀快鞭疾，皆被打了回来。

"住手。"仨人冲下楼，同声大喊。歹徒一愣，见都赤手空拳，随即镇定自若了。其中一人凶相毕露说："老子想玩个小嫩瓜，关你屁事？不想死的滚远点，谁管闲事收拾谁。"文滔跨前一步，一手叉腰，一手指着歹徒说："我们是警察，立即缴械放人，否则严惩不贷。"

"哟嗨，老子没见公安怎么的？今天偏偏不信邪，正好一锅全烩了。"扬鞭举刀冲上来。此时岂容再犹豫，马彩云一步冲到女孩前，照准歹徒头部疾击一拳，歹徒下意识抬手遮挡，她快速拉过女孩，顺势推到一边，迅速抽手，扭住歹徒脖子一个旋转，右腿一个绊摔，歹徒就一个狗抢屎趴到了地上。文滔一声大吼："找死！"声若巨雷，震得歹徒手已发软，铁鞭虽已挥出，力量却已大大减损。只见他低头侧身闪过，跨步歹徒身后，左手掏裆，右手砍脖，一个迅猛掏裆摔，眨眼间，歹徒已被骑在了身下，呲牙咧嘴、哀号不断。

此时王玉平已与持刀歹徒交手两个回合，胳膊被划伤，鲜血直流。歹徒正要举刀垂死一搏，文滔恰好腾出空来，飞起一脚，踢他数米远。王玉平强忍疼痛，补加一脚，然后一个侧翻摔，歹徒便四爪朝天，只有出气份，没了进气份。路人一片喝彩声："公安局，好样的。"他们拦住一辆车，叫上几个人，协助彩云押送歹徒，文滔则给玉平简单包扎一下伤口，截乘一辆便车，直奔地区人民医院疗伤来了。

玉平虽带小伤，心情却十分愉悦。刑警遇敌，破点皮、流点血，本就不算什么事，难得今天招招制敌，打得痛快。急诊大夫一看，满脸惊讶说："你俩警察心咋这么大？伤得这么重，得缝七八针。"玉平淡然一笑说："来到医院了，就任凭摆布吧。"

马彩云交接好歹徒，开辆摩托来到医院，急匆匆地找到值班室，询问女医生："齐队长在哪儿？"女医生说："这儿哪有齐队长？"她发现自己着急没说清，赶忙纠正说："不是不是，我是问齐文滔这会儿在哪儿？"女医生虽然口罩遮脸，明亮有神的眼睛却一下子瞪大了，站起急问："你说哪个齐文滔？""刑警队的齐队长，跟你说不明白。刚才有人胳膊刀伤，没来这儿吗？"女医生更加惊诧："你说齐文滔负伤了？""不是不是，他陪着负伤的人过来的。"女医生说："有这人，在急诊室。"她带马彩云走过来，随口问："谁是齐文滔？"此时文滔正弯腰低头地搀扶着玉平的胳膊，听有人问，边回答着"有一个"，边起身扭头看过来，呈现眼前的，竟是那双苦苦等待的大眼睛。他这一惊非同小可，简直是在喊问了："是你呀？女医生呼吸急促，趋步上前说："真的是你啊？"彩云和玉平都直愣着眼睛看呆了。

文滔很快恢复常态："哎哎哎，发的啥呆啊？瞪眼看好了，知道她是哪位吗？她就是你们未来的嫂子……"因不知名姓，急忙打住回头问："叫啥咪？"她爽快回答："卫良卉。""对对对，卫良卉。好好看看，啊，人，有可挑剔的吗？名，文雅悦耳吧！"女医生笑了，在场人也全笑了。马彩云可来话头了："齐队长，你连人家姓啥不知道，也敢枉称俺嫂子，不怕良卉姐骂你抽你啊？""你先给我整明白，姓名她到底是个啥？一个符号而已嘛。我虽不知她姓名，却深深知道她这人，一个真真切切地印在心坎上的人。我俩一见钟情，刻骨深恋六年多了。你看人家骂了吗，这不是一直都在抿着嘴儿乐吗？"

良卉真的在笑。她怎么想也想不到，魂牵梦萦的恋人，竟然以这种奇特的方式相遇了。多少回梦中寻觅，只恨每每成空。老天爷为何这么开眼，就在你毫无准备之时，突然来个惊天大喜呢！听见文滔如此说，她也微笑着开口了："阁下，不要高兴得太早了。实话和你说，我不但早已结婚，而且身为人母，不信你打听打听去。"

文滔不以为然："这话是给自己壮胆的，却不是说给我听的。"良卉一歪头："何以见得？""简单不过。你是我的爱人，我没来，你能嫁给谁？在这个世界上，除了我，还有你可以嫁的人？虽只两面之缘，眼神却早已深入彼此的骨髓。我看见的不仅是个艳若天仙的美丽少女，还有那铭肌镂骨的一见钟情。咱俩早已烙在彼此的心底了。还有，刚才纯粹自我露馅。你说，哪个少妇会为一个毫不相干的男人血脉偾张啊？咱老齐火眼金睛，岂有这么好糊弄！"良卉低头摆弄起衣角："算你狠。"文滔说："怎么样？看看卫女士，咱老齐苦等六年值不值？"大家齐声说："稀好，天设一对，地造一双。值，绝对值。"

见玉平的伤口包扎好，文滔即兴发邀请："中午让歹徒扫了兴，今晚宴请卫良卉，谁也不许逃跑，全来作陪怎么样？"

晚饭的气氛轻松愉快。发强最小，又最晚见到嫂子，话头自然数他多。他操着满口费阳腔："嫂子，你怎曾好呢！难怪齐兄心如磐石，雷打不动，原来团鱼吃秤砣，早就铁心一块了。嫂子就像画中人，我都拉不动腿呢。"

良卉笑而不语。彩云适时丢了个眼色："我们得去加会儿班，不能多陪嫂子了。"文滔见三人挤眼弄鼻，豪爽说："小样，鬼鬼祟祟，都滚吧。"

大家一走，瞬时安静。良卉肘倚桌面，手托小腮，侧脸目不转睛地盯着文滔看。文滔哑然失笑："经典定格，与画媲美！和六年前一模一样，只是更添了十分神韵。"良卉亦笑了："能和西施有一比？""西施有啥好，不过一种病态美。咱良卉脸若银盆、肌肤凝雪，才是标配的绝世美人。一向年光有限身，等闲别离易销魂；满目山河空念远，何如怜取眼前人。落花风雨易伤春，酒筵歌舞莫辞频。何须坐愁红颜老，丹桂飘香月色新。走，咱也到大自然中补补丢失的时光去。"

两人来到沭河边，漫步在林中小路上。蟋蟀低唱，夜色静谧；凉风习习，碧波微荡。原野盈满律动美。俩人信步慢走，好久没说一句话。此时万籁俱寂，何声能胜静无声？遇有一个坑洼，良卉差点踩空，文滔伸手去扶，小声说着当心，这才打破了这片宁静。

良卉心潮澎湃，初见情景浮现眼前：填报志愿时，她很想和文滔说句话，但心怦怦直跳，最终也没敢。待决心下定，文滔早已走出校门，她只好又跑出来偷偷地看一眼。她选报了泰山医学院，三年后分配到浔水县医院。这次进修，竟然意外地相遇了日思夜想的心上人。这几年，家人、同事都在为她的婚姻而着急，她也曾百般地迷茫：我在苦等啥？或许人家早不记得我，或许早已结婚成家，我是不是自作多情，浪费青春时光啊？但凡心中有烦躁，一个清晰的声音就会传过来：他在等我，苍天不会辜负我。今天"恍若惊鸿"，欣喜过后怎么又一片虚无缥缈呢，不会是场海市蜃楼吧？她看看影子，掐掐皮肤，才慢慢地舒口长气说："难道苍天真会保佑心诚人？此时你若结婚了，我可咋办呀？""没有怎么办，我相信心灵感应，是我的终归是我的。""还终归是你的，上次公交车一遇，为何不回头来找我？心可真是够狠的。""我还没有问你呢，让你原地别动，为何人间蒸发了？害的我跑回去苦苦找了两个多小时。""别提了，我抬头一眼见是你，激动得差点晕过去。哪知十几辆车过完后，你坐的公交车也早已行远了。我往西追出二百米，恰逢医院的救护车紧急路过，车上急缺人手，顺手把我提溜到车上去帮忙抢救病人了。人算不如天算，我以为这辈子再也找不到你了。对了，他们为何称你齐队长？""混叫呗。进修期间，刑侦股改建刑警队，任命我为副队长主持工作，还没实际履职呢。""怪不得都没你消息，原来报考公安当警察了。我很喜欢侦探小说，刑警队长神武英俊，特别可爱。但我想象不出，你指挥破案时到底啥样子。""小说如何能信？看多容易中毒。刑警没啥两样，无非是平凡中多了些使命和担当。咱俩算同行，你专门治好人，我专门治坏蛋。"说着话，来到一块近水沙滩坐下来，静心欣赏河水流淌，倾听浪花拍岸的律动声音，幸福感悄然袭上心头。良卉将头轻轻地靠在文滔的肩头，顿时感觉整个世界都是她的了。

实习生活很快过去，一年培训圆满结束。1985年元旦，齐文滔正式履新刑警队队长。仇和展副局长对全队干警说："齐队长任职半年有余，今天正式履职行权。一元复始，万象更新，我先把话撂在这儿，有小齐队长带领大家，咱刑警队一定能接受新挑战，经住新考验，攀登新高峰，开创新辉煌。"

文滔说："刑侦事业在历任股长带领下，做出了好成绩，打下了好基础，当前的局面是不进则退。社会快速发展，刑侦必将遇到更多复杂的新问题。我相信，有局党委的坚强领导，有仇副局长等老股长的坚定支持，有我们这个坚强的警队，就没有战胜不了的困难。我还是那句话，有作为才会有地位，名誉是干出来的。我们要把刑警队建成一支有理想、有信念、有灵魂，敢于冲锋陷阵，不怕流血牺牲，会破案、能破案的一流钢铁警队。我们要共创辉煌，共享光荣。作为一队之长，我向大家郑重承诺：以身作则，身先士卒，好处不独占，危险冲在前，自己做不到，绝不强大家，请大家监督我。"全队群情振奋，报以热烈的掌声。

刑警队长这个活，面上看似光鲜，实则风险极高，责任重大。电影上那些手持烟卷来回踱步，凝眉聚目计上心头的超级侦探，现实中不能说没有，但一定少之又少。山区贫穷落后，发案随时随地，犯罪随心随性，没套路没规律，逻辑推理难适用，侦破难度相当大。加之家族观念浓厚，法律意识淡薄，一旦发生命案，经常无理纠缠，提出过分要求，严重影响案件侦破。刑警队不仅要破案，还得拿出大量精力化解矛盾。稍有煽风点火，亲属一不冷静，就是一起群哄群闹的重大事件，时刻考验着刑警队长的决策处置力。这不，文滔刚刚上任，重大考验如约而至，一起特大杀人案件发生了。

现场异常惨烈，案情却不复杂。关防村精神病人杨小柱，今天手提大铡刀，闯入瞿有船家砍死四人满街乱窜，吓得家家关门闭户。村书记刘正义听说后，提根磨棍前来察看，正遇杨小柱提刀发威，随即大喝："杨小柱，还不快把刀放下，看我不一棍挼（hài）死你！"边说边猛烈地敲打着地面，杨小柱回头就跑了。刘正义往北追了里把路，眼见越落越远，只得赶紧回村电话报了案。

接报后，文滔首先安排有关区域设卡堵截，随即带队火速出警。他在车上安排说："杨小柱提刀逃跑，危害极大，须立即查清去向，快速实施追捕。到达后立即分头行动，有利负责追踪，大强负责走访，技术员、法医勘验尸体和现场。"到达后车未停稳，潮水般涌来一群人，把侦查员团团围住了，文滔站上高坡劝阻说："我们是刑警队的，来是破案抓凶手的。大家赶紧散开，允许我们开展工作。凶犯逃跑在外，随时随地会再次杀人伤人，务必不要妨碍我们。"这些所谓的亲属，面对杀人犯时跑得比谁都快，此时却表现得比谁都悲痛。抱着干警大腿，胡搅蛮缠：凶手逃跑，公安必须偿命，精神病人为何不提前关起来？先拿五十万元赔偿家属，否则，现场不准看，尸体不准验，案犯不能抓。

文滔再次大声宣布："刑警队的职责就是破案抓凶犯，精神病患者有法定监护人，民事赔偿也有法律规定，确有困难者也可申请政府救济。杀人犯逃跑多时，给社会带来极大危险，抓捕行动十万火急。你们阻挠抓捕杀人凶手，若贻误战机造成严重恶果，法律可是无情的。请保持理性，不要妨碍执行公务。若不听劝阻，继续妨碍，等于放纵杀人犯，我们将采取法律措施。"

其中有人高喊："听见吗？他们不抓杀人犯，却要抓我们，和他们拼了。"一时又乱拥乱上，闹成一锅粥。刘正义着急说："老瞿在世时，你们哪个上过门？杨小柱行凶时，你们又在哪儿呢？你们这群混蛋亲戚，贼来时，全都躲得十万八千里；贼跑了，却逮着拿贼的公安要勾担，都他娘的是些什么熊玩意！倘若杨小柱再杀一命，你们都得挨枪毙。"

面对汹汹闹事人群，文滔异常镇静。他先让刘书记打电话通知乡党委周书记马上赶过来，然后召集几人站在圈内分析说："我们七八个人，被二三十名亲属全面包围，什么事也干不成，杨小柱若再杀人怎么办？"有利说："久拖肯定不行，必须采取措施。"老甄头明白小齐已下定决心要出手，当即提醒说："想法倒是可行，只是风险太大。上任初战遇上这么档子事，成与不成都会很麻烦。"

文滔说："初战即遇案闹，算我这队长倒大霉。人命关天，杀人犯岂会坐等咱慢条斯理做工作？这几年，案闹屡禁不止，大有愈演愈烈之势。此等事若也像上级要求的那样，舍得花钱买平安，以后还有完没有完？咱还有什么精力来破案？社会复杂多变，我们也将面临更多刑事大案，似这样让亲属无理缠闹，却只一味地退让将就，难道放任凶犯不抓了？杀人案也敢公然围攻侦办干警，岂非天下大笑话！困在这儿束手无策，任由杀人犯逍遥法外，危害社会，咱还配当刑警吗？"他回头盯看区有利，有利说："请示吧，高局长肯定会同意。"

文滔瞪眼说："请示啥？天大的笑话。让我当队长，是玩脱责游戏的？活还没开干，却先做个套，让局长替咱背黑锅，这种事情也能干？请示就免了，天塌地陷我担着。你和老甄立即拿出处置方案，我要马上采取行动。"

这时，党委周书记赶到，一见这场面，心惊肉跳、两腿发软。文滔要他速调五台拖拉机和五十名民兵待命。有利和老甄头早已摸清了骨干分子，研究好处置方案，分好了行动小组。

不一会儿，拖拉机和民兵全部到位，文滔大声宣布："合天底下有如此不讲理的事情吗？杀人凶手逃跑不准抓，反要干警来偿命，简直无法无天。我再说一遍，所有亲属立即退出，不得阻挠抓捕凶手，谁敢继续胡闹，坚决依法采取措施。"亲属非但不听，反而闹得更凶了。

文滔发出命令："动手，将这些不法之徒全部拿下。"各小组以排山倒海之势，雷霆万钧之力，迅速分割围闹人群，将带头者全部按倒拖离现场。四台拖拉机各拉一具尸体，另一台备用，轰轰隆隆直接拉到火化场。文滔当即宣布："带头组织者依法拘传，协从闹事者警告训诫，今后凡阻挠案件侦破不听劝阻者，依法严惩，决不宽恕。"化解案闹后，迅速分兵展开追捕，不到两个小时，就在二十公里外抓获杨小柱。文滔任职首战，干警大喊过瘾，群众拍手称快，社会刮目相看，刑警队顷刻在全县扬名立威。

事后，有人向高局长偷打小报告："高局长，关防的案子齐队长事先汇报过？"高局说："这个案子办得好，仗也打得很漂亮。""年轻人胆子就是大，这么大的事，不请示不汇报就敢现场自断，眼中还有您老吗？万幸事已平息，这要弄出大乱子，还不得您老全兜着？狂小齐坐收名利，高局您专背黑锅，此风万万不可长啊。"

高局长双眼微眯说："如果让你办，你会怎么做？""这么大的事，谁敢负这责？请示您啊，您让咋办就咋办。""我的话就是万金油？倘若失灵又如何！""全局谁能比过您？不论啥结果，反正我没责任嘛。"

高局长骤然严肃说："你没责任，都不负责，事情办砸锅，百姓去找谁？办好咱可无功，出事能不担过？这个责任你不负，我高施恩不能不负吧。看你这副嘴脸，办法没一点，遇事就逃避。嚼舌根子搬弄是非，谄媚逢迎当二报，倒是一个顶三个。你有想过吗？一家四口被杀，尸横满院，血流成河，有人却胆敢聚众以尸讹警，阻挠抓捕凶手，若再杀上一命，群众不指着鼻子骂我高施恩该下地狱吗？小齐这是胆大妄为，还是勇于担当啊？除了他，谁敢把这天大的风险揽到自个儿的身上？都像你，除了束手无策就是推责诿过，还不错失良机，黄瓜菜凉了十八回吗？我也早他娘的身败名裂，彻底完蛋。以后别在背后煽妖风点邪火，小眼瞅瞅着专蹴别人的脚后跟，多学学小齐处变不惊的功夫本事和顶天立地的英雄气概好不好？"

第九回　治水霸举重若轻　破焚案春节团圆

近段时间，刑警队连克大案要案，社会治安持续好转，高局长顺心顺气，各界更是高眼相看。县委也格外重视，专门给公安局配备了一辆崭新的桑塔纳和一辆罗马旧吉普。县委书记尚且坐着旧上海，其他部门别说汽车，但凡油气的没一点，公安局的地位更是如日中天。

高局长平时有个小爱好，喜欢整上两小口。大家开始上班时，他才起来洗漱，有俊队长等伺候着吃完早饭，一般就到九点多。然后安上小酒桌，端上俩小菜。九点半，科长们挨个来汇报，顺便提上几瓶酒，陪他喝上一两杯。文滔滴酒不沾，所以也从来不到他家去。

一天，廖科长抱着一箱兰陵大曲跑过来，亲自打开一瓶，接连敬了两三杯，见高局长心情愉悦，机会难得，遂一边倒酒一边说："高局长，人皆尊您老毛孤，上至县委书记，下到平民百姓，哪个不是敬您十分？现在全县一片升平，干警谁不服气，群众谁不夸赞！世人皆翘大拇指，都说您老真厉害。"

高局长眉开眼笑，端起杯来一饮而尽："唉！这个功劳不能全归我，是咱全局干警团结一致，共同拼搏的结果嘛。"廖科长看见火候已到，话锋一转鼓捣说："高局长，您老从不居功自傲，心胸宽阔堪比大海。您这样认为，纯属高风亮节、自我谦虚。但如果有人也去这样想，那就是心术不正了。我

94

知道，有人确实对您不待见，从没把您放眼里。就说他小齐，到底有啥了不起？为何从来不踏您家的门！不是您老顶撞县委，一手提拔，他狗屁都不是。连瓶酒都舍不得给您喝，完全是个忘恩负义的臭东西。上下左右谁不骂？当初您就不该提拔他，用谁不比用他强？不能再继续惯着了。您看有俊多忠心，似此才堪大任嘛。"廖科长为何如此搬弄，是认为高局长这回绝会听信他。

　　前些日，司机老周开着罗马吉普拉着廖科长下乡镇。一路上，他舌头长在别人身，这个不行那个不中，聒噪得老周心很烦。听他把巩有俊夸成一朵花，把齐文滔说得狗屎不如时，忍无可忍说了句："到底有钱有势好，巩家谁能比得了！"一脚急刹车，打开车门说："有钱能买鬼推磨，这车太破旧，实在委屈你了。你先下去歇歇嘴，我得换个好车去。"他没反应过来，一伸腿就下了车。哪料老周一脚油门，刺溜一下就窜了。他站在路边左等右等不见回，方知被他给甩了。老周回局一想：这次可能闯祸了，若廖科长先找高局长告上一刁状，可不有我好看的！遂赶紧提上两瓶酒，跑到高局长家陪着喝了两三杯。高局长随意问："怎么这么快就回来了？"老周重重地叹口长长气："是我辜负你和宋部长的期望了，特地赶回交钥匙，这车我真开不了，您让我再回人武部去吧。""瞎扯淡，宋大金刚的座驾车长，还有你玩不转的车辆和故障？""高局长，车障好修，人障难办。廖科长今天嫌车孬，气得半路下车了。"高局长立时发怒："嫌车孬，不会让他自个儿滚回来？"

　　廖科长折腾半天，好不容易才到家，一肚子怨气跑到高局长跟前告明状。谁知刚开口，就被骂了个狗血喷头："嫌车孬是吧？那你专坐飞机去。以后，局里的车你一律不许再碰了。"他瞬间惊呆，虽有万般委屈，如何敢和高局强争辩？只得马上认错，表示改正。

　　有过前车之鉴，廖科长料定今天这一状，一定能告到高局长的心坎上。哪知高局长立马脸色变绿，酒杯一蹾，筷子一摔："他娘的，除了玩舌尖杀人术，你还会点正事吧？我看真得设个帽子工厂，厂长非你莫属。提拔小齐，当然是我力主的。提拔他，就是为了醉了不醒，醒了又醉，天天围我转圈圈？让他当队长，是攻坚破案流血拼命的，不是来当酒囊饭袋的。他天天盯在案子上，回局时间都没有，有啥工夫跑到我家来？说穿了，你们做的就是门面功夫，不汇报还能做什么？他若也和你似的，端着酒杯围我转，案子一件不用破，我这局长也早他娘的卷上铺盖滚蛋了。看这新车旧车的，县委会平白无故地拨给咱？没有小齐连克大案，谁会这么重视咱？做你娘的美梦吧，还谁干都会比他强，放屁。他不行，为何测评年年好，你厉害，为何次次是倒数？难道全局干警都眼瞎，就你贼眼最雪亮？给个中队长你试试，真刀真枪的玩命去，看你尿不尿裤子。"巩有俊本想附和几句，突见老人家生了大气，立马转向讥诮廖科长。高局长发这一通火，立刻把这波咬舌风波摆平了。高局长心胸开阔，用人不疑；齐文滔则心无旁骛，专攻破案。一时凯歌高奏，捷报频传。

　　一天，良卉过来看文滔，一进门，一股臭气迎面扑来，熏得她赶紧捏鼻子。原来文滔上案半月多，累得脚都没有洗，沾满泥土的脏鞋臭袜就这么扔在当门里。良卉拿过搪瓷盆，到外边的水龙头上打来水，把鞋袜扔进水里要刷洗。刚抽出鞋垫，就被上面的图案吸引了。不由自主发惊呼："天，怎么这对鸳鸯是活的！美奂绝伦，谁纳的？"文滔探头看看说："邱小樱。"良卉笑了笑："这才是用心来绣的。这针脚、这配线，针针有神韵，线线带灵气。女红百里挑一，赛过江南绣女。情真意切，是否有故事？"良卉几句话，勾起文滔满满地回忆。他拿过鞋垫看了一会儿，一脸凝重说："有，一段小故事。恬静惊险，温馨凄婉，荡气回肠。"良卉坐下来，倾听文滔慢讲细说。听见小樱衣不挡寒、难蔽肢体时，心中悲戚、泪挂眼角。听见小樱情窦初开、懵懵懂懂时，破涕为笑、前仰后合。听见小樱沉着冷静、机智灵活时，肃然起敬、称赞不绝："这小丫头虽人初长成，心有惘然，做事却丝毫不让须眉。一个农家女孩子，能有如此胆识，真是不简单，相信她一定很美很水灵。"文滔说："很漂亮，人却没你美。""什么话，很漂亮，能不美？爱她吗？"文滔盯着良卉的眼睛说："很可爱，她也很值我们爱。人生虽有各种爱，但爱情却只有一份。"良卉点头说："我倒是很想见见她。"文滔说："自从离开我也没见过，今天正好有空，咱一起看看她去吧。"

　　小樱报到后，工作非常认真努力。这天她正忙碌着，突听曾所长喊她：

"小邱，哥哥嫂子看你来了。"小樱心中纳闷：哥哥嫂子？老远一眼瞭见是狗蛋，顷刻两眼放光，心潮激荡。突见他身边陪着个如花似玉的小姐姐，便不敢造次乱说话，傻乎乎地站着摆弄起衣角。曾所长见她满脸通红，笑着问："怎么，没有想到吧？狗蛋可是大名鼎鼎的刑警队齐文滔齐队长，这位是你未来的嫂子卫良卉。"

小樱早已猜到狗蛋是警察，却从没想到他身份会有这么高。一时难免窘迫，声气很低说："齐队长好，嫂子好！"文滔笑着说："不叫哥先叫嫂子了？我们还没结婚呢，先叫良卉姐姐吧。"她又低头叫了一声"良卉姐"。良卉拉着她手说："多可爱的小妹妹，真有灵性，难怪年纪轻轻就帮公安破大案。"小樱见良卉平易和蔼，这才大方起来："良卉姐，我早就知道狗蛋表哥是假的，大骗子。"大家一齐笑说道："可不就是个骗子嘛。"文滔逗她说："以后还认我这哥？"小樱说："认。"良卉问："也认我这姐？"小樱说："当然认。"良卉说："认哥和他亲，认姐才和我亲呢。"小樱头发一甩："那我先认他是哥，再认你为嫂，不就一样亲了吗？"此言又引一阵欢笑，喜得良卉直夸说："好一个可爱的小妹妹，着实招人心疼。"

小樱一下睁大眼睛："良卉姐，我真不小了。四年前我是小一点，却什么都懂得。现在二十多岁了，还小呀？现在我才明白了狗蛋哥当年说的话，嫂子不会记恨我了吧？"良卉抚摸着她手背："好好好，不小了，小嘴巴一会儿嫂子一会儿姐，哪能不记恨，我得记着早点给你找个好婆家，好不好？"

此时外边来了个自来水公司的，曾所长说："齐队长和弟妹请稳坐，小邱给哥嫂倒着茶，找事的来了。"良卉站在窗前看一会儿，方明白是来换修水管的，遂对文滔说："人家上门服务，曾所长怎说找事呢？"文滔笑了笑："找事还是真服务，一会儿就能见分晓。托小樱的福，你就免费看出好戏吧。"

只见这人一脸横肉，手拿一个大管钳，当当地狂敲着一根生锈站管龙头说："曾所长，这个龙头得换了。"曾所长打着哈哈说："不知许副经理驾到，有失远迎。看你这服务态度转变的，龙头锈蚀老化，就知马上更换，很好，换完进来喝杯茶。"此人突然狗脸一变："得先交钱才能换。"曾所长仍然微笑说："许经理适应市场就是快，马上学会一手交钱一手交货。合理收费，也算应该，多少钱？"说着就去掏衣袋，钱没掏出来，许经理的话已蹦出来："一百二。"曾所长面无表情，却把良卉、小樱惊呆了，她俩一齐吐舌说："天呐，五个月工资，谁定的？"曾所长不慌不忙收回手："许经理手笔就是大，老曾也跟着学一招，先开发票再交钱，收了钱后你再换。"许副经理哼一声："老子从未开过票，钱却一分也没少。""派出所只认规则，管他儿子鳖孙呢！将就用，不换了。"曾所长撂下这句话，就往屋里走。谁知许副经理又猛敲站管说："不交立即就停水。"曾所长哈哈一笑："许副经理真厉害，这还有十多户的居民呢，谁家欠你水费了？""欠不欠关我屁事，这钱必须马上交。""你这法子够狠的，发上一通横，票子大把数到手，是不是轻车熟路了？"许副经理理直气壮："谁不交钱就停水，无一例外。"

　　"曾有多人报案，我还以为不可能。今天你这'横立'耍到派出所，真是让我开眼了。先给你留点小脸面，水龙头安安稳稳换上吧。派出所是匹羸瘦马，没啥油水可捞，也不是你该发财的地方。今天不想生闲气，留待你自我改过吧。至于说停水，想都别去想。话，如数收回去，附带表上一小态：乱收的钱款全额退回，以后绝不再犯。你的事就走正常的法律程序吧。"

　　"小小派出所，要钱不给还发横，老子偏偏不信邪。"许副经理抢着管钳上来了。曾所长忍无可忍，一声怒吼："混账东西，往我身上撒泡尿也就罢了，还真敢骑在人民的头上拉屎了。阳关大道你不走，偏要走这独木桥。派出所是专政机关，你竟敢气势汹汹，明目张胆，老百姓的日子还能过？此时若再不出手，还对得起人民对得起党？来人，将这欺压百姓、强取豪夺的地痞给我拿下。"强将手下兵岂弱，三四个民警冲上来，摁头别胳膊就把他给控制了。

　　这空儿，小院拥来几十人，一见这水霸，怒火喷燃，骂了个自然够。自来水公司张经理刚进院子，就被众人团团围住。金台说："冤有头，债有主，此事是许副经理私自干的。请放心，钱，分文少不了大家的。"不一会，高副县长来到，听一遍录音，气得七窍生烟，指着许的鼻子大骂道："混蛋败类，简直了。派出所里敢这样，仗着谁的狗胆子？快他妈的老实交代，总共收了多少，都花哪去了？"

警路八千云和月

98

"说不清楚有多少，除了吃喝玩乐，都在小金库里头。"许副经理耷拉着脑袋，蔫得像个霜打茄子。张经理正头晕脑涨，高副县长冲着他来了："姓许的办了这么多坏事，你就丁点儿不知道？上昏必下聩，要你有屁用，不如撤了球的干净。将许大马棒交检察院经济犯罪侦查科立案调查，依法严惩；张经理不许再昏睡，加班加点查清钱款，如数退还给群众。用户满意，影响挽回，可酌情从轻处理；若仍办事不力，提交县委撤职查办。"

看着姓许的被押走，良卉余愤未平："这混蛋实在太可恶，应该让群众狠狠地揍一顿。"见曾所长走过来，竖起拇指说："难怪文滔总说你是四大之首，果然超级大雄头。修理这般无赖，你咋这么有办法？"

金台摇头叹息说："弟妹啊，别听齐队败坏我。要说真雄头，有人比我狠十倍。这点小法子，人家一眨眼就能掏出十个来。文滔文滔，文韬武略，以后慢慢领教吧。"

良卉转头问小樱："妹妹，你哥真这样？"小樱说："我哥真的挺厉害。"良卉吐下舌头说："那我真得小心了。"

说话间，春节要到，文滔和良卉商议如何见父母。良卉说先去文滔家，文滔坚决反对："必须先到你家去，伯父伯母不通过，名不正，言不顺，我这心里如何能踏实？"良卉调侃说："竟敢怀疑我权威，本公主看中的，父母绝对没二话。""咱老齐也是人才一棵，当然自信满满。可父母含辛茹苦地把你抚养大，即将亲手交给我。不事先征得同意，心里如何过得去？"良卉说："好，齐队长言之有理，卫仙女自愧不如。行了吧？"

良卉老家是浔阳镇的卫家坡，两人进村时，父亲卫大义正坐在街口和大爷叔叔侃大山。转身见一辆三轮摩托停在家门口，心中正犯嘀咕，却见闺女和一个高个青年走下来，心中立即明白了八九分。良卉和文滔站着等老爸，不断地与街坊邻居打招呼。众人说："小丫头回来，似还有贵客，快点回家吧。"老爸口中说："不急不急，闺女还是别人吗？"腿却迈得比平时快了好几分。倒背双手，提着马扎，一溜小跑回家来。

文滔迎前问候："卫伯您好！"老爸审视几眼，点头算作回应了。良卉逗老爸："老闺女回家，还这么磨磨蹭蹭，不欢迎啊？"老爸又看文滔几眼：

“我走得还不算快吗？闺女回家来，老爸当然很高兴。”良卉小声说：“齐文滔，县公安局的，专程来看您和妈，老爸目光如炬，不知能入您老法眼吧？”老爸只管低头走路，未置可否。妈妈见着女儿，眼睛笑成一条缝，高兴地一手牵着闺女手，一手就去掸她身上土：“俺小丫头还是没见胖。”进屋冲好茶，文滔先给老人端上。老爸喝了两口，茶碗当中一推，正襟危坐，默默等候。意思当然很明白：闺女，现在可以汇报了。

良卉一见老爸又摆出这套老军人的正规架式，从背后拍拍他的肩膀说：“老爸哎，放松点。闺女又不是俘虏兵，何必如此严肃呢！看你黑眉虎脸，居高临下这样子，知道有多吓人吧？”女儿这一逗，老爸终于露出笑容说：“嘿嘿，这个小青年，我看还可以。”良卉小嘴一噘说：“俺那亲亲的爸爸咪，怎么越老越没抻头了。闺女精心准备了三天三夜，汇报稿都还没有拿出来，谁让你先批准的？这也太不重视女儿的终身大事了。”老爸频频点头说：“我老闺女这眼光，那是没说的。”

说起良卉老爸，也算传奇人物。解放战争最激烈时，毅然报名参军，首战即是淮海战役。中华人民共和国成立后，一直驻扎在福建最前沿，后因白血病而退役。再后来，部队得知他活着，方才确认是误诊，按转业安置到公社党委。一听小齐是刑警，一连说了三声好。他最喜欢扛枪的，觉得那才是真正的男子汉。

小齐说起爷爷齐丕球，他更加欢心了：“老皮球是我老朋友，身体还好吧？”文滔回说爷爷奶奶都健朗。吃饭时，他慢慢滴上三盅酒：“今儿个我是真高兴，来，小齐和闺女都陪老爸喝几盅。”良卉说：“我陪老爸喝十盅，文滔就免了，他全家滴酒不沾，过敏。”老爸马上连干两盅说：“女孩子哪有喝酒的？就数我闺女最能了，还十盅！”赶忙把良卉跟前的酒盅收起说：“干公安却不喝酒，那是真没劲。自古酒壮英雄胆，酒可真是个好东西。想起来了，你爷爷只要喝一口，脸就红得像公鸡；你爸也不喝，你家是遗传。”午饭吃得很开心，老爸酒意微醺。说起战争年代，口若悬河，谁也别想插上嘴。文滔见老爸碗里的饭菜都剩一点点，询问说：“卫伯的饭量这么轻，怎么还都剩下了？”卫伯仰起头来说：“我吃饭就要这样子，不论舀多少，必须得剩碗底子。"

饭后回走时，老爸和老妈站在门口，摩托刚开不远，有人问："小卉和谁回来的？"老爸大声说："我女婿，县公安局的。"俩人相视而笑。良卉悄声说："老爸真没品位，怎么就不知难为两句再认你？竟然这么快就把闺女打发利索了。哼！"

说好正月初三，文滔要亲陪良卉来自家，谁料腊月二十九，城头村外发现一具焦尸，此时哪能有二话？文滔点上兵马，飞奔现场去了，至于春节和良卉来家之事，早抛之九霄云外了。

现场位于城头村北一条干河道的沙坑内。孙老汉上午放牛，突见坑内有具焚烧焦尸。勘验认定死者女性，年约十六岁，怀孕五个月，六天前死亡。文滔分析说："尸体处于路边崖下河沙坑，范围肯定大不了。当务之急，要迅速查清尸源和有无发现烟火者。"

有利爬上高坡观望，发现不远处就是镇中学，马上安排说："金大兵带人迅速查清学校老师和学生有无失联者，要特别注意女学生。其他人深入村庄，全面排查失踪人员。"大兵和众人领命而去。学校已于腊月二十放寒假，只剩烧茶炉的张老头住在门卫值班室，大兵说事出紧急，要他通知校长马上回来。张老头打完电话，大兵问："老人家，学校近期有没有找不到的老师、学生呀？""不知道，都放假回家了。""假期有没有私自回校的老师和学生？""没有，我天天守着大门口，一个也不少。只有一个放假没回家，住校几天也早回去了。"大兵极其惊觉："学生都是本镇的，为何放假还住校？""谁知咋回事，是成家沟的那个女娃娃，回家也已六七天。""女生，叫啥名？""知不道叫啥，成家沟就她一个是女的。"

大兵让小张等候校长，他火速赶赴成家沟，支部书记特吃惊："成建霜，她何曾回到家里来？家里全都找疯了。"大兵听了，连声喝叫马上找来她家人，带上她大哥飞赴现场。她哥一见尸体，痛哭失声："妹妹呀，你咋死得这么惨？抓住这个禽兽畜生，我一定千刀万剐了他。"有利安慰说："切莫悲伤痛哭，先好好确认准，到底是不是你妹妹？""亲妹妹我能认错吗？是我妹妹成建霜。"尸源明确了，干警信心陡增。

破案形同打仗，谁还顾得明天年除夕！文滔适时鼓动说："决战时刻，谁也别想过年这档子事，想也没有用。"干警洪亮回答："年在现场过，不破不收兵。"

"但请大家放宽心，有刘指导员总揽后方，保证家家吃上猪肉饺子，欢欢乐乐地过好大年。成建霜身怀有孕，说明啥？摆脱纠缠，杀人灭口；为何焚尸？灭迹毁容，拖延时间。现场就在公路边，恰巧路崖阻挡视线，白天人来人往，没人发现烟火或闻到焦尸味，说明焚尸在晚上。身份既明，时间亦定，破案还会遥远吗？她是在校高中生，学习生活基本两点连一线，路途、家中皆排除，只剩学校这一点。一个女学生，接触范围能多大？谁让她怀孕，谁就是案犯。将老师悉数召回，查清人际交往，火速查清男性师生有无下落不明者。查清了，案件也水落石出了，马上行动起来吧。"

大家兴奋地投入调查，文滔却陷入了沉思。元旦刚主政，明天就是年三十，山区讲究除夕团圆，不论情况多特殊，过年干警不在家，父母老婆肯定难接受。最大的症结是，生活物资匮乏，完全凭票供应，若想买到紧缺年货，必须拿到领导批条，家属哪有这能耐？

本来刚交腊月，省公安厅和地区公安处就分别下发紧急通知，为确保人民群众过一个欢乐祥和的新春佳节，各级公安机关一律不放假，高局长亦在会上强调过。可刚过腊月十五，部委办局就没人正常上班了。有科长请示高局长："各局基本停摆，唯有咱在坚守，干警情绪极不稳定呢。"高局长嘿嘿一笑说："规定是死的，人是活的吧？你不会留人值值班，让其他人自由活动吗？除了刑警队盯案没办法，你们何必人人苦撑呀？"各科领导心领神会，办公室自此稀稀拉拉。一过腊月二十，节味日渐见浓，各人忙乎过年，科室更是十屋九空。

面对全局现状和满满的节日氛围，刑警家属不着急不抓狂，绝对不可能。文滔要通刑警队的电话，只听刘志豪上气不接下气的。当即戏谑说："怎么？后方总管竟比前线拼杀还忙啊，上不来气了？"

志豪抿口水润了润嗓子："案件怎样了？我怕影响你，没敢打电话。快点凯旋吧。否则人都过不了，还过什么年！""案子今晚会有眉目，但何时抓获案犯，尚且很难说。闹不巧，这年恐怕回不去。我正担心后方不稳，动摇警心呢。""千万别分心，家里有我呢。只要侦破顺利，就是新年大吉。我托关系走门子办了一堆的年货，现正忙着收拾呢。""刘兄提前想到做到，我就放心了，家属们情绪如何呀？"

"还能怎么样？我头都要炸。现在全局人魂难觅，只有刑警拴在案子上，家属哪儿能不炸锅？大兵爱人哭叫说：'婆婆生病，孩子发烧，过年的东西啥没有，这日子没法过了。刘指导，你不把姓金的给我拽回来，我坚决跟他去离婚。'邵金华爱人小姜干脆不管不顾地回了娘家，孩子哭天号地，她却说：'哭丧啥？找爹去。还过年，过个王八球。'全乱套了。"文滔叹口气："这些女人们，哪个不是如花似玉，爹妈跟前娇生惯养的？眼看着刑警小伙长得帅、牌子硬，何曾受过这般委屈呢？若非人命关天，谁会忍心如此呀。难道就咱俩的心是铁打的？刘兄你就忍辱负重，豁出这张老脸，晓之以理，动之以情，软硬兼施，伴有吓唬，做好思想工作吧。"

刘志豪刚撂电话，家属就喊喊喳喳闹进来。一见半屋子年货，火气立熄大半。刘指导员恭请大家坐下说："对不起，各位受苦了，我代表齐队长给你们赔礼道歉拜早年。"立正站好，给大家深深鞠一躬。就这么一点的好脸色，家属们立时热泪盈眶，有人竟然哭起来。"不要哭，有火尽管冲我来。一个十六岁的花季女孩被残忍杀害焚尸，刑警何能置身事外？老公不回家，大家尚且无法忍耐，死者家人又如何过年呢？你们说，到底是过年重要，还是破案抓凶犯更重要？你们多点理解，就会稳定干警的一分情绪；扯一点点后腿，就会动摇破案的十分决心。齐队长要我转告大家，他说：'刑警这些媳妇，个个漂亮贤惠，走到哪儿都给刑警队提气长脸。可你为何偏偏看上刑警了，还不是因为刑警小伙更帅更加优秀吗？委屈可以诉，离婚不要提。谁若不理解，今天离，明天我就给他找个更好的，你可别后悔。'"大家面面相觑，果然竞相媲美；对比对比老公，亦皆恍然醒悟，哪一个又是比媳妇还差的？唉，女人就是女人，真得既哄又吓唬。一哄就开心，拿着东西咧嘴笑了；一唬立见效，悄没声息地回家了。

调查很快有了好消息。有次死者二哥给妹妹送煎饼，蹲在校门口等到后半夜，才见妹妹和贞峰老师从野坡地里走回来。二哥抓住贞峰问："你一个男老师，领着个女学生深更半夜才回来，到底要干啥？"贞峰离开后，他反复诘问妹妹："你和贞老师到底咋回事？你不要脸咱全家还得出门吧。"见妹妹低头不语，气得扇了她两巴掌。

文滔让把老师的材料马上拿过来，有利汇报说："贞峰，二十六岁，语文老师，班主任。"文滔说："你亲自去他家，核准行踪去向，各组马上调查贞峰与成建霜的交往情况。"很快查明，贞峰与成建霜关系暧昧，经常相约外出。成建霜本来成绩优异，从去年开始明显下滑，经常独自啼哭。贞峰早已定亲，准备开春就结婚，一段时间心神不宁，行为反常，授课质量明显下降。腊月二十四从家中骑车出走，至今没有消息。父母说："腊月二十放假回家，二十三出门一整天，晚上半夜才回来，天不明又慌慌张张地骑上车走了，家里一直担着心。明天就是年三十，千万不要回不来。"成建霜的家人讲："腊月二十孩子回家，说要在校补补课，当天下午回学校。"现在急需确定，谁是最后见过他俩的。调查紧锣密鼓，很快有了新收获。看门人张老头证实，放假后成建霜自住学生宿舍，每天找他要开水。腊月二十三上午十点多，步行出门，顺着河滩下去了。不久，贞峰骑车来到学校，放下自行车也步行出门了。晚上十点多，贞峰回来骑车子，张老头说："今日上午中晌，成家沟的女娃比你早点出了门，至今没见人。今晚这么冷，你当老师的不得去找找？"贞峰说："不用找，她回老家了。"

恋情、时间、动机都有了，而且下落不明，突显贞峰嫌疑重大。文滔指示，拟好协查通报，火速分发派出所并上报公安处请求协查。他召集大家说："很明显，贞峰有重大杀人嫌疑，停止排查，转入抓捕。师生筛一遍，没人见过他，说明没去这些人家。那他能去哪儿？一是外逃，或骑车或坐车，车站要派人，自行车要查。二是躲藏在熟人亲戚家，可能性不大，但要搞好布控，不能出现纰漏。三是回家或学校，这个选项看似不可能，目前却是最有可能的。为啥？杀人无论白天或晚上，焚尸一准在晚上。夜寒人在屋子里，很难发现外边的火光。这么多天没动静，或许侥幸没发现，回来看看的欲望是有的。成建霜怀孕这么久突然被杀，一定是摆脱不掉，万般无奈而动杀心的。贞峰涉世不深，杀人后必定走投无路，张皇失措。明天就是年除夕，新春佳节就在眼前，人在穷途末路时，绝不排除一门心思想回家。此镇路况很特殊，外边进入只有一条路，有一地可同时扼住发案现场和贞峰的老家，这就是花崖水坝。同志们，打起精神来，或许就有好运气。乐观估计，最迟明晚可以回家过大年，除夕夜的团圆饺子还是能够在家吃上的。"众人顿时精神大振。

区副队长说："齐队长分析安排得非常到位，咱必须全心全力抓好落实。工作细致了，才能早点回家过大年。一步失误，功亏一篑。我已拟好一张表，大家分头行动，嫌犯一旦出现，必须坚决抓住。宜早不宜迟，宜快不宜慢，今晚明晚皆重点。"大家齐喊一声："保证完成任务。"分头疾驰而去。

果不其然，晚上八点多，区有利等在花崖水坝坝顶上听到远处传来自行车的颠簸声，见一人骑行很慢，车子乱摇乱晃。屏神静气等他驶近，众人冲上去，大喊一声："下来吧。"那人一下从车子上掉下来，四肢瘫软，有气无力："我杀人了，想回家看看。我自首，我投案。""叫啥名字？""贞峰。"当夜胜利凯旋。

回城的车上，老甄头特别兴奋："小齐啊，跟你老嫂子结婚几十年，从来陪她过大年，本以为这年非在现场过不可，没想到你指挥得当，众人心齐，老天眷顾，新年五福就悉数光临了刑警队。我做了一辈子侦查员，从没今天这么高兴，这年过得真好啊！"文滔问众人："饿了吗？"年轻警员齐声说："饿，头昏眼花。"老甄摇头说："小崽子，就知道饿，没出息。小齐啊，深更半夜，锅冷灶凉，老婆孩子早睡了，回家还吃什么吃！这要烫上一壶酒，热乎乎晕乎乎，那才胜似神仙呢。"文滔也笑了："老甄头人还没睡，已经做开大美梦，这还不到晚九点，何谈深更半夜啊，这酒真就这么好喝呀？回家让老嫂子抱着你这老枕头热乎吧。"众人齐声欢笑，老甄微微叹息："不经战阵，哪懂得胜之心境；不饮美酒，岂知清醇之甘洌！"说话间，已经到达县城。

文滔说："顺路送贞峰去看守所，今晚不审了，明早再开干。"众人一片欢腾，愈发兴高采烈。送下案犯，车往公安局快速开过来。地瓜垄似的搓板沙土路，颠得汽车哐哐作响。青年干警归心似箭，却感觉就像小马撒欢儿。金大兵巴巴地盯着车窗外，一眼瞅见公安局的黑铁门，双手一举，率先发声："到家了，终于回来过年喽。"哪知车一提速，大门一闪而过。众人齐声唤司机："没喝酒你钻得啥酒晕？驶过了，快掉头。"

文滔厉声说："瞎嚷啥？哪儿驶过了？突发新任务，直接奔现场。"众皆喃的一声，顿时沉寂下来。有利笑出声："唉！看看这点出息吧。"车到聚宝盆饭店门前，突然一个急刹，有利疾喊："下车，快。"叹气归叹气，执行任务却没一个含糊的。大家迅猛跳下车，却见院门紧闭、黑灯瞎火。正犯疑，突传"欢迎破案英雄胜利归来"，院门大开，灯光大亮。刘指导员和刑警家属列队院内，掌声如潮。事出意外，众皆愕然，面对妻子竟一时没了言语。妻子见到丈夫，自是泪光闪闪。大兵悄问："老婆全上阵，有点发蒙呢，咋回事？"

刘指导员大声说："发啥蒙？本想明晚送饺子，哪承想案子破得这么快。这不，齐队长下了铁命令，今晚必须吃饺子。我马不停蹄，好不容易才把夫人全请来。齐队和我各拿出一个月工资，请大家提前过新年。"老甄头咧嘴笑着说："真好，大过年，有酒吧？"文滔说："管够，只是不许喝醉了。"

待大家坐定，文滔倒上一点葡萄酒，感情深沉说："第一杯，我和刘指导员共同敬刑警队的夫人们。你们是女人，普通的女人，却是世界上最伟大的女人。你们百折不回，相夫教子，用无私大爱，默默支持刑侦事业，我们的成功，有你们大半的功劳。谢谢你们，辛苦了。"弯腰给她们深深鞠一躬，继续说："不过话得说回来，人生各有艰难，刑警自有担当。既然嫁给刑警，就是刑警一家人，你们不理解，丈夫去找谁？好不容易盼个年，谁不想老婆孩子热炕头，尽享天伦之乐！可刑警属于自己吗？面对死者父母撕心裂肺的痛哭，我们又该做何选择？家人团圆固然好，案犯逍遥心何忍！别说职责所在，就是天地良心何能过得去？恳请各位多多理解吧。哎，小帅哥也照顾点夫人好不好？你们也得有点数。看看嫂子、弟妹，哪个不是花容月貌、温婉贤淑的？嫁给咱这些要权没权、要钱没钱、家都难顾的穷哥们儿，就是为了找累受罪的？人家为何动不动就哭鼻子抹眼泪？还不是担惊受怕担心你？看看小丁吧，白天还说要离婚，这会儿却和大兵卿卿我我、恩爱有加。要知哪句是气话，是不能当真的。趁着新年祝福大家，我向各位夫人郑重承诺：谁若不好好待老婆，我先端上他三脚。不过有言在先，万一踢疼，不许背后偷骂我。"文滔一席话，立时煽起众人情绪。破大案，过新年，干警家属欢聚一堂，气氛异常热烈。

春节后良卉要来，自然是齐家的头等大喜事。节前就杀鸡宰羊地做准备，全力迎接未来儿媳的首次光临。初三大清早，七大姑八大姨，老少亲戚早早地来到；左邻右舍、姑娘媳妇拥满了一巷子，都在等着看文滔找了个啥样的媳妇。说好文滔会陪她，突发杀人焚尸案，可把良卉吓坏了。案件顺利告破，她也松了一口气。谁承想，初二突发新案子，文滔火急前往，良卉无奈，只得硬着头皮自个儿来到未来的婆家。幸亏文滔给她打过预防针，否则还真让这阵势给吓到了。

良卉刚到村头，身后跟上来一群人，从头到脚、前后左右转着圈地看，直到进了齐家门，方才一哄而散说满全村："老大这媳妇真好看，就跟年画似的。"这还不算完，到家没坐下，又一拨接一拨地拥来许多姑娘和媳妇。她人生地不熟，不敢说也不敢动，只得端坐着任由她们品头论足。直到个个尽兴而散，家里才算安静下来。奶奶一直抓着她的手，乐得合不拢嘴，见人就说："快看俺孙子这媳妇，要模样有模样，要身个有身个，比那年画都还俊。还有说话这好听，就像鹦哥似的，真好。"村里人是高兴了，却把良卉折腾得受不了。回城后她对文滔说："结婚不能再受这份洋罪了，咱去旅行吧。"一语点醒梦中人，结婚时，两人去泰山，度过了七天愉快的假期。

今年的春节特别安稳，高局长却是特别忙，他在精心运筹警力不足的问题。这几年，治安形势愈发严峻，虽然每年也从警校分来一两个毕业生，但警力不足日益突显。别说精兵强将，有人凑凑数也行。一个萝卜一个窝，事情总得有人做。没人手，有米无媳难成炊。本来他也有私心，公安子女农转非后，几乎全部闲家里，他想尽快地解决干警的这块大心病。公安正规化建设早已摆上台面，说不定哪天就动真格的。这些孩子要学历没学历，要年龄没优势，终将丧失入警的资格。若不及早把生米煮成熟饭端上桌，一旦规定下发，老干警只好流泪空叹。他反反复复地找县委书记汇报沟通，书记总是强调各个部门都缺人，编制控制又很严，绝对不敢开口子。万般无奈，高局长只得另寻计策。

正月十三，他正在吃晚饭，听见有人来敲门。有俊从猫眼里确认说："清河镇党委书记尤缘起，开不开？"高局长嘿嘿一笑说："开了一副药，正缺药引子，想谁谁就来，开。"门开了，缘起书记提着两瓶茅台走进来。高局长屁股没挪窝，筷子随手一指说："坐，给尤书记拿个大杯来。"尤书记挂好大衣，侧身坐在下首说："大过年的，一人在家吃闷饭，心情不好吧？"

"胡说八道，谁敢让我不高兴？来，给尤大书记倒满酒。"有俊拿过杯子就要倒，高局长筷子一挡说："开茅台，让他喝他自个的。"尤书记赶紧起身说："那哪儿成？这是专门孝敬给你的，留着你自个儿慢慢喝。"高局长身子一仰，筷子一放说："靠你搜刮民脂民膏孝敬我，喝了也得肚子疼，还是你自个儿喝了吧。"尤书记嘿嘿一笑："你可不能冤枉我，这是我自掏腰包去买的。"高局长哼哼冷笑两声："行了吧，老子还不知自己月入多少啊？老百姓的日子不好过，别天天胡编数字两头瞎糊弄。还人均收入六千元，吹牛皮也能当午饭？提着两瓶破茅台，指定没好事，有屁快点放。"尤书记酒杯一放，叹口长气说："人家过年大欢喜，我却过得特忧伤，愁也愁死了。闺女今年十七岁，初中毕业已三年……""快打住，我说走错门了吧？我是组织部部长还是人事局局长啊？""唉，县委答应可以招到化肥厂。你说，那也是女孩能待的地方？老毛犰您行行好，就再认一个女儿吧。""痴心妄想，我拖儿带女的一大堆，别说吃饭，淡汤都已喝不上，谁还稀罕你这女儿啊？""如若大批招人，您老开恩给捎上，可以吧？""凭啥？就凭这两瓶假茅台？看你平时也能得像个小豆虫，只不知有没有点真本事。""人有人路，猫有猫道，兴许能起丁点儿的作用呢。""今年可是真牛年，吹牛皮、放空炮只好顶屁用，喝两杯快给老子滚蛋吧。"缘起书记连干两杯，高兴得屁颠儿屁颠儿地走了。

正月里，过了十五走了年，全县各行各业也全部回归到正常中。但有一点很特别，社会各界突然关心起公安事业来。一时间，县人大、县政协纷纷组团视察公安局，提案和建议，全都尖锐地指向警力不足。强烈建议县政府下大决心，扩编公安局，解决警力奇缺的问题。各乡镇党委、部委办局，也都召开座谈会，走访慰问基层干警，积极反映公安政绩，强调警力严重不足，建议县委务必引起高度的重视。面对上下内外的多波攻势，县委终于破防。

县委书记很明白，这些摆在桌面的理由虽然冠冕堂皇，却未必真的出以公心。谁家都有孩子，多数都在待业，即使有工作，大多也在煤矿、化肥厂这些企业里，和公安机关没法比。书记也是人，也得调动积极性，若把全县干部皆惹翻，事业能不受影响？况且警力严重不足的确是事实。招得多，又是干部子弟和干警子女，想严格把关真难了。个别醉酒成瘾，有违法劣迹前科的，高局长本想坚决顶住，可有些领导说话了："高局啊，忘了此事如何促成的？咱都当领导，谁有时间管教孩子啊。虽然不大学好，可一旦成为执法者，本身就会注意嘛，树大尚且能自直，全都顶回去，你这局长好当了？"

凡事有利就有弊，公安子女悉数而进，大批干部子弟也蜂拥而入，公安局一下子多了几十个穿警服的少男少女，俨然一道亮丽的风景。当然，绝大多数很优秀，极个别也确实不成器。总是多数生在官宦家，自小有些公子小姐气。一时间，警容不整、酗酒违规，晚到早退、愿来不来现象十分普遍。面上警力有所加强，社会反响随之而来，内部教育管理凸显出来。

高局长心里很有数，给刑警队分人时，把关相当严格，只挑选了几个优秀的干警孩子。因为女孩招得多，各科室都配备了一名女内勤，高局长也想借机给刑警队分配个女孩，文滔一再坚持说："刑警队天天冲冲杀杀，不是女孩该待的地方。况且这次招收的，哪个不是名门千金？如何经得风雨，闻得血腥，见得刀枪呢！万一流血带点伤，怎么向家人作交代！还是来警校学生时，再行考虑吧。"高局长斟酌再三，没再勉强。这次招录警察，在浔水县可谓惊天动地。各级干部皆对高局长感恩戴德，老干警更是感激涕零。

第十回　创新敢除绊脚石　攻心智破放火案

　　刑警队补充了新鲜血液，齐队长立即开展纪律作风和法律、业务知识培训，使之尽快掌握必备的知识和技能。入门后，又以老带新传帮带，很快步入了工作状态。

　　寒往暑来，花开花落，不知不觉又到秋季。一天，齐文滔正在批阅文件，一人急匆匆地走进刑警队，进门问小俞："齐队长今天在不在？"小俞手指里间说："在。"文滔见有人来，礼节性地起身握了一下手，然后重新坐下来。此人将眼镜往上托了托，朝着文滔上下打量一番：年纪不过二十六七，与自己的想象大相径庭，怎么可能是队长？起身看一圈墙上的规章制度，坐下来等待。反复起坐几次后，此人见他仍然没动静，再也坐不住了，站起劈头问："齐队长到底去哪儿了，何时能回来？"文滔看他一眼说："人就在这儿，你要找哪个？"来人急忙说："别别别，我有急事要找他。"文滔问："你是谁？"来人说："孔田余。"文滔起身追问："机械厂的？你不是四五十岁吗？"田余一拍额头说："娘乎神，果真是你啊，怎么是个毛头小伙子！这到底是儿童团长还是刑警队长啊？我以为最小也得四十开外呢。高大局长念的哪门子经，没拿破案当儿戏吧！"

　　两人神交已久，只是未曾谋面，才闹出了这场小笑话。孔田余听各界把这个队长传得神乎其神，还美其名曰神探，今天特意上门一探究竟。他原本是机械厂的一名锻造工，厂领导墨守成规，不善经营，连续六年发不出工资，几乎陷入停产绝境。孔田余懂经营、会管理，敢想、敢闯、敢干。针对时弊，大胆提出改革建议，无奈厂长听不进去。眼看企业要倒闭，饭碗要丢失，职工如何不着急？盛怒之下，众人把厂长办公桌抬到院子里，把孔田余抬进了厂长室。他不负众望，大胆推行改革，很快扭转被动。一年后，不但补齐欠发工资，而且发上了高额奖金。一时成为全县炙手可热的改革弄潮儿。今天见齐队长恰好没事情，手在半空一挥说："手头事情先放放，请儿童团长光临我厂参观指导行不行？"文滔爽快答应说："没问题。"

　　来到机械厂，县委组织部王部长在座已久。听过两人的相识场景，差点儿笑岔气，捂着肚子噯哟说："你俩都是响当当的青年才俊，怎么现在才认识？只怪你们事业至上，没有时间交际，也怪我没有及时提供机会。田余年富力强，才能出众，已被破格选任双头镇党委书记，日后你俩协作配合肯定就多了。"田余说："咱任党委书记，那是堂堂正正，老成持重，一站就是书记的样子。刑警队全是老干探，哪个是吃软饭的？一个黄嘴角的小雏鸟充任队长，县委真没看走眼？儿童团吹哨子，恐怕连人都玩不转，还奢谈什么侦查破案擒凶犯！我确认他时，眼镜差点跌落到九霄云外呢。"

　　王部长哈哈一笑："哎，县委真是看走眼了，孔大书记原来竟是个井底蛙。没人会白白送他神探封号的。儿童团还是霍去病，领教几回会明白。"他拍拍田余的肩膀说："玄德老成稳重，陆伯言黄口孺子，却奋勇火烧连营，致刘备大败于夷陵。小瞧人，小心闪着腰。"田余一笑说："放心吧，闪不着。"

　　孔田余到任双头镇，大刀阔斧搞改革办企业。很快，磨具企业遍地开花，形成初具规模的产业链，带动了全镇各行各业的快速发展。企业多，农村打工人就多，收入自然也增多，全镇一派欣欣向荣。起始布局时，却不怎么顺。搞磨具得有销路，搞销售得有市场，建市场得有资金。资金从哪儿来？他想到一个绝好办法，各村拿出一点土地，入股合作办市场，这需选划一块地方，各村按人口比例依次滚出来，农村俗称为滚地。本来是件大好事，可有些村干部只顾眼前蝇头小利，没有战略眼光，抵触情绪很大。

　　双头村党支部书记秦太皇是个老权威，带头坚决反对。他挽着袖子说：

"咱是世代居住铁打的营盘，他孔书记却是一个流水的官，他作完一拍屁股就走人，有苦还不得咱自己受？土地是咱们的命根子，绝对不能上这当。"他这一挡，地就滚不了，市场要泡汤。田余急得扁桃体发炎、满嘴生疮，带病跟秦书记做工作，无奈老秦锥扎不进，油泼不入。

田余耐心劝导说："农村要脱贫致富，必须搞好劳动力转移。发展企业，建立市场，是一条最好的发展路子。机遇稍纵即逝，咱们不走，人家一抢先，咱就被动了。我是企业出身，这事有百利而无一害。"

秦太皇却软硬不吃，好像比谁都明白："孔书记，拿出这么多好土地，到底能挣钱不？天知地知我不知。夏秋两季粮到手，端在碗里饱肚皮。上好的土地扔进黄河不听响，群众如何能答应？端着多大碗就吃多大的饭，何必冒险担这责任呢。别听上头敢冒敢闯地瞎吆喝，闯出事儿来，百姓不答应，如何收场子？"

发展当中，都曾遇到这类问题。思想僵化、瞻前顾后；只顾眼前、不看长远。不想干、不会干、不敢干的人比比皆是，像孔田余这样敢作敢为，一旦看准就动手的，实在寥寥无几人。他看这个阻力不移除，全镇改革难推动，就想从根上解决掉。孟春营镇长胆子小，觉得太过冒险，怕掀起波澜影响大局。孔书记拍桌子怒吼："似这样前怕狼、后怕虎，何时才能干成事！召开党委会，搬掉绊脚石。"

第二天大清早，党委通知双头村召开党员会，秦太皇谈笑风生地坐上主席台。孔书记一到，打着笑脸说："老秦同志，根据需要，调你到镇府工作，书记这副担子另有人挑了。"秦太皇本来在寻思，凭我这等老权威，借给你孔书记八个胆，也不敢动我一根汗毛，压根儿没想到他的斩麻刀竟然这么快。刚想发作，只见支部副书记洪步强开着警车冲进院子，吱的一个急刹车，一团黄尘冲天而起。洪步强是秦太皇的亲外甥，此时正兼任着镇上的联防队长。孔书记大声宣布："秦太皇任书记多年，成绩卓著，经镇党委慎重研究，调任镇政府后勤部主任，副书记洪步强主持支部工作。"孔田余看似风风火火、简单粗暴，实则头脑灵活、思维缜密。这步棋看似冒险，实则非常稳妥。秦书记调镇上工作，面子上过得去，不至于很别扭；外甥接舅盘，有苦难开言，利于平稳过渡。双头村被顺利拿下，后边自然一顺百顺。但改革毕竟涉及太多的人事上下和进退，上得自然欢喜，下得未免有怨，肯定会伴生不稳定因素。有次全镇干部大会上，孔田余大声疾呼："我们就是要根治不思进取的老毛病，真抓实干，勇争一流。我看咱这儿是庙小妖风大，水浅王八多，不干事的成气候，干事创业干受气，这个现状必须要改变。当然，让位不是不让吃饭，革命的小绳不要挂起来。大事干不了，小事也可以，难的干不了，一般总行吧。"这么三言两语，轻描淡写地，就把从重要位置调下的这批人全部稳住了。

虽然多数人支持改革，但总会有个别人胀饱头想不开，特别涉及自身利益时，就想弄点小动作。这天齐文滔正在榆杨镇槐树沟侦破一起杀人案，一辆武警轿车鸣着警笛风驰电掣进了村。不用问，来人正是孔田余。他急火火地跳下车，一把扯住文滔说："儿童团长快点吧，这回真是过不了啦。"

文滔调侃说："没事，咱如此老成稳重，还有过不了的坎？天塌有地接，咱怕啥？"

"妈妈的，我摊上大事了，你还小肚鸡肠，计较个人恩怨，什么人呐？报告伟大的齐队长，赵家河沟村原支部书记赵不值，酒后惹事让党委免了职，昨晚给办公室放了一把邪鬼火，烧了个精光尽。这案要是破不了，我这党委书记还擤啥鼻子？明摆着给我点眼药。"

"什么党委免的，要不是你发狠硬免的，我齐都不姓了，就不能事先做做化解工作呀？既然认定他，抓起就完事，跑来找我干什么？你这嘴以后能不能把门点。"

"你看你，小队长当个大官当，竟敢熊起我这堂堂的大书记。能吧你，马上带人破案去。""门儿都没有，这儿是个十六岁的女孩被奸杀，人命关天，你那儿只能先放放。""那得放到啥时候？这儿一破案马上去，总行吧？"孔书记心里百般亮，此案若没分晓，分兵绝无可能，放火烧个办公室，和杀人案的分量没法比。齐文滔掷地有声说："此案一破，我立马亲征。"田余说声"好"，嘭地关上车门，一阵风似的出了村。

第二天上午，杀人嫌犯刚刚被控制，孔书记的车又飞驰进村了，人没下车就嚷嚷："真不像话，说话不算数，什么破队长。"文滔说："哪个说话不算数？""是我，是我行了吧。案已破，人没动，这是说话算数啊？""谁说案子破了的？人刚控制住，罪行没交代，有你这样着急的？""就这臭水平，也配当队长？你的手下都是干啥的？啊，人在手里了，审都不会审？"文滔无奈摇头说："唉，对牛弹琴有何用。有利，这儿交给你，大兵带人跟我走。"田余一下来劲了，一把拉开车门说："儿童团长快快请。"车上，他把赵不值如何被免职，前晚村委如何起火，昨天全镇如何议论，详细说了一遍。

文滔说："放火案件最难侦破，救火会人为地破坏现场。加之怀疑老书记，肯定竭力反侦查。鉴于你压力巨大，我来摆摆龙门阵，给你助助威。能否迅速破案，得看现场条件，不许口出大言，代我乱表态，听见没？""明白明白，坚决明白。我倒要看看你到底有啥小本事，好好领教领教你如何破案吧。"

文滔先仔细勘查一番现场，熟悉一遍全村的环境，然后开始调查，疑点很快指向原支部书记赵不值。原来赵家河沟村有个楂子头（刺儿头）叫赵小狗，因承包土地与村里发生了纠纷，几乎天天到党委政府上访纠缠，田余书记责令村干部做好化解，赵不值多次劝说没效果。一边是镇党委强力施高压，一边是赵小狗根本不听劝。赵不值两头挨挤，如何不生气？本想借杯小酒浇浇愁，不承想生气时哪能控住量，三五杯已经酩酊大醉。恰巧孔书记又来电话，说赵小狗又在党委缠闹了，同时把他狠狠地训一顿。他一肚子怨气，连风带火来到党委，一见赵小狗正在撒泼，怒气喷发，大骂一声"奶奶的。"三拳两脚就把赵小狗揍翻在地上。孔书记气得暴跳如雷，当场将赵不值免了职。赵不值觉得一心为公，很冤枉，发誓坚决要报复。一些干部也趁机抱怨："孔书记办事太专横、太决绝，兔子急了还咬人，况且不给留活路。"文滔感觉问题很严重，孔田余强力推进改革，触及到一些个人的利益。如若案子破不了，工作肯定很被动。他说："开个村民会，敲山震震虎。你主持，我来讲，不许你就案子乱放炮，行不行？"他一个劲地点头说："行，绝对行。百分之万听你的。"

十一点，大会开始，文滔首先开讲："办公室的这把火，影响虽然很大，案子却是小而简单。本来用不着我亲自出马兴师动众，在座哪一位不是一眼就能认定作案分子啊？"他目光如剑，直盯赵不值："前有因，后有果，为何会起这把火？别说作案分子你，大家谁不心知肚明？爱生温情，恨生邪恶，世上没有无缘爱，难道会有无故恨？不做亏心事，谁怕鬼敲门？咱都萍水相逢，彼此并不熟悉，可短短几分钟，我就一眼认定你，难道我有千里眼、顺风耳、能掐会算吗？都不是。那为啥？很简单。人皆静心而坐，坦然面对，你却如坐针毡，脸红心虚，不敢抬头正视我。有这会儿脸红一阵白一阵的，何必当初生闲气掩耳盗铃呢！"

赵不值听了，越发低头瞅脚下。文滔马上说："不敢抬头，就能藏住作案的秘密吗？"众人目光一齐射向赵不值。"就是嘛，群众的眼睛最雪亮，办公用房是集体财产，不论出于何原因，纵火损坏就是犯罪。案子必须得破，人也必须揪出来。刑事政策你也懂，而且是一贯的、明确的，坦白从宽，抗拒从严。奉劝你一句，审时度势，认清形势吧，千万别再折磨自己了。到现在，没有两条路可走，绝对没有了。投案自首，争取从宽，只能是你的唯一选择。"

文滔这边刚开讲，孔田余早已攥拳瞪眼了。他余光一扫赵不值，烈焰升腾，怒不可遏。文滔话音刚落，他一把抢过话筒，一手戳着赵不值所坐方位大声吼叫："妈妈的，好个混账王八蛋。你他娘的看到没？这是谁，刑警队长齐文滔，福尔摩斯，神探亨特。就在刚刚，没用两天破获了一起杀害少女案。你这个小小蟊贼，瞎了狗眼，神探面前还想逃脱，你他娘的逃得了？来时他就对我讲，不出俩小时，就把你给挖出来。你看看，你他娘的脸都没了血色，屁股底下长针了，还等啥？不主动投案难道等死吗！"

散会后，赵不值被带到派出所，孔书记如何坐得住？他不停地踱步，不时地看表，心急火燎。文滔说："能不能安静一分钟？眼睛都给我晃花了，再不安分点，我可撒手不管了。""敢？啥时才能搞清楚？给我吃颗定心丸，我能坐不安稳吗？"文滔指指门外说："去，蹽开蹄子跑上二百里，最快也得两天两夜。"他一屁股坐到椅子上，生着闷气说："什么神警队，就这臭速度也配叫效率？我已大会官宣，你保证两个小时拿下此案呢。两天，我的天，白白把你吹上天！"文滔忍无可忍，扑哧一笑说："去院里呼天喊地吧，谁让你胡吹海嗙的？你保证了，我可没保证。"见他又要瞪眼，文滔手指一剜说："两眼瞪得像牛蛋，再敢瞪，看我不给你抠出眼珠子当泡摔。少安勿躁吧，我的稳重大书记。"文滔来到讯问室，一眼发现症结所在。这个赵不值，虽然干过村书记，却对法律一知半解。他只听说杀人放火罪加一等，认为放火就得判死刑，心中极其害怕，却就是死活不开口。他也在暗打小九九：无非一死，我不讲，或许侥幸逃得过。所以任你磨破嘴皮子，我就是耍赖不说话。

　　文滔一眼看穿他的鬼心思，轻蔑一笑说："赵不值，看你酒后挺豪气，原来这么怕死啊。"一句话戳中他心脏，马上反应到脸上：他咋知道我怕死？竟说我酒后逞豪气。文滔一看说对了，不紧不慢又说道："人都大罪面前求生，你却小罪面前求死。为何？我在会上早说过，这是小案一桩，你是吓傻了，还是没听见？"赵不值两眼惊恐：他说过？我咋没听见。对，是说过。他这才竖起耳朵认真听起来。文滔说："你好歹也做过村书记，怎么连最起码的道理都不明白？党委处理你，方式一定就对了？赵小狗确实欠揍，可你毕竟是书记，谁让你借酒发疯直接上手的？动机虽然不坏，行为却极端错误吧。可你呢，事出了，不但不诚心总结教训，反倒做出违法犯罪荒唐事，你说能怨谁？放火的，一定就是放火罪？你懂几条法律规定？可别聪明反被聪明误，假明白当成真明白。我来告诉你吧，放火罪是危害公共安全罪，目的是针对不特定多数人的生命安全，是一种极其严重的刑事犯罪，量刑起点确实很高，重者真要判死刑。但有种损坏公私财物罪，方法多种多样，比如打砸、水淹、放火等，目的只是损坏财物，没想也不可能危及大多数人的生命安全。凭心论，你是为要人命纵火的？绝对不是。刑诉法明文规定，犯罪必须看动机，你不说，谁知你动机是什么？放火的事实明摆着，你有本事挽回它？事是你办的，铁证如山，瓷碗碴刮都刮不去。你不讲，自己又不作证明，让谁钻进你的肚子替你证明啊？不定放火罪，你让我定你什么罪？如果一时激怒，放把火泄泄愤恨，说得合情合理，清楚明白，不过就是个损坏公私财物嘛。火只烧了屋顶，砖墙没有损坏，价值不过几百元，若再主动赔偿，判个缓刑应该没问题。你何必生路不走，非要硬闯死路呢？话我给你讲明白，时间却没法多给你，因为全让你给浪费了。我再宽限一小时，能不能把握机会，只能全看你自己。"

文滔一回来，田余着急问："怎么样？""不咋样，半个小时可结案。"话音未落，小张跑来说："齐队长，赵不值让你快过去。"放火案迅速告破，孔书记一跳半米高，冲着孟镇长大吼道："看到没，儿童团长厉害吧，神探名实相符不？"

春风劲吹双头这片热土时，暗夜里却出现了一个邪恶的身影。一天，黄山村女青年胡怀娟从磨具厂下班天色已晚，骑车正行间，猛听得身后有人骑车追上来，吓得她拼命地加速往前蹬。谁知后车更快，三下两下追上来，一把将她拉下车。她不顾一切地喊救命，正好本村一人赶到，大喝一声，骑车人夺路而逃。

孔书记到任后，经常调研下企业，一听厂长说女工不敢独自夜行，上班必得有人护送，心中就急了：职工若没安全感，能不影响稳定和发展！立即通报给刑警队，齐文滔即刻率人骑车来到了。

小胡说："他一把扯下我，自行车正好压在我身上，我只顾大喊救命，根本没敢抬头，只知是个男人，骑车往东逃跑。"证人说："我听见小胡呼救，知道遇上了断路（打劫）的，边往前窜边大喊：'别怕，看我不一棍捵死这狗日的婊子儿。'来到跟前时，作案人已经骑车跑远了。"文滔听完汇报，觉得这个案件时间点和作案手法都很奇特，天刚黑，就敢在公路上公然尾随追截妇女，施以暴力手段，强奸意图十分明显，一准是个惯犯，应有相似的隐积案。他说："同志们，此案虽是强奸未遂，但恐怕会有类同的案件，咱得安营扎寨，把此地搞它个水清见鱼。"

第十一回 理特征画像精准 皇山套移师陡沟

孔书记见文滔亲自来坐镇，反倒有点不以为然："不过一起尾随妇女案，派几个人镇唬镇唬就罢了，至于主帅亲征，排如此重兵、布这般大阵吗？"文滔头也没抬说："杀鸡是否用牛刀，还需你来教导我？去去去，该干吗你干吗去。"孔书记鼻子孔里哼一声，扭头吩咐孟镇长："看看神探骑的这些破车吧，公安局一准穷得揭不开锅了，刑警也饿枯皮了。你亲自抓抓后勤草料吧，备足钱、配好车、做好饭。儿童团长若瘦了，就敲碎你这叫驴头，今天先给他们来上一锅红烧肉。"

摸底排查迅速展开，双头、演岭、陡沟三乡镇共发现七起拦路强奸抢劫隐积案。受害人初步描述，作案人骑着自行车，年龄约三十八九岁，高大威猛，头发较长，面貌凶恶，手段疯狂。听完汇报，文滔陷入了沉思。作案人的特征虽然类似，但时间的选择和手法的实施却存在着很大差异的。是作案人有意在变化，还是归属两个系列啊？他抬头问众人："感觉这八案是同一人所为吗？"

志国说："应该是，地域这么有限，持续一段时间，受害人描述又相似，哪能同时冒出两个人来呢。"

大兵说："作案人年龄相当，面貌相似，作案手法残忍疯狂，确有许多共同点。但具体情节上，还是有些模棱两可，似乎存在着明显的差异。"

文滔说："大兵还是动过脑子的，具体时间和实施过程，确实存有较大的差异，需要搞清是本质差别还是偶然的巧合。必须再次仔细询问受害人，把发案时间、相遇细节、实施过程，详细理清顺明。你俩分头组织调查，我再勘查勘查现场去。"

经过再次调查询问，案件线条清晰明朗了：初案发在前年农历十月下旬上午十点多，双头镇高碑店村高小鲜骑车路过演岭镇小李家宅子村东时，对面过来一个骑车人，拦住她拖入洼地，强奸未成，就地折取酸枣枝刺插其下身，造成大量出血。作案人骑车顺路往北逃走；第二起，去年春天中午一点多，演岭镇楼家沟村黄红莉在村东地堰埯黄豆，过来一个骑车人，将其按倒在地垄欲行强奸，未成后折酸枣枝狂插其下身，流了很多血，作案后骑车反向往西北方逃跑了；第三起，去年9月10日上午约九点，演岭镇张家菜园张京云在玉米地干活，来了一个骑车人，将其按倒欲行强奸，折腾半天没成功，亦遭荆枝刺插下身。受害人皆描述作案人年约三十八九岁，身高大约一米七，头发较长，先说话后动手，似有严重的性功能障碍。第四起，去年腊月初九下午天刚黑，双头镇东风磨具厂职工曹际梅下班骑车回家，冷不防从后边窜来一个骑车人，一把将她扯下车，实施了野蛮的强奸。回家后发现包里的十一块钱被抢走。紧接着又在天不明时，连发三起类似案件，受害人皆是双头镇上下班的年轻女职工。后四起案件有个共同点，天黑不久或将要天亮，骑车尾随，拉下车来，掐脖击打，实施强奸，翻抢钱财。受害人突被摔倒、仰面朝天，看见一个年约三十八九岁，高大凶恶，头发较长，面貌丑陋，像雄狮一样的大男人。

文滔召集大家说："通过详细询问受害人和逐起勘查发案现场，结合初步调查信息，可以作出如下判断：案件归属两个系列，前三起是系列强奸案，姑且称之为甲案；后五起是系列强奸抢劫案，姑且称之为乙案。"

"先说甲案，光天化日，作案者发现女人，按倒意欲强奸，没有外力干扰，却皆没能达成之目的，进而荆棘刺插下身，伤害其身体，手段疯狂而残忍，具有非常特殊的共同特性，完全可以并案。案发大白天，受害人和作案人都有正面的接触和对话，对作案人的描述刻画真实可信。时跨长达十一月，相对集中在小李家宅子、楼家沟、菜园等方圆七八华里的地域上，手法单一，说明远不了。虽说风吹雨淋日久，丧失了一定的勘查条件，但逃走路线却很明确，就是狭长山沟皇山套。该村由十多个零星村户所组成，绵延十六余华里。老社会的放羊人，把羊赶进套里，路口堵上米多宽的木栅门，只等天黑赶回即可，故称此套为羊圈。三次作案皆奔此村，肯定不是'卖'路的，说明作案人就是该村的。年龄、身高、体态都有了，那他是个什么人？专门寻找女性作案，心情急迫，残忍疯狂，却屡奸屡不成，又能说明啥？此人有严重的性功能障碍。如若先天有病，绝不会陡然暴发如此强烈的强奸欲望，可能只有一个，后天所形成。后成之原因，不外乎突发疾病或者意外伤残，凡是原来功能正常，因故突然丧失功能者，就是重中之重。案件始发前年冬初，说明造成功能障碍的变故出现在案发前。就地折取荆棘枝条残害女性，应是功能丧失引发的心理畸形或变态。作过三案销声匿迹，是幡然悔悟、金盆洗手，还是意外伤亡病残了？这个工作面不算大，应该很容易搞清楚。大兵负责此案，限一天把皇山套彻底整明白。"

"乙案有个特殊时间段：凌晨或夜幕刚降临。针对的群体很单一：就是上下班的女职工。除最后这起小胡没看见，其他受害人皆有描述，说作案人身材高大，但这个身高只能供参考。为啥？受害人听见身后有人骑车追上来，本就特别地紧张害怕，突被拉下车子，立遭骑跨掐脖，强奸蹂躏，惊恐万状时仰面看见一个张着血盆大口、瞪着恶鬼大眼，丑陋凶恶，脸像雄狮似的人，第一感觉肯定高大威猛，力大无穷。作案人怎么来、如何走，却没有一人看见过。这个身材高大，绝对要打问号的。幸好去冬今春没雨雪，为我们留下了一点痕迹物证。"

"腊月之前没案子，突然冒出来，一旦动手就没停，说明啥？单身独居，方便出入。现在，我对作案人的特征刻画如下：身高约有一百五十七厘米，年约三十八岁，体态偏瘦，面貌丑陋，头像狮子，说话瓮声瓮气，特征异常明显；有踩点习惯，经常骑车乱转。长期居住东北，腊月之前才回来。至于人是哪村，目前尚无定论。小矫主侦此案，限三天把双头、演岭、陡沟三乡镇定否明白。"

大家洪亮说："明白。"

金大兵带人火速来到皇山套，当天就有重大发现。皇山套高巧苹连生六个女儿，身体有病不能女扎。前年，全县计划生育突击行动，丈夫周玉清为再生儿子躲到外地，镇里派出几拨人马四处寻找，终于从青岛抓回强行男扎。去年，育龄妇女例检，计生服务站发现高巧苹私处伤痕累累，随即告知了妇女主任周彩霞。她偷偷一看，大惊失色，高巧苹泪流满面说："是俺家那个死肮鬼用筷子给戳的。"彩霞愈发惊异："六个孩子的妈妈，又患心脏病，缘何下此毒手啊？"巧苹悲愤说："这狗东西不是人，或许野驴托生吧？他那雄玩意就像一根擀面轴，功能太强大。自从嫁给他，每晚折腾不下十几回，还不带歇歇的，你说谁能受得了！前年他结扎创口刚恢复，就要心急火燎地折腾我，结果就是起不来。他发现那宝贝命根子突然没有功能了，捶胸顿足，号啕一夜。临近天明时，精神错乱，兽性大发，拿根筷子发疯地捅我，下身几乎被插烂，鲜血流了满床。我只好偷偷地托人治疗大半月，这事我能跟谁说？去年9月底，他又想折磨我，被我一脚蹬下炕，可巧把腿跌断了。本事虽没了，却经常发疯撕咬我。你看这新伤叠旧伤，哪有一块好地方。要不是六个孩子无依靠，我早他娘的一根小绳挂上梁头解脱了。"周彩霞的泪水涌满了眼眶。大兵立即组织辨认照片，确认无误后，带人来到他家里。

一进屋，瞬间被眼前的一幕惊呆了：周玉清坐在当门里一条三条腿的凳子上，炕头上头朝外一摆溜地躺着七个人。听见有人来，小脑袋一齐转过来，瞪着惊恐的小眼睛，活像七只小斑鸠。大兵随机应变，来到周的跟前，压住他的拐杖，附耳低声说："虎毒尚且不食子，为了六个孩子，希望你老老实实做配合，否则后果自负。"然后抬头笑笑说："好可爱的孩子，别怕，我们是镇医院的，要带你爸做检查，在家要听妈妈的话。"巧苹爬起来，眼看几人搀扶着周玉清出了大门，塞进一辆吉普车。她落下一串伤心的泪滴，回头重重地掩上了大门。

此案一破，大兵立即加入乙案的排查。三天期限已过，却没排出嫌疑人。大家有点气馁："不应该，特征如此明显，为何没有网到呢？"文滔倒是挺淡定："不意外，符合我的预期，限期三天是为争取时间的。排除了这仁乡镇，第一步就算成功了。说说新的发现吧。"大兵说："坡子村有一老人推着独轮小车早起卖豆腐，正月十六凌晨四点左右，在陡沟村东的公路上，遇见一人骑着自行车由东往西行驶，因月光明亮，又对面相遇，发现这人个子较矮，头像狮子，说话瓮声瓮气。"文滔轻松一笑："很有成效，移师陡沟吧，作案分子是陡沟东边的。"

孟春营镇长一直跟在案子上，一听文滔如此安排，心中很不乐意，急忙插话说："齐队长慢着，不兴违背事实再瞎指挥一通吧？这次没有摸出作案分子，完全赖你主观臆断。受害人都说作案人高大威猛，你凭啥偏说是矮子？作案人从来没说一句话，凭啥说他瓮声瓮气的？还长期居住在东北，腊月之前才回来，凭啥？就凭这分析，又怎么能够挖出作案分子来？这又说他陡沟东，不是先入为主又是啥？我看你这回一定要败，非败不可。"

文滔说："常吃地瓜眼是秤。毫无悬念，咱胜他败。你若不相信，一起移师陡沟吧，很快就会见分晓。"孔书记气哼哼地说："就你肚里这点淡墨水，知道侦查破案是个啥？儿童团长若没准头，岂敢如此做决断？你就自找难堪吧。如此陈旧的老脑筋，是该接受接受再教育。跟着去吧，好好学学齐神探是怎么破案的。说不定哪天公安局长有空缺，你就可以填上了。高书记的日子很紧巴，多带点经费跟过去。"

破案组移师陡沟。文滔说："都说说，先走哪步棋。"大兵袖子一挽："这还不简单，将陡沟以东二十华里全部过筛，不出五天，保证就给捞出来。"文滔问："没有更省事的法子吗？"大兵等一听齐队长胸藏高招，更加兴奋。文滔骑车带他们沿公路详勘一番后，选定一间路边小房，安排几人住进去。回到陡沟，孟镇长见文滔窝在派出所里不出门，越发纳闷不止：这要是十天八天不破案，镇上工作可咋办？他焦急询问："到底何时能破案？"谁料文滔不冷不热说："我还没心急，你着哪门子急！放心大胆睡一觉，只等天明看热闹。""若再拖上个十天半月，我哪儿等得起？""你是等不起，我却等得起。谁让你要跟来的？既来之，则安之，耐住性子等着吧。"

第二天凌晨，黑暗朦胧中，陡沟公路上自东往西驶来一个骑车人，身穿花衣，红巾裹头，好像是个年轻的女性。突然，身后急速窜来一辆自行车，这人似乎感觉有危险，想就近驶入村中求救，加速拐上一条小路。后车飞速逼近，抓住头发一把摔下来。此人就势一滚，飞身跃起，照着后车踹一脚，骑车人猝不及防，顿时车倒人栽。他口喊一声不好，原来在他倒地时，刚才的女人已经变成了威猛大男人。他掏出随身刀子要拼命，刀刚举起，砰的一声枪响，刀子早被打落地上，一支乌亮灼热的枪口抵住胸膛。紧接着，三辆自行车飞速而至，三人一跃而下按住铐紧，将其拖拽到陡沟派出所。

孟镇长听到枪响，料定与嫌犯接火了，趿拉着鞋子跑出来，迎头遇上侦查员押着嫌犯走过来，急忙说："都别问，我得先行验证验证。"掏出卷尺从头量到脚，一百五十七厘米。他以为尺子不准确，又量一遍，还是这个数。慢慢端详一会儿问："没闯东北吧？""十一月里刚回来。""东北待几年？""七年多。""家哪儿？""官家岭，怎么着？"

孟镇长当然清楚，官家岭就在陡沟东约八华里。他仔细审视，此人是作案分子毫无疑问。他百思莫解，缠着文滔细追问："不可思议，你咋知他曾去东北的，如何断定陡沟东？怎么这家伙真还是个小矮子，说话真就瓮声瓮气，闷煞人了。"文滔故弄玄虚："秘密，全让你给学了去，我这队长岂不要失业？破案就是这样子，看着是的不定是，看着不是却就是。"

中午，田余过来吃午饭。见孟镇长仍然万分纠结，就说："看看老孟这点出息，快点告诉他吧。省得闷死了，我还得破财给他出大殡。"文滔扬头说："其实很简单。你一听，起码可以做好半个侦查员。破案嘛，就是透过现象看本质，本质抓住，案子就破，就是这么简单的。"

"受害人不止有一个，众口一词非本质，就你想的是本质？这也太过抽象吧！"文滔说："众人说法虽一样，但却不一定是事实。我吃过先入为主的亏，所以记着这教训。糕点厂的任厂长，不知各位熟悉不？"田余说："当然熟悉，他怎么了？"

"他倒没怎么，我说的是他弟弟任老三，就是那个无恶不作的流氓地痞。有天晚上我正睡觉，电话骤响，报说任老三家爆炸起火，救火时发现了两具尸体。当时我就想，任老三作恶多端，死也诚不足惜。只可惜他媳妇年纪轻轻的无辜遭殃了。不久，技术员打来电话说：'齐队长，你最好亲自来一趟。'我很吃惊：'难道是起案子吗？'技术员说：'死者是俩女的，一个还有身孕。'我飞速赶到，很快查明，怀孕女孩是丁家村的。任老三骗她是单身，以恋爱为名致她怀孕。女孩见他意在敷衍不提嫁娶，直接找到他家来。见门口站着一个年轻的女人，上前问道：'这是任老三家吧？'女人说：'你找他干吗？我是他老婆，有事跟我说。'女孩瞪眼骂她：'放臭屁，我才是他老婆呢。'两人先是吵闹，后来抱头痛哭：'他把咱俩都骗了。'点燃煤气罐同归于尽。"

"半年后，有人报案：女儿许小聪失踪月余杳无音讯，怀疑被杀。我马上组织调查，发现小聪失踪那下午，上过任老三的摩托车。面对拘传讯问，他说：'我在街上遇到，说要带她去玩玩，回家搂着睡一晚，她太胖，啥事没做成，天明送到汽车站，买票去了沂淮城。'本就分析是杀人，这话说得犹如鬼话，如何能让人相信？我去询问他哥任厂长，他说：'他是我的弟弟，我不了解他那臭德性？真可怜弟妹和小丁白白冤死了。他勾引女孩带回家，目的究竟是为啥，又怎会轻易放过她？这话连我都不信，还能骗过齐神探？人是肯定没了，魂魄去游沂淮城了吧。'一审急，就说强奸不从掐死了，却供不出准确的藏尸点；稍放松，立马就翻供。分来析去，皆认为人是肯定被杀了。分析归分析，找不见尸体，瓜田李下如何定案呢？再说，承认杀人却不供尸体，也不是他任老三的处事做派，我开始考虑其他选项。拘留收押后，我将车站周围重新过筛，终于有人证实，亲眼看见任老三送一个女孩上了沂淮的班车。这件事令我刻骨铭心。女孩失踪，他是最后的接触人，又在他家过的夜，人没了，肯定具有重大嫌疑，刑事拘留完全合法，但我确实犯了主观臆断的大毛病。这次侦破此案，岂敢忘却前车之鉴！"

孟镇长大咧咧地说："他那事，遇上谁也会认定他杀的，世上还有他不敢做的事？这事没有可比性。"

文滔说："案件虽没可比性，道理却是一样的。受害人当然不会故意说假话，说的肯定是自己感觉到的全过程。但反映是否客观，就得逐一研判了。人，特别是女人，在极度惊吓恐慌时，会拿一说二，以偏概全，所以受害人说得高大威猛只能是参考。"

"越发听不明白，参考倒成了真矮子？"

"当然要有事实依据。若不然，谁能凭空造出一个矮子来？首先感谢去冬今春没下雨雪，为破案保留下一点珍贵的现场条件。有三处现场留有相同的鞋印，万幸有个还比较完整。根据步法追踪原理，我推算此人身高一米五七，上下不差两厘米；年龄三十八岁，上下不差两岁。受害人眼中的身材高大，应是极度惊吓仰面上看所产生的错觉；分析鞋底条纹，确认是种东北乌拉鞋，自然联想闯过东北。有一现场位置特殊，分析作案人应该到过后峪子，果然就在该村发现一条重要线索。年除夕天寒地冻，老妇人李王氏下午四点多到家西井台打水。从北边过来一个骑车人，个子不到一米六，年约三十八九岁，脚穿乌拉鞋，头像狮子人丑陋，向她要水喝。老妇请他家中喝热水，他却瓮声瓮气地说不用。就着井台，手把桶沿，一口气喝下三四斤，老妇人眼都看直了。此人面貌特征完全吻合，身高与我推算一致。年除夕下午四点多，还在这个特定地域骑车游逛，你说他是不是作案人？寒冬腊月喝凉水，若非东北所练就，你说谁有这本事，闯过东北还有疑问吗？腊月之前没案件，说明当时无此人。不是腊月前，那他何时回来的？至于断定陡沟东，得益于寻访到卖豆腐的老汉。凌晨四点，这么早就在陡沟自东而西骑车行驶，你说他是从家刚出来，还是准备回家的。大镇长，陡沟以东难道有错吗？"

文滔的这番说道，直听得孔书记、高书记击掌拍手："看看齐队长，神探能是白叫的？"孟镇长也如醍醐灌顶："分析精辟，推断准确。不简单！"

饭没吃完，有利打来电话说："想去济南查案子，局里又没钱加油派不出车了。"文滔很无奈："弃远查近，舍小保大吧。"

这几天，有利承办了一起拐卖妇女案。省公安厅转来四川绵阳公安机关的一封电报，要求协查解救一名被拐女孩。很快查明此人被相与乡九山沟一户农家买来，给四十多岁的残疾儿子当媳妇。浔水农村本来就穷，买个媳妇则更接近倾家荡产。这几年，刑警队曾多次组织过解救行动，无不遭遇暴力抵抗。这次有利慎重研究，稳妥行动，总算安全地解救出来，安置在一个小旅馆里。电告四川警方后，半个多月没回音。再催时，四川说没有路费来领人，请求山东派人送回。正愁得没辙，旅馆老板又来讨要住宿生活费。县政府对打拐早有规定：公安解救，妇联安置。但老板让这些欠钱的欠怕了，就是讹着有利不算完。有利打电话找妇联张主席，她答应得挺痛快："请老板稍等等，妇联尽快去结算。"有利亲笔打了欠条，老板方才离去。十多天后，旅馆又来讨要，声称再不给钱就把人送回刑警队。有利只好再找张主席，谁知她两手一摊说："妇联全年经费不足一千元，我上哪儿讨要这三百多块钱？"有利说："县委县府联席会议分工明确，人已解救出来，你却不管了？"张主席干脆不讲理："没钱你们解救啥？"

听完有利的汇报，文滔挠头说："妇联确实有难处。办案经费咱都要不来，她们如何要得到？文件不过一张纸，咱再想想办法吧。"他去找管理科的江科长，谁知他话说得更难听："齐队长，我说你是闲疯了。吃饭穿衣量家当，咱自己办案都没钱，我上哪儿去讨钱管这被拐妇女啊？有本事领你自家去。你想当善人，也得有那本钱吧？"万般无奈，文滔又打电话找妇联。张主席说："齐队长啊齐队长，申请报告我已打过六次了，县府不批我有啥办法？领导的站位肯定比咱高，不给经费应该就是不让咱管吧。"文滔说："可好了，终于有人代表县府表态了。谨遵您的指示，我立即把人送回买家去。""血口喷人。这话是你说的，我可从来没有说。"没办法，文滔只得又和干警凑了凑，垫付了生活住宿费。

此时刑侦形势异常严峻。普通案件频频发生，重特大案件居高不下，办案经费严重短缺。严打持续发力，案件飙升不降。原因何在？静窥街面，可见一斑。车站附近家庭宾馆林立，旅客脚没落地，一群年轻女孩早已拥上来生拉硬拽；公路两边的荒野上，长满简易小饭馆，年轻女孩身穿短裙站路边，手拿一根小黄瓜，见车必拦截。许多路段饭馆鳞次栉比、绵延长达十几里，瞄准的就是这些过路司机。至于里边搞些啥，明眼人自然都清楚。有报纸也曾发惊呼："就连封闭落后的沐浔山区，竟也有十堰一条街。"饭店有了卡啦OK，企业、单位建了舞厅。超短裙、贴面舞，紧拥慢晃尚不算，还得来段密遮窗帘拉灯十分钟。录像厅入村进巷，喊杀声震耳欲聋，黄色淫秽屡禁不止。思想的开放，导致人的观念发生巨变，没有不敢想的，也没有不敢做的。

当此时，海上走私之风盛行，沿海公安机关以打私为名，占有大量日本和南韩的走私车，日子相对好过。浔水是著名贫困县，没有财政来源，公安苦不堪言。刑警队每年破案二百多起，勘查现场难以计数，经费预算却不足两千元。公安局原本有部110报警电话，因没钱交费早已被停机。幸亏高局长眼光长远，自己设了个内部总机，否则各科室也只能跑腿互通有无了。从中央到地方逢会必讲，必须保障办案经费，再难不能难公安，再苦不能苦干警。最近中央政法会议，更是明确地提出，办案经费必须列入财政预算，不能既让马儿跑，又让马儿不吃草。从省到市到县，层层开会贯彻落实，好像不开会就是不重视，越隆重就是落实得越到位。

此时，沭浔地区已经改建沭浔市，原沭中市改为沭中区。市委立马召开全市政法会，市委书记强调说："全市各行各业，离不开公安的保驾护航。困难再大，财政再穷，也必须保证公安机关最起码的办案经费。各县区委务必引起高度重视，一把手要签责任状。"浔水县政法会议更隆重。逐级抬升规格，领导慷慨陈词，大讲特讲经费，干警当然特亢奋。矫志国笑着说："齐队长，我看这次会议开得好，终于要来经费，咱也可以重拾一批陈旧积案了。"文滔听后笑而不语，微微摇头一声叹息。

第十二回　多方化缘筹经费　严管厚爱王大强

　　且听文滔说："志国啊，长点记性好不好？以会议落实会议，经费就能来到了？说得冠冕堂皇，牙齿咬得嘎嘣嘣响，就能解决实际问题？会议这开法，像是解决经费的样子吗？"听队长如此说，志国很不理解："怎不是？县委书记亲自讲的嘛。""这是书记讲的？不是。这是中央和省、市委讲的。县委书记要求各级党委都要重视公安经费，无非照抄了上级一句话。管钱的只有一个浔水县委，哪又冒出各级党委了？领导讲过就是重视，恐怕还是干打雷而不下雨。咱们且走且瞧吧。"

　　果不其然，刑警队罗列一批上马案件，各科室也做好了重点工作方案，半个多月过去，仍然没见一分钱。科队长们坐不住，一齐来找高局长。高局长一脸苦笑说："我又不是会下蛋的老母鸡，总不能带你们去抢银行吧。县里自有难处，咱多体谅一点吧。"他硬着头皮来县委，书记双手一摊说："老高啊，从中央到地方为何逐级隆重召开政法会，专门强调公安经费？通病，都没钱。正因没有钱，才导致会议越开越大，越开越响。会议是个态度，说穿了是应付上边的。咱县的财税盘子，你老毛犰能不一清二楚？噢，我是个不分轻重缓急，不重视公安的昏君啊？社会矛盾纵横交错，治安形势严峻复杂，哪一时、哪一事离了公安能行啊？就我不会把钱用在刀刃上？全县机关三个多月没发工资，你说当前最大的政治是什么？饭都吃不上，还瞎扯什么社会稳定！我能做到的，就是咬紧牙关，优先保证公安干警的工资足额及时发放，其他部门则只能拖欠着。你老毛孤若还不满意，看我两条胳膊值多少，拿刀砍去充当经费吧。"高局长对县里的财税状况何尝不清楚，凡事都得有个度。县委能保证干警工资足额及时发放，已很了不起，此时还能再说啥？他当即郑重表态："理解县委困难，公安机关必须旗帜鲜明，义不容辞地担当起维护稳定的历史重任，绝对不能出乱子。"

经费一吃紧，管理部门的权力开始大肆膨胀。前些年，财政局局长见谁都是笑模样，现在黑脸一拉八丈长。公安局递来的经费申请，他眼皮抬都没抬就随手扔进废纸篓，气哼哼地说："人都要喝西北风，还有闲钱去办案？要钱没有，要命一条。"

按照规定，但凡接报刑事案件，刑警队应该马上出现场，县城限时十分钟，乡镇也应尽快赶到。现实呢，不是车趴窝就是没有油，根本拉不出去。齐队长和管理科江科长几乎天天在吵架，一吵急，江科长双手一摊，就要撂挑子："刑警队人多枪多，有本事你去抢银行、抢油库行吧？若能吵出钱和油，咱俩天天拼命吵。"

文滔无奈叹口气：大河水丰小河满，大河水浅小河干，此言绝对是真理。案子再紧急，没钱没油没车动，只能干着急。当队长原本只管带队伍、破案子，现在可倒好，竟然让钱愁得昼夜难眠、食不甘味。他也在琢磨：财政拮据，工资不保，领导再怎么高喊保障经费，终归是句大空话。案子总得破，日子总得过，求爷爷告奶奶，不如求自己。他想起从中央到地方，各级党委常讲的一句话："各地根据实际，本着取之于民、用之于民的原则，可以多方面、多渠道筹集钱款，用以补充办案经费的严重不足。"锅早揭不开，政策白纸黑字很明白，此时不用待何时？他找仇副局长汇报想法，他一百个赞成、一万个支持，特意嘱咐说："如果需要我出马，乐意服从调遣。"

文滔权衡几家效益较好的企业和县城几个富裕村居，讲明办案所遇实际困难，请求适度支持。大家一听破案遭遇经费瓶颈，特别乐意出手相助。这村三千，那村五千；此厂八千，彼厂一万。不到十天，筹资超过七万元。文滔感慨说："曾几何时，办案尚需群众拿钱！遍寻三十六计，难找此等下下策。此属无奈救急，长用绝对不可。同志们，谁家的日子真正肥泛？还不都是牙缝里硬挤血汗钱！咱得吝惜每分每一毫，全部用在刀刃上。"

此时刘指导员接到一个电话，只听他一个劲地在道歉："这话说得，齐队长哪能看不起你嘛。你村并不富裕，我们怎能向你开口嘛！"电话是西南村陆玉川书记打来的。他见齐队长与好几个村居打招呼，唯独没找他，觉得没面子，生气了。

文滔赶赴他家作解释："我们要求支持，原则量力而行。你村收入少、底子薄，我是真心不想难为你，何来轻看之意？"陆书记情绪激动，声音微颤说："齐队长，这话我就不爱听，分明就是看不起。刑警队屡破大案，谁不是看在眼里记在心头里？你们遇到了暂时困难，我们略微出点钱，归根结底还不是为自己？怎么就成难为我！看不起我就明说，何必强词夺理呐？我村不如他们富，心就冰凉冰凉了？没有多，少点也是心意吧。我支援两千，你嫌少不屑要是吗？"一番话令文滔唏嘘万千。

刑警队利用这些钱，购买一辆汽车和三辆摩托，既适度减轻了局里负担，又大幅提高了侦破效率。同时，县委也开始认真考虑公安经费奇缺问题，出台了系列倾斜政策，政法各家的罚没收入，实行收支两条线，全额返还。法院坐堂审案，开支本来就少，收费、罚金数量又很大，日子无忧无虑，特别好过；检察院追缴贪污、受贿钱款，坐地花销不随卷，日子也自舒适滋润；公安机关很特殊，开支是法院、检察院的数十倍，追缴的赃物赃款又必须退还受害人，只有治安处罚这一块，不及法、检两家的零头，实在少得可怜。少归少，总算解了燃眉之急。

当年夏，公安局政治教导员改称政委，巩有俊提任副局长；刑警队改建刑警大队，政治指导员改称政治教导员。齐文滔提任局党委委员、刑警大队长，刘志豪提任大队政治教导员，下辖六个中队。

一天，东北警方来人，要求协查一名抢劫杀人犯。查清藏匿之处后，文滔决定派勇将王大强配合抓捕。大强一贯作风勇猛，能打硬仗，不怕流血牺牲，敢和罪犯以命相搏。危急时刻，总能以气贯山河的浩然正气，压倒作案分子的匪气邪气。有一次他带队去新疆抓捕逃犯，历尽千难万险，终于抓获成功。押解回程到达兖州火车站，案犯见人多拥挤有机可乘，伺机挣脱，向外逃去，一眨眼跑出四十多米。车站熙熙攘攘，人头攒动，众皆惊出一身冷汗。王大强从容不迫，闪电般拔出手枪，从密集的人群中瞅准一个缝隙，朝着罪犯脚后跟甩手一枪，正中脚踝，扑通倒地，束手就擒。一枪轰动火车站，"沂蒙神枪"响彻齐鲁。

东北逃犯藏匿于黄山镇大河沿的一户农家，母女三口，早年闯关东与案犯结识，娘仨都是他情妇。晚上，案犯与娘儿仨坐在炕上吃着花生说闲话，大强猛然踹门而入，大喊一声"不许动"！声若惊雷，山摇地动；双手持枪，指向逃犯。逃犯本欲反抗，见一座铁塔枪指脑门，乖乖打消拒捕念头。娘儿仨听见这一声，直吓得面色苍白，身如筛糠。东北干警本想有场血战，孰料王大强一声断喝，兵不血刃结束了战斗，无不啧啧称赞。

第二天，齐文滔召开全队干警会，重点强调纪律作风。他再三重申，必须严禁违法乱纪，严禁刑讯逼供，严格枪支管理，严格执行禁酒令。他扳着手指数落说："动手动脚、刑讯逼供是咱公安机关久治不愈的老毛病，是时候彻底改改了。前些年，干警数量少，法制不健全，条条框框则更少，动动手不出啥后果，还真算不上什么事。我上警校时，村里人就说，这孩子姑娘心性，不打人、不骂人，能干公安吗？一句'公安特派员来了'，一群疯孩子大气不敢喘，咱们谁没经历过？八三、八四年搞严打，哪个案犯不挨两下，那能叫过堂？此一时，彼一时也。社会发展日新月异，法律法规日臻完善，严禁刑讯上了法条，紧箍咒越念越紧。咱若再不审时度势，绷紧法纪这根弦，肯定等死一条。案犯玩完罪有应得，咱也毁上这是算得哪门子账？"

"老甄头肯定还记得，我毕业报到第二天，跟着去斜屋侦破拦路强奸案。嫌疑人死不认账，贺局长生气说："捣弄捣弄吧。"老邢套上小绳一勒，嫌疑人当场气绝，全场瞬间吓呆。老邢急着要松绑，多亏你老甄经验丰富，喝令不要松绳子，边掐人中边慢慢活动胳膊腿，边慢慢松绑，好久人才转回阳。当时若死了，就得有人进监狱。至今回想，我仍后怕。现在咱的头上，天天利剑高悬。本是为民除害，三拳两脚先把自己踹进去，怨天怨地怨法律？这就叫一失手成千古恨，不守规矩悔终生。所以，刑讯逼供必须杜绝。"

"二来咱再说说酒，喜事庆功大摆宴席，悲欢离合把盏迎送，按说该是好东西。可问题也来了，喝得小脸就像猴子腚，东倒西歪发酒疯，脸面还要不要，形象还要不要？什么酒壮英雄胆，呸，你也信？醉得人不稳、枪乱歪，谈啥破案抓凶犯？说穿了，喝酒就是花钱受罪，伤身误事的勾当。上级要求不客观、不理性吗？工作日中午不饮酒，其他时间不醉酒，这个要求还高啊？王大强喜欢整一口，昨晚没借一点酒力，大吼一声平地滚雷，案犯丧失反抗力，这种英雄气概，才值得大家学习嘛。"

"三再说句枪支管理和使用，一支小枪斤两轻，干系却有千钧重。丢枪就得脱警服，用错就要进监狱，该用不用丢性命。佩枪有何用，一为对付罪犯，二为防身自卫。枪是啥？枪是咱刑警的命根子，必须用好管好，不出丝毫地闪失。用好就是依法规范，避免不当用枪；管好就是人在枪在，杜绝被盗被抢。一句话，当用一击而中，不用确保安全。对付亡命徒，来一万拳何如一枪决断。当然，传讯嫌疑人，一般别用枪，个别有逃跑，再传就是了。但如果是逃犯或者亡命徒，那就是你死我活，另当别论了。他犯罪分子的命是命，咱刑警的命难道不是命？这时还讲啥价钱，必须心狠手快，果断开枪。当然，案犯一旦丧失抵抗力，绝不能再开第二枪。"

散会后，王大强去秦家沟村查案子，村书记热情款待，炒盘山鸡劝饮小酒。一开始，王大强还能把持住，后来不经再三劝饮，勉强喝了一小杯。他这人有个致命大毛病，一旦开饮就控制不住。开始他还说："上边有禁令，大队长又刚刚严厉强调过，咱不能违反。"三杯酒下肚，便老子天下第一，反复叫嚷："不让喝，我偏喝，看能把我怎么样？"直喝得酩酊大醉。返回途中，双手撒把，骑车飞奔，突遇急弯小桥，反应不迭，一下跌入桥下，顿时头破血流。

第二天文滔点卯，有警员替他打掩护："王副大队长偶患感冒，卧床未起。"安排完，文滔说："大强病得不轻，咱得去看看。"此时他正毛巾包头，见大队长带着班子全体过来，有点羞愧："就是得个小感冒，何劳大家都过来。大队长，我没事，都快回去吧，早上事情太多了。"文滔说："那哪儿行，你的病虽没入膏肓，但精神错乱岂不更严重？'不让喝，我偏喝，看能把我怎么样。'今天我就是要看看，你这人到底还有救没有救。小张，把酒提过来，让他连喝三盆子。"顺手抓过一个洗脸盆，咣当一声扔地上："倒满，让他可劲地灌，灌完去队作报告，介绍违规醉酒、不怕流血牺牲的英雄壮举。"

王大强正自发蒙，文滔又扔下一句话："如果还想当刑警，就勇敢地揭去面纱，自己走回刑警队。过了今天，哪儿有酒去哪儿吧。刑警大队要的是悍将，不要一个酒鬼。"说完，愤然离去。

此时王大强哪还顾脸面，撕下伪装，跑回刑警大队，当众作出深刻检讨。刘教导员抓住时机批评说："公安部三令五申，要求禁酒，齐大队长又刚刚提过要求，大强却置若罔闻，公然违反，实在不应该。全大队都要以此为戒，不能再出现类似的情况。"

文滔接口说："功是功，过是过。有功理应表扬，违规要受处理。王大强为何总是一犯再犯，关键是'老子天下第一'的欲念在作祟。一有成绩就脑热膨胀，说胖马上就要喘；一受挫折就情绪失常，说瘦马上装狗熊。周而复始，恶性循环。王大强，你还真以为自己是条白线蛇？蛇泡酒里能治病，你再这样泡下去，不泡死泡烂才怪呢。今天我正式警告你，刑警大队绝对不会再给你第二次机会，何去何从，自己选择。我真心希望你能幡然醒悟，痛改前非，彻底改掉这套老恶习。全队都要以此为戒，吸取教训。我承认，前些年，社会相对稳定，急难险事也少，动枪玩命则更少。对喝酒要求相对宽松，社会也都容纳。现在什么情形，啊！持械持枪大量增加，社会环境险象环生。咱天天和罪犯玩命与死神博弈，风险多高多大呀？咱奉公守法，规行矩步，有人还横挑鼻子竖挑眼，如此自毁形象，群众岂能原谅？最关键是自身的安全没了保障。王大强你把自己都摔了，还敢说能对付罪犯吗？假若酒醉，兖州车站这一枪，还能打得响？大河沿雷霆震怒还能吼出来？上级要求并不高，做到真就这么难？不就是工作日中午不喝酒，其他时间禁止醉酒吗？又不是绝对不让喝。我就不信了，一顿不喝就能憋死人！老甄头，你是喝酒的人，你说，这禁酒令到底还能执行吗？"

老甄嘿嘿一笑："没啥不能的，若连自己管不住，干脆别做刑警了。我是早上、中午绝不喝，若没任务时，晚上绝不超二两。"文滔问众人："老甄说得真不真？他一旦沾酒就上脸，脸色从来不骗人。"大家齐声说："没见午后红过脸。"文滔转脸说："老甄头几十年嗜酒如命，按说对他不能这么严。他若每天喝几口，咱也得礼让三分吧，他怎么就能做到的？"王大强抢先说："我也能做到。"大家齐声说："坚决执行禁酒令，绝不违规。"

文滔语气坚定："光喊口号没有用，我要的是真真正正的实际行动。'宝剑锋从磨砺出，梅花香自苦寒来。'一个坚强的集体，凡事因一而成，因二三而败，必须令行禁止。若没洁身自好，永远不会辉煌；若不从严治警，永远难打胜仗。做人要有一股气，刑警更要有豪气。要当一名真刑警，必须刚正不阿，两袖清风；视金若土，视美若无；视职如渊，视死如归。人人都要撸袖子、挽裤腿，瞪眼睛、攥拳头，亮开趟子往前冲。该流血时要流血，该拼命时要拼命。唯如此，才能锻造一支钢铁刑警队。"

自此始，刑警大队真正朝着一支纪律严明，有理想、有信念、有灵魂、有血性的钢铁警队大踏步地迈进了。

第十三回　齐家埠果园飘香　天平正法理释详

　　工作之余，文滔时常记忆起老家齐家埠，难忘昨日的贫穷景象，珍惜今天的大好时光。浔阳公社于1982年实行联产承包责任制，农民逐步过上了衣食无忧的好日子。改革初期，生产工具简陋原始，自耕自食，披星戴月，拼死拼活。粮食收入是多了，可比原来出的力也翻了许多倍。大集体时，生产队都有两三犋牛，耕地虽劳苦，却有专门使牛的扶犁吆喝。虽然都贫穷，没有多少积极性也没有多大的奢望。现在分田到户，只能自己的笆子自己上柴禾，自个抓挠自个的。若不起早贪黑，拼死劳命，地里就不会长庄稼，粮食也跑不到自个的家里来。牛卖了，钱分了，一家又养不起一犋牛，耕地只能靠肩拉，弯腰弓背流大汗，手脚着地往前爬。若遇天旱地板结，耕不了二分地就已累得喘粗气。庄户人家吧，多数积极向上，极个别也好有逆反心理，一旦累熊就忘却了饥寒交迫的穷苦滋味，怀念起大集体的懒散自在，怀念那出工不出力悠哉悠哉的小日子。

　　不知从哪儿传来一段顺口溜：牛享福，人拉犁，面朝黄土汗如雨。鸡叫头遍就起身，月挂中天难歇息……一时村里的人们也跟着学唱起来，若让大家再过那吃不饱穿不暖的苦日子，肯定又没人会答应。农村的一些深层次问题，随着改革开放的不断深化而逐渐显现。说实话，农村改革的第一步，仅仅解决了温饱问题，贫困依然严重，负担没有减轻。农业税、集资、提留、摊派、超生罚款等，压得许多人家喘不动气。如何让农民既不缺吃又有钱花，发家致富共同富裕，就摆在各级党委政府的面前了。

1984年，浔阳公社改建浔阳镇，第二年村村通了电。这天镇党委召开支部书记会，讨论农村经济发展。齐家埠是个举足轻重的大山村，书记齐长胜也算是识文解字有作为的人，他说："要说如何搞企业，咱真没见过，说不出个子丑寅卯来；要说农村发展，还是得想法子把大家的钱包鼓起来。手里若没钱，永世难翻身。如何捞钱？不能偷、不能抢，天上不会往下掉，只有一个法：干。怎么干？一句话，靠山吃山。咱浔阳是山区，除了山就是岭，原来因此受穷，现在可以发家。咱这山岭上，全是沙土地，透水好、地力肥，适合苹果生长。果树不占耕地，山脚岭头都可栽种。地可分到各家，自己出力自己整，村里搞好规划就行。唯一难办的是没钱买果苗，没人懂管理。镇党委也别只管问下边，能不能动点真格的，协调些资金购置苗木，派些技术员指导栽种。苗有了，栽好了，管理再跟上，不出十年，满山遍野苹果碰头，家家户户富得流油。"你别说，想法正合镇党委的心意，也说到了各村干部的心坎上。

齐家埠不但环绕西山整了上千亩的果园，还在园中沿岭脊修了一条宽阔的道路，专人养护，光滑溜平。邻村看后不以为然，说白白浪费了好岭地。没过三五年，验证就来了，修路绝对是步妙手棋。从花期到成熟，游人纷至沓来，沿路观赏美丽的风景，如痴如醉流连忘返。金秋十月，果园里更是热闹非凡。商贩的汽车直接开进来，省了人抬肩扛搬运工夫，减少了苹果的磕磕碰碰。沿路一转，角角落落尽收眼底，哪里好、哪里孬，一眼便知。齐家埠的果园最靠山，果质优、品相好，又红又大又圆，又香又脆又甜。加之运输方便，整日里人声鼎沸，车声隆隆。人们大筐大筐地搬着苹果，大把大把地数着票子，初步享受到悠悠农家乐的幸福小生活。

又是金秋十月，齐家埠果园来了几位新客人。文滔天天忙工作，良卉经常上夜班，女儿颖颖就经常住在老家里。这野丫头适应倒挺快，山山水水、大人小孩马上全熟悉，果园也自然成了她的大乐园。春天修剪打药，秋天收获摘果，她都全跟着。今天见妈妈和文花姑姑、小樱阿姨来到，像只小鸟儿从山路上飞奔而下，叫着"妈妈"，一头扎进良卉的怀里。娘儿俩经月不见，自是想念。见女儿头也不抬，遂轻拍一下她的后脑勺："懂点礼数吧？也不看看还有谁。"颖颖抬起头，甜甜地叫着："大姑好，小樱阿姨好！哇塞，还有祥祥哥哥、小月妹妹呀！"于是，几家人沉浸在欢乐的果园里。颖颖指着一道岭坡说："这些全是红富士，老爷爷说，'这片山沙土朝阳，涝渗水、旱保墒、山风足、光照好。'所以咱家的苹果稀甜稀甜呢。"文花和小樱一齐说："你看颖颖神的，像个小大人了。"小樱的女儿伸着小手要苹果，颖颖踮着脚尖摘下来，小月咧着小嘴就笑了。几家人赏着清澈的流水，看着满山的风景，摘着圆润的苹果，陶醉在无限的美好之中。

摘一会儿苹果，加之上坡爬岭，孩子们有点累乏。偶见坡顶小屋冒着青烟，文花笑问："果园屋里能做饭？"颖颖说："什么都有，老爷爷正在烧开水。"几人兴致勃勃地来到果园屋，和爷爷奶奶打招呼。爷爷高兴地树下安张桌，摆上小马扎，提过山泉水，泡上自炒茶。大家迫不及待地端起碗来尝一口，良卉啧啧赞美："泉洌茶香，口感妙极。"小樱惊奇说："难得这股豌豆香，好多年没闻到这味了。"一群鸡也跑来凑热闹，公鸡昂首高唱，母鸡则围着人们脚边啄沙粒。文花说："这要杀上一只大公鸡，铁锅木柴大火一炖，再烙上几张葱花油饼，神仙一般的享受啊。"良卉来了情绪，转身问爷爷："咱中午就在树下吃饭行不行？"爷爷眉开眼笑："自家的山场自家的鸡，这个愿望太容易。"随即手卷喇叭筒对着岭上喊："瘦猴子，快下来。"只见树丛中人影闪动，长习很快来到。爷爷指指长竿网："这事交给你，逮上两只最大的，杀好剁好，然后去叫你嫂子。"孩子们见三爷爷追得鸡群又飞又跳，也跟着满山地疯跑嬉闹。

些许的工夫，一大盆炒鸡，一摞葱花油饼，好几盘鲜嫩青菜端上来，摆了满满的一桌子。良卉挖来一盘自制黄豆酱，文花和小樱拔来一抱葱，摘来一把青辣椒，在泉子头上洗干净。炒鸡、油饼香透心脾，大葱、青椒诱人食欲，大人吃得津津有味，小孩吃得满嘴流油，果园里一片笑语欢声。

文滔因到浔阳侦办伤害案，拐个小弯来趟家，奶奶一眼看见大孙子，抓着手就不算完，身子摇前晃后地说道："俺大孙子大忙人，瘦了瘦了又瘦了。"奶奶看孙子，从来没有胖的时候，她相人的标准就是胖和瘦。如果是胖了，说明没累着；如果是瘦了，指定受累遭罪了。她回头叮嘱良卉说："孙子媳妇来，你得多给俺孙子做点好吃的，这么瘦，哪能干得了重活嘛。"一句话把大家全逗笑。

文滔问："中午妈妈亮得哪手活？"小樱说："香脆葱花油饼，可惜你没吃到。害得我吃着盘里瞅着锅，肚子撑破眼不饱。"文滔说："小樱你是不知道，我妈有四件拿手大绝活：大贴包、葱油饼、豆腐脑、腌韭菜。你要尝过大贴包，一准找不着舌头了。可惜腌韭菜时候还不到，以后让文花大姐捎给你。"

文花说："大婶腌韭菜，碧青锃绿，开坛三里香。别说吃，就是闻一闻，香萦唇齿，半月不散，那才真真叫一绝，世上再没人能腌出这个味儿来。"小樱特别兴奋："是吗？秋末冬初我一定要亲自来学学。"文滔见院里几个棉槐筐，满满的全是苹果，点头说："收获颇丰，村里的果园搞得好，文花大姐是头功。"文花说："看大兄弟说的，我能做了多大点事呀！""大姐太谦虚了，你这银行股长若不给力，乡亲们哪儿有资金购买果树苗？"

这边在说话，外边突然传来一个女人的哭叫声："大姑啊，您老行行好，救救侄女全家吧。你大孙子这个忘恩负义的，你外孙女让人刺伤了，躺在医院里要死要活他不管；你侄婿让人打得鼻子口里蹿鲜血，他却把人抓走了。老天爷呀，他这是要我全家的命啊。"跑进院子里，一头攮地上，驴打滚般撒起泼儿来。奶奶不知就里，一时没了主张："大侄女，做甚呢！有话咱起来好实说，中不中？我这一把子年纪，哪撑得了这般闹腾啊？"众人一齐相劝，她却越发逞强："大侄子今天若不放人，我就一头撞死你家里，我不活了我。"爷爷提过一把铁锨吓唬她："看我不一铁锨铲你到南沟去，要人你去公安局，跑来我家撒啥野？"见这个姑姑终于在众人搀扶之下进了屋，文滔抿嘴就笑了。奶奶可不愿意了，责问说："大孙子，我问你，你是怎么对待你这大表姑父的？他可是咱全家的救命大恩人，不敢做出丁点的负心事儿来。"文滔搀住奶奶说："奶奶咪，这事不关您事的。您老千万莫插嘴，越插只会越乱套，快到炕上歪着吧。"

文滔这个表姑叫孙仕娟，表姑父名叫刘天一，家住浔阳街。1958年大跃进，村里兴办大食堂，奶奶是村里唯一的党员女干部，带头将家中粮食全部献交大集体。结果不出两个月，食堂粮食全吃光，又过十多天，地瓜秧子野菜树叶树皮也吃光，食堂被迫停伙，齐家陷入断炊绝境。孙仕娟听说姑家遭遇大难，毫不犹豫地让刘天一送来一推车子地瓜干，足足三百多斤，救济姑家渡过大难。从此，这门亲戚被奉为上宾，自是高眼相看。

表姑今天因何找来，文滔心里很清楚。单说案件的起因脉理，姑父真是有点冤，但法律是条硬杠杠，事实后果才是唯一的定罪依据。原来，他家女儿刘玉香，约同学李世龙去县城打工，两家本是好邻居，见俩孩子很要好，大人们也巴不得乐成恋爱这好事。谁知外出不久，刘玉香另有了相好的，世龙偷偷跟踪，见一青年与她拥抱亲吻，立时火冒三丈，冲上去将刘玉香打伤了，法医鉴定为轻伤。前几天，刘天一在南街口遇见李世龙的老子李见天，越想越生气，责备李家不是人，差点要了女儿的命。李见天心中也来气，是你女儿水性杨花，怎还胡诌歪派倒打一耙？一时怒火上升，挥手就是一拳，刘天一顿时眼肿脸青，鼻流鲜血，衣服染红了一大片。他大声回骂："他娘的，君子动口不动手，你还真敢动武了，爷儿俩都是一路货。"情急下见墙根有根槐木棒，抄起就朝李见天打去，李见天猝然倒地。后经法医鉴定，刘天一是轻微伤，李见天三根肋骨骨折，属于重伤。李见天自觉理亏，跑到镇上找卢司法员给予调解，刘天一自认有理，拒不接受，李见天这才跑到派出所来报了案。

文滔听见大表姑由哭天喊地变成呜咽诉说，觉得火候已到，便推门进来了。表姑气得头扭一边，理都没有理。文滔轻叹说："表姑不是找我放人吗？您又不理我，那我只好回去了。"表姑呼地爬起来，张开双臂堵住门口说："你要真敢走，我就一头撞死，不信你试试？"

文滔扶她坐下说："表姑呀，既来了，能不能安稳稳地坐下来听我说几句？"见表姑终于收住哭泣，方才慢慢说："或许你不相信，姑父出这事，我比谁都更着急。"大跃进"那种饥荒间年，您老人家一出手，三百多斤地瓜干。古语说得好，是亲三分向，何况救人水火的大恩大德，全家包括我，岂敢丝毫有忘怀。表侄我当着大队长是不假，行使的却是执法公权力，依法办事我是说了算，徇私枉法我是说了不算的。妹妹玉香被世龙打成轻伤，事实确实充分，虽然是起刑事案件，却无须侦查，规定属于法院管辖。妹妹若追究，只能提起刑事自诉。妹妹不起诉，法院不受理，这就是法律铁规则。李见天致姑父轻微伤，属于治安案件，应由公安机关受理，可依法作出行政拘留十五天以下的处罚。姑父致李见天重伤，则是一起刑事案件。凡事刑事优先，李见天既已报案，公安机关只能对姑父依法采取强制措施，通过公诉程序，由法院依法作出判决。表姑您听明白了？"

表姑一下蒙圈了："这话啥意思？怎么成了一把扪、全都逮？"

"是啊，伤情各有轻重，处理方式和结果当然也不相同呀。"

"你姑父如若进监狱了，我这一大家子咋办呀？"

"表姑啊，判刑不一定都要进监狱，只要罪行轻微，符合法定条件，有些伤害案是可以判处缓刑的，在家服刑就可以。"

表姑立时不哭了，一下爬起来说："表侄你快说说，表姑我到底应该怎么办。"

"所以嘛，法律面前，找关系、徇私情，哭哭闹闹，解决不了任何问题。两次事件三人受伤，两人构成伤害罪，就是此案的根本所在。政法机关即严格执法又讲事实道理，凡事皆会分清是非曲直，前因后果。世龙刺伤玉香，错在世龙，是否判刑的起诉权掌握在玉香手里，她选择原谅，就可免除他刑责；她要提起刑事诉讼，他就得被判刑。一个小青年，如若判了刑，终生背个大黑锅，当兵没希望，从政提干皆没门，这辈子也几乎等于报销了。李见天打伤姑父，姑父回手重伤他，起因清楚，曲直明显。李见天是个明白人，强忍伤痛不住院，不舍得多花一分钱，不报案却主动要求调解处理，为啥呀？还不是因为自家不占理，想求得两家相互原谅，不让儿子获刑吗？人家早有态度，姑父却只认死理不认法，拒不接受，他不报案又能咋办呀？认定此事是否有罪，只认法条不认理；但要处理起来，还是要分清理大理小的。平时都是好邻居，造成今天这结果，你说哪个不后悔？表姑你是个明白人，大是大非面前，哪能满脑子糨糊呢？要我说，有在这儿哭闹的工夫，还不如赶紧去找卢司法，充分利用这些条件，争取达成谅解。只要玉香免了世龙的刑事责任，老李一家能不感恩戴德，主动要求从轻处理姑父吗？双方一旦和解，姑父判个缓刑就不用进监狱了嘛。"表姑站起来："大侄说得是。"立马回去了。

回局的路上，对讲机传来办公室主任谢光辉呼叫，文滔问有啥事情，他却神神秘秘说："大事，明码不能说，回来再找你。"

第十四回　巾帼会灵魂拷问　俏警花心愿终偿

　　齐文滔一回县局，谢光辉低着头将他拉到办公室，一把按在椅子上，抱拳作揖说："小弟有事相求，万望兄台大队长恩准。"文滔一下被逗笑。谢光辉是文滔进局认识的第一人，年龄相仿，关系亲近，说话从不客套。前几年，他与内保科小景谈恋爱，因值守全局唯一的电话2110，想约会却不敢私自离开，只要看见文滔在，就像得了小救星：文滔替他看电话，他与小景约会去。今天见他如此郑重，文滔当然觉得搞笑，随即端然高坐，一本正经说："说吧，反正一概都不行。"

　　"不行那不行，必须绝对行。近期市局要求加强内勤管理，调动工作积极性，强化情报搜集，提高服务质量。这事关乎侦查破案，也只有你才最明白。为体现大队长的高度重视，务请莅临会议给讲讲。"

　　文滔正色说："这事真不行，我不分管办公室，我讲绝对不合适。""老兄，那咱就得掰扯掰扯了，只有分管才能讲，这话可是你说的。从此我倒省大心，再也不用为侦查破案耗心费力地提供信息了。你说，你是党委领导，不是你的事，那是谁的事？何况这是高局长点名要我找你的。"

　　"既然高局长有指示，那我遵命就是。不过有言在先，把人讲炸讲跑，不许反赖我。"

　　第二天，谢主任主持召开内勤会，除了刑警队的小张，清一色的女同志。聚在会议室，就像一群黄鹂鸟，叽叽喳喳话不停。谢主任宣布开会好一会儿，人才慢慢地静下来。他故意拉着慢长腔说："今天，这个内勤会议非常非常重要，重点是如何强化情报搜集，为侦查一线搞好服务。有位大侦探非常支持办公室的工作，对咱也是'很感情'，我好不容易把他请来了，啊，请来给大家讲讲话……"

众人颇为好奇，伸长脖子朝外看。谢主任急忙说："别看别看，马上就到。"一见来人是齐大队长，果然大出意料。谢主任来上一句调皮话："就请局党委委员齐大队长给咱讲一讲，大家说行不行，欢迎还是不欢迎？"政保科内勤柳羽荷特别兴奋说："谢主任，你真行，真神都给请来了。"众人一边鼓掌，一边呐喊。

文滔一入走廊，赶紧摇手示意说："一见这群五彩缤纷的巾帼女将我就心慌，别喊了，再喊头要炸。谢主任注定要我难堪的，我哪知什么该讲什么不该讲，不愿听的别怨我，就找你们的谢主任。"

站定后，文滔说："人往这儿一站，还真有点摸不清卯儿榫头八寸几。为给自我压压惊，我先提个小问题。谁能告诉我，内勤的主要职责是什么？"会场稍事沉静，随之七嘴八舌："内勤还能干啥呀？打扫卫生呗。""提个茶倒个水，搞搞服务呗。""弄弄记录，应付个检查吧。""接接电话打打杂，上传下达没正事，领导谁也不重视。"

文滔摆手止住大家说："到底女同志能够畅所欲言，我听见有半句话八九不离十：'搞好服务。'为谁服务，怎样服务，大家想过吗？内勤工作仅仅是提茶倒水搞卫生，上传下达接电话吗？世上竟有如此浪费警力的公安局？同志们，内勤是公安机关最最重要的核心岗位，职责就是十二字：收集信息，综合研判，服务大局。内勤工作面广量大，内容博大精深。比如看京戏，不动脑的，只听见些咿呀呀啊哇哈哈；真用心的，才能品出板眼妙音功夫深。接电话看似小事一桩，却是一门大学问。照本宣科应付了事也是接，分析内容提出建议也是接，这个差距就大了。这不仅是个工作态度，更能体现能力和担当。内勤要做的，就是凭借岗位优势，观察了解社会，发现情况，搜集信息，梳理发丝，分析研判，总结规律，服务于侦查破案，服务于社会稳定。"内勤们第一次听见这些内容，觉得特别新鲜，气氛一下子上来了。他接着说："比如治安科，如有爆炸案发生，内勤首先要做啥？"

治安科内勤小隽一头雾水说："侦破爆炸案有刑警大队，刑侦内勤不去做，难道还要我来做？"文滔说："是啊，治安内勤有事可做吗？主动作为就会有，不想作为就没有。大家想过没有？人为什么会思考，因为有大脑；案子为何能破获，因为有线索；线索来自哪儿，来自调查研究；线索为何有用，因有分析研判。全局为何高效运转，因有局党委的正确领导；党委如何决策，依据信息参考；信息来自哪儿，来自四面八方，最主要的就是来自你们。如果没有信息，就无法作出正确的决断。现在各级都在讲，要建立刑侦大格局。似乎刑警队风头强劲，倒显得治安科平淡无奇，这个理解很片面。说到家，犯罪不会凭空而生，是社会发展的必然产物，自然具有阶段性。现在是杀人、抢劫、强奸、盗窃等案件高发，但随着社会发展进步和防控手段的不断完备，这类案件终将逐步趋于减少，侦查职能也会慢慢弱化，直至回归到治安管控大格局。"

"1979年前，县公安局只有政保、治安、文秘三大体系，干警总共五十多人。改革开放十几年，科室膨胀到十六七个，人员扩充近四倍。情报信息看似直接服务于侦查破案，归根到底还是服务于治安管控的。管理爆炸物品是治安科的基本业务，侦破爆炸案，首先涉及爆炸物的来源。治安内勤应时时关注涉爆物品的管理规范，掌握生产、运输、营销、使用等各个环节的安全漏洞，分析规律特点，找出问题症结，拿出合理建议，提交给局党委，以供决策之用。各科内勤也应举一反三，了解熟悉社情、民情和警情，想尽一切办法服务于侦查破案。局之办公室，是公安局的神经总中枢，科室队所则是根根细小的神经，内勤就是这些神经的末梢。神经末梢一收缩，人就害头疼，工作也是这道理。你们传递正常，中枢运转就正常；你们若停摆，中枢就会失灵，就要闹出郭建光提着红灯打进威虎厅这样的大笑话。内勤工作绝不是有也五八、无也四十，恰恰相反，是最最重要的专业岗位。细节决定成败，一滴水就可救活一棵苗，一点线索就可令案件起死回生。关键是善于动脑、认真细致。"

"也许有人说，我们上报信息并不少，也没见领导重视过，其实很不然，英明的领导没有不重视情报信息的，特别像我这样的笨鸟搞侦查，离开信息寸步难行。去年，政保科柳内勤写过一篇《惊吓对当事人的心理之影响》，就对侦破双头系列强奸抢劫案起过重要的指导作用。你们女性的最大优点是思维缜密，处事稳妥。善于发现、善于思考是强项。大家应该重新认识自我，定位自我，以更细致的作风，更严谨的态度，发挥好神经末梢的重要作用。"

"你们切莫小看自己，你们每人都是一个闪光的亮点。不是没人重视，是自己小瞧自己了。希望你们立足本职，主动作为。只要有付出，就会有回报，有作为才会有地位。我相信，你们一定行。谢谢大家！"

内勤们被齐大队长的讲话所感染，浑身陡添了无穷的力量。

这时政保科内勤柳羽荷突然站起说："谢谢齐大队长，你讲得太精彩了，我可以提个问题吗？"

"小柳请讲。"

"既然女警如此重要，刑警大队为何偏偏不要女同志？是不是大队长从来没有看起过我们，说的和做的完全不一样？"柳羽荷是警察学院高才生，也是著名的神枪手。她多次要求当刑警，都被齐文滔坚决挡回。今天借着会议，直接将上军了。

她这问题提得尖锐，着实令文滔心灵一颤。他无数次地灵魂拷问，自己为何不想要女警、更不愿接纳柳羽荷？答案其实很模糊。今天可谓警花斑斓，竞芬吐芳，唯独柳羽荷少了点媚艳香娇，多了些淡雅冷爽，一枝独秀，气压全场，透射着青春健美的光芒。此时她的眼神直逼齐文滔，渴望得到满意的解答。文滔极不情愿直面回应，但却没法逃避，只能做出艰难地抉择："小柳啊，你这话问得挺刁钻，我再次郑重声明，我特别佩服女同志，也深为你们的奉献精神而自豪。刑警天天和作案分子打交道，玩的是真刀真枪，拼的是你死我活。日常工作男女没差别，女性甚至强过男士。但战场拼杀，难免死伤。你们终会成为母亲，虽说为母则刚，但我却不希望一个母亲或者未来母亲冲到最前面。刑警队是男人的天下，不是女人应待的场所。不当刑警，你们照样可以大有作为，干出一番惊天动地的伟大事业。这，就是我的真实想法。"见他眼角湿润，神情凝重，女警们个个表情肃然，柳羽荷则更加心潮难平。今天终于摸准了大队长的真实心思，越发钦佩感慨不已。

她想当刑警，确实出于对刑侦事业的无限热爱，更是出于对齐大队长的无比崇拜。她想经历一番血火考验，当一回真枪实弹的刑事警察。在警察学院就读时，有次学生处长任青杰问："小柳老家是哪儿？"她不无自豪说："沭浔地区浔水县。"任处脱口说："青山秀水，人才辈出，好地方。"她扬头笑问："任老师去过浔水？我孤陋寡闻，没听说什么英雄豪杰啊。"青杰郑重说："怎没有？前有齐文滔，后有柳羽荷。"她一听咯咯笑着说："任老师真会说笑，柳羽荷是何许人，岂敢忝为浔水之人才。既然提到齐文滔，一定非同凡响吧？"

青杰说："若问他，我之同学，你之师兄，浔水县公安局刑警队长，号称儒将神探。你若搞侦查，和他绝对是对最佳拍档。口说无凭，日后自行验之。"羽荷频频点头说："当今改革潮涌，人才荟萃，侦查破案高手如云，堪称儒将者却凤毛麟角。但愿能与之共事，一睹其绝代风骚。"暑假到沭浔刑侦大队实习，又听到他许多奇闻逸事，果然鹤立鸡群，卓尔不凡。毕业后报名来到浔水，坚决要求当刑警。没想到齐队长坚决拒绝，愿未得偿，才到政保科当了个文检技术员兼内勤。同在一局，耳听其事，眼观其实，果然雄才大略，实至名随。

去年，她正搞着文字鉴定，局里已故老张的妻子又带人来闹高局长。老张生前是接待科副科长，整天喝得小脸通红，东倒西歪，晕晕乎乎。一天喝兴奋了，竟心血来潮约朋友去钓鱼，不知因何兴起，竟逞强跳入河中游起泳来。朋友急忙喝阻："预报将有大雨，崮峰水库泄水防洪，大水或许一会儿就到，赶快上来吧。"谁知他自信满满说："看到洪峰，我一个猛子扎回来。"游出不到一百米，洪峰汹涌而至，朋友大声呼喊，只见一个浪头打来，人早没了踪影。朋友不会水，急得跺脚干瞪眼。接报后，局领导全都亲临一线冒雨抢救打捞，深更半夜才在十几里外捞上来。

面对突发事态，大家都很悲痛，为给死者家属一个安慰，领导当即决定，可以认为老张偶遇治安事件，渡水处理不幸遇难，属于因公殉职。事虽勉强，也算对死者的一种尊重，对家属的一点安慰，大家也都默认了。谁知事后老张爱人不但不领情，反而领着儿子张小帅等大闹公安局，漫天要价，提出高额赔偿，要求儿子接班当警察。高局长多次亲自接待规劝，反复说明如今不比原来，招警条件严格，抚恤规定详细，过分要求谁也办不了，只要有可能，一定尽量争取优先解决。哪承想家属得寸进尺，要求高局长签字画押，否则一直闹下去。班子轮流做工作，好说歹说就不听，闹得机关昼夜不宁，严重影响了办公秩序。

政保科和局办相邻，自是深受其害。有次小柳实在看不下去，劝说了几句，结果招来一顿大骂，脸上还挨了一巴掌。气得她大发脾气："如此不讲道理，何配公安家属？还想接班当警察，丢尽了公安局的脸。"人人感觉不像话，却都不想惹这一身臊。今天文滔破案归来，听到局办乱成一锅粥，以为内部又闹幺蛾子，遂打电话责问谢光辉："你这主任咋当的？任由狗猫哭天嚎地。幸亏高局长脾气好，换作我，早一脚踹你十八里外了。"谢光辉唉声叹气说："老兄蹲案一月余，两耳不闻窗外事，官虽不大，官僚作风倒是真不小。别说我，你问全局上下，谁没碰过九鼻子灰？张老嫂子和小帅等十多人，今天一大早又来撒泼疯闹了。若不然，你亲自过来试试活？"

文滔一听生了气："拉倒吧，我可不蹚这浑水。你就专当五帝山的明白二大爷，不会动动脑子啊？那烧红的热铁块，你把它扔进草堆里，岂怪乎烈焰之升腾；你把它扔进浑水里，看它还有啥能耐！别看热浪翻滚，吱吱乱叫，一会儿还不服服帖帖了？"

文滔陷入沉思，此事关乎办公秩序、公安形象，这趟浑水不能不蹚。众人见齐大队长真要管，立即相劝说："老张嫂子一准疯了，张小帅更是严重魔怔，油盐不进，锥扎不入。大队长切莫引火烧身，黏在身上八辈子不净气。"文滔说："堂堂公安局，竟让自己的家属闹成这样，成何体统！内部不能整肃，何谈外树形象。事关公安荣誉和尊严，都看热闹谁来管？"他调兵遣将一番，然后只身走过来。柳羽荷恰好张望门外，发现齐大队长过来，心中颇为惊奇：当此时，领导唯恐祸及己身，人人避而远之，他却自个儿送上门来，肯定吃错药了吧？她随即来到楼道，想看看齐大队长到底能放啥大招。

文滔一进屋，一群蜂团拥上来，嗡嗡嗡地抓抓挠挠、号啕叫骂。他拉把椅子坐下，冷眼相看，一言不发。小柳抿嘴就笑了：唉，都说大队长文韬武略、英武逼人，原来虎落狼群，照样束手无策。她探头观望，很不希望大队长还没开战就先败阵，想走开却又万分不舍。正十二分的心沉没劲时，忽听大队长慢吞吞地说话了："怪不得没人敢招惹，这哪是解决问题的，就是一群闹事的疯子嘛。"只一句惹恼众人，又是一阵群蜂乱舞。待都叫唤累，文滔方才正式开言说："嫂子你先平平气，我来问你一句话，似这般的闹腾，真是想让孩子当警察？"

"老张让你们害死了，儿子必须来接班。你既敢过来，今天必须答应我。"文滔又问张小帅："小帅啊，既要当警察，就得懂点起码的人伦和道德。就你这闹法，符合做警察的身份吗？""公安局故意害死我爸，我就得接班当警察，我不闹，你们能够同意吗？"

文滔仍没发作，依旧平静说："嫂子、小帅啊，嘴上积点阴德吧。老张怎么走的，你们真还没点数？人既已作古，咱不多评判，省得阴曹地府里不安生。老张出事时，全局哪个没去打捞抢救过？个个淋成落汤鸡，感冒发烧十多人，你全家都没长眼睛？也没拍拍胸脯子问问良心啊！"

"全局都去救回来了吗？就是磨洋工，就是为了害死他。今天行也得行，不行也得行，我的孩子必须接班当警察。"

"嫂子，说这话不怕晴天响惊雷？公安局谁是欠你的！众人真心付出，没句感谢话便也罢。如此颠倒黑白，横扫一片，不怕老张地下心寒呐？"

"心寒你们都这样，公安局就没有一个好东西。"

文滔一看，果然是些无赖之徒，讲道理纯粹对牛弹琴。此时此刻，不由不气冲丹田，火冒三千丈。他实在无法再容忍，拍案而起说："公安局全没好东西，就你一家好玩意，是不是？张小帅你别太木张，你若进了公安局，那你算个什么破玩意？就凭你公然混淆是非，诬陷全局干警谋杀你爹吗？凭大闹公安当警察，真他球的也敢想！当警察得和罪犯真刀真枪地玩命去，子弹、利刃又何曾长眼睛？就凭你这副臭德行，能冲锋陷阵将生死置之度外吗？老张这样走了，你们不以为耻、反以为荣，竟敢恬不知耻大闹公安局。要是你小子死在案犯枪下，你全家还不诬告全国干警谋杀你，把公安局给老子炸飞了？从小看到老，一看就是歪瓜裂枣，公安局成收破烂的了？趁早拉倒吧。老子当年考警校，政审上下查三代。若不是看你爹的脸，你早他娘的进了拘留所，还容你做这警察大美梦！老张生前多么爱面子，怎么让你们丢脸给丢到这份上，九泉之下怎能瞑目啊。他是怎么死的，还用我再说出来？这个因公殉职还是领导违反规定送给你家的，早知如此，何必当初。我们算是瞎了八辈子狗眼来管你家这等破闲事。老张啊老张，快睁眼看看这些恩将仇报的混账东西吧。你说，这群混蛋该不该好好管一管，九泉之下你是管不了，可我实在看不下去了，今天就让我替你，让我替你管一管，行不行、行不行啊？"

随即，他转身对着门外深深地鞠一躬，侧耳问："老张你说啥？你再说一遍，我可以替你管一管？这可是你亲口求我的。那好吧，看在故交老友面，权且答应你，你一路走好，我可动真格的了。"

这一串举动，直看得闹事者眼带疑云，看得柳羽荷摩拳擦掌，心中暗叫：好个神武大队长。只见文滔转回身说："老张刚刚授权给我，他都看不下去，你们还有脸继续闹？今天只好在我手上做个了断吧，谁不知我是专爱狗咬耗子——多管闲事的？张小帅，想当警察是不是？那我郑重告诉你：门儿都没有。想当警察我是管不了，但把好关口，不准垃圾倒进来，我这个老公安还能管管吧！我还真就不信邪，老虎不发威，还真以为是他娘的病瘟猫。你们有工夫，难道咱拿着国家工资反倒没工夫？老子豁上不干，也要看看这青天白日、朗朗乾坤，到底是邪压正、还是正压邪！你们不是要闹吗？正好，三年之内，谁要逃跑谁是乌龟王八蛋。刑警大队收拾一间小屋子，铺上一张破苇席，放上一个木便桶，吃喝拉撒全包了。酒肉没有，汤水管够。"说到此，突然提高八度音节喊："来人，拘传张小帅，其他人全部依法传唤，跑了一个撤职查办。"

刑警大队果然厉害，大队长一声令下，众干警一下子冲上来，瞪眼睛、撸袖子，饿虎扑食要动手。张小帅第一个跳出屋来先逃了。其他人一看动真的，屁滚尿流往外跑。文滔哪里肯算完，大吼说："一个也不准放跑了，全都给我拿回来。"放开人马就飞追，直直地赶出上千米。小柳自始看到终，直看得热血沸腾，心花怒放。对大队长叱咤风云、敢做敢当的处事风范，佩服得五体投地，一个劲地拍手叫好，手拍麻了愣是没觉得。

这次内勤会，果然立竿见影。内勤们认识到自己的工作原来这么重要，精神为之一振，热情空前高涨。内保科内勤提供一条内部单位保险柜被撬盗的信息，一举破获数起涉案金额达六万多元的盗窃大案，苍马县的流窜犯刘之意被绳之以法。

党委会上，高局长很高兴地说："近期办公室开了个内勤会，效果不错。文滔讲得深入浅出，丝丝入扣，起到了很好的促进作用。少壮派啊，你能不能也体谅体谅我这局长的难处啊？你是党委成员，理应站在全局的高度看问题。这个柳羽荷，能力强、素质好，放在政保科从来没怨言。能上警校已是壮举，要当刑警更属难得。此人绝非等闲之辈，不仅不会拖后腿，而且会是中坚骨干。怎么样，齐大队长这回还要推拒吗？"

众人一致同意，文滔也找不出理由再拒绝，只好顺水推舟说："高局长，不是我不要女同志，刑警血里爬、火里滚，一般女性难以适应的。万一阴差阳错，咱大男人于心何忍呢！"文副局长说："公安全是高危行业，哪一处又是绝对保险箱？文滔本是儒将，缘何儿女情长！何况小柳绝非凡辈，更要人尽其才嘛。"

柳羽荷被任命为刑警大队一中队副队长。如愿当上刑警，内心格外高兴。她热爱公安，热衷刑侦。在警校，就已经显露射击天赋。理论业务，摸爬滚打，没有一样输男生。有次院党委书记杨和德现场指导，称赞说："沐浔的学生普遍优秀，有两人当属佼佼者。一是首届齐文滔，反应敏锐，慧眼独具，一准是个破案天才；二是你柳羽荷，思维缜密，侠肝义胆，与生俱来的神枪快手。你若不当刑警，绝对可惜了。"

今儿小柳一到任，立即自告奋勇说："大队长，咱俩不但同门，而且同一老师，你若小瞧我，咱就比枪法，你敢应战不？"文滔一听，就知此话有所指。为啥？有次文滔回院培训，手枪实弹射击时，五枪全部脱靶。杨和德书记很不高兴，又给他添加了三发子弹，结果仍是一发未中。气得他摇头叹息说："将才却没射击天赋，唉！"

今天，文滔权当没听见。立即另起话题说："柳羽荷今天来报到，从此起，咱大队也有了女侦探。小柳虽然漂亮抢眼，却绝不是中看不中用的瓷花瓶。胆气素质自不待言，身手枪法更是了得。我先打剂预防针，虽说男女都一样，毕竟各有所长，女性力小柔弱也是不争之事实。危急时刻，刀对刀、枪对枪地陷阵拼杀，咱大老爷儿们必须冲在最前头。生死关头，谁敢落在她身后，让一个女性为咱遮风避雨挡子弹，趁早给我立马滚蛋，刑警大队绝对不要如此之孬种。"大家洪亮回答道："谨遵大队长指示，坚决冲锋在前，绝不当狗熊。"柳羽荷听了，小嘴噘得老高，心中很不高兴。从此，她正式踏入刑警大队，当起一名刑事侦探。

一中队兼管大队内务，她见大队长有个老习惯，从来提前一小时上班，理清当天重点，人员随到随走，有条不紊，斩钉截铁。她也会提前整理好内务，倒好一杯热水，连同案条井然有序地摆上大队长的案头。下班后，她会哼着歌曲，把警队打扫得干干净净。遇上加班，会悄没声地做好服务和保障。审讯一旦胶着，偶尔也会插句嘴，嫌疑人便会开口说话，起到四两拨千斤的作用。几天下来，文滔大感省心。女性总能以柔克刚，小柳来到后，队上的内外沟通热络了，人也活跃了，少了先前的黑脸刻板，多了几分明媚活泼。

第十五回　企业竞争龙戏水　小荷展才角露尖

　　20世纪九十年代，算是中国历史上竞争最激烈、发展最迅速的年代。发展问题，稳定问题，形形色色的问题和矛盾，交织成一幅波澜壮阔的动态画卷。不论问题有多少，困难有多大，各级党委政府抓经济、抓发展、抓稳定的决心从没动摇过。

　　公安工作的基本方针，就是党委领导，专门机关与广大群众相结合。但此时各级领导总是特别突出强调，公安机关必须绝对服从党委的领导。党委是人组成的。面对经济发展竞争的强大压力，责任心和使命感促使各地都使出浑身解数，采取了一些敢闯、敢试、敢冒的极端超强措施。其中偶有出格，自然不足为怪。

　　时任浔水县委书记胡来潮，亲临公安局给干警讲话："同志们，公安机关必须绝对服从党委领导，这个党委只能是中共浔水县委。所以，服从党委领导，就是要绝对服从县委书记的领导，只有我，才始终与党中央保持高度的一致。你们必须服从服务于大局，这个大局就是浔水的发展和稳定。是浔水县委拿钱养你们，你不全力保护浔水企业，难道要去保护外地的企业吗？谁要背离这个大局，谁就是破坏经济发展，破坏全县稳定，谁就是千古罪人，人民的叛徒。"

　　会后不久，沐浔市开展扫黄打非统一行动，浔水公安局治安科在宾馆内一床查获三个人，男的是外地一厂长，俩女的则是他花钱带来的卖淫女。小网捕到大鱼，众人当然高兴，谁知胡书记却给高局长打来电话说："招商引资，发展经济是全县的第一要务。我历尽千辛万苦好不容易请来的大财神，却让你小指头一动给抓了。老板带俩女秘书，有啥大不了，怎么就成卖淫嫖娼了？昨晚六大班子一起陪的酒，三千万投资业已谈妥。你公安若劈头一棍子给搅黄，县委定当严肃追究。九点钟我要与他正式签约，赶紧收拾好局面，把人给我送过来。"高局长哭笑不得，放下电话咬紧嘴唇摇摇头。

浔水县有几家企业比较有名气，势力最大的当数庆丰服装厂。一天，厂长牛司虎找胡书记报案称，被浙江六合服装厂诈骗现金六万元。县委立即责成公安成立专案组，赶赴青岛抓捕这一巨骗。很快，人被抓来收审，损失全额追回。报捕时，检察院以事实不清，证据不足为由，不予批捕。这一下，县委真来压力了。若当事人在当地提起行政诉讼，谁敢确保公安机关不败诉？胡书记立即命令政法委召开协调会，责成检察院必须维护大局，重新研究，严格依法批捕嫌犯，公安机关再行变更强制措施，"圆满"地解决了这一棘手大问题。

一日，沭浔陶瓷厂报案：浔水县琉璃厂副厂长郝士飞骗取该厂钱款八万余元。陶瓷厂坐落于浔水县龙腰镇，是市属大型企业。刑警队经过调查取证，确认构成诈骗，随即立案侦查。沭浔陶瓷厂党委书记兼厂长是市人大代表，全市有头有脸；琉璃厂厂长时风森随便跺跺脚，浔水也得震三震。不知出于何原因，这些年琉璃厂老是拖欠各家的钱款，起诉执行也不还。在当地，因有县委严令，法院尚可千方百计予以延缓。外地法院谁吃这一套，所以时厂长经常被外地法院司法拘留。一时间，公安频接诈骗，法院执行不断，众人堵门要款。去年人大换届，在胡书记的强力坚持下，时风森终于当选浔水县人大代表，再遇外地法院和公安抓他，县人大常委会一概不予批准，其天下第一老赖的名声越发响亮。

今年初，东北某地公安机关办理一起诈骗案，偷偷把他摸走了。没经浔水县人大常委会批准就非法拘禁人大代表，公然侵犯人大代表的特殊人身权，这还得了？此事顷刻惊动各级高层，办案人员被严肃问责，时风森的名字更是传遍大江南北。

　　这起诈骗案涉及本市企业，齐文滔自然十分慎重，市县领导表态也都比较严谨。很快查明，郝士飞以非法占有为目的，虚构事实骗取陶瓷厂钱款八万三千元，事实清楚，证据确凿，依法传唤后予以取保候审，查封诈骗所得钱款。时风森跑到胡书记跟前告黑状："刑警大队长齐文滔一贯对抗县委，吃里爬外，偏袒外地企业，损害县域经济，是浔水最大的内奸叛徒。要求立即撤消其职务，依法追究刑事责任。"胡来潮书记拍案而起，责令高局长和齐文滔跑步前来县委汇报。

　　胡书记为何发怒，原来真曾有仇口。有次县委召开招商引资大会，要求副科以上干部全都参加，任何人不得无故缺席。如若事出紧急，必须向县委办公室请假。文滔刚到会，即接报一起抢劫杀人案，立即报告县委办公室，经分管政法的韦副书记批准，立马赶赴现场去了。胡书记主席台上一就座，余光一扫，发现台下有个空位子，立时怒问："是谁无故缺席的？立即就地免职。"县委常委、办公室主任楚清赶紧汇报："刑警大队长齐文滔本已到会，突接抢劫杀人报案，已按程序请了假。""乱弹琴，一起案件有啥大不了，能比全县人民吃饭还重要？案子明天后天都可办，一顿饭不吃，老百姓能够答应吗？如此重大会议，没我准许就缺席，眼里还有县委吗？"闻听此言，本来异常安静的会议室，立时嘘声四起。

　　高局长站起摆摆手，见众人安静下来，方说道："胡书记，何必如此动怒呢？会议、吃饭固然很重要，难道老百姓的生命不重要？破案擒凶急如星火，因会议而放任大火肆虐，不怕烧死更多的人？你是全县大舵手，掌握生杀予夺权，理应爱民如子，支持特事特办。岂能以会议为借口，漠视群众生命啊？"胡书记理屈词穷，但若此时认了输，岂不彻底丢脸面？当即话锋一转："查，今年的招商引资任务他是否完成了，若没有，先予停职检查。"楚清主任怕当场汇报更难堪，马上说："胡书记，开会时间已到，请您讲话作指示，我马上安排去调查，会后再向您汇报，并落实有关惩罚措施。"胡书记更加生气："谁让你会后汇报的？现在，马上。"县长见胡书记被怒火烧得有点发昏，遂将手中的文件递给他，小声说："齐文滔招商引资指标一百万，实际完成三百六十万，今天的会上受表彰。"胡书记越发气恼，心中的怨愤更大了。

今天一接通知，文滔感觉火药味相当浓烈，就对高局长说："你先听听吧，也好心中有个数。"高局抿嘴一笑说："听见兔子叫，真还不敢种黄豆？听什么，老子什么阵仗没见过，走。"他带文滔进来时，胡书记正吹胡子瞪眼满头大火，看见齐文滔更是火上浇油，声色俱厉质问说："高大局长，你公安局是要造反啊！端着县委的碗，吃着县委的饭，竟敢于法不顾，无法无天。县委一再强调，维护经济发展是大局，保驾护航，保的是浔水企业，护的也是浔水企业。你们不但查了企业的人，还敢查封企业的款，胆子也忒大了吧。你们究竟要干啥？"

高局长斜视一眼时风森，双眼微眯说："你看看，时大厂长这一纸黑刁状，又惹书记动怒了。你是穿山甲，我是软皮蟹，行了吧。但请书记放宽心，我老高本事虽不大，但依法按照党的正确指示办的决心肯定是有的。"胡书记怒视良久，恨恨地吐出几句话："又是这位英雄大队长，好大的官。公然对抗县委，是谁给的胆子啊？任用此种人，全县岂不全乱套！"文滔淡定说："党委一再要求，办案要以事实为依据，以法律为准绳，做到客观公正。此案我若违法，甘愿辞职接受调查。"

齐文滔开始汇报，胡书记怒气未消。听着听着，他额头上竟渗出一层细密的汗珠，脸色也由怒转阴，由阴转晴，慢慢转回原生态。他听明白了，这个所谓外地企业，竟然是沐浔陶瓷厂。此时如何能坐住？厉声申斥时厂长："你不说是外地企业吗，怎么变成了沐浔陶瓷厂？这是市委柳金刚书记的联系点，你他妈是咋搞的？"时风森哪敢再抬头，屁滚尿流地逃窜了。

胡书记不愧大领导，话风转变也挺快，当即严肃说："此案县委高度重视，一开始我就坚定地表过态，并且多次反复强调，要求公安局一定要尊重客观事实，公公正正地办成铁案。事实充分说明，高局长非常英明，齐大队长很有水平。此案必须加快办理进度，绝不许一方是咱县属企业，就徇私情、放一马，要坚决依法处理到位，赃款必须彻底追缴。"

高局长和文滔还没回到局，时风森已将赃款全额退还了。高局长手段果然不一般，立即开会强调说："浔水县委特别是胡书记，高度重视公安工作，亲自听汇报定思路，全力支持依法办案。咱们绝不能辜负县委的期望，一定要全心全力，尽职尽责，把各项工作再推一个新高潮。"

没多久，沭浔发生一起惊天大案。浔水县委书记胡来潮因经济犯罪被"双规"，时风森因行贿被罢免人大代表。市委决定，沭中区区长马世功出任浔水县委书记。

一天，高局长去市局开会，临走安排文滔说："市局要在咱这儿召开信息现场会，你带谢主任和小柳到岚坪做点准备吧。"恰好小柳报告洙演乡林小窝发生强奸案，请示让谁上，文滔说："三中队上吧。咱们先去岚坪，然后赶去听汇报。"

在车上，小柳问："大队长，岚坪的现场如何准备？"文滔眯眼说："跟光辉主任商量去，我昨晚搞案子几乎没合眼，这会正犯小迷糊，得先睡个回笼觉。"小柳随即和谢主任小声探讨。议完后，见大队长仍在打小呼，便低声悄问谢主任："五帝山的明白二大爷到底是哪位大神呀？"

光辉低声说："身为大侦探，不知此高人，白瞎了。我来告诉你，很久很久以前，大山深处有个村庄叫五帝山，村里有位二大爷，上通天文，下晓地理，擅长决疑断难。一天，有人给毛驴饮水，驴头插进水罐，就是拔不出来。众人无奈，只得求教二大爷，老人伤感流泪：'可怜我这群儿孙呀，我若死了可咋办，不会割下驴头吗？'众人赶忙割下驴头，结果还是拿不出来。二大爷一听又哭道：'可叹啊，不会敲碎罐子吗？'众人敲碎罐子，驴头骨碌出来。当晚，全村人围着大锅吃驴肉，二大爷却看着驴头放声大哭。大家惊问何故，二大爷哭着说：'与其现在吃驴肉，何如起初敲水罐，我的儿孙咋就这么笨！'众皆惊讶说：'二大爷原来挺明白。'从此，五帝山的明白二大爷家喻户晓，声名远播。"

小柳笑得捂着肚子轻哎哟："天呐，原来谢主任更明白。难怪可以相提并论，真真恰如其分。大队长怎么曾伟大呢！"光辉瞪眼说："瞎说，咱老谢何等高水平，岂可与他相并列？齐大队长对我'很感情'，永远是长兄级别的。"此时文滔伸了伸胳膊："谢主任一准馋大肉了，天上的龙肉，地上的驴肉，香着呢。"小柳咯咯笑着说："大队长原来醒了呀。"一会儿到达岚坪派出所。谢主任和小柳都是行家里手，没用俩小时，现场筹备妥帖了。

三人来到洙演乡，文滔一边听着王彪的汇报，一边翻阅着案卷材料。见小王坐等答复，低声问："完了？"小王说："完了。""是吗，嫌疑人供得倒是有点小意思。怎么除了受害人，只取了女方母亲一份证词啊，其他人的呢？"他随手把材料递给小柳："一份证词少点吧？"小柳本就听得满脸疑云，又见大队长没表态，越发感觉有问题。

她认真地看完材料，紧盯王彪问："此案你要汇报啥？""当然是刑拘林大辉啊。""拘了他，你咋办？""什么我咋办？""小王我问你，昨天上午发生的事，为何今天才报案？女方父亲和男方父母都在场，为何皆没取证词？"

小柳问过这几句，文滔的脸上明显放松了。王彪说："嫌疑人主动投案，太清楚太扎实，再找证人完全画蛇添足嘛。"小柳说："办案首要一条，就是重证据。事发后，双方父母掺和了全过程，都是重要的证人，也是必须询问的，何来画蛇添足说。来龙去脉都没查，敢说清楚扎实吗？"文滔点点头："男方投案在先，女方报案在后，你就不问为什么？搞案子，既要看风思树静，又不能听风就是雨。马上面谈当事人，询问相关证人，把疑点全部搞清楚。"小王说："已过十二点，大家都饿了，先吃午饭吧。"

小柳立时板起脸儿来："先把活儿全干完，然后再吃饭。咱不能放过一个坏人，但也绝不能冤枉一个好人。虽说正义最终不会缺席，但对当事人来说，迟来的正义还有意义吗？"

嫌疑人林大辉被双手环抱铐在院里的一棵槐树上，此时正嘴角含笑，眼盯室内。小柳顺着他眼光看过去，发现隔窗而坐的竟然是受害人林小爱。她脸贴玻璃窗，眼角挂泪，嘴唇微动，似乎在挥手说着啥，一副深情之态。柳羽荷更为吃惊：一个默默含笑，隔空暗祝；一个泪眼相望，遥相呼应，这是强奸案应有的表情举动吗？

事出蹊跷，必有隐情。她先讯问林大辉，他一口咬定确实强奸了林小爱，都是自己犯的错。小柳问："你强奸她时，被她妈妈当场捉住，为何今天才投案？"林大辉说："捉住我很快就放我回家了。这事原是我错了，赶紧带我走吧，这事与小爱真无关。""是你强奸她，怎与她无关？"

见林支支吾吾，文滔附她耳上说："先谈林小爱。"小柳是女人，与林小爱沟通更容易。她轻声细语询问，小爱低头小声回答："他就是强奸了我，这事千真万确。"

小柳放慢语调："小爱啊，强奸是个什么性质，也能随口乱说吗？我问你，林大辉投案在先，你妈妈控告在后，你自己为何不报案。既然强奸你，为何不愤恨，反而为他擦眼抹泪的。一个好端端的人，要是因你被拘留，一旦冤枉怎么办？趁着人还没带走，一切皆有挽回的可能。有隐情早点说出来，我给你作主好不好？"小爱抱头痛哭，摇头不语。羽荷替她擦泪水："哭是没用的。有我们公安撑着腰，你还怕啥呢？自己的事只能自己来做主，争取幸福靠自己。赶紧把原委说出来，好不好？"小爱抽噎着，道出了此案的起始缘由。

原来，按照林家宗谱，林大辉得叫林小爱为姑奶奶。两人两年前相爱，情深意笃。小爱父母嫌弃林大辉家里穷，以乱了辈分为借口，坚决不同意。后见两人撕扯不开，干脆把小爱关在家里。林大辉多次探望，都被小爱父亲棍棒打走。

昨天早上活该出事，小爱父亲下地了，母亲在家烙煎饼，烙着烙着草烧没，小爱要往闲宅去拿取。母亲本来不同意，转念一想，不过拿草一会儿的工夫还能出啥事？小爱挎个竹筐来到闲宅，林大辉见状喜出望外，跳墙进来一把抱住。两人日思夜想，情痴如火，此时哪还管其他！母亲一等不见、二等不来，急得一溜小跑来到了。一推院门里关着，遂也翻墙爬进来。一眼看见女儿和林大辉正在堂屋倚墙行那苟且事，不由怒火中烧，脱下鞋来猛抽林大辉。小爱以身挡护，瞬间挨了好几鞋底子。回家后，父亲把小爱暴打一顿，逼她说被强奸了，如不说，就要打折林大辉的腿。见父亲手执大棒要打大辉，小爱心如刀绞，放声大哭。万般无奈，一对恩爱的小恋人为了互保，只好一个说强奸，一说是被强奸，生生地造成了这桩"强奸"假案。

真相既白，文滔有心要成全。他叫过小爱的父母说："现在婚姻自由，父母干涉儿女婚姻，都是违法行为，何况谎报强奸，诬陷他人。这不是林大辉犯罪，是你两口子犯下干涉婚姻自由和诬告陷害罪，理应承担法律责任。"两人本就理屈，一听触犯了法律，如何不心惊胆落的？当场同意，表示再不干涉了。

柳羽荷解开林大辉手铐的那一刻，林小爱飞扑过来紧紧地抱住，泪如泉涌、号啕大哭。这一幕把大家都深深地感动了。回局的路上，谢光辉盛赞柳羽荷明察秋毫，首次出手就挽回一桩冤假错案，确实不简单。羽荷叹气说："谢主任说的哪里话！是大队长一眼发现有问题，我不过是顺着思路走两步。"谢主任的眼睛瞪更大："是吗，我咋一点没察觉？"羽荷说："你是大笔杆子，哪会注意这些小细节。没见大队长只看材料没有表态吗？但凡大队长认定的，从来只有一个字：'很好'，两个字：'非常好'。谢主任这回明白了？"谢主任笑得东倒西歪："小学偏科，算术没学好。"

文滔敛容说："小柳确实具备侦查天赋，是个非常难得的刑侦人才，的确非常好。这就叫'小荷才露尖尖角，便有蜻蜓立上头。'今日女探初试手，破镜重圆覆水收。"众人亦平添了一股豪气："小荷尖果然很厉害。"柳羽荷一战成名，自此获得"小荷尖"美称。

第十六回　直面冰火两重天　胸有成竹战犹酣

马世功出任浔水县委书记后，励精图治，全县的政治生态和社会发展开始走上了有序和规范。特别在干部使用上，任人唯贤，拒绝关系后门，调整了部分一把手，局面焕然一新。县级班子届中调整时，经民主推荐，组织考察，市委决定提任高施恩为浔水县人大常委会副主任，并在人代会上顺利当选，临时以公安局党委书记的名义主持公安工作。很明显，新一轮公安大调整箭已上弦。

多种原因错综交织，公安局党委班子一直成员较多、年龄偏大，个体素质虽然较强，但团结协作、开拓创新上有些欠缺。一般事情大差不差，若遇急难险重，弊端暴露无遗。干警盼望再来一次真正地变革，彻底摆脱被动局面。一时人心思变，各打算盘，工作明显松懈下来。那些专务工作的人，就有点着急上火。担心时间拖久，局面一落千丈。谁知屋漏偏逢连阴雨，天寒又刮西北风。恰此时，一起大案悄然发生。

腊月初一，沭北镇小岔口村外大路上，走来石崖村李照彩、李照霞姊妹俩。小妹李照满从小头脑迟钝，有段时间没回娘家，姐妹不放心，结伴一起来探看。进村见妹妹家大门半掩，过道亮着电灯，寂静无声，两人一起吆喝："妹妹，妹妹哎。"没人应答。进院见堂屋门开着，随又喊叫，仍没人应声。进屋一抬头，不禁大惊失色：小妹竟一根苘绳吊上房梁，手脚冰

160

凉、气息全无。姐妹俩搬来桌子，手忙脚乱地蹬上去解绳放下。捶胸顿足、泪雨号啕。

消息一出，全村震惊。姐妹一想，小妹好好的为何寻死上吊，肯定受到婆家虐待了，一溜小跑回去告诉了娘家人。石崖村李家是大户，听姐妹一说，自然十分认同。其哥当即召集十多人，浩浩荡荡地奔赴小岔口，将其家砸了个稀巴烂。李照满的公婆很老实，儿子长年在外打工，突遭晴天霹雳，赶忙捎信给儿子。迟志远回到家，见老婆已死，房屋被砸，心中悲苦、百思莫解。草草安葬完妻子，看看日子实在没法过，一咬牙又打工去了。公婆觉得儿媳死得不明不白，亲家来人这一通打砸，大气儿不敢出一声。

石崖的亲戚砸完后，谁也没再当回事。几天后方才回过味儿来，觉得哪儿不对劲。小妹自幼轻度呆傻，怎会自己上吊自杀？公婆分家自住，老人怎会欺负她？妹夫迟志远老实巴交，长年不在家，如何惹她生气呐？想到此，又急忙找到小岔口。迟家老人一看又是石崖的亲戚，赶紧关门藏起来。李照满大哥急忙说："迟大叔，这次我们不闹事，是觉得哪儿不对劲，和您二老来商议。"迟家二老说："一准不对头哇，儿媳子从不惹是生非，我俩又拿她当个宝，怎会无缘无故上吊呐？明摆着是个屈死的鬼嘛。"

石崖这帮娘家人，还真有些愣头青味道，二话没说跑到县委，齐唰唰地跪倒一片："小妹让人杀害，公安不管不问，请县委立即派人破案，严惩杀人凶手。"信访办严厉训斥："砸了人家又来告刁状，让公安局如何认定杀人案，有你们这样瞎胡闹的吗？"一口气把人轰出来。李家大哥此时没再犯糊涂："这事咱办差池了，却不能让小妹白白地冤死。砸东西已经离了谱，到县委纯属瞎胡闹，咱得板板正正地去找公安局。"于是，一群人跑到公安局来报了案。

活该此案一波三折。此时齐文滔正在济南短训，其他队领导和法医皆异地办案不在家，技术员小郭约上县法院张法医前往勘验，俩人倾向他杀。听过汇报，高老局长感觉有点悬，随即报请市局来勘验，恰巧法医也不在，就安排沭中分局高法医来了。小高检验后说排除他杀，众人方才松了一口气。张法医见他如此肯定，偷偷告诫说："沭中不算上级，咱俩的意见尚不一致，人命关天，结论何必这么急？"他被一语点醒，当即改口："这事我也拿不准，最好等市局领导来勘验。"

当天下午，文滔结业返回，张法医找来说："尸体没有火化，检验条件尚存，脖子掐痕明显，绝对不是自缢。现场被砸，时过境迁，如若认定杀人，确实很难侦破。高老临时主持，有望提拔者唯恐引火烧身，其他副职谁愿靠前？事件本身和时间段都太敏感了，是谁也会犹豫的。你是一队之长，全都看着你呐。"

张法医这话一针见血。文滔来找文副局长，他的态度挺坚决："小郭、小张久经战阵，认为是杀人，把握十有八九吧。当然，我也心有余悸。高局长高升，我是排名第一的副局长，平时有些呼声，又不分管刑侦，不适合过早先表态，你是大队长，得先勇敢地担起来。"文滔去找仉副局长，他说："你才刚回来，别听小张瞎啰啰。人家高法医水平就真高，一看就说是自杀。再说，现场严重砸烂，能有多少勘查条件？事是他自家造成的，赖不到咱们的头上吧。这个敏感节点，一旦确定杀人，如何侦破啊？破不了指定由你背黑锅。"

文滔说："我知道，这些亲属不问青红皂白地乱砸一气，确实可恨。但这笔账无论怎么记，也算不到死者的头上吧。如果是杀人，咱草草定了案，致使凶手逍遥法外，良心如何过得去？咱尽心尽力，纵使破不了，也没遗憾不是吗？稀里糊涂定自杀，这个坎我过不了。"

"小齐我可告诉你，不论风浪有多大，对我没有半毛钱影响。你不同，你就像八九点钟的太阳，我绝不希望你冒险。凭着咱俩这感情，是我掏心窝子的实话吧？一旦确定杀人，就得破釜沉舟、无路可退。破了，皆大欢喜；破不了，只有你会赔上政治前途。别看有俊天天人五人六的，却是三分人七分鬼，本事没一点，一肚子酒水和坏水。除了要诡计、玩阴招，哪有一点正心眼？他巴不得你掉到坑里呢。当此要紧节骨眼，你独冒如此风险，值当吗？你先冷静想一夜，好不好？"

"不用想，时间损失太多了，不连夜作出安排，我哪里睡得着？让我在个人前途和人命之间二选一，你当然知道我选啥，官不官的无所谓，天地良心不能昧。"

仉局点头说："唉，小齐就是小齐啊。按理说，这个决心实在轮不到你来下。这年头，该担当的不敢担，又有啥法子？既然你决心下定了，还有我的第二选择吗？"文滔有点不放心："高老局长那边……""你不了解他的为人品性啊，放心吧。"

刘志豪和区有利外地办案刚回来，焦急地等在办公室。因爱人升任市城管局副局长，刘志豪已调任市公安局刑侦支队副支队长，近期就要去报到。一见文滔进来，着急问："怎么样？"

文滔说："文局、仉局没问题，我得先给兆先打电话。"见话筒放下，志豪问："高老啥态度？"文滔说："仉局去找他，肯定没问题。"有利说："这事出得不是时候，没定性动静先闹大，若是案子很麻烦。"文滔问："你不认可是案子？"有利说："我不担心案子，是担心这个敏感段。论能力、凭开拓，你无论如何要提拔。山雨欲来风满楼，人人都在等待观望，不干绝没毛病，干就一身是非。领导基本认可是自杀，你却硬要实事求是。万一久拖不决，正中小人下怀，对你极为不利。怕只怕画了一堆圆，这鳖最终画到你头上。"

志豪亦提醒："当此时，人心隔肚皮，仉局和有利的担心是有道理的。有时吧，对的不一定赢，错的不一定输。若不是出于对生命权利的至高尊重，真没必要重新勘验了。"

文滔摇头说："我早反复掂量过，人生能有几回搏！恩师杨和德书记曾说过：'人生不在位置高低，在于做事是否有利于人民；做人不在慷慨激昂，在于危难之时挺身而出；夸夸其谈如何英勇，不如临阵决机视死如归。'当此人命关天时，个人名利算个啥？刘兄你德才兼备，职位却列我之下，也没见你抱怨啥。为个人前途而草菅人命，连做人的资格都没了，还有何脸人模狗样地穿着警服呐！此时死活不能顾，还管什么名和利。人这一辈子，不就这百十来斤吗？"

有利摩拳擦掌说："没说的，就是刀山火海，只要你敢闯，老区绝不退半步。"三人的这番交谈，实实地感动了一旁的柳羽荷，她又热泪盈眶了。

第十七回　指挥员兼战斗员　小岔口聚大兵团

　　天刚亮，齐文滔带队赶赴小岔口，柏兆先随后到达。文滔说："我负责现场勘查和初查，尸检就交给市局吧。"他发现前墙有攀爬登趾痕迹，里边是条小夹道，便让小柳进去勘查。不一会儿，小柳兴奋地拍墙呼唤："大队长，快进来。"文滔来到夹道，仔细观察良久，终于重重地舒出一口长长气。忙到十六点，兆先主持汇总。勘查组认定，死者系被多次拉动吊上梁头，提取到大量痕迹物证；尸检组认定扼压颈部窒息死亡，绳索勒痕后天形成，死亡时间大约七天前、饭后两小时。生前遭性侵，提取到分泌物等痕迹物证。

　　柏支队长说："很明显，这是一起强奸杀人案。当前最要紧的，是调查确认具体时间，最好精确到几点。"

　　文滔接过话茬说："今天的初查，主要针对这方面。东邻居曾经谈到，农历冬月二十九小岔口逢集，晚上八九点突然停电。他刚点上蜡烛，李照满两手措一个大煎饼，一边啃吃着过来借蜡烛。不一会儿，电来了。她家过道有电灯，灯亮正好打在东邻堂屋的窗扇上，一夜明亮。自此她家大门半掩，此灯昼夜明亮，再没见过李照满。供电所证实，当晚八点半停电，十点恢复。多人证实，李照满很会过日子，一般舍不得开灯浪费电。过道电灯长亮已经不正常，何况从此再没关。加之大门一直半掩，说明此夜人遇害。八点半时正吃饭，足可认定死亡时间大约为晚上十点半。"

柏支队长点头说："搞准这个时间，后续侦查省老劲了。"

晚上，公安局小会议室灯火通明，高老局长主持案情分析会。齐文滔汇报现场勘查和初查情况，柏支队长通报尸检和综合结论，确认他杀，建议立案。会议分歧在两点：一是现场砸损严重，痕迹物证价值几何？如何确定作案人所留；二是事情过去这么久，死亡时间准不准？多数同志觉得现场勘验客观真实，既然他杀，就得立案；有人觉得此事特殊，亲属故意破坏现场，不能立为刑事案件。

高老见巩有俊支持立案，深感诧异，让他谈谈具体意见。他说："破案我本外行，但听了总体汇报，深受启发。现场和尸检都清楚地表明是杀人，作为公安机关，应当尊重事实，勇于担当，主持公道。"

他之所以如此坚持，原来真还有个小插曲。会前，廖科长专门去问他："晚上的党委会打算说点啥？"有俊不痛不痒说："费这脑力干吗呀，老局长说啥就是啥。"谁知廖科长连连摇头说："错，大错加特错。老局长本不想立案，担心破不了，临走带个大遗憾。他去人大了，权力小似虮子眼，你还真的死心塌地，步步往前紧相跟？且不说日后谁当一把手，齐文滔的提拔谁能挡得住！一旦他获提，除了威胁你，还能威胁谁？要想让他当头毁，这起案子必须立。这是一局高残棋，一步就把他将死。"有俊大喜过望，才有了前边的这番表述。

看看时过午夜，高老示意停止讨论。沉思良久问："少壮派，此案确实该立吗？"文滔毫不犹豫："立。"

高老当即拍板："讨论到此为止，立案。文国书和仇和展亲临坐镇，齐文滔大队长全权指挥，天亮全局上阵，力争快速拿下来。"

会后，文滔让小柳通知刑侦、预审、政保负责人到刑警大队继续开会。见高老端坐不动，闭目沉思，便在一旁默默等候。

高老眯着眼睛说："少壮派啊，老朽就要走马上任，头顶突悬利剑一柄。发案日久，现场砸烂；脚不触地，手难摸天。班难交，人难眠。我难，你难，破案岂不更艰难！"

文滔很淡定："老局长请把心放宽，此案没有这么难。这是您的收官战，我有信心快速打赢，绝不给您留遗憾。"

文滔一到刑警大队，有利说："需要大家掌握的，我和小柳已经通报，请你直接安排吧。"

文滔说："此案虽然一波三折，但今晚已经'盖棺定论。'明天百人上阵，可谓庞大兵团。范围不大，上人很多，有此必要吗？当然有。打仗嘛，总得有人打主攻，也得有人敲边鼓，人多可以激扬斗志。开弓没有回头箭，上马必须要擒贼。咱们在座的，不论官职大小，明天统归有利指挥，一天必须拿下小岔口。此案怎么办？大家小时肯定干过围水泼鱼，咱就采用此方法：画地为牢，围堰筑格，泼净池水，徒手拾鱼。全村划成小分格，责任到人，逐格逐人摸清楚。这条大鱼啥特征？年约四十三岁，身高一米七二，体重七十三公斤，浮动数差皆为二。走路稍左撇，胳膊和手上带有明显的擦划伤，脚穿回力鞋，注意苘麻线。且记，明天首战即决战。"

凌晨七点，百名干警整装待发，高老局长一声令下，浩浩荡荡地开赴小岔口。沭北镇党委副书记吉常立早已集合两委干部待命了。

文副局长动员说："这起强奸杀人案，情节十分恶劣，性质非常严重，影响特别巨大。今天以庞大兵团组成破案组，彰显了局党委不破不休的强大决心。希望同志们按照党委要求，认真细致开展工作，力争早日挖出作案分子。下面由齐大队长作部署，此案由他全权指挥。"

文滔说："案件的排查范围、重点及注意事项，已经分发给各位。需要强调的是，大家都要以高度的责任心和使命感，把排查做深做细做扎实，绝不能马马虎虎走过场。此案有个明显的特点，被害者认识作案人，作案后有极度惶恐紧张的表现。平时不三不四，爱与女性接触，动手动脚，夜游神之类人物，必须特别注意。还应注意身上有伤，特别是手上、胳膊上有擦划伤的人；与死者死亡时间相近，在周围活动及发案后行为失常的人。一经发现，立即报告，便于采取相应的措施。请各位领导各负其责，迅速深入村居开展工作。大兵团作战，要科学调度，避免窝工。到周围村居调查的，可以搂草打兔子的搞些捎带，有鱼逮鱼，没鱼的摸些虾蟹也可以。"

一时，村委办公室人来人往，对讲机呼叫此起彼伏。吉常立插不上手，在一边提茶倒水搞服务。他见来名副局长，听过齐大队长一番交代，急匆匆地离去；又来一名副局长，听过齐大队长三言两语一番安排，随之马上又离开。一会儿与文、仇两位副局长碰头商议，一会儿冲着对讲机一通指示，直看得他眼花缭乱、大惑不解。目睹此景的还有县报社总编房青祥，他正驻点包扶该村。他见这个年轻人，指挥着上百人作战，沉着冷静、有条不紊，手势有力，命令果断。内心感觉特别昂奋，几次想搭话表达个心情，却又不忍为之添乱。

午饭时，院里埋着一口大铁锅，炖着满满的猪肉白菜。桌上两摞煎饼、大饼，不论谁回来，舀上一碗菜，抓过一块饼，边吃边汇报，接受完指令，饭碗一撂又窜了。村干部看见锅开，不顾破案紧急忙闲，一窝蜂地抢着去盛菜，坐满桌子大模大样地吃起来。干警一回来，只能站着等。文滔勃然大怒，雷霆断喝："立马给我滚远点。让你们来，是为争抢吃饭干扰破案的？支部书记呢，也不管管这一群混蛋。"这伙人一听，吓得饭碗一撂全窜了。

房青祥见村干部不知好歹，马上前来制止，恰好文滔干预在先，甚合心意，就想借机上前道个歉。怎奈文滔正在火头上，以为他是村书记，大喝说："看你两委这班人，除了饭袋就是饭桶，还能干点啥正事！你这书记咋当的，还不立马给我滚。"挨了骂，他不但没生气，反而大感过瘾。

饭后稍闲暇，吉副书记见文局、仇局在闭目小憩，就小声问起齐大队长："本应副局长指挥你，为何你却反着来？"

文滔说："坏了，路见不平一声吼，你是不是觉得我在越权瞎指挥？"

"不是不是，只是非常地不理解。"

见吉常立有点发蒙，文滔悄声说："内行看门道，外行看热闹。发号施令虽是我，但真正的指挥却是他两个，别看坐着不吭不响不动弹，却是千淘万漉，肚里有货，绝对的镇妖之宝塔。我临时受命当指挥，仅仅是例外，此案一破，我会立即回归原位的。"

昨晚，有利已将村庄划片分好网格，明确了排查责任人，今天一到村，立即安排说："咱们虽然打主攻，但力量配置须合理，以南北大街为界，我负责东片，秦科长负责西片，政保科康科长负责老干部、老党员，小柳负责重点筛查。"到下午三点，筛查出三名年龄、身高、体态相近的人。崔可实，经常调戏妇女，左脚有点撇，身上没伤痕；刘经略，因强奸判过刑，身上有伤，左脚不撇右脚撇；张三虎，左脚自来外撇，常扒女人家墙头，胳膊上有明显的擦划伤。

有利迅速展开缜密调查，很快确认崔可实左脚虽撇，但步法特征明显不符，完全可以排除；刘经略撇在右脚，伤痕系自己劈柴形成，亦与此案无关系，但前些日曾入户强奸过妇女；张三虎是个光棍汉，扒过好几户女人的墙头。农历冬月中旬，有人见他跟在李照满身后言语调戏，被李骂跑。二十九日下午，又到李照满家门口调戏，受人冲撞而离开。手上胳膊上有多道擦划伤。案发后，一直闭门不出；公安进村后，却常站街头听议论，最关键的，是他去年种过三分苘，全村、附近绝无仅有。小柳从多侧面观察他走路，步法特征亦相符。嫌疑特别突出。

文、仇两位听后问："感觉如何？"文滔说："符合所有嫌疑要件，应当立即控制，谈清活动规迹。"有利说："最好先提取唾液、毛发，确认血型，坚定决心和意志。"仇局说："如此大案，可以打破常规，直接搜查获取鞋子或鞋印，当面提取唾液或毛发。"张三虎被迅速控制，毛发唾液立即送检。搜查其家发现大量回力胶鞋印和一根粗苘绳。文滔和小柳立即将鞋印与夹道鞋印比对鉴定，认定就是他脚上的鞋子所遗留，苘绳亦与吊起李照满的绳索很类同。不久，化验结果出来，送检样本与所提精斑的血型完全一致。

侦查员指出一个时间段，由着张三虎自己说。二十九日下午，他也都承认，一到晚上，就完全彻底地装糊涂。有利问："你这鞋子穿多久了？""一年多，家里穷。""是挺破，借给别人穿过吗？""我这样的破鞋子，谁会稀得穿？"文滔说："这话挺诚实，知道穿鞋会留鞋印吗？"张三虎心头一惊：坏了，夹道留下鞋印了。转念想：就是有，谁能认出是我的？文滔接着问："进过李照满家的夹道吗？"他的眼睛快速一眨说："她那夹道得先从前墙爬进去，我去那儿做什么？""确实没去？""没有，绝对没有。"文滔不紧不慢说："是啊，爬墙入院，非盗即抢、非奸即杀吧。"张三虎心中更加惊慌，霎时满脸虚汗，说话口吃。文滔突然提高音节说："说的都是实话吗？"张三虎一下子结结巴巴了："千……千真万确，真……真的大实话。"

文滔说："让他自己看，确认无误，签字画押。"他接过讯问笔录，认真看完，拿起笔来就要签。有利提醒说："得看准，和你说的是否一样，如果不一样，可以不签字。"张三虎再次确认："明白，和我说的完全一样。"于是，认真地签上：以上记录我已看过，和我说的完全一样。张三虎。并按下了手印。张三虎未及反应，就听有利大声宣布："张三虎，你因强奸杀人被依法刑事拘留了。"一副锃亮的手铐锁住他双手。张三虎瘫坐地上，半天没能回过神。有利说："刚刚亲口承认的，难道又想翻供吗？"他赶紧否认："我没承认，我没承认啊。"

此战胜利结束，不仅及时捞到了张三虎这条大鲶鱼，还捎带着逮了一串强奸、盗窃的乌龟王八长爪虾。

第十八回　刑释人员燃希望　浔水公安配帅将

　　此案破获不久，文滔偶遇邱前程，拉闲呱时问他："最近回过老家没，姨和姨夫都好吧？"前程说："上周回去过，妈的身体显著好转，父亲还是老样子。"文滔说："生活也都好了吧？"前程说："今非昔比，改革开放这些年，农村的变化实在大。别的不说，单说石井划归浔水都已好几年了嘛。齐兄，还记得我村吴士人不？""当然记得，首次卧底，记忆深刻，估计也该刑满释放了。""去年出来的，服刑时，他真心悔过，两次减刑，提前出狱了。"文滔说："这很好，一个人犯罪虽然可恨，但最可恨的是那些死不改悔的。他能脱胎换骨、重新做人，对社会、对家庭都是一件大好事。怎么样，回家表现还好吧？"

　　前程的心情难免一沉："虽说党的政策是鼓励他们重新做人，但要真正做起来，谈何容易啊，我很担心他会重走犯罪老路呢。你想想，当年他所盗窃的，都是附近的村庄，人人对他恨之入骨，大家觉得他是贼，是贼绝对不会改。被抓后，老婆让人拐跑，家也彻底荒废。出狱后，人人避之不迭，生活无着无落，没人理也没人管。时间一久，他不重操旧业，还有其他路可走？刑释人员想自新，社会具备这些条件吗？作为国家层面，是该及时研究刑释人员回归社会，融于社会的相关问题了。"

　　文滔颇为惊讶，心想这个家伙不简单。通过一个人，能想到一个层面的社会管理，真乃有识之士。他略微沉思说："哪天你若方便，咱俩抽空回去趟，我想二姨了，也顺便看看吴士人。""合适吗？想当年，他可是你给送进去的啊。""怎么是我送的呢？是他犯了罪，理应得到的刑事惩罚。如今刑满释放，就是一位正常的公民，咱去看一看，或许还能给他增添些生活的勇气呢。"

双堆峪属于边远贫穷的乡镇，观念落后，发展缓慢。自从划归浔水后，发展的步子明显加快，这几年也治山治水种林果，满山遍野是桃树。山区风大寒冷，昨天下过一场雪，除路面化开一脚小路外，田野一片白茫茫的。放眼远望，山岭起伏，银装素裹，好一派冬日的美好风光。

冽冽寒风中，通往双堆峪的土路上驶来一辆吉普车。村庄偏僻闭塞，少与外界来往，小车进村还是头一回，霎时惊出不少的人来。见车径直驶往吴士人的家，众人不禁又乱想开了：一准吴士人又犯大事了。吴士人听到汽车声，心里也挺纳闷的：我回来后一直老老实实，没做任何坏事情，汽车干吗开到我家来了呢？爱咋咋，多一事不如少一事，是人见我都躲避，咱不招惹总行吧。他干脆关上大门，进屋上炕躺下了。车上走下三个人，众人指指点点说："这是邱前程，那是派出所，呀，还一个，怎么是前程的表哥狗蛋呢，原来和吴士人也是一伙的。"

大家议论时，三人已经来到吴士人的家门前。刘所长敲门说："老吴快开门，我是派出所的。"吴士人隔墙撂出话来了："我又没犯事，你派出所还能怎么的？"前程吃喝说："你这个老吴，怎么说话的，派出所除了抓人难道没事可干了？还不赶紧打开门。"吴士人一听是前程，赶紧跑来开了门。刘所长说："今天不是我找你，是刑警大队齐大队长过来看你的。"吴士人一抬头，竟然是前程的表哥小狗蛋，不禁大吃一惊。此时哪还敢怠慢，赶紧躬腰伸手说："大队长快请进，只是我家缺这少那的，连个座物也没有。"文滔三人一齐动手，找几块木头坐下来。

吴士人双手低垂，诚惶诚恐，两眼直勾勾地说："报告齐政府，我回来后遵纪守法，没做丁点犯法的事情。我一定改恶从善，重新做人，不信你问村民邻居，如若说假话，天打雷劈，你把我再重新弄回去。"文滔摆手说："不用这么紧张，你回来以后的表现，前程都和我说过，今天就是看看你。

家里空空荡荡，日子不太好过吧？"一听这话，吴士人顿时胸中悲戚，苦上心头。自从回到家，没人拿他当人待。这个大队长不但来看他，还知他家空荡荡的，竟一时哽咽，捂脸抽泣。

文滔拍拍他肩膀："老吴啊，今天这境遇，你说能全怨村民？前些年，哪家不是滚穷锅？一只鸡足足半年的油和盐，你一晚偷上八九只，给多少家庭造成了灾难，大家恨你不理你，也是人之常情吧。那页虽已翻过去，但要抹平记忆，岂是三年两年呐？你得自己站起来，坦然地面对过去，勇敢地面对大家。只要实实在在努力了，大家就会看在眼里，也才会慢慢地接纳你，你说是不是？"

吴士人一脸哭丧说："我何尝不想重新做人，是人把我当恶鬼，见我全都躲得远远的，我能怎么办？"文滔说："其实也不难，关键是自己端正心态。还记得新庄那家因为被你偷了鸡，喝农药差点没救活的事儿吧？要想大家不恨你，只能诚挚地自新改过。大家见你真改了，自然也会容纳你。当务之急，是要想办法自食其力地过下去。"

听过这通话，吴士人提起一点精神来："侍弄地，我挣不出吃的。也想做点小买卖，一没本钱、二不敢，怕人说我不安分，怀疑我要重操旧业。"

文滔说："做事找准路子，这很好。现在改革开放，允许做生意，你这一技之长很有用武地。这个想法我支持，想从哪儿做起呢？"

"凭我这情况，只能低起点，做点小本小买卖。只要有点启动本钱，就贩点布匹衣服挑着就近赶四集。虽说本小利钱少，却绝对没风险，保障生活没问题。"

"很现实，应该马上试一试。这样吧，我和小邱凑了六十块钱，给你做点启动资金，不够时，可去城里找小樱，让她找齐股长帮你贷一点，我来做担保。"吴士人感动得热泪奔流说："万万使不得，今天您能来看我，已经给我正名树了大信心。大队长您这样的贵人身份，一般谁能请得来？我是犯过大罪的，您不但不下眼相看待，而且还屈尊来到我家里，这比披红戴花十万大洋都金贵，实在不敢劳您再破费。"

前程说："算是借给你的，挣了再还我们。大队长的一片心意，你竟敢还给辜负了？是不是没打算学好改过啊？"

"不敢不敢，绝对不敢。话既说到这份儿上，我要再不接受，好像立志不学好，那就受之有愧了。从此我若不知好歹，不用你们来，我自个儿提着脑袋送上门。"

起身时，前程说："我带了一点小菜，中午在家吃顿饭，你也过来一起吧，也让大家看看，在公安的眼里，你已经是正常公民了，他们也不能再斜着眼睛看你了。"吴士人一听，这样的好事打着灯笼上哪儿找，不出一天，全镇肯定疯传遍，乐颠颠地跟来了。

来到院门前，文滔默默站立，情感涌动，泪水悄悄爬上眼角。他擦拭干净，平平呼吸方喊道："二姨在家吗？"二姨未及应声，却见小樱一家三口迎出来。小樱笑嘻嘻地说："都在呢，狗蛋哥。"小月张着小胳膊，甜甜地叫着："大舅舅，二舅舅。"文滔回指前程说："小妹一家回来，咋也不早点吭一声？这保密的！"一把抱起小月，逗着她的小脸说："二舅大坏蛋，大舅什么也没给你带，这可怎么办？""妈妈早说过，大舅舅来了，就是最好的礼物呢。"二姨跑出来，拉着文滔左看看右看看，抹着泪水笑呵呵地说："我就说过嘛，真狗蛋若能像你这么有出息，我娘家算是烧着八辈的高香了。""怎么，二姨不认外甥了？"文滔假装往外走，二姨赶紧说："认，你永远是我的好外甥。"二姨多聪明，一见吴士人，马上明白了咋回事，顺嘴吩咐说："大侄子，快到鸡舍里抓住那只最大的，让俺外甥尝尝咱山里的大公鸡。""好嘞，婶子放宽心，抓鸡杀鸡老本行，一会儿就收拾出来了。"士人答应着，连抓带杀加炒地做起来。

这边话还没说够，那边的炒鸡已出锅，前程惊讶说："这么快！没听逮鸡动静，你已炒出来了？""若让你听见，那还是我吴士人？这点小活儿，扔下的旧生意，今天表现给大队长，以示永远不再犯。"

大家坐定，文滔举起酒杯，眼含热泪说："初来二姨家，小樱才刚刚十七岁，情景历历在目。转眼小樱出嫁成家，女儿也已这么大，我特别地激动，由衷地高兴。全家难得这么团圆，我祝二老身体健康，福寿无疆，生活幸福，永远快乐！"

二姨泪湿眼角，连声说："都快乐，都快乐！"小樱起身端起杯，拉起老公连远，眼闪泪光说："我小两口子敬哥一杯。在我心里，你永远是我的狗蛋哥。小时任性，惹哥生了不少的气，哥哥大度没计较，我在这儿谢谢哥。哥哥认我当妹妹，教我识字学文化，给我找工作，送我出嫁成家，改变了我的命运，也改变了我们全家的命运。前程哥你也站起来，咱兄妹给哥敬个酒，谢谢这个贵人哥哥！"话音未落，泪如雨下。

饭后，站在院子里，文滔、小樱一起观看原来住过的小屋，怀旧之情溢于言表。想过去，看现在，面对文滔，小樱百感交集，泪水再次夺眶而出。女儿很奇怪，踮着脚尖给妈擦眼泪："妈妈，你怎么又哭了？"小樱扬起泪脸，拉着女儿的小手说："妈妈今天是高兴，来，和妈妈一起抱抱大舅，妈妈很爱大舅舅。"小月抓着妈妈手，高兴地叫着："大舅抱抱，我也很爱大舅舅。"娘儿俩大手拉小手，紧紧地拥抱住齐文滔，滚烫的泪水再次洒落到他肩上。小樱难以自制，耸动着双肩尽情哭泣。前程、小连拉着母亲走过来，与文滔、小樱、小月拥抱在一起。文滔泪眼模糊，张开双臂，想尽量拥抱到每个人。

与此同时，浔水县委正在召开书记办公会，研究公安局局长的配备。前几天，县委决定从现职公安局副局长中推荐公安局局长，同时启动考察程序。马书记事先约请高施恩咨询座谈，他说："选任公安局长，事关社会稳定，千钧之重，万众瞩目，我想听听你有啥意见。"高老说："那我就倚老卖老，直言不讳了。这次选配，一要确保稳妥，二要任人重贤。论推荐，齐文滔年轻有为，很有格局，威信极高，必定遥遥领先；论资历，文国书久经历练，魄力不足，亦有人望，却是合适人选；论背景，巩有俊工于心计，德能欠缺，难堪大任，定当竭力相争。若文滔出任，必定开创辉煌，难在你一时难以斩断上下左右的关系网络，面临巨大的政治压力；若国书出任，开创新局无望，守成应没问题，文滔也会全力相助，有俊暂也相安无事。没有多选项，只能二选一。"马书记沉吟良久说："愿闻其详。""我一生好酒，刚愎自用，但用人法则却不糊涂。圣人说：'君子坦荡荡，小人长戚戚。'公安机关自难例外。有人认为自己行，事实证明真不行；文滔自己说不行，事实证明确实行。上次调整，我力主文滔出任公安局副局长，当然捎上有俊也可以。可县委不但专提巩有俊，还要将文滔流放司法局。如此自毁长城，当然不能接受。副局长是进步过程的一个阶梯，对个人前途固然重要，但对全局讲，多一个少一个并无大碍。刑侦是公安的命脉所系，若没一个好队长，全局如何立足？全县谈何稳定！这损失，绝不仅仅公安局，动摇的，是全县稳定的大根基。让他屈就刑警大队长，实属无奈之举。马书记，一个家，可以有溜须拍马抬轿的，难免有看、有玩、有闹的，但必须得有人扛活挑大梁，否则只有完蛋一条。同是县委书记，有人小事赛吕端，偏偏大事很糊涂。世事有时也真怪，正人君子缓用不用都无妨，名利小人用晚不用都不行。但是，格局最终会决定结局的。"

全局干警投票后，考察组分别与中层干部和班子成员谈话推荐。按照职务排序依次轮到有俊时，他说："高施恩能力虽强，但作风粗暴，靠发酒疯骂人治警，这个时代永远结束了。县委决定从现有副职中推局长，界定意向已很明确吧。说实话，干警层次都不高，又能知道啥？重在因势利导、讲透讲明，落实县委的真正意图。我虽年轻，但也久经沙场，全局谁不认可啊？况且，干部年轻化是中央明确要求的，也是顺应时代大潮流。副职人虽不少，却皆缺德少能，我真看不出谁是合适的。本来不该毛遂自荐，可实在无人可推，只好投我自己一票了。"

最后轮到齐文滔，他说："从现有的副职中选拔局长，足见县委深思熟虑了。率领公安局，必须政治过硬，干警服气。副职承上启下，熟悉干警，熟悉业务，文国书是不二之人选。"

考察组组长、组织部姜副部长说："我想代表组织问句话，务请如实回答。"文滔郑重表态，一定如实回答。姜组长说："这次推荐，县委设有前提条件，但绝大多数干警认为，你年轻有为，思路清晰，敢于负责，勇于开拓。特别是面临急难险重，临危不惧，运筹帷幄，果决敢为，具备一把手的基本潜质。要想公安真正腾飞，局长非你莫属，你自己是如何看待的？"

文滔摇头一笑："有人这样评价我，真是有点瞎胡闹。他们只看到我那丁点的刚毅，却完全忽略了我的不完美，我的德才绝不配此位。这几年，我之所以雷厉风行，众人也皆闻令而动，皆因高老局长心胸开阔、敢于放权，我令如同他亲令，谁也不敢打折扣。狐假虎威还可以，独扛大旗玩不转。我说过，好刑警不一定是好队长，同样，好队长也未必就是好局长，目前的我，真还没有这本事。"

推荐考察三天，文国书作为局长人选提交给县委书记办公会。作为补充说明，考察组汇报了齐文滔的推荐情况。县委常委、纪委书记时近迫说："这么多人支持他，是否结党营私呐？"姜副部长说："没有，大家也都认可文国书，他为人老实，但缺乏创新、决断和魄力，只能算是守成局长。若论大刀阔斧，一呼百应，百战百胜，齐文滔最是当之无愧。他胸襟坦荡，没有违纪行为。"会议一致通过文国书出任公安局党委书记、局长。

副书记、县长刘文厚语气有点生硬地说："这个齐文滔到底咋回事，为何威信这么高，呼声这么大？"马世功说："王副书记，你是老组织，最有发言权，今晚详细说说吧。"

王副书记说："齐文滔是省公安学校的首届毕业生，八四年机构改革时，同学大多直提副局长，当然不乏靠山和背景。因他特别优秀，地区公安处党委和耿处长多次建议提拔使用。但凡推荐考察，全都名列第一。县委认为太过年轻了，自然没使用，想派人接任刑警队长，引得市、县两级群情激愤。迫于压力，才同意他任副队长主持工作。从此刑侦一路高歌，威信也自更加地高涨。公安班子超编严重，文滔相对年轻，加之巩有俊又必须提拔，县委怕再次引爆舆论，想顺带提任他为司法局的副局长，高局长强烈反对，坚持任命他为刑警大队长。为息众怒，才给他挂了个局党委委员。只要遇到难题，别人攻不下来，换上他必定迎刃而解。久而久之，自然形成了指挥权威。凡临阵，指挥非他莫属。刚刚破获的小岔口特大杀人案，也是他全权指挥的。毋庸置疑，在他的使用上，群众对县委确实有负面之评价。"

马书记沉默良久说："班子超编，文滔年轻，有俊既无学历、又无建树，人也更年轻，为何必须要提拔？"王副书记说："其父巩示影响很大，当时咱县委认为应予破格使用。"

马书记说："我在市里工作时，就多次听人说过齐文滔，屡破大案，屡建奇功。他的同学或校友，有的早已任局长，大多也是副局长。唯独他被压在这儿，虽有提拔，却像赶鸭子上架。舆论逼紧，就小挪一步，不值得县委深思吗？德才兼备，群众认可，屡屡证明屡不用，县委到底怎么了？咱若继续装聋作哑，还敢叫响'能者上、平者让、庸者下'的口号吗？咱没胆让他当局长，但他凭品德、能力形成的权威，咱也闭着眼睛否认吗？咱能不能也顺应一次民意众望，任命他为公安局的党委副书记、副局长？"

王副书记说："前年，县委宣传部等六部委联合评选首届十大杰出青年，他以最高票当选，给县委平添了无形的压力。这样提拔符合实际，符合社会期待，我完全同意。"

县委常委、组织部部长纽永正说："县委应当坚持任人唯贤的正确导向，完全同意马书记的意见。"

刘县长说："大胆使用，早该如此。"会议一致通过，然后提交县委常委会通过了各项人事任命，新一届公安局党委班子宣告产生。

第十九回　钓鱼人谢恩叩首　不速客坡子鸣枪

　　齐文滔接到去县委谈话的通知时，还有点莫名其妙，火速赶到时，才一下子傻眼了：自个儿竟摇身一变成了公安局的第一副局长。王副书记代表县委要求说："一定保持政治敏锐性，立场坚定，旗帜鲜明；一定谦虚谨慎，保持勇往直前的战斗作风；一定协调班子团结，维护班长权威；一定认真学习，不断开拓创新。"话早讲完一会儿了，文滔却仍在沉思没反应，王副书记拔高音节说："怎么，连个态度也没有？""是，我真是有想法，为何此时提拔我？文局长是个实诚人，让他顺水行舟稳住基本盘不好吗？这个班底很特殊，思想较复杂，我不动对团结更有利，县委能否收回成命，重新研究研究呐？"

　　听了文滔这几句，王副书记还是有点生气的："提拔重用，没有一句感谢的话，反倒强调班子团结，似乎是县委鲁莽了。"仔细思量了下，气又马上顺溜了："公安班子为何屡调屡不顺，抛开县委的原因，局内确实很复杂。位置不变，意见尚小；有人超越，波涛汹涌。"想到此，他异常轻松地说："此次任命，县委特别慎重，公安需要创新超越，需要你适时担当重任，这就是大局。不要顾虑太多，放心大胆地工作，县委相信，干警期待，望你不负时代，经受一切新的考验。"

　　提拔本是"久旱逢甘霖，金榜题名时"一样高兴的事，文滔反倒特别地郁闷。他跨上自行车，一口气飞驰到茅河岸边。恰值西风刺骨，寒气逼人，当头一吹，满身清爽。见一钓鱼人，右手拿钓竿，左手提马扎，游走在冰河上，脚下发出咯吱咯吱的冰裂声。此河落差较大，水流湍急，向阳急水处的冰层很薄，人走上面，极易裂陷。见那人继续走向薄冰处，文滔立即大喊："找死啊你，偏偏往那薄处走，不怕陷下去？"那人头也没回说："你才找死呢，我死碍你什么事。我几乎天天来这儿，你瞎操的什么心？"话音未落，咔嚓一声，人已陷进冰窟里。这小子反应倒挺快，胳膊肘一撑，上身悬在了冰沿上。

文滔口喊"不好"，身子早已往前跃出，刺溜溜滑向破冰口，相距约两米时，找处厚冰趴住，解下腰带扔过去，使劲地将他拉上来。见其全身湿透，哆嗦不止，随即撕下他的湿衣服，脱下自个的棉袄给他穿上，喝令他坐上自行车后座，飞奔到五百米远的派出所。给他换上干内衣，一边用冰块揉搓身体，一边骂他不省心，没事找事自寻危险。见他恢复得差不多时，让其自个儿来回走动。魏所长开玩笑说："齐局，刚提新官就去舍己救人，这也太不拿性命当回事了吧。今天若是为他而光荣，这官岂不白提了？"魏所长转而训斥说："你说你，啊，寻死难道没地可找了，非得要跑到这冰冷的河水里？若非齐副局长刚升新官不痛快，你小子一准呜呼哀哉。以后不论做什么，都要安全第一。你想死倒也无所谓，要是齐局有个好歹，你小子还想活命啊？刑警队不扒了你的皮才怪。"这人终于听明白，救他的这个人是刑警，刚刚提拔副局长。遂急问："认识齐文滔吗？""看这小子有眼无珠吧，还不赶紧叩头谢恩。"这人口中叫声："哎哟，老天，又是真神降临了。"双膝扑通跪地，连磕三个响头。文滔一把拉住说："一看这小子就不是个省油的灯，发啥神经磕啥头，还嫌挨骂不够吗？合该今天命不绝，天意。"这人爬起来，拍打拍打手上的尘土说："打是亲、骂是爱，我认了。这一跪不是我跪的。"文滔惊讶说："精神失常，这小子八成是要毁，不是你跪谁跪的？"此人一笑说："是我跪，却是替我妹妹跪，不行啊？一家两条命，还给老爸解过围，老天果然有眼呐！""净胡扯，还扯上妹妹捎上爹。"

"六年前，沭中东方红饭店前街，女孩，刘蕊，我妹妹。她感佩你冒死相救，报考警察学院了。今天偏偏又是你，还不该我刘泉这一跪？别说骂，你就是砸死我，我也认。"

文滔一听也乐了："那你别谢我，替我谢谢小妹吧。因为解救她，我才重逢恋人，成就了今生的美好姻缘。怪不得见你就想骂，原来竟是索恩的。告诉刘蕊，欢迎学成之后报效家乡。你爹是哪位，我咋不记得？"刘泉一抿嘴："不值一提，陈芝麻烂谷子，一本老旧账。"

得知大队长被提拔，刑警们自然很高兴。本想当面庆祝庆祝，却左等右等不见人，谁会想到茅河这么一出呐！办公室通知召开党委会，柳羽荷立即呼叫："201，我是200，请立即回局参加党委会。"

文滔前脚刚回，县委领导后脚就到。老局长高副主任首先开场，然后纽部长和王副书记分别讲话，最后是班子成员逐人表态。文滔观察各人，层次分明，表情不一。不服、不满、失落皆有之。有俊本以为头把交椅十拿九稳，王超群也早已宣称二把手。心愿落空不说，反而有人弯道超车，个中滋味如何不躬咸？

仉副局长至清明白，坦然淡定地开言道："真心拥护县委决定，支持文国书出任局长，欢迎小齐升任第一副局长。公安摊子大，谁干也不易，咱都应讲大局，维护班子团结，维护班长的权威。我清楚，在座的大多位，都希望小齐脱颖而出，此时有些不理解；有人心愿未遂，亦当五味杂陈。说实话，包括文局长也认为，如果优中选优配局长，小齐当之无愧。但是，优秀归优秀，还得适时又适宜。这个不能仅凭咱认为，需要县委全面考量。是，论本事，咱这几块老货都是席上滚地上、半斤对八两。但国书却不同，他业务熟、任职早、为人好，干警也服气，这就是最大之优势。小齐才任副局长，咱也没必要恨打抱不平。事情既已开了头，何愁没有明天呢？至于有人心怀失落，其实真的没必要。是，一般事、大路活，谁都没问题。但面对危难，临机决断，还得每战必胜，谁行？有俊最年轻，前途无限量，觉得你行吗？当官可以靠酒瓶，打仗得凭真水平。不信拉出去试一试，指挥个大案，谁能拨拉开；临阵处突，谁能拿下来？只有小齐绝对行。青山遮不住，毕竟东流去，人有真本事，谁也挡不住。这届县委虽然有顾忌，终归还算有胆气。咱高兴尚且来不及，还有什么想不开的呢？"

仉副局长一席话，把大家全给说笑了，气氛立时轻松了不少。

有俊说："文局长早已承上启下，统揽全局，出任局长非常合适，我坚决地拥护。齐副局长文韬武略，也是事实上的领导核心，提拔重用非常及时，我绝对地支持。"

文滔见大部同志心态已平复，随即说："这次突被提拔，真是大感意外。要说临阵决机、敢打敢冲，我是不打怵。底气来自哪儿？来自高老局长的信任、放权和支持。若讲全面权衡、慎重稳妥，我真还相差千万里。公安工作阅历就是经验，不亲历久为，难知水深水浅。若没大家的帮助，也不会有我的今天。今天，位置虽变人没变，我还是我。当然，职权不同，责任不同，工作上的事，也绝对不能含糊。咱都要真心全力地支持文局长，让公安工作再辉煌。必须识大体、顾大局，光明磊落，团结一致，多做协调合顺事，不做捣乱拆台事。班长有权威，咱都有地位；班子形象差，人人皆自毁。核心当然只一个，就是咱们的文局长。我一定服从班长领导，尊重班子成员，团结全局同志，自觉接受监督。"这通话，柔中带刚，很在点上。

文局长最后说："同志们发言都很好，县委让我当班长，深感压力重大，责任重大。我这人，能力有限，水平不高，既然县委信任，就坚决做到克己奉公，身先士卒，和大家一起努力拼搏，开创公安工作的新局面。"

晚上，文局长主持党委会，全没了高局长那种肃穆气氛。那时高局一落座，没人敢随便乱吭气；今天文局落座很久了，议论仍然七嘴八舌。一个比一个辛苦，一个比一个出力大。争功最响的，当属超群副局长，他心中很不服气：县委派我来，本是王炸一张，却都拿我当小牌，没人买我的账。不论各位如何争、怎么吹，有俊只是微笑不语。文局长调整了部分分工，文滔协抓全盘、主抓刑侦，分管政保、预审、看守、武警一条龙和交警，超群副局长协助处理刑侦工作。

无巧不成书，这边刚分工完，茶几上的电话响起来，超群迅速过去接一通，若无其事地坐下了。文局见他没说话，以为没啥事，会议松松垮垮地开到十点多。此时，临苏派出所袁所长对讲机报案，下窝村今晚放电影，发生了一起杀人案。

文滔点将完毕，见文局长和王副局长站在楼前，突然想起，若非事出

第十九回　钓鱼人谢恩叩首　不速客坡子鸣枪

紧急，电话一般不会接入党委会议室，遂止步而问："王局，今晚的电话没事吗？"超群说："没事。"文滔仍然不放心："打到党委会议室，真没事？""真没事，是胡所长大惊小怪了。""双头？胡所长是个老公安，轻重缓急分不清？""他说要找你的，我觉得没事就挂了。""没说啥事情？""说了，坡子村一家侄子从东北回来，家人觉得不像，今天下午盘问时，他开了一枪就跑了。人跑了又没伤着人，这算啥事情？"

文滔一听就急了："但凡涉枪无小事，何况开枪了。这样吧文局长，我去临苏杀人案，请王副局长组织调查此事，已经有所延误，切莫再有耽搁，查清后立即报告文局长。"超群觉得小题大做，伸个懒腰，极不情愿地带人去了。

文滔赶赴下窝村，火速开展工作，很快锁定了嫌疑人，天不明案件即告破。中午时分，恰巧遇见王超群，遂问他："双头啥情况？""小事一桩，全部搞定。"文滔赞许说："干净利落，不错。人是哪儿，来此何干？枪从何来，有无前科？""这个上哪儿知道啊，人早已跑掉了。""没去查？""调查啥？"文滔火苗蹿三丈，厉声责问："枪呢，什么枪？""说是手枪呢，在他身上吧。"

文滔直如五雷轰顶，差点惊掉下巴颏子。此人若有前科，万一再次行凶，后果怎堪设想！他恨恨地说："王大局长，麻烦惹大了。"随即电话指示胡所长，马上亲自去坡子村，迅速查清此人姓甚名谁，东北何地。旋又指令柳羽荷，集合干警、带足枪支弹药。这通操作，也把王局看傻眼了。见他还在愣站着，遂说道："还不快找文局汇报明白，杵在这儿找啥难堪呢？"霎时，三四辆警车呼啸而出。行进路上，接到胡所长报告，此人自称赵为果，黑龙江森远县二道拐人。文滔立即通知小柳："汇报市局，通报黑龙江省公安厅，责其尽快回复。取出那支二十响，子弹五十发，立即赶赴双头。"

听完王副局长的汇报，文局长也目瞪口呆了："可算见识了你的真本事，天都给老子捅漏了，还去协管啥刑侦？"见文局长的表情更加严峻，方才意识是真地闯祸了。此时小柳电话报告文局长："市局正全速赶往双头，黑龙江刚刚回电，此人林大头，盗窃枪支杀死三人后潜逃。大队长命我携带枪弹，赶赴双头。"不一会儿，文局长和超群、小柳等，驱车直奔双头来了。

　　文滔到达后很快查明：坡子村赵庆林的哥哥赵庆木，解放前闯关东去了黑龙江森远县的二道拐，小儿名叫赵为果。前些天，赵庆林家突然来了个东北小伙子，一听是侄子赵为果，全家都很高兴。昨儿下午，赵庆林的儿子问："哥，我大爷名字叫啥呀？"为果说："赵有斋。"庆林心中纳闷，哥哥从没改过名，哪儿来什么赵有斋？他疑窦丛生问："你妈刘大脚哮喘如何了？""没见好，这些年反而更重了。"庆林感觉不对，又问兄弟姐妹，皆说得驴唇不对马嘴，遂大喊说："家里来诓人的骗子了。"见冒充败露，他气急败坏地掏出手枪，朝着赵庆林开一枪，夺门逃跑。三弟赵庆森听见哥家有枪声，提根木棍赶过来，见赵为果已经窜到西街口，一棍抡去，他跳闪躲过，朝西逃跑。王副局长晚上过来问了问，就没有下文了。

　　情况既明，文滔作出安排："林大头枪杀三人持五四手枪潜逃，假冒赵为果，通缉令上有照片，身高体貌都清楚。当前之关键，是尽快查清逃匿方向，确认是否逃出沭浔，防止其继续作恶。"此时文局长赶到，见文滔正在部署，示意继续。文滔说："通缉令已下发派出所，工作面业已全铺开，咱这几十号子人，分成若干小组，分散于坡子周围，开展全面走访调查。逃犯杀死多人，务必高度警惕，一旦确认，争取生擒，若危及人身，可就地击伤或击毙。文局长已亲临一线，下面请他作指示。"文局说："齐副局长安排得很全面，请大家按照要求做深、做细、做扎实，出发吧。"

柏支队长率人赶到，指着地图说："最担心两种状况：一是逃出沐浔境，造成更大的危害，已在车站和交通要道全面布控；二是逃入彩青山，方圆八九百里，山深林密，很难搜捕。"文局说："最佳时机已经错失，不能再出现半点的差池。已经一天多，逃犯岂会坐以待毙。时间紧，任务重，要力争天黑前确定逃跑的去向。"文滔马上用对讲机通知区有利：要不怕疲劳，连续作战，尽快确定逃犯行踪，为后续追捕争取主动。

晚八点传回消息："昨晚林大头出现在刘家峪，现正全力追踪。"文滔说："柏支队分析很精准，往西就是彩青山，果然奔着那儿去了。这样吧，我先赶赴峪西四十公里的店子集，临机决定后续侦查，若深山联络不畅，只好便宜行事。"文局长说："你放心地组织追捕，外边的事情由我来安排。"

摸清案犯西窜后，区有利顺线展开调查，他说："昨天至今日，时间已太久。逐村走访太慢了，咱得跳跃式追踪，与逃犯争分夺秒抢时间。大兵前出三十里，志国前出六十里。"晚八时，矫志国率先查到案犯昨晚到过刘家峪，有利赶过来，一路追踪于二十三点到达店子集。迎面见文滔、小柳站在路当口，疲容顿消，兴奋不已。没入门早已闻到鸡鱼香，进屋见饭菜热气腾腾，人人眼睛放出光来："还是大队长可心，了解弟兄们。这沂蒙炒鸡、沂河鲤鱼一块整，如此大气还真是确确实实的第一回。"文滔笑笑说："明天或许短兵相接，为给你们长力气，当然得既要吃饱又喝足。"金大兵叠卷俩煎饼，捎着就往嘴里塞，看得柳羽荷抿嘴直笑说："慢一点行吧？谁和你抢了！"大兵一气吃下，方才细嚼慢咽。见齐局和区副大队仍在聚精会神地分析研究，就说："人是铁、饭是钢，一顿不吃饿得慌。拼体力、抓逃犯，饭力不济可真跟不上。事没一天整完的，先垫巴垫巴肚子吧。"一边埋头吃饭的冯小营说："这都啥时候，齐局还不早吃了，瞎操心吧你。"大兵眼一瞪："新警蛋子，只要一个人不吃，齐局何曾先吃过？"见大家都吃好，文滔方始吃饭。大兵说："小荷尖，大家这一通海吃，炒鸡只剩辣椒皮，鲤鱼只剩凉腥汤。齐局晚吃咱认了，但扒拉这些凉盘底子，谁能看得下去呀？快再上个热乎菜吧。"小柳拿眼瞟齐局，见他抓个煎饼正在吃，边吃边说："上啥上，这些还不够吃的？抛洒浪费了多可惜！"众人皆不干，一齐嚷嚷说："这样不行吧，你说明天是场硬恶仗，吃坏了肚子怎么办？以后倒过来，你若不吃饭，我们也坚决不吃了。"志国端起盘子，将剩菜哗啦啦地全倒掉。文滔生气地说："胆大包天，竟敢威逼首长缴械投降了！来个素菜吧，我先临时妥协，案子一搞完，看我怎么收拾你们吧！"大兵一跃而起："一荤一素，我亲自上手办理去。"几句简单对话，早令小柳泪落声咽。

饭后，有利招呼大家说："今天已太晚，暂告一小段落，逃犯已进彩青山，明天后天最关键。大队长刚刚升新职，不许给他丢脸添泥片。彩青山绵延八百里，抗战时，八路军神出鬼没，打得小鬼子丧魂落魄。那时鬼子在明处，八路在暗处，现在咱们在明处，逃犯藏暗处，那就得多动脑子了，如果咱们躲暗处，把逃犯摆到明面上，那省却多少事！进山三条路，六十公里可开车，往里只能靠步行。山里对讲机肯定没信号，只能临机灵活应对。大兵这路稍好走，明日十九点，必须到达彩蒙顶架设好单频对讲总天线。"大家齐声说："明白。"

文滔说："毛主席说过，'战略上要藐视敌人，战术上要重视敌人。'逃犯真枪实弹，绝对不可掉以轻心。狭路相逢，不是他死就是我亡，我只要一条，案犯死活我都要，咱却一个不能少。谁若伤及寒毛毫发，我可跟你永远没完。"大家豪气冲天："绝对，敬请齐局放宽心。"有利指着手绘地图："我走这条沟，大兵走这条，齐局走这条。小柳啊，你们这条最危险，你和冯小营都得给我警醒点，必须确保齐局的安全。对讲机一律关闭省电，明天十九点准时开机。"文滔笑了笑："唉！看看吧。原来只有我是大累赘，神枪柳不是追逃犯，倒像专门对付我来了。"有利敛容说："'谨慎能捕千秋蝉，小心驶得万年船。'和你齐局比，逃犯他又算个啥？你可不许乱耍横，必须注意自身安全。"

天刚放亮，全体吃过早饭，驱车来到三岔路口，文滔下车，逐人检查。见志国的鞋带有点松，他蹲下来重新给打了个实实的结。摸摸各人衣服厚薄，重申道："山路追逃，鞋子合脚很重要。本是寒冬腊月，深山夜晚会更冷，非必须又不能乱生火，实在冻急了，一定要抱团取暖。"逐一握手告别，眼看着有利往左，大兵往西消失在山里，方才驱车右拐，到达一处山口，择地放好车辆，顺着一条羊肠小路进山来了。

一开始，小柳、小冯还一脸的兴奋和新奇，边走边欣赏着山上的风景。连爬几个陡坡，已迈步吃力气喘吁吁。文滔说："上坡要慢，下坡可快，利于节省体力。特别是上坡时，不能上来走很急，先把力气用尽了，要信马由缰地匀速走，此时慢行即快行，悠着点儿。"两人偷眼看齐局，脚步平稳，呼呼生风，面不改色心不跳。于是鼓足勇气，往前走去。大约十多公里，山沟里显出一个小村庄。三人走下坡底，询问村民，都说没见过照片上这个人。再往前，山势越来越高，道路越来越险，远远瞭见一段险峻峭壁，传来阵阵龙吟虎啸的滚石声。行近一看，小路正从崖底穿过，落石不断地碰撞着崖壁滚落下来，发出凄厉地怪叫。文滔观察后，要求保持警觉，快速通过。文滔在前，小营居中，羽荷最后，保持间距，快步穿行。

忽然，一阵狂风刮过，一块大石跌跌撞撞地弹跳着滚下来，冯小营只顾仰头观看，却不想此石正朝他的头顶飞过来。文滔、小柳同时喊："快闪开。""快往崖壁跟里滚。"他却眼盯滚石挪脚不得。两人飞身来救，到底小柳更快捷，几个箭步冲上来，一跃撞上冯小营，抱着他就滚往崖跟里，文滔也随势滚了过去。飞石从头顶轰然而过，砸入路面足足半米深。文滔一跃而起，说："都没啥事吧，冯小营你咋回事？巨石飞过来，还不快闪开！让小柳来救你，害羞不害羞？"柳羽荷飞身而起，冯小营却只能躺着了，原来脚被扭伤了。小柳这个气呀，跺脚发狠说："真是不中用，还没打冲锋，却先缴了械，平时怎么训练的！就这臭水平，也能破案抓逃犯？"

"好了，此时抱怨有啥用？此处不宜久留，小柳你赶快穿过去，我背小营返回就近的村庄，请人代为送医。"小柳着急说："这么个大青年，你如何背得动？咱俩一起抬过去吧。"文滔瞪眼说："多大点的事，也值得如此小题大做？老实听话，不许添乱。"

待小柳安全通过后，文滔背起小营往回走，见齐局消失在山野中，小柳顿感万分彷徨。独立山坡，举目四瞧，怪石嶙峋，毛骨悚然。她情不自禁地抓住枪把，手心里渗出一层细密的汗珠……

正在心跳神慌时，远远地现出了大队长的身影，她犹如看见了救星，急忙跑回崖边等候。文滔老远地见她小脸紧绷，行近身边始问道："怎么往回跑？""担心大队长累着，看看能否扶一把。"她顺口胡乱应对。"回答很机智，难怪一脸轻松呢！"文滔一语戳破，小柳不敢再装，只得坦然承认："大队长，我是不是患有恐旷症？面对歹徒，从无惧意；独处深山，心特慌乱。觉得处处是声音，石后有妖怪，一刻堪比一年长。"

文滔说："是实话，其实很正常，初次都这样，久经历练就好了。""你看看，枪把上全是汗，恨不得立马飞到你跟前。"文滔说："没有人生来胆大的，我刚毕业时，独蹲盗窃案，住在村头的一间破屋里，头天还刚刚过世了一位老人，睁眼怪声，闭眼鬼影。半月后，独进山洞拍尸体，腥冷肃杀，嗡嗡作响，汗毛陡竖，相机抖得拿不住。现在与尸共眠，也照旧大睡不误。以后再遇此情况，首先就地隐蔽，专注观察四周，心无旁骛，怯意慢慢地就没有了。切忌独立高点，自我暴露，留给他人可乘之机。"

走一段，文滔站到高坡察看地形，小柳快步超到前边。突然脚下刺溜窜出一只兔子，她惊叫一声"有狼"，回身扑到文滔的身上，头埋胸前不敢抬起。文滔推她一把说："好一只大胆的兔子，不是怕狼，八成是只猴精了。"小柳抿嘴就笑了："早知是只兔子，一脚踢翻它，吓我一大跳，以为是只大灰狼。"文滔说："遇兔呈祥，倒是好彩头。"又走八九里，前边出现一个小村庄，一了解，都说没有生人来。小柳询问前方何村时，有人说'埃子。'重新上路，小柳不无担忧说："大队长，我总担心他跑出沐浔了，他真的会到山里来？"文滔说："至今心存疑虑？""深山老林，荒无人烟，人路都没有啊。"文滔问："东北杀人，浔水开枪，你说他首选要干啥？""藏身保命，而后远遁。"小柳不假思索说。"对头，山深路远，人迹罕至，来个生人，谁会拿他当正事？放心吧，走进深山去，必定有收获。"小柳立时来了精神头。她相信大队长，他认定的事，无不应验的。此时日近中午，虽然天寒地冻，因翻山越岭，反倒热汗涔涔。文滔抬头望天说："日白云飞淡。"小柳立即接口说："夜静昙生香。"文滔立马拉下脸："阳光之下扯昙花，瞎掰啥。"小柳咯咯地笑着说："哎哟哟，我的大队长，什么年代还迷信！此处层峦叠嶂，风光旖旎，若真能够死在这儿，那得多幸福！"文滔没答腔，疾步往前去。小柳见大队长真的生气了，不敢多言，加快步伐跟上来。

又走十多里，遥见山坡上散居着七八户人家，小柳说："白云生处，孤零飘落，逃犯肯定不会去。"文滔摇摇头："难说。"两人爬坡上来，见路口村碑上写着：崖子。小柳很吃惊："大队长，咱是不是漏村了，应该先到埃子的，怎么跳到崖子了？"文滔说："埃子就是崖子，当地土话崖念埃。"小柳心里犯疑，赶紧找人询问，路人说："埃子，村碑写着呢。"她这才彻底放下心。一了解，都说昨天下午三点多来过一个人，东北口音，说是回乡探亲，顺便进山收点松蘑。小柳拿出照片，众皆异口同声："是他，要了点水喝，又往山里去了。"这消息犹如一针强心剂，顿令小柳兴奋无比。她双手合十祈祷说："天皇皇，地皇皇，此魔是匹吃人狼。阿弥陀佛，老天保佑，但愿今天能追上。"

文滔说："女孩怎么都一个模子呢，你这玉皇大帝、土地老爷、西天佛祖一起拜，到底要谁说了算！今天或许追得上，若想见着他，一准就得明、后天了。"小柳说："各路大神齐发威，管它今天明天的，反正也逃不出咱们手掌心。"见天早已过晌，文滔问："饿了吧，咱也在这打打尖？"小柳说："我是又累又饿了。"她稍事搜寻，指着一户干净门庭说："就去这家吧。"出示证件说明来意，女主人特别地热情。文滔说："我看有现成的萝卜豆沫，再炒几个鸡蛋吧。"女主人冲好热茶，不到十分钟，端上来一盘黄灿灿的炒鸡蛋。吃完饭，文滔掏出五元钱，女主人坚决推辞："公安这么辛苦，今天巧了到我家，几个鸡蛋能值几分钱？可不兴这么见外的。"二人起身致谢，女主人送到大门外。行约七八米，小柳一拍脑门说："看我这记性，水壶落你家里了。"转身跑回去，放在桌上五元钱。

来到一处高坡，文滔手持望远镜观察远山地形，分析研判着逃犯的距离。小柳站在一旁，眼盯文滔细打量，突然有些莫名激动说："大山连绵的，怎么就没只真狼呢？"文滔回瞪一眼："又想耍花招？"小柳小嘴一噘："这么凶干吗？我是逃犯啊！"转身走远了。再往里，村没了，道没了，只能自我踏草开路。行约二十里，太阳西斜，晚霞如血。文滔在前，深一脚浅一脚。小柳率先发现草上有踏痕，俯身观察，斜光映照，更为明显。她特别兴奋说："夕阳映出曙光来，太好了。"文滔遥指远处的山头："看见没？十九点前赶到，加把劲。"小柳步伐更轻捷："此时我动力足着呢。"

又走一个多小时，遥见右侧一道高高的山梁上有间孤零小石屋，倒伏草痕正冲小屋而去了。文滔说："案犯近在眼前，咱得去看看。"相距大约三百米时，他指了指西边的悬崖："这道峭壁距石屋大约二百米。你到崖上选点隐蔽，我去石屋侦察一番，互为犄角，逃犯不敢轻易下手。"

面对暗处的逃犯，小柳虽有临战紧张，却没有丝毫的胆怯。行李往树下一丢，眼睛瞪得饱成溜圆，咬紧嘴唇，头发一甩，提着二十响，奔向悬崖，选好点位，警惕巡视。文滔见她入位，即向石屋走去。见房门半掩，屋里半明半暗，随即敲门问："有人吗？"里边传出沙哑低沉的声音来："来了。"房门开处，是个七十多岁的老人，一脸惊恐。文滔问："老大爷，一人住在山上的？"老人说："看山的，习惯了。"他进屋环视，破桌上摆着两副碗筷，尚有残汤剩饭。遂问："近期下过山吗？"老人说："夏天下了趟，再也没下过。"出屋观察，屋下二十米是处山泉，泉边有块菜地。文滔突然转身说："家里来过客人吧？"老人赶紧说："没有、没有，好几年没人上来了。"文滔拿张照片问："老朋友先我进山了，见过吗？"他看也没看就直接摇头："没见过，不认得。"文滔说："哦，那不打搅了，天也快黑了。"老人说："走好，走好。"赶紧关上房门。

文滔一招手，小柳飞跳而下，来到近前着急问："有戏吗？""踏破铁鞋无觅处，得来全不费工夫。逃犯正目不转睛地盯着咱俩呢。"小柳警觉地拔枪巡视，文滔轻按一下枪管说："收起来，离咱尚远呢。下山，还有许多活要干。"小柳愕然："咱若就此下山，他还不趁机上山逃跑了？"文滔笑笑说："太聪明了，就要让他寻机逃跑。他若一直隐暗中，咱不全成了活靶子？"他指指下山的小路说："草痕上倒，且只一趟，说明人就藏山上。咱得让个空给他，好放心安稳地睡个觉。"

下到沟底，当路选块石盖空地，文滔让小柳就近捡拾些木柴，他则去近处的石崖上找到一个小山洞。先往里划拉一堆干树叶，又割取藤葛做一根长绳子，然后过来捡拾木柴。见小柳只拾取了一些小干枝，提醒说："这个不撑烧，熬不到后半夜，得寻找硬件大木头。"见不远处山梁上有堆干松树，遂过去一趟一趟地扛过来，摆成半径三米多的一个缺口半圆。忙乎好，天也黑了下来。他抓过一把干草，敲打数下火镰，火苗顷刻跳跃起来。小柳顿悟："当道下寨，咽喉街亭；一火当关，万魔难逃。"说话间小柳打了个哆嗦。文滔说："天晚气温骤降，感觉冷了吧？赶快烤火暖和暖和。"小柳有点不解："为何圈成半圆呢？"文滔说："过会就会明白，从此起，咱要和逃犯转换角色。今晚咱俩放心睡觉，天亮嫌犯一准要逃；你在暗中瞪大双目，专等狡兔自来撞株。"

见火着旺，文滔说："上山。"遂和小柳摸黑向近处的独立山头攀爬而去。路险崖峭，怪石林立。小柳手脚并用，身轻如猴。文滔及时提醒说："脚踩稳，不着急。"小柳情绪正盛，劲头十足道："大队长放心吧，我虽不是兔精，却是一只地地道道的小猴子。"话音未落，一脚踩空，人从峭壁上闪下来。文滔眼疾手快，双手去接，因惯性太大，差点耸下悬崖。"太危险了，惊出我一身冷汗来，要集中注意力。"随即把她平稳地放下来。"谁让你接的？是你故意要抱我，不能再怨我了吧？"小柳歪头笑着，根本没有当回事。文滔训斥说："谝得啥能耐！打仗也兴闹着玩的？马上闪我身后去，手抓牢、脚踩稳，险峻之处抓紧我。"两人很快登顶，拉长对讲机天线，静待大兵呼叫。

十九点，对讲机传来呼叫声："201，听到请回答。"文滔说："看见火堆吗？"有利、大兵分别说："看到。""篝火午夜熄灭，务必记准方位，重复。""记准方位，明白。""逃犯已在掌控中，有利绕山而来大约八十里，大兵也得六十里，时间只有九小时，要克服一切困难，凌晨四点务必赶到。""不论困难多大，必须分毫不差。"有利斩钉截铁。"齐局放心，准时赶到，绝不掉链子。"大兵态度亦坚决。"好，明晨见，天黑路险，注意安全。""齐局保重，四点见。"

两人火速下到火堆旁，开始烧水吃饭。小柳看看寂静的山谷，不无忧虑说："大队长，咱俩明晃晃的，嫌犯不会突然袭击吧？他若开枪点射，咱可全是活靶子。""既敢公然'明火执仗',量他岂敢前来送死？放心大胆吃饭吧。"小柳放下心来，拿起水壶大口喝水，边喝边说："山沟的水怎会这么甜？真好喝。"文滔说："尽量少喝点，夜晚寒冷很麻烦。"小柳出汗口渴，哪顾这些，一口气喝下大半壶。饭后，文滔抱来一堆柞树叶，铺在圆心上，让她里边躺下，自个儿挡在半圆的缺口："趁火旺温暖，赶快睡一觉，一旦火焰熄灭，肯定冻得睡不着，明天的行动你得挑大梁。"说完，仰面躺下，很快响起呼噜声。

小柳躺在地上，里有火烤，外有大队长，感觉温暖又舒服。本来一天奔波劳累，应当很快就睡着，此时的她却异常兴奋，睡意全无。想翻身，怕惊扰到大队长，只得轻轻挪了挪。面对火堆，热量从周围不断地传来，方才恍然悟明白。红红的火焰随风跳跃，在空旷的夜色中更显美丽。她惊奇赞叹，愈发睡不着。翻身回来，见大队长双手叠放胸前，睡得酣沉香甜，散发着强烈的男人气息。她命令自己闭眼强睡，结果仍然不行。她轻打一下自个脸颊："该死，想啥呢！快点睡，明天还有任务呢。"可她心中有事，越发翻来覆去地睡不着。恰此时，一只猫头鹰当头几声啼叫，直像小孩夜哭，凄厉吓人，她不由自主地一把搂住了大队长的脖子，脸也深埋在他胸前。睡不着，大队长又不动弹，干脆看会儿星星吧。可火光映照，夜空深幽，竟然没有丝毫的意境。

文滔一觉醒来，见小柳瞪着大眼，很吃惊："醒得这么早？""外有你里有火，可我就是睡不着。""你这个小柳呀，好觉让你睡得稀碎碎，生物钟马上令人发困，后半夜酷冷难耐，要睡可就真难了。"说话间，火焰渐渐地弱下去，到半夜时分全熄灭。文滔收拾好余烬："撤往山洞，争取睡一会儿。"来到洞里，他靠里铺好树叶茅草，令她躺下，脱下自个的棉袄给盖上，谁知小柳又犯疑惑："大队长，案犯本往山里逃，为何非要下山呀？咱俩躲进山洞里，他趁机逃跑怎么办！"

"看你这脑子复杂的，沂蒙山区岱崮地貌，形成于五亿多年前，特点是山顶有崮，峭壁高达数十米。此崮非常特别，绵延几十里皆是高达百米的悬崖绝壁，没人上得去。他若想逃跑，只能先下山，顺着山沟往里逃。决战就在黎明拂晓，你安稳地睡会儿好不好？"小柳摇头说："事我挺明白，奈何没睡意。大队长，给我来点催眠术吧！"文滔冰冷说："什么催眠术？"小柳说："我不信，大队长竟连这个也不懂。"文滔生硬说："脑子进水了。平心静气，眯眼数羊，就是最佳催眠术。""说得倒轻巧，今晚注定心难静，数上万遍有何用。"睡不着，干脆看看洞外吧。她扒开松枝，脑袋半探，竟见半轮弦月斜挂东天，清辉如霜，洒满山坡。她大为惊讶："真奇怪，火影里天暗星幽，怎么突然冒出小半个月亮来，比一轮整月都明亮，太美了。"

文滔说："山高接天近，气清绝尘埃。山月久孤独，不愿见凡人。人家本来藏身东海的，时值半夜才羞答答地爬出来。哪承想小荷仙子没入睡，才慌忙地藏起大半个脸儿来。"

"下弦月虽然清艳动人，却远不如残月漂亮美丽。和大队长一起共赏深山冷月，真有诗情画意。""切莫自我陶醉，今夜只有严寒，养精蓄锐才重要。"小柳仍然兴奋："遥看天光冷月，遐想古之豪杰，实实令人仰慕。大漠孤烟，铁马冰河，朔气金柝，马革裹尸，何等地悲壮和惨烈！比比他们，我真太太渺小了。"小柳人虽亢奋，身体却难抵严寒，早已寒噤连连、瑟瑟发抖、牙齿嘚嘚在打架。

文滔将葛绳递她手上说："不听老人言，吃亏在眼前，出洞右拐是个小平台。"人在寒冷时，尿急特别难挨，此时她怎好意思开口说？出洞一拉绳绷紧，心中溢满安全感。此时文滔也在想，若不及早打掉她这股兴奋劲，要想入睡恐太难。羽荷回洞见文滔纹丝不动，叹息说："大队长，我咋一点不撑冻，你咋一点都不冷？"文滔说："我睡足又站着，冷得自然轻；你需躺着睡，冷得就厉害。再说，我是从小冻出来的，你哪儿比得了？""瞎说，人能从小冻出来？""小时家里穷，长年一件刷筒子袄，里子上油灰冰冷似铁，只有针线缝的虮子肥得就像老母猪，再冷也是一双破单鞋，当然冻出来了。"小柳十分讶然："没想到，大队长竟也受过如此的磨难，一想你全身是虮子，我都瘆出了一层鸡皮疙瘩。"

文滔说："那时都这样，我邻居大爷家更贫穷，锅都揭不开。年除夕，奶奶送去一瓢面和半斤猪肉，凑和着包了一盖顶饺子。家中本无过夜粮，老鼠还不饿疯了？早上起来过年时，全家一下子傻眼了：饺子一个都不见，空剩一个破盖顶。大爷命女儿添满一锅水，灶中烧上火，手捧盖顶边拍边吆喝：'好，一大锅；好，一大锅。'全家蜷缩在锅门口，饿得大眼瞪小眼，你说这年惨不惨？"小柳问："这样做，饺子真能回来呀？""那当然，只要感动灶老爷，他就会给送回来。""瞎说，才不信。"

"不信是吧？农村蹊跷事儿多着呢。我十五六岁时，晚上手捂肚脐眼站在院里小解，月色朦胧，一只黄鼠狼来叼我家的下蛋鸡，我拿根棍子就要打，谁知它竟眼泪扑簌说：'我饿呀。'我将竹篓里喂鸭的青蛙拿出两只扔给它，哀求说：'黄二郎呀，我全家指望它下蛋换油盐，你若给叼走，这十几口人怎么办？以后自己逮老鼠，不许再偷穷人的鸡。'它似乎被感动，前爪相抱作揖说：'谢谢不杀之恩啦！'拖着长尾巴钻洞走掉了。"

这通胡编乱造，终令小柳索然乏味："嘻，还黄二郎，指定是位黄仙姑吧。""你不懂，黄鼠狼最有灵性了。第二天，它就在我家打洞立窝，当起了鸡保镖。"

小柳打个哈欠，兴奋劲渐渐消退，文滔趁机说："穿上外套，赶紧睡一会儿。"她迷迷瞪瞪，冻得话也说不上溜了："现在不……不比原来，我若穿上，岂不把……把你冻……坏了。""我老胳膊老腿的，还不撑这点小冻吗？"随即给她硬套上。小柳困意袭来，奈何身似冰裹，牙花子冰冷，来回翻身，舌头打结："冯小营若……若在就好了，咱可抱……抱团取暖。三人为公，也没啥不……不好意思的，这家伙关键时刻掉……掉链子。"小柳这般状态，如何能撑到天明？文滔叹口气："让我怎么说你呢！坐倚我身上，或许勉强可睡会儿。"小柳默默挪过来，坐靠在文滔的胸前，相互拥紧，热流顷刻传遍全身。温暖渐渐回转，她亦热泪潸然："好温暖的怀抱，真想永远不放开，常说相依为命，今晚才真正地懂得了。"她身子不再抖动，慢慢地透出细微的鼾声。

文滔眼扫洞外，耳听八方，腰酸腿麻，硬是一动也没动。接近四点时，对讲机传来信号音，小柳猛然惊醒："是区大队长到了吧？这一觉睡得可真香。"伸伸胳膊要站起，突然感觉文滔没动静，马上自我抱怨说："大队长，我咋一睡这么死。本应我来照顾你，反倒成了大累赘。这么久，人没压坏吧？""大言不惭，我一个大男人需要你照顾？婆婆妈妈，成何体统！还不拉我站起来？"她赶紧伸手拉，竟然没拉动。她立时吓坏，几近哭泣地说："这可怎么好，不会把腿压废吧？""我是泥捏的？你若在火旁好好睡，至于这样吗？整人压腿上，麻木了，捶捶敲敲就好了。"她马上揉捏敲砸，感觉能够收放时，伸手再拉，竟然顺利站起来了。文滔身体摇晃要倒，她迅疾一把抱住，伏肩恸哭，直到转圈正常，方才破涕为笑。文滔警告说："以后不许如此放肆，更不许动辄哭鼻子。"小柳敛容说："黄仙姑尚且知报恩，何况我是活女人！你若因我而伤残，干警岂能饶了我？放心吧，仅一次，以后决不再犯了。"

此时对讲机传来清晰的信号，小柳贴近机面问："203，现已到何处？"有利坚定说："火堆处。"小柳一听，小燕离巢般飞出去，不一会儿，一起来到洞内。战场相见，分外燃情。文滔说："好样的，都是用端再世。山高沟深，悬崖峭壁，八九十里夜路，分毫不差按时赶到，第一高手当之无愧。"有利说："逃犯就是吸引力，往这儿奔，劲头当然特别足。"

小柳略作介绍，有利说："好一个明暗倒置，胜利就在眼前，只管放心地交给我。小柳你得瞪圆眼睛，弟兄的身家性命就全部交给你了。"于是，小柳趴在洞口，眼睛一眨也不眨，不时地伸胳膊蹬腿揉搓双手，生怕手僵影响扣扳机。有利则率众进入战位，专等逃犯自投罗网。

却说林大头在黑龙江森远县二道拐遇到一个年轻漂亮的女人，用尽手段勾搭到手。一天两人正在缠绵着，大门突然被踢开，竟是女人的老公、父母捉奸来了。仨人抓住他俩一顿狂揍。林大头怒从心头起，恶向胆边生，掏出盗窃的手枪，当场打死这仨人。女人当场吓晕，爬不起来。犯下如此弥天大罪，家是肯定不敢待了，急忙收拾细软，冒名潜逃来到浔水。哪承想未及搞清详情，两天马脚全露，只得逃跑另寻生路。他一路心惊胆战，竟然混到了第二天天亮。

太阳升起在东方，他也重燃求生的希望。记得小时候看电影，说沂蒙彩青山方圆八百多里，只要窜进去，公安又能奈我何？于是横下心往山里奔，以购买松蘑为名，摸清道路，沿着自以为最安全的一条山沟上山来了。开始还有村庄，后来越走越稀，直至一个村庄也没了。虽然虚无缥缈，还是硬着头皮挨上来。他也打着如意算盘：这两天公安还不满世界地搜捕我？要是撞上枪口，小命肯定不保，只有大山最安全，等风头一过，再找个地方窝下来，大劫就算过去了。

　　眼看日薄西山，肚皮却闹起了官司。也是该当让这小子多跑天，一抬头，竟看见远远的山梁上有间石屋冒着炊烟。有烟必有人，何况深山老林，年轻人根本待不住，老迈之人好对付。他上来一看，果然是个七十多岁的老者，他手枪往桌上猛一拍："说，想死还是想活吧？"老人顿时筛糠，抖作一团。他收枪吼叫："赶紧做饭，老子饿坏了。"老人做了半锅小米饭，他狼吞虎咽地吃饱，找条绳子拴紧老人，一觉睡到日上三竿。饭后问老人："崮顶能否上得去？附近可有山洞啊？"老人说，崮顶峭壁刀削，横亘上百里，没人爬上过。来到一个洞口，老人说："抗战时，这儿藏过八路，鬼子搜山半月多，都没被发现。"林大头进去看了看，回到小屋，让老人将吃的全部搬进山洞里。老人说："洞里不能生火，我又跑不了，何苦呐！"他咬牙切齿，用枪口敲着老人头："跑，那最好。在东北，我才一下杀死三个人，好多天都没开荤了，正想试试还能不能一枪打他个脑袋开花呢。若有人来，敢说半个字，马上让你断子绝孙，我知道你是哪村的。"老人哆嗦不止，哪里还敢再说话。林大头说："你回屋，我就在洞里安歇了，若敢出屋百步，我先一枪崩了你。"

　　到下午，林大头远远地看见两人进山，立即跑到石屋吓唬一通老人。见两人来到屋跟前，也想寻机下手，但见两人里外配合，遥相呼应，就知来者不善是高手，蛮干只能白送命。直至两人下撤，这才不免得意一番。见天黑篝火燃起，他在心里偷笑了：这般大冷的天，如何能撑到天明，不到半夜准冻跑。半夜时分，果然火熄山静，除了风什么也没了。他心想：你们折腾够了，老子也该好好地睡上它一觉。天一明，神不知鬼不觉地下山另寻生路去。一觉醒来，已经要天亮。背起行头，子弹上膛，一溜小跑下山来。哪料想，平地忽地弹起一根绳索，叭嚓一个狗吃屎，就被绊趴在地上。

林大头倒地的瞬间，枪已出手，斜眼见几个公安扑过来，举枪就要搂机火。小柳见他跑过来，早已做好准备。人在倒地时，她也冲出洞口来。说时迟，那时快！一看逃犯抽枪在手，甩手一枪，准准地打在他的手腕上，手枪啪嗒掉地上。有利率人一拥而上，死死地摁住。他杀猪般挣扎号叫，又如何挣脱掉？立时被捆得像团扎刺猬。柳羽荷从衣袋里扯出一面小红旗，一跃而起，振臂高呼："大队长，打中了，逮住了。祖国万岁，刑警万岁！"一轮红日冉冉升起，霞光满天，冰霜遍地。一行人打着红旗，押着逃犯，胜利凯旋。

第二十一回　表彰大会群振奋　瑞雪新年乐天伦

　　春节前的这场漂亮胜仗，轰动浔水，传遍沐浔，社会当神话传播开来。有人说，公安局局长堪比诸葛亮，能掐会算；有人说刑警大队长会飞檐走壁，长着一双千里眼；有人说女刑警原是天女下凡，一枪穿糖葫芦打死三个罪犯；有人说区副大队会轻功，夜行三百里如履平地。有些大胆女孩竟然跑到公安局，争相一睹传奇大队长之风采。见其年轻英俊、风流倜傥，敬仰爱慕油然而生，有的竟写信表达爱意。没等文滔阅看，小柳早已满脸愠怒，将信件撕成了雪花片，气鼓鼓地嘟囔说："不要脸，竟敢跟良卉嫂子争抢大队长。柳警花只手单挑秦琼、尉迟恭，岂容你们打秋风！"

　　有的青年听说女侦探柳羽荷美若天仙，偷偷地前来观看，果然"闭月羞花，沉鱼落雁"，不免顿生爱慕。一时间，当面求爱、托人求亲者络绎不绝，搞得她心情糟糕，极不爽快。这天又有青年慕名求爱，她一气之下将人领到文滔面前说："好好看看吧，这才是本姑娘心中的警神。有谁比过他，本人或许嫁；若没有，趁早给我滚远点。大男人就该考警校当警察，与作案分子真刀真枪地较量去，都是些不争气的货，尽来惹人心里烦。"一连串的机关炮，打得求爱之人走之不迭，逗得干警开怀大笑，矫志国晃晃拇指说："好样的，果然是个好小子。"小柳晃晃小拳头："你竟敢也来编派我，本警花还不温柔吗？"

文滔立即警告："小柳你像什么话？我是个已婚半老头，马上满树挂梨花，拿我寻开心，是不是特别惬意啊？男大当婚，女大当嫁，你也二十大好几，正是一朵俏海棠。有人追求不好吗？这山望着那山高，挑肥拣瘦的，等好男人让人全挑尽，剩下的只有残次品，抓到手里是正经。"

小柳小嘴一撇说："男人四十一枝花，刚过三十就言老？谁敢这样说，我立马揍他去，我的大队长可年轻帅气了。"文滔厉声申斥："怎么说话的？柳队长还知不知道大小呐！"小柳立即挺胸立正："是，本姑娘就是这样喜欢大队长，决不再犯第二次，再也不敢了。"文滔再次喝问："说啥？有胆再给我说一遍。"小柳马上说："是，本姑娘就是这样喜欢，大队长，决不再犯第二次，再也不敢了。"说完伸伸舌头做个鬼脸，赶紧忙正事去了。全队干警再次大笑，警队里气氛欢悦。

县委决定隆重表彰此案有功人员，责成公安局先予评选。大家一致认为，齐局神机妙算，带头涉险，首功当之无愧；有利调度有方，小柳神枪制敌，应当立大功。

党委会上，文滔发火说："我是大队长，冲锋陷阵理所当然。难不成危险来临时，弟兄们往前冲锋，我当缩头乌龟？再说，除了分析研判，我也没做多少事，有功自己先捞，谁还拼命向前！咱当领导功不功的无所谓，赏罚不明岂不乱套呐？现场指挥功归区有利，临场制敌功在柳羽荷。"除了超群副局长和有俊副局长没表态，其他人则一个声儿齐反对。

仇局说："文滔你咋这么犟！是你运筹帷幄，深入险境，智擒了杀人大逃犯，首功理所当然。你不立功，谁还有资格？这不仅是你个人的问题，更关乎局党委的权威和导向。"关键时候，文局长发话说："若论此案表现，不给文滔记功，确实说不过去。但他毕竟是领导，咱还是尊重他个人意见吧。柳羽荷、区有利记大功，金大兵等三人记功。"仇副局长身子一仰说："文滔不要功纯粹是个人风格，党委若也和稀泥，那就是原则问题了。"

有利等众人一听记功没有大队长，如何能理解？一窝蜂地来找文局长，慷慨激昂说："三天内，大队长救一命、破一案、智擒一名大逃犯，如此战绩不记功，世上还有功可记吗？"有利和羽荷强烈抗议，坚决要求退出记功之列。文滔气得眼冒金星，火气不打一处来，叫回他们，倒背着双手来回踱圈，指鼻子剜眼大吼说："行，反天了，区副大队长本事见长。若非小柳出枪及时，你早已命归黄泉，还轮到你率众去讪文局长？就凭你第一个迎着枪口冲上去，你不立功谁能立，你不要功谁敢要？竟然敢和我攀比，我是副局长、大队长，你又算老几？还能得九天揽月、五洋捉鳖了。"

谁知有利青筋暴凸，瞪着两眼争辩说："你不要功纯是个人意见，局党委不能罔顾事实吧？这个决定我不服。"文滔更来气："看你脖子筋挑得半尺高，就跟抵头打架的牛似的，还真敢发起牛疯了。打鸡血了是不是？相兵去搬块大磨石，让区副大队长磨上三天牛角去。"肝火正盛，回身见小柳站一旁，遂冷眼打量一番。小柳见势不妙，转身端来一杯热茶："大队长润润嗓子吧。"文滔哪儿理这个茬，放慢速度说："哟嗨！这是哪位女侦探？刚出窝歪歪扭扭地落过两棵树，就觉得翅膀很硬了？进趟山，捉个妖，是不是真成猴精了？当了两天刑警，就敢跟我炝蹦子，今天非给这匹野马拴根牛皮缰不可。那晚的账还没跟你算，你又给我惹是非。你不要功，你说应该给谁啊？当时是谁让你开枪的？弟兄都找阎王爷，还有你立功的份儿吗？保证你哭都没地儿哭。"

小柳杯子重重一放，气恨恨地说："大队长真不讲道理，你逢功就让，我们有功就要赏，这是什么破逻辑！这不是蛮横要特权又是啥？天天要求当刑警要不计名利，你这实事求是了？最不守规矩，最赏罚不明人是谁？就是你。只要你不要功，开除我，我也绝不要，爱咋的就咋的吧。"大家见有利、羽荷被大队长训得无可无不可，皆笑出声儿来。又听羽荷义正词严地一番顶撞，皆随声附和："大队长言行不一，个人意志强加于人，我们坚决反对。"文滔回头一看，火气噌噌上蹿好几节："小柳这儿一逞能，还真一呼百应了，大兵你跟着瞎蹭啥热度？小柳吧，算是有点真本事，你也是个老刑警，怎么连她不如呢？人家虽然弱柳扶风，貌美如花自是没得说。再看她这身手功夫和枪法，算不算出神入化啊？你们哪个比得了！就是我，也得甘拜下风吧。虽然身材娇小，却有一身的硬功夫。她来顶撞我，你们就敢瞎跟风，她这身硬本事，你们谁又学到了？别看她轻而易举这一枪，不苦修个三年五载的绝对玩不转。六十多米，天还不亮，一枪中腕，一枪中腕啊，世上还有第二个这样的神枪吗？不是她，咱这会儿是死的死、哭的哭，你金大兵还能站在这儿挨训斥？"志国笑着说："大队长，外界都说你很神，我相信，你的枪法绝对要比小柳强，最低也打个平手吧。"文滔说："志国没挨训，是不是全身发痒了？我的枪法要你吹捧吗？人家小柳那是啥，那是指哪儿就打哪儿；而我呢，只好是打哪指哪吧，你说水平一样吗？"众人欢声大笑。文滔严肃说："别笑，小柳她为何顶撞我，那是因为她救了大伙又擒到大逃犯，她骄傲自满了。以后别学她这个，要学习她这身真本事和硬功夫，听到没？小柳我也警告你，不许得理不饶人。以后再敢无理争三分，就让你去当专职教师爷，我可没有不敢做的事。"

众人拍掌欢呼："坚决服从大队长，服从真理，向神枪柳学习，向小荷尖致敬！"警队再次溢满欢乐的空气。柳羽荷见大家都很兴奋，趁机小声嘟哝说："贬做人，还弱柳扶风，谁娇小瘦弱了？尽吹大气，大队长就有不敢做的事。"齐文滔再次瞪眼："嘀咕啥？大声点。"小柳昂首挺胸说："大队长没有不敢做的事，我错了，再也不敢了。"顿时又引来一阵欢笑。

文局长向县委一汇报，马书记表情严肃了："齐文滔见利不争，居功不骄，实属难得。他不要功，你文局长又不给，这不是要我难堪吗？各界都在等着他上会，好一睹其神武风采呢。"王副书记说："文滔不要功，是他一贯的作风。现在树的先进人物，有些真是名不副实。事迹材料突出，社会并不认可，只能算作窗户棂里吹喇叭——鸣（名）声在外。不但没有激励作用，反招不少埋怨之声。像齐文滔这样，没人倡导却自发地掀起一股尊崇学风潮，才是民众认可的真正英雄。"

马书记权衡良久："齐文滔可以逢功就让，县委却绝不能无视有功之臣的付出和拼搏。他若不上会，咱没法向全县人民作交代。折中一下吧，刑警大队集体记大功，让齐文滔上台作报告。"

庆功表彰大会如期举行，会场内外人山人海，争相一睹刑警大队长之神威、快枪女警之风采。颁奖时，众人见名震天下的刑警大队长竟是一个文质年轻人，瞬间爆发出一阵惊呼。又见女刑警果然艳若桃李、冷若冰霜，又接连一阵喝彩声。颁奖后，文滔上台作报告，他说："刑警和大家的想象可能不一样，更没电影和传说中这么神采威武，其实就是一群平凡人。不同的是，有时必须超越平凡，把人民的生命安全放在第一位。人的生命只一次，没人不珍惜；但危难来临时，我们别无选择，只能迎着枪口顶上自己的血肉之躯。胜利了，坦然迎接下一次；倒下了，英魂笑归刑警队。敢于直面死亡，这就是我们的精神所在。每次执行任务，我都坐立不安，心惊肉跳，千叮咛万嘱咐，一定一个不能少。可歹徒是凶残的，刑警也不是刀枪不入的。我们勇敢扑向的，可能是辉煌的胜利，也可能是瞬间的死亡，但没有人去想这些，因为早将生死置之度外。今天，大家看见刑警小伙帅气英俊，女刑警巾帼不让须眉，事实确实也如此。但这个光鲜的背后，若不身临其境，是永远无法体会的。"

"今天受表彰的柳羽荷，是刑警队唯一的女侦探，年轻优秀，本应和同龄人一样享受阳光和爱情，可她却不可能。抓捕歹徒之夜，她全身瑟缩，差点冻僵，零下二十多摄氏度的严寒，大男人尚且难以坚持，她一个娇柔的女孩，硬是顽强地撑下来了。至今回想，我仍深深地动容。不是她那精准的一枪，就有一人或多人倒下。大家想到的，或许只是她那神武的英姿和精妙的枪法，殊不知这成功的背后有多少付出、血汗和眼泪！这次受表彰的同志，个个平凡不过。真的，刑警其实没有英雄，只有危难之时挺身而出的平凡人。我们会有破不了的案，也有过不了的坎；能过五关斩六将，也会兵败走麦城；我们敢于以命相搏，但也随时随地会倒下；我们不仅会流血，而且也会流眼泪。既然选择当刑警，只能义无反顾，勇往直前。血里滚、火里钻，危难之时冲上去，无悔忠骨埋青山。今后，我不敢保证逢案必破，也不敢保证永不失败。唯一能够保证的，只要人民生命安全受到不法侵害，不论何时何地，无论刀山火海，我们都会迎着枪口冲锋，绝不退缩，直至流尽最后的一滴血。谢谢大家！"

文滔话音刚落，全场掌声雷动。许多人特别是女同志，泪流满面，激动万分，心灵受到了强烈震撼。会后，妇女界争相与刑警大队长合影，却没有找到人；共青团界争相与柳羽荷握手，小柳说要去趟厕所，眨眼也没踪影了。

　　春节前的气氛平安而喜庆，文滔局长特批文滔回家与老人过个团圆年。除夕，夜幕初降，文滔和良卉带着颖颖回老家。昨天刚刚下过一场雪，路面洁白如银，车灯一照，反光耀眼。颖颖特别兴奋，她曾在老家过春节，幼小的心灵里，感觉老家的年才是真正的年，城里的年没意思。此时她就像一只小喜鹊，喳喳喳地说不停："小时候过年真有意思，老爷爷领着我赶年集，集上鞭炮齐鸣，到处是卖绒花、纸风车、糖葫芦的，真好玩。平时不见多少人，逢年集那天，哎哟嗬，那么多人，人挤人、人碰人，人山人海的。老爷爷让我拉紧他衣角，生怕挤丢了，全身都是灰酽土。"良卉捏捏她的小鼻子："还小时候，现在长大了？"颖颖头一歪："那当然，那时才四岁，见了什么都想要，老爷爷给买得拿不了。"良卉亲亲她的小脸说："是，现在已是小大人，是得听话了。"颖颖一直望着车外，时不时地喊一声："好大的雪，刘家滩，前河沿，双岭。"良卉笑着问文滔："说得都对吧？"颖颖自信满满地说："当然对，我走得多，当然都记得，不信你问大队长。"文滔眼一瞪："真是长大了，长得没大没小的，敢这样说老爸，反天了。"颖颖吐下舌头，缩到良卉怀里不敢再吭声。良卉抚摸着女儿的头发，回想往事，潸然唱叹："唉，总算挺过来了。"

　　当年良卉向文滔提出旅行结婚，一是不想让农村的那套繁文缛节搞得过度疲惫，二是不想给文滔的穷家添堵。齐家埠有个古老的习俗，结婚第三日，要给近支股的族人分盘，没出五服的长辈还得每人一双鞋。齐家人丁兴旺，占全村三分之二强，这笔开支巨大愁人，不在家结婚，老人也就解脱了。

　　两人来到泰安，房费一天四元，大出意料的，是房间里竟然有淋浴，这可把良卉乐坏了，洗了个痛痛快快，收拾停当，沿着孔子当年登山的小道，上山来了。两人农家出身，一点山路不算啥，腿虽越走越沉，心却愈走愈乐。行进时，遇见几个年轻人正在讨论摩崖石刻上"虫二"两字，有人念虫二，有人念二虫，还有人说虫字上面有一撇，应该念三虫。文滔驻足观赏一会儿，摇头笑笑离开了。良卉悄声问："怎么，知道俩字啥意思？"文滔说："看来良卉早有研究啊。""那当然，这是光绪年间济南名士刘廷桂题的，取自'风月'中间部，读作'风月无边'。"文滔说："是啊，这个家伙有眼光，沽名钓誉地来上这么一下子，还真的功成名就了，泰山七十二景之一，厉害吧？""看你这张嘴，真够损人的。"在经石峪，两人观赏着偌大石盖上巨无霸式的精美大字，顿时被中华的优秀文明所陶醉征服。文滔感慨说："江山留胜迹，我辈复登临。"良卉张开双臂喊："泰山，伟大的父亲，我又来了。"攀登十八盘时，正值人流高峰。一个挑夫，身体黝黑，挑担沉重，一步一个台阶地拾级而上。有一少年，似嫌挑夫太慢，小跑着冲到他前边。挑夫步伐照旧，换着肩膀，优哉游哉匀速前行。文滔、良卉早已大汗淋漓，气喘不止，虽然行走较慢，两腿仍似千斤。看挑夫，远在前方；看少年，远落后头。爬过十八盘，两人坐在石头上喘息擦汗。

　　仰望游客背影，俯瞰如织人流，良卉感慨说："登泰山，真是毅力的体现，怪不得古之圣贤，皆趋之若鹜呢。"文滔见少年摇摇晃晃往上走，随口说："是毅力更是耐力，爬十八盘，好比跟犯罪分子撑架子、拔骨碌，谁用力科学，谁就赢得最终的胜利，欲速则不达，正是这道理。你看那挑夫，担子得有一百三四十斤吧，咱俩没负重，开始比他快，后和他持平，再后来人家快到玉皇顶，咱还坐在这儿喘粗气。"说话间，少年歪歪斜斜地上来了，离约两三米时，两腿一软，就要往悬崖底倒栽下去。文滔一个箭步飞上前，一把抓住胳膊，将刚要下坠的他牢牢地拽住。因吃不住劲，身体也要往下溜。良卉立马紧紧地抓住文滔的衣服，合力抻拉，终将少年拖上来。少年面色苍白，昏迷不醒，良卉让文滔把他放平，观察一会儿说："没事，就是走得太急太累，出汗太多虚脱了，休息一下会好的。"她拿过一瓶水，小口小口地喂一点，坐等他苏醒。好一会儿，少年睁眼茫然问："我是死了吗？"一位大爷说："小伙子，以后登山慢一点，要不是这两位死死地拉住，你早粉身碎骨了。"少年一再追问恩人的姓名，文滔微笑说："泰山本是圣洁地，举手之劳何足提。"道一声珍重，各自登程。

　　两人终于登上泰山之巅，放眼四望，群山逶迤，白云似瀑，果然美不胜收，一览众山小。此情此景，心旷神怡，大有振翅欲飞感。登泰山，良卉不是第一回，为何从来没有这种感觉呢！她看看文滔，一阵温馨袭上心头，情不自禁地依偎在他的胸前，紧紧地拥抱住心爱的男人。

七天婚假结束，两人又各自投入繁忙的工作。文滔奔波于刑案现场，十多天不着家是常事。工作之余，良卉独自挑起了家务重担。此时文滔的工资已从二十四块五涨到三十一块五，良卉的工资也从二十七块涨到三十三块五，城镇居民供应制，文滔每月供粮三十斤、良卉二十八斤、颖颖也升到了十五斤。食油每户每月半斤，燃煤一年每人一千二百斤，生活比较艰难。因没房，住着一间单人宿舍。购买煤炭时，得自找地排车，先粉碎成炭粉，再挑水和成炭泥，然后找球模打成炭球，晒干后收起备用。本来这天文滔已到法院伙房借好了地排车，但突然来了案子，只得急匆匆地跑走了。

这可愁坏卫良卉，若不抓紧买煤，家中就得断火。幸亏邱小樱来局办事，见嫂子拉着地排车，赶紧过来询问，良卉说过原委，小樱气得跺脚："没有我哥这样的，这活哪儿是嫂子你干的？燃料公司在城西头，十多里路呢。两千多斤，还得粉碎，还得拉回来，还得和成泥，还得一个个地打成球，为何不找人帮个忙？只要我哥咳嗽一声，谁不过来帮一下！"良卉说："你哥最嫌找人出力，我得快点出门，千万别让刑警队这些家伙给看到。"小樱放下自行车，和嫂子一起拉着车子，去燃料公司称上炭块，然后拉到院角粉碎。一会儿工夫，脸上鼻孔里全是炭灰。良卉看不见自己，一看小樱这嘴脸，笑得哈哈的："俺那小樱妹妹咪，成了黑脸小包公，这要去演戏，指定不用化妆了。"小樱看着嫂子说："别看我，回家切莫照镜子，还没刮旋风，嫂子早成了灰头墨脸的黑李逵。"车子太沉重，姐妹俩一拉一推，累得汗流满面，权当和着炭灰抹脸了。

回到家，清水一洗，脸盆一汪墨汁子。小樱去井台挑来水，良卉用铁锨和炭泥，小樱歪头侧脸说："嫂子和炭泥的架势很在行，庄户地里肯定也是拾得起来放得下。"良卉边和边说："从小长在农村，虽不像你这么能出力，活儿还是会干的。拾草剜菜，摸瞎闯子（金龟子），逮青蛙、扑蚂蚱，也都曾是拿手之好戏。"和好后，两人开始打炭球。因炭模不好使，把手老磨手，不一会儿手上全是大血泡。干了将近四个小时，方才打完。小樱累得一屁股坐在地上，良卉伸手拉了几拉硬是没拉动，反而让小樱拽得也坐到地上了。

两人哪管地凉尘多，直到全身戒透汗，方才爬起来。小樱说："嫂子，饿了，咱吃啥？”良卉骂咧咧地说：“吃什么？你哥这家伙不是人，让咱姐妹俩遭受这份罪。这活不能白干，得让他好好地出出血。不过了，带上颖颖和小月，下馆子。”小樱点头。来到饭馆吃完饭，颖颖很开心地说：“妈妈、小樱阿姨，下馆子真好，吃完就走，也不用自己刷碗洗筷子。”

这次打炭球，良卉手磨破，疼得好几天不敢做事情，但她没叫苦。颖颖出生时，文滔上案子无法分身，她只得独自在医院生下了女儿，但她没怨言。产假过后得上班，文滔又指望不上，只能一人照顾孩子，轮到夜班，只得偷偷地把颖颖放在值班室。

有一次，爱动的颖颖被查夜院长发现了，院长问她，颖颖说实话：“爸爸去破案，妈妈没办法，让我偷偷地藏这儿。我不听话，才让阿姨发现了，对不起。”院长一听，一把将颖颖抱在怀里，泪湿眼角：“好可怜的孩子。”有次良卉和女儿双双发烧，为不影响文滔工作，偷偷地在医院打点滴。文滔回局汇报案子，电话打到医院才知道，但他没空过去看一眼。孩子稍大，可去幼儿园回老家了，这才相对轻松点。

文滔工作繁忙，很少回家，但只要在家，必定手不释卷。良卉也很好学，都是各自抱着书本在用功。颖颖从小就浸泡在书香环境里，自然有了良好的学习好习惯。有次吃饭时，文滔随口吟诵说：“侍臣亲下承华殿，大将分屯细柳营。”然后问颖颖：“知道细柳营的典故吗？”颖颖说：“爸爸请讲。”文滔说：“汉朝有个大将军周亚夫，屯军细柳。一次，汉景帝巡视防务……”颖颖立即站起说：“爸爸快打住，教导女儿得以史实来说话，是汉文帝不是汉景帝哟！”文滔扬起手中筷子：“找打，敢和老爸犟嘴，老爸记得还有错？”良卉也说女儿：“你才多大，知道什么是历史？敢和爸爸乱顶嘴！”颖颖噘着小嘴说：“爸爸说过的，只有真理才服人，真理不分大和小。”她放下饭碗，去小书橱找出《史记》，翻开书页，双手递给文滔说：“爸爸好好学一学，再来教导女儿吧。”

这一下，轮到文滔吃惊了，他放下碗筷：“慢，你说你在看《史记》？”颖颖小手一垂：“难道不可以？你和妈妈难得在家，来家各人抱着书本，比亲闺女还亲，没法子，找本老书闲看呗。”文滔惊问：“能看懂？”颖颖说：

"这不正在纠正爸爸的错误吗？"平时，良卉对历史和古诗词不大感兴趣，本以为女儿是错的，这一听，女儿真是在纠正文滔的错误，大吃一惊，放碗数落说："切莫给我胡乱看，别学得像个老学究，之乎者也的，影响正常说话。"

颖颖站起来，装作大人模样，倒背小手，迈动小腿，来回踱着四方小步说："夫运筹策帷帐之中，决胜于千里之外，吾不如子房；震国家，抚百姓，给馈饷，不绝粮道，吾不如萧何；连百万之军，战必胜，攻必取，吾不如韩信。"这一下，真把文滔、良卉镇住了。文滔一把抱起连亲数口，也不管女儿挣扎抗议，连连将她举过头顶："好闺女，有天赋，随老爸。以后想看啥，爸就立马给你买。"

良卉沉浸在回忆中，只听颖颖说："妈妈，到家了。"良卉收回思绪，下车与文滔一起牵着女儿迈进家门。此时，一大家子几乎都在西屋里，爷爷和父亲在拉呱，奶奶、母亲及二弟和小妹、二弟妹吴胜蓝等在有说有笑地包饺子，只有三弟文飞在院里放炮仗，一派欢乐祥和的景象。

进院一见文飞，颖颖欢快地叫一声："小叔新年好！"文飞一看是侄女，伸手一把抱起进了屋，一进门颖颖又甜甜地叫着："老爷爷、老奶奶，爷爷、奶奶，二叔、二婶，小姑新年好！"文香起身洗手说："我就不包了，领着侄女玩会儿。"良卉也都问了好，洗手开始包饺子。齐家从老社会传下规矩，除夕夜只能包饺子，初一早上起来过年才能吃。

看饺子包起还早，文滔到三叔长习家来串门。三叔、三婶也在包饺子。文滔见馅子干巴巴的，连点肥肉都很少，就说："三叔啊，这几年日子也算好过了，何苦还这么抠抠搜搜的。过年的下包子，还不多搁些肉，吃得像样点儿？"长习和文滔他大是四服内的族亲，1950年才从丕球住的老宅分家出来。他唉地叹口气："按说大过年的不说这个，现在是新社会也无所谓。这几年，虽说家有余粮，吃饭穿衣不发愁，要说日子很好过，那也就难了。一年也挣个五六七千的，搁不住这事情多。你这俩兄弟，就这样的下包子，一顿得吃三大碗。一'二盆子'地瓜糊子的煎饼，用不到两天就光了，害得我和你婶子隔天就得抱着磨棍推，烟熏火燎地烙。就像追壳郎猪似的追起来，

警路八千云和月

不得盖屋说媳妇？这要是生产队那光景，约上几个人拉上几车土，扛上两扇门板，吆喝着土墙一打盖上草，然后稍一扎古，新屋就成了。现在哪儿行？得红砖黑瓦，少了三五万根本不办事。屋盖起来，不得备彩礼？人家闺女养大了，白白地送给咱家了，给点彩礼天经地义吧。这又得五七六万的，娶到家还得花几万，还有摊派、集资、提留、农业税和超生罚款，你以为庄户日子好过啊？将就吧，你看这馅子，油是没少放，很好很好了。这要搁原先，再美的梦里都不敢想，咱得知足了。"

出门时，文滔猛见鸡鸭圈养着，不免大发感慨："没想到，三叔三婶进步这么大？竟也讲究起家庭卫生了。"三叔说："庄户日子讲究啥？都是偷鸡摸狗的给逼的。"见文滔吃惊，三叔又说："本来吧，前些年小偷小摸近乎绝迹，谁知这几年生活一好，又兴起狗肉热、笨鸡热。晚上人不知、鬼不觉，整家的家畜就被偷光了，怪就怪在连点动静也没有。还有大白天这偷羊的，那才明目张胆咪。前几天，就在大庭广众下，浔阳街一家的羊全让人给逮走了。这治安的事，你们公安真该好好管管了。"文滔说："怎么没见报案的？"三叔说："咋没报案？全让派出所给压下了。怕上边综合治理检查扣分，影响安全乡镇评定，不论破不破，发案就扣分。"看到三叔的年夜饺子，文滔本就心酸；又听农村发案的消息，心中更加难受。回到家里，闷闷不乐，他与父亲说："大，你是党支部书记，村里家畜被盗，难道没法应对吗？"父亲说："前些日子我找派出所，他们确实人少忙不过来。综治考核一票否决好是好，就是检查标准太刚性。没啥好办法，只能站岗巡逻，村民自治。咱村有果园，经济条件比较好，高所长想让我先搞个村民联防试点呢。"文滔觉得这个法子好，支持父亲马上试行。

晚上家里来了许多村邻，说了许许多多的话，直到夜深才散去。正觉香梦沉时，爷爷站在院里喊："起来过年喽。"颖颖平时醒得都要晚，今天的耳朵却特别灵，听见老爷爷喊话，一骨碌爬起来，推推文滔、良卉说："爸、妈，老爷爷说起来过年了，老爷爷说起来过年了。"

从文滔记事起，爷爷总是全村第一个起床的人。过年这个大节，老人家特别注重仪式感。他和奶奶必定早早地准备好新衣服，换好崭新的毛票，好给儿孙开付压岁钱。儿子、孙子每人两毛，儿媳、女儿、孙女每人一毛。老人以为只要人勤快、起得早，就是对上天的敬重，来年就会风调雨顺。文滔知道爷爷这脾气，就和良卉、颖颖起床穿上新衣服。家人陆续起床后，爷爷说："开付压岁钱，每人都两毛。"

小妹文香有点不解说："爷爷，怎么多了一毛呀？"爷爷说："重孙女回家过年，四世同堂，我高兴。爷爷是个老党员，也得跟着时代走，首先男女一视同仁。从你大、你妈到重孙女，两毛的规矩不能再变了。这要前几年，两毛钱将近半斤猪肉呢。你们不能忘了本，都要学会过紧巴日子。"父亲给爷爷深深地鞠着躬，双手郑重地接过揣在衣兜里。然后说："爷爷已发过，来领我的压岁钱，小颖二十块，儿女每人十块。"文香开心说："大，你比爷爷要大气。"

齐家堂屋正当面是个土坯垒成的宝书台，自文滔记事就有了，爷爷早在院子里放好两把豆秸和三刀纸，饺子出锅时，他要亲手点上纸和豆秸，名曰发纸。打上头碗饺子，端着敬在宝书台上，全家互相拜年祝福，一起吃起新年饺子。饭后，天刚放亮，村内村外响彻着此起彼伏的鞭炮声，新年的第一天，就这样地开启了。

文滔怕让人堵在家，早早出门来拜年。因大奶奶已过世，大爷爷丕琨住在大爷长瑛家。老人歪在炕上，见大孙子来到，两眼笑成一条缝。文滔双手抱拳，躬身施礼说："大爷爷新年好！祝老寿星身体健康，福寿无疆！"然后又给大爷大娘拜年问好。大爷爷很开明，人虽九十三岁，身子很是硬朗，头脑特别清楚。见大孙子抬腿要上炕，赶忙伸手阻拦说："好不容易回来过个年，哪家不得走一走？上炕一坐，就转不完了。放心吧，大爷爷身体好着呢，明年不用再来了，呵呵！"上了年纪的老人，多都忌讳死呀活的，可老人家却偏偏不在乎，大年初一照说不误。正因心情豁达，从没头疼感冒过。

出了大爷家，进了二爷爷丕琳家。二爷爷今年九十一岁，这才叫鹤发童颜，精神矍铄。去年骑车子六十多里去县城的小儿家，听见前边三个老人自夸自："人过七十古来稀，咱都七十多岁，还能骑车子，真不简单了。"他在后边哈哈一笑说："人过七十古不稀，后边来了个九十的。"几人一听，自愧不如。从二爷爷家出来，直奔村医齐长书家。长书何许人，原曾是地区医院的内科医生，因成分是地主，被打成右派赶回家。虽然村里有赤脚医生，但村民有个头疼脑热的还是愿意来找他，久而久之，顺乎自然地成了附近的名医。平时总觉矮人一等，除了说病下药，从不多说一句话。今见文滔来拜年，有点手足无措说："这，这、这，我和你大娘还没给三叔三婶子拜年去，你咋还先跑来了？"赶紧拿个茶碗，一看又黑又脏，急忙抓起袄袖子擦了擦，给文滔倒上一碗茶。文滔端起一饮而尽，直把在座的几人看呆了。出得门来文强说："大叔这茶碗从来没人敢动它，袖子一擦脏胜十分，你也真敢喝！"文滔眼角湿润说："大爷医德高尚，看病从不收取一分钱，有多少叔父大爷都是他给救活的。这辈子，他始终低头做人，低调做事，真正地做到了只许老老实实，不准乱说乱动。今天过大年，这碗真情如何能推却？"他从老人长辈开始，每户必到，用了整整一上午方才拜完。午饭后，略感乏困，想躺在床上小眯一会儿。

第二十二回　威行权群闹烟消　破困局大智若愚

　　文滔刚刚合上眼皮，院里突然传来一阵丁零零的自行车铃声，同时一个熟悉的声音飘进耳朵来："大年初一躲在家里睡大觉，这是什么工作态度！"文滔一听是宪勋，赶忙爬起，手打眼罩说："哟，这是太阳要西沉，还是从西升起了？这么重大的节日，堂堂县委常委不坚守一线做榜样，咋也跑回老家了？""你一个小小副局长都敢擅离职守，我这么大的一把手，还需亲自坐镇吗？"说着话，早来到屋里给老人们拜年问了好。宪勋对父亲长胜说："大叔呀，文滔这家伙，人小官小架子倒不小，大过年的不先去看我，还得我来晃他的下巴颏，你说你这儿子多牛吧！"父亲笑了笑："你是他兄长，当然要关心爱护他。""大叔啊，想当年，我去许柏当局长，局内派系林立，班子特别复杂，工作一盘散沙。刚刚理顺，却迎头碰上了三连炸，若不是文滔及时出手破了案，我哪儿有心情坐在这儿谈天说地呐！""过去的那些事，那都不叫事。今天你能走出来，足以说明一切了。"两人大年初一在老家相见，自是多了许多的感叹。

　　沭浔历届警校生中，任宪勋是特别优秀突出的。自1984年担任机动队长后，越发显示出卓越的才华；1988年升任正科级特警大队长。地区改建沭浔市，又升任特警支队长。刚上任时，就经历了一场急风暴雨。

　　这些年，各地八仙过海招商引资，奇招尽出，却相继遭遇土地瓶颈。没指标，新项目就来不了，来了也难以落地上。为节约土地指标，苍马县想出一套新办法，乡镇统筹建公墓。沐浔是革命老区，经济虽然落后，人却最听党的话。"文化大革命"时破四旧、立四新，搞过一次规模迁坟，宗族墓地被统一迁至山脚河边，村村建立骨灰堂，强力推行火化。1980年代，骨灰堂不知不觉消失了，骨灰重新置棺安葬，土坟越堆越大，墓碑越竖越高，耕地越占越多。开始还按规划，后来随意随地，死人与活人争田现象愈演愈烈。苍马县想一劳永逸解决问题，可百姓不买账，群起而抵制。有人散布流言说：墓地建在哪儿，哪儿就要得奇病死人。村干部不敢公开出面，暗地里怂恿村民出来阻止。于是，成片联合上访，要求政府取消这一"非法"行为。县委岂肯让步，立即对相关人员严肃处理。此招非但没奏效，反而越发激化了矛盾，大规模上访又在酝酿，大有山雨欲来之势。当地有个黑恶霸痞刘三黑，因暴力插手工程受过打击，心中一直怀有怨愤，见此事有机可乘，遂找上访头头煽动说："凡事都要动脑子，知道建公墓的根子在哪儿吗？"上访头说不知道。他挥着拳头说："简直笨蛋一个，就你这访法，访一万年有用吗？人家是刘市长的小舅子，建公墓就是专门为了敛财的，你在县里访破天，能访出个什么结果来？"头头一听，怒火冲天，当即造谣鼓动说："政府这些狗玩意都不是爹妈生养的，为了给自己捞好处，折腾活人也就罢，还他娘的专和死人过不去。烧了化了不解恨，还得找个绝地给掩埋，让咱断子绝孙，猪狗不如的一堆畜牲。"舆论一起，瞬间刮起八级妖风。失去理智的人们开着六七十台拖拉机，拉着二三百人，带着铁叉木棍，喊着口号，浩浩荡荡地往沐浔市委市政府开过来。

危情紧急，市委要求公安机关必须立即控制局面，确保市委、市政府的生命人身和财产安全。宪勋说："天要下雨，娘要嫁人，虽然火烧眉毛，却不能乱了分寸。通知沿途设置事故，迟滞前进速度。"耿局长一看这小子行，遂决定由他全权处置。宪勋立即指示苍马县派出便衣跟随，及时掌控报告。紧急传令各县区，调动警力和消防车快速集结，命令坚决果断，急缓有序。上访人前行二十多公里，受阻于事故，一个多小时也没处理好，头头急得抓耳挠腮，左蹿右跳。探子回头报告："事故太大，处理完还早。"跟来的便衣趁机说："遇上这等事，只好认倒霉，谁有本事飞过去？"头头气急败坏："不行，转路。"于是让拖拉机队掉头。任宪勋绝对是高手，他设的这个点，前后二十公里没岔路，转路只能退回到县城。这么长的拖拉机队，掉头哪儿是件容易事？一时人仰马翻，这个碰那个，那辆别这辆，闹闹嚷嚷大半天，又耽误半个多小时。退回县城，择路重新进发。因警力尚在集结，宪勋命令再予拦截。车队正前行，又遇交通事故，前车突然急刹，后队吱吱连刹不止。探子慌忙报告，前头又发新事故。头头一想不对，怎么今天尽事故？恼羞成怒说："一准公安捣的鬼，掀翻它，冲过去。"众人下车，一阵狂轰滥炸，指挥混乱，章法全没。待道路清通，加之此路远出二十多公里，又耽搁一个多小时。兵家之道自古是：一鼓作气，再而衰，三而竭。天还不明就集合，现已下午两点多。长途奔袭，组织混乱，反复折腾，早已涣散。人虽坐在拖斗里，个个却已无精打采。一进市里，头头反复吆喝，方才提起一点精神来。头头说："很快就到市委、市政府，振作起来，拿好家把什，听我号令就动手，把市委、市政府砸它个稀巴烂。"一支松松垮垮的拖拉机大军来到市委、市政府的门前，看似杀气腾腾、喧嚣无比，实则强弩之末，斗志大减。

拖拉机一停，似群羊觅草，各自下车寻找铁叉木棍，又像一团麻雀乱叫乱撞，根本没有看清市委、市政府门前是种啥情形。"全体都有，预备——"空中突传一声炸雷，一抬头，猛见数十辆消防车一字排开，消防战士闻令而动，大喊一声"哈"。如平地滚雷，震耳欲聋。全员跨前一步，脚落地颤，齐刷刷高举数十支水炮，宛如一堵铜墙铁壁。武警头戴钢盔，左手执盾牌，右手举警棍，弓步姿态，阵容威严。只见任宪勋手持话筒，站到队伍前，雷霆宣布说："胆敢聚众持械打砸人民政府，公然与全市人民群众为敌，还有王法吗？这是合法上访吗？首者必办——首者必办——协从不问。凡是人民群众，请立即退到黄线以外，我们安排专人接待，认真倾听大家的诉求；凡与人民为敌，挑战法律底线，公然打砸人民政府者，依法严办，绝不轻饶。"众人低头寻找，果然发现一道黄线，于是纷纷退后，仅有几个带头组织者还在吆五喝六，此时谁还愿听他们的？任宪勋又宣布一遍，几个协从者也退了出去，仅剩三个组织者还在狂呼乱叫。宪勋抓住时机，果断下令，三组武警迅猛上前，立即将其带离现场，迅速化解了这场空前大危机。这一战，任宪勋沉着冷静，指挥得当，显示出大将风范。随着工作历练，愈加全面成熟。1990年，他被提任许柏县委常委、公安局党委书记、局长。

许柏素来民风彪悍，治安形势特别严峻。新局长到任，局党委个别人却不想买这账：一个白脸小生，能知天多高、地多厚，有啥本事领导如此大县？第一次召开党委会，任局长刚要开口，党委委员王其标站起说："二哥还没开口，你怎先说话呢？连点规矩都不懂。"宪勋抿嘴一笑："哦，我还真是孤陋寡闻，竟不知局党委原来是二哥说了算。既然不许我说话，就请二哥站出来，也让我这个县委常委、局党委书记见识见识，好请教请教什么才是党的规矩，可以吗？"众人面面相觑，瞬间鸦雀无声。任局长一句话上升到党的规矩，着实让局党委副书记、政委周正王大感惊讶，他平生第一次坐不住了。这是党委会，岂容二哥三哥登堂入室？他心中一紧：或许遇到真正的强敌对手了。他立即呵斥小王："其标你信口雌啥黄？这是党委会，哪儿来的大哥和二哥？任局长是县委常委、局党委书记，既是县委的领导，又是咱们的班长，他不先说谁敢说？我先表个态，坚决拥护市委、县委的决定，绝对服从任局的领导。"他狠瞪其标一眼，示意不得胡言乱语。

任宪勋到任前，早对班子了然于胸。小王口中的二哥，正是政委周正王。不论谁当局长，都得听他的，否则指定干不了。沭浔地区原副专员王百成是他的老丈人，可谓背景深厚，靠山特硬。凭借岳父人脉，深耕许柏多年，掌控着公安的绝对权力，呼风妖风大，唤雨雷暴凶。局党委一盘散沙，各自为政，人事安排等重大事项，全得由他拍板定案，历任局长没有一个不彻底地败在他手里。几名副局长，也是全市出名的。第一副局长郝文廷，公安情感深厚，谁要敢说公安坏话或欺负下属，他敢拳脚相向直至拼命。为人豪侠仗义，三教九流无所不交，法治之弦绷得不紧，法网常为友情而开；第二副局长杨世雨，干部子弟，不学无术，性格乖戾，分管刑事侦查，一心想挤走大队长阳伯瀚，好将指导员卢阴先扶正。一次，他趁阳伯瀚蹲破杀人案时，私自召开刑警全体大会，卢指导员激昂鼓动说："同志们，谁是咱刑警大队的真正领导？当然是伟大的杨局长。咱们要紧密地团结在杨局这个核心周围，服从杨局领导，听从杨局指挥，只有他才和咱们心连心。大家要擦亮眼睛，分清敌我，千万别让敌人当枪使。"副大队长东方炕起身问道："谁是敌，谁是我？请问杨副局长，阳大队长正血战杀人案，你却偷偷摸摸地开私会，使邪劲、扯后腿，是不是敌对破坏之行为？如果为工作，我绝对没二话。可你一个分管副局长，公然要求分清敌我，挑动矛盾，制造分裂，用心何在呢。"杨副局长拍案怒斥："东方炕你这臭玩意，和阳伯瀚无非是校友，就合穿起一条裤子了！你以为有点学历和本事，就可老子天下第一了？老子不会破案，却照样分管你。我说有敌人，那就绝对有。公安局是专政机关，绝不能把权力交给只低头拉车不抬头看路的孬货色，要不还用天天吆喝绝对服从党委领导吗？"东方炕寸步不让："阳大队长是不是中共许柏县委任命的？我们是敌人，那你又算什么东西呢？一心搞乱刑警大队，才是最大的敌人和混蛋。老子立场坚定，旗帜鲜明，只有乌龟王八蛋才搬弄是非、人事不干呢！去你个球的，老子还不伺候了。"说完后愤然离场。

东方炕一走，人员跟走大多半，会议只好草草地收场。东方炕打电话给阳伯瀚："你还真能沉住气，人家已大会公开宣战，你还有心上案子？"阳伯瀚却大咧咧地说："想开就开吧，官大一级压死人。他搞他的黑白颠倒，咱走咱的破案正道。你手头的案子已结束，这边急需人手，马上过来吧。放宽心，明天太阳照升不误。"

这就是班子现状。初次党委会，就给任宪勋来了个不大不小的下马威。周正王老谋深算，心里非常清楚，要想继续作威作福，面上必须维护好任局长这面大红旗，抓住把柄摆平他，才能稳操胜券。再说，市委任命县委常委当局长，到底打的啥主意？得谨慎观望，认真对待，所以才有了前边的表态。郝文廷本是爽快人，历来支持一把手工作，他的最大缺点在于世界观。他很明白，市委决定由县委常委担任公安局局长，绝非随手"拈来"之笔，肯定有多重重大考量。何况任局人虽年轻，却久经历练，足智多谋，品性刚毅。此时不论谁，想自不量力以卵击石，指定必败无疑。随即表态说："坚决拥护市委决定，真心欢迎任局长，绝对服从领导，请任局长放心。"杨世雨自从听说任宪勋要来当局长，就没睡过一个安稳觉。他明里暗里与阳伯瀚较劲，就是怕被取而代之。他很清楚，自己除了会咋呼，侦查破案一窍不通。讲才华、论能力和阳伯瀚根本不是同一量级的。任局长和他是校友，万一上来就动真格的，自己注定要玩完。这阵势，周政委能够斗过他？还是观察观察吧。于是也积极表态说："任局长雄才大略，一定能率领我们开创辉煌。我坚决拥护，绝对支持。"任宪勋知道见面会解决不了实质问题，因为火候还不到。于是柔中带刚说："许柏的有关情况，也曾略知一二，今天首次党委会，已经领教了。刚到任，没有具体思路，请大家各负其责，真抓实干。一手抓队伍，一手抓打击和防范。我先走一走，听一听，看一看。刚才大家表的态，我都听见了。能否做得到，我也要听其言，观其行吧。今天我也表个态：言必行，行必果。散会。"说完，头也没抬，甩开大步走出去。大家本以为他会长篇大论讲一通，没想到一声散会戛然而止。郝文廷情不自禁地喊一声："好个痛快的任局长，爽。"独自拍手鼓起掌。其他人则各怀心事，暗自揣度起来。

万事开头难。如果班子不解决，别说开创新局面，就是应付工作都很难。宪勋心里很清楚，初来到任，慑于他的名头，都在等待观望，不敢轻举妄动。若走错一步，后果不堪设想。必须尽快熟悉情况，稳住基本盘，然后择机统筹解决。想好后，他召开干警大会说："原来是原来，现在是现在。我来任职了，一切从零开始。不要说原来是如何，我只看你现在是怎样。牛皮吹破大天，工作上不去，案子拿不下，要你何用啊！在其位、谋其政，是骡子是马总得遛遛吧。分管领导该干啥，科所队长何职责，还须我详数家珍，开列清单吗？如何用权，如何担当，谁的心里不是透亮明白的。今天星期三，星期天上午七点半，召开中层干部会，正职汇报，限时三分钟，正职无故缺席的，第一副职自动主持。不愿听那云山雾罩的宏篇大论，挖点一二三的干货就行。做多少，做多好，自己说自己定，我只管照单全查收。空在其位，言而无信，就得自己负后果，这话能听明白吗？"众人松松垮垮、各发各调说："知道。""明白。"任局长一声散会，又是第一个离开了会场。

第二十三回　履薄冰宪勋被谤　一腔血碧魂丹心

　　任局长的这通操作，分管领导和科室正职才有点坐不住了，纷纷有所行动，工作氛围稍有好转。他每天提前一个小时来到办公室，单叨科长作汇报。此时大多数人尚且还没吃早饭，心里不免有紧张。任局长漫不经心地说："按说吧，准时上班没有错，怪只怪我脾气急了点。身为一科之长，重任在肩，早到一小会儿，超前安排一下当天的工作，难道很有害处吗？特殊时期，连点时间都不舍得付出，谁敢相信你能临危不惧、不惜生命啊？"此事一传开，科室负责人才真正警醒，不敢再拿任局长的话当作耳旁风。

　　周正王见任局长这么几个不起眼的小招数，局面迅速稳定，真的坐不住了。他在想，若一直这样搞下去，我这响当当的二哥还有权威吗？他随即找来杨世雨："我看啊，你这回真是够呛了。阳伯瀚本就一员虎将，就看他破过多少大案吧。名义上虽然你分管，其实呢，你是要啥啥不行，纯是拿根鸡毛当令箭的主。花天酒地挺能耐，一到正事就草鸡。就是一副猪脑子，也会拐个小弯吧。任局长他再怎么能，除了依靠我，又能奈我何？你一个小副职不学无术的，还能保住位子吗？"杨世雨气狠狠地说："他娘的，他还真敢撸老子？他要敢，豁上和他玩命去。"周正王说："看你这点破本事，我就打心眼里瞧不起。张飞动不动瞪眼撸袖摔酒坛，人家是勇冠三军的猛虎威将。你呢，除了会添乱，一概狗屁都不是。你以为任局长是个吃素的？就凭你，

216

还敢和县委常委玩命去。不待你去玩，早给收拾成狗熊了。"世雨说："周政委，你得拉我一把吧？鞍前马后，我也忠心耿耿啊。""就你这熊样，还敢大言不惭表忠心？我有一小法，可以神不知鬼不觉地置他于死地，你这样……"

清明时节，春光明媚，许柏县城的早晨充满了活力。许大爷早起河边溜达，风吹草动露出一张照片来，他顺手拾起，竟是一对赤裸男女，遂大骂一声"无耻"，扬手扔入流水。行不远，见几个年轻人也拿着一张照片在议论："这不是公安局的任局长吗，太无耻了吧！""看似道貌岸然，实则不是东西，什么狗屁公安局局长。"晨练的人群中就有杨世雨，听见众人议论，微微笑着悄然离开。

一石激起千层浪，许柏县一下子炸锅了。公安局局长搞女人被拍裸照，无疑是人人争传的特大新闻。干警自然不是那么好骗的，多数人义愤填膺，但也不乏幸灾乐祸者。周正王和杨世雨得意扬扬，暗自发狠：看你任局长如何抬头，如何收拾局面吧！

县委早已获知消息，柏副书记火速召集杨世雨和阳伯瀚分析研究。世雨抢先说："做梦我都想不到，竟会发生这种事，太败坏县委声誉和公安形象了。这种时候，任局长他不能沉默吧！他应该主动地站出来，向全县人民说明白。"伯瀚说："杨副局长啥意思？一句损害形象声誉，就想蒙混过关啊？这是严重的犯罪行为，任局长必须郑重地作出交代吧！"世雨以为他中招，急忙说："阳大队长不愧科班出身，把握尺度就是比我准。"伯瀚将照片递给柏副书记说："照片是假的，一种合成术。有人以假乱真、陷害任局长，目的当然不言而喻。但凡搞侦查的，一眼就能看出来，杨局不会是故意张冠李戴吧？"杨世雨魂飞魄散，差点尿裤子。

周正王半躺靠椅上，悠闲地哼着小艳曲。见杨世雨神色慌张地走进来，显得十分生气："能不能稍微稳当点，家里死人了？"世雨俯他耳上说："死了爹妈也没这么严重啊，咱可把天捅破了。阳伯瀚说照片是假的，鉴定结论马上到。"周正王哈哈一笑："真敢拉。他若看出是假的，我从此改周为姓孙，别尽听他瞎忽悠。"世雨说："我让卢指导员刚看过，他说这种障眼法早已过时了。我现在心乱如麻，不会一下子查到咱们的头上吧？"周正王见他这屡样，心中万分气恼，面上却装得若无其事："有我呢，放心吧。"

面对此案件，阳大队长早有了八九分感觉。任局长初来乍到，根本未及触动黑恶势力，谁会如此愚蠢，没事找事地主动招惹公安局局长？外部绝无可能，根子就在局内。目前，任局长虽没大刀阔斧地抓纲整纪，但强悍作风已显露无遗。触及的，正是周正王和杨世雨这些人的地位和权力。他们隐隐感觉地位动摇，才祭出这等拙劣手段，打冲锋是杨世雨，幕后指定是周正王。不到一天，照片散发点全部摸清楚。晚上汇报分析时，任局长一再叮咛说："事要查清，但要慎之又慎。我是当事人，内部调查必须严格依法。如需采取强制措施，更须从严慎重把握。"

此案一发生，可把郝副局长气坏了，他来到任局长办公室，见他仍在平心静气地阅文件，劈头说："任局长真是好脾气，如此大事，是可忍，孰不可忍！此事何须调查，指定是周政委唆使杨世雨干的，抓起一审，不出十分钟全都秃噜了。"郝文廷这人，说他是好人，的确讲义气，他最看不惯下绊子使阴招的小人伎俩。有本事当面锣、对面鼓地干架去，这做派哪儿是男人之所为。刚才他跑到周政委的办公室，指着他的鼻子说："你真太小人了，想要权，就明争明抢，你要抢过来，我就第一个服你有本事。谁让任局长虚居高位、手握资源，却斗你不过的？那是他活该。打黑枪、施暗箭，弄臭任局你就光彩了？靠玩阴术重掌大权，谁能真正心里服？我就打鼻子孔里瞧不起。"周政委勃然大怒："郝局长，请放尊重点。我堂堂公安局政委，会干这些五马贩六羊的傻事情？这么严重的性质，你臭嘴一张，屎盆子就扣到我头上？自己一腚臭屎没擦净，竟敢造谣胡说八道。再这样，老子跟你没完。"郝文廷哪儿吃这一套："我有毛病我承认，不像你敢做不敢当，白白托生个大男人。就凭你，还想再行夺权？我要是有你这样的老丈人，早当市委书记了。"吵完，越发认定就是他，又跑到任局长这儿放炮了。任局长说："郝副局长，千万别冲动，哪有这样怀疑内部领导的？就是有想法，也得按照程序来反映，岂能当面吵架、直接指认就是他？这话没头没脑，若传进干警耳朵，影响多不好！"郝副局长挽着袖子生气巴歹说："任局长，你以为我是冤枉他？这事若非他干的，我把脑袋端给你。心里若不服，就光明正大地跟你干。躲在黑角使阴招，算他娘的哪门子大男人？真真气死我了。"郝副局长和周政委公开闹架的消息迅速传开，杨世雨几乎吓瘫了。

阳大队长全力展开调查，他在想，这件事有爆炸性的轰动效应。案若破不了，县委受不了，公安局受不了，任局长更是受不了。可作案的，都是公安局的重要领导，要让他们承认，难于上青天，除非铁证如山，上哪儿去找铁证呢？天不明，直接证人本就少，就是有人看见，谁敢出来作证明？他与东方炕绞尽脑汁想办法，突然，东方炕一拍脑门说："有了。"他忽然想起肉联厂孙厂长最近办的一件事。此人好大喜功，挣一毛就敢吹八十。前段时间，他心血来潮安了一套摄像头，有次一起吃饭吹嘘说："我在厂门口朝外安了两个摄像头，三里外都能看清楚。"厂门外不是有张照片吗，或许能有意外之收获。阳伯瀚催促马上去调取，无巧不成书，打开一看，那天凌晨四点，杨世雨鬼鬼祟祟地来到厂门前，掏出一张照片扔到墙角，影像特别清晰。

杨世雨端着茶杯，垂头丧气冥思应对之计，突然见阳大队长走过来，心中颇为惊慌。忽见身后站着两个武警，立即像只愣怔鸡呆呆而立。阳大队长说："杨世雨，请到刑警大队走一趟。"他听话音不对，未及发问，武警早已扭住他胳膊，他这才意识到完蛋了，情不自禁地大声喊："周政委，快来救救我，是你指示我干的，你不能卸磨杀驴、见死不救啊。"周政委窜到楼道破口大骂："有心做、没胆担的狗东西，自己犯罪了还敢满嘴喷粪。阳大队长，给他点厉害，就知道什么叫做王法了。"杨世雨被查，一口咬定周正王，周却矢口否认。因查不到相关证据，此案只好到此为止。

拿下杨世雨，全局惕厉。周政委虽没彻底倒台，但人人心知肚明，他是幕后操盘手。正直之人本就不愿搭理他，亲近之人皆有所图，已经玩完了还跟什么跟，立时树倒猢狲散，再也没人围着他转了。任局抓住时机，汇报县委，立即启动对公安班子的考察调整。周正王被调离，阳伯瀚提任副局长，东方炕提任局党委委员、刑警大队长。新班子组成，任局长一身轻松地开始调整中层干部了。

按照全市统一要求，科局长五十三岁，副职五十一岁，中层干部五十岁全部退居二线，四十八岁不再提拔。有位费森堂刚好四十九岁，品德不好、素质较差，好搞歪门邪道，人皆呼之费老歪。虽正卡在年龄杠上，却仍目空一切，自荐要当政工科长。因没民意基础，且又超过年龄，推荐自然名落孙山。他一不看全市现实，二不找自身原因，却找任局长胡打歪派乱发邪："让谁当什么，还不就你一句话。民主推荐、组织考察，哪次不是骗人的！我和周政委走得近，你就无情地打击报复，惹恼我，白刀子进去红刀子出来，我怕谁！"任局长耐心劝导说："人嘛，有期望才会有动力，有进步想法情有可原。中层干部的任职年龄，全市统一标准，不是特定针对公安局，何况实施了好多年。人都面临进退留转，应当理性思考、正确对待。你工作如何，自己有数，我也了解，干警自有评价，何况超过了规定的年龄。我确实有我的用人导向，但人品能力和群众基础，只能依靠自我努力，不是我能改变的。"他却说："我又不是没干过，说是组织任命，哪儿不是一把手个人说了算？你说我行，不行也行；你说不行，行也不行。就老子好欺负是不是？横竖谁没一个死！"

任局长早就发现他腰里别着一把刀，看来对待此人，单讲道理没有用，得以其人之道，还治其人之身。今天若不摆平，必定得寸进尺，从此永无宁日。他上前一步说："你是真想玩命啊？我可告诉你，生命只能有一次。"他扬头瞪眼说："老子怕个鸟。""你他娘是谁的老子？现在就让你见识见识，谁，才是真正的老子天下第一。"随着这一声，任局长以迅雷不及掩耳的动作，别住他双手，闪电般拔出他腰间的尖刀。老歪平生何曾见过如此迅疾的？以为任局长夺刀要刺他，吓得身子往后躲。岂料任局轻轻一抛，刀子翻飞到半空中，转着圈地往下滚，他左手轻轻一抄，恰好逮住刀刃，刀尖对准自个的胸膛，刀柄一把掖到费老歪手上，同时右手迅猛出枪，嗖地摺到办公桌上，大吼说："胆敢带刀行刺局长，该当何罪！本应一枪结果你，老子现在改主意了，权且省颗子弹，赏你一次机会。来，照准老子的心口刺过来。我要眨一眨眼，就不是真正的大男人。老子出生入死十余年，遇险不下十八回，没有死在罪犯的刀下，专为今天成全你。谁他娘的没有一腔热血，死在你手上，谁不说我英年早逝，盖世英雄，我无上的光荣。你他娘的押赴刑场，就地枪决，死有余辜，遗臭万年。来，快点儿。"见他颤抖打倒退，又将胸膛往刀尖顶了顶："你他娘的不是有种吗？有种马上刺过来。"费老歪脸色煞白，一下子瘫倒地板上，手一抖，刀子咣当掉下来。口中喃喃说："俺的妈呀，这还真有不要命的。这，这……这，这人怎么比我还邪乎！"连滚带爬往外跑。随着"带上你的破刀"一声传出，尖刀贴着他的耳根飞出来，咔嚓插在门框上，刀把还在乱颤悠。吓得他一个骨碌滚下楼梯，遇到正在上楼的东方炕。见他连滚带爬，就问道："老歪，怎么在此练筋斗？"他一摸头说："我头还在吗？"又连续滚了三四个骨碌远远地溜了。这个费科长，人事不干、净摸浑水，人人嗤之以鼻，三任局长没治下，让任局长一个回合拿趴了。

中层干部的推荐、调整、任命都很顺利。任局长说："谁有意见，明天一早来找我。"第二天，他仍提前一个小时来上班，楼里的变化却是天翻地覆了。从门厅到楼梯楼道，锃明耀眼，光洁如镜。他终于放下心来，第一仗算是胜利了。

阳伯瀚副局长按照任局长的要求，乘调整顺利之东风，组织上马一批爆炸案，很快攻破了好几起。

这天，任宪勋正吃晚饭，忽然传来一声巨响，窗震门摇，尘落身满，他预感城内有大案发生，立即惊觉地放碗看表，时间刚好十九点。立即询问县局有无接报案，三分钟后，阳伯瀚电话报告："化肥厂宿舍区门口发生爆炸，一人死亡。"任局长立即到达现场。很快查明，死者孙尚梅，女，十九岁，在路边玩耍时，见叔叔孙贵卿开着面包车回来，院门口挡有一辆自行车，她跑过去搬抱，爆炸即时发生。现场发现提取到一块自行车钢印残留物，号码却被锉掉了，认定是起震动起爆的爆炸杀人案。孙贵卿从事药品经营，进出很有规律，早八点外出，晚七点回家，全院就他一辆汽车。调查如火如荼之际，第二天凌晨三点，陈河镇宋家疃村书记来风银家又被炸响一炮，这是他家六年以来的第七炮，屋山被炸塌，夫妻两人受了伤。俗话说，福无双至，祸不单行，有时真还挺应验。两起案件已够焦头烂额，当天上午，周坞印刷厂又传爆炸声，厂长沈鸩盱的座驾轿车被炸飞。本来，沈厂长今天拟去新浦跑业务，从县城去厂时，听见车底哗啦哗啦有响声，到厂后司机钻到车底细检查，发现绑有木匣子，传出钟表秒针的嘀嗒声，他口喊有炸弹，一脚踹远厂长，爆炸"轰隆"发生，司机受了重伤。

平静之中三声炮震，全县舆论甚嚣，一片沸腾。有人说："年轻人当公安局局长，哪儿能够压住阵？想当年都是老八路，身上挂着盒子枪，人见人怕。现在枪顶脑门上，也没怕头了。"有人说："那年俺村发生投毒案，赵老局长盒子炮往磨台上一摔，一通拿毛，作案分子当场吓晕。"还有人说："来书记家六年七炸，吓也吓煞了；沈厂长的车被炸飞，也亏着他命大。两天三炸，亘古未有，咱且拭目以待，看看任局长到底是真龙还是蟒蚰吧。"更有人说："就连前两任局长都外公哭儿——没有救（舅），这个局长年纪轻轻，能破如此大案吗？"

第二十四回　破连环奉命出征　锁野鸳适时收网

　　三起大案同时上马，侦破力量捉襟见肘，任局长请求市局调人支持。耿局长一声令下，齐文滔奉命火速来到。

　　三起案件有个共同的特点：熟悉目标，针对性强。爆炸装置都有很高的技术含量，绝非常人所能制作。任宪勋提出要求："全力以赴，破釜沉舟，大干九十天，坚决拿下三起大案。"一场声势浩大的破案会战即刻打响。

　　文滔主侦震动式起爆爆炸案，他全面复勘一遍现场，有了更加全面深刻的认知。此案较为独特：作案人熟知孙的出入规律，自认门口置障炸车万无一失；具备物理化学知识，熟悉电器电路，熟知震动起爆原理，能制造科技含量很高的爆炸物；有材料来源，矛盾特别突出，有重大利益之争，属典型的高智商预谋犯罪。他废寝忘食、冥思苦想，凭借敏锐的洞察分析力，断定此人报复心理极强，一定事关药品经营。这个链条利益很大，涉及的人际关系千丝万缕，矛盾极其错综复杂，必须尽快查清营销环节与孙贵卿交集的人和事，特别注意报复事件；自行车敢公然挡在大门口，一定事先踩点、反复推演，并且做过现场实验；爆炸装置工艺复杂，除了懂技术还得有充足的时间、空间和耐心，不排除做过爆炸试验，要注意不明原因的各种爆炸。事前锉掉钢印号，说明自行车就是自己的。

　　文滔决定从孙贵卿的业务圈入手，由点及面，由近及远，把医药经营这个链条搞个水清见鱼。他随即要求："所有药品经营人，都要见面座谈，搞清交易范围，亲笔列出清单。圈内所有奇闻八卦，都要认真了解，深入研究，不许轻易放过。"很快查明，全县药品经营者不下十人之众，孙贵卿、单婵、郑百旺三人业务最大。孙贵卿和单婵没有谈出点什么，郑百旺却说出一个重大线索。药材公司原主任喜雨云负责药品购销，单婵是长期供货人，不知何故突然变成了孙贵卿。前些日，喜主任在搞女人时，老婆突然大闹现场，传说是女人报的信。

这个花边新闻立即引起文滔的警觉，如此重大利害得失，孙贵卿为何只字未提？生意被截和，财路被掐断，单婵竟也默默忍受了？单婵是女人，报信的也是女人，怎会这么巧？他兵分两路，立即展开秘密调查，很快搞清来龙去脉。

原来单婵长期独霸喜主任的生意，谁也插不进去，孙贵卿千方百计想插脚，豪掷千金难入门。原因很简单，喜主任好色重于贪财。他看钱路走不通，就收买一个年轻美女杨姑儿，设饭局宴请喜主任。此女梨花带雨，青春年少，喜主任几杯酒下肚，手脚已经不老实。孙贵卿见机给杨姑儿使个眼色，附在喜主任耳上说："我有急事先失陪。"孙贵卿前脚刚出，喜主任就急不可耐地一把搂住她，供货人一夜易了主。几天后，喜主任家来了一位不速之客，丝巾围头，只露俩眼，递给喜主任老婆霍启芸一封信，她打开一看，顿时眼冒金星。上写着：喜主任此时正在办公室赤身裸体搂着杨姑儿，不信就别去。落款：同病相怜人。老婆一下摔碎醋坛子，把信扯个粉碎，叫上娘家人，火速赶到公司，一脚踹开房门，将两人拖下床来，大大地打闹了一场。事后，喜雨云怀疑单婵告的密，说她有仇必报。这个情况很重要，孙贵卿差点粉身碎骨，侄女替他惨死，如此重大利害关系，为何只字未有提？文滔当即说："全面调查单婵，我来对付孙贵卿。"

派出各组后，文滔先给省公安厅刑侦处副处长任洪国老同学打电话："老同学啊，案子十万火急，需抓紧复原自行车钢印。别忘了，都是替你干活的，案子破不了，你的脸上光彩了？人家先骂你刑侦处草包一大摞。你不会派人去盯着？全国侦查的最高庙堂，这点小事做不了？谁信！人我立马派过去，你得派人一起去。什么，没人派？那不行。你若不派人，我蹲在你家不走了。"他放下电话，指示小邢立即到公安厅找任副处长，叮嘱说："到达公安部，要盯紧盯牢，督促尽快出结果。"

然后，齐文滔亲来询问孙贵卿。一见他不疼不痒这样子，气就不打一处来：侄女死得惨烈，你死我活对决，竟然说不出一点像样的矛盾，一到关键节点，就支支吾吾、左躲右闪，怎不令人怒火冲天！文滔说："我问你，此案本意要炸谁？"孙贵卿赶忙起身说："这还用多说？明显冲着我来的。"文滔说："哟，你还知道这层因果？侄女替你赴死，你倒万事大吉，一切皆装糊涂。受害人和杀人犯，本应水火不容，你却蛇鼠一窝。到底是命重要，还是你那点破事更重要？喜雨云好色之徒，单婵美若天仙，这又掺和进一个杨姑儿，生意就无缘无故地给你了？侄女替你粉身碎骨，你却把秘密憋在心底里，你到底是人还是鬼？耗费我巨大警力资源，浪费我如金宝贵时间，害得干警疲于奔命撒大网，你长的是狼心狗肺吗？来人，将这没人伦的熊玩意塞进车里，摁倒他侄女尸体前，让他哥扒他的皮、抽他的筋去。"干警提溜起就往车里塞，到此时，他才抱头痛哭说："我该死，是我鬼迷心窍害了侄女，这事肯定是单婵干的。此人报复心理极强，报复完喜主任又要我的命来了。"文滔一听，火气更盛："难道你不该死吗？老天爷真是瞎了眼，就该当场炸死你。看你这副臭德性，亲侄女替你惨死，我们还得像求八辈祖宗似的跪着来求你，你还有何脸去面对惨死的侄女？真不如一头撞死拉倒。若非这身警服约束，我早踹你三脚了。"

侦查员小周、小李走访第二轻工业局，获得一条线索。老孙问小周："当时是辆自行车爆炸的？"小周说是的。老孙说："那真奇怪了，前几天孩他姥爷来我家，遛弯时发现那个院门口天天放着一辆破旧自行车。"侦查员马不停蹄地找到他岳父，他说："爆炸发生前几天，那个门口有辆自行车，第二天还在，我围着转了好几圈，车上锁，铃铛按钮是断的，后包袱架上绑着个包裹，四五天后车子不见了。爆炸发生这下午六点多，这个车子它又回来了，只是后架包裹不是原来的。"侦查员为了再次确认，慢慢问："刘大爷，怎敢确定这天所见就是原来那辆呢？""肯定是，下午五点路过还没有，回走时发现又在了，没按钮的车铃太明显，只是后包袱架上包裹变成深色了。"此线索认证了齐文滔的推断，作案人做过现场实验，以防发生误炸。

调查单婵有了重大进展。此人二十五岁，小巧玲珑，花容月貌，反应机敏，单人租住化肥厂东边的阳城村。近期突遇尉迟思，如漆似胶，缠绻不离。尉迟思因爱人出轨刚刚离婚一月余，忠厚老实，租住房与单婵相距大约五十米。快如闪电的浓情热恋，恰恰十多天前报失过一辆自行车，到底暗藏何玄机？调查询问时，他沉着从容，没露破绽。文滔感兴趣的，是单婵刚刚失去药材公司大单，喜主任刚刚被报复，他就出现在单婵的身边，难道仅仅是巧合？还有这个自行车，失盗得也真是时候。不打草，难惊蛇，文滔决定让单婵、尉迟思动一动。

两人分别被传唤，侦查员单刀直入问单婵："孙贵卿为人怎样？和谁有矛盾？"单婵委婉说："孙经理为人好、会经营，生意顺风顺水，没听说和谁有矛盾。""药材公司的喜主任，和你有过业务交集吧？""有，量不大，我嫌太累太受罪，主动中断了。""上次座谈，为何没有提到他？"她略显慌乱说："上次没在意，忘了。""是你主动中断的？孙贵卿和他关系怎么样？"她叹息一声说："女人跟男人不一样，挣点糊口就满足。我不想出大力，主动中断的也不止他一家。喜主任是药界的大拿，药品经营人多都熟悉他，孙贵卿应该也熟吧。"侦查员问："喜主任因何离开公司的？"她心中又一惊，既而稍显镇静说："咱是女人家，不爱打听这些事，具体啥原因，我真不清楚。"侦查员突然问："尉迟思和你啥关系，何时认识的？"单婵稍一愣神，随即恢复常态说："算是男朋友，认识不到一个月。我毕竟是个小女人，有些体力活自己干不了。他可是个老好人，坏事一概做不来。"侦查员笑了："我们说他做坏事了吗？"她赶紧说："没有没有，当然没有。你们公安问，分量不一样。"侦查员突然收住话头："今天先到此，过天再找你。记住，最近一般别外出。"

与此同时，另一组也在讯问尉迟思："认识单婵多久了？""二十来天吧。""谁先找的谁？""她先找我挪冰箱。""单婵还做药品生意吧？""做，但也不大当回事，不是很上心。""听说你心灵手巧，精通无线电，常帮别人搞修理？""哪有啊，就是闹着玩，偶尔也会帮着别人修修冰箱电视收音机。""报失的那辆自行车，是啥时购买的？""好多年了，已经很破旧，不值几个钱。估计谁急用，借骑一下吧。""既然不值钱，又何必报案呢？""听说自行车被盗挺多的，报案对破案也有帮助嘛。"侦查员笑了："尉迟思果然是个好心人，总把别人放在心上。你先回去吧，过天再找你。记住，近期最好别外出。"

他俩一离开，市局技术小队分别进入两人的家。室内看似简洁，但在侦技人员的眼里，到处是与爆炸相关的痕迹物证。单婵室内发现多个细微铜丝断头和铜线外层绝缘体；尉迟思家中发现了微量碎铁屑。由此可以断定：爆炸装置在单婵家中制作，钢印是在尉迟思家锉掉的，两人属于共谋作案。

市局柏支队长打来电话，浔北县马青山有位看山老人发现了一次莫名的爆炸。许柏距马青镇七十多公里，每天仅有一趟过路的班车，八点发车，十一点到达，十六点回返。

齐文滔立即赶赴马青山，董大爷指着山里说："这条山沟很深长，里头有个小水坝，除了来个钓鱼摸虾的，平时基本不见人。上一次马青集，我下山置办点吃的，回来感觉有点累，躺在铺上眯眼养神。只听轰隆一声爆炸，我跑出来顺声望去，就在五六里远的山沟里冲起一股烟尘，然后有人顺着山沟出山了。我过去一看，有个大炸坑，当时寻思这人指定精神不大好，也没当回事。过天越想越不对，平白无故地为何来山里炸一炮？昨天下午报告了派出所。""董大爷，记得大约几点吗？""山上没有表，全凭日头瞎估摸，那天从集上回走时问过人，说是十一点，回山也得个把钟点，应该十二点多吧。"

文滔留下技术人员勘查现场，迅速返回马青镇做调查。一位老人说："这儿下车的，几乎都是本地人，很少见个生面孔。但上一马青集，下来一个生面人，背着个背包，奔往马青山去了。"侦查员掏出几张照片问："老大爷，你看这几人是你镇的吗？"老大爷翻看一会儿，拿过一张端详说："就是这个人，因为脸蛋生，我曾多看了好几眼。"不一会儿，技术人员返回，发现提取到一些铜丝碎木屑。由此可以确认，尉迟思是专门来做起爆试验的。

返回县城，侦查员接二连三地反馈了一些重要线索。爆炸案发生那天上午，尉迟思的姨夫在其家见过一辆破旧自行车。紧接着，小邢从公安部打来电话，残留物钢印已经复原，就是尉迟思的那辆自行车。此时太阳破雾升起，认定尉迟思和单婵作案的证据链条已经完整确实，齐文滔马上汇报任局长，立即对其采取强制措施。面对铁的事实，两人难以抵赖，一番激烈交锋，双双低头认罪。呈现给世人的，是一出女凭姿色混世，男为情欲所迷的荒诞离奇大悲剧。

原来单婵中学时，生下一个儿子，成为单身母亲。她头脑灵泛，发现药品经营是个绝好的发财之道，凭借美丽姿色和花言巧语赚了第一桶金。随着时间的推移，手法越来越高，在医药界更是游刃有余。别人攻不下的，只要她出手，酒宴枕席，翻云覆雨，无不搞定。药材公司喜雨云是她的铁杆大客户，这天突然板起脸儿说："近来行情大变，你价格偏高我只好另选他人了。"单婵木鸡一样惊呆了：论生意从没少给他好处，论床笫从没少占她便宜，遂故技重演与他缠绵一番，哪料喜主任提上裤子照样不认人。想来想去不死心，第二天又提着万元现金过来了，不承想里间突然传出嗲声奶气的女人声。单婵气得七窍生烟，转身来到院里等，见一个浓妆艳抹的年轻女人走出来，定睛观看，原来竟是杨姑儿。此女虽有姿色，却是没钱绝不上床的主，怎会平白无故地主动来找这一毛不拔的铁公鸡？其中定有蹊跷。她很快查清杨姑儿是孙贵卿重金雇来的。此处是她最重要的交易阵地，一旦失守，百分之九十的收入就得打水漂，这口恶气如何咽得下？她大骂喜主任狼心狗肺，更想把孙贵卿碎尸万段，她要分步实施报复行动。

一天，她见杨姑儿又进了喜主任的房间，马上给他老婆送去一封信，回头躲在一角看热闹。见霍启芸带人将他俩拖出房来拳打脚踢，出尽洋相，她呸地吐出一口浓痰，用脚使劲搓了搓，心满意足地离开了。随后，她立即把目光转向孙贵卿，横下一条心：必须要了他的小狗命。为实施计划，得寻找一个死心塌地、言听计从的人，她开始专心猎取目标。

单婵饭后门前张望，发现李大爷家的闲房添了个新租户，高大魁梧，阳刚帅气。遂轻展歌喉，踢腿伸腰，引得那人多看几眼。一打听，此人尉迟思，刚刚离婚，而且精通电器电路。肥肉送到嘴边，岂能轻易放过？她觉得这是神灵有意助自己。

第二天，她轻盈舒展地找上门："想请大哥帮个忙，不打扰吧？"尉迟思先是听见莺歌般的声音，抬头一看，正是昨天见过貂蝉一般的美女，心中不免有点慌乱。单婵见他脸色发红，觉得有戏可唱，轻声问道："大哥贵姓？我是邻居单婵，叫我小婵就好。"尉迟思搓搓双手，低下头说："尉迟思，叫我老思就是。"她明知故问："嫂子呢？""哪有嫂子啊，小单你有啥事呀？""我人小没帮手，想请大哥帮忙挪一下冰箱，不知大哥乐意不？"一听是这个，尉迟思马上从窘态中恢复过来，憨憨一笑说："小意思。"跟着单婵就来了。从东屋抱起冰箱，往堂屋里间走过来，脚没迈进，一股浓烈的脂粉香迎面扑来，噎得他心头一阵发酥。单婵工于心计，脸不敷粉、清靓抢眼，闺房深幽、香气弥漫，其意当然显而易见。闻香识女人，尉迟思放好冰箱随手接过小婵递过来的毛巾，才敢正眼打量这个小女人：匀称标致、美丽白净，娇艳欲滴，风情万种。他面红耳赤，热血上涌，有点紧张口吃："小……小婵，我是大……大男人，有事尽管找……找我。"见他已然上套，单婵愈发媚态百出，娇滴滴地说了声："大哥你真好。"送其出门时，瞅准时机又加上了一把小火，一不小心让门槛给绊着，富有弹性的胸脯直接倒向他怀里。他赶紧伸手来扶，头晕目眩地咽着唾沫说："小心点。"小单更加柔情蜜意："谢谢大哥，谢谢大哥哥！"

隔天下午，单婵穿一件紧身小衣来找尉迟思："为表谢意，小妹特意炒了俩小菜，大哥能否赏个脸？"见她越发婀娜妖媚，尉迟思又搓着双手说："区区小事，何足挂齿，还劳烦小妹置酒炒菜的？"单婵娇喘说："大哥威武雄壮，乐于助人，小妹好生喜欢。你就过来陪陪我，好不好？"尉迟思是个老实人，血气方刚，寂寥万分，如何经得住这般勾引？鬼使神差地跟来了。单婵双手把盏，樱桃小嘴喷着香气，慢声细语说："美酒代表我的心，请大哥满饮此杯。"尉迟思心有所动，像妖魔牵魂般一饮而尽。两人眉来眼去，酒到杯干，身体碰撞，热血上涌。尉迟思坦露出胸膛，啪啪地拍着说："看哥这体魄，算不算个真男人？他娘的，人家还是跟个小魔头跑了。"单婵眼含秋波，满脸娇媚："那是她没福消受大哥，老天有眼把你送到小妹我这儿，我陪大哥拼一醉，好不好？"说着，嘴里噙一口酒，胸脯抵住他胸膛，嘴对嘴把酒度入他口中，尉迟思全身酥麻，一把紧紧地搂住她。两人似干柴烈火，日上三竿没起床。面对飞来之艳遇，尉迟思乐不思蜀，唯有单婵是命了。

一天，单婵突然泪雨潸然，尉迟思赶忙拥她入怀，百般抚慰。千呼万唤，单婵方说生意原本如何顺利，如何半路杀出个孙贵卿，伤心处失声痛哭，真真是千般委屈、万般悲愤。这些时日，尉迟思把单婵当作心头肉，见她如此伤心，哪儿能受得了？单婵说："你是不知孙贵卿多么不是人，他不但抢我的生意，还算计着我这身子。有次业务请人吃饭，他有意让我多喝酒，想灌醉我行那不轨的事，幸亏我早有防备，一脚踹他米多远，否则他就得逞了。"听到此，尉迟思怒从心底起，恨不得要去杀了他。小单见他生大气，反而劝慰说："咱君子不和小人置气，都过去了，咱不计较。现有大哥保护，我什么也不怕。"说完幸福地倒在他怀里。尉迟思见她如此宽宏，倍感欣慰，更加喜欢她。

有天中午，小单说还得和孙贵卿接单业务，接近十五点才骑车回来，进门就哭，大骂孙贵卿畜生不如："什么接业务？就是借机接近我，看把我衣服给撕的，幸好又没得逞，这以后的日子咋过呀？"尉迟思攥拳跺脚、咬牙切齿："他娘的，我去揍扁他，让他知道厉害，以后保险不敢了。"小单抹把眼泪："你去揍一顿，气倒是出了，可过不了三天，他一准把你给杀了，你哪儿知道这人的心肠有多黑。我宁可把自己搭进去，也绝对不愿失去你。为了你，算了。"尉迟思特别恼恨说："大男人还能让尿给憋死？他既不规不矩，咱不会把他先做了？"单婵用尽手段，等的就是这句话。她唯恐不真，赶紧试探："你若能这样，真是上天眷顾我。为我这么个小女人去拼命，值得吗？我可真是两难啊。"说着又哭。尉迟思抱她入怀说："你放心，我想个万全之策，神不知、鬼不觉，保证不会出事的。"小单听他如此说，施尽妖冶手段，又让他度过一个神魂颠倒的夜晚。

尉迟思为情色所迷，就像中了邪。他可不是只吃干饭不中用的这种角色，做事有恒心、有毅力。他去孙贵卿的住所踩点观察，不但掌握了出入规律，还把全院人的进出时间研究一个透。他买通农村人搞来炸药，暗托熟人搞到电雷管，然后闭门潜心研制炸弹。入迷时，茶饭不思，连单婵的挑逗都熟视无睹。制造好第一枚，到外地深山模拟试爆，成功后又制作了一枚备用弹。他先报案丢失自行车，然后锉掉钢印号，选准点位放在现场反复实验。一连几天没人动，这才彻底放了心。早八点，他窥见孙贵卿开车外出，即回家做着最后的准备。接近下午六点，单婵拥抱着送他出了门。来到现场，放好自行车，溜进院来再观察，见孙贵卿的汽车确实不在，遂之轻松一笑回去了。到家不到一小时，一声巨响传来，震得地动窗摇，他和单婵击掌相庆，祝贺大功终于告成。响声过后，就听人声鼎沸，警笛长鸣。单婵按捺不住，急于想看仇人炸成了啥样子。来到街上，离化肥厂约三百米，看见孙贵卿站在路边，擦眼抹泪地比画着。她以为眼花，双手揉揉，定睛又看，竟然分毫不相差。顿时魂飞魄散，差点跌倒，一手扶墙，双腿发软。恰好行人路过议论："唉，好好一个花样女孩，替她叔叔去死了。孙贵卿真是命大，他大哥一家这可怎么过？这个可恶的作案分子，真真罪该万死。"单婵跟跟跄跄，好不容易挨回家，面色苍白，有气无力说："完了，孙贵卿竟然还活着。"尉迟思霎时惊呆："炸了谁？"单婵身像棉花糖、软秧秧地一下歪到他身上："他侄女，看见叔回来，跑过去搬抱自行车。天意，天意啊！"尉迟思两腿一软，跌坐到地上。见公安大张旗鼓来破案，两人天天提心吊胆。一天单婵被叫走，吓得尉迟思坐立不安。单婵很快回来，说是公安座谈了解。过几天，公安突然传唤他，回答虽无破绽，心中却总是在划魂，特别是侦查员的那句'好心人，总把别人放在心上。'令他全身发冷，毛骨悚然。难道公安这么快就找到自己了？不会，不会。一路自说自话自安慰。刚到家，见单婵也垂头丧气地回来了，两人通报所问，公安最后那句话几乎一模一样，心里想：完了，肯定是完了。单婵虽没说喜主任到底咋回事，他的心里却是比明镜还要亮。公安为何一下查到他？为何来找我问话？问后为何又让我回家？肯定是试探口风的。想到此，他问单婵："你是几点离家的？"单婵说："那会儿不到八点，这不下午一点多了都。"尉迟思突然想起，叫去这么久，单婵亦如此，为了啥？心头突然一惊：莫不给家里安上窃听器了吧？他一把捂住单婵的嘴，拿笔写下一行字：小心窃听。单婵顿时两眼惊恐。他一边说着："爱几点就几点吧，你与孙贵卿有交辩，找你了解很正常，问我能有何用呢？"一边示意她做饭去。找遍所有地方，也没发现异常，随即摇头自嘲想：公安真安上，能让我给找到吗？吃完饭，拉着小单走到院外说："在家什么也别说，这么大的人命案，让公安抓去保准杀头一个死，你也很够呛。"单婵脸色煞白："公安真的能够找到咱？""已经找上门了，能否躲得过，就看造化吧。"此后，他俩白天一直不在家，晚上上床后，大半夜地不消停。连续两三天平安无事，庆幸或许躲过大劫了。这天一大早，俩人准备到山上放松放松去，门刚打开，就看见六名警察早已在此等候了。

第二十五回　巧设来家离间计　深挖侄媳枕边人

　　且说东方炕率领定时爆炸专案组上马后，围绕沈鸩盱的矛盾点和知情人展开了调查。沈厂长常去新浦人所共知，但这次出差却非常地隐秘。原计划早上六点从县城出发，因故推迟一个多小时才从家里走出来。昨天下午回县城，车底没有任何的响动，说明炸弹是晚上安放的。按原计划，应到海州境内爆炸。作案人不但想要炸死他，还想把爆炸现场诱导为外省辖区的一起意外交通事故，显然又是一起高智商的预谋型犯罪。制造定时炸弹的科技含量特别高，必须有精细的操作技巧，稍有差池，就会炸死自己，若没有专门的研究，肯定完成不了。

　　经过周密排查，发现副厂长汪费心完全符合三项条件：与沈厂长矛盾很深，几乎你死我活；知道沈厂长明早六点出发；在拆弹部队当过兵，有制造拆除定时炸弹的丰富经验。他多次扬言要弄死沈厂长，为何？原来他爱人是厂里的业务员，人很漂亮，经常与沈厂长出去陪酒场。有次沈厂长晚上扶着她回来，被汪看到，越发怀疑沈厂长是"兔子吃了窝边草，连我的女人也不放过，生生地给自己戴上了一顶绿帽子。"汪费心的家在县城里，但平时和爱人都住厂公寓，最近个把月却经常借故回城独居。沈厂长妻子不住厂，他和厂长又邻门，这不是有意给两人提供方便吗？自从怀疑沈厂长，汪费心心中就压着一股无名火，一旦遇见，就像狮子见大象，怒目圆睁，恨不得扒皮吃肉。昨天下午见沈厂长回了城，他也立即回城了。三项都符合，而且两项还是唯一的，他既知道沈厂长何时出发，又懂得定时炸弹的制造原理。东方炕也是个敢做敢为的主，一旦看准决不含糊。当机立断，控制汪费心，边讯问边搜查获取证据。

人吧，有时想法单一，就会不顾一切。汪费心认为只要汽车到海州爆炸，肯定会起火。外省外地，谁会上心勘查一起异地车辆的爆燃事故？他量丈无妨，家中连起码的清理也没搞。侦技人员一进家，满屋子都是制造定时炸弹的工具和材料，往他眼前一放，他啥也没解释，如实地供述了作案过程。最后长叹一口气："谋事在人，成事在天，我不后悔。我算计时间，算计距离，就是没有算准他会如此狡猾善变，我认命。"此案一破，东方炕带人火速投入到宋家疃连环爆炸案。

三起大案连破两起，精英全部集中到宋家疃，专案组兵强马壮，士气大振。文滔和宪勋局长一起来到现场作分析。伯瀚说："发案六年来，凡有矛盾的可疑人，无数次拉网，无数遍过筛，哪承想这漏网之鱼的气焰愈发嚣张了。"文滔说："伯瀚师弟的侦破思路没有大问题，关键要立体思维，精准施策。说实话，此案范围并不大，手法也不高，为何六年没破了？原因固然很多，但最重要的还是重视程度不够，侦查方向跑偏。真正的坏人并不可怕，最可怕的是假好人。一列高速运行的火车，如果跑上了岔道，离目标只会越来越远。侦破此案，仍是一场持久战，却没有必要集结大兵团。要抽调精干新人，另起炉灶，抛弃原有的排查模式，采取灵活机动战略战术，从受害人的身上找症结。"

阳伯瀚如醍醐灌顶，立召众人商议说："上案半个多月，仍然一无所获。大家不要太着急，心急喝不得热糊豆。任局长给咱的期限是三个月，战略上看似很短，战术上看已经很长了。我就不相信，九十天还查不出这个家伙来。六年多啊同志们，光破案材料也有十箩筐，本来矛盾突出明显，为何屡侦屡没破？浔水齐大队长说得太对了，我们一定是被看似真相的假象迷惑了，致使侦查方向完全跑偏，作案分子就在我们否定的人当中。我们要学指南针，东西再好不被诱惑，坚定一个正确的方向。只要把脉细致，案子一准能破获。"他留下一个小组搞调查，一个小组阅案卷，他则和东方炕到医院跟来风银两口子拉长呱来了。随着来风银和爱人的陈述，一幅波澜壮阔的画卷呈现在眼前——

1982年，宋家疃实行土地联产承包责任制，不久来风银出任党支部书记。承包当年，粮食大丰收，家家户户解决了吃不饱的问题。宋家疃地处沣河平原，水网纵横，不具备林果发展条件。老来想到一个致富门路，号召大家利用河泽湿地养鸭子，自办杀鸭厂，养、杀、供一条龙经营。他大胆决策招聘厂长，打破条条框框，毅然聘用了外地的能人。厂子风生水起，年年赚大钱。本村有个青年来智侠，也是他四服内的族侄。参与竞争厂长没成功，眼见杀鸭厂越办越好，就跑到来风银的跟前说："大叔慧眼识英豪，庄厂长不愧望族后裔，村里都说他很能，我看叔您才是真正的大能人。他不过是个小韩信，叔您才是大萧何，看人咋就这么准！"一通话说得来风银心里那叫个舒坦。

当时，村委要换届，他正愁没个得力的年轻人来支使，眼前这个族侄岂不很合适？他问智侠说："贤侄啊，你是识文解字的大秀才，村委一直缺个敢于创新的年轻人，看你脑子挺灵泛，推荐到村委锻炼一下怎么样？"智侠过来讨好他，本就冲着想当官，自然应允不迭。换届选举时，智侠私自串拉选票："来书记要让我当村主任。"风银很生气，他见情势不妙，马上哭诉说："叔，您千万别生气，指定是我大背着咱干的。他是一个老糊涂，再生气也不能把他扔进井里吧？"来书记想想也是，肯定大哥望子成龙，怨不得这个大侄子，他顺利地当选了。

选举结束当晚，来风银家突如其来被炸一炮，来书记百思莫解，村民也丈二和尚摸不着头脑。来智侠刚当选，手脚勤快，跑前跑后，对来书记百依百顺，言听计从。面对侦查人员，他眼泪圈在眼眶里："来叔这么全面公平，世上哪有第二个？哪个乌龟王八蛋作这样的大恶，简直不得好死。"立即给他家加了暗岗。来书记嘴上不说，内心十分感慨，觉得用对一个人，比做什么都重要。为此，来风银得了一场病，来智侠亲奉汤药，还让媳妇过来照顾。来风银内弟要娶亲，爱人高吉芳得去帮忙，进退两难时，来智侠和媳妇诸葛蕙一齐说:"婶子尽管放心去,这儿有俺呢。"有天来书记要换内衣,让侄媳回避,谁知诸葛蕙大大方方说:"叔,俺是晚辈,不就和自己的孩子一样吗?"立即靠身给换上。见来叔有点羞涩尴尬,她竟甜甜一笑说:"大叔还挺年轻血气,再要个胖小子也绝不成问题。"

晚上,智侠服侍来风银吃下安眠药,临走指示媳妇说:"今晚好好用心点。"来风银迷迷糊糊,梦到后背贴着一个柔软的女人。天明醒来睁眼,见诸葛蕙坐在床沿上,惊讶问:"侄媳妇来得这么早?""俺看大叔老说梦话,就没敢回家去。"他心中吃惊:天,昨晚的梦境是真的?他面带疑惑说:"侄媳一晚没歇会儿?"诸葛蕙脸色一红:"俺看您浑身老发抖,叫又不答应,就靠在你的后背上暖和了一小会儿。"来风银挣扎坐起来:"侄媳妇,这算哪门子事嘛!你不怕智侠侄子有误会?""是他让俺陪您的,大叔仪表堂堂,俺心里着实也喜欢,俺心甘情愿的,哪儿会让他知道?"来风银一个劲地摇头说:"侄媳妇,话可不能这么说。你回去让智侠快过来,我有要事要商议。"她回头轻轻说一声:"那俺先去了,大叔多保重。"

智侠来到,来风银让他坐下说:"智侠啊,你对我的好,我心里很有数。你婶子不在家,侄媳妇年纪轻轻的,杵在这儿我真的不自在,万一外人生起口舌来,你说这事得多大!人活一张脸,树活一张皮,千万让她别再过来了,好不好?"智侠脸色紫涨说:"那是,叔的人品谁又不知啊?晚辈照顾您天经地义,谁敢胡说八道的?""智侠啊,人言可畏,凡事都要长点心。"来智侠似乎明白了:"那是,就听大叔的。"下午来智侠早早过来,看着来书记吃过晚饭,扶他上床方才回家。来风银睡得迷迷糊糊,爆炸再次发生,来智侠第一个跑来问:"大叔伤着没?"风银说:"这不是睡在西屋嘛,炸点在东屋,赶快报案吧。"

不久,党支部换届选举,来智侠劝说来风银:"我看大叔太劳累了,我真的不为想当官,只想为您分担点压力,让我当个副书记吧,好不好?"来风银苦口婆心反劝他:"智侠啊,你是我的亲近人,凡事要从大局考虑。支部村委就这么几个名额,让你身兼两职,谁不骂我假公济私呀?"智侠立即转变态度:"那是,不能让大叔犯难为。"支部选举很顺利,恰此时,家里又挨一炮，来智侠第一个跑过来，要打电话报案，来风银摆手说："算了吧，炸得也不重，无非吓唬吓唬人。"

随着鸭殖产业的不断壮大，市场竞争越来越激烈，为保持优势，来风银决定成立鸭业总公司，来智侠大加赞赏："大叔运筹帷幄，有眼光。"一边又四处放风，说他要出任总经理。来风银又和他谈心："企业经营是个大学问，关乎千家万户的钱袋子，不是人人都能干好的。你又没这管理经验，又想掺和啥？"来智侠指天对地发誓："那是，指定有小人造谣挑拨咱爷儿俩的关系，大叔若不主动想，我怎敢乱想乱说话？"来风银听了，夸他越发懂事知礼，总经理顺利选出，当夜他家又挨一炮。公安来人调查，来书记不以为然说："无非搞点响动，由他吧。"

近期来风银身体不大好，爱人高吉芳照顾父亲也要常住在娘家。侄女来艳霞高考完毕，过来照顾大伯伯。这闺女刚刚十八岁，窈窈窕窕，就像一朵娇艳的桃花。来智侠早就对她垂涎欲滴，遇此良机，岂肯放手？越是来书记不在家，他越没事找事地泡在这儿。形态仪表尽量装得温文尔雅，谈吐之间，天文地理，古今中外，无所不通。艳霞情窦初开，涉世未深，耳鬓厮磨日久，觉得这个哥哥特别有情趣。这天来智侠瞅准机会又过来，艳霞正寂寞无聊，一见他顿时眉开眼笑。他恨不得即刻拥她入怀，一口吞掉。随即无话找话挑逗说："妹妹看过三言两拍吧？""没看过，俺天天都上学，哪有工夫看闲书？""可惜了，真是绝世好书，应该看看的。"艳霞颇为好奇："看书多费事呀，哥你给我讲讲呗，我也听听好故事。"他咽口唾沫说："那是，好吧，就免费给小妹讲一段。"于是他装模作样说："就来段《乔太守乱点鸳鸯谱》……话说两人合被之后……玉郎摩弄一回，便双手搂过来……"此篇口味本就有点重，哪经他胡乱添荤又加腥？直听得艳霞面红耳赤，迷离恍惚，心怦怦乱跳。见时机成熟，遂上前一把抱住说："艳霞小妹春心已痴，反将哥哥紧紧地抱住。"嘴也贴她嘴唇上。艳霞身体酥软，意乱情迷，任凭他给抱上床去。来风银有事回家，撞个正着，差点气炸心肺，大骂来智侠："你还算是人吗？艳霞还是个孩子，她不懂分寸，你也不懂啊？老天，你让她以后怎么嫁人呐！"来风银的心在震颤，扬起手来，照着艳霞一巴掌，打出一道大大的血印："他是有老婆的人，以后谁还敢娶你？你让咱全家的老脸往哪儿搁！"生气归生气，此事涉及侄女的名声，绝不敢有半点儿泄露。他让来智侠跪发毒誓下保证，方才作罢了。当晚，他家又挨一炮。

时间总在倏忽间溜走，宋家疃又迎来村委换届。临近选举时，来风银家炸响一炮，大家习以为常，日子照常过。换届刚结束，家里又被炸了一大炮，来风银的腿被炸断，爱人的眼被炸伤。时值任宪勋上任局长，大军云集破案来了。

阳伯瀚和东方炕在医院里与来风银两口子拉家常，东一耙子，西一扫帚，一拉就是三四天，一反常态，没让他分析怀疑对象，闲谈中，不经意间记住一个人：来智侠。从第一炮到第七炮，次次说到他，而且十分感激他。每次他都第一个到场，伤心欲绝。即使侄女这件事，风银也倾向于一个巴掌拍不响，没从心里真恨他。来智侠这个老好人，到底是哪一路的货色呢？阳副局长让阅卷小组把历次笔录都找齐，罗列出爆炸前仨月所有的大事，逐件思索研究，终于发现，只要有事触动他，必定炸响一炮，首先赶到的必定也是他。前六次炸点较远，药量较小，最后一炮炸点准确，剂量较大，似乎也说明了心理状态。来智侠官欲很强，第一次参选就想当主任，他心中怨恨来风银，第一炮应属发泄愤懑；来风银有病，他让诸葛蕙伺候过夜，到底为了啥？六次恐吓提醒，可惜来风银没有悟透。这次村委换届，愿望又成泡影，遂恼羞成怒，想一炮炸死他。这个历次被无条件排除的人，嫌疑其实最突出，必须启动全面调查。一要调查诸葛蕙知情多少，什么态度；二要查清炸药来源；三要调查到底有无第一目击者。特别这次案发不久，要把该掌握的东西一次拿到手。

工作量真如大海捞针，调查组细耙耙地好几遍，也没耙出啥线索。两案破获后，侦查员兴奋了好一阵，两个多月无进展，情绪难免又有波动了。阳伯瀚适时鼓劲说："楚汉争雄，刘邦屡战屡败，没有气馁，垓下一战大胜项羽，成就了汉家基业。我们和作案分子较量，好比一场拔河比赛，拉来拉去，比的就是耐力和恒心。我们着急，作案分子活在高压下，能不恐惧更着急？只要我们横下心、咬住牙，案犯就会露马脚。"东方炕也鼓动说："昨晚梦见百年枯桃突然开花，大家振作起来，很快就会有收获。"

原来，阳伯瀚和东方炕设计了一个周密计划，专等来风银夫妻康复出院。果然，好消息接踵而至。莱州调查来智侠原来的打工地，证实他偷过炸药雷管导火索。村内调查终获重大突破，来风银家第三次被炸时，来启枣起来拉肚子，蹲在茅坑好长时间，他刚提上裤子，院外一声爆炸，他赶紧头贴墙面躲过飞落的碎块，然后探头往外看，却见来智侠站在来风银家大门前，他心里暗骂："难怪都说是来风银的干儿子，真就长着一副狗鼻子，这儿还没炸，早他娘的闻味跑来了。"原曾多次找过他，但他一直不作证，缘于他和来风银有矛盾，侦查员总是以怀疑的口气讯问他，所以他的心里特别烦。这次，侦查员改变谈法，首先道歉洗清他的冤枉心理，这才讲出实情来了。这线索犹如一枚重磅炸弹，顿令侦查员兴奋无比。调查早就发现来智侠数年前勾搭上本村于氏小寡妇，夫妻为此常吵架。这事看似不起眼，却对计划实施至关重要。

经过两个多月治疗，来风银和高吉芳终于康复出院了。刚到家，来智侠第一个跑过来："大叔大婶大好了？可把我给惦记煞了。"风银表现得很热情："大侄子，快坐下。平时吧，家里家外全就指望你，我这一住院，可把你给累坏了，你大婶人前人后地老是夸你呢。"高吉芳给他搬来坐杌，泡上热茶。风银说："大侄子，公安在这儿，为的可是咱爷们儿，你得处处关照好。这回我算看透了，什么事离了自己人那也不行的。下次支部换届，无论如何得让你当副书记。"来智侠心里暗骂："老东西，早做啥去了？非得死上一回才明白。"面上却装得很高兴："那是，跟着大叔干，哪儿用着想许多。您擎等着放宽心，我全办得妥妥的。"高吉芳问："大侄子，侄媳妇明天有事吗？若没事，来帮我纫纫被子吧。"智侠说："那是，婶子的事就是最大的事，其他事都得先放下，明天让她早过来。"

第二天诸葛蕙早早来到，帮着大婶收拾碗筷，来风银招手说："侄媳妇坐过来，让叔看看瘦了没。"她回头看婶子，婶子豪爽地说："大叔难道是外人？真是个好孩子，家里家外的操了多少心？"大叔端详一会儿说："家里的，中午做点好吃的，让侄媳妇补一补。年纪轻轻，理应如花似玉，哪能老木苍生，皮黑脸瘦，不像个三十岁的女人了。"大叔几句体贴话，惹动她许多心事。想想多年的委屈，心酸满腹，热泪盈盈。面对大叔和大婶，心中又浮现出上次夜陪大叔的前因后果来——

　　来智侠那晚让她留下，当然有其如意的算盘。他不止一次地抱怨说："人家那谁谁，想当村主任，老婆俩小时就把书记摆平了，你白瞎长得这么好看，却是不中丁点儿用。"她盯紧他的眼睛："俺是你的老婆，这点小官真比老婆还金贵？"面对无耻人，她一时无语了。所以赌气答应他，是心里也着实喜欢来大叔。但大叔那一夜终归也没搭理她，颇为失落地回家后，智侠斜睨着眼睛审视她，她很坦然地说："审贼呢？大叔一直在沉睡，俺是真的没办法。"他阴阳怪气说："莫不真心喜欢吧？大男人一身雄性，一晚不起意，骗谁？"诸葛蕙抓起板凳扔过去，大骂道："王八蛋，你不是盼他睡俺吗？睡就是睡了，没睡就是没睡，怎么嫁给了你这个奸诈无耻的醍醐鬼！"到晚上，智侠又没在家，她又听到一声爆炸，独坐床头，发了半天呆。

　　两个女人在院里铺一张苇席，拉着家长里短，绗开了被子。婶子关心问："这才两个来月，咋刮瘦成这般模样了？智侠又欺负你了吧？这孩子工作挺上心，就是这做人，让人十二分的不放心。"诸葛蕙觉得话里有话，试探问："婶子听到什么，有啥不放心的？""家喻户晓多大个动静，婶子不聋又不瞎，能不知道吗？"诸葛蕙叹口气说："小于还不到三十岁，如何守得这活寡？他若偶尔去一趟，俺也不大理会，还不都是女人嘛！恨只恨他狗性改不了吃屎，老犯这毛病。那年在外打工，就搞大了人家姑娘的肚子，差点没把俺气死。""你这孩子天生傻，前些年他让你来陪你叔，想要啥你能不明白？幸亏你正道，你叔也正气，要不还不做下了？想出这种歪法子，老婆不如那点小破官，还算是人吗？""他吧，官欲太强，总觉得一身本事，大叔就是不用。其实俺还不知道？若真让他干，他什么都不是。"

　　高吉芳说："看人吧，得首先看人品。狗吊秧子尚知避人群，他却脸都不盖一点儿。扯不清、拉不断的倒也罢，听说还谈婚论嫁的，那你做啥打算呢？这人真是没救了，前两年上发生的事，指定你还不知道，真真畜牲不如啊。"诸葛蕙很吃惊："前两年上有啥事？俺咋一点风儿没听到？""这事吧，也亏你叔心空大，硬生生地给压下了。至今说起来，还恨得我这牙根疼。前两年你叔生病时，你艳霞妹妹不是过来照顾吗？智侠天天也过来。你叔又经常不在家，她一个小姑娘，正是怀揣小兔心思乱撞的年纪，哪儿能经得住智侠的这般勾引和撩拨？他就把艳霞生生地糟蹋了，可巧让你叔逮了个正着。她一个黄花大闺女，以后如何嫁人呐！智侠跪着求饶，你叔也只好作了罢。"诸葛蕙一听，嘴里直骂畜生，坐到地上半天没起来。本来因为小于这件事，她就二二思思要离婚，艳霞这事犹如晴天霹雳，把她的心给彻底震碎了。她咬牙切齿，气得肚子像小鼓。来家婶子趁着火候说："六年多，我家挨了七次炸，公安一直没破案，你知到底因为啥？"她低下头，不敢直视她。说知道，她真不知道；要说不知道，她还真知道。她知道是智侠干的，但是怎么干的，她确实不知道，因为智侠防着她。面对婶子，她只得闪烁回问："为啥呀？""你还真傻呀？公安三番五次地要查智侠的，是你叔打了保票硬保他。不论怎么说，前几次算是吓唬人，这次呢，真是冲着你叔和婶子的命来了。若非老天保佑，咱娘儿俩还能一块儿做针线？你看看，一次次的没有完，就是你叔想拉倒，人家公安能算完？这不是向公安示威宣战吗？这次再要破不了，局长都得撤职法办。再有一两天，公安局就要收网了，你真打谱守一辈子活寡啊？"诸葛蕙有些不解："收啥网？公安局还打鱼啊？""傻孩子，事查清，一两天内要抓人，就叫收网。跟我说实话，这次爆炸时，智侠是啥时起床的？""俺睡得迷迷糊糊，还真记不准。"

吉芳冷笑说："一句话露了大馅吧？若是炸后才起床，你能不记得？孩子，生死关头，咱可不敢犯糊涂。这回你叔凭啥还保他？想当官就明着说，嘴上抹蜜，心比蛇毒，行出这等促狭事，炸断你叔一条腿，把我伤成蘑菇脸。还有你，花一样的年纪，他完了你咋办？即使不完蛋，他娶小于了，你又咋办呢？"一句话戳到伤心处，泪水不免爬上脸。她说："婶子，俺是天生的苦命，走一步说一步吧。他这人心机太重，报复心理太强，俺叔这样的好人，他真是伤天害理了。""关键是，抓了他，人家公安能不审你吗？为何知情不报啊？这又不是炸个一回两回的，人家会不会以包庇罪也把你给逮起来？"诸葛蕙一听，是呀，俺知道，为何不劝阻？为何不举报？这一想，还真吓出一身冷汗来。跟着这种人，实在没法过，可为何仍抱着保他的心思不放呀？想到这儿，她脱口说："炸药还藏在俺娘家，这可咋办啊？""傻孩子，能咋办？快让你叔把公安叫过来，说个明白脱个清净多好啊？我的天，他哪儿弄来了这么多，一次一次地用不完。""莱州偷的，放在俺娘家的闲屋里。炸没炸俺真的不知道，但你家挨炸时，他没有一次是在家里的。俺以为他去睡于小娘们儿，也不屑得搭理他。"婶子叹息一声说："作孽啊。"

侦查员打开诸葛蕙娘家的房门，一堆炸药雷管映入眼帘，阳伯瀚仰天长叹说："任局长，正好九十天，我们终于挺过来了。"

连续六年的系列爆炸案终于画上完美的句号，宋家疃彻夜沸腾，欢声一片。一段时间，许柏县爆炸案销声匿迹，社会空前安宁。

第二十六回　许柏降服宋三宝　浔水发生诬陷案

时过不久，省市委对沭浔市公安局进行考察考核，耿世坤升任省公安厅副厅长，副局长丁明哲升任党委书记、局长；任宪勋任市公安局党委副书记副局长，继续兼任许柏县公安局局长；牛执权提任副局长兼沭中分局局长；柏兆先提任副局长，分管刑事侦查，陈小震提任刑侦支队长。

一天，市局突接省厅通知，耿副厅长要来沭浔调研，直接点名许柏县。宪勋忙前忙后做准备，忽然想起老处长到浔水调研时曾让文滔作陪，随即打电话煞有介事地说："听说老弟百战百胜，浔水已快盛不下了，何时调任公安部，莫忘带上老兄啊。"文滔笑着反唇相讥说："老兄执掌双帅印，日理万机自不待言，今有工夫大扯闲篇了？我正忙得焦头烂额，应付县里的表彰大会，有话快点说。"

宪勋说："老弟行，我上任危难时，你慷慨帮忙破大案，未及发点小赏钱，这又接二连三地战果累了。这次稍一出手不打紧，才抓了个杀死三人的小逃犯。这不，耿副厅长要亲来许柏，号召向你学习呢！"

文滔笑喷说："好事，特大好事。既然号召学习我，带他来咱浔水呗，跑你许柏去干吗？老兄快快闭嘴吧，我已至清明白了。"宪勋说："明白啥？我可可马上闭嘴，你倒是张嘴说说啊。"文滔严肃说："任兄，老处长他是凡人吗？就凭咱这两下子，十个八个哪是他对手？他为何刚刚到任就要来许柏，还不是因为你侦查破案有特点、成效大，值得总结推广嘛！小心点，千万不要呼呼隆隆搞排场，他若甩起黑脸来，何曾讲过一点的情面。市局领导趁早莫去找板子，当然小震可以去。除了爆炸案，他肯定看中了你与江苏的协作配合。这个首创了不起，我是口服加心服。"

宪勋说："是呢，许柏民风彪悍，爆炸案屡禁不止，三起大案破获后，也曾一度消沉过，可现在又步入了常态化。很多作案人逃往江苏和上海，预防和抓捕都是大问题。"

文滔说："那你重点做准备，哪天我也取经去。明天有人去你县，顺便捎点小食材，帮你取悦取悦老处长。"宪勋说："我的经验取之不尽、用之不竭，何时来取都欢迎。送食材没安好心吧？你可别给我没事乱找事。"

十点多，耿副厅长驱车来到，见只有宪勋、小震、阳伯瀚、东方炕在等候，非常高兴。会议室里一落座，单刀直入奔主题："调研两个重点，你县爆炸案频发，准备采取哪些措施；与江苏接壤，如何搞好协作配合。"宪勋汇报说："许柏自古至今，民风彪悍有传承。思维单纯，方法简单，对社会稳定影响重大。最突出的是爆炸案频发，成为影响治安的重中之重。别的地方，有点纠纷闹点矛盾，吵闹一通，略为调停即可化解，在这儿，有了矛盾，或当场大动干戈，或轰隆一声爆炸，经常是炮声隆隆，刀枪齐鸣，非死即伤。全年爆炸案六十多起，死亡十多人，受伤三十多人。临近年关，矛盾聚集，仅这半个月就发生爆炸案十九起，死亡达七人。"

耿副厅长问："爆炸都有啥特点？"宪勋说："定向爆炸，定时爆炸，炸效自控。简单说，炸向明确，说朝哪儿炸就向哪儿炸；自造控制装置，想让何时炸，分毫都不差；用药量科学，想要啥效果就炸出啥结果。我任职以来，强化打击，破获了大量的案件，有段时间也曾下降，但总体还是多发态势，是影响我县稳定最头疼的事。炸药来源五花八门，有从江苏购买，主要依靠自制，隐蔽性极强，侦破难度特别大。"小震插话说："许柏坚持以打开路，打防并举，在强化打击的同时，采取了一些有力措施，重点加强了防范。一是群防群治，村村配强治安巡逻员，昼夜站岗值班；二是加强爆炸物管控，从源头上控制流向；三是与江苏接壤的乡镇，建立治安堵截点，已经

警路八千云和月

初见成效。"此时东方炕接到一个电话,汇报说:"宿水报来一起杀人案,我得马上出现场。"耿副厅长说:"小阳也去吧,我和宪勋、小震随后也要去。"

出现场的刚走,耿副厅长就已坐不住了:"宪勋啊,案子来了,何必再听口头汇报?此镇正与江苏接壤,听不如看直观有效吧?"任局长一听老处长要亲赴现场,压力倍增,只得硬着头皮陪着他来了。

此案并不复杂,宿水镇响马河村宋老六与冯世瑶两家素有矛盾。宋老六有五个儿子,因生活贫困,养活得也都不够好,或许也与遗传有关系,个个长得不咋的,只有老三宋三宝比较滑刷,好不容易说上媳妇,转年生了个胖儿子,这可把全家乐坏了。老冯见他家添孙子,隔墙跳脚怒骂道:"别看今日添人丁,或许明天得时病。"这可惹恼了宋家。宋家全凭老太太左宋氏执掌大权,他召集儿子说:"冯家咒我子孙,不得好死,必须给他点厉害,杀了他全家,以解心头之大恨。"儿子全都蒙圈了:给点厉害打顿也罢了,杀全家,那不得挨枪毙抵命吗?宋老六说:"这哪儿行?咱家添孙子是大喜的事,哪儿能让儿子白白地送上一条命?赔本的买卖不能干。"一句话惹恼左宋氏,她横踹宋老六一脚说:"老不死的,有我在,何时轮到你说话?"宋老六吓得躲到一边不敢吱声了。左宋氏命令:"老三,你出来。"宋三宝颤颤巍巍地站出来。左宋氏说:"你哥哥、弟弟都没娶媳妇,只有你有了儿子接香火不怕绝后了,死也不打紧。你去把冯家全杀了,再喝药死在他家里,我们好再讹钱去。"宋三宝双腿发软,歪在地上求饶说:"妈,我连刀都举不动,如何敢杀人?杀人自己找死去,划算吗?要不你和俺大去杀吧,你们年纪大,命也不值钱,我兄弟们好好地给您发丧不行吗?"左宋氏气得一把提过宋三宝,甩手一巴掌,大骂道:"直娘贼,还能有点尿性不?你有儿子了,你不去谁去!我和你大还得给哥哥弟弟张罗媳妇呢。今晚吃顿肉,明天上午就去杀。拿着,这是药,杀人后一仰脖子灌下去。"

晚上左宋氏做了一桌好菜,三宝如何咽得下?想想刚开始的幸福小日子就要断送了,不由悲从心来,痛哭失声,但妈妈的话岂敢不听啊?第二天,他怀揣尖刀来到冯家,见他老伴在,一刀捅过去,只听哎呦一声人倒下,吓得他掉头跑回家。左宋氏急问:"杀了吗?喝药没?"他惊魂未定地说:"杀倒了。"左宋氏命令："还不快点喝药，在等啥？一定要死到他家去。"宋三宝哭叫着夺路而逃，边跑边喊："我不想死，我还不想死啊。"拼命地往南跑去。

出村往南六公里就是江苏界。阳伯瀚接受报案时，已经问清基本情况，立即通报嫌犯特征，命令堵截点开始行动。

到达现场，边勘查边了解，边派出追捕组到江苏邻县联系配合。距朱墩堵截点一公里，已经发现宋三宝，堵截人员迅疾包抄过来。他穿过一片芦苇荡，被一道宽河挡住了。因水深流急，大部没封河。放眼一望，只有下游水缓封冰，便不顾一切地跑过去。一脚跳上，身后的冰层咔嚓咔嚓往下沉，他却全然不顾，竟然快速地冲到了对岸去。江苏警方正在巡逻，见有人踏冰而来，料定必是杀人犯，迎头围上来。宋三宝转身钻进一片树林子，筋疲力尽实在跑不动，一腚坐在了高坡上。见漫山遍野都是人，跪地痛哭，长号一声，掏出药瓶就要喝。

阳伯瀚用望远镜看得很真切，这段距离若赶到，药也早已喝下了，于是用扩音喇叭大声喊："不要喝，人没死，你一刀刺她胳膊上，只是受了点轻伤。你要想寻死，只能白死了，我们绝对不骗你。"三宝跪地大叫："苍天不灭我啊。"扔掉尖刀，跌跌撞撞地朝围捕人员奔过来。

耿副厅长亲眼看见堵截点和友邻协作配合的巨大作用，万分高兴："现场观看比你空口白牙的汇报生动多了，这个法子很实用。堵截点可以再规范，民警带队，村民上阵，区域巡逻和重点堵截相结合，这样才能更持久。"宪勋看下手表说："老处长，已是午后两点多，人也逮住了。饭，总是还要吃一点点吧？"耿副厅长一挥手："走，吃饭。"

来到食堂，宪勋说："好酒好菜统统给我端上来。"大家群起而应："是。"耿副厅长满脸疑惑。见一个小同志端着秫秸楻盖顶走过来，他双眼立时瞪圆说："快，我正饿了呢。"你道是啥山珍海味，原来是一摞地瓜干煎饼，一盆荠菜豆沫，一盘腌香椿，一把小青葱，一盘鲜辣椒，两块腌疙瘩大咸菜。小同志未及放下，老处长已伸手拿个煎饼卷着吃上了。宪勋双手扶膝静坐默观，见老处长吃得津津有味、满头大汗，竟一时酸涩、眼角湿润了。

至此书归前言，咱再一起回到二十二回中大年初一这一天。且说文滔刚刚送走任宪勋不一会儿，村里的电话员一头大汗地跑过来，说公安局有紧急电话找。文滔火速来到村部拿起话筒，只听文局长非常急促地说："发生重大事件，请即立马返回。"啥事这般紧急，原来县城发生一起诬陷大案。正所谓按下葫芦起来瓢，文滔只得迅疾返回。

浔水县城的春节热闹非凡，早起的串门拜年人，发现了几张手写传单，内容是："全县广大人民同胞们，马世功自到浔水以来，个人完全专断任人专好唯亲，一个好色之徒，图财草管（菅）人命。与那个美女干部公孙小婉日夜上床，破格提拔其是副局长；那个酒业公司假（贾）经理送给他十万元，提拔老婆当个局长；奸阴（淫）十二岁小女学生叫娟娟的，让公安局局长压下来了，害人家妈妈蒙娘含怨（冤）上吊已自尽。秦禽兽为了当个官，将两个十五岁少女睛纹和莺儿送给马书记天天完（玩）弄。他还指示县里建立暗杀队，公安局治安科有个叫邱前程的当上行动队长，齐文滔这个副局长任指挥，杀死十几个反对的干部。有一个杀死后，抛尸玉米地，还一个沉入那井底，还又活埋一个。全县人民擦亮眼，揪出这个王八蛋，打入人类狗屎堆，把这个害群之马赶出咱们浔水去吧，滚回他的老家。"落款："浔水县全体干部群众。"

这些年，写匿名信散发传单造谣生事者时而有之，但捏造如此恶毒事实，攻击陷害县委主要领导和公安局，还是破天荒的第一次。单凭捏造县委书记奸淫幼女和公安局成立暗杀队，已经是弥天之大罪，何况还杀死这么许许多多的人？公安局不是破案局，倒成杀人局了。这个影响实在大，对县委和公安形象的损害也是不可估量的。

齐文滔看着传单，早气得七窍生烟了。文局长说："这事急不得，更不能起火冒狼烟。涉及县委书记，涉及公安局，可谓大案惊天。咱得先到县委碰碰头，听听领导啥意见。"文滔让小柳通知有利："把县城街角院落闲地再仔细地搜一遍，特别注意沟沟坎坎、草丛水塘和僻静的地方；马上查清各单位有无收到邮寄传单；速查所有发现人，搞清时间和地点；除夕夜、初一晨，有无行迹可疑人；搜集社会舆论，注意反面意见；做好传单保护，注意提取指纹；原件立即呈报市局，分析研判作案人的年龄、文化、职业等特点。"

区有利一到，小柳随手把电话记录递给他："这是大队长的几点要求，你先看看吧。"有利看完，略为沉思说："齐局这脑子到底如何运转的？总是一下点到命门上，咱一辈子学不来。"小柳笑了笑："无非几点要求，没啥新奇吧？"有利说："小荷尖，那是你没认真地回味，可别小看这几点，初查全部包含了。就说这邮寄，你我能够想得到？平时干个精细活，咱也拾得起来放得下，可要决策大政方略，真就相差千万里。只有齐局，不论案件多复杂，总能瞬间抓住要害，显露的全是真功夫。他常挂在嘴边说：'好人不一定是好警察，好警察不一定是好刑警，好刑警不一定是好队长。'至理名言啊。"听有利这般说，小柳重新看记录，前思后想，真还突破不了这几点。

与县委领导碰头时，文滔建议汇报市委，尽快确定事件性质，便于及时立案。正月初二，市委安排市纪委、市检察院和市公安局组成联合调查组到达浔水，秘询传单所列当事人，调查相关证人，结论是诬告陷害。一个以齐文滔为组长的精干专案组迅速成立并投入运转。

初三上午八点，柳羽荷请半小时的假，获准后骑着车子出门了。八点半，县委通知文局长和齐文滔九点到县委开会，步入县委大院，文滔一眼瞄见柳羽荷的自行车停放在楼前，心中不免暗发慨叹：好你个小荷尖，果然隐藏够深的。一会儿，市委柳金刚书记和县委马书记步入会议室。柳书记说："浔水是革命老区，山清水秀，人杰地灵。由于历史的原因，这儿的发展曾一度滞后，亟须大胆改革创新，一举改变落后面貌。市委从全局考虑，任命马世功为县委书记。老马到任后，做了大量卓有成效的工作，取得了有目共睹的优异成绩。大好局面来之不易，市委很珍惜，浔水人民更珍惜。谁不期盼社会稳定、经济发展、人民安居乐业啊，可有人就是不愿意。这不，诬蔑陷害、造谣生事都来了。霜红雪白是世界，风大雨狂是人生，没啥了不起。马世功若有问题，市委决不姑息。可事实证明，该同志一身正气、两袖清风，有思路、有魄力，敢办事、能办事，人民群众非常拥护嘛。哪一位是齐文滔同志？"

文滔起立报告："柳书记，我就是。"柳书记抬手示意说："坐下，多次听说过你，政治过硬，才能出众，侦破过无数大案要案。我市公安机关有你们这样一批精英，人民深感欣慰。此案由你挂帅，有没有信心快速拿下来？"文滔无比坚定说："无论案情多复杂，无论困难有多大，也必须坚决尽快地拿下来。"柳书记一拍桌案说："好，市委要的就是这句话。"随后马书记问："文局长，有啥困难要解决？"文局长说："没困难，局党委一定集中全力，拿下这起诬陷大案。"

回到县局，文局长说："人员尽你挑，案子必须尽快拿下来。"文滔说："此案不同以往，不宜大呼隆，只能精雕细琢。"

来到大队，文滔要小柳通知有利马上回来。呼叫完毕，她端坐一边，两手托腮打量着大队长。她很好奇，他长着一副再也平常不过的脑壳，却为何总能技高一筹、一眼看透案件的本源呢？这次真真是大海捞针，我倒要看看这位警神到底会有多大的能耐！她脑海中突闪一个词："聪明绝顶。"竟一边发呆一边差点笑出声儿来。"对，大队长哪儿都帅，就是发疏细软、脑门锃亮，不是正应了这句古话吗？"人在走着神，竟连文滔站到跟前了都仍浑然未察觉。冷不丁地听见"喂，神游何方去了呀"这句话时，才猛然惊醒过来，赶紧冲大队长笑了笑："哪儿有哇？在想一位警神大人呢。"

文滔转身轻吟道："'谢公最小偏怜女，自嫁黔娄百事乖。'唉！小荷尖啊小荷尖。"她陡然吃惊，起身急看门外，见没人，迅速掩上房门说："大队长，你真吓着我了。你咋什么都知道，果然警神一尊。"文滔摇头说："刚刚还在笑话我脑门子发亮，转眼又来警神谬赞了？就凭你的这点小把戏，也想瞒过我这双慧眼？"小柳感慨说："知道瞒不过，可你的眼神再毒，也看不穿我整个的内心吧。你得绝对保密，否则我就真的讹上你。"然后倒背左手，伸出右手说："拉勾上吊，你得发誓。"文滔伸出右手，小柳摇头说："不行，右手的不行。"文滔莫名其妙："还带附加条件的？""这是誓言，男左女右，自古如此，海枯石烂不能变。"文滔转身说："瞎掰，竟敢怀疑我，小脑子又要装些啥？还拉勾上吊的。""不拉勾也算我赢了。"

有利赶回，见小柳一脸得意，笑着问："啥事这么快乐？"她头一歪说："心中甜蜜岂可与男士分享，秘密。"见两位领导要议案子，转过身去往外走，文滔喊一声："上哪儿？此案由你主侦，还想溜！"她麻利地转回身来说："是，大队长。"

有利摊开地图说："齐局、柳队你们看，共收缴传单十四张，其中散发十一张，城内十张，呈'口'字形分布；城西一张，位于两公里外的黄坡崖。最早发现是初一凌晨一点十分，说明作案人前半夜已经开始行动了。目前没有目击者，无法确定交通工具。综合分析，此人应经黄坡崖东去中山路，一路左转回到中山路，然后右转返回。邮寄传单供电局、公路局、工商局各一张，收件人均为局长，都是今天我们开拆的。供电局的邮戳是腊月二十六水泉邮所，腊月二十八收到。水泉邮所证实，当天没人柜台交邮，此件收自门外的邮箱。公路局和工商局的邮戳是腊月二十八大坊邮所，腊月三十收到。邮所人员回忆，信件收自门前的邮箱。"文滔说："这么快就搞到如此多的信息，不简单，我是该交班让贤了。"有利说："拉磨之驴想卸套，难。这可不能怨我吧，谁让你有本事的！""你就不能多干点，非得天天拉着我？""齐局太不讲道理，小柳你评评，到底我拉是事拉？你任专职队长时，分管局长全靠你，我没这把刷子吧？想图安静享清闲，有门吗？但有一条请放心，但凡你所决策的，我保准查得滴水不漏、妥妥帖帖。""看看有利吧，真真牵着胡须过河——牵须（谦虚）过度。如若没你的精准运筹，破案哪儿会如此顺利？要说智勇双全、善于攻坚，数你当之无愧。水平高不一定文凭高，你是一例最好的实证。当然，是人都有长短板。论决策，你是稍稍逊于我；论实干，你却远远强胜我。有利才干超群，小柳亦非等闲。局党委已研究决定扶正你为一中队队长，凭借此案，你也上套遛遛活儿吧。该案人员贵精不在多，你俩把情况汇总汇总，若非特大紧急，今天暂不研究了。省警察学院女生刘蕊明天来实习，就你当师傅好好带带吧。"小柳说："谢谢大队长信任，就是刀山火海，我也坚决闯下来。"

上午九点半，市局刑侦支队长陈小震、副支队长刘志豪，政保支队文检专家车如海老师等来到浔水，刘蕊跟车同来。大家一拥而上，团团围住刘志豪，这个说："教导员把浔水兄弟忘之脑后了，也不常回看一看。"那个说："教导员到底轻松了，又白又胖的。"闹闹嚷嚷，倒把陈小震冷落在一旁。文滔呵斥说："行了行了，闹吵吵的成何体统？你以为呢，刘副支队长还是原来的刘教导？人家是咱们的顶头上司，能不端端大架子？以后不管谁上调，要学陈胜'毋相忘'，切莫前脚刚走后脚就把兄弟全忘光。"志豪指着他鼻子："就你齐局没良心，坦白说，哪天我没打电话，哪个同志没问到？"文滔说："是，偶尔好像也打过，说不上两句立马挂，你说你都问过谁？"志豪说："还有脸了你，说不上两句话，你就'对不起了有案子。'还不都是你挂的？一回头，十天半月没消息，再问你，死活不承认，天底下就你最忙是不是？"趁老教导员回来，众人难得地放松了一把。

陈支队长介绍："这是警察学院的刘蕊同学，寒假在你大队搞实习。"刘蕊敬礼朗声说："恩人大师兄齐局你好，各位老师好，学员刘蕊前来报到。"文滔围着她转一圈，啧啧赞许说："看到没？警院的确是个大熔炉，当年缩作一团的小刺猬，摇身变成了女警察，好样的。小荷尖，人就交给你了，只许教好，不许带坏，要以最快的速度成长为第二个柳羽荷。"刘蕊转身行礼："久闻师姐大名，请不吝指教。"小柳伸手让她过来说："你可不许寒碜我，入院首次打靶，六枪打出五十九环，天下谁人不知道？要说神勇无敌、威震天下的，还得数咱大队长。刑警个个好样的，以后多向大家学习。"大家鼓掌呐喊，热烈欢迎。

第二十七回　明修栈道大坊镇　暗度轻兵水泉乡

文国书主持案情分析会，有利汇报："正月初一即2月4日发现传单，拟称204专案。案情分析有书面材料，我就最新进展稍作补充。十四张传单为同人圆珠笔四次复写，两次分别复写四张，另两次分别复写三张。腊月二十六水泉邮所寄发为益都产白色信封，浔水县清泉、水泉、岭南供销社及沭水县部分供销社有售；腊月二十八大坊邮所寄发为青岛产黄色牛皮草纸信封和益都产白色信封，黄色信封全县商店均有销售；邮寄为一次复写，白底蓝方格信纸。散发传单共两种信笺，一种是白底蓝方格信纸，另一种则是青岛产白底红格信纸。蓝格信纸在我县清泉、水泉等西部乡镇有售，红格信纸全县皆有销售。"

市局车老科长介绍文字分析意见："检材310字，其中传单283字，信封27字。错别字'假阴怨完管'，营字写成管，茑字不规范，说明文字水平很一般，功底较差，大约高小文化；遣词用句不通顺，带有浔水东部的方言特点。结合都在沂海公路沿线，居住县城以东公路两侧的可能性最大。分析运笔态势，应当大于五十岁。以上意见仅供参考，工作中可以不断地修正。"

车老科长话音刚落，柳羽荷起身问道："车老师，我老家就是浔水东部，常听老家人说话，方言吐音很明显，从这传单上，我怎么也看不出来有何类同点。我对文检研究不深，觉得这人顶多不过三十五六岁。他这字写得很拘谨，一般年纪大的人，功底再差再潦草，架势却能放得开，誊写成管，也不是五十岁年龄段的易犯错误。我班门弄斧，车老师千万莫见怪。"车老谦虚地说："哪里哪里，后生可畏。文字分析最困难，准确率也非常低，意见只能供参考。此检材的鉴定条件非常好，破案不要受此局限，要随着调查而不断地调整。"陈小震说："这起案件诬陷内容很恶劣，影响也特别大，支队会全力以赴支持浔水。你们的侦查力量没问题，若需技术支持，支队定当全力满足。"会议就具体事项展开讨论。文局长最后说："浔水将尽全力侦破此案，务请市局多予支持。"

　　送走市局领导，参战人员继续讨论。文滔说："公然攻击县委，诋毁公安机关，咱能咽下这口窝囊气？此案拿不下来，从我到你们，统统脱下警服回家抱孩子。"有利说："此案最难的，是如何确定侦查范围。大海捞针，总得有个大致海域；老虎吃天，也得有个下口地方。小柳，你对市局分析刻画有疑问，能否说得具体点？"小柳说："我参加过全省政保系统文检培训，这几天也在反复推研书写特点，水平确实一般，若说超过五十岁，则绝无可能性。复写纸、圆珠笔，似皆唾手可得，综合感觉，这人应在县城西。"有利说："此议与我不谋而合，调查从哪儿入手呢？"文滔问："你俩皆认可县城以西吗？"两人点头。文滔说："有了此共识，范围缩小一大半，再集思广益动动脑，何愁没有切入点？"小柳抢先说："感觉没啥好办法，只能以沂海公路为轴，展开全面大排查。"文滔问："怎么个排查法？"小柳说："除了撒大网，其他没想好。"有利直言道："以沂海公路为轴，肯定没有错，但得找准切入点，明确排查什么人。此人的外在表现有其特殊性，依靠群众分析刻画很难有效果，一般不能盲目大排查。"文滔说："有利说得对，区域、主轴皆有了，缺的就是精准研判。手握如此信息量，还愁没有切入点？"有利、小柳说："如若找准这个点，云开日出不遥远。"

　　文滔脱下外套，伸伸胳膊说："大家都过来，老夫略为提示几点，算作抛砖引玉吧。"众人被逗笑，瞪大眼睛聆听着。文滔说："'山重水复疑无路，柳暗花明又一村。'人逢路尽，得学会探路拐弯，咱把材料串一串，看看能否有所启迪吧。腊月二十六，水泉，邮寄点；除夕晚或初一晨，黄坡崖，散发点。两点皆为首，全在县城西，黄坡崖西约六公里就是水泉。第一次所用白色信封和蓝方格信纸，销售点也是西部乡镇的，谁会跨越几十里路去购买？销售点，首次邮寄点、首次散发点都在县城西，县城以西还有疑问吗？"众人点头。文滔继续说："第一次邮寄，作案人往往不假思索，主要考虑方便。县城人舍近求远，西去水泉投邮，纯属此地无银三百两，没有可能吧？水泉西行五公里即是清泉，清泉往西一公里就是沭水县的汤汪镇。若是清泉人，舍西就东去水泉，会吗？那是何来投邮的？三点恰好一条线，县城、清泉排除了，水泉就在线中间。你们说，此处是不是切入点？"有利、羽荷频点头："没问题。""点有了，咱再分析什么人。做这事，地道的农民能行吗？他们远离政治，和县委书记和公安局根本不搭界，如何了解机关的事事和道道？世上何来无缘爱，何曾有过无故恨！不涉切身利益，不为发泄愤恨，怎会发生这等事件？信封、信纸、复写纸、圆珠笔一应俱全者，屈指算算有几人？谁有如此便利的条件？谁有充分的消息来源？谁有重大的利益纠葛？除了公职人员，还能有谁呢？此人比较年轻，岗位相对固定。前期，县委刚刚调整过乡镇干部，进退留转涉及的，就是党委和政府，你们说，这个重点明确不？"

文滔话音刚落，众皆一跃而起。有利呵呵笑着说："说啥唻，才让你当副局长，真真大材小用也。佩服佩服，五体投地。"刘蕊直接张大了嘴巴。有利继续说："常蹲办公室的党政人员，自然是重点。虽说春节不放假，但一过腊月二十，几乎人去室空，没有几个人是正常上班的。想法没达到，又要留守值班，更是重中之重。"文滔说："对头，照此分析，此人有多大？"小柳说："顶多不过三四十岁吧。"文滔问："怎么样？还有疑问吗？"众人说："没有了，完全赞同。"文滔说："这样吧，大家先睡会儿，咱今晚夜半骑车闯水泉，领略领略晚上的风景，或许能有认知的收获。"

二十四点整，四人骑车直奔水泉。公路上汽车本来就不多，春节更是难以见到汽车的影子，沿途一片沉寂，没有一丝生气。空气中已经显露出早春的气息，不戴手套也不觉冷了。二十三分钟到达水泉，放眼街面，漆黑茫茫，小柳颇为吃惊："这是乡镇的夜晚啊？怎么没有丁点的灯亮！"有利说：

"小乡就是这命运，为确保工业用电，一超负荷就拉闸。白天偶尔会有，晚上一概皆无。"

乡镇机构分散在沂海公路的两侧。路北是党委、政府，大门敞开。院内以南北通道为轴，东西两侧各有两排平房。东侧前排西两间是派出所，亮着一盏煤油灯，算是院里唯一的亮光。西侧前排东三间是党政办公室，其余皆是乡直部门，后排是单身宿舍。全院鸦雀无声，一片死寂。党委政府院西二十米是邮电所，大门上锁，墙上挂着邮箱。

四人骑车原本热乎乎的，现在却有了一些凉意。小柳打了个寒战："这样的地方，晚上真要有点事，神不知、鬼不觉，身临其境，犹如行走坟地，心中惊掠掠的。大队长，我怎么觉得比彩青山上还肃穆。"刘蕊靠紧小柳说："师姐，不兴这样吓唬人，我身心都在发毛呢。"小柳轻声说："小妮子，你怕啥？有大队长亲自保驾，再说还有师姐我嘛。"刘蕊贴近小柳耳朵说："那是齐副局长，你咋老称大队长？""大惊小怪，我崇拜他时，他就是队长。在我心里，没有第二个更合适的称呼，况且他也不在乎。"刘蕊说："有人很在乎官位的。"小柳撇嘴说："那是有的人，不是大队长。当年他救你，面对死亡眼睛都不眨，还在乎这点小官位？他若想当官，官比现在大多了。"

文滔问："怎么样？身临其境，有啥感觉？"有利说："水泉据交通要道，位置优越，若去县城，进可攻，退可守。晚上更是行人稀少，进退自如，如入无人之境。"小柳说："这种环境，若有进步想法却没希望，还得天天守在这儿，头脑若再极端点，不恨死领导才怪呢！"文滔听后说："两位有此认识，破案已不遥远，回撤吧。你俩好好研究一下地形环境，或许有用的。"

四人回返至黄坡崖村西一公里，区、柳两人左拐上了小路，齐、刘两人沿着公路继续前行。接近县城时，感觉灯光较明亮，穿越县城边，四周又是一片黑暗了。说话间已经到大坊，党委、政府在路北，门口有盏电灯发着耀眼的亮光。大门里关，门缝透出几缕灯光。院门东侧一百米是邮电所，门口亮着电灯，墙上挂着绿色邮箱。刘蕊说："这儿倒还有点人气，像个镇驻地。作案人跑到这儿投递，太过奇怪吧？"文滔问："作案人会选择晚上过来吗？"刘蕊断然否定："不可能，应当是白天。"文滔说："咱们原路返回吧。"

有利和小柳拐上狭窄的小路，感觉比较平坦好骑。接近黄坡崖，是段陡上坡，只能推着车步行。上得坡来是村委大院，大门关闭，门缝透出一丝光亮。两人站在门前观察东西路口，笼罩在一片暗寂中，漆黑的村中偶尔传出零星的狗叫。小柳说："身临此境，更能确认作案分子骑车东行，步行上坡，顺手放下，然后进城。"两人骑车入城，来到中山路。夜晚此路很有特点，各单位高大的门楼下都有一盏锃明瓦亮的电灯，传单就放在门侧的暗影处。他俩一路左转回到中山路，小柳说："明白了，这四条街汇集着重要机关单位，是公职人员集中的地段，在此散发传单，传播最快影响也最大。"有利说："此人似乎家住县城，怎么突然冒出这个感觉呢！服不服齐局这脑子，骑车跑这一圈，案子怎么搞，心中有点意思了。"小柳说："就是呢，我也有完整的想法了。"

第二天早饭后，柳羽荷叫上区有利，跑到文滔办公室说："大队长历来拿最重要的案子挂帅升帐，这起大案天下震动，自然不能例外。建议大队长坐镇大坊，高调宣布作案人就在县城的东部，范围清楚，目标明确，大张旗鼓明修栈道，彰显不破不休的强大决心。我挑几个精干人员，以侦破拦路抢劫为由，进驻水泉，轻装上阵暗度陈仓，尽快拿下此案来。"齐局一拍桌案说："好你个柳羽荷，果然是当代梁红玉。我和有利坐大坊，公布案情悬重赏；大鸣大放大字报，擂鼓敲锣唱大戏。你就步步为营、稳扎稳打，把水泉搞它个至清明白。不求急、不求快，但求稳、但求细。只要梳清发丝，把好脉络，很快便可见分晓。我乐见苍鹰独自飞，不喜游丝放风筝。让你负责此案，完全由你说了算。初次独立指挥，要大胆沉着、敢于自专。三国时，孙权曾'外事不决问周瑜，内事不决问张昭。'今天也给你配个超级军师，内事外事皆可问于他。我只管摇旗呐喊，专看你大战金山。老甄头在等你，自行研究去吧。"柳羽荷吐了吐舌头："大队长不但谋划周密，而且还配好了一个参谋长，怎么什么心计也瞒你不过呢！"文滔说："'不谋万世者，不足谋一时。'不知柳羽荷，如何敢用之？"有利冲小柳笑笑说："让老甄协助你，算是一箭双雕吧。"柳羽荷眼角湿润，急忙离去。

文滔率部安营扎寨大坊镇，召开动员大会说："近期，咱县发生一起诬告陷害大案，大肆攻击陷害县委主要领导，攻击公安机关，性质十分恶劣，影响特别巨大。市委、县委高度重视，迅速成立专案组，由我亲任组长，参战干警十三人，吃住在大坊，不破不收兵。为何在大坊建立大本营？因为作案分子就是大坊的。此人年约五十岁，对现实极为不满，对党委政府极度怨恨，大坊镇要对重点人员逐一过筛，排细排严，不许出现漏网之鱼。沂海公路沿线乡镇，也要各自扫清门前雪，把辖区排细查透，不许漏掉可疑人。与会人员要立即向主要负责人汇报，安排好本单位的排查，如有怠慢延误，一律严肃追究。"会后，舆论骤起，一时人人关注此案、议论此案。

水泉乡党委副书记金玉堂和派出所所长田云庆参加的会议。因案情重大，立即向党委书记晋正营作汇报，恰好党委秘书匡记全也在场。晋书记听后松一口气说："可好了，这事抻着不长、压着不圆，三日不休、两日不败，哪儿有完结的时候啊？匡秘书，以党委名义下发一个紧急通知，严令各单位、各村庄搞好排查，出问题的专追一把手。田所长，你具体抓抓督导工作，好不好？"

第二十八回　料如神七寸打蛇　摸脉征妙手点穴

　　金玉堂和田云庆参会的通知是匡记全接收传达的，他心事重重，坐卧不宁。估计他俩快回来，赖在办公室里听消息。一听公安去了大坊镇，心中不免窃窃而喜，十分得意自己的睿智。匡记全不大务正业，好歹糊弄个高中文凭，托大爷在地委的关系，安排到县委办公室。干啥啥不行，才贬谪到水泉党委做秘书。他怨气满腹，天天骂娘。前些日子乡镇调整，异想天开地要当副乡长，走了一堆的关系，花了大把的钱财，结果马世功铁面无私，不吃关系后门这一套，美梦随即泡黄汤。工资本就不高，今又全打水漂，怎能不窝火？终于怒气大爆发，搞了件石破天惊的大事情。此时他万分得意想：就公安这思路，十八载也查不到我头上。听晋书记一说，麻溜地安排去了。

　　柳羽荷没有急着去水泉，她请老甄坐下，端详一番说："甄老啊，你是刑侦元老，有勇有谋，棱角分明；本事一流，德高望重。都说你对仇局不感冒，却为何独崇大队长？"老甄点上一支烟："你这都听谁说的？仇局的能力非常强，我是特别佩服的。但和文滔相处吧，总有一种桃沐春风，旱逢甘霖的飒爽感。"小柳粲然一笑说道："高论，老姜确实就是辣，难怪大队长钦点你来指导我。接手这个案子，压力比山还大。切入点虽已明确，工作面却像丁香花开千万头，有何高招教我啊？"老甄嘿嘿一笑："凡事欲速则不达，弯道超车择时机；不求快刀斩乱麻，找准点位细抽丝。就像射击比赛，耗弹十发何如一枪十环呐，破案制敌同一个道理。不出枪则罢，出则一击命中。"小柳点头说："明白了。"她召集众人安排道："矫志国带小王去清泉，查清白色信封和蓝方格信纸的进货时间和数量，搞清所有营销点，除了个人购买使用，还有哪些单位团购过。细查暗调，千万别呼隆。王月生带小李以水泉为中心，逐步外展，查清这两种信封和两种信纸的使用范围，越细越好，要注意批量进货，但求扎实稳妥。"然后转身说："老甄头，咱俩从侧面摸摸水泉的情况吧。"

　　晚上的碰头会，更加缩小了侦查范围。白色信封西部乡镇皆有销售，但蓝方格信纸却只在清泉供销社门头销售过，批量购买的也只有清泉、水泉两个党委和政府。调查令人振奋，小柳却陷入了沉思：党政干部多是老油条，面对调查往往顾左右而言他，很难了解到真实的情况。她既像自言自语又像是询问老甄头："公职人员关系错综复杂，千丝万缕，怎样才能又快又准地摸清脉搏呢？"老甄笑而反问："小柳你说，谁最了解学生啊？"羽荷一蹦老高说："老甄头，你太伟大太可爱了，脑子转得超级快。好，咱也学招弯道超车。"

　　柳羽荷和老甄、刘蕊来到县委组织部，办公室门前特别寂静。敲门后，刘蕊询问哪位是分管组织的副部长，众人相互对视，有点警觉：两个年轻漂亮的女孩，找分管组织的领导干什么？当时社会有传言，酒桌聚会只点头而不言语的，一准就是组织部，只有他们练就听万言而不表一态的真功夫；只动筷子不沾酒的，一准就是纪检委，只有他们的禁酒之弦绷得紧了还要紧。老甄看出门道，拿出工作证来笑着说："我们是刑警大队的，有重要公务，这是柳队长。"大家听了，方才发出会心的一笑。

　　一位年轻女性看过工作证，无比惊讶说："天，原来你就是神枪柳，怎么这么漂亮文静啊？我还以为五大三粗呢。看看你们，我们可不白活了。"众人一听这位女警就是柳羽荷，刚才的沉静就被一下子打破了："这才是人不可貌相，海水不可斗量，传说中的女刑警，原来真是个美婵娟。""这也太美了，人长得这么美功夫还如此了得，老天爷把所有的恩惠都眷顾她了吧？像神枪柳这样的优秀女性，应该大胆提拔，有利于提高妇女形象嘛。""怪不得电影上的女侦探都美若天仙，身手不凡，原来现实中真是这样的，终于找到原型了。"

来到姜副部长办公室，女同志介绍说："姜副部长，这几位是刑警大队的，找你有公务。"姜副部长起身握手："欢迎小荷尖，欢迎老甄头，这位是？"俩人大感意外，小柳脱口说："姜副部长这么了解我们呀？这是警察学院的刘蕊同学。"姜副部长说："岂止是了解，威名如雷贯耳啊。组织工作，必须了然于胸，何况你们都是精英呢，更得了如指掌嘛。什么事，请说吧。"小柳说："因为侦查需要，须了解有关单位公职人员的思想动态和表现，特别是乡镇人员。"姜副部长说："咱县的干部队伍，政治水平、业务能力总体还不错，但也良莠不齐。面很大，侧重于哪儿？"小柳说："思想偏激，容易冲动，官欲很强；凡事个人至上，不达目的怨恨组织，仇恨领导，行为另类，表现极端。侧重水泉和清泉，重点是水泉。只为侦查需要，内容属于绝密，请姜副部长尽管放宽心。"

姜副部长说："我先介绍水泉乡，有一人的表现很另类，你们可以关注一下他。"一听水泉有情况，三人立时眼瞪大。

"党委有个匡记全，三十六岁，原在县委办公室，现任乡党委秘书。前段乡镇调整时，找了不少的关系，想当副乡长。水平低、表现差，推荐考察没过关，情绪失常，和乡党委的晋书记吵过架。"羽荷问："有啥个性特点呀？""有点神经质，沉默少语，好钻牛角尖。"刘蕊问："有他的书写文档吗？""有张任职履历表，很简单，说不准是否本人所书写。"不一会儿，干部科送来一份表格复印件，姜副部长继续说："清泉镇公职人员比水泉乡多出三分之一强，没有异常发现。"

柳羽荷和刘蕊仔细研究表格字迹，发现了几处共同点。因传单有伪装，表格字太少，没法做出同一认定。柳羽荷单叮田云庆预做了解，田所长说："匡记全是苍疃人，原在县委打杂，家住县城机械厂爱人宿舍。因做秘书，多数晚上住乡里。肯定没干好，才被贬到水泉乡。他不想在这儿干，还想提个副乡长，上次争得老厉害。水平差、没本事、威信低，自然名落孙山。性格内向，凡事憋在心里，谁也看不透。虽说不是精神病，却整日里神经兮兮的。传单这种事，也只有他才可以办，可惜他不是大坊的。"

老甄、小柳笑着问："为何这样说？""他这人，做啥啥不行，却总觉得谁都不如他，光想当官往上钻，是个有名的官迷。专好搜集小道消息，别人一听即假，他却信以为真。我开会回来时，他还人模狗样地坐在晋书记的身边听汇报，他算哪根葱，何时轮到他？明显的是探听风声的。开始还特别地紧张，听说人在大坊时，一下子变得轻松了，不是有鬼又是啥？"正侃侃而谈时，头脑突然一闪说："莫非他真的有事吧？我就说嘛，这小子早晚得把自己整进去。"羽荷说："目标早已明确，方敢暗度陈仓，明天进驻水泉，务必随时留意，切莫打草惊蛇。"

翌日上午，小柳驾驶一辆三轮摩托，和老甄、刘蕊来到水泉。田所长说："匡记全昨晚比较安静，肯定是大坊的会议给他吃了颗定心丸。"小柳问："在这儿提取他笔迹，好办吗？"老田说："乡里有专职文书，负责笔墨文字，从来没见他动笔。不过，就他那把小刷子，好事也给写歪了。若要找他笔迹，除非亲自看着写。"老甄问："信封和信纸，落实如何了？""全部搞清，两种信封和信纸乡里全都有，还是去年春天匡记全去清泉供销社购买的，文书小刘昨晚每样给我一小沓。"三人轮流看过，小柳说："批号都一样，说明党政人员最便利。以匡记全的个性，他会找人代笔吗？"老田说："不会，他不相信任何人，何况这种大事情。昨晚我问小刘，平时计划总结啥的，有没有别人帮着写？他说从来没有过。我有意扯闲篇：'不会吧，人家全是党委秘书主笔，咱匡大秘难道就从不动笔吗？'他说：'没有，他字写啥样我都没见过。'你说他能憋出好屁吗？"老甄说："这人狐性多疑，喜欢藏着掖着，凡事不会轻易托他人，何况关乎身家性命！"小柳说："这样说，要想快，捷径就在提笔迹。为确保万无一失，须先稳住他，排除其他人。"

匡记全独自凭窗发呆，田所长过来喊一声："嗨，匡秘书，干吗呢？"他慌忙回头说："是田所长啊，有事吗？""就找你的，发的啥愣呀？莫不是做了亏心事，心里害怕了？"田所长这话一下子扎穿他心脏，脸上霎时没了血色，话也结巴起来："田田……所长真会开玩笑，我正在想……想工作计

第二十八回　料如神七寸打蛇　摸脉征妙手点穴

划，冷不防你就过来了，吓了一大跳。"其实他刚才看见公安局来人，心中着实惊恐，担心查到这儿了。田所长仰头一笑说："匡秘书真是不经开玩笑，找你真有大事呢。昨晚路上发生抢劫案，受害人说曾在乡党委院里见过他，撕下一件外套，衣袋里有张破纸条，刑警大队来了老少仨，晋书记让你每人提一份笔迹，交差就完事。悄悄地办，切莫草木皆兵，人心惶惶。"匡记全一听放心了："这简单，乡里的个人总结没上交，给他们看看就是了。"田所长问："全不全？""领导和我都没写，我们还得要写吗？""先拿这些吧，你们是领导，能办这些下流事？"

田所长走了，匡记全也彻底坦然了：直接我经办，有啥可担心？柳羽荷和刘蕊足不出户看了一整天，全部排除，匡记全的嫌疑更加突显。柳羽荷给齐局汇报："可以提取笔迹了。"于是，县委宣传部一纸通知印发全县，开展一次"端正思想，明确是非，努力扎实服务四化"学习活动，首先进行理论考试。

正月初七，督导组组长政法委副书记朱立辰带队从清泉来到水泉。晋书记请示说："金玉堂和匡记全有事要请假，可否缓考？"朱组长断然否决："上午，清泉庄书记请假都没准，何况是他们？事再急，还能急过你晋书记？一概不批准。"

下午两点开考，朱组长说："开卷，两个半小时，必须达到字数要求。达不到者，须当场写出三千字的书面检查。"匡记全心怀鬼胎，觉得这场考试有点突兀。学习活动经常搞，原来一概借故脱考，这次不允许请假，他有点摸不着南天门了："难道专门为我安排的？"顿时手脚冰凉，冷汗直冒，转念想："为我组织一次宏大的活动，至于吗？可要求字数又为何？还是小心为妙吧。"说他认真答题，不如说在全力地应付每个字。时间一到，他拿起卷子交上就走，朱组长立马叫住说："回来，签上你的名字。"

匡记全的卷子很快来到柳羽荷手里，她和刘蕊交替比对一个多小时，轻轻松松说："错不了，就是他。"刘蕊说："绝对不会错。"柳羽荷立即向齐局报告说："大队长，初步比对，倾向认定匡记全。"文滔说："马上呈送市局，全力掌控嫌疑人。"

市局文检鉴定员早已集中等候，检材字迹特征亦早勾划完成了。嫌疑样本一到，车老科长立即指挥大家动起手来。鉴定室里灯火辉煌，只有唰唰的纸笔声。两个小时后，开始讨论，有两组在争论这'民'字，一说本质差异，一说非本质差异，只得请车老评判决断。车老拿起放大镜，观察良久说："这个'民'字吧，初看似有本质差异，第五笔这个斜勾，传单明明往上挑，样本似乎往下拖，是不是？"一组理直气壮："是。"另组说："车老你看，样本虽似下拖，实为纸张瑕疵阻碍运笔之所致。"车老收起放大镜："说得对，这一划两处的运笔完全一致，差异在于纸张因素，静心细观察，就能见问题。"另组安静下来，认真观察，最后不得不叹服："车老这'老'字，岂是白叫的？真真让人心里服。"凌晨四点，结论得出：嫌疑样本与传单字迹为同人所书写。消息传来，柳羽荷激动地一把抱住老甄头，老甄说："小柳啊，我这把老骨头不撑呢。"小柳自觉失态，赶紧道歉说："对不起，没有扭伤吧？真是太高兴了。"

匡记全交卷后，饭也吃不下，觉也睡不着，头脑中反复回想作案过程。从精心运作，到顺利实施，从自鸣得意，到担惊受怕，想不出哪儿有破绽。刚要入睡，突然想道：坏了，坏了，太欠考虑了，为何要在水泉邮所投递呢？还有，第一张怎么就顺手放在黄坡崖了呢？一看就是水泉方向嘛。公安个个赛猴精，如何分析不出来？越想越怕，不禁心惊肉跳。披衣起床，想到门外透透气，门一开，几道强光照过来，他硬着头皮问："谁？照什么照！"对方冰冷回怼："刑警大队的，今晚全封闭，回去吧。"匡记全的这一惊，灵魂差点丢出窍：封院目标除了我，还能针对谁？公安明明摆了个迷魂阵，我咋就轻易地上当了？唉，不信又如何？谁能阻挡公安找到我？好歹挨到天明，外边传来女性的叫门声："匡记全，出来吧，反正你也睡不着，早出来早主动。"万般无奈，他只得开门走出来。

映入眼帘的，是柳羽荷那道利剑似的目光。她指指腕上的手表说："给你五分钟，可以在此说明白，算你投案自首。"两双眼睛对峙着，一双镇定自若，炯炯有神；一双狡诈游移，顾盼心虚。不到三十秒，匡记全低下头来躲开了，他还不想就认输。五分钟已过，柳羽荷冷冰冰地说："可惜了这些宝贵的时间。"遂扬起手中拘留证说："我再核实一遍，你叫啥名字？"他低头说道："匡记全。""你因诬陷他人被刑事拘留，带走吧。"

审讯室，匡记全盯着墙上"坦白从宽、抗拒从严"八个大字怔怔地发呆。办公室，齐文滔、区有利、柳羽荷和预审科长秦东升在商讨审讯的策略。东升说："拘留到现在，只对墙发呆；人换好几批，奈何口不开。我已上阵三次，不说话的哑巴很难办，三条腿的蛤蟆真难缠。"文滔说："三条腿的蛤蟆是金蟾，怎么难缠了？哑巴自然不开口，可他真是哑巴吗？现在这情形，还是没有摸透他心理，没有捏准他脉搏。方子不准，如何能治他这病？这人就是神经质、一根筋，心理扭曲、剑走偏锋。自以为经纶满腹，才高八斗，却没人能赏识。行为另类，干啥啥不行，却感觉没人能入他的眼。他觉得比咱强百倍，打心眼里没有瞧得起的人。所以嘛，对付他，得讲究方法和技巧，或强攻或智取，软硬兼施，包抄迂回。硬似泰山压顶碾碎其顽固防线，软如柔水漫灌溶解其抗拒心理。通过挑动敏感的神经，偷袭其软肋，使之防不胜防。只有感觉确实比咱矮三截，方能自然开口，缴械投降。哪怕破口大骂，咱也胜利了。怎么样，有利、东升'哼哈'二将，强强联合试一把？"

这几天，柳羽荷一直冷眼观察着他的表现，分析梳理着他的心境。虽然满头冒火，心中却是十分地冷静。她铆足劲头，一定要攻下这个顽固的堡垒。大队长的这番话，令她底气更足，心中更亮，哪儿想到这是在故意激将她？齐文滔话音未落，她起身摆手截住话头说："杀鸡焉用宰牛刀，我得亲手试试活。"说罢，挽挽袖子，带人迈入审讯室。

匡记全见是抓他的女警，移转目光扫一下刘蕊，然后盯着小柳看起来。记录员询问姓名等，他眼皮抬都没有抬，颇有安然高坐，不屑一顾之气概。小柳早已看透他，心里在偷笑，脸却似冰霜。她蹲过来、手托腮，歪头靠脸、犀利瞪视。匡记全何敢直对这双锐眼？只几秒钟就慌忙胆怯地移开了。

见他先败一局，小柳的笑意也从心底转换到脸上，面带桃花，檀口慢开地说出一句话："哟、哟、哟！如此目空一切，竟连我的眼睛都不敢直视啊？"随即站起舒展双臂，顾影自怜说："看看咱这形象，何须王婆卖瓜；不敢媲美仙女，不逊闭月羞花。咱可不像有的人，明明是只井底癞蛤蟆，却还自命月宫金蟾呢。"说完，横眉立目，话锋突转："匡记全，就这八个字，你已连续看三天了，劝你趁早歇歇吧。就你这样的草包洼水平，看三年能解其内涵？能够看见我，够你幸运了。俊男帅哥不知让我打跑多少，他们还都没有你这眼福呢。"匡记全眼光虽转移，表情仍然特轻蔑。柳羽荷想："大队长看得咋就这么准？他一根筋地想当官，怨恨无人欣赏。只有真正领教啥叫山外有山，人外有人，打掉心中的那点邪傲气，或许才能有突破。现在稍有松动，得趁热打铁把火烧旺。"

想到此，她继续说："怪不得心理学上说，心胸狭隘、气量狭窄，心空小得像针鼻儿的窝囊废，做事一准小小作作，见不得丁点儿阳光呢。你说你，做都做了，还扭扭捏捏，不敢承担。没见你时，我是绝对地不相信，一见你这狗熊样，除了深信不疑，还能作何感想？真有能耐的大男人，哪个不是顶天立地，敢做敢当的？真真可叹有的人，口口声声能力超强，无人能赏，我呸！就你这种豆虫样，也敢如此自夸，太阳还不真从西山顶上升起了？真有本事的大男人，宁可站着死，绝不躺着生。有心做、没胆担，不成器的熊玩意，有啥资格配说能力本事啊？趁早找棵槐树上吊去，别给男人丢人现眼。连替自己分辨的胆量都没有，典型的鳖孙一个，还说有本事，本事你个腿。有本事你来驳倒我，我立马一步三鞠躬地把你送出去。你媳妇的眼神保准一级残，嫁给你这块不男不女的二鸭货，捅煤捅到炭堆里，上下里外全是霉。换作任何人，早跟你离婚十九回。"

柳羽荷来回踱步，话也抑扬顿挫："也就是你这种最没本事的，才办这等愚蠢事。但凡有点血性的，谁不是当面锣、对面鼓、真刀真枪啊？那才配叫真男人。匡记全啊匡记全，你说你到底笨不笨？你去选点啥不好，偏偏选择去写字，若能写好一捺也行呀，可怜这么丁点儿的本事都没有，还敢异想天开地去搞啥伪装。你若真想干成事，又别让我给查出来，就下下狠心拿出个把月，练练横竖行不行？唉哟哟，老天哎，真让你给急死了。亘古至今多少大书圣，笔走龙蛇、入木三分，那个本事比天小？你见过有谁能改变固有书写规律？别说你这点鸡爪耙地的本事了。让你吃灵丹妙药学上一万年，你有本事去改变？自以为变化最大的，恰恰是特征保留最好的。不服是不是？看你写的这'奸'字，最后一竖平时往左偏，而你却故意往右斜，但运笔往左的固有特征能变吗？根本变不了。你嘴上可以不服，心里也不能体会啊？技术鉴定传单、考卷为同人所书写，此匡记全难道不是你？让你坦白从宽，是让你交代做没做？我去！这还需要你来讲？你这种犯罪，动机不同，量刑自然也不同。若为泄愤解气，动机单纯，量刑可以从轻的；若为制造影响，搞乱全县，量刑就得要加重，你到底是知道不知道，明白不明白？"

"搞乱全县，我他娘的有那本事我？我不就是发泄发泄，解解心头之恨吗？"匡记全突然歇斯底里地发出一声吼叫。柳羽荷正才思上涌、口若悬河，压根没想到他会这么快开口，冷不防地听见时，还真有点出乎意料。开口了，说明药方开对了，更得大火熬一熬。"笑话，你还有心头之恨了？简直颠倒黑白，满嘴喷粪。""我恨，我当然恨，我恨这世界太不公平了。"他近乎疯狂地又冒出第二句。柳羽荷一下笑喷说："拉倒吧，不公平？要学历你没学历，要本事你没本事，就看你这破字吧，一天学没上的也强胜你十分。不是走后门、凭关系，你连个公职混不上，还轮到你来做秘书？看看本姑娘，啊，大学毕业，才貌双全，战功赫赫，至今才混上这么丁点儿中队长。你若当乡长，那我不得当部长？我才最不公平呢。就你这熊样，提鞋我都嫌你臭。不过，今天我来兴致了，倒想听听你这臭不要脸的，也敢如何大谈不公平。你说吧。"匡记全气哼哼地说："学没上好这能怨我吗？学工学农又学军，谁是正规上课的？能够认些字，已经不错了。前段推荐乡干部，我没想当书记，只想当个副乡长。我早打听过，我的票全乡第一名，组织部把我已经列上了，是他马世功狗眼看人低，这不是任人唯亲，不看政绩不看本事啊？有些人晚我六七年，却能提个副乡级，凭啥呀？"柳羽荷直接借题发挥了："哟！照你这么说，谁的资历老谁就可当官，那书记局长不全得七老八十了？今天我什么也不干，就专门听你摆功吹大牛，说说都有啥本事、干过几件大事吧。若真有，算你立功了，我建议给你从轻量刑。""我这功劳还用摆？不用说别的，单说这春节，腊月十四五乡里早已没人魂，不是我坚守值班的？就凭这，不是功劳也算苦劳吧？""呸呸呸，不是独自值守班，还没这方便条件作大业。你这功劳是真大，把自己都给作进来。你说你，胡乱诌点啥不好？竟然是马世功奸淫幼女，还写成了阴天的阴；还公安局成立暗杀队，你小子头脑没病吧？"说到这儿，摸摸他的脑袋说："还真没发烧，但这些想法却像高烧烧出来的吧？你怎么会想到编这么一大堆谎话的，啊？"

匡记全面露得意："这就叫'不鸣则已，一鸣惊人。'我人格受到虐待，就得弄个大动静，让世人看看我也不是吃素的。他马世功这回难受吧？我就要让他生不如死。弄不死，也要扒他七层皮。这回还敢轻视我？除了我，谁有这个胆量和本事！只有我，才能一夜成名，天下震动。要不说上县委书记，不硬拉上公安局，谁会重视这传单？就我这破字，自己都心烦，若不出点彩，谁还稀罕看！字不咋的无大碍，真金白银是硬菜。我的字是写不好，可我照样名扬全县，你就不行吧？"柳羽荷气呼呼地说："呸，还一鸣惊人！没有惊到好人，倒先把自己惊出来了。不出一天，就让我揪住了狐狸尾巴，就这点臭水平也敢称本事？本警花破案无数，所遇高手多如牛毛。一看你这破传单，恨不得把天捅下来。还真以为遇到一个诡计多端、阴险毒辣，谋略似张良，胆气赛赵云的强敌高手，再差不差的，也得扑棱两下翅子吧！哪承想，遇到的不仅是只旱地鸭，而且还是只又笨又蠢的跛脚鸭。我动脑费心地摆好一个龙门阵，却逮住了你这个小小的癞蛤蟆，能不气得跳脚发疯吗？你为何这么不经查，一上手就马脚全露啊！你能不能多点狡猾，和我多过几招，斗上个三五回合的，也好让众人看看我都有些啥本事，显摆显摆我的才华不行吗？你说你，还没作案却就先写好：'此地无银三百两，我匡记全要干大事了。'可真正地让我见识了。完了完了，无论怎么想，你都应该狡诈无比、谋略超强，逮到你肯定立个大功、升个小官什么的，谁知全让你给我搞砸了，你毁掉自己理所当然，坏我的大事却又为何啊？真想一拳揍扁你，气死我了都。"

匡记全长叹一声："大意失荆州，怪我太自信，若不盲目乱投，你查破大天也查不到我头上。""就这破本事也敢说自信？若第一封信不在水泉邮递，撑破大天也顶多蹦跶一到两天吧。"

此时的匡记全没了半点的脾气："我本事确实差劲，这些信，前后写了十多天。刚交腊月十五，乡里早没人了。提拔没有我，值班却是我，你说恨不恨人啊？我搜集故事，胡编乱造，自己一看没响头，烧了重新写，这才把公安局扯进来。公安只有齐副局长名气大，自然就写他；邱前程来这办事我见过，又年轻，正好借用他名字。二十五晚上天气寒冷，越想越委屈，灌了两口冷酒，借酒壮胆，往乡邮箱里投了第一封。天明一想：草率了，公安一想还不想到水泉了？腊月二十七下午，又骑车到大坊投了两封进行补救。除夕夜，独自蜷缩在冰冷的值班床上，听着远近此起彼伏的鞭炮声，心里如何不苦恼！没等钟敲十二下，就骑车往东，拐上黄坡崖的小路，上坡步行路过村委时，顺手拿张放在门底下。然后来到县直单位最集中的地段，从中山路一路左拐，凡是单位放一张，原路返回到宿舍，感觉完成了惊世壮举，心情特别地舒畅。上午回到县城时，听见满街的议论，那种成就感你是无法体会的……"

羽荷听后说："今天这态度，虽然一般般，也算说得过去吧。特别是作案的动机，符合你的个性，本警花权且认可了。"文滔等不时被逗笑，见她昂首挺胸地走出来，当即表扬说："小荷上阵，以刚克刚；迷你审讯，所向披靡。'谈笑间，樯橹灰飞烟灭。'非常好。"拿下204专案，柳无敌的威名更加响亮。

第二十九回　赏春雪柳思绵长　度元宵正义凛然

　　初春的天气，乍暖还寒，昨天风和日丽，今日雪飞满天。正月十五大清早，天空飘飘洒洒地下起雪儿来。柳羽荷独站窗前，遥望着远山默默出神。她十分惊奇雪花落地的优雅瞬间，翩翩飞舞茫茫一片，落地消融踪迹全无。她突然想起爷爷说过的一句谚语：打了春的雪，狗也撵不上。不免发出一声轻叹："春天里的雪花，竟然比罪犯还狡猾，会遁形逃逸呐！"

　　刘蕊蹑手蹑脚地走过来，附在她耳上嘘气小声说："落雪人独立，期盼燕双飞；唯我蕙质柳，凭窗添相思。"小柳扬手要打她："小师妹何时秒变诗人了？小孩子家家，知道什么春啊思的，净胡说。"刘蕊闪躲她背后："不会写，难道还不会读呀？师姐请安坐，听我为伊读一首：'众里寻他千百度，蓦然回首，那人却在，灯火阑珊处。'今天恰好正月十五，应景应情应人吧！只可惜夜晚未到，少了些许的烟花灯火。"羽荷很吃惊："今天是元宵佳节了？怎么丝毫没觉得。时光真像一匹疾驰的野马，眨眼春天真的要来了。刚才还在想，作案分子怎么就像这些雪花片，总是没完没了的。柳姐哪有赏春的闲情，只有感伤时光流逝，坐愁红颜变老了。""才不呢，柳姐冰清玉洁，恰似一枝俏海棠。这不，你这儿芳心一动，踏雪寻春者就已经上门了，是不是天地感应、心有灵犀呢？""别人胡说也罢了，你一个小女孩也跟着起啥哄。""郑重声明，我不是小女孩，什么都懂得，知道不？有人鸿雁传书，师姐快请看看吧。"顺手递过一张小纸条。小柳接过，见写着：今晚六点半，豪门105不见不散。她当即回问："搞啥鬼？你要去约会，还须我当电灯泡？"刘蕊一撇嘴："柳大侦探，字是我写的，就是我去约会啊？本小姐早已决心下定，师姐不出嫁，我绝不找对象。"羽荷凝视良久说："时光总是无情地把长大强加给女人，平时真没上眼看看小师妹，今儿一打量，我的个小天哟，简直莺莺再世，活脱脱的一个大美人。切莫学师姐，虚度了青春好年华。""有柳莺莺师姐在，小蕊永远是个小红娘。"遂舞动腰肢，摇手摆步，字正腔圆说："莺莺师姐请安坐，容红娘我慢慢地道说来。综合执法科陆大辉科长打来电话，说你省厅的同学来了，今代为转达，敬请见谅啊。"

小柳见她扭捏窈窕，形态逼真，开心而笑道："师妹果然有天赋。下次你来唱戏我演讲，咱也把大队长和刑警搬上舞台去。"一边将纸条撕个粉碎，随手丢进垃圾筐说："陆科长是个浪荡公子哥，梳着油光光的头，皮鞋一尘不染，活像一只大公鹅，脖子筋挑得老高高，色眯眯的贼鼠眼，无时无刻地不在女人身上乱打转。一见他那酸腐样，我就恶心想呕吐，苏大千怎么和这种货色熟络上，怪诞蹊跷，不去。"刘蕊很调皮："是不是同学看上你，追你来了？"羽荷说："小样儿，苏大千儿子三岁多，还想猜个啥？"刘蕊头一歪："莫不是陆科长也喜欢上你了吧？"柳羽荷立时拉下脸儿来："他喜欢的女人多了去了，但凡长得漂亮的，没有他不喜欢的。他离婚娶了个小的，或许兴头早又过了吧。你没见他看你时，那副垂涎三尺的猥琐样。小蕊啊，物以类聚，人以群分，道不同不相为谋。咱大队长皓如太阳，他却就像一条癞皮饿狗，最好离他远着点。"

两人正说着，电话铃声响起，柳羽荷抓起话筒问："你好，是哪位？"对方沉默。"再不说话我挂了。"话筒突然传来笑声说："我，苏大千，小荷你何时才能温柔点？"羽荷当即回怼："知道就是你，来就来了呗，还得鸣锣开道的，显得处长排场大、有威风是不是？看你结交的都是些什么狐朋狗友吧，我可警告你，不是任何人都能做朋友。小心让人给卖了，你还帮着数钱呢。晚上的酒场我不去，爱请谁你就请谁去。""同在一局，抬头不见低头见，何必搞得这么僵持吗？"羽荷态度很坚决："此人流氓成性，有老婆有情人，还绞尽脑汁无时无刻地不在琢摸我。这人一准得出事，别怨我没有提醒你。好人歹人都分不清，你这副处长到底是怎么当上的！""好吧，说不过你。今晚只咱同学聚，行了吧？""当然行，不过，我要替你请上一位大师兄，还得带上个小师妹，你定地方吧。"挂断电话，她随手拨通文滔的电话说："大队长，省厅苏大千来了，指名道姓地要你陪，怎么办？"文滔爽快应允："很好办，今天元宵佳节，不用他请，我来做东吧。你在小柳仙订个桌，叫上刘蕊，我也做个顺水人情，请请你俩单身女郎。今天是个好日子，蓦然回首，或许能给你碰上一对美好姻缘呢！""姻缘与我皆无缘，就不劳大队长多费心思了。"

电话刚放下，突听刘蕊小声说："坏了，我爸来了。"小柳抬头看窗外，见一人高大魁梧、顶风冒雪地走过来，随即捂嘴偷笑说："好一个孝顺闺女，你爸来，竟敢说坏了，不欢迎啊？"刘蕊说："柳姐你上哪儿知道，我爸和齐副局长可是一对老冤家。"小柳大为惊奇："怎么可能呢？大队长岂是这胸襟！"只见他进屋直奔煤炉前，毫不客气地拉把椅子坐下来，伸着双手去烤火，瓮声瓮气地说："鬼天气，雨不雨、雪不雪，真烦人。"小柳觉得这个老叔有点意思，定定地看着他在笑，刘蕊则半躲半倚地站在她身后。

"齐大局长呢？还不赶快通报，'唐老鸭'来了。"羽荷笑着推刘蕊，刘蕊摇手低声说："我不敢。"小柳说："古语说得好，不是冤家不聚头。来都来了，还能脱得了？你不敢那就我来吧。"文滔接到电话以为又出啥事了，哪承想小柳却哧哧地笑着说："有人自称'唐老鸭'，气势汹汹来找你，撵都撵不走。""是他呀。"文滔快步来到，见刘蕊在伏案写材料，小柳站在桌子旁，遂问："人呢？"小柳朝里间努嘴儿："里边呢。"

文滔拉开里间门，一只拳头快如闪电打将过来，他"啊呀"一声侧身躲过，顺手牵羊就把人给拉出来，只听一声大笑："多日不见，十分想念；身手敏捷，一如当年。今天你是有防备，不算数。"文滔说："胆子够大的，竟敢在我的地盘搞偷袭，你的出手是很快，但我的顺手牵羊是专门为谁准备的？手下败将，安敢如此。也不事先打招呼，大雪天跑出白醭土。刘蕊，上茶。"

刘蕊端过一杯茶，小心翼翼地放在文滔的跟前。"第一杯不先敬客人，怎么还端到了我跟前，越学越没眼力劲，你师傅这是咋带的！"刘蕊小声说："是他让我给你的，有他在，我不敢。""反了他了，这是谁的地盘啊？"顺手把茶水推给他。"我来介绍一下，这位是我的老朋友，风华五金厂党委书记江丙涛。你俩今天怎么了，离得曾远干吗呢？"江丙涛呼地站起来："她俩还用你介绍？一个无敌神枪柳羽荷，一个当世木兰小刘蕊。我这辈子也许打不过你了，但我闺女不一定，信不信？""信，世有状元徒弟，却少见状元师傅。哪天把闺女带过来，让小柳指点指点她。"刘蕊抢过话头说："若和齐副局长切磋两下子，闺女或许还敢；想和柳姐过几招，那是指定打不过。"文滔一瞪眼："是谁让你接话的？指定连我打不过，何谈打过柳羽荷！"小柳忍俊不禁，直接笑岔气："哎哟哟，大队长，你就好好猜猜吧，刘蕊她到底是谁个！不是师傅没带好，是让爹给吓着了。"江丙涛有点生气："傻闺女，总躲你柳姐身后做什么？齐大局长有啥好怕的。来，和他过两招，他若真敢下狠手，老爸还不揍扁他？"文滔差点儿跳起来，大声诘问："什么？下巴颏都让你给惊掉了。刘蕊，你闺女！她兄妹为何姓刘呢？""这事不得怨你呀，是谁老说我丑的？""刘蕊呀，你说你爸算啥人！别事尚可赖他人，这事也能胡打歪派抱怨我？""不怨你怨谁，是谁看我不顺眼，说我就像一只唐老鸭？闺女若随我，那她怎么当警察！看你嫂子多美呀，细溜溜、高挑挑、人面桃花杨柳腰。随她姓刘不好吗？"文滔简直要笑塌："这话从你嘴里蹦出来，怎么比那十年的老陈醋还要酸。俗语说'一白遮三丑，一瘦遮七丑'，你看你，人高马大，仪表堂堂，除了黑点胖一点，哪里还有啥毛病。有了'唐老鸭'的头脑和智慧，天下第一当之无愧嘛！""你这是夸我还是骂我呀，我咋听不出来了！反正在你这眼里头，我是永远的'人无人'。"

此时，刘蕊上前说："齐副局长，我爸老是说，他和你是水火不容的老朋友，最恨你却最喜欢你。到底因为啥？"文滔笑笑说："刘蕊啊，你爸是个老邪头。可别说，你哥刘泉很像他，你倒有点随我呢，你看咱俩多文静！这事得让你爸说，我说那不是掀他的老底揭他旧疮疤？"丙涛两手一甩：

"说啥说，哪壶不开提哪壶。那年你爸走背运，平白无故地摊上一个爆燃事故，死亡一人伤三人。本来我挺悲伤的，亲属又拒不接受调查结果，纠集一群黑社会大闹五金厂，把我困在了古楼饭庄。公安局冯科长是个老瞎抓，说是前来解救我，谁知让闹事的人群一通打闹，全跑得无影无踪了。你爸能不生气吗，自是怒发冲冠，一通大骂。"

文滔接话说："你爸这人吧，脾气虽然火暴，为人却很正直，虽然从未谋面，我却很是敬仰。我蹲案月余刚回局，还没下车就见冯科长带着人狼狈不堪地逃回来。我问怎么了？他说：'风华五金的江书记遭到人群围攻，我去解救反被打回来了。'我一听就来气了，命令刑警队马上集合：'江书记侠肝义胆，公安情感深厚，当年经费紧张时，素不相识，一出手就是一万元，今日遭此大难，咱得施以援手。'我带上刑警队和治安科火速赶过去，好不容易才冲破包围上了楼。"

江丙涛抢过话来："我正焦头烂额，颐指气使地乱发狠，见公安局的一个年轻人上来了，就指着他的鼻子发开了雷霆：'你们还来做什么？为何不坐等我被砸死啊！'他解释说：'我一听到消息，就火急地带人赶来了，你怎么好歹不分，乱发脾气呢？'保卫科庄科长赶忙介绍说：'江书记，这是齐队长。'我正在气头上，哪儿听得清，继续乱吼乱叫。这家伙见我不冷静，怒吼说：'就你这样的，砸死活该，我们走。'说完转身冲下楼。我以为他又要撒手不管了，推开窗子就要骂，往下一探头，就见他让闹事的人群呼啦围上了。哪承想，这小子一伸手把带头者拿倒，一声大吼，直像秋风扫落叶，一眨眼，闹事人全被收拾干净了。我这个意外啊，激动地拍手大赞说：'好一个威猛赵子龙，奶奶的，这是谁？'庄科长赶紧说：'说过好几遍，刑警队长齐文滔。'我一听真的急眼了，大骂庄科长：'瞎了你的狗眼，为何不早点跟我说？'光着脚丫子跑下楼，一口气跑到刑警队。"

文滔说："我刚刚回到办公室，正恨恨地生着闷气呢，就见你爸跑过来，边跑边喘大粗气：'齐队长，对不起，对不起！我是有眼不识泰山，狗咬吕洞宾不识好人心了。'我生气地喝命他：'赶紧给我滚远点。'谁知他嘴里却说着：'我是来道歉的，你却让我滚蛋，接招吧。'挥拳朝我打过来。我快如闪电一把抓住，别着胳膊就把他按在了椅子上，他竟趁势跷起二郎腿，端然高坐，大咧咧地命令说：'我练武一辈子，今天败在你手上，心里绝对不服气。这是你的地盘，我又两天水米没沾牙，如何能够打过你？我好心地跑过来道歉，你却动手要打我，这是什么待客之道啊，还不赶快给老子上好茶！上茶，上茶。'这就是你的老爸啊。他先出手打的我，反说我先要打他，从此'一笑泯恩仇'，成了至交好朋友。"

丙涛说："小蕊呀，别听你齐叔败坏我，我们老兄弟是不打不相识。你以为我真打不过他呀？我是来道歉的，不得卖个破绽成全他的脸面嘛！他救过你兄妹俩的命，还亲手给我解过围。这份情，你爸我一辈子能忘吗？"见他眼角湿润，文滔笑笑说："当着闺女动啥傻感情？咱俩人，算是神亭岭孙策大战太史慈，难说谁输谁赢。不过今天算你赢，闺女在，得给你留点好脸面。"柳羽荷趁机说刘蕊："小蕊啊，多听老爸的话，多跟齐叔、柳姨学着点，啊？"刘蕊斜她一眼说："柳姐，不兴趁机充大尾巴狼，争辈分占我便宜的。"

文滔说："大十五地冒着雨雪看闺女，中午一起吃个饭吧。"老江说："我真还有事情，今天就算了，过些日子到我厂里一聚吧。"目送江书记走出院门，羽荷笑着推刘蕊："丫头片子勤快点，再送送齐叔、柳姨呗。"刘蕊极不乐意了："齐副局长，也不管管柳队长。我爸是我爸，我可是你们的小师妹。齐局你是真厉害，能让我爸心服口服的，世界上再也没有第二个。"文滔摇手说："你爸吧，就是一张乌鸦嘴，人却义气深重。我是你师兄，这是校规铁定的，你爸说了能算吗？"

天色渐暗，玉兔东升，县城的夜晚格外的明亮，各单位门前也张灯结彩，缤纷起来。夜空中不时地闪爆着朵朵的烟花，空气中飘散着浓烈的烟火味。小柳仙饭店也学起大城市做派，闪烁着五光十色的霓虹灯。月华如水，夜色斑斓，柳羽荷和刘蕊青春俏丽的身影，给小柳仙平添了一道靓丽的风景。行人路过，无不回头投来惊羡的目光。颖颖眼尖，老远挣脱良卉手，小鸟扑人般飞过来，嘴中甜甜地叫着："柳阿姨，小蕊姐，节日快乐！"两人伸出手，接住飞跑过来的颖颖说："小颖快乐！"刘蕊小嘴一噘："小颖怎么胡乱叫，我和你爸是师兄妹，你得叫姑姑，不许叫姐，听见吗？"颖颖头一歪，小手比画说："不，你比我才高出这么点，就叫姐。"逗得两人抿嘴而笑。文滔、良卉走过来。良卉告诉颖颖："小蕊阿姨说得对，她和你爸是同学，辈分比你高，应当叫姑或阿姨。"颖颖听后，马上改口："柳阿姨，小蕊阿姨。"两人夸赞说："颖颖真乖！"

　　刚进屋，苏大千也来到了，他与文滔握手说："本想我做东的，却让大师兄破费，真是不好意思啊！""你这眼里还有大师兄？让浔水的姑爷招待主人，天下岂有这道理！"文滔给良卉作介绍："省厅苏副处长，小师弟。"良卉与大千握手："欢迎苏处长。"大千说："嫂子好！"这边小柳说："师妹刘蕊，大师兄的女儿小颖。"刘蕊起身问候："苏处长好！"颖颖起身说："苏叔好！"文滔调侃说："你小子是官职越做越大，人情越处越薄。回来一声不吭，却和小柳偷偷联系，算不算重色轻友啊？"羽荷戏谑说："难说重色轻友，只是敌友不分吧。"大千马上说："你看看，怠慢了警花柳小姐。来，抱一个。"跑过来，就要熊抱柳羽荷。小柳立时竖眉瞪眼："啥时懂点规矩分分场合呀？这儿还有孩子呢。嫂子也是浔水人吗？怎么好人尽落恶魔之手呢！"大千气得手指乱剜："柳小姐的这张嘴，真比刀子还厉害，看看以后谁敢娶你吧！大师兄，是得好好管管了，要不怎么嫁得出去啊！"小柳打开一瓶山妹葡萄酒，边倒边说："大千你何时清雅点？女人就非得要出嫁？本姑娘就是为刑侦事业而生的，今生今世就不嫁，管得着吗你。"调侃着，菜已上来，大家都不是喝酒的人，不过象征性地端端杯。大千说："师兄，你报名来到县局，实在太可惜了。就凭你这身本事和建树，若在省厅里，早当处长了；即使在市局，最低也是副处长。你看宋式武，已当处长好几年。县局庙小和尚多，副局长才顶省厅市局的副科长，太埋没你的大略雄才了。"文滔说："师弟啊，当官不过空光环。历史长河波澜壮阔，英雄豪杰何止千万！尘湮古道，大浪淘沙，名留千古有几个？是我能力强？是我水平高？说实话，这几条我哪条都不占。看看咱基层公安局，能力比我强、职务比我低的到底有多少，那些牺牲的干警又得到了啥？能实实在在地做一点点事，我就特别知足了。"这儿文滔轻言淡语，却听得羽荷和刘蕊热泪盈眶。

大千说："师兄的境界无人可及，可我认为事业与职务应该成正比。有能力贡献大，就该得到相应的职务。人，只有在对的地方，才能更好地展现出自我价值。"

文滔摇头说："理论的东西很骨感，现实才是硬道理。凡事皆有相对，没有绝对之正比。官位与起点、机遇、能力、需要相互关联，为何秦汉三国，军事家比比皆是；唐宋两朝，诗人文豪层出不穷？说明时势的重要性。公安系统，省市指导多于临场，决策多于拼杀，务虚多于务实，可以凭借头脑发达，关系通达做大官，就和你老祖宗苏麟的近水楼台同一道理。基层公安机关，一线冲锋陷阵，年纪稍大退居二线，青年才俊机会就多，官之大小更难与能力成正比。或能力强或资历深或关系硬，各有所长吧。只有一条永成正比：德才兼备，群众认可。金杯银杯何如百姓口碑，金奖银奖何如群众夸奖，你说是不是这个理？"大千举起杯："是，怪不得皆尊师兄为儒将，此番高论，令师弟受益匪浅。"文滔说："你这柳同学，是名副其实的顶梁大柱，最近才提中队长。你是副处，她是科员，可她无怨无悔。人嘛，有生来喜欢当官的，也有生来乐于干事的，你说是不是？"羽荷说："大千你说说，省厅这么多的人，天天都在研究啥？基层警力这么紧缺，往下挂职也成嘛！天天咬文嚼字，不经风又不见雨，一提就是科处长；天天摸爬滚打，流血流汗流眼泪，提个小股长，就算皇恩浩荡了。其实吧，干事真比当官好。基层坦诚朴实多，钩心斗角少，活也活得简单，死也死得雄烈，干事风风火火，不枉人生走一回。"大千说："柳羽荷全身心地融进刑侦事业，真可谓铁杆刑警了。""那当然，当刑警是我的梦寐追求，如愿以偿当然高兴。说实话，我这个刑警很不够格，许多事上缺乏主见。刑警撇家舍业，舍生忘死，常常令我泪流满面。刑警个个皆平凡，却是堂堂正正的真英雄。鲁迅说：'真正的勇士敢于直面惨淡的人生，敢于正视淋漓的鲜血。'刑警就是一群这样的人。这种视死如归的浩然正气，不正是感天地、泣鬼神的刑警之魂吗？"

大千异常感慨："好你个柳羽荷，你和齐师兄都已超脱尘世，不是凡人了。"羽荷扬起脸来说："我，不过凡人一个，大队长当然不是。在我心目中，他是一尊神，一尊威严的刑警天神。最近我心有所感，创作了一首刑警新歌，各位如不厌烦，提提意见如何？"不待大家表态，她已指挥刘蕊说："关上房门，莫让外人看笑话。歌名《刑警魂》，我来试唱你伴奏。"刘蕊一手拍桌，一手拿筷子敲盘，柳羽荷压低声音，拉开小嗓唱起来：

沂蒙天高白云飘，风华刑警天之骄。雨雪雷电等闲视，血火马革土一杯。抓鲛勇搏滔天浪，降妖敢把魔窟捣。火热胸膛迎枪口，冰心玉壶醉滔滔。一腔热血化青云，生死时光湮枯草。为护山河永静好，生命年轻何足道！

杀声阵阵警笛嘹，雄鹰铁警志九霄。练就犀利千里眼，冷观豺狼熊虎啸。纵横驰骋傲苍穹，钢枪生寒逞英豪。逢敌亮剑雷霆震，万里寰宇阴霾扫。碧海丹心刑警魂，化作星辰永闪耀。为护祖国永康泰，生命如金何足道！为护母亲永幸福，生命如花何足道！

　　小柳委婉悠扬的歌声，将文滔的情绪一下拉回到一幕一幕波澜壮阔的生死瞬间，情之所感，不禁泪光潸然。哎，刑警，就是一群普通人，一群面对刀枪视死如归的人。苏大千和良卉也倍受感染，情绪激动一个劲地喝彩叫好。文滔则声带鼻音说："唱得好，我真的被感动了。刑警平凡而伟大，小柳果真了不起。"说完这句话，鼻酸心咽，泪水夺眶。

　　小柳大为惊愕，大瞪两眼怔怔地说："大队长如此刚毅，怎么也会擦眼抹泪的？原来竟也侠骨柔肠啊！"良卉附她耳上说："平时没见他哭过？"小柳瞪眼说："嫂子，大队长雄武霸气，威风凛凛，怎么会哭呢？刚才我怀疑不是他了都。"良卉说："其实很不然，别看他外表特坚强，内心却是十分脆弱，遇有感动就会哭，我家数他眼泪多。他宣泄情绪的唯一方式，就是淌眼泪。他自己常说，面对压抑和烦恼，任凭泪水自然流够，情绪就会缓解，心灵就会净化。有次我上'小夜'回家，进门听到哭泣声。他灯也没开，独自坐在椅子上，眼泪一把鼻涕一把哭得稀里哗啦，可把我给吓坏了。你猜怎么着？原来电视上播放电影《焦裕禄》，放完很久了，他还沉浸在感动中不能自拔，泪水就和滚珠似的收不住。有次读《史记》，不知触动了哪根神经，边读边泪水流如注，我和小颖回来半天了他竟丝毫无察觉。小颖悄没声地递了条毛巾，他接过来擦着眼泪继续读。小颖蹲在地上好奇地看着爸爸的眼，伸手帮他擦了好几回，见他除了读书仍没反应时，才忍不住说出一句话："爸，我读《史记》怎么就没眼泪呢？"他猛然回神，问我俩何时回来的？小颖说："爸，看你这红眼大鼻子，毛巾都拧出一碗水了，还不知我们回来了？"他自我解嘲说："东西迷了眼，揉出眼泪来，读书太静有点忘情。"柳羽荷和刘蕊简直听傻了眼，第一次知道大队长竟也有柔情似水的另一面。两人见他还沉浸在感动中没有走出来，越发感慨不已。

恰在此时，外边传来一声："各位师兄师妹，陆某敬酒来了。"随着一股难闻的香水味，陆大辉摇摇晃晃地走进来。一见这油头粉面的滑稽样，刘蕊差点笑出声。柳羽荷早已扭头转脸说："谁是你的师兄师妹呀？去省培训一个月，就成警院学生了？脸皮真厚，九尺不足，三尺有余。豪门你不待，跑来这儿做么呀？"陆大辉似乎没听见，喋喋说："齐局长，苏处长回来，本应我做东的，今晚这场算我的吧。"小柳说："你是来敬酒，还是专为打岔的？我们桌小没地坐，要敬就快敬，敬完赶紧走。"陆大辉拽把椅子坐下说："苏大处长回来，齐局亲自作陪，我能不敬杯薄酒略表寸心吗？哎哟，刘蕊姑娘越发漂亮了，毕业后到我综合执法科来吧，我那儿就缺女干警，我一定好好地栽培重用你。"

柳羽荷心里暗发狠：天底下怎会有如此大色狼？谁家的好女儿会往你那狼窝钻！她端起酒杯来，嘴上转个小弯说："陆大科长，你天天费心惦记我，本队长领教了。你又忙又滥又'整洁'，是个讲究档次的人。你看我们邋邋遢遢，灰头土脸的，弄脏你的衣服，冲混你的香水，赔罪不起呢。你端的是高档酒，我们喝的才几块钱一瓶，这酒也入不了你的眼，我来和你碰一个，赶快回去当你的主持吧。""不急不急。"陆大辉不但不生气，反而笑嘻嘻地说："你长得这么美，谁不惦记啊？我就是喜欢漂亮的女人。'女为悦己者容'，我能容下你，说明心里厚爱你。齐局长，我看柳羽荷任我科的教导员很合适，我很渴望有这样一位女助手，局党委可否考虑一下啊？"小柳早已忍无可忍，此时如何不发作？不待文滔接话，早已烈焰升腾说："咬文嚼字了半天，终于发现陆科长竟然才高九斗。'女为悦己者容'原来也可这般注解，我们不学无术，大学可不白上了？你这么上心惦记我，才赏我个小小的教导员，忒过小气点了吧？你不知我心高气傲、一心想做大官吗？我最看不起抓权不放的人，干脆连科长一起让了，舍得不？"陆大辉讨个没趣，赶忙举杯掩饰说："让科长哪儿是我说了算的，喝酒喝酒，我敬一杯。"

陆大辉不敢惹小柳，随即转移话题说："苏处长你是不知道，齐局长真是了不起，屡破大案、屡建奇功，的确很厉害。但在为官之道上，得讲究点方法和艺术。人生什么最重要，当然生命最重要。命没了，什么不是他娘的一个空洞洞？危险时，自己冲锋在前，却把同志们挡在身后，这哪儿行！下属嘛，就该为领导卖命挡子弹。其次嘛，就是升官发财玩玩了。没官位、没钱花、没乐子，那还叫作人生吗？你看我，天天吃喝玩乐，只管训人骂人，他们见了我，全都躲得远远的，我照样过得潇洒自如、风光无限不是吗？"柳羽荷冷笑说："可不就是嘛。俺大队长从来没把自己当官看，而你呢，却天生是个高官大材料。我学过麻衣相，你陆大辉是个皇帝命，我看公安局很快盛不下你了。"陆大辉一听，心中很飘然："你说得真不假，我找张半仙算过，他说我命中注定多妻多子，一生荣华富贵。他说我天生一副大官相，这不，我爸就给我弄了个官当当。大家别不信，算命先生的话可是最准了。"

柳羽荷实在听不下去，就想说句狠话封死他，见小颖在，转头哄她说："颖颖啊，你是小孩子，久坐不动对长身体很不好，外面到处是放烟花的，可好看了，快让小蕊阿姨带你看会儿花去吧。"两人一出去，她立即掩上房门说："陆大科长，张半仙没说想当皇帝可是反革命谋反罪，是要杀头的？没见午时三刻开刀问斩，鬼头大刀咔嚓下去，血喷如注，身在跳、头在滚、眼在翻的那些犯人吗？可不就是你的下场嘛！你要定了这个罪，不许逼我来执行，我还嫌弄脏了我的手呢。"小柳气得咬牙切齿，扔下这一串炸弹来。陆大辉霎时脸色紫涨，一下子哑火了，坐也不是站也不是，苏大千也瞪着眼睛无言语了。柳羽荷又朝苏大千扔过来一颗小手雷："苏处长你说说，有些厅领导什么臭水平？好人歹人都分不清，还当什么副处长！陆大科长那天来临时，你得亲自监斩，听见没？"

话音未落，外边传来吵闹声，刘蕊拉着小颖跑回来。你道发生何事了？

原来工商局有个干部叫单风，醉酒去洗手间被墙角碰了头，发疯砸了酒店的桌椅，小张老板觉得惹不起，赶忙上前赔小心，反被他摔倒踩在脚下一通叫骂："今晚我请铁哥们儿，公安综合执法科陆科长喝酒，你他妈的竟敢败老子的雅兴，不砸烂你这小酒店，我还算是你的单风爷爷吗？"店员上前营救，单风抓起一根桌子腿一阵猛扫，东倒西歪地打倒了一片。

发生这个事，算是给陆大辉稍稍解了围。文滔说："大千你稍坐，我得出去看一看，发生这种事，让你见笑了。"柳羽荷一看整治陆大辉的机会终于来到，笑着说："大队长请安坐毋动，这点小事还劳烦主帅亲自出马呀？没听见请谁喝酒吗？放着大将不用，岂不小瞧了陆科长，只要陆科长跺跺脚，立马就风平浪静了，是不是？"

陆大辉被逼到了悬崖边，明知自己不行，此时哪能充孬示弱？他一拍胸脯说："我陆科长摆不平的人，还没出生呢，看我的。"柳羽荷立即跟上说："看你天天惦记我的份，报答一次，我和刘蕊配合你，去把这件小事给顺了。"见陆大辉腿脚不太听使唤，苏大千有点不放心："能行吗？咱也出去看看吧。"文滔说："放心吧，有你柳同学在，肯定没事的。"

陆大辉端着酒杯，踮着脚尖，摇摇晃晃地来到单风的跟前，口齿不清地喝骂说："混账东西，敢在这儿撒野，来人，将这王八犊子给我抓起来。"综合执法科归属建委，配个警察科长，目的是借助公安权威好办事，队员全是临时工，凑凑人数还可以，关键时候要出手，没有不掉链子的。今晚见单风闹出事儿来，溜不迭的早没踪影了。单风见陆大辉不但不撑腰，反而过来要抓他，鼻子霎时气歪了。他重重地踹一脚张老板，一把抓过陆大辉："你他娘的让谁抓老子？真是瞎了你狗眼。我爹让你当上这么点小破官，我天天请你吃喝陪收礼，竟也敢跟我来这套！就是喂条狗，也得帮着咬人吧？看我不揍死你这个忘恩负义的王八蛋。"照着陆大辉的肚子踹一脚。陆大辉吆五喝六的也还行，吃喝玩乐身子掏虚，如何经得住这一脚？只听咕咚一声撞墙上，接着翻滚到地上，酒水菜泥沾满了一身。只有抱头的份儿，没了还手的胆量和力气，抖作一团，爬不起来。柳羽荷走过来，不愠不火说："是谁这么无法无天，砸酒店、打伤员工和老板，又将陆科长打翻在地的，吃了熊心豹子胆？"她先指指陆大辉："闪一边去，别在这儿丢人现眼。堂堂的大科长，连个醉汉头都治不了，还好意思吹胡子瞪眼地骂这个骂那个，回去骂骂自己吧。"

单风一回身，见是两个黄毛丫头，挽挽袖子破口大骂："哪儿窜来的野娘们，说谁吃了熊心豹子胆。老子天天吃，你能怎么的？"羽荷应声说："不是说你还说谁？砸酒店、打员工，你还有理了？赶快认错道歉，赔偿损失，主动接受处理，今儿暂且饶过你。你问我们哪儿的，本姑娘坐不更名、行不改姓，我叫柳羽荷，她是刘蕊，都是刑警大队的警察。看好了，这是工作证。真想过招是不是？可别怪我出手重，喊疼是孬种。""他娘的，管你什么荷花荷蕊，到了老子手里，统统捏个稀巴碎。今天若敢太岁头上动动土，我爸立马让你进监狱，信不信？"柳羽荷轻蔑一笑："哎哟哟，我的个天，这我可绝对不敢信。监狱是国家机器，又不是你爸的宅院，是他教你无法无天的？拿着你爸吓不倒我，官再大也不能一手遮天吧。今儿个谁也别指望，只能自己救自己。本姑娘没见过太岁，也没听说头上长啥土，只喜欢老虎嘴里拔牙去。主动认错，争取从宽，老老实实地离开这儿，去吧。"

刘蕊早已摆好擒拿格斗架势，很不耐烦说："柳姐，跟他啰唆啥？收拾完再说，看把他给嚣张的。"小柳说："你没听见啊？人家有个大官爸，这可吓死我了。我天生有个大毛病，一听当官的就双腿发软站不住，没让他吓着，倒是让他这大头爸给吓到了，你爸是皇帝老儿还是玉皇大帝啊？"单风再次咆哮："识相的给我滚远点儿，看你俩是女的，老子权当没见过，别逼得老子非动手不可。"柳羽荷再也压抑不住心头的怒火，招招手儿说："不可救药的混账东西，好话说尽就是不听。若不让你尝尝以身试法的滋味是咸还是苦，你还真不算完了，放招过来吧。"

众人见是两个女警察，都为她们捏着一把汗，七嘴八舌说："快再调人来，别和疯狗硬碰硬，伤着自己不划算。""这就是个无赖，关门一晚冻死他，看他还逞啥威风！""什么样的狗爹，生了这么个狗儿子。什么狗东西，狗仗人势的。这就是一条癞皮狗，就该一枪打死他。"

柳羽荷摆手示意说："让这样的地痞流氓给吓倒，还配当警察吗，何况我们是刑警！大家往后让一让，别让这可恶的东西给伤着。放心吧，我俩能对付，今天权当替天除暴，匡扶正义了。"

卫良卉见场面如此凶险，急忙跑回屋叫文滔来相助，她说："那人凶神恶煞，拿着木棒，两个女孩赤手空拳的如何能对付？你也真敢放下心！"文滔见良卉和小颖急成这样子，笑笑说："好吧，苏大千，咱俩出去站站台，不怕她俩敌不住，只是给旁观者吃个定心丸。"他俩往这儿一站，良卉再也不担心了。

单风看软磨不行，准备来硬的。他抢起桌子腿，朝着柳羽荷打过来。良卉见棍棒呼呼生风，捂住双眼不敢再看了。柳羽荷和刘蕊像两只小燕子，轻盈地跳闪在两边，第一棍落地打个空。他想抽回再打第二棍，哪知俩女警的动作却比他的想法快。柳羽荷迅猛回身勾踢，刘蕊借力侧踹，单风一个狗抢屎趴在了地上。这小子虽然带着酒，还真有点蛮力气，一个鲤鱼打挺，想转身再给小柳来一棒。想得倒挺美，柳羽荷和刘蕊岂能容他喘息反击呀。在他跃起的一瞬间，小柳在前一把抓住左手迅疾折腕前拉，小刘在后双手抱膝猛力前扛，前牵羊，后扛摔，单风被结结实实地摔在地上。

刘蕊一跃压住他乱蹬的双腿，柳羽荷迅速骑坐上他的后背，反剪双手口喊道："大队长。"右手摁住，左手扬起，优雅地接过从文滔手上飞来的手铐，咔嚓铐上，像拖死猪一般拖起来。良卉移手敢看时，一场短暂漂亮的歼灭战已经画上完美的句号。大家瞬间拍掌欢呼："女警察，好样的。"

观战的人群中，有个二十八九岁的高个子青年，始终注视着柳羽荷的一举一动，他被这场精彩绝伦的擒拿格斗震惊了。这哪里是实战，分明一场即兴表演。他猛拍双手，喝彩助威，直到单风被拖起，才脱口说道："打得好，太精彩了。向刑警学习，向警花致敬！"

押解单风回局时，羽荷高声问道："还有执法科的人吗？"刚才这青年站出来说："我是建委办公室主任兼综合执法科教导员王海平。柳队长，打得太过瘾了，真真是了不起！"刘蕊说："那你来趟刑警大队，协助处理一下吧。大家留下姓名、住址，明天询问取证。"王海平扶起陆大辉，安排他回家休息，叫上几人一同过来了。

大战结束，张老板才知文滔在此用餐，忘却伤痛，跑过来说："不知齐局和刑警大队的兄弟姐妹也在，有失远迎！今晚免单，算我请客。"文滔说："你免单，我岂不成单风第二了？合法经营，吃饭给钱，天经地义。遇到这种事，正义之人谁不出手，何况我们是刑警！你伤得也不轻，快去医院吧。"张老板见勉强不得，只得如实收取了费用。

第三十回　神探女缘遇才子　钢铁汉两袖清风

单风被押回刑警大队时，早像一烂稀泥。王海平见柳队长和刘蕊全身上下是泥土，赶紧浸润两条温热毛巾递过来，小柳一边擦拭一边心不在焉说："小伙子还行，不愧办公室主任，挺赶眼色的。"刘蕊趁机说："王主任，现场听你喊得最响，一路上眼睛就没离开我柳姐，打的是啥鬼主意？如若看上柳姐、想娶柳姐，必须先过我的审核关，知道不？"王海平让小刘说着心事，不觉脸上微微发红。小声讷讷问："你要审查啥？"刘蕊大声惊叫："柳姐你快看，脸都羞红了，还真让我给说中了。你为啥起名王海平？今年多大、何校毕业的？"王海平认真地回答说："今年二十八岁，山东大学毕业，世代居住滨海县。祖上出海打鱼，希望风平浪静，平安而归，所以取名王海平。"刘蕊一听，高兴地拍着巴掌说："太好了，我就喜欢吃鱼。为何只一眼，就喜欢上了小荷姐，是不是让她的美貌迷晕了？"海平笑笑说："柳队长不但美若天仙，而且疾恶如仇，逢敌亮剑，凛然威武。她是巾帼英雄，我是打心眼里敬服和喜欢。"刘蕊听得眉开眼笑："这小子真还蛮不错的唻！荷尖姐，嫁给他吧，这回我可有鱼吃了。"

刘蕊这番恶作剧般地询问，本没引起小柳的注意，但当听见王海平字字句句的认真回答时，不知怎么就有了一种隐约约的异常之感觉。就是呢，到现在也没正眼看看这个人。她转过身来，想看看他到底啥样子。转过脸来的一刹那，正好对着他那双炯炯有神的明眸亮睛。她突吃一大惊：天，这双眼睛有股强电流，怎么似曾相识、久别重逢的感觉呢！她心中的这点诧异，全都写在了脸上，顿时面生红晕、心跳神慌，赶忙低下头来，手忙脚乱地整理案卷。

柳羽荷的这些微小变化，哪能逃过刘蕊这双小眼睛！她倒背双手，弯腰围着她转了好几圈，眼睛却始终紧盯她的眼："柳姐，咋了！打的啥胭脂，脸红什么呢？王海平啊王海平，你这穷小子是哪世修来的傻福分，怎么一下子就入了柳大小姐的眼和心！柳姐可从来没有看上过任何男人。不对，也不是没看上，只可惜齐局名木有了主。看你俩对眼的这小样，是叫一见钟情吧？"柳羽荷回过神来，扬起手说："再敢胡说，给你一巴掌。造新词了？还名木呀有主呀，能煞你！"刘蕊边装着害怕躲闪，边对王海平说："王小哥呀，柳姐从来没有当俘虏，今天没过招，就先栽你手里了。求求你，赶快把她给我押走吧。不趁今夜灯火尚阑，柳大小姐柔情还在，更待何时啊？假我批给你，人也交给你，能不能降得住，就看你小子的本事了。"说着，一手推着柳羽荷，一手拉着王海平，将他俩关到门外去。羽荷悄声问："咱去哪儿？"海平说："城郊的夜晚静悄悄。"羽荷又吃一惊："你咋知我喜欢寂静夜色的？"海平如实交代："刘蕊附我耳上说：'郊夜。'我这么聪明，还不马上心领神会啊。"柳羽荷笑了："这个小内奸，回来收拾她。不过，我最喜欢诚实的人。"

公安局顺手牵羊拿下单风，全县干群无不拍手称快，柳羽荷的威名再次叫响。没想到，如此大快人心事，却给文局长带来了巨大的压力。你道单风是谁？原来是副县长单怀仁的儿子。说起单怀仁，还真挑不出啥孬来。他分管财政，对公安也比较重视和倾斜，这个儿子就是公安大招人时进的工商局。当时单风又哭又闹当警察，单怀仁却有自知之明。儿子进公安，他不是没想过，但却真不敢。不说别的，单说公安得佩枪，这小子要是发起神经玩起命，开个枪杀个人他绝对当儿戏。真有那么一天，自己玩完不说，全家都得跟着倒大霉。所以，不论儿子闹多凶，爱人缠多紧，他就是不开口，最终选择了工商局。这小子穿着工商制服，歪戴着大盖帽，招摇过市，惹是生非，吃喝嫖赌玩女人。身为副县长，也曾横下心来真管过，甚至动用木棍家法，可爱人护着，终是难下狠手。特别是市银行行长的儿子陆大辉进了公安后，两人形影不离，合伙称王称霸，一发不可收。元宵夜儿子闹出事儿来，他爱人赵娴仁就一直没闲着。她先找小柳仙酒店张经理赔礼道歉，愿意承担全部损失，再三请求放过儿子；然后劝说陆大辉，就说伤是自己磕碰的；找到每个被打的人，答应赔付医药费，切莫给单风再加罪。一切妥当后，才跑到公安局文局长的办公室，痛哭流涕，大骂单风作孽该死，害得父母不得安生；既而大骂陆大辉不是东西，天天教唆单风，把好好的孩子引上了斜路；进而又说去饭店看了，砸得东西也不多，损失已经赔人家，老板亦不追究了；伤者都很轻，也都原谅单风了，药费皆已赔付了；最后说单怀仁气得犯了心脏病，恨不得亲手掐死他。千哀告万祈祷，请文局长高抬贵手，饶她儿子这一回。

见她哭哭啼啼插不上嘴，文局长只得耐着性子任她说个够。见她终于不说了，方说道："单风做事不止一次两次了，群众怨气都很大。且不说这次损坏东西多和少，光伤人就达六七个。陆大辉虽然和他关系不清不楚的，但制止他时却是警察身份。何况两名刑警三令五申，好话说尽，他非但不听，反而持械暴力袭警。事实明明白白，社会影响巨大，数十群众围观，全县拭目以待，你说让我怎么办？就是单县长也不敢公开表态吧。全县不仅盯着公安局，也都盯着单县长，如若闹得他官位不保，你全家岂不更完了？你请先回去，拖拖看看再说吧。"

原来元宵夜当晚，陆大辉一出饭店就跑到单副县长家，添油加醋地学一遍。他拍着胸脯说："放心吧，我就说自己不小心摔磕的。"紧盯单叔脸色，看他作何反应。单怀仁说："大辉啊，你好歹也是公安局的一名科长了，怎么还是这么不省心？我和你爹早晚毁在你这两块货手上。单风发酒疯，你也喝醉了？还当场要本事要抓他。你把他拖到一边去，悄悄拉走不就完事了？你俩可倒好，犯下事了，生怕动静小，再满天底下去吆喝，唯恐全县不知是咋的？"陆大辉望着单怀仁和赵娴仁说："单叔、赵姨啊，当时根本做不到。我到齐局那桌去敬酒，哪知单风兄弟无缘无故发酒疯？再说，省厅、县局的领导都在，我又如何捣鬼啊？可别说，柳羽荷虽是黄毛丫头，还真他娘的挺厉害，我都让单风一脚端多远，她却三拳两脚地就给收拾了。单风那棍子抡得像风车，我都吓傻了。"单怀仁指着陆大辉说："看看你俩这德行，永远是那扶不起的小阿斗，什么时候能让我省一点点心？想想真不如找棵树杈上吊去。我单家哪辈子伤天害理了，生下这么个孽畜！"

陆大辉正事不行，馊主意倒是一大堆。他赶忙献计说："无论如何，也得把兄弟救出来，可以两路出击，双向合围。赵姨拉下这张脸，苦苦哀求文局长，让他产生怜悯心，便于日后好表态。他是一把手，又没多大的魄力，拿不出多么从轻的意见，只有齐局才有这权威。我看就让单风的漂亮媳妇小杨去找他，我就不相信，世上谁会真和美女金钱过不去。齐局血气方刚，英俊儒雅；弟妹水性杨花，年轻貌美。只要擦出一点点火花，还不是百分之百的把握吗？"单怀仁气得暴跳如雷，破口大骂："下流坏子混账玩意，狗嘴里吐不出象牙来，快他娘的给我滚。"

赵娴仁找过文局长，愈发忐忑不安了，文局长的话让她心惊肉跳。男人若真丢了官，全家岂不彻底完蛋？这时候，儿媳就是她唯一的一根救命稻草。她扑通给儿媳跪下来，请求她去找齐局，救救单风，救救全家。她拉着儿媳小杨的手，鼻涕一把泪一把："你如花似玉的一个人，嫁给这个孽障，没过一天女人的日子，娘也年轻过，知道你有多委屈。他对不起你，我们全家都对不起你。这要找别人，说啥娘也不舍得，这可是公安局的齐局长，你是不知道，这人年轻有为，相貌堂堂，品味本事都超一流，没有哪个女人不喜欢。单风是堆臭狗屎，为娘只是不忍心他蹲在监狱活受罪。你放心，从此后，你就是娘的亲闺女，一个完全独立的人。你想喜欢谁，就去喜欢谁，算是为娘最后求你了。"

杨如雪明白婆婆这心思，她为这种卑劣手段而羞耻。但名义上还是她儿媳，她没有胆气来拒绝。她拉起婆婆叹息说："妈，让我找齐局，哪儿有这么简单呢？我如何找得到，他又如何肯见我？"婆婆一听有点门，赶紧说："你是不知他为人，但凡有事找，他一概热情全接待。今晚上他爱人上夜班，机会太好了，天黑后你稍稍晚点去。你先洗洗澡，妈来帮你上上妆。"小杨无奈何，只得任由婆婆给她浓妆艳抹、梳洗打扮。她对镜一照，羞得满脸通红说："妈，如此'显山露水'，怎敢面对齐副局长？还是戴上胸罩吧。"婆婆说："就要这风韵，太美了。好闺女，听妈的。"

晚上九时许，她穿着婆婆亲手准备的性感衣服，提着现金礼物，硬着头皮来找齐文滔。来到门前她抑制一会狂跳的心脏，方敢轻轻来敲门。听到短促的敲门声，文滔问是谁？小杨万分紧张说："我是杨如雪，请您开门吧，有事要找你。"文滔惊觉回绝说："咱们认识吗？私事谈不着，有何公事啊？"她说："算是公事吧。""请稍等，到办公室去谈。"不一会儿，柳羽荷走过来问："你是杨如雪？请跟我来吧。"杨如雪不放心地回头看了看："你可别骗我，齐副局长还在家里呢。"小柳看看她，然后看看门口的物品说："东西提上，大队长一会儿就会到。"她只好提上东西，跟着小柳来到办公室。小柳客客气气说："东西先放门外，你请进来吧。"给她倒上一杯水，仔细地端详了一番。

不一会儿，文滔来到，杨如雪拘谨地站起小声打招呼："齐副局长你好，给你添麻烦了。"文滔一看，有点惊诧说："这不是团县委的小杨书记吗？你找我有啥事情啊？"她两眼噙泪低下头："齐副局长，还能记得我？"文滔说："哪能不记得！去年你找我给青年作报告，我的确不擅长，况且也确实没啥事迹说，真是对不起！有啥事，你请说。"小杨看看柳羽荷，意欲要求回避。文滔见状说："小杨你别见怪，咱俩见面谈事情，有人在场比较好。如果不方便，可以找别人，我让小柳马上给联系。"杨如雪赶紧说："不是的，我不找别人，就来找你的。其实我不想丢人现眼，可婆婆跪着求我，我是真的没办法，单风是我老公。"文滔和小柳皆吃一惊，文滔追问："单风是你老公？"小柳脱口说："你是他的媳妇？不会强行霸占吧。如此温婉贤淑，怎会嫁给这个无赖呢？一块好羊肉掉到癞皮狗嘴里，太过埋汰人了吧。"文滔虽感诧异，却觉得小柳这话有点伤人，遂厉声喝止说："怎么说话的？夫妻是各种缘分交会的结果，谁能长着一双过山眼，一下看清未来的一切？小杨千万别多想，小柳心地善良，快言快语，是真心同情，才说这些过头话的。"羽荷伸伸舌头，不敢再多言。

杨如雪说："齐副局长，柳队长说得没有错。昨晚我听说两个女刑警只一两个回合就把这混蛋给制服，猜想一准就是柳无敌。陆大辉给我婆婆出主意，让我晚上来找你，你看把我装扮的，深意不言自明吧。他说齐局顶天立地、年轻帅气，或许能看上我的绮年玉貌，好给单风网开一面。说实话，让我找别人，打死我也不会来；来找你，我真的也乐意。柳队长，咱们都是女人，谁不仰慕齐局之为人？不为求情，不为送礼，能见着说上一通话，心里也就亮堂了。我公公这人还不错，对我这儿媳也很好，我的工作是他安排的。婚姻说来话长，是我鬼迷心窍，怨不得天地，怨不得别人，只怨自己没志气。哪个女人的新婚之夜不是幸福甜美的？可我有的，只是被摧残折磨的痛苦记忆。从此，我再没和他同过房。他天天酗酒，寻花问柳，不干人事。这次出事，我一点也不意外。我盼着这天早日来临，也好跟他做个了断。这些年，但凡动此念头，就想到我那可怜的公公，看在公公面上，我才一直和他过着名义上的夫妻日子，不然早就离婚了。礼提来，知道齐局不会收，我的任务已完成；我打心眼里敬仰崇拜，也曾有过莫名的渴望，可我既没资格也不敢。人来了，就可以向婆婆交差了。谢谢齐副局长，谢谢神枪柳，我走了。"

杨如雪弯腰鞠个躬，两眼噙泪，出门拎起东西，转身头也不回地走了。望着她远去的背影，文滔既像对小柳又像自言自语说："事业这么独立，婚姻受制于人，实在令人惋惜。女人若为利益而嫁，往往成了牺牲品，教训极其沉痛。"小柳轻轻哼一声："可怜之人，必有可恨之处，谁叫她依靠公公找工作的？为一时利益而牺牲一辈子的幸福，值当吗？毕竟她还年轻，现在省悟也不晚，完全可以重新来过。"文滔感叹说："恐怕决心难下。婚姻虽是人生之大事，但凭的毕竟是少男少女之心气。决定嫁娶往往很简单，决定离婚却非常非常难。"小柳轻笑说："这话我就听不明白了。"文滔说："结婚时毕竟年轻，思维单纯，或为一见钟情，或为一时之利，头脑一热，一念之间就能决定。离婚却不一样，面对家庭、孩子和社会，事情多着呢。"小柳眼盯文滔说："唉，人生不如意事、十之八九，你说女人恋爱，哪个不是为情所困呀？都说自古美女爱英雄，开始我也不相信，直到崇拜你近乎痴狂时，我才真正地相信了。原来不光我，瞅着你的大有人在呢。杨如雪肤白貌美、肥瘦得体，外加性感衣服和高档化妆品的映衬，真真是'可怜飞燕倚新妆。'她今晚真是用心了，结果仍让你给白白地辜负了。我就纳闷了，难道任何美色都撼不动你吗？这回的诱惑力似乎有点大，你得当心了。"文滔不屑一顾地说："爱美之心谁没有？我虽不算英雄，自然也不例外。爱美，就得见一个爱一个？杨如雪虽然姓杨，却和水性杨花不搭边。她长得虽然很漂亮，却算不上是个真美女。漂亮的女人不一定美，美的女人才漂亮。美，除却'清水出芙蓉，天然去雕饰。'还要有心灵、气质、素养、内涵的完美结合，你不这样以为吗？"柳羽荷头一扬说："呵，有点意思。大队长果然眼光高冷，赏美也有独特的见解。她若还不美，那在你的眼里，世上还有真正的美人吗？""当然有，远在天边，近在眼前，良卉和你皆属最美之列。清新漂亮的女人随处可见，堪称美人者却屈指可数。""又骗人，既然我很美，你为何这么讨厌我，从不正眼看看我？""此言差矣！小柳呀，说这话你心口相应吗？""哟！难道不是啊！只要是非工作的环境里，你对我从来都是冷冷冰冰的。""人非草木，孰能无情。我是没感情的冷血动物吗？如果有一刻，我们两人中必须有人做牺牲，我相信咱都会毫不犹豫地把生存的希望保留给对方。为何？因为咱是血里火里滚出来的过命交情。如果这还不算喜欢，世上还有真情可言吗？""如果真有那一刻，你必须得活着。生命诚然可贵，人民利益更高。因为刑侦大业，社会安危更加需要你，这事没得商量。""小柳啊，披肝沥胆说实话，在这个世界上，我爱的是你良卉嫂子，喜欢的人也只有你。你心仪崇拜于我，我倾情护佑于你，还不是公开的秘密吗？没人怀疑咱纯洁，是因大家了解咱。我不敢把喜欢变成爱，正是不想伤害你。咱们是刑警，危急时刻，必须挺身而出，含笑面对任何危险和死亡。但只要我还有口气，就绝不允许你先走在我前头。爱你，必须得具备一定的条件。你真的不小了，是得有人爱你管你了。"听见大队长的肺腑之言，柳羽荷怎不灵魂震撼！遇到如此好男人，今生还复何求何憾。她满怀深情，微微叹息，说出来的话却完全变样了："唉！原来大队长腰缠万贯，位高权重，柳羽荷竟是个贪图虚荣，卑鄙无耻的小人啊？"文滔被她气笑，长叹说："柳羽荷呀柳羽荷，何时嘴下积点德。还记否'还君明珠双泪垂，恨不相逢未嫁时。'咱俩相识时，我早已与深爱之人结婚了，怎么可能再爱你？你不睥睨陈世美、陆大辉之流吗？我懂你，心也痛，但我何敢伤害你？知君用心如日月，甘为事业同生死。难道这些还不够？""我明白，什么都明白。只是心里很不甘，怎么世上这么多大男人，就没有一个胜过你的呢？""什么什么？"闻听此言，文滔不由得差点跳起来。他眼盯小柳踱了两三圈，小柳愕然看自己："怎么了，干吗怪怪地盯着我？""到底是谁怪怪的？我得确认准，这人是不是柳羽荷？这话真是她说的？究竟是没人胜过我，还是她是井底蛙？三条腿的蛤蟆是难找，两条腿的好男人还不遍地皆是吗？""在哪儿？我怎没发现？""你这个小柳呀，人生如品茶，要水沸心沉静。只要放开心胸，春光遍地无限。比我差的男人或许真不多，远超我之者，何止车载斗量啊！别的且不说，单看我这长相吧，腰弯背驼，老气横秋，脑门秃得能顶电灯泡。你说我哪有一点是好的？柳队长破案一眼穿千里，相我的目光却为啥像只小耗子？请你把眼光挪远点，好不好？""大队长，何必如此贬损自个呢？倒说得我像一个无赖了。唉，人生可奈何！再坚强的女人，情感也会出差错。""感情不是侦查破案，难说谁对谁错吧。世上事，本来就是一笔糊涂账。有的人，注定会被缘相遇，但也必须拾得起来放得下。"

柳羽荷慢慢地来到文滔的跟前，足足盯了一分钟，然后张开双臂轻轻地拥抱住："大队长，我只是想知道，彩青山的寒冷夜，你的心真就这么平静吗？"文滔一声叹息："你非仙，我是神？傻丫头！"听罢此话，羽荷泪如泉涌，嘤嘤啜泣："有此一言，今生足矣！"。三分钟后，她毅然决然地松开手，来到脸盆前，就像告别过去，一把又一把地撩起冷水泼在脸上，然后又把头浸泡在脸盆里，好久方才抬起来。拿条毛巾擦擦干，回转身来说："一切皆已过去，大队长，相信我。"文滔轻声说："当然相信。小荷啊，人的生命中谁还不曾有过心跳心动的时候和个把刻骨铭心的小故事，无非都要学会控制。如果连自我战胜不了，那还是你柳羽荷！"

冷静一会儿，羽荷问："单风的老爹到底是哪位大人呀？为啥还不出手救儿子。""没救吗？夫人儿媳全出动，美人计都用上了。文局长天天在受难，你还嫌出招不够大？现在嘛，我倒盼他家再来一出美男计，派个精干帅小伙，快点把柳大小姐彻底降服吧。"小柳此时已完全恢复，抿嘴一笑："他家能出帅小伙？有也定是渣男吧。谨遵您的指示，元宵之夜抓单风，顺手给自己抓了个，请安心地等着吃我的喜糖吧。"文滔很有感触："行，动作够快的。冥冥之中就觉得元宵之夜有故事，果然苍天有神灵。绝对相信，衷心祝福！你说单风的老爹是哪位？就是大名鼎鼎的单怀仁副县长，若不然，谁有本事一个劲地放大招！"羽荷开心一笑："以为是省委书记呢！芝麻粒大的副县长，也敢兴风作大浪？有本事先把家管好，别让儿子无法无天。文局长也太软弱了，本警花不忍心我的大队长受难为，就放胆出手救你一回吧，我保证让这位大人乖乖地服从咱调遣。"

文滔点着她的额头说："这个小脑子到底咋长的？一闪念就是一个歪门邪道，这还是市委书记的亲生女儿吗？别说我没警告你，若把天给捅破，我可照样收拾你。""才不信呢，大队长就是一个胆小鬼。"说完笑着跑走了，边跑还不忘撂下一句话："洒家知道怎么做，你擎等着吧。"

第三十一回　沭浔刑侦会群英　声东击西捉村奸

这天一上班，单怀仁的办公桌上放着一封信，他打开一看，只见上面写着：

单副县长，听说你是个心底无私的人，怎么连"法不阿贵，绳不挠曲"这样浅显的道理都没整明白。为了儿子单风，岂能一错再错？让他进机关单位，已经助长了他恶劣的品性。这回放他一马，只会引来更加严重的灾祸。知子莫若父，你应当是最了解他的人，也深知干扰办案，包庇案犯的法律后果。你希望这个儿子把你、把你儿媳、把你全家毁于一旦吗？望单副县长切莫当断不断，自招其乱。全县都在拭目以待，等待你做出明智的抉择。落款：一名刑警。

单怀仁看完，额头渗出一层细密的冷汗珠。他迅速打电话给文局长说："王子犯法，与庶民同罪，我的儿子绝对不例外。请公安机关依法处理，给全县人民一个明确的交代。"从此，再也没了说情者的踪影，案件顺利地走完了法定程序，单风得到了应有的制裁，杨如雪也如愿地离婚，过上了一个正常女人的生活。

元宵节一过，齐文滔针对农村盗窃案多发的实际，组织开展了一次专项打击行动，破获了一批偷盗案件，抓获了一大批作案分子，迅速控制住了农村窃案高发的态势。

3月上旬，齐文滔如愿卸任大队长，区有利接棒出任。柳羽荷、金大兵提任副大队长。面对刑侦干警，齐文滔慷慨激昂："长江后浪推前浪，一代更比一代强。刑侦自与治安分家立户，至今已历四任股队长，队伍从几个人发展壮大到四十多人。刑警大队总是站在时代的最前沿，侦查破案的最前线，适应形势，开拓创新。但是，时代在前进，社会在发展，犯罪手法也必定会向高科技、智能化、集团暴力化、黑社会性质的方向发展和演变。案件持续发生，手段不断翻新，我们却因循守旧一成不变，老是跟在犯罪分子的屁股后，肯定会被洪流所淘汰。所以，刑侦人才推陈出新，是案件变化的必然要求。有利同志有率力、有水平、业务精。出任大队长，是人心所向，众望所归。我相信，在他的带领下，刑警大队必定完成超越，开创新的辉煌。"

干警起立欢呼："感谢老队长，坚决服从区大队长。"区有利站起说："切莫急于拍手。说真的，任命我当大队长，我是一夜没睡着，很害怕。大家有目共睹，齐局任职期间，真可谓'任凭风吹浪打，胜似闲庭信步。'问题不论多危难，无不迎刃而解。说他雄才大略，一点都不为过，只可惜我没这本事。我任大队长，只能依靠大家众星捧月，群策群力，团结一致往前闯。咱不但要守住历任队长取得的成绩和齐大队长创造的辉煌，而且还要与时俱进，不断创新。怎么办？只能扑下身子，奋发作为，克坚攻难。我会身先士卒，带领大家往前闯。"全队再次报以热烈的掌声。

浔水刑警大队调整不久，一年一度的全市刑侦会议隆重召开。县区公安局长、分管副局长、刑警大队长和刑侦内勤齐聚金山宾馆，传达上级精神，总结年度工作，分析研判形势，部署侦查任务。听取报告和领导讲话后，开始分组讨论。

案件侦破需要密切协作，谁也离不开谁，所以副局长和大队长这两组讨论得最热烈。大家聚在一起，切磋技艺，交流经验，就像一家人，气氛轻松而欢快。副局长组一集合，阳伯瀚当即调侃文滔说："大师兄终于放权让贤了。当一回双枪老太公，过足瘾了吧？这也就是你，换作我早就累趴了。"

文滔反呛说："师弟比我小三岁，我能撑住的，不信你就累垮了。你小子可以哈，三下五除二，爆炸案彻底降下来，就凭这点小本事，谁敢不服气？跟我说实话，副局长真比大队长轻松吗？"宋近强马上接话了："老同学，这话还用问他呀？老宋最有发言权。轻松啥？一牛拉车、双牛拉车各有各的活儿吧。心思照样费，力气照样出，无谓的会议和干扰太多太多了，比当大队长还要累，心里累。"

柏兆先主持副局长组的讨论，他刚宣布开始，各位就乱炮齐发，一番狂轰滥炸。孔庆玉抢先说："柏局啊，这以后呀，市局不能只是就案论案管侦破，不问干警死和活，得在保护干警上下点真功夫。你说，沐北的这件倒霉事到底冤不冤？嫌疑人持铁棍袭警，若不开枪非死即伤。检察院不去追究袭警责任，反查干警违法开枪，天天提溜去过堂，灰头土脸憋得慌。如此打击正义保护违法，这活谁还敢干呢！"大家七嘴八舌一通抱怨："刑侦任务重、风险大，队伍难带事难办，人人够够的，真是没法再干了。"

文滔一改以往，双眼微眯，一声不响。兆先点名了："文滔同志金口不开是何道理呀，情绪竟还闹到会上了？"大家闻言，炮口一致转过来："看看双枪大将这点气度吧，免个大队长至于这样吗？"被逼无奈，文滔只得说："此事不好置评，所以不想发言。"霎时万炮群轰："刑侦形势严峻，你却高高挂起，什么人！"文滔慢慢抬头说："既都刀剑相逼，不许炸断我。我倒想问问庆玉老同学，有事不找自身的原因，却去抱怨检察院，能解决现实问题吗？刑侦支队不研究破案，难道还帮咱研究违法吗？"庆玉很生气："问题是，咱没违法也没乱纪，检察院纯是找茬整咱们。他们就是要鸡蛋里边挑骨头，咱有啥法啊？"文滔说："这话过于极端了吧？检察院未必人人高素质，但与咱们却是相互配合、相互制约的工作关系，职责也是打击犯罪。嫌疑人公然袭警拒捕，检察院就敢颠倒黑白、公然支持了？咱若依法开枪，理直气壮，你为何不真刀真枪地摆上擂台，却甘愿要当鳖孙啊？咱是专搞侦查的，取证本是最强项，一群警察对付一个嫌疑人，天天过堂说不清，还用抱怨他人啊？为啥开枪，怎么开枪，自己都没整明白，检察院职责所在，不问你那他们问谁去？"阳伯瀚不买账了："师兄这是什么话？检察院明摆着打击迫害，你怎还胳膊肘子往外拐，一个劲地为他们张目叫好呢？"文滔不急不躁说："咱是刑侦领导，头脑必须清醒，不能树梢一动就是风。打击犯罪当然不手软，保护干警也绝不能含糊。案犯没抓着，惹上一身臊，先把自己整进去，划算啊？"大家问："那依你之见呢？"

"我有啥高见。年前海东抓捕一名抢劫犯，干警体弱打不过，大声呼喊：'我是警察，快来帮抓抢劫犯。'眼看案犯逃远，竟无一人出手。他追出一截又喊道：'警察打人了，快点抓住他。'人们蜂拥而上将其扭住。这算一种仇警情绪吧？为何仇警、根源在哪儿，在于地方党委动辄乱用警力，把我们直接摆到了群众的对立面。长此以往，警察尊严丧失殆尽，人民群众望而生畏，由热爱转为怨恨又有啥可惊诧呢？后果显而易见，没人相信警察。只要指责咱违法，不论是非曲直，群众首先认定，一准警察胡来了，后果还不可怕吗？沐北这件事，仅仅一个缩影吧。"大家齐声说："别卖关子，就说怎么解决吧。""怎么解决，解铃还须系铃人。首要一条，就是地方党委必须执行中央的要求，切莫乱用警力对付群众。这个问题长期复杂，党委、政府也是人，动机也是为民生。端着地方党委的碗，不受地方党委的管，绝不现实啊。怎么办？抓根本。非警事务，咱警察绝不能冲到最前沿，更不能跟群众直接对抗起冲突。至于抓捕嫌犯，尽量不开枪吧，万一打伤，各说一词，群众往往听信嫌犯而不信咱们公安机关。一时脱逃，想法再追呗。但案犯真敢暴力袭警，和咱拼命了，那就另当别论了。怎么，他嫌疑人的命是命，咱警察的生命反而不是命？这就必须迅速果断，毫不犹疑，一枪制敌。沐北这件事，教训在于犹犹豫豫、当断不断；打不敢打，不敢又打。最后枪是开了，却给人留下了诸多的臆想空间和话柄。人家咬定非法开枪，咱又确实说不清楚。若让你当检察长，不气得一跳八丈才怪呢。"阳伯瀚兴奋地拍桌案："师兄高论，堪称'齐氏定理'。"

陈小震支队长主持刑警大队长组的讨论。有利一进屋，大家群起鼓掌："欢迎新任区大队，队长群又添了一个受罪的。"有利说："队长天生受累的命，不受又能让谁受？各位都是老干角，不兴藏着掖着的，独门绝技往外亮亮呗。"东方炕说："你若再说受罪，我们干脆没法干。有师兄齐局分管，算你小子烧高香了。"沭中区井英明大队长说:"谁分管,也代替不了咱们受驴罪。时代进步,观念大变,案子越来越难破。上级拼命地鼓吹命案必破,这也是唯物辩证法?彻头彻尾的唯心主义嘛。发个命案就破了,世上还有杀人犯?天天吆喝保障嫌犯的基本权利,咱刑警的权利又在哪儿呢?陈支队,你说刑侦形势严峻吧?现在是要人没人,要钱没钱,要破案处处是紧箍咒。嫌犯开着汽车跑,一群穷光蛋蹬着自行车跟在后边追,追不上了还挨骂。好歹佩一把破手枪,遇到袭击不准用,必须拿着脑袋往上撞。犯罪分子都是人,就咱刑警不是人。这队长如何当、这活怎么干!真他娘的战战兢兢,如履薄冰,如临深渊。"浔南县刑警大队长陈之超接话了:'牢骚太盛防肠断。'说一千道一万,案子还得破,鲜血就要流,性命必须拼。井大队,都说你一上案子饭不吃、觉不睡,比拼命三郎石秀还玩命。老兄怕不是唯恐别人超过你,故意施放烟幕吧?"

刘志豪副支队长主持内勤组的讨论,除了市支队的赵小春,县区全是女性。柳羽荷一进来,众皆惊讶说:"咋还兼内勤?"她笑笑说:"什么叫还兼,本来就是内勤嘛。""是个年轻的老内勤。"沭中大队陆小花说:"小柳介绍一下呗,你这内勤咋干的?我们走出警队无人知晓,你却战功赫赫名震全市。"小柳又一笑:"有啥好介绍?换汤不换药。中队长干的内勤活,副大队长还是内勤活。齐局经常讲,内勤是刑警队的神经中枢,要首先当好侦查员。"小花说:"你怎敢冲到一线去,不怕打不过案犯呀?男警这么多,何必让咱冲锋陷阵。也亏你柳神枪有本事,换作我,一准添乱坏大事。"小柳还是微笑道:"面对危险,谁不害怕?咱若不出手,他还不要咱命吗?刑警队当然是男人的天下,可咱警花真的就比他们差?"大家七嘴八舌:"说是妇女半边天,咱哪儿顶得起来嘛!要力气没力气,要临阵没机会,偶尔出次现场,手忙脚乱尽添堵,何堪大用啊?"小柳这回不笑了:"大家首先看轻了自我,没点精气神,何谈有所作为啊。男警虽是主力军,咱女将就甘愿沉沦了?咱当内勤是不假,但咱也是侦查员吧。我们齐局有句话:'有作为才会有地位。'只要练就一技绝活,关键时候,领导能不想起咱?""小柳啊,说话容易做起难,没结婚你是不知道,家里家外一堆事,除了围着案子转,还得围着锅台转。想无牵无挂上战场，谈何容易呀？""咱没必要做个女强人，更不须面面俱到，咱就用好女性特长，以柔克刚。静水深流，的确柔弱；一旦成势，不照样排山倒海，摧枯拉朽吗？女人心思细腻，玩不了与男人争锋的活。但沉着冷静，绝不输男性；思考归纳，打靶射击，甚至优于男性。只要关键时候冲得上，领导何敢轻视咱？"女内勤们瞬间安静。许久，陆小花才轻声说："难怪号称柳无敌，我们只当内勤，都忘了还是侦查员，奢求大家记着咱，怎么可能呢？好一个有作为才会有地位，真真是如此。"

刑侦会早就有惯例，同学们皆不约而同地来到陈小震、景小苟家吃晚饭。桑世源是沭源县公安局局长，付玉碧是沭中法院副院长、景小苟是沭中分局副政委；崔大超、丁本阳是刑警大队长、马彩云是刑警大队教导员。人虽不齐，气氛热烈。景小苟在倒茶，柏兆先在掌勺炒菜，陈之超帮着打下手，任宪勋在讲笑话，陈小震跑前跑后地服务着。宪勋端着茶碗吆喝说："兆先啊，今晚你得亮出拿手之绝活，好好犒劳同学们。说是刑侦会，还不全是为你和小震贴金抹彩的？同学齐出力，成绩全归你，好快点进步当局长。"执权生气说："宪勋你这老小子，真会见风使舵。毕业时，亲口封我为处长，看我不中用，马上另行任命了？"宪勋说："你的任命早已兑现了，现在市局全是处，还没过够处长瘾啊？"

不一会儿，菜上来，宪勋抢先说："首先强调政治纪律，三天会，头要炸，今晚不许谈工作，只管喝酒赏三美。来来来，干一杯。"小苟说："任兄总是喧宾夺主，这是在谁家，轮到你先开场了？"宪勋杯子一蹾说："你看看，你看看，发号施令惯了。好，小震和景大美女先来吧。"众人哄堂大笑。陈小震端起酒杯说："各位老同学，转眼毕业十多年，我们也从翩翩少年迈入了而立之年。虽然出力流了汗，党和组织没亏欠，我们都有了一定的政治待遇和地位。来，为刑侦事业和家庭幸福，为同学友谊天长地久，干杯。"大家端起酒，情感涌动，心境复杂，各人呷了一小口，突然沉静下来。

彩云望望众人说："似乎一道无声的命令，集体哑火，咋了？"文滔叹气说："提到事业和家庭，真乃五味杂陈，感触良多。十几年，风与雨、苦与乐；生与死、血与火，事业总算过得去。起码拼尽全力，尽职尽责了。可对家人的亏欠，实在太多太多了。小苟体会该更深，小震整日里蹲在案子上，是个合格的老公吗？你说他是不爱你，还是不爱这个家？咱们一钉案子，就是几十天甚至几个月，真是委屈家庭、委屈爱人、委屈孩子了。"小芍眼角噙泪，频频点头。"谁让咱生逢这个时代呢？咱就是为公安刑侦事业而生的。为了这个事业，只能舍小家，顾大家，义无反顾。看看你老吉嫂子吧，不幸出了个交通事故，头脑严重损伤，杰杰五六岁就得独立生活，有这老爸还不等于没有吗？她们既然嫁给咱，那有什么可说的？只能无怨无悔，自挑家务重担，谁让她们选择错了呢？"听见宪勋这席话，彩云眼角湿润说："说起老吉嫂子，我就心头发酸，多么贤淑开朗的人？最难能可贵的，是宪勋兄对嫂子的一往情深。当局长，你有多忙暂不说，但对老嫂子的体贴入微，合天之下，谁不肃然起敬啊！真真是模范丈夫了。"兆先说："哪儿有这么多的儿女情长呀？开了三天会，劲得鼓起来，全年还指靠咱们继续打拼呢。举起杯，提起神，为了胜利干一杯。"执权说："不许说工作，你小子嘴先跑偏了。"宪勋长叹说："唉，不说工作能说啥？算了，为了公安千秋大业，为了景大美女和所有同学，干。"

全市刑侦会结束第二天，晚九点，局办通知召开紧急党委扩大会。文滔来到时，县委副书记兼政法委书记韦全德，县政府副县长贺竞杰，政法委常务副书记刘常军，法、检两长，文局长，有俊副局长等已在坐。刘常军宣布说："旗沟乡横家沟村刘国臣等七人聚众扰乱社会秩序案，业经联合调查组调查终结，认定构成犯罪，检察院已经批准逮捕。县委决定，由公安局副局长齐文滔任总指挥，公检法副职分任小组长，今晚采取断然行动，全部抓获归案，打掉这个长期与党和人民为敌的犯罪团伙。"

事件的来龙去脉，文滔很清楚。抗战时，横家沟是抗日堡垒村。改革开放后，个别村干部作风有问题，引发一些干群矛盾。乡党委迅速调查处理，重新选任了支部书记。刘国臣不满意，带头大闹乡党委，声称问题的起因，完全是腐败造成的，号召村民推翻乡党委、推翻县委。刘国臣何许人，父亲曾是远近闻名的大地主，1947年，在山东滨海区土改复查运动中被镇压。他从小骨子里反对共产党。这村几乎全姓刘，刘国臣带领发过财，煽动力很强。他带人砸了党支部和村委会，把大喇叭抢到自家高喊道："我宣布，废除横家沟村党支部和村委会，成立横家沟村党委，我任党委书记兼村长。"

支部书记刘铁成耐心劝导说："国臣啊，人不作不死。党支部是党员按照党规选举的，村委会也是村民一人一票选举产生的。你算啥鸟人，一句话就敢给废了？是谁给你的狗胆子！支部有人犯过错，反映情况无可厚非，上级很重视，全都调查处理了。共产党是我们的领导核心，你连党员都不是，还敢冒充党委书记，公然打砸公共财产，这不是公然挑战法律底线吗？这是反党反社会主义的严重罪行，是没有回旋余地的。赶紧悬崖勒马，回头是岸吧。"刘国臣狂妄之极，根本听不进去，竟拿自个儿当上了土皇帝。

县委成立专门工作组，公安局副局长巩有俊任组长。进村时，遭到刘国臣等人的严重暴力阻挠。工作组本着治病救人，教育为主原则，苦口婆心谈话劝说。刘国臣不但不听，反而更加疯狂嚣张，组织村霸地痞，打伤工作人员，砸坏公务车辆。有俊请示县委，决定刑拘刘国臣。谁知人刚抓到，锣声骤响，群起而攻，霎时又给劫走了。从此，公职人员进不了村，土地胡乱承包，集资、提留随意收、随意花；农业税不交，宅基地胡乱划，越发无法无天了。多次教育无效，检察院以扰乱社会秩序罪批准逮捕，有俊多次抓捕未果，才有了今晚的集中行动。

政法委刘副书记宣布后，县委韦副书记问文滔："小齐，你看今晚的行动能有几成把握呀？"文滔说："本是一锅夹生饭，今晚这弄法，很难说。""此话怎讲？"文滔说："韦书记，这些人犹如惊弓之鸟，早被抓炸了。最好先予摸准，出其不意，一网打尽。现在两眼扑黑，什么不知道，这会儿才通知，只限今晚抓，太过贸然仓促了。事可交给我，但不要只限今晚，我保证一个不少地全都给抓来，可以吗？"韦副书记未开口，贺副县长震怒了："不行，这是县委常委会议决定的，谁敢私自更改！"文滔说："那好吧，既然让我当指挥，组长就由我决定，这总可以吧？"韦全德有点讶然："法、检副职都是实职正科干部，可谓优中选优、个个精英，你还担心他们不胜任？"文滔笑了笑："韦书记，元帅亲自炸碉堡，会比士兵更擅长？组长要翻墙入院，临场处置紧急事态，两院领导久坐办公室，抓人哪是强项啊！"听见此话，贺副县长火气更大："县委信任，还敢讨价还价了，够格吗你！"文滔有点生气："贺县长，法、检副职都是大领导，又多与民警不

警路八千云和月

熟悉。任务如此特殊，为何非要弄得将不识兵、兵不识将呢？既然他们级别高、权威大，就请他们任指挥，我来当个小组长，这样岂不更顺吗？"有俊悄悄劝文滔："齐兄，和领导抬啥杠！说让咋办就咋办，反正有人顶锅嘛。"文滔说："巩老弟，打仗也兴左右逢源、摇摆胡来的？玩心机也得看看什么时候吧。那你告诉我，这些人今晚有几个是在家里的？"有俊一下子哑火了。

检察院龚检察长实在看不下去，揶揄说："贺县长，这是请客吃饭啊，还得以官职大小排座次？拿什么大奶瓶子吓唬小屁孩！常委会议闲疯了，去研究几个小组长？这权用得太贱吧。还不就是你提出，常委会上听听吗？让两院的副职任抓人组长，找遍全球除了你，还有谁能想出来？真真颠覆我认知。韦书记，反正就是瞎胡闹，贺县长完胜赵括，由他任指挥最合适不过。"此时文局长只得说："抓人这活吧，许多公安干警都是难以胜任的，何况法、检领导们！既然如此重要，干吗又如此轻率呢？"全德书记与竞杰副县长交流了几句，最终决定说："回头我向书记解释吧，就听大家的，组长由文滔同志自行决定。"文滔说："知己知彼，百战不殆。未及侦察，情况不明；此时通知，仓促抓捕，何有成功之把握？""我因故没有参加常委会，时间不好再改变。"文滔见韦书记确实为难，只得安排说："有利速拟七个抓捕组，要精兵强将。巩副局长调集十辆车，小柳负责编组编号，装备科准备五面铜锣交给小柳。现在是二十二点三十分，零点准时出发。领导是坐镇县局还是亲临现场呀？"全德书记说："我和政法委刘副书记去现场。""好，将领导的车辆一并编号，有利立即召集有关干警开会安排。"

不到五分钟，参战人员已经到齐。听说要抓捕横家沟村这帮害群之马，个个摩拳擦掌。文滔指定组长后，指指有俊所绘的草图："小柳携铜锣先行赶赴横家沟，离村一华里，在此熄火藏好车辆。二十四点前到村敲响第一锣，动静要大，村内多乱皆莫管，隐匿好自己就行了。车队到达后，小柳负责将车辆熄火推到指定位置，掉转车头，依次排好，司机不离驾位。"柳羽荷领命而去。

巩有俊继续介绍七户的方位，众皆熟记于心。有利说："这次任务非同寻常，一律不许佩带枪支。各组自带匕首、短棍，便于拨门对付家狗。限五分钟完成抓捕，十分钟撤到村外。动作要快，不许拖泥带水。"大家齐声说："保证完成任务。"有利问齐局、巩局还有啥指示？文滔说："我就一个要求，凡在村的都抓住，干警一个不少全撤出。若有一人带了伤，只拿组长是问，准备吧。"

横家沟村一片沉寂，游荡着几个幽灵般的身影，那是刘国臣的放哨员。接近二十四点，小柳带人悄无声息摸进来，找间空屋框，三面铜锣当当敲起，齐声大喊："公安抓人了，公安抓人了。"刹那间，锣声响遍全村，人仰马翻地闹将起来。刘国臣的爪牙们，手持木棍、铁叉，满街乱窜，疯狂叫骂。挨个核查，一个都没少，自我庆幸一番，各人自回各家了。小柳溜出村来略等待，车队也已到达。立即指挥车辆熄火，推到村头就地隐蔽。有利询问锣效如何，回说一番喧闹后皆刚入户。文滔命小柳带五人，四个点位五锣再敲，声音要更响，动静要更大。不一会儿，锣声震天，马嘶人喊："公安局杀回来了，这回真的进村了，人给抓走了。"见户户掌灯，喧音四起，赶紧收锣隐蔽。这些家伙满街乱窜，更加狂躁，有人甚至狂叫："老子跟你拼了。"转满全村，还是没见公安的影子，个个像皮球泄气，全蔫了。有人气得大骂："真他娘的活见鬼，是哪个玩意捣的蛋，老子再也不上这当了。"刚刚入户熄灯，锣声喊声骤然又起。这回可没人再相信，只管各自去睡他的大觉了。

见时机已到，文滔命令马上行动。七个小组像七支离了弦的箭，飞扑进村。只见王大强来到刘国臣家院墙外，燕子展翅般飞越墙头，人没落地，一条大黄狗狂吠着蹿上来。王大强扬起短棍迎头一击，恶狗猝然倒地。他飞身来到屋前，快速拨开门闩，冲进屋一把按住刘国臣，他口里还犹如梦呓般呀呀呀地发愣怔，随即被毛巾堵嘴，架起来飞奔出村。家属鸣锣喊叫，无奈没人再相信。不到十分钟，各组全部撤出，除一从犯不在家外，其他人员全被抓获。有利迅速指挥上车，一阵扬尘，旋风般地驶回公安局。

第三十二回　武正县滥权寻衅　老甄头黯然长逝

　　一天，齐文滔正在县里开会，传呼机收到有利的短信：商业局寒天副局长前天伤在自家院内，爱人发现送医，今日不治身亡。有人怀疑他杀，情况有点复杂，望速来一看。

　　文滔请假后骑车来到，召成化副大队长介绍说："寒副局长受伤于自家新建的四合院。前天下午三点多，骑车离开单位，晚饭时爱人电话找不到，方才找到新院来。发现大门里关，随即叫弟弟竖梯爬进来，见寒天四仰八叉地躺在院内东南水泥地面上，气息微弱，当即送医。院墙没有攀爬痕迹，院内室内皆无异常。院内西侧有一楼梯通往南平房，楼梯有扶栏，平房没护栏。西邻刘志坚证实，寒副局长平时经常自个儿过来，时常在平房顶上来回走动。前天下午四点多，见他又在房顶上，就问：'寒局长你又过来了？'他说：'是啊，过来看看院外的景致，心里真舒坦。'询问刘志坚当时是否有异常？他说：'绝对没有。人家寒局长这是深宅大院，这块地也是村书记给他特批的。他又有权有势，建得就像大碉堡。外墙距地四米多，墙顶全是防爬玻璃碴。只要他来到，进家必先关大门，没人进得去。'综合研判，完全排除他杀。"

　　文滔顺楼梯上到平房顶，站在尸体对应位置往外看，见东南大约五十米有家院子，一个年轻漂亮的小媳妇正在往长绳上晾晒衣服，唱着歌曲，有

303

腔有调，蛮好听的。文滔说："这个女人长得很好看，似乎有点文艺细胞。常在院里这样唱？"成化说："可不就是嘛。我来勘查现场时，她就在院里一边洗衣一边唱，看来小日子挺滋润。邻居说，有次寒天在平房顶上只顾去看她，差点儿没从平房顶上闪下来。""寒局受伤那下午，此女是否在唱歌？""周围邻居说，唱了半下午。只要寒局长现身平房顶，她就唱得更起劲。"文滔询问法医吕际金："尸检什么情况？"际金说："死者衣着完整，后脑有挫裂伤，创面光滑平整，有骨折，颅内出血而死亡。没有人为外力，应属意外跌落，完全排除外人致死。"文滔问有利："现场较简单，结论也好下，哪儿复杂的？"有利无奈说："现场不复杂，尸检没疑点，复杂在有人。寒天的表叔武部法是沂淮市法院的正县级干部，今天风风火火地赶过来，根本不听解释。大发雷霆说：'我干了一辈子政法，什么不懂、什么不会？一看就是杀人案，你浔水公安干啥吃的？还意外死亡，有这样的意外死亡吗？你这样死个样子我看看。尸体不准动，我要亲自主持搞检验，抓不出凶手来，我把你们统统都撸了。'这还不够复杂啊？"文滔笑笑说："世上真有这样的人？不会假冒伪劣吧！人命关天，理应慎重，何况还是在职的副局长。再认真详细勘验一遍，必须确保准确客观。"

市局退休法医罗亦举正在家里喝茶收听评书《杨家将》，武部法急火火地跑来了。罗老摘下眼镜歪头看了看："哦，武正县！无事不登三宝殿。哟，又有礼物了，这是又想让我伤天害理啊？"武部法一手捧下礼物，气呼呼地说："差点儿让浔水公安局这帮混蛋给气死，我表侄堂堂的副局长，明明让人给杀害，这些东西也不看看我是谁，竟敢草率认定非系他杀。咱这几十年的老交情，你得管，必须认定是他杀。"罗老摇头说："我混到退休不过一个小副科，你是堂堂的正七品，偌大沐浔盛不下，才高就去了沂淮城。我还想享受一把逍遥的退休小生活，赶紧另请高明吧。""你人虽退休了，但还是个法医吧？你若敢不管，我就告你去。"罗老一笑说："终于原形毕露了。这会儿挨告，也总比事后挨告要好吧。县官的权力得多大？你定性，谁敢否？你若保证尊重事实，我就去。老罗我打了一辈子雁，到老不能让只瘸雁给啄瞎双眼吧。""你保证定杀人，我就下保证。"罗老火气不打一处来，将他的东

警路八千云和月

西扔到院外十几米："马上滚，政法的脸面全让你给丢尽了，还敢跟我提条件！"

罗老为何生气，还真事出有因。他俩同年进的沭浔地区公安处，武部法虽然不正干，提升却很快。有次他亲戚持刀行凶致人死亡，他硬说是病死故意讹人的。罗法医尸检认定锐器致心脏破裂而死亡，武部法大骂他睁着人眼放狗屁，天天控告他。后来在当地实在混不下去了，才托个关系调到沂淮检察院，后又高升到市中级人民法院了。这次又是先入为主定杀人，罗老怎不气炸心肺呢？

第二天市局法医刚要去浔水，武部法见罗老不在，大声嚷嚷说："你去能定杀人吗？我只相信罗老鬼。"小震说："武领导，太过分了啊。尸体没检验，如何先定性，咱都得尊重客观事实吧。""我职务比你高，水平也更高，我看是杀人，这就是事实。你才工作几天的小屁孩，懂什么？"他跑到丁局长办公室胡搅蛮缠，万般无奈，罗老只得奉命前来。

寒天的遗体冷藏在殡仪馆。开验前，罗老专门叫武部法来到跟前说："既来了，就得把话说清楚。验尸必须客观真实，作为见证人，你要全程在场，我随时给你作解答。""我懂，反正没人杀，他就不会死。"罗老无奈挠挠头。检验完衣着，开始检验尸表，助手解开衣扣，翻转尸体，脊背暗紫一片。罗老说："你近前来看看，这片是尸斑。"武部法大叫："我的天，打成这个样，还说非杀人？"罗老解释说："尸斑是人死之后的正常现象，尸僵前，血液往低处沉积而成，寒天仰卧位，所以存在于背部。"武部法青筋暴突争辩说："糊弄三岁小孩啊？这不就是淤青吗？"解剖头颅时，罗老见他又跑远，大声叫他："你不能老往外蹿，得仔细见证尸检全过程。过来，给你讲讲头颅的伤情，这是一处致命伤。"他边回跑边说着："我早说过嘛，肯定会有外伤的。既有伤，没人打，如何跑到他身上？"罗老说："伤在后脑，创面平整，符合高空坠落，硬地磕碰所致。"武正县哼了一声，又蹿远了。心中暗骂：罗老鬼真他妈的不讲情谊，人味没一点。

尸检结束，有利召集家属介绍情况，公布勘验调查结论。一听寒天是从屋顶意外跌落而死亡，武部法带头闹起来。他发疯似的追问："哪位是小齐副局长？还不给老子站出来。"文滔上前说："我就是，武领导有何指教？""你还知道老子是领导？我看你是欠撸了。罗老鬼是个狗屁臭法医，你为何偏偏听他的？赶紧定成杀人案，万事皆休。否则，我将你公安局掀它个底朝天。"罗法医站起说："部法啊，你虽不在沭浔，却是政法的大领导。如果寒天是被杀，当然要义无反顾去破案。可他确实死于意外，如何凭空捏造呢？咱是政法元老，别让年轻人看笑话，快带家属回去吧。这又不是在我家，大小也是公安局，切莫以身试法，挑战法律底线。"武部法撸起袖子说："一个小小的县级公安局，还能得翻天了。老子就不走，看看谁敢把我怎么样？"罗老冷笑说："老不死的，不到地狱走一遭，能相信阎罗原来八只眼？"文滔等人站起来，毕恭毕敬地送罗老出门。武部法拦着不许走，罗老一把甩开他，怒斥说："敢纠缠试试，我老罗凭啥要怕你？"

罗老一走，武部法疯狂地吆喝："先把这小小的刑警队给我砸烂了。"柳羽荷率人上前阻拦："公然打砸公安机关，你敢！"亲属一拥而上，见干警阻挡，又像一群疯狗追咬干警。有利见亲属摆出这副赖人的架势，万一有人带伤反咬一口，干警如何洗清道白？于是让大家撤出来，安排专人搞好拍照。有利再次提醒说："武领导，这是刑警大队，实实确确的公安机关。胡来前，最好想清法律后果。"武部法哪儿管这一套，喝叫道："老子干公安时，你们还在吃奶呢。给我砸，砸了我负责。"刑警大队也就是一些旧桌旧椅子，家属一窝蜂地齐动手，三下五除二地砸完了。砸完了，解气了，武部法手一招说："走，明天再来找他们。"刚出屋，却被刑警列队挡住了。

有利说："明天再来？后路今天已自断，还有明天吗！你这一通砸，真把我们砸怕了。你说是杀人，谁敢说不是。既然是杀人，就请你再给指认个杀人凶犯吧。"武部法一怔："笑话，我指杀人犯，你刑警大队是专吃干饭的？"文滔接话说："可不就是嘛，刑警大队还就是不吃干饭专门吃硬食。怎么，这么大的官滥施淫威，公然打砸公安机关，想拍拍屁股要走人？"武部法又是一瞪眼："一个小小的副局长，也敢找事训斥我？你他娘的算老几！"文滔厉声说："位卑未敢忘忧国，不是领导教的吗？是，我官位不及半粒芝麻大，执法必严总还知道吧。他娘的，什么狗屁正县，你也配！干扰依法办案，打砸公安机关，事实清楚吧？眼见你为非作歹，屁都不敢放一个，我还配做刑警吗！来人，将现行打砸首犯武部法依法刑事拘留，立即给我拿下。"

柳羽荷、金大兵等早就盼着下命令，立即将其摁倒铐起来。他疯狂地叫骂："我是正县级，你他妈的敢铐我，谁给你的权力啊？""党和人民让你当正县，是让你为非作歹的？身为领导，知法犯法，天理难容。这就叫'不是不报，时候未到；时候一到，必然得报'。你不是叫嚣砸了有事你顶吗，今天我也正告你，抓你错了我顶着。我就不信堂堂法治社会，就让你这样的败类给随意践踏了。"家属见刚才还张牙舞爪的武正县，立时变成了阶下囚，全都大眼瞪小眼。

一天，老甄头因患感冒，独自留守值班。辽宁省沭河县警方两人来调查杀人案，怀疑凶手潜回了浔水县。老甄开辆摩托，带着两人来到凶犯的老家。进了院，见凶犯的父母正在干活，毫无异常表现。询问老人，说孩子闯东北已经六七年，从没回来过。调查村民，皆说都没见过他。老甄心存疑虑，但确实看不出有回来之迹象。沭河刑警说："应该没回来，咱也可以放心了。"出门口后顺街往西走，其母偷偷扫了一眼墙根的草垛。别人没有当回事，但老甄却敏锐地捕捉到老人的一丝惊慌。他停步草垛前，稍事观察，哑然失笑。当即拔枪在手说："别藏了，出来吧。"伸手入草，就把人给提溜出来了。回程时，恰遇大雨，淋了一个透心凉，感冒更加严重了。

刚回队，浔中镇九湖村又报来一起放火案。他又自告奋勇要带病出战，有利坚决不同意。他软磨硬泡说："小感冒能有何妨碍？"因确实无人可派，有利才同意他和消防科长程得超一同前往。特别叮嘱："要根据身体量力而行，勘查分析一下即可回来，万万不可逞强。"老甄头不愧老干探，经过认真勘查，仔细调查，顺藤摸瓜，不到仨小时就锁定了作案嫌疑人。他和程科长迅速带领派出所民警及联防队员实施传唤。此人正在地里干活，两脚全是泥。地头有道小河沟，他说先去洗下脚，放下锄头，撒开脚丫子像兔子一样夺路而逃。老甄立即带人猛追，临近一片杞柳地，他鸣枪示警，嫌犯回头见枪口朝上，量是不敢打自己，跑得愈发快了。老甄头终是病体虚弱，力不从心，跑出两三里，心跳加快，气喘不止。抬腿跳迈一道沟坎时，身子一晃，跌倒栽入水沟中，昏迷了过去。嫌疑人趁机钻进杞柳地，霎时没有了踪影。程科长急忙施救，火速送医。老甄头双目紧锁，不省人事。

文滔和有利急匆匆地赶到医院，见他脸色蜡黄，昏昏沉睡。医生说："老甄平时血压就高，心脏有点老毛病。又逢感冒，身体乏力，高速奔跑，摔倒剧烈跌撞，致心脏病突发，生命极其垂危。我们已经竭尽全力，恐怕明天就会见分晓。"良卉一直在旁边安慰着嫂子，劝她不用多担心，要相信医院、相信医生。嫂子见老甄始终昏睡不语，不免急得哭起来。哭过一回，见文滔全身僵直，端坐床前，双手紧攥老甄的手，一直都在哽哽咽咽："老甄头啊老甄头，你一辈子非官非将，默默无闻，却兢兢业业，无怨无悔。你就是咱刑警大队的张子房，更是我的良师益友。几十年的腥风血雨，你什么危险没经历，不都风平浪静地蹚过来了吗？这么一点小沟坎、小磕绊，就把你给击倒了？你别吓我好不好？坚决顶住行不行？难道你，真要狠心地舍弃刑警队，舍弃这些朝夕相处、相依为命的战友们？"

见文滔如此悲伤，嫂子立即止泪反劝说："副局长兄弟，你事多，不能老是撑在这儿。其实老甄没啥事，他就是累了，想偷个小懒歇一歇。你放心，一觉醒来，保准和昨天一样强壮了。你听嫂子的，先去忙工作，多少大事都在等你呢。等老甄头康复回了家，嫂子还是做你最爱吃的石磨小豆沫，亲手烙几张新煎饼，让你陪他喝几盅。"一会的工夫，接连报来几起案件，无奈之下，有利只好安排几个同志轮流值班，协助嫂子看护老甄。叮嘱说："老甄一旦睁眼，马上通知齐局和我，一分钟都不许耽搁了。"

第二天上午，老甄头终于睁开那双疲困无力、毫无光泽的眼睛。他用尽全力抓着文滔手："小齐啊，我一辈子没当什么官，却很庆幸做了名刑警，更庆幸今生能够遇见你。我这人没有啥建树，唯有办事认真，问心无愧。我很知足，没有多少遗憾了。刑侦大业有你掌舵，也算千年等一回，我真的放心了。恨只恨我老迈无能，没能完成破案任务，没有死在案犯的手上，是我今生的唯一遗憾。我放心不下的，也只有儿子……"他睁眼搜巡，有利赶紧把甄希望拉过来跪在床前。他抓过儿子一只手，放在文滔的手上说："唯一放不下的，也就只有他了。小小的年纪，蹲在机关无所事事，太过清闲了。要说锻造人，还得数咱刑警队。我想让他继承父志干刑警，你能答应吗？"

文滔和有利强忍泪水，双双扣住老甄手："刑侦大业后继有人，我们高兴都还来不及。老甄你切莫胡乱想，出院后我还要陪你喝酒吵架抬杠呢。"老甄头招手让爱人近前说："老伴啊，我老了，没本事对付犯罪分子了，临了临了这任务也没完成好，愧对浔水刑警这份光荣了。我一辈子平平凡凡，毫无建树，就是个普通老刑警。不许为难公安局，不许为难小齐，不得提出任何的要求，明白吗？"爱人含泪点点头。

老甄头，一个平凡而又普通的老刑警，就以这么惨淡的方式默默走完了漫长的刑警路。他没有立过一次功，没有得过一次奖；没有提过一次干，没有干过一件惊天动地的事。但他却忠心对党，赤心为民，不计名利，甘于奉献，破获了无数的刑事案件，抓获了不计其数的犯罪分子。他生命中的每一步，都与社会安宁息息相关。有多少和他一样的刑事警察，就像那棵棵无名的小草，尽职尽责地守护着家家户户的幸福和安宁，毕其一生。他们很平凡，他们很伟大！

老甄去世后，公安局党委上报要求评定为革命烈士。上级审核认为，老甄没有立过功也没受过奖，连先进分子都不是。虽然这次追赶犯罪嫌疑人表现英勇，却没有发生搏斗等壮烈行为，而且也没有抓住嫌犯，不符合评定烈士的上报条件，不能上报。文滔气得暴跳如雷，直呼官僚主义、形式主义害死人，恨恨地为他鸣不平。文滔为何如此激动？原因很简单。老甄一生逢功必让，评先树优一概不要。他常说："我这人吧，天生不是做官的料，只能老老实实做事情。立功受奖让给那些有能力有作为的年轻人，或许还能中点用。我这一把子年纪，不图进步不争利，要个功啊先进的纯属浪费。为何不成全年轻人、优先让给年轻的人呢？"

他一辈子没立功，不是没功可立，纯属高风亮节，甘当无名英雄。他是地地道道的没有立功勋章的人民功臣。老甄的爱人见小齐副局长生气发火，反而异常平静说："副局长兄弟，何必肝火伤身呢？老甄如果在意这，立功证还不早一箩筐了？名誉能比大家认可还重要？只要咱刑警队觉得老甄是好人，我全家就特别感恩知足了。因为他是什么人，做了多少事，只有你们最清楚。"文滔抹把眼泪说："毛主席他老人家早就说过：'一个人做点好事并不难，难的是一辈子做好事，不做坏事。'老甄一生成人之美，人如其名，是个名副其实的老枕头。不论谁累乏，都可以拿过来依一依、靠一靠。抱着可以驱风挡寒，靠着可以静心休息，枕着可以无忧安睡。他就像一头老黄牛，只知埋头拉犁，无私付出，却从不索取任何回报，最终还是倒在了与犯罪分子战斗的路上。他赤条条地来到这个并不安宁的世界，当了一名刑事警察，经历了人生所有的磨难，最终还是为人民的利益而牺牲了生命。他就这样空手打板、滑溜溜地走了，嫂子你说，让我拿什么告慰他的在天之灵，又如何面对朝夕相处的刑警战友们？"悲痛之余，他和有利、羽荷带着老甄的儿子甄希望来到坟前，立了一块花岗岩石无字碑，长跪不起，手扒坟头哭喊说："老枕头你这个老家伙，为何要提前溜号呀？还有那么多的疑难要问你、要解决，你咋就不能等等我？你让我情何以堪啊……"柳羽荷想起老甄头的点点滴滴，不觉悲上心头，把带来的一坛酒倒在坟前，捶头顿足，撕心裂肺地大哭了一场。

第三十三回　新局长刀枪封库　牛角山喋血擒凶

改革的年代，新鲜事、新举措，简直似雨后春笋，今天这儿破土冒尖，明天那儿拔高窜节，直叫人眼花缭乱，应接不暇。一眨眼，齐鲁大地又有几个地市公安局更换主帅了。省公安厅宋式武任滨海市公安局党委书记、局长，丁明哲升任省公安厅副厅长，河阴县委书记常先知调任沭浔市公安局党委书记、局长。

常局长到任，一反走访基层之惯例，挨个召集县局党委上市作汇报。两个多月过去了，方才轮到浔水县。局党委倾巢而出，在浔水历史上还是大姑娘上轿头一回。仇副局长说："常局长一准是个老好人，这么理解咱基层，变下访为上调，省却咱多少心和力。我从来没有进过市局党委会议室，今天一定得好好开开眼。"文滔面无表情地说："哪个新官上任，个把月还不把全市跑遍了，情况也摸个差不离。常局长却摇着鹅毛大扇稳卧茅庐，大反其道而行之。将近三个月，多半县局还都没轮到，真真胜过诸葛亮。"文局长说："沭浔是千万人口的大市，地位举足轻重，省委能不优中选优选配个最强的好局长？到任后千头万绪，哪里能是一般的忙！"

来到市局会议室，闲谈坐等了很久，方见一人满头大汗地跑进来。不用问，此人定是常局长。他接过秘书递来的毛巾擦着汗："唉呀呀，怎么积攒下这么多的事情呀，天天加班忙也忙不完。"又急忙看下手表说："哎哟哟，已经十一点半了，书面汇报留下吧，我提点要求，你们就抓紧往回赶，基层的事情太重要了，分分秒秒都耽误不得哟。"他挨个点名认识后，照本宣科说："浔水县公安局党委，老中青三结合，结构非常合理嘛。工作不多说，重点强调两点：一是队伍问题，同志们，队伍不是简单的二减一等于一，而是一万减一等于零。县局党委一定要突出政治挂帅，响锣重敲，警钟长鸣。一定要加强党性教育，强化政治学习，严抓纪律作风，严格执行禁酒令，确保队伍政治坚定，立场鲜明，作风过硬，忠诚可靠。二是枪支问题。枪是啥玩意，是好东西吗？绝对不是。公安机关不是军队，为人民服务，还须天天端着枪晃来晃去的？这是给群众营造安全感还是制造恐慌啊？咱都掐指算一算，这些年，枪支出过多少事？丢枪的、酒后开枪的、用枪不当被调查的，给咱从严治警增添了多少大麻烦。枪是要命的，丢了要命，打死罪犯还是要命，哪个局长不是天天提心吊胆的？枪支怎么管？就是要抓住源头，封存入库嘛。青天白日，朗朗乾坤，哪儿有这么多持械拒捕的犯罪分子嘛。我革命三十多年，也从没遇见一个。即使偶有公开对抗的，能抗过咱的干警吗？咱可发动群众，使之陷入人民战争的汪洋大海嘛。哪个干警不是会几下子的？赤手空拳对付罪犯也没多少问题吧。沐浔的干警绝对数量大，枪支配备多，我任职以来是天天睡不着。从现在起，全市要统一认识，枪支一律不许佩带，全部收缴入库，遇有非常特殊的情况，也必须报经市局党委批准，批准了也不能随便使用，更不允许开枪，这要做为一条铁的纪律。"

常局长这通指示，着实让文滔惊诧万分：千万人口大市，枪支全部入库，凭想当然认为作案分子没有社会危害性，公然漠视干警生命，有点太天真吧。他反复警告自己，今天不能提问题，但终归没有忍耐住："常局长，我仍然有点迷惑不解，能否问个清楚明白？"常局长非常客气说："都是可以提的嘛。"文滔说："常局长重视队伍建设，重视枪支安全，当然非常英明。但暴力犯罪常态化已是不争的事实，而且随着形势发展只会更加严重。基层干警几乎天天面对持械作案分子，生命安全时刻处于严重威胁中。农民打场，少不了叉耙扫帚扬场锨，警察打击犯罪，哪儿能完全离开警械设备呢？是猫就逼鼠，是枪就避邪。面对当前严峻的形势，让干警弃枪肉搏持械歹徒，是不是太过理想主义？无视干警的宝贵生命，不怕寒了干警的心？"常局长很生气，耐心劝导说："齐副局长，你是年富力强的青年干部，难道除了动枪，就没办法对付暴力犯罪了？敢和公安干警拼命的又能有几个？这么巧就让咱给遇上了？如若干警伤亡，那是职责使命在所难免；要是把案犯打死打伤了，麻烦岂不更大吗？首先撤职查办的就是各级领导们。你没经历过，当然不知多厉害！这个决定是市局党委慎重做出的，不许讨价还价，谁违反就坚决处理谁。"常局长讲完，似有十万火急事，匆匆忙忙又走了。

时已过午，文局长带领大家到街上吃了点水饺即返回。有利突遇齐局，颇为惊讶："不会吧？回来得这么早！聆听常局长训话，没陪大家撮一顿？"柳羽荷也讪笑着说："常局长这人有点意思，绝对是个高大上的新潮派。上任不下基层，反叫各局集体朝拜。大队长领来啥指示，还不赶快作传达？"文滔临窗坐下，眺望远山，不吭不响，独自发呆。众人感觉不对劲，顿时鸦雀无声了。小柳冲杯热茶端过来，轻轻地退到一边去。文滔觉得太沉寂、太压抑，抬头看看大家说："枪支全部入库封存，大家以为如何？"有利扑哧一笑说："齐局你刚坐两分钟，就做开了黄粱白日梦。刀枪入库当然好，共产主义实现了。"文滔摇头苦笑说："我倒希望是梦境，可偏偏就是真的呢。以后若失去枪支后盾，遭遇持械持枪犯罪或暴力袭警，该当如何处之呢？"小柳不以为然："大队长，你这假设太离谱。暴力犯罪日益突出，凭啥有枪不用，却让干警白白送死啊？枪又不是金元宝，不对付犯罪堆在库底有何用？还刀枪入库，这白日梦做得实在太荒唐。"有利见齐局贸发感慨，觉得肯定有情况。遂小声追问："上边还有这想法？""有利啊，仅是想法倒好了，偏偏是个新举措。市局常局长放大招了，为从源头防事故，枪支一律封入库。"大家一齐惊呼："不兴这样意外吧？这人真是咱的局长吗？"志国说："我觉得常局长这人吧，绝对是松白的馍馍没得说。他肯定另有奇招对付暴力犯罪了，从此咱可高枕无忧。"大兵说："案犯无忧咱有忧，今晚一定会有人敲锣打鼓，鸣鞭放炮了。"志国不解说："为这事，谁还专门搞庆祝？"大兵说："志国你可真智能！还有谁？当然作案分子啊。局长如此英明，暴徒能不热血沸腾，连夜庆祝吗？赶紧拜师柳无敌，麻溜地练一练身手，省得遇事措手不及。"

小柳本是急性子，此时反倒异常平静："想想倒也不意外，改革改革，或许就是敢想、敢冒、敢干吧。常局长或许丢过枪，却不知干警丢命啥滋味。若非大队长亲口说，打死我也不相信。公安改革改到今天，造就一些人的独断专行，这到底是公安之幸事，还是干警之悲哀？枪支使用也可有法不遵、随心所欲，岂无悔恨和痛哭？反正不是他哭就是干警哭。"说话时，封存通知已到，众人咋舌无语。自此，但凡季节更替，市局必来通知：天气变化，衣服减添，携枪极其不便，入库确保平安。督导组三日一催，七日一查。落实枪支入库措施，成为县级公安机关的头等大事。

一天，因办案过了饭点，有利到汽车六队伙房打尖，王康全副经理说："大货司机老贾有个亲戚，开着小大头拉货时，后边追来一辆摩托，朝他开一枪。他猛踩油门，拼命前窜，没有打中人，摩托没能追上他。"有利听后，感觉事情重大，立即询问老贾。他说：遇事的是妹夫公有庆。有利和小柳马上驱车找到他。原来，七天前他到青莲送货，回返途经牛角山，大约十五时许，从后边追来一辆两轮摩托，喝命停车。他朝车外一瞥，见后座人双手举猎枪，枪口指过来，心中大惊，猛踩油门，枪响了，打碎左侧车窗玻璃，幸好没有打中他。摩托狂追一会儿，看看追不上了，方才掉头返回。检验车辆，确实中了霰弹枪。

小柳马上电话联系周围市县有无此类案件，然后随有利到现场勘查确认了追车的起始、开枪、返折点。起始点北约二十公里，就是昌莲市青莲县的牛角镇，有利决定顺路察看。眼看要到两县边界，突见分界路牌青莲一侧的路边，有棵槐树树皮脱落，露出白色的木质，极似车撞痕迹。他和小柳下车观察，发现有堆碎玻璃，辨看质地和数量，明显是汽车的侧门玻璃。有利大感奇怪，树干不粗，稍歪未断。汽车迎面相撞，为何不见前挡碎玻璃，这是一起啥事故？他当机立断，决定赶赴青莲做了解。

青莲交警大队肇事科长介绍：一月前，济南一辆大头车晚上途经此处，车速太快，急弯下坡，撞上路边的槐树，车辆侧翻，司机何俊虎当场死亡。尸体已火化，事故早已处理终结。有利索看现场资料，一见车辆和尸体照片，大惊失色。遂让科长带上案卷立马来到青莲县的刑警大队。

刑警大队长马三立是文滔的同学，他接过案卷翻看几眼，拍案质问："是谁勘查的现场？谁检验的尸体？马上给我找过来。"肇事科长急忙说："现场是我们大队长许义亲自查看的，因亲属毫无异议，没让法医做检验。"马三立一摔案卷说："简直草菅人命。车头正正当当撞槐树，前挡玻璃完好，左侧车窗玻璃破碎；再看死者，端坐驾驶位上，正面毫发未损，左脸血肉模糊。正面撞树，伤不在正面；左侧车窗玻璃破碎，左脸血肉全烂，很明显中了霰弹枪。大火烧了龙宫水府，世上竟有这等奇特的交通事故，真真把我降倒了。"他舒缓一下情绪说："咱两市的交警管理体制不一样，你们是条条，我们是块块。这个许义大队长是个纨绔子弟，除了喝酒骂人什么也不会，管理更是一塌糊涂。前些日喝得酩酊大醉，超速开车发生事故，人被免职，正在考察新任大队长，今天真让区大队长见笑了。"小柳十分好奇说："这个大队长到底是一个怎样的葫芦僧，竟能制造出这么一起荒诞离奇的葫芦案？"三立说："说来你可别笑，有次他集合干警训话，先'咳、咳、咳'干咳三声，然后眼一瞪，脖一抻说：'这个，这个——嗯，那个，那个——啊！他娘的，妈了个巴子，教导员你讲。'此时有人说：'你让教导员替你去市开会了。'他又干咳两声说：'是吗？奶奶的！开的啥烂会，都散了吧，全给老子滚球蛋！'你说他这样的人，如何能辨出个真假是非来。"小柳直接捧腹笑岔气，有利亦是摇头直叹息："遇上这种角子，出个冤案不足怪，不出冤案那才真叫怪！""所以呀，事发月余，你竟能一眼看出枪杀案，我们青莲县这脸肿得都不敢见人了。幸亏你有敏锐性，否则人不冤死了！咱得抓紧去现场，找找有没有可以利用之线索。"有利说："我汇报给齐局，让他也尽快赶过去。"三立说："好，我俩毕业至今还都没有见面呢。"

赶到后，马三立与文滔握手说："案子发在我们县，却让你们先发现，区大队长果然厉害。"文滔说："别瞎吹捧他，你小子也够牛的啊。看出来固然很重要，快速破案才是真功夫。这不仅代表两个县，更体现出两个地市之水平。""这你不能推却，我和区大队长协力干活，决策还得仰仗你，天下谁不知你齐神探！"

文滔指指山上说:"你们看,被害人和作案人都从青莲方向开过来,一溜盘山下坡路,长度大约三公里。车撞树,树不粗却没折断,前挡玻璃也没碎,说明车速并不快,撞击力量也不大。青莲一侧全是山坡,浔水一侧则是一带开阔地。左前方里把路有片苹果园,案件发在晚上,果园小屋或许是一颗幸运的吉星呢,咱们前去看一看?"众人举目四瞧,周围再无人家。

果园主人老远眺见几个公安人员走过来,隔空喊问:"抓到杀人犯了吧?"只一句,犹如晴空响雷,惊得一众错愕万分。小柳应声问:"你咋知我们是在寻找杀人犯的啊?"旋即来到小屋,主人名叫薄怀志。他说:"已经过去个把月,估计应该破案了。"大家愈发惊奇:司机当场丧生,何来报案之人?老薄说:"一个月前晚上九点多,我正要睡觉,有人浑身泥水爬过来敲门,让我救救他。我让他进屋换上干衣服,他还一直打哆嗦。说是雇个小大头拉货,司机刚刚被枪杀。天明临走写下字条,要是公安来问话,就照这儿去找他。"马三立拿过一看,上写着:济南浮来路369号沙成堆。此案不但有活口,而且还是雇主。马三立异常果决:"老同学,事不宜迟,我即刻赶赴济南,查明具体情况,明天到我局开会商议吧。"

马三立刚走,对讲机传来报案,朱山镇饮马店公路上发生抢劫杀人案,文滔带人奔过去。现场位于村东约两华里的县域公路上,一辆解放货车侧翻在路沟内,左侧车窗玻璃破碎,司机刘直闯左脸血肉模糊,已无生命体征。目击者证实,下午六点左右,此车往南行驶,后边追来一辆红色无牌两轮摩托,后座人手举猎枪射击,抢劫后掉头返回。

浔北县公安局电话反馈:经核实半月前有司机被枪杀,财物被抢劫,两名案犯共骑一辆红色两轮摩托车。

第二天,文滔和有利亲临浔北勘查现场,确认为同一系列案件。因案情重大,又涉及两市三县,沭浔市公安局决定派政委祁治贤亲临浔水主持侦破协调会。

会前,浔北和青莲的同志一起察看了饮马店的现场。马三立说:"牛角镇这起案件的幸存者叫沙成堆,原本坐在副驾驶,过了青莲县城有点困乏,就到车厢货堆去睡觉。迷迷糊糊的,听见有人喊停车,他掀开篷布一角,见一辆两轮摩托在追赶，吓得赶紧缩回头。不一会儿，感觉车速降低，一声枪响，车辆轻微碰撞停下来。摩托没熄火，两人边说话边搜寻司机的钱财，然后掉头返回。他趴在车里，直到确认没动静，方敢下车察看，见司机浑身是血已死亡，吓得一跤跌进水沟里。忽见远处灯光微亮，连滚带爬地过来求救。天明留下字条，返回了济南。"大家共同分析，确认四起持枪抢劫杀人案同属一个系列，嫌犯共乘一辆无牌红色两轮摩托车，应为游手好闲人，藏身于以牛角山为中心的浔水、浔北、青莲相关的区域。会议决定成立联合专案组，祁政委任指挥，昌莲市高典副局长任副指挥，统一领导此案的侦破。

文滔分析说："特定区域，特定时间突发四案，说明嫌犯是临时到达的外地人，典型的大流窜小区域犯罪。摩托车和猎枪，都是比较显眼，易被发现的物品。选择崎岖的山路作案，且全都原路返回，说明嫌犯窝藏在牛角山区。山村闲居、看山护林屋、水库河边房、打猎的、逮鱼摸虾的、收山货的，都是重点。特别有些钓鱼人，骑着摩托车，猎枪伪装成钓鱼器具，群众一般不注意。所以，调查一定要深细。"

送走外市同志，文滔要求说："虽是跨区案件，却有主次之分，毫无疑问咱们是主侦。绝不能心存侥幸，只想附就他人的腿上搓麻绳，把希望寄托于外县。作案人心狠手辣，杀人不眨眼，都得给我瞪眼攥拳、真枪实弹。一旦确认是嫌犯，要临场决断直至开枪，同时确保自身的安全。"祁政委立即打断说："我来时，常局长特别叮嘱，不许干警带枪，这是一条铁纪律，必须遵守。"文滔一拍额头说："我怎么忘了这个茬，枪支还封存在库呢。祁政委，这是持枪惯犯，人都杀死仨了，对咱还会客气吗？明知嫌犯要杀人，还让干警亮赤膊，恐怕不行吧？常局长知道案犯杀死了这么多人吗？"祁政委说："文滔老小子，把我当成了什么人！这么大的案情我自己就能贪污了？常局长专门有交代，假如嫌犯开枪了，同志们赶紧找地趴下躲一躲。"小柳哂笑出声："如若案犯连续开枪，我们只顾躲闪，终归难逃挨枪的命运吧。既然只给俩选项：要么挺身受死，要么放纵案犯，又何必侦破此案呢！祁政委，常局长和嫌犯到底啥交情，为何宁肯牺牲干警也要保护他们呢？这是要破案，还是要借案犯之手杀我们。明知恶狼要吃人，却不许猎人带上枪，这干警的生命到底还是不是命了？"祁政委摇头苦笑说："文滔你看看，看看你的这些兵，个个如狼似虎、伶牙俐齿、好动歪脑子。落实常局长的指示，还兴抬杠打折扣？如何破案抓嫌犯，又确保干警的生命安全，就看你齐副局长的本事了，人长脑子干吗的？"祁政委是市局党委副书记，公然与一把手唱对台戏，这态确实没法表。

文滔深知和他争论解决不了任何问题，遂大声呵斥小柳："又跟领导翻白眼。领导讲话，何时轮到你来'白文'（反驳）了？啊！白错了，自然就是你错了；白对了，岂不更是你错吗？何时能改改这隔着锅台上炕的老毛病。还不赶快道歉，陪着祁政委去休息室。"小柳心领神会，起身笑邀祁政委离开。

祁政委斜眼瞪一下文滔，脚刚迈出屋，就听文滔字字千钧说："侦破此案的关键之关键，就在山区空闲房和类似人员的排查上，只要工作细致，很快就能有突破。都给我利索点，一律胶鞋打鞋带。做好这一点，关键时候能保命。是狼就吃人，咱绝不玩空手捉狼这套假把戏，玩命时刻，坚决不要上这当。每组两把枪，都得给我长后眼。"柏兆先心知肚明："祁政委传达常局长的指示比较客观，但此案的第一责任人是文滔副局长。大家理应排除干扰，准确把握，坚决服从他的安排。工作要谨细，该出手时要果断。"有利说："谢谢柏局，此时你敢如此表态，我们更有信心了。祁政委位置特殊，咱能理解。此案必须带枪，但风险不能让齐局一人全担了。汇报吧，文局长肯定会同意。"文滔摇头说："咱们这些人，哪个不是文局长的心头肉？他宁可辞官不干，也不愿咱做无谓的牺牲。他是一把手，压力已山大，哪儿能再把责任风险推给他？瞒着他，我来批。咱们是刑警，关键时刻毅然赴死理所当然，但白拿生命撞枪口这种赔本的事，咱却绝对的不能干。"

"我还是那句话，只要干警安全，个人得失算个球，撤职查办又如何？此事就这么定了，咱继续探讨案件吧。同志们，排到嫌疑人，如何询问、如何掩护、如何接近？都要精准策划，切莫鲁莽。只要嫌犯持枪顽抗，绝对不要犹豫。如此大案，我当然希望生擒活捉，可歹徒杀人不眨眼，任何片刻的迟疑都会带来无可估量的可怕后果。所以，不论嫌犯是死还是活，我都要。

我只要一条：嫌犯跑了不行，干警伤亡更不行。谁敢粗心大意，拿着我的话权当放闲屁，造成无谓的伤亡牺牲，我可跟你永远没有完。"

破案组对所有村居的租借房，特别是山中水旁的看青饲羊、护河护库类作为重点，每户必查，每房必看。第五天，牛角山中吕家崮堆村书记反映，一月前来了两个收山货的外地人，骑一辆红色无牌两轮摩托，花三十元钱租过张大海的水库屋。经常骑车外出，身上挎个皮套，比较笨重，说是装的钓鱼器械，半个月前不辞而别。询问得知，两人均操南方口音，时而下河钓鱼，却从来没见钓着过，也没见收到任何的山货。半月前张大海过来，见门上锁，开门发现钥匙放在小床上，人已不知去向。

勘查完这个小屋，文滔他们登上附近的制高点，俯瞰分析山区地形。三立说："半月前离开，新近有发案，说明人是没走远，还在牛角山区。不是我有意推诿，老同学你看这山水走势，恰是一个大山圈，沟壑纵横，山路崎岖，地域开阔，独立封闭，利于嫌犯隐匿藏身，毫无疑问是重点。"有利说："对，案犯应在山圈的莲汪、崔崖等二十公里范围内。先把这块地方拉网过筛，必见大鱼。"文滔说："你俩认识一致，破案更近一步了。"他指指远处白云覆盖的几个山村说："那里就是重点村庄，感觉如何？"三立手持望远镜巡视良久："十拿九稳。"文滔说："把你的人马拉过来，混合编组，加强加强整体火力。我市不许干警带枪，我虽冒险给每组批了两把，火力到底不太足。"马三立一个劲地摇头说："这个常局长，真是一个大官僚，这是什么年代，就敢刀枪入库、马放南山了，是什么给他的自信啊？一准是昆剧学院的高才生。"有利有点不解："怎么还扯到昆剧上？""区大队你个土老帽，昆剧歌词典雅华丽，曲调幽雅婉转，好像古代水磨糯米粉一样细腻软糯。遑论常局长的水平有多高，单看他对付持枪歹徒这手段，肯定是个昆曲的绝高手。"有利差点笑岔气。文滔狠瞪三立一眼："你小子本事日渐见长啊，竟敢妄议起沭浔公安首长的长短是非了。小心点，谁保再过一两年，他不是你的顶头上司？调教好参战干警，确保安全才是最根本。打仗得学京剧武生，招招式式有板有眼，马虎不得。"三立吐舌说："好，坚决执行。不过，丑话我得说前头，你不在时，得我说了算，别到时我指挥不动他。"有利马上说：

"行，到时你说一就是二，我吃肉来你喝汤，汤里营养最丰富。"文滔问两人："几天可以拿下来，三天够不够？"有利抢先说："本来一天就可以，但不能让兄弟县局太劳累，暂定两天吧。""一天那是区大队长吹大气，两天足够了，一加一大于二嘛。"马三立马上调人过来，投入到紧张缜密的拉网排查。当天传来好消息，距崔崖三十华里的沟坎村发现了嫌疑人的踪迹。有利指着地图说："目前看，嫌犯应在牛溪河上游这一带。现在的关键，还是深山旷野异常偏僻的看山护水小空屋。"

一行到达后，沿河沟两岸展开调查。正行间，林中隐约地露出一丝灰白。大兵观察良久说："是个小屋顶。"有利问："调查过？"小柳、大兵同时说："没有，这个小屋太隐蔽。"有利说："大兵居左，我居右，小柳居中，包抄过去。"三组正包抄前进着，嫌犯骑着摩托从外返回。一眼瞭见公安正在包抄他们的临时小窝，掉转车头就蹽了。因距离较远，有利立即鸣枪示警。三立刚好上到坡顶，听见枪声，随即指挥散开隐蔽。见小路扬起一溜黄尘，一辆二轮摩托飞驰而来。驶近一看，摩托红色，车上两个人。遂大喊："注意，是嫌犯。"嫌犯迅猛加速，后座人从背套里抽出猎枪，朝着干警瞄过来。三立口喊："卧倒。"霰弹擦着他的耳边飞过去。他毫不迟疑地朝着摩托射出了一枪，正好打爆前轮胎，连人带车翻沟里。嫌犯顺势一滚，倚在一块大石后，又朝干警开一枪。三立集中火力与之对射，压得嫌犯不敢抬头。见前进已无路，嫌犯只得滚入石后的密林中。

有利很快包抄过来。他说："案犯逃入密林，不用太过担心。咱就南北对进，关门打狗。马大队长，前边是合，这会儿还得分开了。请你立即封锁辖区山口，与我全力夹击，包抄围剿。"三立说："这个办法好，两个畜生被惊起，肯定想方设法藏匿逃生。你只管放心大胆往前赶，我张好大网严阵以待，专逮这俩兔崽子。"文滔迅速组织大批警力前来增援，同时让相关乡镇组织民兵协助路查和堵截。有利说："齐局你看，这个山势很特别，山梁突兀，形似鱼脊，嫌犯走山脊等于自我暴露，山沟树木稀少亦难藏身，山坡密林是唯一的选择。我已安排大兵带几个腿脚麻利人从山脊快速抢占制高点牛角石，观察掌握嫌犯行踪，几支人马可利用山坡山脊遥相呼应，搜索前进。"

文滔说："此法甚好，要大兵一定瞪大眼睛，随时引导围追堵截。走山脊的视野开阔，要对山坡提供安全警示。对付亡命徒，必须打起十二分的精神。你指挥搜捕，我去山顶与大兵会合，便于综合掌握情况。"说完，甩开大步，往山上走去。突听身后有人，遂头也没回地说："跟着我干吗？赶紧去右路，那边更需要。"羽荷断然回绝："区大队长人多枪多，你若只身遭遇嫌犯，还真敢拿石蛋与枪对决？再说，县官不如现管，你天天要求服从命令听指挥，我得执行区大队长的命令吧，你说是不是，我的大队长！"说话时，已经轻盈的几下子窜到了前边。黄胶鞋、夹克衫，外扎牛皮腰带，五四手枪别在腰上，身轻似猴，威武潇洒。文滔赞许说："'昨天文小姐，今日武将军。'武装就是胜红装，枪插腰带上，挺神气。"羽荷毫不客气说："风雨无阻，每天跑步五公里，还有其他的训练。与案犯来个爬山比赛或徒手格斗，绝不在话下。大队长你也真是的，既让大家带枪了，为何不自个儿佩一把，常局长他还真能枪毙你！""唉，让大家佩枪，已经严重违反常局的要求，我若先佩上，常局长岂肯善罢甘休？若真遭遇嫌犯，算我以死相谏吧。"小柳觉得话不中耳，嘟哝说："别人说话半字不吉就上房揭瓦，自己却死呀活地信口开河，什么人呐！"遂不言语，神情专注地回头瞭望。文滔说："你注意右边，我注意左边。"来到一处悬崖峭壁，小柳毫不迟疑地攀爬而上，听见身后微喘粗气，回手拉他一把，遇有险峻，文滔亦稍托举。到达一处平台，山风习习，松涛阵阵。回望两侧，几路人马配合有序，没见嫌犯的踪影。文滔倚着一棵大松树，手打眼罩细巡视，忽见左下方的树林里窜出一只兔子，斜刺着往上跑过来，他招呼小柳说："看，左下方。"小柳说："兔子，斜穿着往上跑，很快。""说明啥？"小柳很敏锐："受到惊吓了，搜索队伍离那儿尚远，目前影响不到；自下往上，惊吓来自下方。天，嫌犯就在那片树林里。"文滔说："方向往这儿偏，说明没有发现咱，只能是嫌犯惊吓的。通知有利，迂回包抄，夹着这片松林搜索；呼叫大兵和三立，快速运动，一定要在山顶形成封锁屏障。"警力悄悄地往这片黑松林包围过来。文滔说："你盯着，我先攀登二百米。"他猫腰来到山脊左侧，攀爬前行一段后，就地隐蔽。不一会儿，小柳轻手轻脚地攀上来。刚刚卧倒回望，左边的黑松林飞起两只山鸡，呱呱叫着飞向山顶。文滔见时机成熟，立即用对讲机发出命令："大造声势，公开驱赶，逼迫嫌犯惊慌失措，逃往山顶。"有利指挥各组呈"品"字形全速前进，顷刻间呼喊声此起彼伏，群山遥相呼应。

文滔和小柳快速奔往山顶，刚与大兵会合，一眼见三立走过来，文滔异常惊讶说："好个飞毛腿，飞檐走壁也没这么快！"三立说："开发旅游，架个索道没启用。此时不用，更待何时？"文滔立即命令："小柳带人就地隐蔽，以交叉火力封锁山顶。三立居左，大兵随我居右，保持间距，线形搜索前进。"小柳一听，这是齐局又要让她留下避险的，当即拒绝说："越权命令无效，我只执行区大队长的命令。"文滔目光如电："敢！反了。不执行命令你试试！"小柳转身命大兵："你带五人死守山顶，我随大队长一起行动。"说完，扭头往右去了。火线岂容再争论，文滔只得与她保持距离搜索前进。行进间，树丛突然轻微一晃，露出了一支枪管。文滔飞身跃起，口喊卧倒，将手握的石蛋迅猛打向树丛，挡住枪口，把小柳扑向岩石后。石蛋打中枪管，往右一歪，抖动着喷出一团火焰，靶心虽然偏离，边缘的霰弹还是打中了齐文滔。小柳听见齐局一声喊，料定嫌犯在侧后，文滔挡枪扑来的瞬间，她也边倒地边快速地回转着身体，瞄见了树丛中的那根枪管。文滔抱住她后倒时，嫌犯的枪已打响了，恰好偏离了中心弹着点。小柳身手敏捷，瞅准机会，从文滔的肩头上甩手一枪，只听"哎哟"一声，嫌犯咕咚栽地上。她一把推开文滔，一跃而起，双手持枪指向嫌犯，三步两步跨过去。见嫌犯躺地呻吟，遂一脚踢远猎枪，警惕地巡视四周，见暂时安全，方回身报告说："嫌犯受伤，生命无危。"文滔起身走过来，一边俯身察看一边夸赞："好神枪，临阵不慌，应变有据，身手愈发敏捷了。"三立、大兵听见枪声，迅速靠拢过来。文滔说："人不撤围，继续封控，防止另犯乘隙而逃。大兵火速送嫌犯下山就医。"小柳用对讲机报告区有利："击伤擒获嫌犯一名，缴获猎枪一支，齐局指示加快搜索。"有利随即命令："持枪嫌犯已被抓获，枪支隐患完全解除。加速前进，尽快解决战斗。"神经一松弛，小柳方说道："行啊大队长，身手老厉害了。若你手眼稍慢点，我早成了一个血葫芦，原来生死真在一瞬间。"文滔说："我这身手就像李广射虎，只能临时应急，和你根本没法比。"小柳突见文滔后背鲜血淋漓，一片殷红，霎时吓得脸色焦黄，声音发颤："大队长你中枪了，怎么自己没觉得？"文滔不以为然说："中啥枪？倒地让石头硌着了。老了，体力真的不行了。只觉脊背出火，又麻又木。切莫大惊小怪，影响作战情绪。"小柳近前撩开上衣，发现血如泉涌，皮肉模糊，万分紧张说："大队长，伤势很严重，赶快趴下，我得给你先止血。"她麻利地撕开自个衬衣，三下两下缠住出血的部位，边缠边祈祷："老天有眼，佛祖保佑，大队长你可千万不要吓唬我，千万别出事。"见大兵来到，声带哭音说："大队长救我中枪，血淌得堵都堵不住，得赶快送医院。"大兵吓一跳，怒气冲冲说："你是干啥吃的？亏你还叫柳无敌。齐局倘有闪失，岂不要了大伙的命？"小柳一下子没了巾帼本色，还原成一个地地道道的小女人。心如刀绞，泪流满面："都怨我，这可怎么好？"她抓过对讲机哭着说："区大队长，大队长救我中枪负伤了，很严重很危险，这可怎么办？""什么？火速送医院。若有三长两短，咱几个都别要命了。"文滔一把抢过对讲机："柳羽荷是个女孩子，六神无主也罢了，你一个大男人也变成娘们了？好好的怎么就三长两短了？咒我呢！霰弹打出来本就一个扇子面，边缘的颗粒打在身上，能有多大的杀伤力？我自己都没觉得，你们又瞎嚷嚷啥。别管我，全力搜捕，争取半小时内解决战斗。"放下对讲机，他对大兵说："你负责送嫌犯去医院，绝不能出现丝毫闪失。"然后呵斥小柳："刚才的敏捷去哪儿了？凡事不要一惊一乍。我是救你吗？我是在救我自己。他若一枪把你打成了血葫芦，第二枪还不把我打成了漏筛子？伤轻伤重我自己能没数？擦眼抹泪的，还像个刑警的样子吗？"小柳说："你后背就像小泉眼，汩汩往外冒鲜血，我是真害怕。你可不能有好歹，否则我指定不能活。枪伤哪儿是闹着玩的，你若待在山上，只会徒增大家的担心，影响全局斗志。咱马上去医院，好不好？"恰此时，传来一响清脆的枪声。有利对讲机汇报："马大队长遭遇棍棒袭击，一枪击中另名嫌犯，抓捕任务胜利完成。小柳我再次警告你，枪伤绝对无小事，分分秒秒是生命。不顾一切，火速送齐局去医院。"柳羽荷等一齐动手，砍树枝割藤葛，飞快地做成两副担架，将齐局抱上去，把嫌犯放上去，一溜烟地跑下山。刚上车，齐局就因失血过多而休克。吓得众人百般呼喊，柳羽荷则近乎是在号啕了。警车拉起警笛，狂奔而去。

　　良卉获得文滔负伤的消息，眼泪霎时涌出来了。大家一齐劝慰："虽然中枪，但没致命危险，不用过分担心。"正说着，传来刺耳的警笛声，车像旋风刮进来。众人一帮去抬齐文滔，一帮去抬嫌犯，火速奔向手术室。良卉手把担架，千呼万唤，却没任何回应，越发心如火焚。柳羽荷眼泪一把鼻涕一把，头脑却没乱，她对大兵说："我帮嫂子照顾大队长，你去照看嫌犯。医院人多杂乱，若出半点差错，唯有拿你是问。"见良卉嫂子哭得天昏地暗，赶忙擦干泪水说："嫂子不用太担心，应当没有大碍。大队长为我挡枪受伤，老天绝对不会没眼的。要是大队长有意外，我第一个就不活了。"良卉听见此话，立时止住哭泣说："不许再说这种话，文滔要转危为安，你们也都得好好的。"

　　消息第一时间传到县委，马书记和文局长、仇副局长等全都来到县医院。院长说："目前伤势很严重，进入手术室时，情况很危急。若手术室里没动静，本身就是好消息。"马书记说："齐副局长对全县治安稳定贡献很大，作用举足轻重。这次擒匪受伤，社会各界极为关注。要不惜任何代价，采取一切措施抢救他的生命。"院长说："书记尽管放宽心，上台手术的，都是外科精英，相信一定能够妙手回春。"听完汇报，马书记来到手术室外，安抚慰问卫良卉。马书记握着她手说："我代表全县人民谢谢你，浔水社会稳定、人民安居，你和干警家属做了很大的贡献。有你这些医术精湛的同事上台，我们都应放心才是，相信文滔一定能够挺过这一关。"说完回过身来，见满院子黑压压、乌泱泱的全是人。原来，所有公安干警和刑警家属都来了，各部委办局、社会各界也涌来很多人。女警和干警家属几乎都在哭，许多干警也眼挂泪滴，柳羽荷则更是泣不成声了。马书记被这片鱼水真情所感染，深深为之动容。他劝小柳说："你是大队领导，又是在场人，此时要做的，就是稳定情绪，让大家相信齐副局长伤势不重。你这么一哭，大家不明就里，还不人心惶惶吗？"柳羽荷收住眼泪说："是，马书记，我情绪是有失控。大队长要不是挡枪救我，怎会伤成这样子！想到此，我的眼泪就根本收不住。如果市局不官僚主义，不封枪入库，哪儿会发生这等事。我们不怕死，但刑警的生命竟不如一个持枪杀人犯的命，太让人伤感失望了。"文局长对着院里说："同志们，齐副局长受枪伤，大家都很牵挂，我代表公安局党委谢谢大家了。请放心，有我们最好的大夫给予治疗，肯定会逢凶化吉，转危为安的。大家请先回去吧。"不论怎么喊，就是没人走。这时，有个大夫满头大汗跑来说："手术完成，病人很稳定。"众人方才破涕为笑。

回到公安局，马书记询问小柳所说何为？文局长说："市局常局长思路比较新奇，一到任就来了个全市枪弹封存大入库。这个案犯连续抢劫枪杀三人，文滔要求干警带枪出战，祁政委当场传达常局长指示，不许干警带枪。面对如此歹徒，文滔岂肯拿干警的生命作赌注？为不把责任转嫁我，擅自批准每组带了两把枪。明确指示：尽量活捉，但若危及干警生命，必须果断开枪，击毙击伤都可以。但有一点他太过谨慎了，怕事后没法解释，自己就没佩枪，受伤也算不幸之中的万幸吧。"马书记连连摇头："做饭要有拨火棍，要饭得有打狗棍，道理何其浅显。让干警赤手空拳对付持枪歹徒，也亏常局长能够想得出！幸好文滔命大，否则市局如何向全市人民作交代。单凭文滔这个勇敢的决定，咱还得给他记功表彰。更别说快速破案，舍己救人了。看看满院的群众百姓，我特别地受感动。他能赢得如此爱戴，说明县委确确实实用对了人。"文局长说："文滔的魄力自是没得说，但也暴露出很多性格缺陷。不论怎么说，敢私自越权批准动枪，惹恼了市局一把手，弄得我这个局长很被动。"马书记愣一下："私自越权，这是吗？"一想高施恩当初对他之评价，默默盯看一会儿，没有再说一句话。

不久，省公安厅收到昌莲市报请马三立荣记二等功的材料，到浔水公安局考察核实，方知破案的最大功臣还躺在医院里。考察组大惑不解，质询文局长为何不为文滔请功？柳羽荷心直口快："齐局为避免干警死伤，私自批准用枪对付持枪歹徒，严重违反了市局党委的规定，大难不死活过来，就谢天谢地了。还请功，市局正要处分他呢。好在我们县委还特别重视干警的生命，正在筹备为齐局隆重庆功。"省厅人员全蒙了。有利眼见瞒不住，只得拿出市局党委的历次通知来，直看得考察组眼镜跌到了半空中。

此时，市公安局党委正在讨论处理这起严重'违规'用枪事件。常先知局长非常生气："市局党委的决定，必须无条件执行嘛。罪犯要开枪，他看到了还扔什么石头啊？赶紧趴下不就完事了！等案犯打完子弹，不是照样可以生擒活捉吗？好事弄成了这样子！如果都不带枪，都离案犯远远的，还会中枪吗？根本原因不怪案犯，就怪齐文滔没把市局党委放在眼里头。这个先例绝对不能开。"祁政委见其他委员冷眼抱膀，默不作声，只得提醒说："常局长，这俩案犯毕竟持枪抢劫连续杀死三个人，齐文滔不但迅速破获了这起系列大案，而且是舍己救人而中枪。况且用枪完全依法合规，要处理，恐怕真要慎重点。"常局瞪眼说："慎重什么？不论什么法规，能比市局党委的决定更直接更重要？公然违抗市局党委，他还有理了？"柏兆先按捺不住心头怒火，质问说："常局长，要说公然违反规定，到底是咱市局党委还是他齐文滔，这是原则问题吧？侦破持枪抢劫杀人案不许带枪，干警命都差点搭上了，开枪还击错在哪儿？齐文滔智破大案，勇战歹徒，舍己救人的事迹在沐浔、沂淮、滨海全传遍，咱却还在这儿逆势而为不知悔改，恐怕也只有犯罪分子为咱拍手叫好吧。枪是我让带的，也是我让开的，你先把我撤了吧。"常局长厉声反问："柏副局长啥意思？严管枪支有错吗？"牛执权接话说："常局长，严管枪支肯定没有错，但对付持枪杀人犯不准用枪错不错？干警唾弃，群众诅咒，这都不是主要的。最关键的是，咱已完全丧失了领导全市公安机关的基本资格。还算万幸，齐文滔终归没有死，若有一个干警牺牲，你看群众怎么收拾咱们吧。"祁政委摆手止住他俩说："常局长，我多次和你说过，枪支全部入库肯定是有问题的。罪犯的命当然是命，怎么咱警察的命反而不是命了呢？现在群情激愤，一致强烈声讨市局党委漠视干警生命，这事真得认真思考了。青莲有人开枪击中另名案犯，已为其报请了二等功；浔水县委也正在筹备隆重表彰齐文滔等破案大功臣，这些信息量已经够大。此时若以市局错误决定为由，处理齐文滔等合法用枪者，想过严重后果吗？"常局长刚想再说话，办公室送来一份电传，他展开一看，顿时傻眼了，内容竟是省厅责成沐浔市公安局立即上报齐文滔和柳羽荷荣立一等功的材料。常局长瞪着眼睛说："省厅是啥意思嘛？公然表彰违规者，难道是市局党委错了？是我错了？"

"柳羽荷，快开枪。"躺在病床上的齐文滔突然叫喊了一声。当他睁开眼睛时，方明白是被一场噩梦惊醒了。梦中，只见两个嫌犯用枪对着他。自己想拔枪，却就是摸不到。只见小柳连扣扳机，却无论如何也打不响。千钧一发时，他只得纵身一跃，抱住嫌犯从悬崖上跳下去。身子飘呀飘地翻来滚去，快要跌落到崖底时，感觉一阵疼痛，却见良卉泪人似的伏在床边。马三立、区有利、柳羽荷、金大兵等人的眼睛也都红红的。他轻声相问："难道是我死了吗？"良卉喜极而泣："谢天谢地，终于挺过来了，你可差点吓死我。""没死流的啥眼泪，没出息。"大家面露笑容，顿时轻松。

随着时间过去，文滔也在慢慢恢复。这天他和良卉说："中了几粒霰弹，哪有这么严重！医生就会小题大做，一动刀子，才重伤元气呢。"良卉说："小题大做？两粒再深一毫就达心脏，还让你说这风凉话！以后可别吓唬人，我这小心脏真的受不了。都说男人是天，谁能体会如此刻骨？天塌了，家何为？"见文滔一天好似一天，大家自然开心高兴。

一天，柳羽荷前来探视时告诉文滔，浔水县已于昨日划归滨海市。文滔淡然说："改革开放的明显变化，就是行政区划的随时调整。河源早已划归淄博，滨海亦已独立设市。一眨眼，我们也成了沿海人，沭浔老区很快要被蚕食殆尽了。"

正说话，听见外边有人，原来是县委马书记和文局长陪着一人进来了。文局长说："市公安局宋局长今天专门看你来了。"文滔有点惊讶："这点小伤何妨碍，还劳你专门地跑过来？"马书记说："昨天浔水刚刚划归滨海，今天宋局长就来看望你，足见市局党委对浔水的重视以及对你和干警的无比关怀。"宋式武与文滔握手说："你小子这是带着重礼前来报到啊。运筹帷幄智破大案，已很了不起。危急时刻，舍生忘死救护战友，诠释了谁才是真正的铁血刑警。大家都为你感到骄傲和自豪，也为你顺利康复而高兴。柳副大队长处变不惊，一枪击中案犯，不愧巾帼英雄。卫大夫，你是文滔的妻子，也是干警家属的优秀代表，谨向你并通过你向浔水全体干警家属表示亲切的慰问和感谢！"马书记说："文滔这次受伤，牵动了全县人民的心。虽然担了惊受了怕，但看今天这状态，县委总算放心了。不要惦记工作，先把身体

第三十三回　新局长刀枪封库　牛角山喋血擒凶

养好，有本钱才能继续革命嘛。"

　　文滔、良卉和小柳分别表达了感谢。马书记和文局长需要参加紧急会议，先行离开了。两人一走，宋局长随手关上房门，态度立刻大反转："好个混蛋小子，人还没归滨海，就想悄悄溜号，难不成想让嫂子当寡妇？"文滔捂嘴偷笑："宋大局长，坚强点。大男人泪挂眼角，羞不羞？"宋局长攥拳瞪眼："还敢笑！"良卉两眼发直，一时摸不着头脑了。小柳及时提醒："前边打官腔，此时同学会，嫂子如何不记得？"良卉恍然大悟，一拍脑门说："看我这记性，全让文滔吓傻了。挂在嘴边的同学，耳朵都磨出茧子来了。宋局长，这火可发到了嫂子的心坎上。""叫你嫂子是不假，但结婚比我晚多了，他这次玩命有点过。"文滔轻叹说："真倒霉，喜归大滨海，朝觐新长官，安慰话儿没听见，倒是挨了一顿剋，官大一级压死人呐！放心吧，只要为破案，死又有何憾？"式武赶紧捂住他的嘴："呸呸呸，狗嘴吐不出象牙来。以后再敢死呀活的，绝不轻饶。嫂子你看，这家伙真是变坏了，嫌挨熊，想要表扬是不是？再要，给你一巴掌。若不是害怕嫂子心疼骂我，我真扇下去了。"见文滔恢复得这么好，宋式武自然很高兴。调侃一会儿，文滔说："回去吧，身上的担子重着呢。命大，老天不让死，只好全力为你效命。我还在养伤，别眼睛溜溜地老盯着。唉，躺着真是难受，再过几天就出院，千万不要再来催，好不好？""文滔你还讲点良心吧，我这是过来催你的？伤筋动骨一百天，工作不着急，有的是时间。"

第三十四回　瞭海楼春和夜归　温河屯绸缪远征

　　文滔久住医院，全身没点舒坦地方，心情烦闷得比枪伤还难受。尽管创口隐隐作痛，可他坚决住不下去了。良卉没法子，只好和院领导商议，给他办理了出院的手续。医生再三叮嘱，必须安心静养。到家了，如何能安静！电话一个接一个，闹得良卉、小颖昼夜不安宁。小颖噘着小嘴生气："爸，在家摆啥战场啊？干脆上案得了呗。"文滔摇头苦笑，耳边再次响起王亚东校长的铿锵话语："进了公安门，埋进公安坟。"人生看似漫长，谁知终止何处；这回没有埋进，谁保下次不会！明天和意外，谁知谁先来。得珍惜有限的好时光，脚踏实地做事情。

　　一天午饭后，文滔在院里晒太阳，王海平和柳羽荷过来了。海平说："齐局，闷在家里烦不烦？今天星期日，难得小柳也没事，咱看夕阳赏晚春去吧。"文滔一拍脑瓜说："怪不得歌里总是唱，'城里不知季节变换'，病中不留神，春天将又逝。外边早已是绿肥红瘦，一片新嫩清靓吧？"海平说："是，芬芳将尽，绿意渐浓。日出日落，花开花谢皆是春光之优美。欣赏残春夕阳，或许别有洞天。小柳总是说：'花开有香艳之华贵，花谢有清瘦之韵味；留得残花听雨声，自有清凉静谧美。'"文滔苦笑说："小柳吧，总是独出心裁，与众不同，赏春也要赏出超凡脱俗的精致韵味来。算了，你俩难得秀次恩爱，我没眼色掺和啥。再说，你嫂子早有铁命令，我若脱逃失踪，岂不火漫金山！"小柳笑吟吟地说："嘻，两情若长久，岂差此一会儿。恩爱何时秀不了？大队长阁下，咱是做啥的，嫂子早被拿下了。机会难得，一旦上班那可真难了。"

海平扶着文滔上了车，先去医院接上良卉，然后朝着瞭海楼慢慢地开过来。此山位于县城东，站在山顶能够瞭望大海，故而得名瞭海楼。车内远眺，蔚然深秀，峭壑尤美；行前近观，飞瀑流泉，林木森森。山下一片广阔的桃园，树树红残叶绿；山脚一层茂密的栗树，枝枝嫩黄新吐；满山松柏郁郁葱葱，云翻雾卷水气升腾。汽车沿着河边一条弯弯曲曲的沙土路，缓慢地爬行。桃园一望无垠，枝丫已吐嫩绿的叶芽，偶尔挂有些许的残花。青青的小桃雏形已具，时不时地敲打着车窗，偶尔掉落到她俩的头发和肩上。小柳一路欢歌唱："姹紫嫣红无限美，春残花谢更有味。"她拍拍海平的肩膀："此处风光特优美，我要和嫂子去放浪一回。大队长临时交给你，倘有半点差池，不用嫂子多言，我可先要抽死你。"两人下车，牵手飞奔而去。白云春风花草香迎面扑来，嫩绿残红满山春映入眼帘。良卉穿黄衣，羽荷穿红衣，身影在桃林深处若隐若现，飘动着，呼喊着，欢声笑语回荡山谷。

春之田野本就生机盎然，此时更增添了几分律动美，给文滔和海平带来无比的愉悦和欢欣。海平指指河沟："齐局，溪水清流，弹跳吟唱，清爽感肯定独一无二，何不亲近感受感受。"扶文滔慢慢来到沟底，眼前流水穿石、浪花翻滚；下游静若平镜、温柔妩媚。跳跃蕴激情，平缓含余韵。两人掬把溪水擦把脸，清凉感顿时席卷全身，惬意无限，美妙绝伦。探脚入水，丝丝凉爽直透心脾，文滔心旷神怡，海平万般陶醉。文滔说："你老家的大海有螃蟹，上火一蒸，满锅通红，异常鲜美；山溪水中有小螃，稍一烧炸，金黄灿灿，清脆爽口，皆是世间罕有的美味。"海平说："哪有啊，只见些小鱼小虾游来窜去。"文滔指指溪水："看水里的这些半大石头，轻轻搬开，就会发现小螃在快速地爬跑，伸手拾起即可。切莫操之过急，挪急会搅起一股浑水，小螃趁机就溜了。你试试，或许能给小柳一次意外的小惊喜。"海平回车拿来一个塑料袋，尝试起来。搬起一块，冒出一股浑水，自己脱口说心急了。然后轻手轻脚慢慢地搬开第二块，果见一只小螃在爬跑，他高兴地尖叫："好一个小螃。"伸手过慢，一眨眼钻进了石缝里。他围着乱摸一通没找到，心中十分懊恼。文滔说："集中注意力，眼疾手快。这小东西比犯罪分子还狡猾，跑得太快了。"海平总结教训，第一块没有，第二块没见，第三块刚刚搬起，只见他快速伸手入水，然后扬了起来："抓到一个，真还不小呢！"他逆流而上，一口气搬到半山腰，收获了二十多个，鼓鼓囊囊的小半袋。

两位女士意犹未尽，无奈夕阳西下，天色欲晚。面对斜阳诗情，黄昏画意，只得恋恋不舍地往回走。一见溪水清流，也依样学样，将脚插进水里头，一边兴奋地拍打着水花，一边忘情地又笑又唱："西边的太阳就要落山了，瞭海楼上静悄悄……"此时日落半边，残阳如血，晚霞胜火。小柳万分感慨："山中的斜阳真美，夕阳尤其更优美，残阳又属美中美，况乎映照青山绿水。人也这样，太完美的并不美，不太完美才最美。"良卉笑得东倒西歪："小荷妹妹唻，可让你给说晕了。你这是典型的红楼梦综合征，'假作真时真亦假，无为有处有还无'这一套了。快别研究侦查学，研究老庄哲学吧。"文滔看看表说："玩了半下午，该好回返了。"海平走向树丛，悄悄地拿起袋子藏在身后："不能忘了咱的宝贝。"小柳见他神神秘秘，伸手一把抢过来，惊叫道："天，哪来的？""刚刚回城买来的，上锅一炸，不脆掉大牙才怪呢。"小柳嗔怪说："回城买的？骗鬼吧。我要吃，回去马上做。"良卉见状说："没出息，没见过美食是咋做的？炸的就好吃？告诉你吧，最好的美味都是用最土的法子炮制的。我有一小法，保准美得你连舌头都咽了。"小柳哼一声："油炸出来金黄灿灿，又脆又香，嫂子你别瞎蒙我。"良卉说："我十三四岁时，到西山拾草，山沟里逮了六七个，就地捡些松树枝，生上一堆小火，把小螃放在炭火上，热气刺刺直冒，香味随风飞飘，你说诱人不诱人？"小柳抽动着鼻子，迷离着眼睛，如梦如幻，如醉如痴："看见了，青山秀水，一个美丽的少女扎着大辫子，蹲在火堆旁，小棍拨着火，小螃蹿着热腾腾的雾气。少女边烧烤边饶有兴味地吃着，咯嘣咯嘣清脆悦耳，好一幅田园少女烧螃图，简直美翻了，我也要马上体验去。"见良卉和羽荷极有雅兴，文滔笑笑说："海平同志，咱男子汉大豆腐，由着她俩尽兴一回吧。"随即手指下游河滩说："那里水面宽阔，沙细滩平，远离山场，生火安全。

席地而坐，亲流水而观山影，火苗闪而螃飘香，绝对胜过蓬莱仙境。"俩人一下子焕发出女人的原始天性，齐声说："快去，坚决做回桃源庄主。可惜没有肉，不能大快朵颐。"文滔说："面包会有的，一切都会有的。坐享其成有啥意思，亲自动手才最香。两位何不下水一试！"两人兴致勃发，挽袖扔鞋，裤脚高卷，欢呼雀跃，顺流而下捉小螃去了。海平开车来到下游，选块临水细平的沙滩，拾好一堆柴禾。暮色中，遥看两人跳跃闪动，文滔的心中万分欣慰。晚风渐凉，海平生起篝火，河水立时闪烁着红色的霞光。文滔让海平去迎迎。他溯流而上，很快会合。天黑了，良卉说："小荷别再搬捉了，看我的。"她要过海平的手电筒，电光在水面上游弋，水底现出或爬或卧的小螃来。小柳惊喜地呼喊着："一个，又一个。"她特别好奇："嫂子，小螃怎会自个儿跑出来了呢？"良卉说："螃是夜食动物，天黑自会出来觅食。还有一层，海平咋就知道天黑上来接你呢？"小柳要过手电，歪着头安安静静地看了好一会儿："咱不打扰谈恋爱的了，下山吧。"人虽下山，兴味愈发浓烈。离篝火尚有七八十米时，山风送来阵阵的肉香。羽荷抽动几下鼻子，悄问海平："谁会变戏法，哪儿飘来的烤肉香？"海平一头雾水："荒郊野外的，齐局又如何能变出烤肉来？"三人转弯上沟，通红的火焰映过来。只见火光水影中，文滔手撑枝条，正在翻烤着，浓郁的肉香扑鼻而来。正惊奇间，只听文滔说："醉乎山水之间，无肉岂不遗憾！犒劳两位女士，尝尝手艺如何？"两支肉串伸到了嘴边。两人接过来，猛咬一口，酥嫩软滑，香透心脾。不待咀嚼，就要往肚里咽。良卉说："香，真拉馋。"羽荷说："真过瘾！还有椒盐，大队长你太神奇了。"良卉说："文滔太可爱了。"水边突然传过一个声音来："齐局慰劳嫂子，海平犒劳小荷，老区不忍心齐局受劳累，杀猪宰牛地慰问来了。"仨人顿时明白过来。小柳说："区大队长，你也变得很可爱了。"有利说："就凭齐局这身体，谁敢让他烤肉啊？不是老区自夸海口，我这手艺还行吧？"众人齐声说："手艺一流，味道极佳，可以去开烧烤店了。"有利一笑："什么超一流，这就叫朱元璋吃糠窝头，饥不择食吧。"吃过一串烤肉，小柳说："我要烧小螃，你们都别动，我自己动手才有趣。"大家围坐篝火，羽荷拿根树枝当火棍，一手拨着火，一手拿个小螃放入火中。只见火苗一卷，立时吞噬得没了踪影。她急得直跺脚：“小螃，我的小螃。”逗得众人呵呵大笑。她用火棍敲着海平的头：“好你个王大胆，不帮忙竟敢看热闹，看我怎么收拾你。”海平刚欲起身，良卉伸手按住说：“小荷若敢拿你出气，我打她，老实坐着不要动。”她顺手拿起一根小木条：“看看姐是咋做的，先将炭火拨出一堆，再将小螃放在上边……”“会了会了，嫂子你快坐回去，我要自己来。”小柳拿过五六只，放在炭火上，肢壳便泚泚地冒出泡沫热气，一会儿变成金黄色，香味顿时飘满了河谷。她开心地笑着，递给每人一只，然后放在嘴里咯嘣咯嘣地咬着，吃得饶有兴味，然后又烧第二波。

看着无怨无悔为家付出的卫良卉，看着天真烂漫终得爱情正果的柳羽荷，文滔终于露出了欣慰的笑容。吃过后，羽荷斜依在海平的胸前，欣赏着浩瀚深幽的星空，触景生情，突然梦呓般地说出一句话：“大队长、嫂子，我好想在这儿睡上一觉，长眠不醒，就化做天上那颗幽暗的小星星。”良卉急忙伸手去捂她的嘴：“暗夜不打诳语，咫尺定有神明。小姑娘家家的，怎能说出这种话？”羽荷小嘴一噘：“嫂子你看你，竟比大队长还迷信！不过说句话嘛，值得如此大惊小怪？大队长，我很怀念彩青山那个寒冷的夜晚，不是你把无私的温暖给予我，我早就冻死冻僵了。这次又为我舍生忘死挡子弹，又给了我一次生命。老天为何让我欠你这么多！嫂子，你说，人，真的会有来生吗？”良卉说：“小荷啊，怎么老说这个话？文滔他是你战友，危急时刻，他不出手护你救你，他还算是男人吗？都说好人上天堂，坏人下地狱，我们肯定会有来生的。”文滔脸色立马阴沉：“参禅悟道议玄机，尽说些乱七八糟的，就不能说点春光明媚！夜色渐凉，到此为止吧。兴尽晚回舟，藕花傍海平。难得夜色这么美，你俩继续浪漫浪漫，我们就先回去了。”大家意犹未尽，先后消失在夜色之中。

转眼夏天来临，刘蕊毕业分配到浔水县公安局刑警大队当内勤。一见羽荷就急问：“啥时吃你的喜糖呀？”羽荷板起脸儿说：“我得好好看看，这小妮子真是警察学院毕业的？怎么喜鹊抱一窝小麻雀，一窝不如一窝。上班不想干工作，光想着怎么吃，看我不抽你。何当共剪西窗烛，却待春暖花开时。慢慢地等着吧，啊！"刘蕊异常开心说："柳大姐好花半开，王小哥微醺心醉。只待东风送暖，花苞绽放，一醉方休。先号下当伴娘，到时看我怎么整治这个穷小子。""还小哥大姐的，都是你把我给叫老的，看我不揍你。"刘蕊假装害怕，躲躲闪闪地转了一个圈。

文滔在家如何待得住，此时早已上班了。这两年无线手机大哥大悄然兴起，老板都以提着一块大砖头引以为豪。似乎只如此，才能彰显地位和财富。这大家伙虽然笨重，却随时随地能通信，要说首当其冲最需要，当然要数公安的刑侦部门。可面对昂贵的价格资费，只能望机兴叹、手痒无奈。有次文滔到外地侦破杀人案，案破了，想尽快向文局长作汇报，派出所所长说，此处老板有部大哥大可以借用。拨上号码，传来"嗒——嗒——嗒——"的模拟接线音，这是他首次用手机。

不久，县内发生一起破坏通信设备案，电话线被大量盗割。邮电局长杜中华陪着文滔钻沟爬坡、满山飞转地看现场，一会儿就累得妥妥的，远远落在最后头。遥见文滔等在七八里外的山坡上，干瞪大眼却联系不上，遂指示移动通信部的刘小波把随身手机交给他。这是一款摩托罗拉手机，体型小，携带方便。分析案情时，杜局长说："齐局，若能一月破了案，我就支援你一部翻盖手机。"文滔当即说："你又不是不知道，公安局穷得要命一条，哪像你这般财大气粗。给了也是件看货，除非当裤子付费用。"杜局遂又说："免你三年的资费。"有利一听来劲了："杜局目中真无人，只见齐局不见我。你说破案指靠谁，不是刑警大队啊？两三部手机，在你杜局长的手里，多么小的一碟菜。做事得和大局长的身份相称吧，狠狠心赠送两部呗。"小刘说："区大队长，你真是站着说话不腰疼。一部手机一万多，每月话费还得好几百块呢。"有利拿眼瞪他："滚，看你小子胀包的。若在公安局，提鞋尚且轮不上，还教你揣着手机乱显摆！"文滔说："有利同志哎，杜局长无非画个大饼馋馋咱，你咋还就较真了？文局长都得矮三截，至今没见手机毛，咱俩又算老几呀！他杜局没用的，手下谁敢用？若不送三部，何时轮到你？杜局长天生就是守财奴，就让他守着手机下蛋生崽吧。别让手机发霉报废，为社会稳定做点贡献，还不先把自己气死了？这社会上哪儿要公平！你杜局长大门不出、二门不迈的，揣着个手机除了装阔还做啥？十年八载的好歹今天正事用一回。我们这些二流子，追着杀人犯却无法联系，只好望人兴叹干瞪眼，这理能上哪儿说去？侦查破案是不是保护人民生命财产安全的？你就狠狠心大气这一回，送三部以资鼓励行不行？我保证不出十天就把案子给破了。"杜局长歪头斜眼地咬咬牙："公安实在太可怜，很多单位早用上，侦查破案最需要，你们却穷的买不起、用不起。有了它，破获案件抓罪犯，效率何止提十倍！你若十天能破案，我豁上老命赠三部，怎么样？"案子两天告破，杜局不失前言，支援了三部手机，刑侦通信从此方便了。

七月的天气，酷热难耐。一人田间放牛，啃会儿草，赶牛下河泡澡解暑。路过一片地瓜地，见苍蝇像麻团嗡嗡地飞舞，一股腐臭冲鼻而入，顶得他差点要呕吐。大胆近前，竟是一具腐败的尸体。吓得他牛绳一扔，跑回村告诉了村书记。

接报后，文滔、有利飞速到达。尸体高度腐败，蝇蛆成千上万。喷洒了大量敌敌畏，苍蝇仍前仆后继无法检验。技术员只好将尸体拖入河水驱蛆蝇。检验认定死者男性，绳勒颈部窒息死亡。衣物中发现半张身份证，包装破损，雨水淋泡的只能看出滕州二字。滕州距这四百余里，此人为何客死于此？调查走访有人证实，七天前晚上十点多，一辆白色的小面包车曾经停放此地路边，只记得是个山东外地的车牌。面对杀人抛尸案，文滔和有利二话没说，立即前往滕州。滕州市公安局局长老家是沭浔，调兵遣将，配合默契。正紧侦密查时，柳羽荷打来电话，县城浔水十村赵老稀家昨夜失火，夫妻双双被烧死，勘查认定是杀人。有利留下侦查组，与文滔驱车返回。人命关天，立即上马攻坚。屋漏偏逢连阴雨，天寒又遇暴风雪。两案紧锣密鼓，温河屯的大街上发现了一具男性尸体。勘验确认是他杀，只好分兵作战。此案刚刚上马，草甸砖厂取土制砖时，土中露出一双人脚，勘查认定又是一起杀人案。

三天四起大案，形势陡然紧张，干警忙得云山雾海。文滔主持商议破案之策说："这是刑警大队有史以来最大的考验，杀人案从没如此密集过。办法只有一个：稳住阵脚，沉着应战；先近后远，逐个攻破。"柳羽荷追问：

"大队长，怎么个先近后远？何为近，哪儿是远？"文滔说："小柳问得好，哪个近哪个远，咱来认真梳理看。先说温河屯，今早发现尸体，又在村内大街，很明显是第二现场。放之大街，说明必须送出但又不能远送，第一现场肯定不会远。村外移尸村内，绝无可能性，第一现场就在村内。村内移尸，说明人在家中被害，趁着夜色送出来。发案应是昨日白天或晚上，移尸肯定在晚上。死者远不了，嫌疑人一定也不远。发案时间近，死者和嫌疑人都不远，此案就是首取的目标。"有利点头："这是最后一起，作案人就是本村的，侦查范围不太大。"文滔继续说："十村赵老稀夫妻俩被害是第二起报案的，明显的抢劫杀人案。虽被焚尸灭迹，却很有侦破条件。证人提供的两个收银元者应是作案人。他们初到时，本没打算要杀人，所以最早的表现可以为破案提供依据。有好几个女证人都曾多次见过他们，这就是最好的侦破条件。但两人均操益都口音，范围大而遥远，得像大海捞针一样去撒网。运气好可能快一点，运气差可能就慢点。加之咱有一组在滕州，这起可以查实基础材料，放在最后再远征。草甸子这起，死者被害多日，之所以埋进砖厂里，是因为有个特殊的情况。埋尸之处土质最好，多年前挑挖形成了大深坑，雨一下大了，就是一个大水汪。人所共知是块废弃地。不承想这几年建设突飞猛进，用砖量大幅攀升，砖价好得出了奇。效益好了，潘老板也财大气粗，购置制砖流水线和挖掘机、推土机，原有的土层不够用，才临时起意深挖这块泥土的，无意之中发现了尸体。埋尸弃地灭踪迹，说明啥？作案人离此不远，了解底细，肯定是熟人。杀人肯定有重大的利害关系，所以此案侦查范围也不大，也可列为优先攻取之目标。这样，枣庄继续调查，咱再集中主力，尽快攻下温河屯和草甸子这两起。"有利、羽荷一听，齐局不但定准了首攻方向，而且把案情全给分析了一个透。顿时激情燃烧、信心倍增。迅速因案施策，调整部署，夜以继日地工作开来。

温河屯是个万人大村子，本村多有互不认识。初始报案人就说发现了一具无名尸。到达现场，文滔询问书记黄光硕："村里的青壮年能否都认全？"他很干脆说："都认得，没问题。"来到现场，他围着尸体转几圈："不认得，这人不是俺村的。"到下午，有村民议论死者可能是李兴义。常年打工在外，

警路八千云和月

老婆仇氏和本村的刘继周明铺暗盖已久。昨晚李兴义突然回家，邻居听见了打骂声。大家怀疑是不是刘继周和仇氏合伙把李兴义给弄死了。黄光硕又去细看，方敢确认就是李兴义。马上传唤刘继周到村委办公室接受讯问，他趁办案人员不注意时，从二楼窗户跳出来，腿跌伤了。仇姓女人听说后，以为刘已跳楼身亡，就在家中哭天号地。丈夫被杀没滴眼泪，此人跳楼死去活来，秃头的虱子明摆着。这起奸情杀人案，当天水落石头出。

调查确认，草甸砖厂的死者是本村光棍潘风曲，已失踪九天。确认了尸源，围绕重大利害关系展开调查，很快有了新发现。本村有个光棍潘可怜好吃懒做，打牌赌钱，数年前借过潘风曲的六百元钱。无论如何讨要，其就是推拒不还。前些日，潘可怜喝了几杯酒，见潘风曲又来讨要，话不投机发生了争吵。一不做二不休，一棍将其打晕，然后缠绳勒死。为制造失踪的假象，还得找个万全之地掩埋掉，就想起砖厂的这个大深坑。在他的心里，此地一万年也不会使用了，埋进去绝对万全保险，于是当夜挖坑深埋。岂料天有不测风云，也是合该潘风曲冤情当雪。场主潘老板突然重挖此处，尸首重见天日，自然而然查到他身上。面对铁的事实，他无法狡辩，案件圆满告破。

迅速破掉两案，干警群情振奋。很快，滕州传来好消息。查到枣庄市有一失踪人叫张金尚，开一辆白色面包车搞出租，经家属辨认衣物，证明死者就是他。查到了死者，等于找到了破案的钥匙。很快查到有人租车一直未归。证人说不上租车人的姓名，却知道他在薛城做生意。随即顺毛捋须，很快找到了作案分子，追回了被抢车辆，这起杀人劫车案也顺利破获了。

此时全队士气高昂，文滔和有利决定乘胜攻破最后一案。赵老稀夫妻遇害前，两名作案人多次上过证人家，其中一人自称李文久，年纪五十有余。或有认为姓名可能胡编乱造，但文滔和有利却另有见解。他们初来乍到，意在购买银元，报出真实姓名完全有可能。赵老稀家藏有三十多枚袁大头，多次讨价还价未果，见财起意动了杀人越货之心，这个名字绝对不应被忽视。有利觉得只有人名、口音和方位，还是无从下手。文滔说："所谓益都口音，不仅单指益都，应是相对集中的地域概念，谁知益都是哪儿？"众人说不知。文滔笑笑说："就是青州市，改名没几年。当年我上学，因火车票半价，多从益都中转，地虽属潍坊，口音却与淄博很相似。我的同学李文化在淄东刑警大队，他曾说，滨汾、青州、淄博一带李姓很多，文是他的辈分。李文久这个人名字，或许有重要的利用价值。咱先奔淄东落落脚，让老同学帮着分析分析。"跨区调查，案又特殊，需要带几个年轻的女证人。有利想让镇里出个女干部带队，曾金台所长掂来掂去，觉得邱小樱经常深入村居，比较有经验，与证人也熟悉，很合适。女性多，遂让柳羽荷前往管理女军团。刘蕊争着也要去，羽荷说："你这小妮子，活还没你干的呀，怎么啥事也想往前争？咱俩都去了，内务怎么办？家里的事可得管得好好的。"

专案组于上午十点到达淄东。文化说："这人可能是真的。这一带李姓很多，都是一个宗谱，青壮年中文字辈是主力军团，约占三成以上。最集中的是滨汾市庆博县的星富镇，占比超过四成。仅大李家柳行村，人口就达八九千，主要的多是文字辈。去年，我调查案件到过该村，有三十多人常年游荡在外地倒卖银元，主要活动在苏鲁交界那一带。"文滔问："该村离此有多远？"文化说："不远，不到三十公里。"文滔说："马上走，立即搞定这个村。"文化说："就是搞清这个村，也不差这一时半刻的，这么多年，你就从没来过这儿，无论如何也得看看齐国的古老文明吧。先吃饭，一切饭后再说话。"文滔说："计日不如巧日，巧日不如撞日；谋时不如撞时，运气就在此时。我有点莫名其妙的兴奋和冲动。不吃饭，你打电话给庆博县常庆老同学，让他安排派出所先把所有的李文久找出来。你和滨汾算跨区，别陪了，等查完回程再一聚。"文化也觉得时间窗口确实很宝贵，没再强挽留，文滔一行火速赶往星富镇来了。

到达时，派出所早已备好了户口簿。赵所长说："查到五个李文久，分布四个村庄里。"小柳问："都有照片吧？"赵所说："大李家柳行这个八十七岁，没照片，其余四个都有。""青壮年的照片齐全吗？"所长略显尴尬："工作不是很到位，三分之二没照片。"文滔说："没关系，八十七岁的肯定不是。有几看几，没照片的想法看实人，先看那四个和大李家柳行的适龄人。"柳羽荷和邱小樱陪着女证人开始验看，四个李文久全被否定。小柳说证人："别着急，认真慢慢来。"刚翻到第九页，证人指着一个说："这是李文久。"所长一探头："怪不得，李兴进是李文久的小儿子。"女证人分别辨看，一致指认此人就是李文久。继续翻到七十一页，又指着李兴友说："这人也是。"如此迅速地确定嫌疑人，大出众人意料。赵所说："阎常庆局长有会来不了，专门安排我好好接待他的老同学。齐局，已是午后两点多，先吃饭，然后研究如何抓捕。"有利说："侦查破案谁顾正点吃饭呀？路又不太远，一鼓作气干完活，回来再吃饭。"赵所说："那怎么行啊？这是个族姓大村，若不摸排清楚，真还不敢贸然轻进。"文滔说："赵所长，办案就听我们的。怕只怕咱谋张良计，人家却自有过墙的梯。我相信派出所里无宋江，但咱也不学济州府的何观察。此案事关两条人命，而且为时已久，谁敢保证嫌犯不在镇上布眼线？本就夜长梦多，倘若警觉有变，让咱眼睁睁地重演晁盖脱逃故事，岂不前功尽弃？村情复杂没大碍，这是杀人焚尸案，谅也没人敢阻拦。马上进村入户，打他一个措手不及。"所长觉得很在理，带队火速奔村来，到达后叫上支部书记和治保主任，分头扑向嫌疑人家。

来到李兴进家大门前，文滔迅速侦察院墙四周，见西墙邻近郊野，利于嫌犯脱逃，即命小柳带小邱把住墙西，他和小矫就要去闯门。治保主任喊问："兴进在家吗？"有女人应声回答："不在。"文滔低声问："是谁？答话这么快！"治保主任说："他老婆。"文滔说声："快冲，有情况。"像离弦之箭冲进院。此时李兴进已顺着木梯爬上墙头，迎面看见墙外女警马步持枪，杀气腾腾。慌忙回顾，见两人持枪冲进院里。腿一抖，一个跟头摔下来，顺手抓过一把板斧，抡起就要往上冲。文滔和小矫喝令放下凶器，他垂死挣扎岂肯听从？慑于枪指脑袋，列着架子不敢上。墙外小邱双手一托，小柳飞身上墙，一跃而下，一脚踹在他后背上，人就实落落地趴地上。她一脚踩住斧头，枪口直指后脑勺："再敢顽抗，一枪打爆你。"矫志国飞身而上，夺下斧头，反剪双手，铐了个结实。小柳马上搜查，很快发现抢来的银元二十多枚。文滔则趁机进行了快捷讯问。

任务刚完成，忽听村北传来数声枪响。羽荷惊呼："一准李兴友逃跑了。"遂命小矫押解嫌犯先回派出所。转回身时，见文滔早已冲出五六十米远，遂招呼小邱快跟上，一起奔向村外来。刚出村口，见几人正在穿越开阔地，跑向大河沿，河边是片茂密的苫杨林。文滔松了一口气："人已钻入河边林，咱取直线过去吧。"到达河边，才发现小邱跟来了，劈头说："谁叫你也跟来的？乱弹琴。"小柳急忙说："我叫的，咱今天人手少，多个人或许多份力量呢。"文滔一想也是，说："嫌犯进入了河滩林，只能继续前行。这片林子少说也有七八年，高大挺拔，少有灌木，视野能达三百米。你和小邱搜索前进，不要指望追上他，只管往前赶鸭子。"小柳带小邱跑步前去。文滔略等片刻，有利赶到说："李兴友住在离村七里的北岭上。我们赶到时，人已不在家，我扒上墙头，见已逃出一里多，随即鸣枪追过来了。"赵所说："这条淄溪河水宽流缓，树多林密，湿地开阔。咱若全从后面追，他会不顾一切地往前逃，咱得配以搜索，肯定比他慢许多。如若前后夹击，可能逼他涉险渡河，或者溺死于水中，或者逃之夭夭。前行四十多公里，就是河源山区。进了山，搜捕难度会更大。我建议，一路沿河搜索前进，确保嫌犯不至回逃；一路到河源山口设伏，乘其不备一举拿下。"文滔说："我刚审过李兴进，李兴友自小不会水，若两头夹击紧逼，他只能强行渡河，万一淹死，对全案全结极为不利，所长建议稳妥可行。"有利说："这样吧齐局，案犯已进树林，必定狂奔不止。你伤虽痊愈，身体却没完全恢复，就坐镇指挥前赶这路吧。任务交给小柳，切莫亲自上阵，我到河源设伏，一准跑不了他。"文滔说："咱们人手不足，只好如此了。今夜将有大雨，注意自身防护。"

分兵后，文滔追上小柳、小樱说："咱们就是断他的后路，搜索要细，切莫心急。沙滩容易陷脚，特别损耗体力，要拣高埂硬实的地方走。"小柳、小邱一起说："天气这么热，八九十里路，你这身体如何撑得了？只管回村坐镇吧，我俩保证没问题。"文滔说："我不担心任务，只是担心晚上。今夜要下大雨，只怕你俩应付不了雷暴和洪水。"小柳抬头望天，万里无云，热浪滚滚，脱口说："湿热闷人，就像一个大蒸笼，气都喘不动，这天只知下火，哪儿会下雨啊？"小樱说："真要来场大雨，冲冲凉倒痛快了。"文滔说："大雨一浇，就会领教啥叫狼狈不堪了。林中靠近河堤一侧，有不少护林小棚屋，需要逐个搜索。我居左，小柳居中，小樱居右，雁摆翅式搜索前进。"

河滩湿地，多是软沙泥淖，迈步异常吃力。虽然绿荫遮盖，不见阳光，却潮湿闷热，纹风不动。十几分钟，就大汗淋漓，衣衫湿透。黏在身上，特别地难受。树上的知了"热呀热呀"一个劲地叫，身心更添闷热感。发现一个护林小棚，文滔双手持枪搜索一番，然后继续前行。五六公里后，文滔观察案犯脚印，拾起一根木棍敲打杨树，震得知了吱吱乱飞，一片骚动。小柳问这何意思，文滔说："嫌犯距咱大约两公里，让他感觉追兵势众，加速前奔，不敢回逃。"小柳小邱如法炮制，仨人走一程，敲一程。因中午没吃饭，走着走着肚子开始乱咕噜，浑身没劲了。文滔见她俩脚似千斤抬不动，有点自责说："都怪我，午饭没有吃，干粮也没备，害得全都饿肚子。是不是感觉特别饿？"小邱说："饿，头昏眼花。肚子里钻进一群小雏鸡，咕咕直叫，搅得肠子上下翻转。"小柳说："今天这顿饿很值得，若是饭后来，嫌犯早已逃跑了。大队长，你是病号尚能坚持，何况我俩体壮如牛呢？没事。"她嘴上虽强硬，身体却很难圆谎子。昨天刚好来例假，肚子疼痛万分，因为任务特殊，她才没有说实话。别说拼命前进，就是坐着不动，也痛得大汗淋漓。此时疼痛加剧，她却不敢表现出来。若被大队长看破了，任务怎么办？小邱虽是又饿又累，却没有显出多少疲态。小柳直夸她的体力好。她说："我是农村的，吃苦受累习惯了。我们这些三车管理员，平时也没有多少车牌砸，就是天天跟着跑村居、办案子，腿脚全都练出来了。"文滔适时鼓动说："坚持就是胜利，天一黑，就有吃的了。"小邱抹了一把汗："哥，到这时候还骗人！白天都没吃的，黑灯瞎火的哪里会有啊？"小柳说："大队长从来言而有信，说有肯定就会有。"小邱笑着说："傻妹妹，俺哥见你体力不支，画个大饼给你呢。你上哪儿知道，俺哥可会骗人了。"文滔瞪她一眼："怎么说话的，啥叫可会骗人了？小心扔你河里去。"小邱做个鬼脸吐吐舌，不敢再多言。

见天色就要黑下来，文滔在河堤垛上抽出两捆麦秸，扯下垛顶的塑料布包扎好，背在肩上。小柳纳闷说："还嫌不够热？背上此物有用吗？"文滔说："没备干粮已然大错，不能再出失误了。"两人争着要背，文滔说："这个又不沉，小柳明显出虚汗，还是老实一点吧。"小柳身体确有状况，脸色煞白，疲惫不堪。走一段，天已完全黑下来。见河滩有簇枫杨树，文滔让小柳席地小憩，他和小邱拾来一堆干树枝，然后抓把落叶，一边生火一边说：

"火光升起，追兵渐近，嫌犯又要吓破胆子。"见火旺了起来，文滔问："很饿吗？"小柳说："很饿。"小邱说："肚子饿扁了。"文滔说："就餐，准备接受飞来之食。"小柳不解："哪儿会有飞来之食？"话音未落，只见文滔抬脚猛踩枫杨树，枝叶震摇，知了群飞，吱吱鸣叫着争先恐后地投火而来。小柳惊奇地说："只听说飞蛾扑火，原来飞蝉也可扑火啊。"知了先被火苗舔没了翅膀，然后伸腰膨胀，香味随即飘来。文滔连震几棵，两人已经烧好了一小堆。他说："你俩不撑饿，先吃，今晚保准管够。"两人岂肯同意，一齐动手塞进他嘴里好几个，然后毫不客气地一扫而光。肚中有了食，人也有精神。文滔撩起河水浇灭火，检查余烬后继续前行。大约十多里，又如法炮制烧吃了一回。肚子有了底气，小柳暂时忘却疼痛说："大队长，怎会想出这办法？太神奇了。"小邱说："一听就是城里人，农村哪个不会？我们小时候，指靠这个改善生活呢。地里抠龟、树上粘蝉、晚上火震，都是拿手的绝活。今晚竟然忘了这个茬，没想到狗蛋哥小时候也挺能作的。""好一个疯丫头，野性不亚于皮男孩，难怪未出深闺就帮大队长破案子，够厉害！谁是狗蛋哥？""还有谁？就是你心心念念的那位呗。""狗蛋，真难听。这是你给起的名？""他说叫狗蛋，我哪儿起的着。农家重男轻女，指靠儿子传宗接代，为了好养活，多都起名猫蛋、狗剩的。我哥前程的小名叫大臭。""真好玩，大队长竟也起这样的小名。""谁知真名叫个啥？所以说是骗子嘛。"小柳呵呵笑着说："樱姐说得真对，绝对是个大骗子。"

再往前走，越来越黑，越来越热。文滔问两人："感觉吃饱没？过会儿下雨蝉飞不起，想吃也没办法了。"两人皆说还想吃，于是又生火震树烧吃了一回。收拾好余烬，文滔又拾起那把麦秸。小柳说："大队长，满地干树叶子，别再背了吧？"文滔头也没抬说："别再瞎操心了。"走不上十里路，先是微风刮起，树叶哗哗作响，送来阵阵清凉。小柳兴奋说："终于凉快了。"文滔陡然紧张："赶紧移往树稀处，雷暴马上就到了。"话音刚落，狂风大作，树木弯折，电闪雷鸣，雨点豌豆似的砸下来。羽荷一声惊呼："天，说下就下。真是急风暴雨啊，咋就这么快、这么大！"文滔让小邱给羽荷披上塑料布，说："只能抵挡一阵子，如果持续加大，只好挨淋了。洪水很快要漫坡，赶紧挪往堤岸处。"此时，道道闪电刺破长空，串串炸雷贴地滚动，硫磺味刺鼻，震耳欲聋。似乎天要塌、地要陷。文滔左手拉小柳，右臂挽小邱，沿着堤岸艰难前行。风吹人不稳，雨打似鞭抽，眼睛痛得睁不开。突然，棵棵大树连根拔起，轰然倒在地上。文滔护着她俩左躲右闪，枝条抽打着身体，火辣辣的痛。小柳本就肚疼难忍，大雨一浇，霎时痛彻心扉，遍体冰凉。文滔感觉她全身在哆嗦，贴耳问："感觉怎么样？"她嘴唇紧闭，呼吸微弱，说不出一个字儿来。小邱抱住连声呼唤："小荷，小荷。"见没动静，急得连声大叫："哥，全身冰凉了，还不赶快抱住她？"文滔慌忙从另面抱住。风大雷急，暴雨瓢泼，身体如何挡得住！文滔边掐人中边摇晃，仍没丝毫反应。他急喊小邱："会出人命的，得找地方避避雨，背上麦秸。"双手抄起她，回头飞奔。小邱说："哥你晕憋了，怎么往回跑？"文滔说："跟上，不远有个小林屋。"文滔伤愈不久，大雨一浇，遍身疼痛。加之抱人冒雨奔跑，一会儿就累得双腿酸软，没了力气。后来竟至跌跌撞撞，摇摇欲倒，好几次跪陷于泥水之中。小邱泪水伴着雨水，一次又一次拼命地把他拉起来。正当文滔精疲力竭，就要虚脱时，小邱哭喊说："小屋，到了。"文滔再也支撑不住，躺在雨水里大口喘粗气。小邱挣命似地连抱带拖把羽荷拽进去，又把文滔半背半拖地弄进来。文滔趴在地上，让小邱抽出麦秸点上火，顺手加几根干树枝，火苗腾腾地蹿起来。他大喘几口气，让她照顾小柳，一跃冲出屋外，捡拾来一抱枯树枝。因淋雨潮湿，防止压熄火，只能一根一根地往上加。待火旺起，将小柳半抱半坐，让小邱扶着来烤火。一手猛掐人中，一手拍打揉搓，好一会儿，小柳终于发出轻微地呻吟。随着热量不断传递，气息也渐渐趋于平稳，脸上也慢慢地上了些血色。

　　文滔终于松口气："好你个柳羽荷，天生是个讨债催命的。今天如若有意外，让我如何作交代？"此时小柳神志虽恢复，却无力翻动一下眼皮子，更没力气说句话。见小柳终脱险境，文滔说："小樱留下，继续给她烤火，恢复后不准乱跑，就地休息等着我。"小邱一下急哭："哥，刚才你差点没累死，马上又要逞能去？你和小柳两条命，难道全想搁这儿？亏你还是副局长，活着可以完成任务，死了如何完成去？万一小柳醒不来，我咋办？你若倒在路上了，又咋办？还不如先掐死我算了。"文滔生气说："胡说八道。小柳已没事，人就交给你。我的身体我有数，不用你来瞎操心。"他抓过半捆麦秸，一头钻进雨幕里。此时风势虽小，雨势仍然很大，树木歪三斜四，横七竖八。前行一会，看看已是凌晨三点，拨打有利的手机，没信号。估计再行几公里，就可与他会合了。半个小时后，风停雨歇，他立即生起了一堆火。

文滔离开后，小柳还是昏沉不醒。漆黑的雨夜，困守在孤零的小林屋，小邱的内心异常恐惧。她怕小柳出意外，又怕突然窜出个坏蛋来，心都吊到了嗓子眼。她一把抓过小柳的枪，算给自己壮壮胆。一边不断加柴禾，一边拍打着她的手背和脸颊，不停地摇动呼喊着："小荷小荷你醒醒，别再吓我行不行？"好久好久，小柳终于睁开了眼睛。环顾是个小屋，身前还有一堆火，邱小樱正眼泪汪汪地揉搓摇晃她。她吃力问道："这是哪儿，大队长人呢？"小邱见她醒来，泪水顿像开闸河："你是不是非得吓死我？你说这是哪儿，我差点吓死哭死，你不问我却先问我哥哥，真是一个没有良心的。""我怎么来到这儿的？""还能怎么来？我哥拼了小命抱你跑来的。"小柳说："大队长枪伤还没好利索，如何经得住这番地折腾！我的体重一百多斤，光抱我就够他受的了，何况还得顶雨奔跑，这不是要了他的命了吗！他人呢？"小邱说："累死了，躺在屋外淋雨呢。我有多大的能耐，顾得了你们两个呀？"小柳当然不信，越发疯急说："到底去哪儿了？""能去哪儿？把你救过来，独自去执行任务了。""什么！你为何不死死地拉住他？他还拖着伤病身，独自去，出了危险可咋办？走，咱得快去追赶他。"小柳这一惊非同小可，刚要挣扎往起爬，无奈爬不起来。小邱一把按住说："行了行了，就你这小样，用不了两分钟保准又躺倒，你让我朝哪儿哭天喊地去？我哥令咱原地休息，你就老老实实地待在这儿吧。""原地等待？趁早一棍敲死我得了。别说我，你能待得住？""待不住也得待，必须玩个双保险，绝对不能再添乱。先麻溜地烘干衣服，待雨停了咱再走。你说你，来好事了逞啥能，就不会跟区大队长请个假？"小柳一想也是，自己若再放倒，岂不更加乱套。遂一把扯下身上的湿衣，眼泪圈在眼眶说："抓紧烘，争取往前赶。我恨死自己了，关键时刻总是掉链子。"小邱抢过一件来，小柳越发着急："你全身湿透，难道就是铁打的？你若倒下去，我可更没法。"伸手去扯她衣服："行行好，你也快点烘干吧。"小邱加旺火，也自脱衣烘烤。见小柳终于还阳，心情豁然开朗，边烘烤边盯着她乳白的裸身乱踅摸。小柳瞪眼生气："色眯眯的，你找啥？"小邱嘻嘻笑着说："找啥？找魅源。小荷你看你，细皮嫩肉、前凸后翘，横挑竖看、左寻右探，竟没有一点孬地方，标准一个美人胚，你说哪个男人能抵住这诱惑？你要真是出点事，不疼死我哥才怪呢！"小柳边烘边说："还说我，看看自己吧。火光映衬，脸赛红霞；梨花带雨，娇嫩欲滴。你哥对我再心疼，亦不过是战友的生死情。他从来都不稀罕我，标准一个齐下惠。""你说我哥柳下惠，的的确确真真是。那年我才十七岁，秫秸笆墙通音透亮，他的气息令我着迷，就像中了邪。他却坚如铁石不动心，世上再也没有第二个。"羽荷微微叹口气："大队长或许真是童子金刚下凡吧，咱俩也算百里挑一，都曾与他肌肤接触，他的心肠为何比钢铁还硬呢？""他要不这样，咱能这样喜欢他？只怪咱俩命不济，都是在错误的时空里遇对了这个人。"羽荷扑哧笑出声："啥词，遇对能是这结果？"小邱一本正经说："好词，人是遇对了，我哥千年只一个。可惜咱俩生不逢时，终归落了个自怨自艾。"羽荷点头："这话我相信，有时候个人情感真的无能为力。《诗经·小雅》说：'高山仰止，景行行止。'大队长绝对配得上。好了，基本烘干，快点穿上吧。"此时，一对青蛙蹦进来，小柳无比惊奇说："樱姐你快看，这小的是不是生病了，竟让大的给驮着，不会看见大队长救我，它也受感动了吧？"小邱直接笑塌说："小荷呀，说这话你羞不羞！青蛙和人能一样？它是反着长的。身架大的是姑娘，小的才是小伙子。还大队长，还生病了！一定是你触景生情，因海平而害了相思病。"小柳自知失言，满脸绯红说："就你懂得多。"边穿衣边探头观看屋外的雨势。恰见门口有只黄鼠狼，后腿蹲坐，前爪相抱，上下乱叨，形同作揖。小邱挥手就要赶，羽荷急忙制止说："别吓它，没见正在给咱打恭吗？一准是大队长家黄仙姑给咱来报信：'雨停了，快去增援主人吧。'咱得赶快走。"两人走出小屋，不顾一切往前奔。见羽荷出门就起跑，小樱着急地说："不至于这样拼命的，千万别再累犯了。"羽荷又一瞪眼："小坏蛋，别再咒我可以吧？雨停衣干，身体发热，还会再出事儿吗！怕只怕大队长身体撑不住，我都急死了。"小邱嘴一撇："满世界就你心疼大队长，柳无敌从今改名柳有理吧。"两人一气蹽上十多里，突见前方一团火焰，小柳高度绷紧的神经一下松弛，插枪回套，仰头出口长气说："谢天谢地，大队长平安无恙，我们终于赶上来了。"前行六七百米，火影中映现出那个熟悉高大的身影，两人泪如泉涌，情不自禁地呼喊道："大队长，可又见着你了。""哥，终于追上你了。"文滔喜出望外："小荷没事了？让你原地待命，又敢违抗我的命令。"她俩此时只顾激动，哪儿还在乎这点批评，不顾一切地扑上来。文滔说："大敌当前，决战在即，马上要与案犯接火，岂可无端宣泄误大事。快去捡拾枯树枝，让火旺一点。"两人破涕为笑，一会儿捡来一大抱。见文滔衣服挺湿，小柳说："大队长，湿衣黏在身上，易致枪伤复发，太危险了。先脱下上衣烘烘干，可以不？"文滔正专心察看水势，没答腔。小邱说："哥，再不顾惜身体，我可真给你扒下来。今天我们俩，绝对不怕你。回去告诉嫂子，一准也得挨修理。"小邱上来要动手，文滔只得快速地撕下汗衫说："就烘这件吧。"

有利来到河源山口，选好埋伏点，专等李兴友进入伏击圈。李兴友是个老惯犯，特别刁钻狡猾。作案逃回老家后，忧心忡忡说："这回犯下两条人命，光认识咱的人就有五六个，当地公安岂肯算完？咱不能只顾钱财不要命，得在镇上花点钱。"兴进说："天下这么大，他们怎知咱是哪儿呢，不会找到咱们吧。"兴友说："大意易丢命，小心才保险。"于是在镇上花钱埋下三条眼线。今天线人开着摩托跑来说，两辆沐浔小汽车已经到达派出所，他毫不犹豫地抓起应急物品，爬梯越墙而逃。他这动作确实够快，哪料想公安更迅疾。刚刚跑出里把路，后边已鸣枪追上来。他沿着河边树林，跌跌撞撞，一路狂奔，只想尽快地逃入山中。天黑后，后边火光明亮，树震蝉鸣，觉得追兵渐近，更加拼命逃窜。半夜突遇大雨，淋了个透心凉。全身发冷，体力渐弱，好不容易捱到河源。看看就要到达山口，心中突然一激灵：莫不前边有埋伏？他趴在地上听一会，没有任何动静。拾块石头往前扔，石落声响，伏击人员一跃而起。他大吃一惊，爬起来掉头往回跑。

有利率众正追着，猛见前方火光通红，随即喊道："齐局已截断案犯的后路，鸣枪。"几响清脆的枪声划破黎明前的夜空。文滔料定案犯正往回窜，遂命小柳鸣枪回应，迎头撞上来。文滔说："小樱左出，沿堤岸震树，制造响动；小柳傍水潜行，秘密伏击案犯。"听小邱震树声起，文滔鸣枪一响说："区大队长火速回压，我这边数十人正往前堵，已经听见案犯的脚步声。"李兴友见前后枪响，知己腹背受敌，像条搁浅之鱼藏无可藏。蹲身潜听，只有水边异常寂静。虽不会水，无奈情势逼迫，只得准备冒死渡河。他奔向水边，脚刚踏进去，脖领却早被紧紧地抓住，一支冰冷的枪管也指上了后脑勺："下去吧，正好打个水漂，让你临死喝饱肚子，做个胀蛤蟆。"此时，李兴友既无还手之力，亦无就死决心，高举双手乖乖就擒。

派出所里，有利等狼吞虎咽地吃着饭。见文滔三人不动碗筷，停箸急问，方知昨晚发生了如此大险情。小柳流泪说："是我不争气，成了大累赘。大队长屡次舍命相救，也不知有没有报答的机会。"小邱给她擦泪水，轻拍肩膀作安慰。有利语气凝重说："柳副大队长面对危险，只知勇往直前，从来不知后退。今天带病参战，何来累赘之说啊。危难之时，齐局挺身相救，亦是理所当然嘛。"文滔说："有利说得对，小柳隐瞒不适，迎战风雨，完胜须眉。我令她脱险后原地休息，她却顽强地投入抓捕决战，如此勇为，谁不刮目相看！战友并肩作战，理应风雨同舟。无论换作谁，岂能坐视不管。上辈我不欠你，今生你不欠我。经过风雨淬炼，你已浴火重生，凤凰涅槃，蜕变成一个铁骨全新的柳羽荷。"

押着案犯上路时，恰逢天气放晴，天际上出现了一道亮丽的彩虹，更助添了大家的喜庆心情。志国问小柳："昨晚如此凶险，你咋活过来的？"小柳昂首说："当然是大队长和小樱救的呗。""衣服咋干的？"小柳给他一拳："你们看，这小子心术不正，该打不该打？怎干的？热火烘干的。"志国做个鬼脸说："小荷你记着，下次带我出发，你再晕一回。齐局他是神仙，哪儿会干这些活！""唉，让你小子帮忙，指定是老鼠请猫做保姆——一准完犊子，谁敢！"年轻人一齐笑说道："不敢找他找我们，我们都乐意。"气氛重新热烈起来。

第三十五回　乔装打扮战劫匪　千里驰骋猎游狼

　　经过侦查一线的摔打磨炼，柳羽荷在成长为一名优秀刑侦干探的同时，亦对人生有了更深刻、更全面的理解和把握。人，有时很强大，有时很脆弱。一天，她和海平来到瞭海楼河边，发现春天露芽的小草已深达尺余，不禁触景生情，喟然长叹："海平，知道我为啥要来浔水吗？""不知道，但我猜得到。你心中向往啥，我是清楚的。"她眺望远山说："纯是因为一个人，这人很伟大，我曾日思夜想，仰慕崇拜。他为救护我，毫不吝惜一腔的热血，却从不妄动一丝情愫。没有他的坚毅，就没有咱俩的纯真相恋。我以为今生永远不会恋爱了，但你却彻底地改变了我，准备好接受我了吗？"海平拥她入怀："准备好了，我要以生命来爱你。"两颗滚烫的心融合在一起，犹如娇荷承露，蜜糖灌心；天地合一，再无他物。两人共同商定，来年阳春时节择日完婚。

　　一天晚上，文滔突感肚疼剧烈。良卉趁机数落："不是挺能吗？伤没好利索，就天天上案显本事，医生的忠告可不就是那耳旁的风！"话未说完，见他翻来滚去、汗大如豆，方才慌神了。赶紧推过自行车："走，去医院。"文滔强忍疼痛说："我这小体重，你哪儿带得动，还是我来带你吧。"强撑着骑车来到了医院。因痛点位于左上腹，医生怀疑胰腺炎。良卉吓坏了：从没暴食暴饮，怎么会得此病？急忙借助仪器搞检查，确诊是急性阑尾炎，必须立即做手术。一听又要动刀，文滔坚决不干。良卉说："做。急性发作太危险。"二话没说签了字。

第二天上午，有利联系不上文滔，深感诧异。小柳一脸茫然说："咄咄怪事。别人倒也罢了，大队长岂会玩失踪。没有第二可能，枪伤复发去医院了。"两人窜过来，果见昏睡在病床上。小柳瞬间吓崩："嫂子，这可怎么好？大队长肯定是累犯的。"良卉说："能往好处想想吧？阑尾炎，痛点位移。折腾一晚上，刚刚才睡着。""别骗我，阑尾炎吃药就好，谁见上来动刀的！"良卉直接笑喷了："真真一个师傅所教的。急性发作，若不动刀，那才危险咪。"有利回到办公室，召集众人说："齐局因病住院，肯定与累有关，咱得让他静养治疗。不论什么事，都别打扰他。"

汀阳报来一起抢劫案，小柳带人飞速赶到。报案人娄凡平，今早乘坐青岛直达兖州的班车返家时，车上突现四个蒙面歹徒，持刀威逼搜身，洗劫全车乘客，抢走他身上的六元钱。柳羽荷立即赶赴兖州做调查。司机说：班车驶过胶州，上来四个年轻人，刚出浔北县城不远，就听见车内有骚动。未及回头，一把冰冷的刀子压在了脖上。有人恶狠狠地说："开好你的车，若不听话，一刀放干你的血。"班车驶过冯家转轴约五百米，劫匪跳下车去，从一片湖地往北逃跑。想找乘客了解，车站说人早分散，不知所终。调查途经班车，确认半月内连发四起抢劫。分析人员和手段，应是同一伙人。劫匪从哪儿上车不清楚，下车却均在冯家转轴村。众人讨论说："案件发在长途车上，始发站和终点站都是外地外市，冯家转轴又属沂东县，各地都不管，咱何必没事找事横插一脚呢？案件破了还倒好，万一破不了，岂不徒惹外人耻笑！"小柳一听急眼了："这是什么话？人家一推六二五，咱也任凭劫匪为非作歹，睁着大眼强装瞎？说出这种话，还配做刑警吗？"志国说："司机说不清，乘客难找寻。案子不在咱们县，理应不归咱管辖。如此无头无绪，你想管，又从哪儿下手呀？"小柳说："涉及人民的生命和财产安全，地域归属岂能成为推诿扯皮之借口。此案咱不但管定了，而且还必须拿下来。说实话，侦破此案并不难，只一点，至今我没拿捏准。"志国呼地站起来："若说此案还不难，世上还有难案吗？柳副大队长太过自负吧？"小柳说："问题我已大部解决，只有一条没想好。你们说，咱们若上班车，枪支如何带上去呢？”小矫说："这算啥问题？人既上车了，枪自随身携带嘛。"小柳说："仅仅带枪上车，当然简单不过。关键车厢狭小，乘客拥挤。劫匪手执利刃，一旦交手，拳来脚往，弹飞刀舞，群众生命兹事体大，绝非儿戏。枪，敢开吗？若劫匪强行搜身，如何确保不被发现不被抢？这群匪徒肯定都是流窜惯犯，经验丰富，心狠手毒。万一抓住乘客当人质，咱有枪又能咋办呀？"小矫一惊："你想化装跟车？问题是，怎知劫匪还作案？即使作，如何确定何时抢劫哪一班？""我已卜天问卦，明天作案，目标是滨海直达徐州这班车。""怎么敢肯定？""哎哟喂，志国你这个废柴脑筋，不会开荒想想啊？劫匪选择上午作案，方向自东而西，下车全在冯家转轴，恰恰冯家转轴逢大集，难道全都是巧合？西行班车途经此处，本月单日每天三班，都是下午；双日每天两班，上午下午各一班。明天是双日，冯家转轴又逢集，上午路过的，只有滨海直达徐州这一班。矫先生能听明白吗？"小矫一拍额头："我的个乖乖哎，小荷尖果然够厉害。齐局的这种思维方式，让你全给学来了。问题简单明了，我咋一点儿也没有想到呢？"小柳沉吟良久："侦破此案关键有两点：一是抓获劫匪，二要保证乘客安全。但咱和乘客、劫匪混挤在车厢这个狭小的空间里，谁敢确保不生意外呢？最好先把群众和劫匪分开再动手。劫匪停车逃跑的区间长度大约一公里，区域虽明确，点位不固定。坐地蹲守风险倒小，但选取任何一点，都很难保证追上劫匪，所以还是跟车掌控，下车后动手最保险。若不带枪，万一遭遇特殊险情，如何确保万无一失呢？""就是呢，枪，不带绝不行，随身也不行。刀架脖子上，为确保乘客安全，也只能乖乖地交出来。"小矫说话时，从衣袋掏出几粒东西填嘴里，边咀嚼边踱步沉思着。小柳调侃说："长点出息吧，多大的人还吃小耍食，没吃早饭啊？"见志国脸红了，小柳接着说："瞧你，还不好意思了。"志国哑然一笑："那倒不至于，胃疼，揣上一把花生米，疼时嚼几粒稍压压。"顺手递给她几颗。小柳拿在手里把玩几下，突然抿嘴笑出声儿来："光光的、溜溜滑，太好了。"

　　上午，公路上飞驰着一辆长途客车，车上坐满了形形色色的人。车过汀阳不久，突然站起四个蒙面人，一人用刀逼住司机，另三人持刀挨个搜身抢劫。全车哗然，哀号四起。车内分散地坐着几个老汉，最后排坐着两个衣衫褴褛的老太太，身边放着鼓鼓囊囊的布口袋。劫匪持刀逼住时，她俩吓得颤颤巍巍站不稳。劫匪厉声喝叫："快点把钱掏出来，麻溜地。"老太太越发吓坏，话也更加结巴："俺赶集卖……卖黄豆，集都还没……到，哪儿见钱……钱啊。你要不……不嫌弃，这袋黄豆拿……拿去吧。"劫匪见人老态龙钟、满身污秽，捏着鼻子拽起她俩搜了两三把，把身上仅有的三元钱给翻走了。伸手去摸口袋，见是黄豆，随手一扔："真他娘的晦气。"此时车也刚好到达了转轴停车点。劫匪怒吼司机："不许停，继续开。"开出大约七百米，头目喝叫停车，呼哨一声，跳下车去。

案犯一下车，俩老太敏捷地撕下假发外套，抓起布口袋底朝天一倒，两把手枪随着黄豆滚出来。两人绰枪在手，刘蕊喊命司机："我是警察，我们下车后，立即开往派出所。"乘客见两人秒变女警察，一齐拍手欢呼。其余几个老汉皆口袋一倒，花生米和黄豆到处滚。各自撕下伪装，抓起枪来，一跃而下。一边喝令劫匪停止逃跑，一边鸣枪示警。劫匪如何肯认栽，顺着湖地拼命往北逃。看看就要被追上，前边的劫匪大声喊："回头收拾他们。"有三名劫匪持刀回头冲过来。田野广阔，便于施展拳脚，只三两个回合，全被拿趴下。借助搏斗作掩护，劫匪头目趁机逃窜了一大截。羽荷喝命："若再逃跑，就地击毙。"同时再次鸣枪警告。他回头见相距百多米，心里不禁在冷笑："就凭这距离，你那破手枪还能打中我？"毅然决然继续逃。岂料刚跑两步，右脚早中刘蕊一枪，扑哧摔倒在地上。

中午，一个女孩跟着娘赶汀河集，在路边饭馆吃完饭，感觉肠胃疼痛。一进厕所见蝇蛆满地，臭气熏天，只得捂着鼻子跑出来。娘儿俩出院拐弯来到饭店屋后的一片黄烟地，找条干沟解决完，顺着堰埂往回走。女孩突见十几个绿头大苍蝇趴在地上，好生奇怪，停步细看。当娘的催促说："有啥好看的？大热的天，还不快点走。"女孩用手指着喊："娘，快过来，这个埝儿有点怪。"她娘转头回来仔细看，整片堰埂全是密麻麻的老杂草，只有此处是新土，鼓鼓的好像埋着啥东西，上面趴着十几个绿头蝇。她也颇感奇怪：

绿头苍蝇体型大，谁会在堰埂上掩埋动物啊？娘儿俩折根树枝往下插，感觉土质松松软软，插不到十厘米就被东西挡住了，似乎有弹性。女孩挥枝赶走苍蝇，飞转一圈又忽悠悠地落回来。抽动鼻子仔细闻，隐隐有股尸臭味。"天啊，难道埋的是死人？"娘儿俩顿时慌了手脚，跑到饭店叫人来。下挖不到十厘米，露出一团衣服来，臭气自下钻出，再挖竟是一具捆绑双手的全裸尸体。众人大惊，立即报案。

接报后，有利大队长和小柳、刘蕊等迅速赶到现场。有利说："法医、技术员勘验尸体和现场，其他人员马上展开初查。白尼龙绳捆绑双手，肯定是起案子。女式衣服鲜亮，应当是个女性。看这腐败程度，最短也有半个月。重点排查失踪女性和近期外出的男性，尽快确定尸源和所有外出的人。"

尸检确认死者女性，年约二十岁，身高一米七一，左耳戴着银耳钉，生前遭捆绑性侵，扼颈窒息，死亡大约十六天。花上衣缺失两颗纽扣，裤子撕裂。勘查发现，坑深六十九厘米，长一百九十一厘米，宽六十一厘米，坑壁留有铁锹、抓钩印痕。埋尸点东约一百五十米黄烟地内，发现断折的黄烟棵和与此衣相同的两个纽扣。

很快查明，尸体所在地块属于汀阳镇大汀河村，发现纽扣地块则属于小汀河村的丁高氏，这两天她正生病住院。小柳说："毫无疑问，这是起拦路强奸杀人案。绳索捆绑，杀人埋尸，手段野蛮而残忍，应当考虑熟人作案。"有利说："这半月光大雨就有三四场，中小雨更是不计其数，现场痕迹破坏殆尽。但从烟棵折断、纽扣脱落来分析，黄烟地应是第一现场，并且有过搏斗过程。"

下午五点多，初查情况汇集上来。大小汀河皆没发现失踪女性，但小汀河有个青年丁寻遇，二十五岁，身高一米七五，游手好闲，长年游荡在外，去年冬天才回来，十多天前突然不见了。排查附近乡村，近期离家女性有三人：刘家墩后程小花，三十七岁，身高约一米六五，与老公吵架外出，半年没有音讯；范家秧沟范雨霖，十九岁，身高一米七，外出月余未归；晒粮台村梨月娟，二十一岁，身高一米七二，外出大约半月余。程小花年龄身高不相符，随即对范雨霖和梨月娟展开调查。

现场延展搜索有了重大收获。埋尸点西约七百米有个水塘，发现打捞出一辆飞鸽自行车。很快查明，范雨霖确实在外打工，只有梨月娟下落不明，年龄身高亦相当。晒粮台距小汀河三十多华里，会是她？小柳立即前往询问其母丁本香。本香态度很冷淡："不是她，我家小妖精是去青岛了。"小柳见她脸有愠色，估计娘儿俩闹过别扭。轻声问："怎敢如此肯定呢？有信捎回来？""她对象在青岛，我不同意，她就给我甩脸子。我让她去帮姥姥掰黄烟，她却偏要上青岛，话没说两句，骑上车子就窜了。真是女大不由娘，可把我给气煞了。"刘蕊赶紧问："骑车去青岛，什么牌，哪天走的？""十六七天了，我刚给买的新飞鸽。至今没见人，不上青岛能上哪儿？"小柳一惊："飞鸽，姥姥家哪儿？""汀河，我妈这两天正在住院呢。"小柳急忙问："哪个汀河？""汀阳镇的小汀河。我一直在医院陪着妈，孩子若去了，她能不和我说吗？"羽荷急忙问："你妈就是丁高氏？""你咋知道的？"刘蕊拿过衣服、耳钉让她辨认，她反复翻看很久："这个倒是一样的，可一样的东西多着呢。她指定没去姥姥家。"火速来到医院，丁本香漫不经心问："妈，月娟那死妮子上过你家吗？"妈说："没吃午饭回去了。"丁本香一屁股坐到地上，脸上瞬间没了血色："亲……亲娘咪，你可不要吓唬我。她……她是哪天去的呀？""十六七天了，不是你让她来帮我掰黄烟的吗？""怎么还真去了呀！"妈说："上午，我正在地里劈黄烟，妮子骑车来到了。快天晌时，帮我挑来家，说要回地骑车子，天晌大歪没回来。我隔墙吆喝小孙子去到地里找，他回来说，人和车子都没见，一准自个儿回家了。"立即拉她到小汀河辨认自行车，大老远地一瞭见，她两腿一软昏倒了。

梨月娟自小常住姥姥家，熟悉程度不亚本村。对象是本镇亮光门，青岛打工没回来。刘蕊等人在小汀河走访调查，刚到一堵墙脚跟，听见两个妇女议论说："月娟这妮子胆子可真大，人长得好看又洋气，大中午的怎敢一人下地呀？这不是没事找事吗！""她姥姥也是老糊涂，白白枉送了孩子的性命。"刘蕊上前了解，她们说："十里八村都说野外不太平，具体怎么回事，俺也说不清。"深入走访调查，发现一个怪现象，方圆十几里的年轻女人，没有敢独自下地走路的，皆笼统统地说，野外似乎不安生，具体有啥事，又没一人说得清。小柳说："案子发在大中午，堰埂视野开阔，开挖这么个大深坑，岂是一刻半会儿完成的？嫌犯胆子再大，也不敢大白天公然开挖吧？挖坑应该在晚上。如若素不相识、相距遥远，有必要晚上再来挖坑掩埋吗？何况铁锨和抓钩，也不是远途携带的工具。如此作案手法，怎么看都不像是新手，难道没有隐积案？无缘无故的，女人怎么就不敢独自下地走路了？背后一定有原因。"有利琢磨说："事先备好尼龙绳，就是为了寻机作案，肯定有前科。汀河与浔北、沂山接壤，汀阳镇又与沂东、沭中相邻，可谓五县交界、情况复杂，工作要县内县外同时展开。"羽荷说："明天我专门跑趟外县去。"此时，响水河报发抢劫杀人案，有利稍事交代，急忙赴现场去了。

　　古语说，狭路相逢勇者胜，此言真不假。没了任何指靠，柳羽荷的胆气也大了。她果断安排说："当务之急，是要查清丁寻遇的活动轨迹，哪天走的去了哪儿？想方设法找照片。深入摸排隐积案，详细厘清现场附近人，查询下落不明人。大兵负责县内，我先跑跑县外。"邻县果然有隐案。二十天前，浔北县沟栏村尚晶花在花生地里薅草，被人拖入沟内掐脖捂嘴强奸，描述作案人年约三十六七岁，身高约有一米七五，微胖，圆脸，白面皮。沟栏村在汀河东北，相距大约十华里。一月前，沂山县小栗树棵子村吉淑敏在地里间玉米，大雨突至，她扛起锄头要回家，堰埂下突然窜出一个人，撕掉她全身衣服，蓝色尼龙绳捆绑双手，拖入堰埂下强奸。描述作案人年约二十五六岁，身高大约一米七六，圆脸，白净，逃走时吹着口哨《北风吹》。此地距汀河七华里，距沟栏大约十六里。沂山县刑警大队正在调查一名嫌犯时军营，三十五岁，身高约一米七四，目前可能在青岛。羽荷说："尚晶花这起，没法确认能否并案。但吉淑敏这起，尼龙绳捆绑、撕掉全身衣服，与此案手法极为相似。距离也不远，理应引起足够的重视。吹着口哨逃走，这点尤为重要。丁寻遇目前啥情况？"大兵说："此人多次调戏女性，有前科，会吹口哨，好吹《北风吹》的前两句。前几年一直在黑龙江省呼尔墨打工，这次来家很少干农活，游手好闲到处逛，经常一连几天不着家。十三天前突然出走，至今未归，父亲说他肯定又去了呼尔墨。家有蓝、白、红三种尼龙绳，铁锨、抓钩一应俱全，抓钩齿距与坑壁印痕完全相符，目前正全力寻找其照片。"小柳说："此人年龄、身高、体态皆与吉淑敏描述相吻合，又会吹口哨，关键是梨月娟遇害后才下落不明，嫌疑非常突出。可以查找他小时候的伙伴和同学，毕业合影也可以。"一语点醒金大兵，他拍额说："我咋没想这一层？中学毕业应该有合照。"第二天，沂山县找到时军营的照片，吉淑敏辨认后断然排除，尚晶花一眼认定就是他。抓获后辨认实人，尚晶花再次确认，吉淑敏却摇头说："不是他，这人明显三十四五，那人顶多二十五六。"小柳说："时军营不会吹口哨，手法捂嘴撕裤，家里也没尼龙绳，咱这起应该不是他。"

这天，刘蕊在大汀河走访调查，妇女主任季月娥说："刚刚听到一个传言，汀阳街三老憨的外孙女今春上让人给绑着糟蹋了，不知是真还是假？"经调查，三老憨名叫丁得贵，女婿是下涧村的苗方田，外孙女苗苗十五岁，刚刚上高一。今年春，她和邻居汤小凤去赶汀阳集，天黑没回家，两家兴师动众地找了两天多。第三天突然传出消息，说原来闹个大乌龙，两人去了同学家。后来又不知从哪儿传出风声来，说两人被劫持捆绑强奸了，此事正是女人不敢单独行动之源头。柳羽荷高度警觉，立即亲来下涧村调查了解。询问支部书记，他关上房门低声说："其实这事吧，是俩孩子半路上被人劫持到北岭果园强奸了，天幸第二天苗可隐送粪起得早，发现两人赤身裸体绑在果树上，差点就给冻煞了。"秘询苗可隐，他坚决不承认。后经反复劝导，方才说出实情："那天三月初一，我早起往东北岭果园送粪，刚到地，发现小凤和苗苗被人光光地绑在果树上，嘴里塞着衣服。我差点吓晕，试试都还有口气，慌忙解开放地上，盖好衣服，一口气跑回村找来老苗和老汤，用被子包着放在粪篓里推回家，幸好没有人撞见。天可怜见的，太惨了。"柳羽荷询问两个孩子在何处？书记说："都在家，正放暑假的。"小柳让他把人偷偷叫过来，分置两室秘密询问。汤小凤气得直咒骂："哪个王八羔子胡乱造谣，编出这等离奇故事，败坏俺姐妹的名声啊？"见她情绪激动，随即先来问苗苗。起初她也不承认，却始终不敢抬起头。刘蕊耐心劝导说："苗苗啊，满世界都传遍了，你咋还掩耳盗铃呢？我们是警察，是专来为你伸张正义、报仇雪恨的，有闲工夫陪你藏猫猫？你俩一失踪，全村皆找疯，若在同学家，能刮这样的大风吗？"苗苗低头说："真在同学家。"羽荷问："谁家呀？""娄燕家。"刘蕊问："家里都有谁？""她父母，不信你们去问问。"小柳轻叹说："娄燕她爸去世三年多，她妈改嫁济南也快两年了，娄燕有没有告诉你，她一直住在姑姑家？"苗苗语塞，不敢再说话。小柳耐心说："苗苗呀，你还是个孩子，横遭不法摧残，内心肯定很痛苦。我和你一样，最不希望重提旧事，往你的伤口上撒盐粒。可你想过吗？你不站出来，作案分子就会继续作恶，继续祸害其他人。他不但一直在作案，而且还残忍疯狂地杀害了一个小姐姐，她妈一天都要昏死好几回，你说景况惨不惨？当时你若报了案，还有这个恶果吗？你已被伤害，怎能任他逍遥法外、继续伤害别人呢？"苗苗哇哇大哭，说出了案件的始末。

原来那天她俩在集上贪玩过了头，回走时已是下午五点多，到达村北岭时，天已上黑影，路沟突然窜出个青年来，一把抓住苗苗。小凤见她挣脱不掉，勇敢地冲上来一脚将他踹倒了。喊："你快跑。"小凤噌噌蹿出十几米，回头一看，苗苗又被那人按倒了。她返身跑回，就去抓挠撕咬，被那人一把抓住，反复挣脱不掉，遂死死抱住他又喊："快点跑，回家叫人来。"哪知苗苗双腿绵软，爬不起来。那人掏出尼龙绳捆住小凤的双手，一手抓着她，一手拖着苗苗来到果园沟内，撕光两人，反绑双手，把苗苗绑在果树上，开始摧残汤小凤。过后，又把小凤绑树上，就要摧残苗苗。汤小凤跺脚大骂："你这个畜生不如的狗东西，她还是个孩子，有本事冲我来，不许伤害她。"他将衣服一把塞进小凤嘴，又把苗苗按倒了。反复折腾一晚上，看看就要天亮，方将两人重新绑在果树上，衣服塞嘴，吹着口哨《北风吹》往北走了。汤小凤康复后见着苗苗，一把抱住痛哭失声："我真该死啊，你才十五岁，为何就不快点跑？你原本可以逃掉的。你若跑掉了，我也得救了，我恨死你了，你知道不知道？你要是敢对外撒一点点风，我就一把掐死你。"听罢苗苗陈述，羽荷和刘蕊泪如雨下：多么勇敢坚强的女孩子！她俩来到小凤跟前，二话没说紧紧抱住："真真了不起。是我们工作没做好，对不起，对不起！"汤小凤也抱紧了她俩，撕心裂肺放声大哭。直到泪水哭干，才掏出一白一蓝两根尼龙绳："这是捆绑我俩的绳子，就等报仇雪恨这天了。"苗苗说："我走姑家时，见过这个人。"此时，金大兵送来丁寻遇的照片，两人辨认说："就是他。"

柳羽荷要亲赴东北追捕丁寻遇，有利见她神情黯淡，有点犹豫："这事吧，你得亲自找齐局。"文滔人虽卧床，身体已无大恙。他早已知悉两起大案，坚持没有过问，是坚信有利、羽荷一定能够拿下来。今天有利来电请示，他话语异常淡定说："该放手时且放手，天高任鸟飞，有啥不放心！"小柳面辞文滔时，心情有点抑郁："首次独立远征，感觉像只断线的风筝，心中特别惘然，说不出哪儿在发慌，大队长没有指示吗？"文滔说："古语说得好，师傅领进门，修行看个人。千里草原，万里林海，正是天高鹰飞时。常听你哼一首歌，叫什么《跟着感觉走》，只要抓住梦的手，坚定自信，就会发现自己所有的坚强跟不同。没指示，放开手脚，马到成功。"

柳羽荷、矫志国、刘蕊一行坐上北去的火车，经过两个昼夜连续颠簸，又换乘汽车倒来倒去，终于到达呼尔墨。当地刑警队派出一个山东回族小伙方正刚，协助侦破此案。一听黑架山金矿距此还有三百多里，需要一路骑马，柳羽荷和刘蕊兴奋不已。矫志国却皱皱眉头说："连骑几天马，保准高兴不起来。"

方正刚牵过四匹马，刚要示范，刘蕊一跃而上，扬鞭驰骋。羽荷要她小心，她却笑靥如花说："我爸早就教过我，放心吧。"小方给小柳、小矫略作示范，四人骑马启程了。先是无边无际的茫茫林海，一天也没能走出来。天黑了，找块平地搭帐篷，吃过自带干粮，取出睡袋准备休息。小方说："夜宿森林主要防野兽，两位女士睡里侧，我和小矫睡外头，轮流值班当护卫。"第二天终于见到大草原，小柳和小刘很愉悦，扬鞭策马，似两朵彩云在绿海里飞翔。第三天又穿越一天密林，终于在晚上到达黑架山黑包沟金矿。

休息一夜，立即展开调查。查遍矿区及周围，没有找到丁寻遇。调查举步维艰时，一名矿工说，有个矿友家是七十里外的山水屯，他姐几天前被人捆绑强奸了。立即飞马来调查，原来受害人在野外干活时，突然窜出一个人，将其按倒扒光衣服，捆绑强奸，辨认照片正是丁寻遇。伐木工人说："此人九天只干了两天活，昨天来干过，今天没见人。"案件发在五天前，说明此人没走远。柳羽荷抬头观望，林海茫茫，无法断定栖身何处。于是，四人扛着伐木工具，进山实地做侦察。小柳敏锐地发现，有片栽着稀稀落落小松树的大洼地，当中有片菜园子，人在此处，周围任选一点，都将一览无余。她决心利用此地挖坑埋雷，设计擒获嫌犯。

第二天接近十点，洼地里出现了一个年轻的女性，粉红色的衣服格外显眼。活没干多久，地埂下嗖地窜出一个人，饿虎一般扑上来，掐脖撕衣，想把人拖拽到田埂下。女性神情自若，转身一个扫堂腿，就把他给撂趴下："丁寻遇，果然送上门来了。"这小子一听叫他名，知道是栽了，爬起来就往密林跑。岂料前边闪电般窜出三匹快马，迎面包抄过来。女性鸣枪说："今天插翅难逃，投降吧。"这小子事先在沟内藏有一辆两轮轻便摩托车，一脚蹬开，狂奔想逃。刘蕊拍马飞驰而上，将他连人带车撞下沟底。他前窜几步，跳入一条湍急的河流，拼命向前游去。刘蕊见状，从马背上飞跃入水，游泳狂追。游着游着，丁寻遇听见后边没了水花声，回头望望，水平波静不见了追人的身影。心中狂喜："让你追！"双脚刚一蹬，却被从下死死地拽住，一下子就被拖到水底里。他拼命挣扎，连喝几口水，很快失去反抗力。刘蕊在水中就势反剪他双手，麻利地捆紧绳索说："尝尝挨捆的滋味吧，丧尽天良的狗东西。"矫志国一个猛子扎过来，前拉后推地把他拖上岸，倒转身子控出来三四斤浑水。

　　转眼秋末冬初，大坊镇报来一起拦路残害妇女案。前杏庄的姚贵娥挎一箢子馒头到后桃庄走娘家，天上黑影没回来。家人去娘家询问，说下午两点就走了。两庄一岭之隔，相距七八里。家人就在必经之路凤凰岭上灯笼火把地到处寻找，首先发现箢子和散落的馒头，然后在沟内找到伤痕累累、奄奄一息的姚贵娥。当晚送医救治，第二天报了案。现场勘查发现沟底有大量攀跐痕迹和血迹，沟沿上放有一块重约一斤的大腿肉。

　　调查证实，姚贵娥于上午走娘家，妈妈留下一半馒头，催促女儿十四时左右离开了。家人找到时，她全身赤裸，昏迷不醒，阴部大量出血，右大腿内侧血肉模糊，缺失一块肉，衣裤放在身边。家人将箢子和十几个馒头拾回家，见裤子上满是血渍，就扔到了村头的水库里。检查发现，乳房咬伤严重，阴部严重撕裂，塞有土块、石块和馒头。因亲属寻找抢救破坏了现场，没发现重要的痕迹物证。姚贵娥虽无生命危险，目前却不能开口说话。

　　勘查完现场，柳羽荷又到医院看望了受害者。见作案分子如此凶残，她横眉立目，嚼穿龈血，坚决要求主侦此案。有利考虑受害人心理创伤严重，女同志更易沟通，遂同意了她的请求。

　　文滔去警察学院干训班授课，再过一周才回来。听过有利的电话汇报，他说："以这种残酷手法折磨受害人，二十七八年没再发生过。目前没法确认案件的具体性质，可先以伤害进行调查。一个农村妇女，能惹多大的矛盾，值得犯罪分子下如此之狠手？倾向作案人是个变态强奸狂。受害人的家庭矛盾，现场附近人员，强奸前科劣迹人员，变态怪异人员，都要第一时间排查清楚。要特别注意近几年有无此类隐积案。小柳应定时探望受害人，注意消除其心理阴影。一旦开口，要言简意赅，一次问清。特别提醒一点，受害人初遇作案人，如何开始对话的，第一印象如何，凶残手段是怎样开始的，这些方面特别重要。"一通电话，有利和小柳茅塞顿开，心里更加亮堂。小柳说："前期工作要做细，后续调查会很难，区大队长千万别催我。"

夜以继日地拉网过筛，获得线索不算少，却没有一条能引爆小柳的兴奋点。姚贵娥的娘家和婆家，查不出任何像样的矛盾。发案这天，风大天冷，访遍周围，没人在附近，更别说目击证人了。手法类同的案子，见所未见，闻所未闻。受害人暂时不能开口，第一手材料无从获得，破案一下子陷入了僵局。这手法咋看都是老黄历，怎么会晴天响雷，突然冒出一起孤立的案件呢？小柳百思莫解，只好暂时收兵，静待姚贵娥伤愈开口。

文滔从济南回来，先悄悄地来到看守所。见周所长已按要求备好监室，调好了人犯，方才来到刑警大队。一见面，小柳万分着急说："大队长，你说二十七八年没有类似案件，难道以前有过吗？"文滔没有正面回应她，只是慢慢说："此案只能温火慢功，心急喝不得热糊豆。"羽荷重任在肩，如何不着急？饭也吃不下，觉也睡不着，睁眼闭眼全是姚贵娥那滴血的大腿。恨不能立时揪出作案分子，碎尸万段。晚饭后，她和刘蕊再次到医院，竟见姚贵娥开口说话了。她的这个兴奋劲，都难找词语形容了。

文滔听取汇报。随着小柳的陈述，发案过程逐渐清晰。姚贵娥下午两点多从娘家回返，翻岭下坡时，迎面遇见一个骑车男人，香色围脖包脸，下车问她："谁的家口哪村的？"姚贵娥心中害怕，说："俺是岭前的，孩他大就要来接俺。"遂加速行走。这人推车跟走二百多米说："让我送你吧。"姚贵娥说："孩他大大就要来，用不着。"那人插下自行车，跑到她身前，脖梗发红，形态腼腆："孩他大大没有来，这不我已来了嘛！"姚贵娥小跑要下岭，他一把逮抱住，就去亲摸。见她拼命挣扎，暴躁火起。一把推倒，抓住右脚脖，倒拖着朝一条深沟跑去。后背磨破了一层油皮，渗出了浓浓的血水。拖到沟底，三把两把撕掉她衣服，跪着快速脱光自个儿，姚贵娥一下子吓傻了。案犯像头野驴，狂呼乱叫，语无伦次，辅用多种手段，实施强奸摧残，疯狂时用刀子剜割她大腿。后来她人事不省，直至昨天才苏醒。小柳说："这是简略过程，情节残忍血腥，询问时，我被泪水多次打断，几乎听不下去了，大队长请看笔录吧。"文滔说："如果仅凭三缸眼泪就把案子给淹破，大家一齐哭得了。这人有多大？""四十七八岁，身体强壮。""身高？""一米七左右，稍显粗胖。""脸型？""只感觉不是长脸，案犯脱光才露脸，受害人惊吓过度说不清。""遇见时，说过的话就是这些吗？""是，初遇感觉挺腼腆，作案就像大疯狼，血腥味越浓越凶狠。""笔录拿给我，大家议议吧。"文滔在认真阅看笔录，小柳则紧盯着他脸色。见齐局时而蹙眉，时而凝目，她的情绪也随之跌宕。好久，他把材料递给有利说："你再琢磨琢磨，我先稍透一口气。"他走到室外，好久方才返回来。坐定后他说："请小柳先谈。"小柳说："这起恶性拦路强奸案，手段离奇，世所罕有。就凭这手法，绝非一蹴而就。本县邻县全查遍，竟没有一起类似案，我怀疑是个流窜大惯犯。"有利说："此案手段暴虐，似乎有变态。这种人，外在表现差异较大，有的很明显，有的很隐秘，只有在特定的条件下才会有表现。他说的'家口'这俩字，倒挺关键的。"文滔说："骑着自行车，即使流窜犯，一般也不会跨越百里吧。何处有'家口'这叫法？"众人说不知。文滔说："有利、小柳陪我去趟现场吧。"来到凤凰岭，文滔认真巡视，一言未发。返回主路时方说道："咱去体验一条线路吧。"慢行来到一个山村，小柳问："这是哪儿？"有利说："沭阳镇的姜家峪。"文滔说："对，下一村是清流涧。"到达清流涧村南，三人从小路步行着往南岭上走过来。小柳特吃惊："大队长为何熟悉这儿呢？"文滔没说话。快到岭顶时，见有人在路西用铁锨翻地，文滔止步问："请问你是哪村的？"那人挂着铁锨，双手扣住锨把顶、托着下颌说："姜家峪的，你是哪儿的家口啊？"闻听此言，有利瞪起眼，小柳张大嘴。文滔说："我是清流涧的，前些日有人遇见姜小义，他是何时出狱的，平时都在干啥呀？"那人说："去年才出来，在枫山铁矿下坑道。"三人上到岭顶，前面是条长深沟，傍沟沿是条弯弯曲曲的小路。文滔站定说："六七十年代农业学大寨，大兴农田基本建设，战山河、搞冬整、修梯田，保留原始风貌的地方极其罕见，幸好此岭除树木生长，差不多还是二十七年前的老样子。"小柳着急说："大队长，听见'家口'二字，我已心跳加速；又问姜小义何时出狱，心早提到嗓子眼上。凤凰岭——姜家峪——清流涧，到底啥关联？二十七年前，姜小义在此做过啥？"

"说来话长，此岭见证过一起血腥惨案。1967年春，清流涧有个十二岁女孩走姥姥家，爬坡来到咱站这地方，遇到一个二十来岁的青年问她话：'哪村谁的家口啊？'陪着往南走了三百多米，就是那棵槐树前，一把推倒女孩，拖到这条深沟蹂躏奸淫达三四个小时。家人找到时，女孩高度昏迷，胸部咬伤严重，下身严重撕裂，充满土块和石块，血流满地，异常惨烈。"

"那时治安股负责案件侦破，冯老股长带队前来，反复勘查确认作案人就在姜家峪等几个村庄里。女孩特别伶俐，描述作案人年约二十岁，身高一米七，红面皮、圆脸型，说话脸发红。初看斯文腼腆，像个大姑娘，作案时却凶狠异常。一只手抓着女孩脚倒拖飞跑一里多，拖到那片树林沟底，扒光女孩，脱光自己，像头豺狼野兽。破案组蹲案长达一年多，摸排一遍又一遍，嫌疑人排除了几十个，就是没能破了案。当时"文化大革命"混乱期，公安实行军管，人武部掌控领导权。调查过于脸谱化。只要贫下中农老实本分，初查全部排除；只有地富反坏右和一看就奸诈无比的，才会纳入视线。"

"姜家峪有个姜小义，二十岁，身高体貌和女孩说的完全相符。但他根正苗红，为人忠厚腼腆，特别见到姑娘就脸红，村和公社两级筛查认为他完全值得信赖。冯股长几次审视，觉得放心不下，偷偷找公社书记作分析，书记特别激动说：'这孩子八辈祖宗贫下中农，疤麻没一点。就是所有人犯罪，他也绝无可能吧？怪不得你们破不了案，公然怀疑贫下中农，怀疑革命群众，犯了根本性的路线错误。'冯股长说：要重视成分论，又不唯成分论。强奸犯罪和成分高低能有啥关系？'武装部刘部长将冯股长一顿臭骂：'同志们，作案分子如此丧心病狂，肯定是个极端仇恨共产党，仇视社会主义的反革命大坏蛋，怎能轻易怀疑革命群众呀！'此人只得被放下。"

"转年春，冯股长到清流涧三队参加劳动，一个十五六岁的半大小子满头大汗，形态很像姜小义。他顺口夸奖说：'小家伙真能干，老实得就和姜小义似的。'队长摇头笑着说：'冯股长是说姜家峪的姜小义？他要老实了，天底下还有谁不老实啊？冯股长，你见过几条咬人狗是狂吠乱叫的？'冯股长心里总是压着这案子，觉得把强奸作案与革命群众硬挂钩，的确太牵强。队长这话一下戳到他敏感的神经上。线索送上门，岂可轻放过？他笑了笑：'姜小义确实很腼腆，见到女人就脸红，只知埋头干活，从不多说一句话，确实很老实。'队长说：'脸红就老实？把表姐的奶头差点给咬掉，也算老实吗？'冯股长急问咋回事。队长说：'他表姐前年嫁到我村，当晚，男人发现她胸脯上有伤疤，怎么看都是人咬的。男人暴跳如雷，逼她交出奸夫。她被打急了，才说走舅家晚上正睡觉，表弟姜小义摸进被窝发癫疯，嘴唇被咬破，奶头差点被咬掉，下身严重受伤，姜小义也差点被他父亲给揍死。'冯老股长听了，心中暗暗诧异，面上却仍然若无其事：'男孩子小时候哪个不顽皮？长大不就好了嘛！'队长冷笑：'小时候？他当时已是十八岁的壮劳力。我十七结婚，十八岁儿子都有了。天知对他表姐做了啥。'这消息让冯股长一惊又一振，蹲案一年多，总是怀疑他，没想到破案转机竟然在今天。"

"冯老股长想了想，既然明察不行，那就暗调吧。只要确认是他，还惧什么政治大原则！中午，他独自来到女孩家，做了一番安排。晚上，他找姜家峪一队队长说：'今年春脖子短，得抓紧赶趟子抢抓农时。东南岭那块平沙窝干透气了，你他娘的眼瞎啊？明天先往那儿送粪，那个大崖头虽然高点陡了点，但为省劳力，不许配识字班拉车子，全部放单拱，要发扬敢打敢拼的革命精神嘛。明早八点准时装车子出发，没我批准，青壮劳力若少一个，就敲碎你这缺毛头。谁敢磨洋工，我就收拾谁。'公安局冯股长的话，队长哪儿敢打折扣？早上装粪时，他就大声吆喝：'全砸满，冯股长亲自监工，谁也别触这霉头，否则扒了他的皮。'八点钟，青壮劳力每人一辆小推车，两篓子猪粪冒尖满，放单往东南岭来拱大崖头。这个坡有三十多度、一里多长，沿路早已开好了脚窝。上坡时，得不停地扭转着身子，一步步地踩住脚窝，艰难地往上拱。一不小心倒回来，极易车毁人伤。好不容易上到坡顶，个个大汗淋漓，气喘不止。迎面遇到冯股长，他破口大骂：'你他妈的什么狗屁队长啊，有这样使用劳力的？崖头这么高陡，也不配人拉车子，是不是要成心累死大家伙？全他妈的放下车子，学会儿毛主席语录，顺便擦汗歇一歇。'队长赶紧放下车袢，一屁股坐在地上说：'听冯股长的，快坐下。'冯股长掏出语录本，未及开言，只见一个二十来岁的姑娘骑车载着一个十三四岁的女孩过来了。一见冯股长，下车惊问：'冯大爷，你咋在这儿？'冯股长打着哈哈：'这不是驻点包村吗？看这俩孩子骑车热的，这是要上哪，快找地坐下歇会儿吧。'姐姐说：'好，就听冯大爷的，歇一会儿。'妹妹拿眼四处踅摸。姜小义正用布巾擦汗，苇笠放在地上。一眼看见女孩，立马脸色通红，戴上苇笠遮住了脸。看不到脸面，女孩岂不白来了？冯股长旋即来到他身边，一把掀起苇笠说：'你看姜小义，老大不小的还没找媳妇吧？怎么见了女人还脸红。起来，让这姐妹俩好好看看。侄女我可告诉你，这小伙子根正苗红，有合适的姑娘给打听着，嫁过来保准有福享。'说完提溜着他的脖领转了好几圈。女孩泪如雨下，哇哇大哭，情绪失控，从地上抓块石头就朝姜小义的身上砸，边冲边哭喊：'你这个王八蛋，扒了皮我也认得你骨头。'队长一听，姜小义就是强奸犯，大喊道：'快把这个反革命撂倒了。'社员们蜂拥而上，七手八脚地将姜小义摁住。姜小义被以反革命强奸罪判刑二十九年六个月。"

听完文滔的讲述，小柳兴奋不已："手法何其类似，时间何其久远！""是啊，生生跨越了二十七年，要不咋说陈年旧案嘛！那年我七岁，你还没出生。刚才我的回忆中没有涉及深度隐私。先不说血腥残酷如出一辙，单看其中的倒拖、拍打、撕咬、土坷垃石块等手法，就像一个模子吧？"小柳说："世上竟有如此的雷同案，侦办人员还有健在吗？""那时都是老同志，已经很难找到了，幸好冯股长生前专门跟我说起过。"小柳说："那没问题，可去法院查案卷。"文滔说："柳副大队长太过天真了，当时政法机关很混乱，沭阳公社曾划归过沭水县，几番周折，案卷早已无处可寻。"有利说："案卷倒在其次，虽然时间跨度大，但关键细节太一致。还有这年龄、身高、体态特征，相同点实在太多了。况且自姜小义入狱后，再也没有这类案件，去年才出狱，今年就发案，他又正好四十七岁，恰恰又在枫山铁矿，凤凰岭是他来回的必经之地，哪儿有这许多的偶然和巧合？"

"大队长现场重溯此案，就是提示两案的关联性和特殊作案手法吧？时间可以带走岁月，却带不走人的固有习性。枫山铁矿到凤凰岭再到姜家峪，这条路线太顺了，我马上组织调查去。"

第三十七回　活猪自怕沸水烫　高墙内外唱双簧

柳羽荷的动作很快，一天查清了基本情况。姜小义去年减刑出狱，随父母居住于老家。今年初，父母相继去世。五月末，到枫山铁矿下井挖料石，骑车二十分钟即可到达凤凰岭。案发这天，午后一点离开单位，第二天早上，姜家峪有人见过他，第三天下午返回铁矿上班。此人有时间、有前科又途经了现场，突出显示嫌疑重大。一个月前曾盗窃了铁矿的一个齿轮，价值二百余元。柳羽荷决定正面接触，投石问路。

姜小义被依法拘传。有利、东升、羽荷静静地审视他：圆脸，微胖，羞羞答答，脸色发红，的确像个娘们儿样。要不是二十七年前的那桩旧案，谁能想象他竟有极度疯狂的另一面。此姜小义确非彼姜小义，那时年轻，一心争取宽大，公安未及开审，他已竹筒倒豆子全部交代。此时人到中年，又经监狱多年磨炼，自是老到了不少。今天面对公安人员的冷峻审视，他坦然镇静，面无表情。有利先发问："姜小义，知道为啥找你吧？"他低头说："知道，偷了个齿轮，我认罪。""偷齿轮，派出所、保卫科都不稀办，还需刑警出马吗？要想人不知，除非己莫为。自认天衣无缝，实则漏洞百出。做下了什么事自己不清楚？""除了这，我什么坏事也没做。""11月21号请假干啥了？"一听此问，姜小义心中暗自惊叹：这些公安真厉害，这么快就找到我头上。哼，还以为二十六年前，我绝对不会再上当。他歪头想了想："11

月21，没啥事情吧。心里烦躁，不想干活，请假回家歇几天。反正一人吃饱，全家不饿，蹬上车子回了家。"小柳有点动怒："走的哪儿啊？"姜小义说："顺着东西公路，到县城拐上沭阳镇的大道。路上没见人，进村人没见；窝家没出门，然后上班了。"未问先答，简短麻利，间接印证了强奸案就是他干的。心理准备充分，途经此地了，却没见着人，坚决彻底封了口。人说不撞南墙不回头，即使头破血流，他也不会回头的。拿不住命门，想要他交代，绝对没可能。小柳当即中止了讯问。

姚贵娥隔窗辨认："身高体态都很像，当时人吓傻了，真的认不准。"羽荷倒是自信满满："虽没得到理想的口供，却有了最大的认知收获：案子一准他作的。受害者说他人很像，更加确认了这一点。他如此蔑视一切，若没点干货摆出来，岂肯轻易就投降？不用再审了，另寻他辙吧。"有利说："监狱哪儿有白蹲的？何况二十多年呐！此案口供太重要，还是得想法让他开金口。"东升说："死猪不怕开水烫，想要他交代，难于上青天。"小柳说："只要功夫深，铁杵磨成针。死猪自不怕沸水，难道活猪也不怕？区大队长，咱就死马权当活马医，放手一搏行不行？"

有利和小柳来前来汇报。未及开言，文滔却先说话了："同意。但要计划周密，一举成功。"小柳再次吃惊，小脑袋一偏说："大队长你要同意啥？山穷水尽已无路，靦着老脸来求教，赶快支个小招吧。"文滔说："凭你这点小狡黠，也想瞒过我这慧眼啊？"小柳说："真令人纳闷，大队长是我肚里的蛔虫吗？"文滔敛容说："同意收审姜小义。至于下一个，甭管提报谁，我都眯着眼睛给签字。""大队长如若亲自上阵，更会万无一失。"文滔掷笔抬头说："有利你看看，柳无敌虽是小女子，却绝不愧咱老齐的红颜之知己。理由早已想好：老齐去省培训，有利兼任所长。你若把文局磨下来，立马给你记大功。'收审我'，得文局亲自去找市局宋局长签字呢。"小柳听了，摇头就像拨浪鼓："算了吧，羽荷徒有虚名，自知难敌大队长，还是知难而退吧。大队长对付我们不费吹灰之力，但若与狼共舞，只身对付牢头狱霸，谁放心我也不放心。您既成竹在胸，我还有啥可担忧啊？"文滔说："有利你作证，我有说啥吗？至于怎么办，我绝对不过问。我只拭目以待，看你柳神枪到底是不是柳无敌！"小柳的话语掷地有声："有您这句话，我除了坚决打赢，还有第二选择吗？"

浔水县看守所5号监室关了八个寻衅滋事、打架斗殴的嫌犯。其中张老六是斧头帮的小头目，进此号后旧病复发，作威作福当起牢头狱霸。看守巡视，老老实实；脱离监控，即时称王。凡进新人，必得经他一顿拳脚。姜小义一进来，见人脸红，像个娘们儿，张老六觉得特不顺眼。盘腿问他："犯的啥事啊？"姜小义心想，你不过也是一犯人，凭啥我要搭理你？张老六见来个不懂事儿的，二话没说就一拳，姜小义的鼻子立时滴出淋漓的鲜血。刚想叫喊，人犯一拥而上，一阵拳打脚踢。挨了这顿揍，姜小义方才老实了。老六又问，他才说偷了点东西。这个张老六，自认打人豪气，偷盗小人。他说："大男人生来行侠仗义，偷鸡摸狗下九流，那是男人能干的？打死这个下作熊玩意，往死里打。"又是一顿拳打脚踢，直打得他鼻青脸又肿。被打急，他才蹦出一句话："我是搞过娘们儿的。"老六说："放开，这小子原来有点种，说来我听听。""二十七年前，我搞过一个小丫头。"老六大笑："他娘的，怎么不说二百七十年前啊？那是你老老爷爷吧。陈芝麻烂谷子，爷爷还吃奶没长毛，再给我打。"于是又打一顿。从此，姜小义饭只能吃残汤剩汁，睡只能闻别人的臭脚，大气儿不敢出一声。

过一天，监室新进一个人，年龄三十多岁，体态中等，身体干练。个头不大派头倒不小，进门一腔坐到铺上首，旁若无人，傲慢非常。老六说："知道规矩吧？那是我的地。"此人眼皮眨没眨："你叫啊，看它答应不。"张老六久处江湖，见此人如此蛮横，拿捏不准功夫如何，不敢轻易招惹。下午三点半，牢饭送进来，这人没来时，老六不发话，没人敢动手。今天这人却一把提过饭桶，大模大样吃起来。老六一看，这还了得？蹲号子的最高权威是吃饭，这要让他给夺去，我还算是老大吗？此时何能再容忍，他一声号令："娘那球，还不动手待何时，揍翻他。"除了姜小义，其他人蜂拥而上。新人一个鲤鱼打挺，跃起一米多，飞起鸳鸯脚，跃升时踢倒两个，下落时踢倒两个，左右开弓出双拳，又击倒了俩。眨眼只剩张老六，他瞬时惊呆。见新人招手，只得硬着头皮打过来。哪料想，拳没到，却早挨一个窝心脚，四仰八叉倒下了。新人一把提溜过，他赶紧磕头叫爷爷，其他人则躺在地上哎哟哎哟乱叫唤。新人断喝："再敢叫，惹得老子性起，每人再吃三拳。"这群人赶紧爬起跪好。新人手指姜小义："就你识点相，赏你站着吧。"怒骂张老六："你他妈是谁？敢找老子荏！"老六连叩九头说："小人张老六，狗眼不识泰山，从此拜服膝下，鞍前马后伺候您。""也不打听打听，我，小李飞，号称无敌鸳鸯腿。少林寺练过，打遍浔水无敌手。就凭你们这点毛毛雨，也敢在老子头上淋雨水？你老六在浔水或许有点小名头，可在我眼里，就是一泡臭狗屎，也敢跟我来这手？"一听此人是无敌小李，全吓得不敢抬头了。5号监室改换门庭，李飞成为新霸主。

　　一天，李飞逐个询问因何而进，有的说打人，有的说强奸。他说："好，男人应有英雄气概。凡是打人狠、搞娘们儿多的先吃饭，窝囊废只能排后边。"见姜小义蜷缩在屋角，就问他："假娘们儿，你是怎么进来的？"老六代答："这小子最没种，偷东西了。"李飞大怒："日娘球，什么破本事，不抢还去偷？没血性的熊玩意，让他最后吃。"飞起一脚，姜小义又立时一个仰八叉。轮到他时，又只剩汤汤水水了。过一天，老六讨好说："师傅，说说你的英雄壮举吧，我们也好学着点。"李飞冷笑："让你学了去，岂不抢我风头吗？"老六点头哈腰："您老的风头谁敢起意谁敢抢？找死啊！"李飞似乎高兴了："那好吧，就给你们说一说。浔水有个赛西施，知道吧？老子专为她来的。一连守了好几天，终于守到她独自上后山，我他娘的魂都要飞了，世上真有如此标致的好女人。我追上去一把抱进松树林，这不就简简单单地进来了？"老六遗憾摇头："师傅你说你，就凭你这身本事，为啥不快跑？"李飞立眼大骂："你咋就知跑？敢做不敢当，那还算爷们！进来蹲几天，咱他娘的死活不承认，条子他能怎么的？我把丑话说前头，咱是一个号子，就是过命的兄弟，谁敢偷打小报告，我先弄死他。"

　　姜小义因为盗窃，天天不受待见。一天李飞被提审，张老六又趁机称霸了一回。李飞回到监室，遍体鳞伤，胆气愈壮。众人赶忙来伺候，他却不以为然："这群饭桶条子，想掏我的口供，有门吗？吃点皮肉之苦没啥大不了，丢人当孬种那是我李飞？"突见姜小义遍身青紫，问是怎么了。老六说：

"他不老实，我代你教训了一小下。"

"妈了球，何时你能代表我？恃强凌弱的狗东西。"李飞怒睁环眼，一脚把老六踹到墙角。此时正好送饭来，遂说姜小义："今天你无辜受欺负，我给争个公道，你陪我先吃，他们全都瞪眼看。"姜小义终于吃了顿饱饭，对李飞自是感恩有加。见他伤痕累累，心也终于放下了：若非铮铮铁骨汉，公安缘何下此狠毒手！

有天众人一起海嗙，老六说："姜小义指定是个二鸭货，咱给他来个狗顶裤，看看是不是真男人。"一伙人按住就扒他裤子。一人突然惊叫："老天爷，谁说二鸭货？比我的都大老多呢。"姜小义激烈抗争，血气上涌，遍身发热，一时进入癫狂状态，豪气冲天说："我是二鸭货？你们算个球。前几天，我在大坊北边凤凰岭上拦住个娘们儿，一干就是大半天，割下她一块大腿肉，你们能行吗？"老六鼻子孔里哼几声："尽瞎吹，就你这熊样，见了女人腿肚子早转三圈了，还敢动刀割大腿，拉倒吧。""也就你们小瞧我。我十八岁时，爬过表姐的床，几乎折腾一晚上；第二年又在岭上截住个丫头，从中午干到天大黑，让条子弄进去蹲了二十五六年。前几天实在熬不住，找到凤凰岭遇见个小娘们儿，让我拖到沟底给办了。"

李飞观察一会说："我真还听说这事了，场面那是相当地壮烈。别怪大家不相信，就你这娘娘们们的熊样子，能逞这样的威风吗？"众人说："吹牛不上税，指定是听别人说道的。就他这种肚囊皮，若能做出这种事，黑泥鳅也变成了白银鱼。"李飞围他转几圈："不像不像，虽说人不可貌相，可你离这种豪杰气概相差也太远太远了。你说详细点，我能分辨真和假。"姜小义绘声绘色地讲完，不无得意说："不信是不是？那我没办法。我一上火就抓狂，这要在外头，我拿刀子你们看，看到血保管全信了，就藏在姜大兴家屋后的草垛里。"李飞说："这事吧，我在外边听得多，他若没去做，还真说不了这么细。我看姜小义是个敢干大事的好兄弟，以后别再为难他。"刘二听上瘾了，着急问："你怎弄恁长时间的？"姜小义说："我一激动就血气上涌，就会上火发疯，全身热得像火炭，脱得光净才爽快，咬得人惨叫流血，才会更抓狂，越抓狂就会越发疯有劲。"

第二天，李飞被提审；不一会儿，姜小义也被叫号提审。提审前，他心中尚且暗自盘算。来到审讯室，两眼瞬间直愣了：原来抓他的女公安和李飞并排坐在审讯台上。柳羽荷慢声细语说："姜小义，还有啥本事，全都使出来吧。"李飞何许人，就是刚刚提任预审科副科长的邱前程。这师哥师妹俩，合唱了一出双簧大戏。

第三十八回　奇案惊天倒春寒　杀猪宰牛比异常

转眼春节到，倏忽惊蛰过。光阴流转，浔水迎来了1995年的春天。本已阳光明媚，谁料一场倒春大寒潮铺天盖地，一夜冰封河塞。春光虽好，难敌西风凛冽，气温骤降到零下十多度，比三九天里还要冷。新春伊始，柳羽荷开始筹备婚事。文滔、有利都有指示：警花出嫁，浔水刑警头一回。除非特殊紧急，不再让她上案子。面对战友的深情厚谊，实实盛情难却。洞房花烛，乃人生最大之喜事，她也不想草率从事。一有闲暇，自然很乐意陪同海平购置结婚用品去。

一天，文滔刚要吃晚饭，电话骤响，只听有利急促说："厉山镇后小寨可能发生碎尸案，我前车先走，你随后车吧。"他放下碗筷，火速登车，到达时已经大黑天。有利说："浔水首次发生这类案件，市局肯定要来，省厅可能也要来。须先确认杀人碎尸是否属实，保护现场，等待指示。"

询问得知，户主李薄氏，八十三岁，独居。历经四次婚姻嫁给后小寨李大全为妻，丈夫去世数十年。小女家住本行政村的自然村落樱桃沟。昨天十七点过来看望母亲，见院门大开，堂屋上锁，人却不见。她找到十九点没找到，闭上大门回家了。今天十七点又来，见大门半掩，堂屋仍然锁着，东扇门却挼开了一道缝，仍未找见母亲。邻居于二婶说："昨儿天晌歪，你妈站在大门口咪，说要做饭吃，今儿一天没见着。"女儿慌了，扒着门缝往里看，好像是谁杀只小羊扔里边。找来邻居刘强手灯一照，吓得他掉头就跑了："了不得，大奶奶让人给杀了。"侦查员找其了解，他说隐约看到一堆肉和一只手。有利戴上薄膜鞋套，沿墙根大步跨转到屋门，手电照着确认杀人无疑后，方才轻轻退出来。情况立即上报市局和省厅，省厅传来指示：明天来人勘验。

文滔说："省厅来到得是明天下午了，调查工作不能等，若错失良机，徒增破案难度。"有利说："得立即把第一手人证材料拿下来，若时过境迁，更不好办。"文滔说："你看这些层面，今晚是否做起来：调查子女和亲近人，了解李薄氏的生活起居规律；调查确定最后见到李薄氏的人和时间；摸排十公里内呆傻和精神不正常的人，确定五天的活动时间；本村及周围杀牛、杀猪、杀狗的；迷信巫蛊术及邪教会道门；表现怪异、行为另类的；乡间野医生；进出本村和李薄氏家的；李薄氏前三次婚姻状况；李家子女矛盾情况。今晚一定要明确谁是最后的目击者，便于结合尸检确定死亡时间。"有利说："好，我马上去安排。"

李薄氏被杀的消息不翼而飞，后小寨和附近村庄顿时笼罩在恐怖之中。谣言倾刻传遍：李薄氏被妖怪斩头扒皮，李薄氏被魔鬼吃得只剩骨头。太阳没落山，街面已死寂。家家关门闭户，没有一人敢外出。

第二天早八点，市局宋局长和召成化副局长、刘心武支队长等到达现场，文局长亦早赶来了。省厅回话，刑侦总队正在集合。宋局长焦急看表说："路再顺，赶到也得十七点，案情火急，坐等一天怎么行？先行勘验吧，拿不准的封存保护。"技术员小心探路，粉笔标示，有条不紊地勘查起来。现场显示：李薄氏皮肤无存，头、手、脚、内脏分五处散放在躯干周围，右大腿里侧缺损一块肉，约三斤，属剥离皮肤后剐割。室内即是杀人和碎尸的现场。

文滔注重院落勘查。他趴在地上，仔细搜视，时而用放大镜反复察看。地面有自行车轮胎印和支脚印，伴有洁净的细白沙。他出门西行三百米，见是一条百米宽的河，过河即是山窝村。流水清澈，河沙洁白，河边和背阴处结有厚厚的残冰。见几个媳妇蹲在水边洗衣裳，近前问道："各位大婶大嫂，前天这儿冷不冷？""这种青皮天气，实在冷得很，除了河当中的急流子，都上了厚厚的大冻冻。"

"昨儿白天怎么样？""冷，只有大中午的太阳晒着，还是化冻的。这样的倒春寒几十年没一回，可真冻死个人咪。"此时恰好有人骑车西行，文滔问："哪村的？过河可以不下车子吗？"那人说："山窝的，河底硬石硪，水又浅，骑车可以不下车。"一会儿，西边又来一个骑车人，溅着水波骑过来。文滔问是哪村的，他很客气说："后小寨。"

文滔摸摸他的车圈，取下一些细湿沙："这条路平时走人很多吗？"

"不老少，这是山窝通往俺村的主道，来往大都走这儿。""别村也有走的吗？""没有，就是山窝、樱桃沟。"文滔借过车来，骑上涉水而过，在山窝村里转观一圈，然后涉水骑回来。出水有十多米的软沙地，轮陷其中，蹬车比较吃力。停下后，见车圈又粘上不少细湿沙。回村后，文滔骑上摩托，将周围道路、河流详勘了一遍。

刚过十七点，省厅人马到达，立即挑灯夜战，投入勘查检验，

翌日凌晨两点才结束。省厅刑侦处王副处长主持案情分析会，他说："时间紧迫，仅就现场、尸检作个分析，以供破案参考。杀人和碎尸现场位于堂屋里，掐脖窒息致死，死后喉结刺过一刀。先肢解头颅和手脚，后剥离皮肤，取出内脏。躯干完整，右大腿缺失尸肉三斤多。除皮肤和腿肉，其余皆比较规则地分布于现场。杀人者熟知人体结构，倾向具有医学知识。剥离皮肤技巧娴熟，至少有两件碎尸刀具。实施过程不少于仨小时。胃内容是大米、白菜，饭后约九十分钟死亡。一人作案，年轻力壮，似为仇杀。剁下手、脚、头，剥离皮肤，掏出内脏，割走腿肉，带走皮肤，应属泄愤之举。"拿出意见后，省厅领导匆忙返回。

此时已是凌晨四点多，见文滔沉思不语，宋局点名说："听过省厅的分析，有些感觉吧？"文滔说："何需来问我？你瞪着大眼不表态，却是为何呀！我先请示好，召副局长和刘支队长是分析完就撤，还是坐镇指挥啊？""有你在，他俩还能刷出碗儿来？咱不搞那些片儿汤，案子就全权交给你们了。"宋局为何这样说，原来成化和心武都是文滔的老部下。滨海初

设地级市，成化的父亲调任滨海市委副书记，他也随之调过去。临走时，县里将档案职务从股级填为正科级，一举变成了顶头上司，不久升任市局副局长。

有利汇报说："经调查，于氏是最后的见证人，看见李薄氏是3月15日下午两点左右。李薄氏每天两顿饭，上午约九点，下午约两点，比较有规律。尸检认定饭后约九十分钟内死亡，推断应为下午三点半至四点之间，哪天有待调查分析。排查矛盾面，尚无重大发现。仇杀八十多岁的老妇人，似乎极不正常。排查出的人员，今天未及甄别，有待继续工作。"

宋局长看看文滔："说说吧。"文滔说："想法很简单，依据现场实际，面对农村现状，不要自我制造复杂，见招拆招吧。"成化说："老队长别兜圈子，放啥招，怎么查，全挖干的吧，宋局长也累一天了。"文滔说："我先谈点初步的看法，各位再来深细的，如何？先说何时杀人，就是3月15日下午的三点三十分至四点。为啥？于氏下午两点见过她，女儿下午五点见大门开着，堂屋上锁，晚七点左右才离开。一个八十多岁的农村老太，白天活动就受限，天黑怎会溜门子？村民证实，平时她多在家门口，范围不超五十米，下午从来不出去。屋上锁，人不见，能去哪儿？只有一个可能：屋子里。女儿呼叫没动静，说明人已遇害了，嫌犯已经锁门离开。"

"剥离皮肤、肢解尸体，应是或者持续到16日。为何？老人家里没有电，只有一个自制的小瓶煤油灯。屋没后窗，前边是很小的木格窗，糊了厚厚的牛皮纸，白天屋里黑咕隆咚，更别说十六点后或者晚上了。杀人后到女儿来，只有一个多小时，无论如何完成不了肢解全过程。没有丝毫皮肤残留，不论技术多高超，若没充足的亮光，仅靠煤油灯或手电筒是完成不了的，当晚做完皮肤剥离根本不可能。第二天下午五点女儿又过来，堂屋仍然上锁，东门扇却是操开的，又没找到母亲，这才发现人被害，足以说明作案人再次进过此现场。15日下午五点前离开，16日下午五点前又来，要干啥？就是实施或继续完成剥皮取肉的。院内痕迹也能印证这一点。地面留有自行车轮胎印和支脚印，还有一些细白沙，说明作案人骑车涉水过了一条河，细白沙是从车圈上掉下来的。怎样才能形成现场之状态？只有一个可能，自行车过河沾上湿沙，天冷被冻住，太阳一晒化冻掉下来的。15日全天气温零下十多摄氏度，车圈沾沙即上冻，绝无化冻之可能；若要晒化掉下来，只有16日中午才可以。说明作案人第二天很早就骑车来到了，而且待到中午后。所以，完成肢解和皮肤分离应是16日。"大家展开讨论，觉得分析依据现场，严丝合缝，无懈可击，一致同意。

"案犯两天两进现场，而且骑车涉水过了一条河。两进现场，说明远不了，涉水更是特定的条件。过得哪条河，就是村西的黑龙河。此河沙质细白，与周边的河流截然不同。我骑车涉水做试验，车圈必沾细湿沙，晒干比对和现场细沙相类合。河西是山窝和樱桃沟，这俩村庄是重点。山窝村到后小寨，涉水过河是主道，此村更属重中之重。"宋局长和大家对着地图比画讨论，提出多种假设，又被逐一否定，再也找不出第二可能，皆一致同意。

"何人作案，动机何在，这是关键之关键。碎尸案的根本动机和目的，要么切齿痛根千刀万剐，要么藏匿尸体销毁罪证，导致无法辨认或制造失踪之假象。仇恨之极，多是挥刀乱砍。这案件费了九牛二虎之力，才慢条斯理、按部就班地完成了碎尸这道漫长的工序，符合仇杀、奸杀、劫杀逻辑吗？按照部位切割，分别有序放置，只拿走整张皮肤，割走一块尸肉，符合碎尸案的基本特征吗？简直太过奇怪吧！何况头天杀人，第二天碎尸！剥走皮肤，割走腿肉，到底是何动机啊？16日，作案人整个白天几乎都在死者家，就不怕有人撞过来？懂点医学常识的，肯定会操作；见过杀猪宰牛的，照样全程都能做，因为没有多么高的科技内含量。这些足以说明，此案极度不正常。我的第一感觉，作案者是呆傻或者精神失常的异类人。大家来看这道工序：掐脖、捅刀、剁头、剁手脚，剥皮、开膛、取内脏，割肉、捎走皮子。这一溜操作串起来，是不是杀猪、杀羊、杀牛卖肉的全过程？作案人会不会把被害人当成可食肉类了，否则如何解释通？"

召副局长说："这起碎尸案确实违反常规，许多东西让人百思莫解。我也觉得如此大费周章的目的只一个：取肉。但取肉意欲何为，我是真没分析透。"宋局长说："人物的刻画分析很复杂，工作初始要多加考虑，把所有嫌疑包进去，边调查边缩小侦查圈子。文滔对侦破此案是如何思考的？"文滔说："我想在全面铺开的同时，突出重点，先把山窝村、樱桃沟的呆傻、精神病人查清楚，应当很快见眉目。"宋局长说："有了作案时间和范围，结合作案手法，呆傻憨子、精神病人当然是重点，可以先去这么做。能认定，案件即告破；若否了，咱再继续做调查。我看这个见招拆招还可以，关键是要全面精确和细致。"

早饭后，有利给各组安排任务："工作要深入，不能出纰漏。"文滔强调说："这个碎尸案，严格意义上只能算作肢解案。手法怪异，违反常规，说明人也不正常。侦破此案，要以不变应万变，不能按照常理出牌。作案人虽然另类，但却绝非什么高智商。切莫这也不可那也不行，只要人异常，一切皆有之可能。这人住山窝，最大可能住村北，凡是精神病人、呆傻人员，必须逐个查明白。要进家，要见人。家中的盛具物品，特别是锅、碗、瓢、盘、盆、缸等器皿，要逐件查验。如若发现肉食，要追根溯源，理清顺明。侦查此案，要的就是认识到位，作风细致。切莫主观臆断，隔靴搔痒，捋拉两下应付公事。我先把话撂在这儿，谁不负责出了纰漏，谁就立马卷铺盖走人。"

原司法局副局长解长松，交流任公安局正局级侦查员，带队到山窝开展工作。有利特别交代，首先要把不正常的人彻底搞明白。文滔在村委调度指挥，累了就躺在连椅上闭目思考，期盼山窝早传捷报。上午没消息，下午仍然没有，他感觉极不正常了。

天刚黑，老解带人回来，个个无精打采。文滔迎门百米问："村里没有此类人？"老解说："有夫妻俩，男的朱三臭，痴呆型精神病人。他家老人前年从四川给他买来个媳妇，也是重度呆傻。今天两人都在家，家徒四壁，器皿空空，穷得叮当响，完全可以否定。""家住何方位？""村北。""没有自行车？""有，也会骑。""家里仔细查看过？""里里外外全看遍，啥也没有。""缸盆锅碗全看了？""全部认真搜看，没见丝毫异常。"文滔仍然不放心："村里另有这类人？""没有，一个也没了。""老解，感觉否得扎实吗？""小齐副局长，作案分子绝对高智商，不是呆傻精神病人能做的。似这样纯是白费工夫。"文滔摇头说："老解啊，作案分子不正常，确实是我的主导意见。作为指挥员，可以临场发挥，但不能擅自更改总决策。作案人就是山窝的，朱三臭既呆傻又患精神病，住村北、会骑车，太符合这个条件了。你是听的汇报，还是亲临验看的？""我亲自到家验看的。"文滔仍频摇头说："朱三臭的活动轨迹必须要清楚，明天还要加大力度。老解啊，这是浔水亘古第一案，干系重大，任何人不敢开玩笑。今天若有偏遗，明天必须补齐。否则，我说过的话，就是泼出去的水。有利安排一组，专查后小寨有无见过朱三臭。"

文滔的心情极不平静：山窝村唯一的痴呆精神病人被否得如此干脆利落，案子八成要黄了。问题到底出在哪？是分析错了还是查漏了？他转头问有利，他十分坦然说："老解太自负，此话不可深信。小矫说，朱三臭好蹲杀猪摊点看热闹，死猫烂狗的也常往家里拾。我明天亲自去，不是他那才叫怪呢。"文滔说："存在决定意识，有你亲自去，我就放心了。"沉静一会，他突然一拍额头说："大意了，失误了，重大失误了。"有利和刘井然皆吓一跳："啥失误？"文滔说："有利啊，咱俩决策失误了。"老刘呼地站起来："老刘我破案一辈子，从没见过分析如此准确的。此案思路清晰、安排到位，何来失误之说啊？"文滔说："老刘哎！作案人肯定不正常，而且就是山窝的。唯一之人被排除，说明工作有纰漏。否定过的人，再想重新拾起来，谈何容易啊？这人就是一异类。说实话，我是认定他当成可食肉类带回家吃的，一旦吃完，怎不重新来现场？应该安排一组现场守候嘛。"老刘特惊讶："你说他还会来取肉？俺那小齐局长咪，完全不必多此一举。咱这一群人，呼隆这么大，无论什么人，也不敢更不会再回现场了，你就把心安安稳稳地放在肚里吧。"

文滔说："亡羊补牢未为晚，哪怕万分之一，也不能再留一丝的遗憾。就你老刘把现场看起来，他不来，我不找你事；若是来了又跑掉，一辈子老脸全没了，你可别怨我。"刘井然说："老刘我执行命令何曾含糊？我怀疑，他一准不会再来了。万一来了抓不住，不用你发话，我自个儿扭下脑袋端给你。"

至此，文滔方觉万无一失，心也稍稍安稳些。听见挂钟敲十下，抓起煎饼想吃饭，恰此时岚坪派出所电话报案称，有个孩子被绑架。有利简短作出安排："让亲属务必保持冷静，绝对保密，我和齐局马上到。"放下电话，他两手一摊说："屋漏偏逢连阴雨，霜刀雪剑严相逼。人命关天，咱得先顾活的吧。"文滔说："通知大强，立即秘达石刻厂。"

第三十九回　虎子校门遭绑架　井然守捕朱三臭

　　被绑架的男孩叫虎子，十三岁，初中学生。父亲王继财做生意，母亲辛如玉是岚坪卫生院的一名医生。上午放学时，孩子没回家，大人没有当回事；下午没到校，老师以为家里有事情，也没当回事。天黑仍然没回家，家长方才惊慌失措了。同班学生说："上午放学刚出校，有人上前说话，虎子跟着就走了。"老王骑车跑遍亲戚都没见，正晕头转向时，爱人一低头，发现门口有封信，上写着：

　　儿子在我手上。我和你往日无怨，近日无仇，就是手头有点紧，想找王老板借点钱急用，素不相识，绝无恶意。怕你不给面子，只好请儿子共同耍几天。不许报案，不许耍花招，准备好三万块钱。听话儿子就平安，不听话就等着收尸吧。明天九点，岚坪医院等电话。

　　文滔慢询老王："虎子是否机灵，平时有无主见？"老王说："熊孩子比较泼皮，可这回绑他的，指定不是一般角子，一个小屁孩如何能应付？我是小本生意，一开口就要三万块，孩子的命岂不白送了？"文滔安慰说："不要过于紧张，我们和你共同应对。只要他要钱，孩子就安全。卫生院的电话安在哪儿？"老王说："楼厅值班室。"王大强很快来到。文滔说："此案必须秘密侦查，目前何人作案，一人多人，咱都不清楚。他在暗地，咱在明处，一有风吹草动，就会危及孩子的生命。家人要找亲戚公开借钱，让他知道你是真心实意的。老王去找最后见过儿子的同学，了解此人的身高年龄，衣着模样，说过啥话，来去方向。明天会有人到场帮你守电话。"老王一走，文滔说："此案要严格控制知悉范围，确保人质的绝对安全。大强回去备足三万元现金，让刘蕊明早八点来找我。"

天刚明，老王打来电话："孩子同学说，这人身高多说一米七，三十六七岁，瘦气，穿灰衣服，戴黄单帽，帽檐压脸，没有看到脸面，让虎子叫他谢叔叔。来时不知道，走时上了南街口。"文滔鼓励说："这事做得很漂亮，和作案分子没交手，就得沉着冷静。八点半，虎子的表姐小刘去找你，她人虽年轻，经验很丰富。你们两口子要好好配合她。"八点整，刘蕊来到。文滔简单地提出要求，她站起说："请齐局放心，我会想方设法多套话，全力促保孩子的安全。"文滔说："胆大心细，随机应变。"

不一会儿，岚坪卫生院值班室来了个年轻的女孩，叫着表叔表婶，抱着纸包送钱来。进屋迅速换上显号话机，微录机放上桌面，然后和两人交谈起来。两人担心孩子安全，坐立不安，急切盼望电话振铃。刘蕊安慰说："他以孩子为要挟，目的就是为了钱。切莫过于担心，孩子不会有事的。"接近九点，电话骤响，两口子的心也一下子提到喉咙管，嗓子眼蹿出火苗来。刘蕊记下号码，按下录音键，打开免提，示意老王接听。对方一开口，竟是求医看病的。电话挂断好一会儿，老王仍在张着大口喘粗气。小刘借机说："是他劫持你儿子，他才心虚害怕呢！咱有底气的，为何先自惊慌啊？心一慌，就容易乱方寸，说话就会有失误，孩子就会有危险，快再平平心情静静气。"九点刚过，电话再次振铃。小刘扫一眼号码，按下免提，示意接听。老王连声问："是哪位，哪位啊？"沉默半分钟，对方说："钱备齐了没？"老王说："老板，你高抬贵手，别和孩子一般见识，咱有事好商量。""说钱。"刘蕊迅速写下：细说借钱艰难。老王说："老板，你是知道的，我是小本买卖，手头连三千块都拿不出，怕走漏风声违了你的愿，只能求爷爷告奶奶悄悄地去找亲戚借。你得宽限几天，先把儿子还给我。就是头拱地，我也保证把钱给凑齐。"刘蕊又写几个字：听儿说话。老王话锋一转："你让儿子说句话，好不好？""儿子没有事，限明天下午六点凑够，否则后果自负。"刘蕊又写下：必听儿声音。老王情绪激动，近乎在喊叫："不知儿子是死是活，爱人已昏死七八回，你他妈的不讲信义，早把我儿给害了，我还给你凑鸟钱！今天听不见儿子说话，我立马砸了电话报案去，凭啥听你瞎啰啰。"又静默半分钟，对方说："只能说一句。"随即传来虎子的声音："大，我没事。"两口子一齐哭着问："儿子你在哪儿啊？"虎子说："吉普车。""在哪儿？""岭上，房子边，车上有电话。""捆着你了吗，为难你了吗，几人一起的？""没有，就我俩。"对方挂断了电话。小刘竖起拇指说："好样的，表现挺不错。"

石刻厂陈厂长的办公室，文滔正电话聆听着有利的汇报："一大早，我就来到山窝村。朱三臭家锁着门，说明他喜欢到处瞎转悠，我已安排专人寻找和等候。"

九点多，收到刘蕊的传呼信息，文滔见号码79打头，马上意识人在冈团。作案人绝不至愚蠢到利用座机自我暴露，应是接线盗打的。大强要核准邮电局，文滔说直拨此号就可以。大强拨通说："请叫田经理接电话。""我村哪有田经理？""这不是冈团冷库吗？""这是石门村委会。""哦，打错了，对不起。"文滔立即拨通邮电局杜中华局长，要他立即派人检查石门的电话线，带上两套工作服，顺路交给派出所。刚挂断，刘蕊的电话打过来，对着听筒放录音。听完，文滔说："西南口音，竟然跑到东南来了？吉普车，全县总共五十七辆，都是一把手专属，私自开出好几天，绝无可能性。没有报失案件，问题一准出在汽修厂。岭上，房子，是不是石门东岭的原种厂？此厂废弃多年，有片茂密的黑松林，林中有根木质电话杆，靠近公路，隐蔽又方便。"大强说："马上调查汽修厂。"文滔说："全县只有大修厂和汽车六队能修车，电话询问更快捷。"文滔要通大修厂厂长王风影："王大厂长，现在共有几部待修吉普车？""还几部，就相与乡丛书记这一部，十多天都没有找到毛病呢。"文滔说："嘻，你这人，从来不听好人劝。后场安排个看门人，一年能花几个钱？天天瞎忙活，等于做了一场春秋大梦吧。车早让我开跑了，还不快去后场看？"王风影扔下电话就去了，一会儿跑回来，上气不接下气说："完了完了，彻底完了，砸锅卖铁也赔不起啊。"大强说："我马上前去勘查现场，同时组织办案人员辨听录音，核实是否为原来处理过的人。"

邮电查线工很快到达冈团镇，文滔边换工作服边询问："石门的线路何处分支？"线工说："73号杆，岭上有所旧房子。"文滔说："果然就是原种厂。"三人骑车来到，发现公路上有两道汽车轱辘印通往小松林，地面上全是杂乱无章的胶鞋印，木线杆上爬痕明显。文滔正在勘查，对讲机里传出吱吱声，伴有明显的脚步和粗重急促的喘息声，显然有人按住话键在奔跑。他断定刘井然遭遇作案分子了，简短说："抓住，不顾一切。"十多分钟后，刘井然剧烈喘息说："摁，摁住了。"文滔高兴大喊："好老刘，老当益壮，给你记头功。"

他留下小张等候技术员，火速赶回后小寨。你道抓获的人是谁？正是山窝村的朱三臭。他今天骑车携刀来到死者家，看见有人拔腿就跑，老刘率人直追八九里，当场缴获了一把剔骨刀。有利迅速破门进入他的家，臭气熏天，令人窒息。人皮就在堂屋的小缸里，小半碗炒肉和带血的剥皮刀还放在破饭桌子上。朱三臭眼大瞪、嘴大张，呆呆地看着这些人。有利问："叫啥名字？""朱三臭。""到这儿干啥了？""割猪肉。""那个埝儿有猪肉？""有，我杀的，没割完。""怎去的？""骑车子。""怎杀的？""掐脖子、捅刀子、剁爪、切头，剥皮、掏心、割猪肉。""割猪肉还用费这么大的劲？""你这个嘟巴，谁家杀猪不这样？""拿走皮子要干啥？""谁家杀完猪不捎走皮子呀？"另一边，金大兵在讯问朱三臭的媳妇："你家碗里这是啥？""牛肉。""哪来的？""买的。""你家有钱买？""俺家没有，人家有。"

虽是三言两语，案子却已明明白白。文滔叫过老解说："还认为不是朱三臭？"老解低下头："是他，毫无疑问。""你的信誓旦旦呢？碗就摆在饭桌上，你眼睛只管瞅天了？人皮明晃晃地放缸里，一进屋差点给熏死，你就这样负责的？"老解面带窘色："小王，你不是说全都看过吗？怎么连碗没看见？"小王轻描淡写地说："怎么没看见？我说桌上有个碗，碗里还有肉，你说可能是牛肉。我看着也挺像，黑乎乎的。""好一个看着也像，他家没有半毛钱，不是你亲口汇报的？是你给钱买肉的？煮熟的鸭子，你却让它腾云驾雾飞到九霄云外去，真让我领教水平了。老解啊，你是政法老领导，说你没经验，自己肯认这账吗？看人挺堂台，做事却脱茬露茅毛三枪。低级错误本不该犯，三令五申就是不改正，究竟是为何？"文滔梆梆地敲着自个的脑门儿说："还是这儿有问题。意见不同没关系，尽管提出商榷，岂能以个人意志公然否定客观存在呢！如此惊天大案，你却给我开了这么个大玩笑，岂不坑死全局吗？"老解说："刚进他家，正好肚子疼，出来找厕所，回头问小王，他说没问题，我就大意了。"文滔摆手说："行了行了，至此还在推诿脱责。刑警大队待不成了，给你留点脸面，自找门路改行吧。"

　　附近人都了解朱三臭，对公安的认定心悦诚服。农村本来就迷信，案没破时，人人吓得要命；案子一破，云开日出，老少眉头舒展，鞭炮竟夜长鸣，一些老者竟然跪在街上磕起了长头。

第四十回　飞横祸老少命悬　战歹徒银河星落

　　碎尸案一破，文滔和有利将全部力量迅速投入到绑架案。侦查人员听取录音时，小矫说："声音很像积少军，此人是相与乡积家沟村的，去年因盗窃被行政拘留十五天。"立即找村书记积怀举辨听录音，他说："是他，这熊玩意一个多月不见人魂了。"调查很快确认，他曾当过汽车兵，开车修车是高手。好赌博、常输钱，开过相与的吉普车，知道此车已进大修厂。一张大网迅速撒开。

　　第二天下午六时许，积少军再次打来电话："今晚九点，钱送冈团医院西南角墙外。一手交钱，一手领人。"案犯选择这个点，实乃绝佳之地。此处虽是平原，却因地质原因，手机经常打不通。门前是条南北公路，南约十公里即是江苏省，攻守进退皆自如。文滔和有利立即做好部署，专等晚上适时收网。

　　晚九点，刘蕊和王继财提着现金来到医院墙外西南角，等到十点没见人。文滔飞速研判着：难道出啥意外了？孩子身陷虎口，多一分钟就会多出十分的危险。时间不等人，不能被动再拖延。他果断下令出击，以冈团为中心，全面搜索巡逻。他乘车由北往南行驶，刚到冈团医院北边的大慢弯处，对面驶来一辆无牌吉普。一辆江苏警车高速驶过，吉普稍作刹车，向路边靠靠停停，明显惊慌胆怯。文滔一惊：积少军。特定时间、特定地点、特定车

384

辆、特殊的表现，除他还有谁？随即轻拍司机："别减速，开过去。"司机原速开过，加速冲向派出所。王大强正要进去，文滔摇下车窗喊："王大强。"听见齐局声如雷鸣，王大强猛然惊悟，立即意识到刚才所遇吉普车，急得抓耳挠腮："我他娘的笨死了。"飞速掉转车头，一起朝吉普车狂追过去。

积少军非常狡猾，担心当事人报案，白天藏身江苏境，晚上故意开车游荡拖延时间。哪知江苏警车无意打草，却误惊了真蛇，他心中彻底发慌了。突见后车飞速追来，迅速开上一条小路，想潜入江苏，利用人质要花招。眼看要到江苏境，突见前方路被堵断。他眼疾手快，猛打方向，拐入另一条田间小路。文滔鸣枪示警，迅速将围追堵截的命令通过县局总机传达下去。

几天的假期，柳羽荷忙得不亦乐乎，体验了不结婚永远也办不齐嫁妆的真正滋味。她和海平转遍沭浔、滨海各大商店，回家后感觉有点疲惫。恰恰又逢例假，身子慵懒不想动。晚饭也没做，将就剩菜上火温了温，虽然有点馊味，仍然胡乱扒拉了几口。不久肚子隐隐作痛，随手打开对讲机，囫囵躺倒，想眯眼小憩一会儿。刚刚迷糊着，对讲机突然传来齐局的命令："绑架人质嫌犯积少军正劫持着虎子，开一辆无牌吉普车在冈团镇南部田间机耕路上往西逃窜，请全局干警立即参加围捕作战，注意保护人质安全。"她一骨碌爬起，忘却疼痛，飞身来到刑警大队，方知这几日发生了两起惊天大案。案情就是命令，她毫不迟疑，立即带人向冈团开过去。

此时，文滔正咬住案犯，穷追不舍。田间机耕路特别狭窄，坑坑洼洼，凹凸不平。因速度太快，很多时候汽车会弹跳起来。临近一条河边，案犯拐弯过急，吉普车弹跳着侧翻到路沟里。积少军只顾性命顾不得虎子，跳下车来，利用夜色作掩护，猫腰顺沟逃跑了。文滔扒开车门，见虎子趴在后座上，立即通知全局："人质获救，案犯徒步逃走。各组迅速合围冈团，绝不能让他逃出去。"有利指挥参战人员，快速形成一个严密包围圈。

文滔召集负责人就近到东演开会，一眼看见柳羽荷，颇感意外："不是放你的假吗？谁让你来的？"羽荷扬头说："大队长命令全局出动，难道我是局外人？赶快布置任务吧。"有利说："人质已脱险，压力减大半。我们这个包围圈，村庄密布，河汊纵横，易于隐蔽藏身。晚上搜捕，视野受限，难以形成严密的网格。案犯受过专门训练，经验丰富，会利用夜色寻找缝隙钻出去。我的意见是，今晚搞好封锁，让他逃无可逃；天明收缩包围，一举将其擒获。"文滔一拍桌案说："好，就这么办。此人穷凶极恶，难免狗急跳墙，务必小心谨慎，注意自身安全。"

积少军跳入路沟，顺沟底来到小河边，沿河而上，想寻机南逃去江苏。往西走一段，发现有人堵截，只得偷偷地踅回来；往南走，也有人堵截，只好又偷偷地转回来；拐进另条河沟，想蹚水过去，结果仍有人堵截。今晚本来匠意于心，稳操胜券，心想田野这么广阔，趁黑找个缝隙一钻就逃了，不承想来回折腾了小半夜，就是出不去，这才彻底心慌了。心中大骂："这群公安还真他娘的够厉害，这不完全是以静制动包我的饺子吗？如此盲目乱窜，只能自撞枪口；就地不动倒安全，但天亮收紧包围圈，也只能乖乖束手。"他躺在田埂上，贼眼滴溜溜地转了好几圈。灵机一动，计上心来："对，找个人家窝起来，若能侥幸躲得过，万事大吉；万一躲不过，再随手拿个人质当盾牌。"主意打定，他顺着河沟回潜到一个小村庄，发现有户院墙不高，翻身爬进去，怕弄出响动引火烧身，就钻进草棚藏起来。

天一亮，户主陈世宁打开堂屋门，冷不防地从草棚里窜出来一个人，手里的刀子寒光闪闪。他顿时吓瘫，腿脚抬不动、话也说不出。积少军把他拖进屋，喝叫女主人和女儿起床，两人吓得全身筛糠，爬不起来。他见这户人家好控制，挥舞着刀子说："若有人来敢吱声，我先一刀捅死这小的，再杀你两个。抓紧做饭，老子饿坏了。"他饱餐一顿，捆紧三人，关上屋门，上床大睡。

十时许，柳羽荷带领一组搜索到前小王宋村，来到陈世宁家时，发现院门内关，吆喝开门，没有反应。她敏锐地察觉有情况，立即吩咐："越墙冲进去，快！"她一跃而入，刘蕊等也翻墙进院，持枪就往屋里冲。却说积少军右手持刀，左手抓着女孩，眼睛从木格窗里盯着院内。见几个公安进院就朝堂屋冲过来，照着女孩的大腿猛插一刀，扎得女孩失声惨叫。他歇斯底里叫喊着："他娘的，都来吧，一家三口都在我刀下。谁敢再冲一步，我先一刀宰了女孩，再杀那俩大的，一命换仨命，值了！"

小柳摆手停止进攻，冲着屋内说："这家人是无辜的，你若伤害他们，只能罪上加罪。我让大家撤出去，咱好说好商量。"于是迅速将警力撤到院外，立即疏散村民，同时报告有利大队长。接到有利汇报，文滔一边飞赶一边指示："只许周旋，不许近前对峙，更不许擅自采取任何行动。"村民撤离完毕，柳羽荷再次冲着屋内喊话："积少军，你前边犯的虽是绑架罪，但一没拿到钱，二没伤人质，如若主动投案，更可完全从轻。你千万不要犯糊涂，再次绑架人质，只会罪上加罪。"里边传出凶狠的话语："我明白，废话少说，你公安进来一个，我就放了他们。否则我立马杀一个，五分钟再杀第二个。杀完了，够本了，不用你们来，我自己一刀抹脖子。"说着话，又传出女孩的一声惨叫，原来积少军又扎了她一刀。这户农家屋，老式木板门，没有后窗户。前窗亦很小，老式木格，外边看不到室内。想开枪无从下手，往里冲极易伤及无辜。

柳羽荷没有犹豫，当即答复："我是刑警大队的副大队长，我进去当你的人质，千万不要伤害他们。"众人一齐拉住说："齐局有严令，不许擅自采取任何行动。咱想办法全力解救，劫匪的话岂能这么轻易就相信？"刘蕊更是一把抓牢她："必须执行齐局的命令。"

小柳语气坚定："多一秒钟，受害人就多一分死亡的危险。只要有一线希望，就要做百倍的争取。"刘蕊死死地抱住她："你是现场指挥员，不能离开指挥岗位，要进也是我进去。""闪一边去，何时轮到你了！"柳羽荷一把甩开她，扬手将枪撂给别人，毅然决然地举着双手走进了院子。文滔接报，电话里雷鸣吼叫："坚决把她拉回来，绝不能让她闯进去。"可为时已晚，她已经来到堂屋的门前。积少军打开一道门缝，一把抓过她，刀架脖子上，发出一阵狰狞的狂笑。

柳羽荷望着惊恐万状的这家人："积少军，君子一言，驷马难追。我把你当君子看，你可不要食言。""有你在手里，我还怕个球？"他转头怒吼："还不快滚，他娘的，难道还等着挨刀子？"陈世宁夫妇抬起女儿，哭着跑出了院子。

文滔赶到时，积少军正刀架在小柳的脖子上要出屋。嘴里说着："不许说话，你要敢开口，我就一刀抹下去。"文滔喊话："积少军，我来告诉你，我是公安局副局长齐文滔，现场的最高指挥官。你面前的这个人，不过一个小中层，没有什么身份和地位，又是个不起眼的小女人，根本不值啥。我当你的人质，有我在身边，任何时候你都是绝对安全的。你要什么只管提，我一概都会满足你，你先把她给放了。""哼！都走开，老子就要她，死也要她来陪葬。不多要，就要我那三万块，另备一辆吉普车，加满油。谁敢耍无赖，我一刀抹了她脖子。"文滔当即答应："这个很好满足，马上备钱备车。但我有言在先，我答应你的所有要求，你也必须保证不能伤害她。否则，我发誓让你死无全尸，永无葬身之地。""别啰唆，马上把车开过来。"文滔马上大声喊命："马上备齐三万元，备好一辆吉普车，加满油，开过来。"

文滔与小柳交换眼神，发现她有寻机制敌之意，同时敏锐地察觉她气色不好、身体欠佳，这个想法太危险。他当即示意：不可以。但小柳的态度却义无反顾。他只得马上又对积少军说："既然你不同意我替换，她一定会好好配合你，不做任何反抗。你上车时，必须放下她，我以人格发誓，保证不会追击你。"柳羽荷何等聪慧，大队长这话明着说给案犯，实则是说给她听的。这是下了死命令：放弃反抗，确保安全。她冲文滔笑一笑，意思是我知道了，但眼睛透出来的，却没有丝毫执行的意思。

文滔和有利万分焦急，深深地捏着一把汗，只得从最坏处着想，调兵遣将，作了一通周密的安排。一切皆妥当，文滔最后争取道："积少军，你没有伤害人质，说明良心还在。你的罪行显著轻微，真没必要再来这一手。你若放了她，我就视你为自首。这样铤而走险，实在不值得。你若不放心，我身份地位比她高，有我在身边，谁敢动你的一根汗毛？我来替换她，可以吗？"

交谈工夫，武警射手多次寻找，皆因无法确保小柳安全，没有合适的开枪时机。到此时，积少军再次狂吼："就要她，都退后，否则我就不客气。"陈世宁家胡同窄，车辆只能停在百米外。积少军左手揽着柳羽荷，右手持刀横她脖子上，一步一步地往前挪过来。文滔、有利、刘蕊举着双手，在他俩前方五十米倒退着，眼睛却一眨不眨地盯着他那握刀的手。文滔边退边说："不要妄动，全都退出去。积少军已承诺小柳的安全，咱也保证他安全，让他顺利地走出去。"此时的柳羽荷，心底坦然而平静。她明白大队长和战友的心情，却有着不可更改的主意：绝不能让这个绑匪再次逍遥法外。此时无论文滔怎么说，她是绝对不会听命的。她宁可自己去死，也绝不会把战友置入危险的境地。她在寻找时机，拼死制服案犯。脚步往前挪移，感受着刀刃的冰冷和压力，判断着出手的时机。突然，案犯踩到一块石头，身子一歪，手微轻晃，刀刃稍稍离开了脖子。她迅速头左歪，身左转，避开刀锋，右手照着积少军的右头部就是一个贯耳勾拳。这串动作快如闪电，却没能逃过文滔等人的眼目。左转头时，文滔和刘蕊已分别下蹲去取腿上的枪，在她挣脱积少军的一刹那，文滔和刘蕊的枪口也已指过来，可惜被她的身体挡住了。"趴！"刘蕊喊声刚落，小柳纵身一跃，向东扑地而去。积少军见人挣脱，挥刀猛划，小柳迅疾闪躲，再次挡住了两人的枪口。等她再卧倒时，文滔迅疾扣动板机，积少军的刀子也飞离出手，朝着小柳甩过来。积少军应声爆头，刘蕊也一枪射中他心脏，而那把可恨的飞刀也插在了小柳的后背上。在她倒地的那一刻，一片杏花落在身上，一股殷红的鲜血染红了大地。文滔冲上来，一把抱住说："挺住哇！"她莞尔一笑："好神枪，深藏不露。"大家飞身上前，迅速抬上救护车，朝医院飞驰而去。

医院以最快的速度将柳羽荷抬上手术台，但尖刀伤及心脏，医生回天无术。柳羽荷呼吸微弱，嘴唇嚅动，眼瞅良卉。良卉悲痛欲绝，欲哭无泪。急得刘蕊跑到室外大声哭喊："快催齐局，快找王海平，快点快点再快点。"

文滔对现场稍事安排，即火速赶到医院来。一进手术室，小柳已目光游离，呼吸急促，海平正握着她的手。见文滔来到，她嘴角略带了一丝笑意。良卉赶紧将文滔的手放在她另一只手上。她笑了，笑得很灿烂。用尽最后力气说："瞭……海……楼。"文滔泪流满面，点头应允："我明白。"她双手一松，闭上了那双大眼睛。文滔顿足恸哭："小柳啊，你就这样走了，让我情何以堪！我如何向你的父母交代啊？"

第四十一回　万民空巷送羽荷　清明泪雨哭忠魂

　　自从碎尸案和绑架大案发生后，良卉天天心神不宁。文滔盯在现场上，一点消息也没有。想打电话问问，又怕打扰破案，只得强行忍耐。恰好邱小樱二胎住院待产，有空就过来陪她说话解闷儿。这晚十点多，连远跑过来说："小樱肚子疼，是不是要生了？"良卉哄睡颖颖，骑车就要去医院，刚到胡同口，一眼瞅见柳羽荷在飞跑着，下车急问："不是休假吗，何事这么急，不能稍微慢一点？"她头也没回说："大队长正在追捕绑架犯罪嫌疑犯，我得快点去参战。""这么多大男人，差你一个了？恰又值经期，还是别去了。""我没事，嫂子放心吧。"见她风风火火地上车而去，良卉暗骂文滔："什么人！根本不懂女人，这时候怎能让她参战呢！"摇头叹息着去了医院。

　　一见嫂子来到，小樱大感欣慰。马上撒娇说："嫂子你说说，人就躺在医院，一会儿见不着你，自己还就不放心。二胎本是轻车熟路的，心里还就怕得了不得，我是不是太惯自己了？"良卉让她躺好，给她检查一下说："放心吧，宝宝可能依赖娘，不想早出来，一准明天才能生。""我哥还没回来吗？""岂止没回来，我来时遇见小荷了，火烧屁股似的跑。说你哥正在追捕绑架犯，她也要去参战呢。"小樱说："嫂子，你说刑警队这帮人还是人吗？她一到经期就疼痛得受不了，她还去参战，就数她最能了！""不是人是啥？他们是刑警，能有啥办法？不说他们，你的任务就是顺顺当当生二

390

宝。小颖在家久了也不行，你安安稳稳地睡一觉，我明天早点再过来。"

良卉走后，小樱似睡非睡地躺在床上，只觉一股暖风送来阵阵花香。抬眼望去，漫山遍野，姹紫嫣红，一片花的海洋。她万分惊喜，走向花海的深处。远远地看见有株红海棠，在白茫茫的云山雾海里跳跃闪烁。忽见柳羽荷若隐若现地出没在花海雾洋里，裹着一团五彩云在飞跑。她想追，可就是追不上，急得她大声喊道："小荷妹妹你等等我，如此飞快做什么？"柳羽荷回身冲她妩媚一笑说："玉皇大帝请我做花神，今天我没空，明天一准来找你。"恰此时，孩子猛踢一下，痛得她肌肉痉挛、心神惶惶，小柳也一下子没了踪影。她心中疑惑，万分迷茫，四处搜巡，无奈灯光明亮刺得眼疼。一惊醒来，竟然是南柯一场梦。她好生奇怪，恍恍惚惚，若有所失。

第二天上午，良卉又专门过来陪看她。十一点，几辆救护车鸣笛驶出医院，小樱也进入临产状态。接近十二点，小樱刚上产床，护士通知良卉说院长急事找，良卉只得安慰她几句快步跨出来，发现医院一片忙乱，马上意识出大事了。

来到手术室门口，只见院长一脸焦急说："刑警大队柳羽荷身负重伤，马上就到，你一起照料一下吧。"良卉似五雷轰顶，差点晕倒。院长话音未落，已传来警车、救护车的刺耳警笛声。良卉不顾一切地冲到院子里，恰好车辆呼啸而至。大家快速动手，抬起柳羽荷就往手术室里跑。她面色惨白，呼吸微弱。良卉、刘蕊一边一个扶着担架，哭喊着她的名字，无奈没有任何回应。十二点，柳羽荷永远地闭上了眼睛。

时钟刚敲不久，产房里传出一声啼哭，邱小樱顺利产下一个女婴。大夫将孩子收拾妥当，抱过来放在她怀里。小樱端详一番，开心地笑了："天，这孩子怎么丁点儿不随我，倒是十二分像柳羽荷。"大夫面面相觑，轻声问："你说哪个柳羽荷？"小樱说："刑警大队的，昨晚刚刚梦见她，她说今天来找我，永远不再离开我，太奇怪了，也不知作案分子抓到没有？"大家一下没了声息，空气仿佛瞬间凝固。小樱深感奇怪，诧异万分："怎么了？"沉默良久，女大夫忍悲含泪说："柳羽荷为救护人质中了歹徒的飞刀，就在孩子出生前刚刚去世了。"邱小樱先是愣愣怔怔，接着软绵绵地昏过去。

柳羽荷为救人质慷慨赴死，噩耗就像长了翅膀，迅速传遍滨海浔水。群众平时多就耳闻她的威名壮举，而今又听她以年轻的花样生命换下三个无辜群众，义无反顾搏斗歹徒，含笑赴死，心中如何不崇敬！医院里霎时挤满了悲痛的人群。文滔强忍泪水说："柳羽荷光荣地走了，虽然很年轻，但她确实是累了，她需要安安静静地歇一歇、睡一觉。我很理解大家，心疼、悲痛、惋惜，我又何尝不如此？咱暂且收收眼泪，忍忍悲痛，让她安安静静地睡一会儿，好不好？"众人含泪忍悲，一步三回头，默默走出医院。

一级英模柳羽荷的追悼大会在浔水县大礼堂隆重举行，会场庄严肃穆。柳羽荷的骨灰盒上覆盖着中国共产党党旗，翠柳、松柏、鲜花簇拥。哭声如潮，一片悲咽。省公安厅副厅长耿世坤宣读公安部决定，追授柳羽荷一级英模称号，全场掌声雷动，泪雨纷飞。其父代女接受勋章，全场自发起立，警察立正敬礼，群众皆行注目礼。一个中年男人，慢步走向主席台，接过勋章，回转身来，深深地给台下鞠一躬，抬起挂满泪滴的脸，悲伤嘶哑说："谢谢浔水的父老乡亲对我女儿的关心厚爱，女儿为救群众与罪犯搏斗，死的伟大而光荣。"

这时有位老人说："咱不能老是痛哭流眼泪，咱得谢谢这位伟大的父亲，感谢他为咱浔水生下这么一个好女儿。"他抛洒着泪雨跑到台前，因泪眼模糊看不清，赶紧用手拭眼泪。一边说着："我得认准这位父亲。"不看则已，一看顿时天旋地转，放声大哭。他扑通跪下，泣不成声："天呐！柳羽荷原来就是小柳枝！你就这么一个独生女儿，为何让她来浔水？老天，你怎么这么不开眼，你让咱浔水百姓如何向她爷爷柳大虎交代啊？"老人这通哭喊，顷刻震惊全场：什么？柳羽荷是沐浔市委书记柳金刚的独生女儿！

柳金刚弯腰去扶老人家，边扶边说："老人家快快请起。父亲、我、女儿都当不起你这一跪啊！"扶起老人，他转身面对恸哭的人群："女儿是我掌上明珠，也是我和老伴的未来和希望。突然牺牲，我确实悲痛欲绝。她是我的女儿，更是浔水人民的女儿。她是一名刑警，救人于水火，救死于危难，是她义不容辞的神圣职责。当警察就会有牺牲，她为浔水人民而死，死得其所。我这个市委书记算个啥？难道我女儿就不能为人民的利益牺牲生命吗！她是个普通女孩，普通刑警，她走得英勇悲壮，履行了一个刑警的光荣使命。我相信，只要危险来临，我们的人民警察都会不惜生命，敢和罪犯殊死一搏。"

追悼会后，举行柳羽荷烈士骨灰安葬仪式。遵照烈士遗愿，墓地选在瞭海楼；按照家属的意愿，仪式一切从简。省公安厅和市委安排的警车开道，警察和社会各界参加的隆重仪式，在家属的强烈坚持下，全部取消。柳金刚的意见是，刑侦干警参加即可，绝不能因为骨灰安葬搅动得群众不得安生。追悼会结束后，他有意在休息室里等待很久，想让入会人员都走完，再到瞭海楼安葬女儿。

他有他的个人想法，百姓却有百姓的愿望。他见县委院内已经安静，抱起女儿的骨灰盒，一头钻进面包车，让司机赶快开。谁承想，车出县委大门，沿街早已人山人海。看到灵车出来，顿时哭声动地，悲咽笼罩。当街口跪着陈世宁一家，老两口一身缟素，女儿披麻戴孝。老陈一把拉住柳金刚说："柳书记，苍天无眼啊！我家世代草民，为何让这么一个年轻高贵的女孩替我全家去死啊？柳警官，我有罪啊！"柳金刚拉他不起，亦双膝跪地，泪流满面："案犯潜入你家，让你全家突陷危险的境地，孩子还被劫匪刺伤。发生这种事，道歉赔罪的应是我，是我的工作没做好。老陈啊，你不是草民，咱们都是国家的主人。危难来临时，她不救您于水火，她还配做警察吗？你女儿惨遭荼毒，我女儿英勇牺牲，这都是劫匪作的恶。你老陈无辜受害，何罪之有啊？下跪的应当是我，您请快快起来吧。"老陈哽咽说："柳书记，当官的我见过不老少，你这么大的官我是头回见。但凡当点官的，哪个孩子不是蹲在大机关，风也吹不着、雨也淋不着？你的孩子是没能力还是没条件，为何就偏偏来到县里头，还处在最有风险的火口浪尖上？我明白，她完全没必要把我一家换出来，保住我全家，就是丢掉了自个的命。她还这么年轻，却替我全家而死，我这把老骨头怎不肝肠寸断呢？哪个孩子不是父母的心头肉，何况你就这么一个独生女儿啊！"老陈这番话，引发了强烈共鸣，本就悲咽的大街上，又响起此起彼伏的痛哭声。

"父老乡亲们，柳书记有这么好的女儿，是他的光荣，也是咱浔水全县的光荣。柳羽荷光荣牺牲，咱们虽然扼腕痛惜，可柳书记此时啥心情，大家能够理解吗？可怜天下父母心，咱不能就让英烈停在大街吧？大家忍忍悲痛，让柳羽荷入土为安吧，柳书记也是父亲啊！"听到马书记这番话，众皆忍痛含悲，默默退到路两边，洒泪目送灵车缓缓驶过。一路上哭声伴着送别声："柳羽荷一路走好！""向柳英模致敬！""柳羽荷烈士永垂不朽！"

齐文滔没能参加柳羽荷的追悼会。小柳刚牺牲，浔水县委就开始向农村派驻新的一批为期三年的脱贫攻坚工作组，决定公安局出一名副局长任组长。文局长想派有俊去，征求他本人意见时，他摇头而笑说："我去恐不合适吧？这次所选村庄，全是啃剩的硬骨头，治安混乱、贫穷落后。就凭我这两下子，岂不砸损公安的门面！齐副局长能力超强，只有他才最合适。""刑事案件始终高发，破案事关大局稳定。一个村的扶贫脱困固然重要，但与全县稳定比，孰重孰轻不言而喻。""文局长担心太过吧？也没看见离了谁，地球就停止转动了。县委明确要求，一定选派能力最强，素质最高的领导干部，全局舍他还有谁？况且，全县皆尊齐文滔，有谁理你文局长！如此功高盖主，威胁到的难道是我吗？"文局长沉思良久，批评说："你这想法，太过小肚鸡肠了。"

党委会上，文局长正式提名文滔下派，一言惊倒众委员，无不一个声儿齐反对。就连超群副局长也一反常态，反对得特别激烈。仇和展见文滔神情淡然，巩有俊的脸却隐晦难测，心中就明白了八九不离十。他说："算了吧，别争了。文局长，无论何时何地，打击犯罪，维护稳定才是咱的主业，也是全局立足的根本。此事非同小可，你可真得想好想明白！"文局长说："想好了。"仇局一声叹息："既如此，我无话可说。好，特别好。"有俊见众人这般神态，只好又玩起阳奉阴违的这套把戏。绕来绕去，最终也没敢亮明态度。文滔笑笑说："我谈点个人意见吧。无非是下派，总得有人去。文局长既然选中我，也说明只有我才最合适。我本庄户出身，深知农民生存的不易。请放心，我会尽快完成角色转变，全身心地投入到扶贫当中去，做一个合格规矩的老农民。"文局长说："大家都非常相信你的能力，希望你在农村干出个样子，为咱公安大业增光添彩。"然后转头说："怎么样，仇局老将出马，再次抓抓刑侦吧？"仉和展脸色阴郁、眼角湿润说："文局长切莫说笑了，我已黄土埋半截，哪还胜任其职啊？人老了，刚才竟然闭目睡着了。看见小柳来过吗？她刚刚大声质问我：'仉局你这个老家伙，我才二十多岁就敢含笑赴死，你年近花甲了却还在玩心机，太过厚颜无耻吧！阳世你可不要脸，九泉之下我都替你害臊呢！'这话令我汗颜战栗。这傻丫头尸骨未寒，我是无颜再去见她了。现在的我，连主次轻重都分不大清楚，如何还能破案子？就此提出辞职吧。唉，人在做，天在看。天道轮回，苍天又能饶过谁？"

廖科长在院里遇见巩有俊，扭回头就走。有俊深感奇怪，追上问："你躲啥？""不知道。""我在问你呢！""原来是在问我啊？哦！今天大获全胜，快回家喝两杯庆祝庆祝吧。""至于如此张扬吗？""也是，做人还是低调好。都说王副局长二百五，竟还知道个六七八九十，有人聪明反被聪明误，实在可叹又可悲。"

寒食这天，文滔带领三名组员，骑车到达三十七公里远的梨树沟，想安安稳稳地铺下摊子，明天好专心致志地参加柳羽荷的追悼会。午饭后，刚想与村支部座谈情况，却见巩有俊开着吉普车风风火火地跑来了。原来，昨天晚上洙演断桥发生一起抢劫杀人案，一人死亡一人受伤，至今没有理出头绪。

一见文滔，有俊当即发牢骚："你说这个文局长，还能有点数儿吧？一大堆的副局长天天像闲肉，却独独派你来包村。破案事关稳定大局，指定是头脑发昏了。"文滔凝视良久说："如此大案你不蹲在现场，跑来我村干吗呀？"此时的有俊十分诚恳："有利还在气头上，我又刚刚分管，案子破不了，也直接影响你的形象吧？"文滔没接话，望着远处的青山说："小柳呀，听见巩局的话了吧？唉，谁让咱生就的刑警骨头呢？明天不能到会追悼你，知道你不会抱怨我。"

他随有俊来到现场，认真勘查，详听介绍，仔细面询了受伤的人，然后分析说："受害人是江苏灌云县，对浔水口音不熟悉。他说作案人操当地口音，问题就出在'当地'二字上，他说的当地，可以包含山东或北部更广大的地区。若抓住此地的几个村子搞排查，方向肯定就偏了。"他指指五百米外的一处竹园说："作案人应当在此歇过脚，仔细搜搜吧。"有利马上组织搜索，很快找到一处盘踞痕迹。边缘有个刚抟不久的小纸球，展开竟是一张邮寄凭条，收件人是山东5509信箱王传强。有利说："直奔雨城监狱。"第二天上午即查明王传强是河源北麻人，因抢劫判刑十二年，已于月前出了狱。

有俊自告奋勇前去抓捕，文滔则和有利飞车回奔浔水瞭海楼。有利长叹说："人，就怕作茧自缚。高老局长开创的辉煌，一去不复返矣！"文滔说："高老是尊如来佛，自然不惧孙悟空。草木随季而枯荣，水遇阻挡生逆流，本就不足为怪。警路漫漫八千里，难免月圆或月缺，刑警时光太短暂！小柳的突然牺牲，令我痛心疾首。这些年，我性格直不棱登，锋芒确实太露了，很有必要沉下心来多读几本书，好好思考思考了。人生好比一幅画，应当要有适当的留白。"

此时文滔眼角湿润，有利更是满目噙泪："小柳牺牲，你又下派，一时少了主心骨，特别伤心难过。旁观者谁又不清楚，时势如何能让你在农村安安稳稳待三年？受你领导太幸福，从此再无可能了。""我的未来不重要。重要的，是无论风云如何变，刑侦绝对不能垮。人生就这样，名气大于能力，难免多有坎坷；野心大于职务，势必乌烟瘴气。官职大小凭组织，品德操守看个人。看人首先要看长，看己首先要找短。要做到永远问心无愧。虽说道不同不相为谋，但工作关系必须要摆正。此案已经过去，以此为标志，我在浔水的刑侦生涯亦宣告彻底结束了，这就是现实。有利啊，以后不许揣着明白装糊涂，让情绪来左右案件的侦破。"有利沉默良久："时间从来不说话，却能回答所有的问题。放心吧，我会的。"

他俩赶到时，柳羽荷的骨灰刚刚放置在墓穴中。文滔泪如雨下，双手捧起一把净土，轻轻地抛撒到骨灰盒上。然后与王海平、文局长、区有利、刘蕊等陪着柳金刚挥锹铲土，将柳羽荷的忠骨掩埋起来。他轻声地诉说着："你这个小荷啊，一路走好吧。从此后，天上多了颗闪光的星，人间少了你柳羽荷。我今且偷生，你逝长已矣！人生苦短，用不了若许年，我就会找你和老甄头报到去。请你们在天堂伏妖降魔，打好一片根据地，耐心地等着我。"大家把坟头拍得光滑溜圆。一切皆停当，众人献上鲜花，文滔奉上翠柳，一起举手敬礼。

区有利带领刑警大队全体干警大声说:"请柳副大队长一路走好!我们一定继承你的光荣遗志,完成你的未竟之志。"然后转身,向柳书记、宋局长、文局长和齐文滔敬礼。

文滔在坟前默默地插下一根小柳枝,泪眼模糊。心中默念:"愿这枝翠柳长成一棵参天大树,为你遮荫挡雨,永远地陪伴你。"他鞠躬告别柳羽荷,踏上了农村这片广袤的土地……

尾 声

　　2020年3月，齐文滔从省公安厅退休回到滨海市浔水区旧宅居住。终于解脱繁忙的工作，心情自然轻松无比。谁知一入4月，心情骤然沉闷，总是望着窗外的花红绿柳怔怔地发呆。4月3日大清早，他来到菜市场买了鸡、鱼、肉、蛋、豆腐、馒头等一大堆物品，又淘澄来一个柳编小笸子和一块方方正正的洁白小包袱。良卉在上海看外孙，寒食这天一直往家打电话，却是始终无人接，手机也处关机状态。良卉以为他退休放松了，肯定与老朋友玩过了头。清明早上再打电话仍然没人接，就有点着急上火了。她问遍老朋友，都说："没见这个老家伙，你管他干吗？和犯罪分子斗了一辈子，除了让小鬼给叼走，还能丢了不成？寒食清明能上哪儿？回老家祭祖扫墓呗。"她电话询问浔水区政协副主席区有利，他毫不迟疑说："嫂子放心吧，我知道他在哪儿了。"

　　齐文滔躺在柳羽荷的墓碑前，一边念叨着"一朝春雨过，寒食落清明"，一边安静地享受着甘霖似的清明雨。不一会儿，风收雨住，云开天晴。满天星星眨着幽灵般的小眼睛，茫茫银河升腾着白蒙蒙的雾气。他遥望夜空，数着星星，猜测着小荷居住的地方。都说含笑九泉、天堂美丽，但她肯定不喜欢。对，她一定是到月宫上去了，她喜欢月宫的桂树和清冷。数着，想着，双眼发涩睁不开，头枕墓碑前的小石桌，安然地睡去。这一觉，睡得很香很沉。睡梦中感觉太阳升起来，光芒照耀在脸上。他从半眯半睁的眼缝中，朦朦胧胧地看见柳羽荷顺着田埂小路走过来，边走边轻声地吟唱着：

战友的深情呼唤，警徽的万般眷恋，终归没能留住你。

二十七岁的芳华，永远永远地镶嵌在浩瀚的银河里。

警营里，钢枪闪青辉，匕首锋生寒；警棍齐飞舞，盾牌如铁壁。

喊杀阵阵风雷卷，身手妙影酷似你。

"我是当代柳羽荷"，穿云破雾声震耳。

可是我知道，那人一定不是你。

今生今世，警营里再也不会见到你。

警笛长啸，警车电掣，刑警依然奔波苦；

警铐咔嚓，枪声清脆，血雨腥风鏖战急。

警服笔挺，警衔闪耀；健儿威武，巾帼须眉，山河处处英雄在。

我踏遍万水千山、雪域高原，却永远永远地没有找见你。

找不见，你那艳若桃李、冷若冰霜的矫捷身姿。

因为你，早已把一腔热血奉献给祖国大地，

只有灵秀的警魂，永远永远地留在了警营里。

永远永远在这儿，永远永远在人民的心底里。

尾声

　　见柳羽荷唱着歌儿走过来，文滔的心中倍感欣慰。苍天不负有心人，柳羽荷果然看他来了。他想起身去迎，无奈腿脚不听使唤，总是站不起来。他冲她笑笑说："刚刚梦见你，还是原来那样子，果然你就过来了。你怎么穿着九九警服，脸上为何挂满泪滴？"惊疑间，感觉一只手按在他身上，传过来真真切切、略带哭音的话语声："大舅公，你果然在这儿。"文滔一把抓住她，心头充满惊喜说："我就说嘛，小荷尖怎会舍得离开刑警大队嘛！"他一骨碌翻身坐起，竟发现身上有床厚厚的被子，柳树下放着一盏耀眼的汽灯。他睁开眼睛，哪有什么柳羽荷，分明真切地站着一个英姿飒爽的年轻女警察。文滔揉眼定睛，心下越发吃惊："怎么如此酷似柳羽荷，你是她的什么人？"

女孩上前扶住他，缓缓说："大舅公，我是邱小樱的二女儿连小藕。出生前夜，柳姨托梦给我妈，说是明天来找她，再也不会离开她。柳姨牺牲不到两分钟，我就降生了。妈妈总是说，这是柳姨舍不得大家，才托生了我，所以让我酷似她。百日时，妈妈抱我来到墓前，替我磕头认为妈。为纪念柳妈，给我起名连小藕。"

文滔转过身来，眼前站着一排既熟悉而又陌生的身影。只听他们洪亮说："报告齐大队长，今天又是清明节，浔水区刑侦大队全体干警前来祭奠柳副大队长，接受柳副大队长、齐大队长、区大队长、邱大队长的检阅。"说完，抬过花圈，摆放墓前，脱帽肃立默哀。

礼毕，滨海市公安局副局长邱前程介绍说："这是浔水区第七任刑侦大队长刘传承。刑侦大队改名三次，队员换了无数茬。但是，敢于以命相搏的浩然正气没有变，浴血拼杀的铁血警魂永不磨灭。"

有利说："我们都是老队长，有你们这样一批年轻优秀的新一代，真的放心了。"刘传承声如洪钟："我们一定传承警魂薪火，把刑侦事业推上新高峰。"大家对着柳羽荷的墓碑再次举手敬礼。

"警魂永在，浩气长存"的呼喊声在山谷里久久地回响。文滔随即发出低沉的呐喊："小荷尖啊，你听到了吗？你看到了吗？"群山回应道："听到了——看到了！听到了——看到了！"

此时，瞭海楼上，天空湛蓝，一碧如洗；瞭海楼下，遍野朝晖，万顷翠绿。一轮红日喷薄而出，数只苍鹰遨游天际……

谨以此书

祝福　山东警察学院　老师校友

致敬　公安先烈英模　创业前辈

学习　公安战线同仁　刑侦战友

感谢　社会贤达良朋　同事益友

期盼　祖国平安昌盛　警察光荣